백호선생 묘소. 나주시 다시면 가운리 신걸산 기슭.

백호문학관. 나주시 다시면 회진 마을 소재.

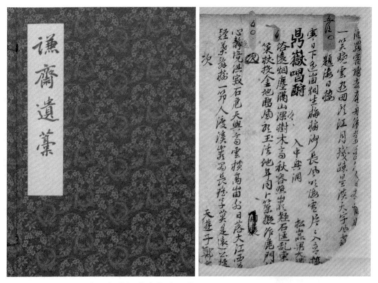

겸재유고(謙齋遺稿). 백호의 젊은 시절의 시문집 초고.(성균관대 존경각 소장)

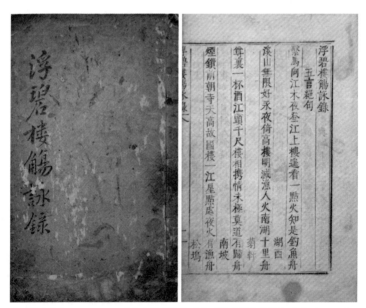

부벽루상영록(浮碧樓觴詠錄). 평양의 문인들과 만나 대동강에서 수창한 시집.(상권 592면)

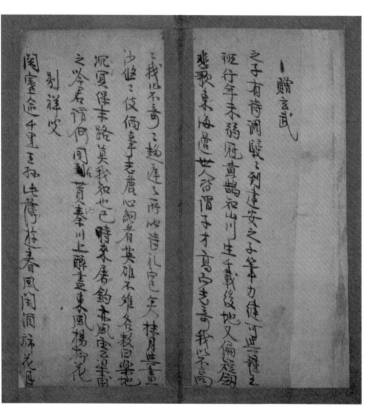

백호의 친필시고 증현무(贈玄武)(역문 하권 91면, 원문 하권 93면)

별상수(別祥叟), (역문 하권 128면, 원문 하권 128면)

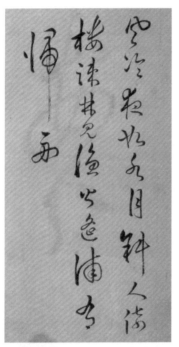

백호시를 종질인 몽촌(夢村) 임타(林墥)가
쓴 것으로 추정됨. 부벽루상영록의 시.
(역문 상권 594면, 원문 상권 595면)

화사(花史). 백호고잡초(白湖稿雜抄)에 실린 것.
(역문 하권 479면, 원문 하권 660면)

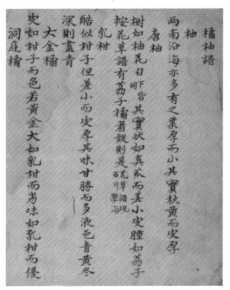

귤유보(橘柚譜). 백호일고(白湖逸稿)에 실린 것.
(역문 하권 604면, 원문 하권 711면)

신편

백호전집

新編 白湖全集

· 하

신편 백호전집(하)

초판 1쇄 발행 / 2014년 11월 25일

지은이 / 백호 임제
원편역자 / 신호열 · 임형택
신편역자 / 임형택 · 서한석 · 이현일 · 장유승
펴낸이 / 강일우
펴낸곳 / (주)창비
등록 / 1986년 8월 5일 제85호
주소 / 413-120 경기도 파주시 회동길 184
전화 / 031-955-3333
팩시밀리 / 영업 031-955-3399 편집 031-955-3400
홈페이지 / www.changbi.com
전자우편 / human@changbi.com

ISBN 978-89-364-7252-8 93810
      978-89-364-6989-4 (전2권)

新編 白湖全集

신편
백호전집 · 하

백호 임제 지음 ╲ 신호열 · 임형택 외 편역

창비

──────────────────────────────── 시 詩

제2부 미편년시 未編年詩

애정 愛情

증답 贈答

제영題詠

도석道釋

영회詠懷 · 우의寓意 · 즉사卽事

산문散文

제1부

제2부

제3부

原文

第一部

第二部

第三部

부록

일러두기

1. 『신편 백호전집』으로 이름한 이 책은 『역주 백호전집』(창작과비평사 1997) 을 바탕으로 그 이후 발견된 백호 임제의 초기 시문집인 『겸재유고謙齋遺 藁』및 여러 친필 자료 등에서 새로 수습한 시를 추가하고, 기존 번역과 주 석을 새롭게 다듬었으며, 시와 문의 배열을 완전히 일신하여 엮었다. 이 번 작업은 먼저 이현일(시), 서한석(산문 제2부), 장유승(산문 제1부와 제3부) 이 나누어 맡았고, 임형택이 총괄하여 검토 수정하였다.

2. 이 책은 시詩, 산문散文, 부록으로 구성되어 있다.

3. 시詩는 편년編年이 가능한 작품들을 정리하여 편년시編年詩로, 편년이 확 실치 않은 작품들은 미편년시未編年詩로 구분했다. 단, 편년시 중에서 기 묘년己卯年(1579)~경진년庚辰年(1580), 신사년辛巳年(1581)~임오년壬午年 (1582), 계미년癸未年(1583)~갑신년甲申年(1584)은 정확한 연대를 밝히는 것이 어려워 2년을 하나로 묶었다. 미편년시는 주제·유형에 따라 분류하 여 엮었다.

4. 산문散文은 문학적 성격으로 분별하여, 제1부는 한문학의 전래적 양식에 속하는 글들, 제2부는 허구적 수법의 산문들, 제3부는 여행기를 수록했다.

5. 『역주 백호전집』의 원집 및 속집과 『남명소승南溟小乘』에 이중으로 수록 된 시문들의 경우, 중복을 피해 『남명소승』쪽에만 남겨두었으나, '찾아 보기-원제'에는 본래의 제목을 남겨 검색할 수 있도록 하였다.

6. 백호의 시문집이 최초로 편찬될 당시 정간精簡을 편집 방침으로 삼았으며 시휘時諱로 제외시키기도 하여 거두어지지 못하고 제외된 것이 적지 않 았다. 그후 세월의 풍상을 겪으면서 원고들은 거의 산일散佚되고 말았는 데, 그런 중에도 일부는 문집을 개간하는 과정에서 추가로 들어가기도 했

고, 세상에 흘러나와 필사로 전전한 것도 있다. 백호의 글이 실려 전하는 문적을 열거해보면 다음과 같다.

『임백호집林白湖集』(목판본): 4권 2책. 초간은 광해군 9년(1617), 중간은 영조 35년(1759).

『백호선생문집白湖先生文集』(新活字本): 4권 2책. 간년 미상.(내용은 위의 원집에 「元生夢遊錄」이 부록되어 있다.)

『백호선생문집白湖先生文集』(石印本): 5권 3책. 1958년 간행.(이때 별책 부록으로 「南溟小乘」과 「花史」가 수록되었다.)

『백호선생문집습유白湖先生文集拾遺』(석인본) 1책. 위의 석인본 「백호선생문집」 이후 간행.(「浮碧樓觴詠錄」 등이 수록되었다.)

이상은 문집 형태로 간행된 것. 그리고 『부벽루상영록浮碧樓觴詠錄』은 조우인曺友仁의 발문(1611)이 붙여져 따로 간행된 바 있다.

『백호선생필적白湖先生筆蹟』(친필 초고): 2첩. 노촌老村 임상덕林象德이 정리하여 첩帖으로 만든 것이다.

『백호공필첩白湖公筆帖』(친필 초고): 백호의 후손 임일상林一相이 구해서 첩으로 만든 것이다. 서문은 임기수林基洙가 지었다.

『백호일고白湖逸稿』(필사본): 1책. 「남명소승南溟小乘」「용성창수집龍城唱酬集」「유여매쟁춘柳與梅爭春」「전동군서餞東君序」 등이 수록되어 있다.

『백호고잡초白湖稿雜抄』(필사본): 1책. 일반 시문 및 「용성창수집龍城唱酬集」「화사花史」「원생몽유록元生夢遊錄」(필사본) 「수성지愁城誌」 등이 잡록되어 있다.

『회진세고會津世稿』(필사본): 1책. 선조들의 사적과 유고를 대대로 수록한

가승家乘으로 여기에 백호의 유사遺事와 묘갈문 및 시문 약간이 실려 있다. 『겸재유고謙齋遺藁』(필사본): 2권 1책. 우전雨田 신호열辛鎬烈 선생 구장본 舊藏本으로 지금은 성균관대학교 존경각尊經閣에 소장되어 있다. 백호의 초기 시들이 시기순으로 수록되어 있는바, 『임백호집』에 수록되지 않는 작품들이 상당수 실려 있다.

7. 부록은 종래 문집에 실렸던 서·발, 그리고 묘갈문·유사 등 관련 기록을 한데 모아 엮었다.

8. 번역은 원문에 충실하면서도 우리말로서 자연스럽고 현대 독자가 이해하기 쉽도록 하였다. 특히 시의 경우 시다운 느낌을 살리려고 노력했다.

9. 주석은 독자의 이해를 위해 고사나 난해한 곳 및 인명·지명 등에 붙였다. 번역문상으로 보면 주석이 필요치 않으나 원문 독해를 돕기 위해 붙인 경우도 있다.

10. 원문은 시의 경우 번역문과 함께 제시하여 대조해볼 수 있도록 했으며, 그밖의 다른 모든 글들은 별도로 묶어 제시하였다.

11. 원문은 이본들을 두루 참고하여 교감校勘하였는데, 그에 관한 사실은 원문에 주를 붙여 대략 밝혀두었다. 원문 중 손상되어 판독이 불가능한 글자는 □로 처리하고, 역문에서는 ……로 표기하였다.

12. 「백호선생 연보」는 임형택이 지난 1987년 선생의 400주년을 기해 작성했던 것인데, 여기에 보완하여 실었다.

시
詩

제 2 부

미편년시 未編年詩

애정
愛情

수줍어 말 못하고

열다섯살 나이 아리따운 아가씨
수줍어 말 못하고 이별이러니

돌아와 겹문을 닫고선
배꽃 사이 달을 보며 눈물 흘리네.

無語別

十五越溪女, 羞人無語別.
歸來掩重門, 泣向梨花月.

복암사伏巖寺에서 우연히 향렴체로 짓다[1]

선루仙樓를 찾아가서 채란彩鸞[2]과 짝이 되어
술이 깬 깊은 밤에 난간에 앉았어라.

옥퉁소 소리 끊어지고 봉래산 아득한데
솔숲의 맑은 이슬 학의 꿈이 싸늘하네.

伏巖寺, 偶成奩體

曾向仙樓伴彩鸞, 酒醒深夜倚闌干.
玉簫聲斷蓬山迥, 松露幽巖鶴夢寒.

---

1 복암사(伏巖寺): 지금 나주군 다시면(多侍面) 신걸산(信傑山)에 있는 절 이름. 신걸산
  은 나주 임씨의 선산인데, 백호는 젊을 적에 종종 복암사에 올라가서 글을 읽었다. 향
  렴체(香奩體)는 염체(奩體)라고도 한다. 염(奩)은 여자들이 화장할 때 쓰는 경대를 말
  하는바, 부녀에 관한 내용과 정감을 표출한 시체를 가리켜 향렴체라 한다.
2 채란(彩鸞): 전설상의 선녀 이름. 서생(書生) 문소(文簫)를 사랑하여 함께 종릉(鐘陵)으
  로 돌아가 부부가 되었다 한다.

거문고 아가씨에게

한 곡조 거문고 가락 계당溪堂에서 듣노라니
탁문군卓文君³의 못다 푼 마음 들려주는 듯

아마도 밤이 깊어 인적이 끊어지면
밝은 달 아래 먼 산에서 현학玄鶴⁴이 내려오리.

戲題贈琴娘

溪堂一曲少娘琴, 解道文君不盡心.
想得夜深人散後, 月明玄鶴下遙岑.

---

3 탁문군(卓文君): 촉(蜀: 지금 四川省) 땅의 부호인 탁왕손(卓王孫)의 딸로 일찍 홀로 되어 친정에 와 있는데, 유명한 문학가 사마상여(司馬相如)가 금(琴)을 타서 유인을 했다. 후일 사마상여가 다른 여자를 맞아들이려 했을 때, 탁문군이 「백두음(白頭吟)」을 지어 포기하게 했다고 한다.

4 현학(玄鶴): 고구려의 왕산악(王山岳)이 금조(琴調) 100여 곡을 지어 연주하자 현학이 날아와서 춤을 추었다는 말이 전한다. 이에 현금-거문고라는 이름이 유래했다.(『三國史記·樂志』)

무제

복사꽃 핀 마을 봄은 마냥 고요한데
옥퉁소 금쇄곡金鎖曲⁵ 애끊는 사람일레.

성남城南에서 한바탕 풍류의 꿈 깨고 나니
서로 만난다 한들 친하다고 다짐하랴!

無題

寂寂桃花洞裏春, 玉簫金鎖斷腸人.
城南一罷風流夢, 縱得相逢不是親.

---

5 금쇄곡(金鎖曲): 곡조 이름. 당(唐)의 『악통(樂通)』에 "희종(僖宗) 때 대궐에서 군복 천
 벌을 지어 변방의 이사(吏士)에게 하사했는데 신책장군(神策將軍) 마직(馬直)이 옷의
 솜 속에서 금자물쇠 한 개, 시 한 수를 얻었다. 그래서 천자에게 고하자 천자는 마직을
 곧 대궐에 들게 하여 옷을 지은 궁녀를 아내로 삼게 하였다. 이 일을 두고 금쇄곡을 만
 들어서 세상에 전하게 되었다." 한다.

향렴체

푸르른 나무 높은 성에 까막까치 나는데
새벽별 드문드문 달조차 희미하다.

자하주紫霞酒 좋은 술을 금술잔에 가득 채워
임에게 권하노니 실컷 취해 돌아가오.

奩體

碧樹層城烏鵲飛, 殘星牢落月依微.
金鍾滿酌紫霞酒, 持勸仙郎盡醉歸.

향렴체로 우연히 짓다

성 남쪽에서 두위杜韋[6] 아씨와 남몰래 약속하고

---

6 두위(杜韋): 당나라 때 가기(歌妓) 두위랑(杜韋娘). (劉禹錫「杜韋娘曲」: "高髻雲鬟宮樣粧,
春風一曲杜韋娘. 司空見慣渾閒事, 斷盡蘇州刺史腸.")

꿈결에 달을 따라 휘장 속으로 들어갔더래요.

일부러 담장 앞에 당귀초當歸草[7] 심었더니
당귀초는 무성한데 사람은 돌아올 줄 모르네요.

奩體偶成

暗結城南小杜韋, 夢隨殘月入羅幃.
墻頭學種當歸草, 草已萋萋人未歸.

그네타기 노래

1
백모시 치마 적삼에 잇꽃[8] 물들인 진분홍 허리띠
처자들 손에 손잡고 그네타기 누가 잘하나.

---

7 당귀초(當歸草): 약초의 이름. 이름을 풀이하면 "응당 돌아온다"는 뜻이므로 이를 심
었던 것이다.
8 잇꽃(茜): 일년생 풀의 일종으로 그 꽃은 분홍색을 들이는 물감으로 이용했다. 일명
꼭두서니.

백마 탄 저 총각 어느 댁 도령인가?
채찍을 비껴들고 언덕에서 서성이네.

2
두 볼은 발그레 땀이 송골송골
아양스런 웃음소리 반공중에서 떨어지고.

나긋나긋 고운 손길 그네줄[9] 사뿐 잡아
날씬한 가는 허리 산들바람 못이길 듯.

3
아차! 구름 같은머리에서 금비녀 떨어졌네.[10]
저 총각 주워들고 싱글벙글 뽐내네.

그 처자 수줍어 가만히 묻는 말
"도련님 어디 사시나요?"
"저 수양버들 근처 몇번째 집이라오."

---

9 원문의 원앙삭(鴛鴦索)은 그네줄을 표현한 말.
10 원문의 금봉채(金鳳釵)는 봉황을 새겨넣은 금비녀. 옛날에는 처녀도 비녀를 꽂는
   풍습이 있었다. 『춘향전』(烈女春香守節歌)에도 춘향이 그네를 타다가 비녀가 떨어지
   는 장면이 있다.

鞦韆曲

白苧衣裳茜裙帶, 相携女伴競鞦韆.
堤邊白馬誰家子, 橫駐金鞭故不前.

粉汗微生雙臉紅, 數聲嬌笑落煙空.
指柔易著鴛鴦索, 腰細不堪楊柳風.

誤落雲鬟金鳳釵, 游郎拾取笑相誇.
含羞暗問郎居住, 綠柳珠簾第幾家.

무제

1
달 같은 자태에 매화의 혼을 지닌 소설아小雪兒
마음속의 정분은 둘만이 알겠지.

가을이 저무는데 소식 없으니
찬 기운 스민 외로운 이불에 꿈조차 더디네요.

2
구름 자취 바라만 보다 사라지니 정말 떠나셨나?
향기 아직 남았는지 소매 속에서 느껴지네.

더 끊어질 창자 없으니 슬픔도 헛일이라
그리다 못해 눈을 가리던 그때만도 못하여라.

無題

月態梅魂小雪兒, 情緣心事兩相知.
重簾秋晚無消息, 寒透孤衾夢亦遲.

脉脉雲蹤去後疑, 餘香唯有半衫知.
無腸可斷虛怊悵, 不及相思掩淚時.

영사詠史

열두 누대樓臺 둥근 달 곱고 고운데
유랑劉郞[11]이 만난 언니 동생 모두 재자가인이요

신선들 다 서왕모西王母께 속해 있으니
운영雲英[12]더러 약 찧으라 허락할 리 있겠나.

詠史

璧月娟娟十二臺, 劉郞兄弟摠多才.
群仙盡屬西王母, 不許雲英擣藥來.

고의古意

회진會眞[13]의 편지 한 통 학이 와서 전해주니

---

11 유랑(劉郞): 유신(劉晨)을 가리킨다. 후한 섬계 사람 유신이 완조(阮肇)와 함께 천태
　산(天台山)으로 약을 캐러 갔다가 선녀 둘을 만나서 반년을 함께 살다가 돌아왔는데,
　그동안 속세에서는 7대가 지나갔다 한다.
12 운영(雲英): 당(唐)나라 때 선녀의 이름. 배항(裵航)이 남교역(藍橋驛)에서 만나 그
　를 아내로 삼았는데 뒤에 이들 부부가 옥봉(玉峯)에 들어가 단약(丹藥)을 먹고 신선
　이 되어 떠났다 한다.
13 회진(會眞): 선진(仙眞, 신선)과 만난다는 뜻. 「회진기(會眞記)」(『앵앵전』)라는 전기
　(傳奇) 소설이 있는데 당나라 사람 원진(元稹)이 지은 것으로 장생(張生)과 최앵앵(崔
　鶯鶯)의 사랑이야기이다.

지전芝篆의 운서雲書¹⁴는 먹도 아직 안 말랐네.

원망 띤 사연이 고요한 마음을 흔드는데
옥루玉樓라 가을 달빛 발에 가득 싸늘하구나.

古意

會眞緘札鶴傳看, 芝篆雲書墨未乾.
多少怨詞添靜想, 玉樓秋月一簾寒.

장난삼아 짓다

여리고 어여쁜 자태 열여섯살 계집아이
구름이 날아온 듯 낮잠 살풋 드니

역마길 샛바람에 나무마다 곱게 핀 꽃
물에 어리고 산이 가려도 다 이만은 못하리라.

---

14 지전운서(芝篆雲書): 신선이 보낸 편지를 미화해서 표현한 말.

戲題

弱貌娉娉二八餘, 爲雲飛到午眠初.
東風驛路花千樹, 映水遮山摠不如.

별의 別意

먼 산에 해는 지고 저녁연기 걷혔는데
떠나는 마음 아득하여 길손은 뱃전에 기대 있소.

어두운 이별 다시 만날 날 어찌 없으리요
하얀 갈매기 푸른 풀 봄물이 넘치누나.

別意

遙岑日盡夕煙收, 離恨茫茫客倚舟.
暗別豈無重見日, 白鷗春水滿芳洲.

향렴체로 지어 경수景綏에게 주다

초산楚山의 물 소상강瀟湘江 구름[15] 꿈에조차 더디던가
봄철의 밝은 달에 가약을 저버리네.

강남江南으로 떠나간 뒤 소식이 돈절하니
매화 이미 진 줄을 임은 정녕 모르시나.

香奩體, 贈景綏

楚水湘雲結夢遲, 一春明月負佳期.
江南別後無消息, 落盡梅花君不知.

무제

난초 언덕 저녁이슬 길조차 희미한데

---

15 초산의 물 소상강 구름[楚水湘雲]: 초산과 소상강은 호남성의 산하를 지칭하는 말로
그리움을 나타내는 시적 표현에 흔히 원용된다.

남 몰래 이별하고 청란靑鸞과 같은 신세.[16]

기둥에 홀로 기대 그리다가 문득 황홀해라
새벽별은 그이 눈동자, 달은 눈썹이런가.

無題

蘭皐夕露逕微微, 腸斷靑鸞暗別時.
倚柱尋思却怳惚, 踈星如眼月如眉.

어느 여인을 위하여[17]

이 몸 임을 믿고 살아가노니
임이여, 부디 나를 잊지 마세요.

---

16 청란(靑鸞)과 같은 신세: 옛날 계빈국(罽賓國)의 왕이 이 새를 한마리 구하여 아무리
  우는 소리를 듣고자 해도 들을 수 없었다. 거울을 그 새에게 비춰줬더니 거울에 비친
  모습을 제 짝으로 생각하여 슬피 울다가 절명했다고 한다.(劉敬叔『異苑』)
17 원제(原題): "어떤 이를 위해 대신 지어주다"

고운 마음 바위라 변칠 않는데
이별의 한 물과 함께 길이 흘러요.

서리 맞은 국화는 더욱 산뜻하고
눈 속에 핀 매화 향기롭군요.

알아주세요, 옛적 예양豫讓은
범중항씨范中行氏 위해 죽지 않았다는 것을[18]

代人作

賤妾自栖托, 願郞無我忘.
芳心石不轉, 離恨水俱長.
霜後菊猶艶, 雪邊梅亦香.
須知豫讓子, 不死范中行.

---

18 알아주세요~않았다는 것을: 예양(豫讓)은 중국 전국시대 인물. 처음에 범중항씨(范
中行氏)를 섬겼으나 알아주지 않으므로 떠나서 지백(智伯)을 섬겼는데, 지백은 그를
극진히 대우하였다. 지백이 조양자(趙襄子)에게 피살되자 지백을 위해 끝끝내 원수를
갚으려다 실패하고 자살하였다. 여기서는 여자가 자기를 진정으로 사랑하는 남자를
위해 끝까지 절조를 지킬 것이라는 뜻을 내포하고 있다.

기생 만사輓詞

용모 고왔던 한창 시절
부귀공자[19]를 신랑으로 맞아,

옥술잔[20]에 좋은 술[21] 따라 마시며
연자루燕子樓[22] 올라 아쟁을 탔었지.

푸른 산에 어느덧 시냇물 흘러가고
붉은 연꽃 가을 서리 겪은 듯이.

이번에 봉래도蓬萊島[23]로 돌아가서
옛날처럼 다시 또 노닐겠구려.

---

19 부귀공자: 부평후(富平侯). 한나라 사람 장안세(張安世)는 부평후로 봉(封)을 받아 대
　대로 부귀를 누렸다. 그래서 권문세가(權門勢家)를 일컫는 말로 쓰인다.(李商隱「富平
　少侯」: "七國三邊未到憂, 十三身襲富平侯.")
20 원문의 옥가(玉斝)는 옥술잔.
21 좋은 술〔羔兒酒〕: 고아주는 명주로 양고주(羊羔酒)라고도 한다. 백주(白酒) 계통으로
　분주(汾州)에서 나왔다.
22 연자루(燕子樓): 장상서(張尙書)가 반반(盼盼)이라는 기생을 위해 지은 집. 장상서가
　죽은 후에도 반반은 이곳에서 수절하였다 한다. 중국 강소성(江蘇省) 서주(徐州)에 있
　었다.(白居易「燕子樓詩序」참고)
23 봉래도(蓬萊島): 신선들이 사는 삼신산(三神山)의 하나.(白居易「長恨歌」: "忽聞海上有
　仙山, 山在虛無縹緲間, 樓殿玲瓏五雲起, 其中綽約多仙子.")

妓挽

容顔昔全盛, 夫壻富平侯.
玉斝羔兒酒, 瑤箏燕子樓.
靑山俄逝水, 紅藕自經秋.
此去蓬萊島, 還應繼舊遊.

배 젓는 노래[24]

밀물 일자 임은 말을 타고서
풍호楓湖 길로 가시더니

밀물 돌아가자 임은 노 저어 오시는데
저 연파煙波만 사랑하는지

돌아가는 밀물 내 집 앞 지나도
임의 배는 마냥 노니시는지.

---

24 원제:"삼포(三浦)에서 배 젓는 노래를 대신 짓다" 삼포(三浦)가 정확히 어딘지는 분
명치 않으나, 본문에 풍호(楓湖)가 나오는 것으로 미루어 영산강 하류에 있었던 지명
으로 생각된다. 풍호는 회진 앞으로 흐르는 영산강의 별칭이다.

유신한 저 밀물만 같지 못하니
뉘라서 알리요 임의 마음을.

밀물은 와도 임은 오지 않으니
이 몸은 어찌해야 한단 말인가.

三浦倩作蕩槳曲

潮生郎騎馬, 早向楓湖道.
潮廻郎棹舟, 只愛煙波好.
潮廻過妾家, 郎舟尙容與.
不如潮有信, 郎心誰得知.
潮來郎不來, 賤妾當何爲.

그리움²⁵

거문고 두고도 타질 않네요
괴로운 곡조 들으면 슬퍼질 테니.

술이 있어도 마시질 않네요
취하면 이별이 아파질 테니.

만단의 시름 맺혀서 풀리질 않고
제 마음은 누에고치 같네요.

사내들 먼 길 가벼이 떠나는데
이 몸은 장차 어찌하리까?

서글피 저 강변으로 나가
버드나무 한 가지 꺾어보네요.

천만 겹 싸인 이별의 사연
한마디로 줄이면 장상사長相思.

유연幽燕²⁶은 우리 고향 분명 아닌데

---

25 원제: "어떤 이를 위해 대신 지어주다"
26 유연(幽燕): 중국의 하북성(河北省) 지방의 옛 이름. 여기서는 변경을 일컫는다.

그대는 무엇 하러 가셨나이까?

다리 옆 저문 날 비 내리는데
하염없이 섰자니 눈물만 줄줄.

이내 소원 산 위의 돌이나 되어
날마다 임 오시나 바라봤으면.

이내 소원 하늘 위의 달이 되어서
곳곳마다 임의 옷에 비추었으면.

그래도 끝내 만나질 못하니
편옥片玉²⁷이 시름으로 녹네요.

약골의 이 몸 살아 있으면
강가에 눈 오는 날 기다려야지.

代人作

有琴不可彈, 苦調聞易悲.

---

27 편옥(片玉): 값진 보배, 귀중한 몸을 가리키기도 한다.(『晉書·郤詵傳』: "〔武帝〕問詵曰: '卿自以爲何如.' 詵對曰: '臣擧賢良對策, 爲天下第一, 猶桂林之一枝, 崑山之片玉.'" 元稹 「送崔侍禦之嶺南二十韻」: "聯游虧片玉, 洞照失明鑑.")

有酒不可飮, 醉別增凄其.

萬般結不解, 心如春繭絲.

男兒輕遠別, 賤妾將何爲.

凄凄出江郭, 手折楊柳枝.

離辭千萬重, 摠是長相思.

幽燕非故里, 夫子去何之.

河橋日暮雨, 佇立淸淚滋.

願爲山上石, 日日望君歸.

願爲天邊月, 處處照君衣.

終然獨不見, 片玉銷愁圍.

蕙質若可保, 期之江雪飛.

무제

남국에서 그 언제 악록화藥綠華²⁸를 만났던가

상상象床²⁹에서 비파 타며 유하流霞³⁰에 취했어라.

28 악록화(藥綠華): 전설상의 선녀 이름.(『영육현지零陸縣志』: "진秦의 악록화藥綠華는 여
   선女仙이다. 진 목제穆帝 승평升平 3년에 양권羊權의 집에 내려와서 스스로 하는 말이
   '행도行道한 지가 이미 3년이다' 하고 양권에게 도술道術과 시해尸解의 약을 주었다.")
29 상상(象床): 상아로 장식한 상. 상상(象牀).
30 유하(流霞): 전설에서 신선들이 마시는 음료.

강가에서 옥패玉佩를 풀자[31] 붉은 꽃은 사위고
낙포洛浦에 난鸞새 타니[32] 푸른 하늘 머나멀어.

기이한 향료 바다에서 난다고, 허황한 이야기지만
외로운 눈물 하늘 끝에 뿌리기도 견디기 어려워라.

마륵摩勒[33]님께 부쳐볼까 편지나 쓰자 하니
원한이 종이[34]에 스며 글자마다 삐뚤삐뚤.

無題

南國曾逢萼綠華, 象床瑤瑟醉流霞.
江中解佩紅芳歇, 洛浦驂鸞碧落賒.
虛說異香生海窟, 不堪孤淚灑天涯.
憶憑摩勒傳緘札, 怨入蠻牋字字斜.

---

31 옥패를 풀자〔解佩〕:『열선전(列仙傳)』에 "정교보(鄭交甫)가 한고대(漢皐臺) 아래 당도
  하여, 두 여인이 구슬을 차고 있음을 보고 그녀들과 더불어 이야기한 끝에 '그대의 패
  물(佩物)을 얻었으면 좋겠다' 하니 두 여인이 풀어서 주었다." 하였다.
32 낙포에 난새 타니〔洛浦驂鸞〕: 옛날 복희씨(伏羲氏)의 딸이 낙수(洛水)에 빠져죽어 신
  이 되었는데 복비(宓妃)라고 불렀다. 이 여신이 난새를 타고 다니므로 후세 사람이 낙
  신부(洛神賦)를 지었다.
33 마륵(摩勒): 당나라 배형(裴鉶)의『전기(傳奇)』에 "대력중(大曆中)에 최생(崔生)이라
  는 사람의 집에 있는 곤륜노(昆崙奴) 마륵(摩勒)이 신술(神術)이 있었다." 하였다.
34 원문의 만전(蠻牋)은 고급 종이의 일종. 일명 고려지(高麗紙). 일설에는 촉(蜀) 지방
  의 산출이라고도 한다.

별의別意

봉래도蓬萊島 보일 듯 말 듯 석양이 가까운데
원앙새 애 끊어지고 기러기 떼를 잃었네.

황산黃山의 포구[35]에 넋을 녹이는 물이요
청해성靑海城 머리 꿈에 들어오는 구름이라.

광두목狂杜牧[36]이란 칭호 10년이나 들었거니
한마음 꼭 지녀서 문군文君[37]의 원망 사지 않으리.

선루仙樓에서 이별한 후 소식이 돈절하니
천리에 서로 그리는 마음 조각달을 나누리다.

---

35 황산(黃山)의 포구: 황산은 백제와 신라가 마지막 결전을 했던 지명으로 지금 충청
남도 연산(連山) 땅에 있는 것으로 전한다. 여기서 황산 포구는 지금 서산 지역의 해
안에 위치하였다고 추정된다.

36 광두목(狂杜牧): 두목(杜牧)은 당나라의 유명한 시인. 자는 목지(牧之). 그는 만당(晚
唐)의 시대에 태어나 정치 현실에 비판적 태도를 견지하고 권력에 타협하지 않은 채
불우하였으나, 한편으로 분방한 생활을 누리며 성색(聲色)을 좋아하는 태도를 보여서
풍류염사(風流艷事)를 많이 남겼다. 이항복(李恒福)은 "자순(子順: 백호의 자)의 시는
두목지와 같다" 하였고, 양경우(梁慶遇)의『제호시화(霽湖詩話)』에는 "임백호는 번천
(樊川: 두목의 문집 이름이『번천집樊川集』이다)을 배워서, 일세에 이름이 높았다"고
하였다. 이러한 시적 경향 및 생활 태도와 관련해서 백호는 '광두목(狂杜牧)'이라는 칭
호를 들었던 것 같다.

37 문군(文君): 탁문군(卓文君)을 가리킨다. 사마상여(司馬相如)가 탁문군을 음악으로
유인하여 결혼을 하였으나 후일 사마상여의 마음이 변하자 탁문군이「백두음(白頭
吟)」이란 노래를 지었다 한다.

別意

蓬島微茫向夕曛, 鴛鴦腸斷鴈離群.
黃山浦口銷魂水, 靑海城頭入夢雲.
十載自持狂杜牧, 一心休使怨文君.
仙樓別後無消息, 千里相思片月分.

서곤체西崑體[38]를 본떠

강물결 푸르러라 구름도 사라지고
적막한 가운데 요슬瑤瑟이요 난소鸞簫로다.

계당桂堂의 용조월龍爪月[39]에 사람들 앉아 있고

---

38 서곤체(西崑體): 북송(北宋) 초기에 출현한 시 유파의 하나. 만당(晩唐)의 이상은(李
  商隱)을 추종하여 형식미를 중시하고 전고(典故)를 많이 쓰는 것이 그 특징이다. 양억
  (楊億)·유균(劉筠)·전유연(錢惟演) 등이 이 유파의 대표적 인물로 이들이 창화(唱和)
  한 시들을 모아 『서곤수창집(西崑酬唱集)』으로 간행하였는데, 그로 인해 '서곤체'란
  말이 나왔다. 곤체(崑體)라고도 한다.
39 용조월(龍爪月): 용조서(龍爪書)라는 말이 있는데 왕희지(王羲之)가 회계(會稽)의 달
  빛이 맑게 비치는 아래서 음영(吟詠)을 하다가 몇 글자를 썼던바 그 자획이 용의 발
  톱 형상이었다 한다.(『墨池編』 참고) 이 고사와 관련해서 '용조월(龍爪月)'이라는 말
  을 쓴 것으로 보인다.

난저蘭渚라 이어풍鯉魚風[40]에 놀잇배 한가하이.

나비는 향몽香夢을 탐내 분을 새로 더 바르고
꽃은 춘정春情에 빠져 고운 빛이 감했구려.

슬퍼하는 유랑劉郎[41]을 괴이하게 알지 마소
화란畵欄의 동쪽으로 봉래산 막혔잖소.

效西崑體

江流漾碧楚雲空, 瑤瑟鸞簫寂寞中.
人在桂堂龍爪月, 棹閑蘭渚鯉魚風.
蝶貪香夢添新粉, 花惱春情減舊紅.
莫怪劉郎易怊悵, 蓬山只隔盡闌東.

---

40 이어풍(鯉魚風): 9월의 바람.(『玉臺新詠』 梁簡文帝 艶歌篇: "鐙生陽燧火, 塵散鯉魚風.")
41 유랑(劉郎): 29면 「영사(詠史)」의 주석 참조.

안원헌晏元獻의 운韻을 써서 서곤체西崑體로 짓다

애간장 다 녹이고 이제야 만났구려.
화당畫堂의 서쪽 언덕 곡란曲欄의 동쪽에서

홍란紅蘭에 비 뿌려 호랑나비 향기 쫓아 날아와
푸른 연잎 바람 스쳐 원앙새 꿈 깨겠네.

촛불 그림자 그윽해라 서성대는 방에
퉁소 소리 어슴푸레 취하고 깨는 사이

양대陽臺의 구름[42] 흩어지고 무산巫山도 멀어져
이별의 넋 물끄러미 바라보며 떠나가네.

崑體, 用晏元獻韻

割盡柔腸始得逢, 畫堂西畔曲欄東.
香添蛺蝶紅蘭雨, 夢斷鴛鴦碧藕風.
銀燭影深來往處, 玉簫聲逈醉醒中.
陽雲曉別巫山隔, 脈脈離魂去住同.

---

42 양대(陽臺)의 구름: 초나라 양왕(襄王)이 무산(巫山)에서 선녀를 만나서 논 전설을
이른다.

무제

초란楚蘭이랑 상죽湘竹이랑 마음속 기약이니
남녘나라 시인은 생각함이 있겠지요.

비바람 봄 한철에 응당 멀리 들릴 게고
눈서리 아득한 밤 정녕 서로 알아주리.

옥관玉管으로 시를 쓰자 향기 따라 스며들고
은병銀瓶에 차 달이니 맑은 그림자 어울려라.

살구꽃 복사꽃이야 아무런 의미 없거늘
저 꾀꼬리 나비만이 오락가락 엿보누나.

無題

楚蘭湘竹托幽期, 南國騷人有所思.
風雨一春應遠聞, 雪霜遙夜要相知.
香侵玉管題詩處, 清伴銀瓶煮茗時.
紅杏碧桃無意味, 秖饒鶯蝶往來窺.

억진아憶秦娥[43]

고향생각 간절해라
흑초구黑貂裘 헤어졌네,
관산關山의 눈 속에.

관산의 눈
푸른 장막 추위 오싹한데
날라리 소리 흐느끼네.

옥로玉爐의 향불 남은 밤을 지새는데,
요지瑤池의 길이 막혀 사람은 이별이 애달파라.

사람은 이별이 애달파라
비파줄 먼지 쌓이고
역루驛樓에 달이 밝아라.

---

43 억진아(憶秦娥): 사패(詞牌)의 이름. 이백(李白)의 사(詞) 중 "秦娥夢斷秦樓月"의 구에
서 유래한 이름이다. 제목 아래 일결(一闋)이란 말이 붙어 있는데 '한 곡조'라는 뜻
이다.

憶秦娥(一関)

鄉心絶, 烏貂弊盡關山雪.

關山雪, 寒生翠幕, 塞笳聲咽.

玉爐香炧殘宵徹, 瑤池路阻人傷別.

人傷別, 琴徽塵滿, 驛樓明月.

증답
贈答

이평사李評事를 송별하여¹

북방이라 눈 쌓인 용황龍荒²의 길
바람 스산한 발해渤海의 해변.

군막의 서기를 맡은 이 사람
당대에 날리는 미남아로세.

칼집 속엔 별을 찌를 칼³이 들었고
주머니엔 귀신 울릴 시詩⁴가 담겼다네.

변방의 황사는 갑옷을 내리덮고
관산關山의 달 붉은 깃발에 비추누나.

변새로 응당 두루 다닐 터이니

---

1 북평사(北評事)로 부임하는 이영(李瑩)을 전송하며 지은 시. 『문과방목(文科榜目)』에
  따르면, 1576년 식년시(式年試)에 급제하였으며, 자(字)는 언윤(彦潤), 호는 남고(南
  皐), 본관은 고성(固城)이다. 허균(許筠)은 『성수시화(惺叟詩話)』에서 자신의 둘째 형
  인 허봉(許篈)이 이 시를 성당(盛唐) 시대 작품에 비견할 수 있다고 극찬한 사실을 기
  록하고 있다.
2 용황(龍荒): 본래 이민족이 사는 변경을 가리키는 말.
3 별을 찌를 칼〔干星劍〕: 보검의 이름. 진(晉)나라 때 뇌환(雷煥)이 두우(斗牛) 사이에 자
  색 가운이 있음을 보고, 이는 보검의 정기가 위로 하늘에 통한 것이라 생각하여 마침
  내 땅을 파서 보검 두 자루를 얻었다.
4 귀신 울릴 시〔泣鬼詩〕: 극히 감동적인 시를 이르는 말.(杜甫「寄李白二十韻」: "昔年有狂
  客, 號爾謫仙人. 筆落驚風雨, 詩成泣鬼神.")

운대(雲臺)[5]에 화상 걸 날 멀지 않으리.

머리칼 치솟은 씩씩한 그 모습
멀리 떠나는 슬픔을 짓지 않누나.

送李評事

朔雪龍荒道, 陰風渤海涯.
元戎掌書記, 一代美男兒.
匣有干星劍, 囊留泣鬼詩.
邊沙暗金甲, 關月照紅旗.
玉塞行應遍, 雲臺畫未遲.
相看豎壯髮, 不作遠遊悲.

성이현成而顯과 작별하며

말을 하면 세상에서 미쳤다 하고

입 다물면 세상에서 천치라 한다.

이렇기에 고개 젓고 떠나가노니
어찌 없으랴 아는 이 다 알아보지.

留別成而顯

出言世謂狂, 緘口世云癡.
所以掉頭去, 豈無知者知.

만월대滿月臺에서 벗과 작별하며

흥하고 망한 옛 일 내게 무슨 상관이랴만
떠나고 머무는 정에 마음 설레오.

황량한 만월대 한잔 술에
두세 가락 풍편의 젓대 소리.

滿月臺別友

不管興亡事, 能關去住情.
荒臺一杯酒, 風笛兩三聲.

김여명金汝明과 작별하며

새봄 맞은 금리錦里의 정월달
동풍이 불어오는 백로주白鷺洲에서

떠나는 벗 손목 놓기 너무 아쉬워
목란주木蘭舟를 다시금 멈추노라.

別金汝明

錦里春正月, 東風白鷺洲.
離人惜分手, 更艤木蘭舟.

김생金生이 공사貢士로 상경하기에

이곳은 본래 이별이 많은 곳이라
강변에 버들가지 남아 있지 않구나.

붉은 붓 한 자루 그대에게 주노니[6]
어서 가서 대궐에 입시入侍를 하소.

金生以貢士赴京

此地本多別, 江邊無柳枝.
贈君彤管筆, 歸去入龍墀.

---

6 붉은 붓~주노니〔贈君彤管筆〕: 동관(彤管)은 붓을 가리키는 말. 『시경(詩經) · 패풍(邶風)
· 정녀(靜女)』에 "참한 아가씨 어여쁘기도 해라, 나에게 동관을 주었네〔靜女其戀, 貽我
彤管〕"가 있는데, 동관은 대가 붉은 붓으로 흔히 여자가 쓰는 것으로 알려졌다.

김시극金時極의 부채에 청계靑溪의 시를 차운하여 쓰다[7]

천동泉洞에서 처음 만난 탈속脫俗한 그 모습
그 당시 약속 지켜 백호白湖로 찾아왔네.

어찌하여 저물녘 비 맞으며 담양潭陽으로 길을 떠나
서창西窓에 불 밝히고 이야기하잔 약속을 저버리는가?[8]

金時極箑, 次靑溪韻(時極名應會, 以奇士名於世, 竟死於孝.)

泉洞初逢絶俗姿, 白湖來訪是前期.
如何暮去潭州雨, 孤負西窓剪燭時.

---

7 원주(原註): "시극(時極)은 이름이 응회(應會)이며, 기특한 선비로 세상에 이름이 있었는데 마침내 효(孝)를 실천하다 죽었다." 김응회(1555~1597)는 자(字)가 시극, 본관은 언양(彦陽)이며, 담양에 살았으며, 의병장 김덕령(金德齡)이 처남이다. 우계(牛溪) 성혼(成渾)의 문하에서 수학하였고, 수은(睡隱) 강항(姜沆) 등과 교유하였다. 임진왜란이 일어나자 김덕령의 의병활동을 도왔으며, 1597년 정유재란 때 어머니를 모시고 왜적을 막다가 순국하였고, 이때 그의 어머니도 순절하였다. 한편, 청계(靑溪)는 양대박(梁大樸)의 호이다.

8 서창(西窓)에~저버리는가: 촛불을 밝히고 밤새우며 이야기한다는 의미로 당(唐) 이상은(李商隱)의 「밤 비에 북쪽으로 부치다[夜雨寄北]」에서 유래하였다.(君問歸期未有期, 巴山夜雨漲秋池. 何當共剪西窓燭, 却話巴山夜雨時.)

무진장無盡藏[9]에서 김시극金時極에게

오작교烏鵲橋 다릿가에서 두건을 비뚜로 쓰고 놀았으니[10]
미친 이름 하룻밤에 만인이 다 알았다오.

청계靑溪에서의 행색에 백호白湖에 뿌리던 비
한번 헤어진 후 생각하매 모두 다 아득하여라.

無盡藏, 贈金時極

烏鵲橋邊倒接䍦, 狂名一夕萬人知.
靑溪行色白湖雨, 摠是悠悠別後思.

---

9 무진장(無盡藏): 백호의 외가가 있던 옥과현(玉果縣)의 한 지명으로, 그의 백호라는 호
역시 이곳에서 따온 것이다. 그곳은 남원과 인근한 지역으로 본문의 청계(靑溪)는 남
원 쪽의 지명이니, 양대박(梁大樸)의 청계라는 호도 여기서 따온 것이다.
10 두건(接䍦): 원문은 '接䍦'로 되어 있는데 바로잡았다. 접리는 두건의 이름. 『세설신
어(世說新語)』의 임탄(任誕)이라는 항목에 산계륜(山季倫: 이름 簡)이 형주(荊州)에 있
을 때 때로 술을 실컷 마시고 취하는 일이 있어 그를 두고 노래한 말에 "山公時一醉, 逕
造高陽池. ……復能乘駿馬, 倒著白接䍦."(䍦=䍦)라고 하였다. 이백의 「양양가(襄陽歌)」에
"落日欲沒峴山西, 倒著接䍦花下迷."는 이를 두고 읊은 것이다. 이 구절은 남원 오작교 옆
에서 격식에 구애하지 않고 흥겹게 놀았음을 표현하고 있다.

김시극金時極과 작별하며

비에 막혀 하룻밤 같이 지내고
비 갠 아침나절 헤어지기 아쉬워

손님 붙드는 나의 정성이
앞강의 저 비만도 못하다니.

贈金時極別

天雨夜連床, 天晴朝別苦.
慙吾挽客情, 不及前江雨.

고인후高因厚¹¹에게

태산북두泰山北斗로다 태헌苔軒¹² 어른
작별의 시름도 이미 한 봄 지났더니

가을바람 이는 해양관海陽館에서
백미白眉¹³의 인물을 만나다니.

贈高善建(因厚)

山斗苔軒老, 離愁度一春.
秋風海陽館, 相見白眉人.

---

11 고인후(高因厚): 고경명(高敬命)의 아들로 자는 선건(善建), 호는 학사(鶴沙)이며, 임
    진왜란 때 금산 싸움에서 고경명과 함께 전사했다. 당시 나이는 33세였다.
12 태헌(苔軒): 제봉(霽峯) 고경명(高敬命)의 별호. 태산 북두(泰山北斗)는 굉장히 빼어나
    세상의 사표가 되는 인물을 지칭하는 말.
13 백미(白眉): 여러 형제 가운데 가장 빼어난 사람을 가리킨다.(촉한蜀漢 마량馬良의
    자字는 계상季常으로 형제가 다섯이었는데, 다 상常자를 넣어 자를 지었다. 형제가 모
    두 재주가 있었으나 그 중에서도 마량이 가장 뛰어나서 향리에서 "마씨 형제 다섯 중,
    백미가 가장 훌륭하다(馬氏五常 白眉最良)"고 하였다. 마량의 눈썹에 백미가 있기 때
    문이었다.)

금객琴客에게

청루에 푸른 버들 비치는데
안에서 거문고 타는 사람.

나는 그를 따라가
고난곡孤鸞曲[14] 한 곡 듣고지고.

贈琴客

青樓映綠楊, 中有彈琴客.
我欲往從之, 一聽孤鸞曲.

유우경柳虞卿에게

글 배우다 이루지 못하고

---

14 고난곡(孤鸞曲): 금곡(琴曲)의 이름. 별학조(別鶴操)와 함께 부부간의 이별의 정회를
표현한 곡으로 유명하다.(陶潛 「擬古」: "上弦驚別鶴, 下弦操孤鸞.")

청루 아래 오락가락.
맑은 밤 옥금玉琴 안고 고요히 앉아
한곡 타기 이보다 좋은 일 있으랴!

贈柳虞卿

學書不成去, 來往靑樓下.
莫如携玉琴, 靜坐彈淸夜.

떠나는 이에게

천리길 떠나는 마음 누대에 함께 오르니
창해에 달이 밝아 밤이 가을인 양.

가야금 열두 줄에 실린 분명한 이야기는
강남의 무한한 시름 알아서 풀어주누나.

贈別

千里襟期共倚樓, 月臨滄海夜如秋.
伽倻絃上分明語, 解道江南無限愁.

김목사金牧使에게 부쳐

성城의 숲 안개에 잠기고 달 뜨기 전에
외로이 앉았노라니 온갖 정회 설레누나.

문원文園[15]이 강을 삼킨 꿈 방금 깨어나니
목사님 응당 술 마실 줄[16] 아시리라.

---

15 문원(文園): 한나라 사마상여(司馬相如)가 일찍이 문원령(文園令)을 지낸바 그를 지
  칭한다.
16 원문의 백야경(白也傾)의 백(白)은 술잔 혹은 벌주의 잔. (『漢書·敍專』: "引滿擧白, 談笑
  大劇.") 백야경(白也傾)은 술잔을 기울인다는 말.

寄金牧伯前

城樹煙沈月未生, 一堂孤坐有餘情.
文園初罷吞江夢, 刺史應知白也傾.

남간南磵에서 성칙우成則優[17]에게 주는 시

서울이라 벗님네 살고 계시는데
남간南磵 물가에 허름한 나의 집.

동산 숲 푸른 뫼에 기대어 있고
청백淸白은 곧 청전靑氊[18]이라오.

---

17 성칙우(成則優): 성호선(成好善, 1552~?). 칙우(則優)는 그의 자(字). 호는 월사(月簑),
본관은 창녕(昌寧)이다. 1573년(선조 6) 진사시에 합격하였고, 1589년(선조 22) 증광
문과에 급제하여 병조좌랑(兵曹佐郞), 충주목사(忠州牧使) 등을 역임하였다. 백호를
비롯하여 차천로(車天輅), 유몽인(柳夢寅), 이춘영(李春英), 김현성(金玄成) 등 당대의
재사들과 교유하였다.

18 청전(靑氊): 푸른색 양탄자. 집안에서 대대로 내려오는 유물(遺物)을 가리킨다. 『세
설(世說)』에 "왕자경(王子敬)이 밤에 재중(齋中)에 누웠는데 도둑떼가 들어와 물건을
다 가져가므로 자경은 '도둑놈아 청전은 우리 집의 구물(舊物)이니 두고 가라'고 말
했다" 하였다.

세상에 나가자도 계책이 없고
마음을 알아주긴 저 하늘뿐.

바위 빗장 속객俗客을 사절하니
취하면 잠자기에 알맞지요.

南磵, 贈成則優

京洛故人在, 弊廬南磵邊.
園林倚碧岫, 淸白是靑氈.
行世無長策, 知心有老天.
巖扉謝俗駕, 只合醉餘眠.

낙매落梅를 노래하여 칙우則優에게 주다

옥젓대 소리에 암향暗香[19]마저 지는구나
온 성의 봄소식이 도리어 슬픔일레.

---

19 암향(暗香): 매화(梅花)의 별칭.(임포林逋 시의 "暗香浮動月黃昏"에서 유래했다.) 옥적
취(玉笛吹)는 강적(羌笛)에 「낙매곡(落梅曲)」이 있기 때문에 쓴 것이다.

동황東皇²⁰님 마음 씀이 바쁘고 고달픈 줄 알지마는
저 노니는 벌들 애 끊는데 어찌할거나.

贈則優詠落梅

玉笛吹邊落暗香, 春城消息只堪傷.
東皇用意知勤苦, 却恐游蜂斷盡腸.

유상사柳上舍²¹에게

오건烏巾²²이 닳았으니 가을 깊어 곤란하련만
서신으로 명성을 다투는 일 본뜻을 어김에랴!

어찌하면 선생 따라 바닷가에서 노닐어

---

20 동황(東皇): 봄의 신. 동군(東君)과 같은 말.
21 원주: "성춘(誠春)." 상사(上舍)는 선비를 이르는 말. 유성춘(柳成春)은 미암(眉菴) 유
   희춘(柳希春)의 형으로 역시 학자로 이름이 높았다.
22 오건(烏巾): 흑두건으로 은자의 복식.

봄물에 갈매기 나는데 기심機心을 함께 잊을까요.

贈柳上舍(誠春)

烏巾塾盡困秋圍, 尺紙爭名素志違.
安得隨君海雲畔, 白鷗春水共忘機.

안극회安克誨와 작별하며

한동이 술로 반가운 만남 정다이 나누지 못한 채
그대 한산寒山으로 떠나 만겹으로 막히는구려.

어슴푸레 시내를 넘어가는 이별의 꿈은
산사의 쇠북소리 달 이운 새벽녘.

贈別安生(克誨)

一樽淸晤未從容, 君去寒山隔萬重.

別後依依過溪夢, 月殘蕭寺五更鍾.

정자신鄭子愼의 시에 차운하여[23]

1

온 동산의 꽃과 대 모두 다 진여眞如로세.

속세에 글귀 찾는 그 업장業障 못 벗었군.

푸른 못에 둥근 달 하나 찍혀 있다.

구담瞿曇의 팔만장경 많다 하여 빛 더하랴.

2

강남의 병든 사마상여司馬相如[24] 괴롭도록 그리우니

묵은 한 새 시름을 어디다 푼단 말고.

지금은 회계會溪에서 편안히 계시는지?

봄바람에 보았노라 서울서 보낸 서신.

---

23 원주: "이름은 지승(之升)."

24 병든 사마상여(病相如): 사마상여가 소갈증을 앓았기 때문에 붙여진 말로 시인 자신을 이르고 있다.

次鄭子愼韻(名之升)

一園花竹摠眞如, 索句塵實業未除.
碧潭夜印孤輪月, 掩却瞿曇八萬書.

江南苦憶病相如, 舊恨新愁鬱未除.
今在會溪安穩否, 春風曾見洛陽書.

정자신鄭子愼을 그리며

회계 사람 못본 지 어느덧 3년이라
북녘 하늘 구름이 눈에 자주 들어오네.[25]

더더구나 그리운 정 저문 봄을 만났으니
꽃 지는 비바람 정신 한결 상하누나.

---

25 원문의 정운(停雲)은 하늘에 머문 구름이라는 뜻인데, 친구를 그리워하는 의미가 내
포되어 있다.(도잠陶潛의 시에 「정운 4수停雲四首」가 있는데 그 자서自序에서 "停雲, 思
親友也."라고 했다.)

懷鄭君子愼

三年不見曾溪人, 直北停雲入望頻.
況是相思屬春暮, 落花風雨倍傷神.

정지승鄭之升의 시에 차운하여

자진子眞[26]을 오래 못 만났으니
정운停雲[27]의 생각 어찌 그칠 소냐.

강산은 날랜 붓에 시름하거늘
천지에 빈 배를 띄웠네그려.

세속에 응하자니 꼴이 사나워
스님을 만나 옛날 노닐던 일 이야기하오.

이 몸 벼슬살이에 얽매여

---

26 자진(子眞): 한(漢)나라 사람 정박(鄭樸)의 자가 자진(子眞)으로, 그는 곡구(谷口)에
    은거하며 도를 닦아 이름이 높았다. 그뒤 정씨 성을 가진 사람을 지칭하는 데 쓰였다.
27 정운(停雲): 앞면 「정자신을 그리며」의 주석 참조.

한강의 누대를 홀로 지나노라.

僧卷, 次鄭之升韻[28]

不見子眞久, 停雲思可休.
溪山愁健筆, 天地泛虛舟.
應俗羞新態, 逢僧說舊遊.
簪纓麋此物, 獨過漢江樓.

정자신鄭子愼을 송별하여

푸른 노을 기이한 기운 회계會溪의 사람
약 팔고 돌아가는 걸음 막대 하나 짚고서

향기 어린 총계당叢桂堂 서가에는 책이 가득
눈 갠 산길에 사슴의 발자국.

---

28 원제: "스님의 시권(詩卷)에 있는 정지승(鄭之升)의 시에 차운하다"

천단天壇²⁹에 달이 차니 신령한 소리 울리고
운대雲碓에 얼음 깊어 방아찧기 멈추었네.³⁰

벼슬살이 묶여 있는 옛 친구들 생각해보오.
금성禁城³¹의 종소리를 십년이나 듣고 있다오.

送鄭子愼

靑霞奇氣會溪翁, 賣藥還山只一節.

香縷桂堂書滿架, 雪晴巖逕鹿留蹤.

天壇月冷生靈籟, 雲碓氷深閣夜春.

應念故人羈宦久, 十年猶聽禁城鐘.

---

29 천단(天壇): 제왕이 하늘에 제사지내는 곳을 뜻하는 말인데 여기서는 산의 정상을
   가리키는 듯하다.
30 원문의 운대(雲碓)는 계곡에 물이 떨어져 확 모양으로 된 곳을 가리킨다. 각야용(閣
   夜春)은 얼어서 물이 떨어지지 않는 상태를 표현한다.
31 금성(禁城): 궁궐을 가리키는 말.

정자신鄭子愼에게[32]

총계당叢桂堂[33] 흰구름에 물은 하염없이 흐르는데
귀한 왕손王孫이 여기 와서 오래 노니누나.

지전芝篆[34]의 먼 옛날 글씨 그런 대로 넘겨봄 직하고
자갈밭의 가을걷이도 족히 살아갈 만하다지요.

아이는 약을 파느라 늘 더디 돌아오는데
신선 벗하여 진眞을 찾느라 깊숙이 홀로 가네.

대동강 외로운 배 서로 추억하는 곳에
봄풀은 우거져 물가에 가득하리.

寄鄭子愼(之升)

白雲叢桂水空流, 偃蹇王孫耐此遊.
芝篆古書聊汎濫, 石田秋事足淹留.

---

32 원주: "정지승(鄭之升)."
33 총계당(叢桂堂): 정지승의 당호(堂號)가 총계당(叢桂堂)이라 그렇게 쓴 것이다.
34 지전(芝篆): 남제(南齊) 소자량(蕭子良)이 편찬한 고문(古文)의 글씨 52종의 하나로
   지영(芝英)이 들어가 있는데 지영서라고도 부른다. 지전(芝篆)은 곧 이를 가리키는 것
   이 아닌가 한다. 이 구절은 옛날 서체의 필첩들이 있어 때로 감상할 만하다는 뜻이다.

山僮賣藥歸常晚, 仙侶尋眞去獨幽.

浿上孤舟相憶處, 萋萋春草滿汀洲.

회계會溪로 부쳐[35]

그립고 또 그리워라

지금 세상 지기知己와 작별하니.

봄꽃은 벌써 다 떨어졌는데

방초芳草는 언제 곧 시드는지.

그대 지금 산중 사람 되었으매

바위 틈의 지초芝草도 캐려니와,

---

35 원주: "기(錡)가 가는 편에 부치다." 기(錡)는 정지승의 맏아들인 정회(鄭晦, 1568~1623)
의 초명(初名)이다. 그래서 마지막 두 구에서 '소선(小仙)'이라 일컬은 것이다. 정회의
자는 원량(元亮), 호는 무송당(撫松堂), 만송(晩松)이며, 벼슬이 평택현감(平澤縣監)에 이
르렀다. 문집으로『무송당유고(撫松堂遺稿)』가 전한다. 회계(會溪)는 정지승(鄭之升)이
은거한 곳으로,『동야패설(東野稗說)』에 "시인 정지승은 일생 산수를 사랑하여 가족을
데리고 용담(龍潭: 지금의 전라북도 진안)의 회계곡(會溪谷)에 은거하고 자호를 회계산
인이라 하였으며, 시냇가 경치 좋은 곳에 정사를 짓고 살았는데, 그 이름은 총계당(叢
桂堂)이라 했다"는 기록이 보인다. '회계(會稽)'와 '회계(會溪)'는 통해서 쓴 것으로 보
인다.

푸른 시내 굽이로 노닐다가는
계수나무 가지 부여잡으리.

이내 몸은 무슨 연고 있길래
풍진 속에 품은 뜻을 어기고 사나

청하靑霞를 홀로 꿈꾸건만
백발이 되도록 단결丹訣은 까마득하네.[36]

편지 한장 소선小仙 편에 부쳐
다래 넝쿨 달빛 아래로 보내옵니다.

寄會溪(付騎行)

相思復相思, 世間知己別.
春花落已盡, 芳草何時歇.
念爾山中人, 采采巖上芝.
流憩碧磵曲, 攀援桂樹枝.
而我亦何故, 風塵違素期.
靑霞獨幽夢, 皓首迷丹訣.

---

36 청하(靑霞)~까마득하네: '청하'는 깊은 산중의 풍치를 이르는 말이며, '단결(丹訣)'
   은 도가(道家)의 용어로 연단(鍊丹)하는 비결을 말한다.

緘書付小仙, 遠寄綠蘿月.

서울 가는 청계青溪³⁷를 송별하여

봄날에 그대를 떠나보내니
그윽한 회포 뉘랑 풀어볼까.

시절 좋아 그대는 흥취 일어나거늘
이 몸 대장부 아니라고 웃음이나 사지.

들배에 차 끓일 도구 갖추었고
청계青溪 백호白湖 가까운 곳

복사꽃 피고 봄물이 넘실거릴 때
달빛 타고 날 찾을 이 뉘 있을까.

---

37 원주: "양대박(梁大樸)."

別靑溪之京(梁大樸)

春日送君去, 幽懷誰與娛.

淸時還有味, 此物笑非夫.

野艇兼茶竈, 靑溪近白湖.

桃花煙水闊, 乘月訪吾無.

송암(松巖)[38]에게 주다

근래 게으르고 어리석음이 심한 줄 깨달으니
문 닫아 걸고 번거로운 세사世事 사절하네.

고요한 때는 거문고도 던져버리고
향로의 향 바꾸는 것도 번거롭다네.

저녁에 취해 아침까지 취해 있다네
그대를 생각해도 그대를 보지 못하니.

---

38 송암(松巖): 양대박(梁大樸)의 별호이다.

강남江南의 옛 고향으로

함께 은퇴하여 구름이나 바라보세.

寄松嚴

近覺癡慵甚, 關門謝世紛.

靜時抛玉軫, 多事換鑪薰.

暮醉仍朝醉, 思君不見君.

江南舊泉洞, 投老共怡雲.

서릉西陵에서³⁹

영락하여 때는 늦어가는데

떠도는 신세 언제 뜻을 펴나.

---

39 원제: "서릉(西陵)에 차제(差察)되어 남창(南窓) 김현성(金玄成)에게 부치다" 차제(差
察)는 제관으로 임명되는 것을 말한다. 김현성(金玄成, 1542~1621)은 자가 여경(餘慶)
이며, 남창은 그의 호. 시인으로 이름이 났으며, 글씨로도 유명하다. 목사(牧使)를 역임
했다. 서릉(西陵)은 서쪽 교외에 있는 어느 왕릉으로 추정된다. 이 시부터 아래의 「서
릉(西陵)에서 이참봉(李參奉)에게」까지는 모두 같은 시기에 지어진 것으로 추정된다

백년이면 몸은 곧 토목土木이 될 걸
반생의 자취 풍진이로고.

벼슬 한자리 임금님의 은택이기에
가을 석달 노친을 떠났었다오.

수심 속에 제사를 받들고 나서
새벽을 기다리며 홀로 앉았소.

差祭西陵, 寄南窓金玄成

牢落時將晚, 羈栖志未伸.
百年身土木, 半世迹風塵.
一宦緣明主, 三秋別老親.
愁邊供典祀, 獨坐待清晨.

〔붙임〕 남창南窓의 시

붕정鵬程[40]은 하마 멀리 닿았으니

자벌레의 굴신屈伸⁴¹을 기약하리다.

단칼에 얽힌 마디 갈라지고⁴²
긴 빗자루 길의 먼지 쓸어내니

문장은 나라를 빛낼 솜씨
공명도 어버이를 영예롭게 하리.

더구나 다시 쓰임을 얻으니⁴³
어찌 오래 부모님 떠나 있으랴.

〔附〕南窓

已接鵬程遠, 終期蠖屈伸.

利斤揮錯節, 長篲泛途塵.

文彩堪華國, 功名定顯親.

---

40 붕정(鵬程): 사람의 전정(前程)이 원대함을 비유한 말. 아울러 붕새는 한번 날개를 치
면 구만리를 비상한다는 말이 있으니(『莊子』逍遙遊) 그처럼 분발하게 되었다는 의미
를 내포하고 있다.

41 자벌레의 굴신(蠖屈伸): 확(蠖)은 자벌레. 이 자벌레가 몸을 굽히는 것은 펴기 위한
것이라는 말이 있다.(『周易·繫辭』: “尺蠖之屈, 以求伸也.”) 일시 불우한 처지에 놓이는
것은 장차 크게 발전할 준비 과정이라는 의미이다.

42 단칼에~갈라지고: 이 구절은 의미가 포정해우(庖丁解牛)와 연계되어 있다.(『莊子』養
生主) 소를 잡는 포정이 칼 솜씨가 고도에 달하면 아무리 얽힌 관절이라도 아주 손쉽
게 갈라낸다는 것이다. 여기서는 문예가 절묘한 경지에 도달했음을 비유하고 있다.

43 원문의 기폐(起廢)는 버려진 사물이 다시 새롭게 중용되는 경우를 가리키는 말.

況聞當起廢, 寧久隔昏晨.

김남창金南窓과 전사관典祀官에 차정되어 주고받은 시

1

서교에서 만난 남창이 바로 항사項斯[44]로세

다행히도 같은 때 원릉園陵의 제사 받들다니.

그대는 지금 교서각校書閣에 있으면서

청포青袍 입고 말을 타고 장안 대로 거니누나.

2

무릉도원 어디더냐? 십년의 발자취

고개 돌려 생각하니 떠돌이 신세 부끄럽소.

멀리서 그려보니 석문石門에 중은 다 떠나고

---

44 항사(項斯): 당나라 때 강동(江東) 사람. 처음에는 이름이 드러나지 않았는데 양경지
(楊敬之)가 그의 시를 보고 재주를 사랑하여 다음과 같은 시를 지어준 일이 있었다.
"幾度見詩詩墨好, 及觀標格過於詩. 平生不解藏人善, 到處逢人說項斯."

푸른 구름 가을 나무에 저녁종이 가까우리.

同金南窓差典祀官酬唱

傾蓋西郊是項斯, 園陵祗事幸同時.
憐君今在校書閣, 紫陌靑袍驅馬遲.

武陵源上十年蹤, 回首名山愧轉蓬.
遙想石門僧去盡, 碧雲秋樹近昏鍾.

김남창의 시에 차운하여

낙엽은 우수수 봉성鳳城에 그득한데
우연히 제사 일로 바쁜 길⁴⁵을 같이 가네.

여윈 말에 읊는 채찍 행색을 따르는데
얇은 햇살 맑은 서리 객客의 정을 비추누나.

---

45 원문의 엄정(嚴程)은 기일이 촉박한 여정.

석양 기운 아슬타 뫼에 엉겨 어두워지고
가을 소리 쓸쓸타 시내로부터 생기는걸.

맡겨놓은 몸이라서 미력이나 바치자고
한달에 두번을 서릉西陵으로 가옵니다.

次金南窓韻

落葉紛紛滿鳳城, 偶因禮事共嚴程.
吟鞭瘦馬隨行色, 淡日淸霜照客情.
夕氣遠連千嶂暝, 秋聲偏自亂溪生.
委身本擬輸微力, 經月西陵再度行.

서릉西陵에서 이참봉李參奉에게[46]

고려 말년 기남자 이정언李正言 그분이로다.

---

46 원주: "바로 고려조 이존오(李存吾)의 자손이다." 이존오는 공민왕 때 우정언(右正言)
이 되어 신돈(辛旽)의 죄악을 성토한 일이 있었다.

한평생의 간담肝膽이야 하늘과 같다 할까.

몸은 지주砥柱인 양 거센 물결에 우뚝 서고⁴⁷
손으로 헤쳐냈다오 해를 가린 구름을.

소상강瀟湘江 난초는 천고의 한일러니
석탄石灘⁴⁸의 명월은 몇번이나 차고 기울었나.

이분 후손 서릉서 만나 이야기 나누노니
마음이 뜨거워져 시 한수 쏟아내네.

西陵贈李參奉(乃麗朝李存吾子孫也.)

麗季奇男李正言, 一生肝膽有如天.
身爲砥柱黃河上, 手決浮雲白日邊.
湖浦幽蘭千古恨, 石灘明月幾回圓.
西陸偶與賢孫話, 激烈餘懷寫短篇.

---

47 몸은~우뚝 서고(身爲砥柱黃河上): 황하의 격류가 흐르는 가운데 기둥처럼 우뚝 선
산이 있어 그 이름을 지주산(砥柱山)이라 일컬었다. 하남성(河南省)의 삼문협시(三門
峽市)에 있다. 이에 '지주(砥柱)'는 우뚝 서서 흔들리지 않는 자세를 비유하는 뜻으
로 쓰인다.
48 석탄(石灘): 공주에 있는 지명으로, 이존오가 이곳에 물러나 있다가 비분한 나머지
31세의 젊은 나이로 죽었다. 앞 구절이 '湘浦幽蘭'으로 소상강에서 자결한 굴원(屈原)
을 비유적으로 끌어와 그 대구(對句)로 '石灘明月'라 썼다.

창녕昌寧 냇가에서 김대중金大中과 취중에 작별하며

지루한 봄날 거닐어 조그만 마을 지나다가
우연히 길손 만나 좋은 술에 넘어졌네.

꽃 환하고 버들숲 짙어 줄풍류에 노랫소리
원님은 전생前生의 옛 성姓을 말하는군.

昌寧溪邊, 醉別金大中

遲日行春過小村, 偶逢征客倒芳尊.
花明柳暗絃歌沸, 良宰前生舊姓言.

심발지沈潑之에게 부쳐

안개비 산을 감싸 낮에도 안 걷히니
나의 蘿衣 축축하고 칼에도 푸른 이끼

청송자靑松子[49] 금릉金陵에서 한번 작별한 후

세상에서 약 팔며 오래도록 돌아오지 않고 있네.

寄沈潑之

霧雨重巖晝不開, 蘿衣欲濕劍生苔.

金陵一別靑松子, 賣藥人間久不廻.

동년同年 박천우朴天祐[50]에게 편지를 부치다

매화에 비 젖으니 홀로 문을 닫고

한통의 편지를 써 은근히 인사하네.

서울의 친구들 모두 다 잘 있으며

---

49 청송자(靑松子): 이 시의 대상 인물인 심발지의 본관이 청송(靑松)이기 때문에 청송
   자라 한 것으로 추정된다.
50 원주: "삼가(三嘉) 사람." 박천우는 1576년 식년시(式年試)에서 백호와 함께 진사에
   합격한 인물이다.

이 아우도 혼정신성昏定晨省 무양하지요.

簡寄同年朴天祐(三嘉人)

雨濕梅花獨掩門, 一封書札謝慇懃,
京洛故人皆好在, 弟今無恙奉晨昏.

함평咸平에서 오수보吳守甫에게 주다

함관咸關에 달빛 비춰 강둑이 평평하고
기러기 먼 하늘로 이따금 울고 가네.

떠도는 나그네 고향 생각 뭉클한데
역로驛路의 가을빛 금마성金馬城[51]에 뻗었구나.

---

51 금마성(金馬城): 지금 전라북도 익산(益山)의 옛 이름.

咸平, 贈吳守甫

咸關月照大堤平, 鴈度遙空時一聲.
游人忽起故園思, 驛路秋連金馬城.

취중에 벗의 시를 차운하다

백마강의 낚시질로 생계를 마련하니
구파鷗波⁵²의 조각배로 눈썹이 항상 펴진다오.

만나는 사람들 나에 대해 묻거들랑
밝은 때 쓰일 계책 없는 이라 전해주오.

醉次友人韻

白江漁釣辦生涯, 一艘鷗波每展眉.
逢著世人應問我, 爲言無策補明時.

---

52 구파(鷗波): 물새가 날고 잠기는 물결을 가리키며, 생활이 한적하고 자유로움을 비
유한 말이다.

춘호春湖와 농서蘢西[53] 두 시인에게

폐 앓는 몸 늑장부려 일어나선
방이 차니 헌 갖옷 꺼입는다오.

풍광風光은 지금 이렇거늘
좋은 모임 이룰 길이 없어 애석하구려.

낙엽 지는 동산의 저녁
연잎 이우는 옛 못의 가을

두 송옥宋玉[54]을 그리다 못해
쓸쓸히 서루西樓에 올라 바라본다오.

簡春湖蘢西二騷人

肺病朝慵起, 寒齋擁弊裘.

---

53 춘호(春湖)와 농서(蘢西): 춘호(春湖)는 백호와 동시대 인물인 유영경(柳永慶, 1550~
   1608)의 호. 농서는 미상. 이 두 사람은 백호와 한때 시사(詩社)의 모임을 가졌던 것
   으로 추정된다.
54 송옥(宋玉): 전국(戰國)시대 초(楚)나라의 빼어난 문학가. 굴원(屈原)의 제자로 「비
   추부(悲秋賦)」를 지었다. 여기서 쌍송옥(雙宋玉)이란 춘호(春湖)·농서(蘢西) 두 사람
   을 비유한 것이다.

風光今若此, 良會惜無由.

落葉名園夕, 殘荷古澤秋.

有懷雙宋玉, 蕭瑟倚西樓.

정담鄭湛에게[55]

이 분 대할 적마다 탄식하노니
이런 청빈淸貧이 어디 또 있을까.

풍진 세상이라 벼슬 마다하여
흰 수염 강호에 비치는구려.

술향기는 앵무배鸚鵡杯[56]에 전하거늘
새 시편은 자고鷓鴣[57] 노래구나.

냇물 바라보며 돌아갈 줄 모르니

---

55 원제: "대동계(大洞溪) 가에서 선비 정담(鄭湛)에게 주다"
56 앵무(鸚鵡): 술잔을 말한다.(李白「將進酒」: "鸕鶿酌鸚鵡盃, 會須日飮三百杯.")
57 자고(鷓鴣): 새 이름. 만당(晚唐) 시인(詩人) 정곡(鄭谷)이 자고시(鷓鴣詩)를 지어 유명해지자 정자고(鄭鷓鴣)라는 별칭이 생겼다. 그래서 후세에 정(鄭)의 성(姓)을 대하면 자고(鷓鴣)라 칭하였다. 여기서도 상대가 정씨라서 쓰인 것이다.

지는 해 벌판으로 내려가누나.

大洞溪邊, 贈鄭斯文湛

嘆息斯人老, 淸貧有此無.
風塵謝朱紱, 江海暎霜鬚.
淥醑傳鸚鵡, 新篇詠鷓鴣.
相看澹忘返, 落日下平蕪.

정몽여鄭夢與의 부채에 써서[58]

칭찬도 자자해라 평무平蕪의 시구
넘실대는 천굽이 물결.

지음知音을 여기 벽동碧洞에서
국화 피는 시절에 만나다니.

---

58 원제: "정몽여의 부채에 취해 써서 정경윤(鄭景潤)에게 겸하여 주다"

취해감에 웅걸한 기분 솟아나고
사귐을 논하는 데 정의도 자별해라.

하늘에 뜬 구름 모이고 흩어지나
헤어짐을 탄식할 필요 없으리.

醉題鄭夢與簷, 兼贈鄭景潤

籍籍平蕪句, 汪汪千頃波.
知音是碧洞, 佳會政黃花.
倚醉雄心在, 論交舊意多.
浮雲本聚散, 遠別不須嗟.

강경필姜景弼에게

황원黃原[59]이라 해변에 터잡아 사는 마을

---

59 황원(黃原): 해남(海南)에 있는 지명. 『신증동국여지승람』의 해남현 고적조에 "황원
폐현(黃原廢縣)은 읍내 서쪽 15리에 있는데 본래 백제 때 황술현(黃述縣)이었고 신라
때 황원현으로 고쳤다." 하였다.

문원文園이 병이 들어 금서琴書조차 적막하다오.

한산寒山의 등불 아래 두어 밤 이야기 끝에
눈 갠 오리정 이별 혼이 정녕 끊기누나.

贈姜景弼

家住黃原海上村, 琴書寥落病文園.
寒山數夜挑燈話, 晴雪離亭政斷魂.

현무玄武에게

그대는 시에 격조를 지녀
차츰차츰 건안建安[60]에 다가서고

그대는 필력이 굳세어
종왕鍾王[61]과 견줄 만하다지.

---

60 건안(建安): 동한 말의 시기. 이 시기를 건안문학으로 일컫는데 시가 부분에서 높은
성취가 있었다.

나이 스물 되기도 전에
황곡黃鵠[62]처럼 산천을 주유했다지.

천년 후에 태어난 몸, 밟는 땅도 치우친 곳
단검短劍 차고 동해변에서 슬픈 노래 부르누나.

세상사람 모두 다 그대를 일컬어
재주 높고 뜻도 기발하다는데,

나는 높지 않은 것을 높다 여기고
기발하지 않은 것을 기발하다 여기노라.

추정趣庭하여 들은 바라면[63]
시詩와 예禮를 빼고 무엇 있으랴.

말월抹月과 획사畫沙[64] 그런 따위야
한낱 재주 자랑에 그치겠지.

---

61 종왕(鍾王): 명필로 유명한 종요(鍾繇)와 왕희지(王羲之).
62 황곡(黃鵠): 새 이름. 이 새는 한번 날개를 치면 천리를 간다 하였다. 고재현사(高才賢
　士)를 비유하는 말로 쓰인다.
63 추정(趣庭): 공자(孔子)가 뜰 앞에 지나가는 아들 이(鯉)를 불러서 시와 예를 배우
　라고 깨우친 일이 있다.(『論語』) "추정(趣庭)하여 들은 바"란 가정에서 교육받은 것
　을 가리킨다.
64 말월(抹月)·획사(畫沙): 말월은 시짓기에 해당하며, 획사는 글씨쓰기에 해당한다. 곧
　음풍농월이나 잔재주 부리는 것을 이르고 있다.

뜻은 웅대하고 마음은 침착해야 영웅이요

명교名教를 벗어나지 않아야만 참으로 낙지樂地라네.

말세에 파묻혀 몸 보전이나 하자

알아줄 자 없어도 그만이로다.

때가 오면 파묻힌 이[65]도 빛을 보나니

양보음梁甫吟[66]을 그대는 어떻게 생각하오?

그대와 함께 술 사들고 진천秦川[67]으로 가세.

버들꽃 봄바람에 슬카장 취해보게.

贈玄武

之子有詩調, 駸駸到建安.

之子筆力健, 可與鍾王班.

行年未弱冠, 黃鵠知山川.

---

65 원문의 도조(屠釣)는 도살하고 고기 잡는 일로, 불우해서 천하게 사는 자를 가리킨
   다.(羊祜「讓開府表」: "假令有遺德于版築之下, 有隱才于屠釣之間, 而令朝議用臣不以爲非, 臣處
   之而不以愧, 所失豈不大哉.")
66 양보음(梁甫吟): 제갈량(諸葛亮)이 남양(南陽) 땅에 은거하여 밭을 갈 때 불렀다는
   노래.
67 진천(秦川): 원래 중국 장안(長安) 가까이에 있던 물 이름. 위수(渭水) 혹은 청수(淸
   水). 여기서는 맑은 물을 가리킨다.

生千載後地又偏, 短劍悲歌東海邊.

世人皆謂子, 才高而志奇.

我以不高高, 我以不奇奇.

趨庭之所聞, 詩禮而已矣.

抹月與畫沙, 悠悠伎倆事.

志龖心細者英雄, 不離名敎曰樂地.

沈冥保末路, 莫我知也已.

時來屠釣亦風雲, 梁甫之吟君謂何.

同君貰酒秦川上, 醉盡東風楊柳花.

현무玄武와 작별하며

인생은 정해진 분수가 있거늘
하늘의 뜻 묘연해 알기 어려워.

박현무 이 친구
어릴 적부터 내 마음 알아주었네.

진성秦城서 한번 작별하매
가는 말 뜬구름처럼

그으한 회포 명월에 부쳐
밤마다 그대를 따라간다오.

留別玄武

人生有定分, 天意邈難尋.
所以朴玄武, 弱齡知我心.
秦城一爲別, 征馬如浮雲.
幽懷話明月, 夜夜長隨君.

진경문陳景文[68] 수재秀才에게

그대는 골격이 빼어나고
어려서부터 시 잘한단 소문이 들렸지.

강각江閣에서 진작 만나봤더니

---

68 진경문(陳景文, 1562~1643): 호는 섬호(剡湖). 시인으로 이름이 있었으며 『섬호집(剡湖集)』 2책을 남겼다. 본래 나주 지방에서 성장하여 백호에게는 동향의 후배였다.

암자에서 애오라지 나누는 정.

향불 사위자 산객山客은 잠들었고
비가 개니 석담石潭은 더욱 맑구나.

시를 지어주려다 말 잊었는데
숲에서 이름 모를 새가 우는구나.

贈陳秀才景文

憐君骨格秀, 年少有詩聲.
江閣夙相見, 巖栖聊此情.
香銷山客睡, 雨霽石潭淸.
欲贈却無語, 林間幽鳥鳴.

다시 경수景綏 등 여러분에게[69]

강관江關의 일들을 말해보자면
그윽한 정회를 다 어찌할거나?

쌓인 그늘은 저문 기운을 불러오고
좋은 비 배꽃을 적시는구나.

서울 생각 그리는 괴로움
남쪽 시내 봄풀도 푸르르겠지.

춘풍이 주렴을 한들거리니
동이술에 고운 물결 이네.

又贈景綏諸公(一以慰江南別, 一以敍南澗餘懷.)

欲說江關事, 其如幽意何.

重陰生夕氣, 好雨濕梨花.

漢北相思苦, 溪南芳草多.

春風動簾幕, 樽酒細生波.

---

69 원주: "한편으로 강남의 헤어짐을 위로하고 또 한편으로 남간(南澗)의 남은 회포를
풀기 위하여." 남간은 백호의 서울 집이 있던 곳.

흥의역興義驛에서[70]

학처럼 빼어난 그대의 풍골
추레한 이 몸 스스로 돌아보네.

슬픈 일 즐거운 일 십년 지난 뒤
술 마시며 시 짓는 건 이 두 사람뿐.

옛 역에 석양이 비끼었는데
만나자 곧 헤어지다니.

연새燕塞라 저 구름 머나먼 길에
초초히 이별의 시 써주노라.

興義驛, 逢朴學官萱贈別

鶴骨君長瘦, 龍鍾我自憐.

悲歡十年後, 詩酒兩人全.

古驛將斜景, 相逢是別筵.

燕雲路幾許, 草草贈行篇.

---

70 원제: "흥의역에서 학관(學官) 박훤(朴萱)을 만났다 작별하며" 흥의역은 황해도 금
천(金川)에 있었다.

청천菁川⁷¹ 목사牧使에게

아득히 목 늘여 바라보노니
산은 사조謝朓의 성⁷²과 이어졌구려.

신교神交란 간격이 없는 거지만
이별의 정 매우 참기 어려워.

대〔竹〕의 성질 봄에도 싸늘하고
강물은 밤들면 소리치네.

서로 생각하는 한조각 꿈은
외로운 달 누각에 밝을 때로세.

寄菁川牧

莽蒼徒延望, 山連謝朓城.
神交元不隔, 離思苦難平.
竹性逢春冷, 江流入夜聲.

---

71 청천(菁川): 진주(晉州)의 옛 이름.
72 사조성(謝朓城): 사조(謝朓)는 남북조시대의 시인. 일찍이 선성 태수(宣城太守)가 되
  었다. 여기서는 진주 목사를 사조에 비유하였다.

相思一片夢, 孤月滿樓明.

앙암仰巖 주중舟中에서[73]

봄물은 푸르러 끝이 없는데
봄바람 불어 산꽃도 만발이라.

난주蘭舟에 향긋한 술 실었으니
장사壯士 얼굴 활짝 펴지네.

방주芳洲라 연 캐는 노래 들리고
옛 나루엔 사양斜陽이 이울어가네.

밀물 따라 노 저어 가며
취한 채 춤을 추니 천지가 넓다.

원앙새 놀라 푸드득

---

73 원제: "앙암(仰巖) 주중(舟中)에서 취하여 김광운(金光運) 언구(彦久)에게 지어주다"
'앙암'은 '앙암바위'라 부르는데, 영산강 옆에 선 바위로 백호의 고향마을인 회진의
건너편에 있다. 그 위로 창랑정(滄浪亭)이 있었다.

쌍쌍이 딴 여울로 날아가누나.

천길 우뚝 솟은 푸른 저 벼랑
만년토록 거친 물결 되돌렸거든.

창파에 저녁바람 급해지리니
어둔 빛을 타고 돌아가야지.

좋은 때라 밤조차 사랑스러워
촛불 켜고 주란朱欄에 기대앉았네.

仰巖舟中, 醉贈金光運彦久

春水碧無際, 春風花滿山.

蘭舟載美酒, 壯士開歡顔.

芳洲采菱曲, 古渡斜陽殘.

隨潮盪槳去, 醉舞天地寬.

驚起鴛鴦鳥, 雙雙過別灘.

蒼壁一千丈, 萬古廻狂瀾.

滄波夕風急, 且可乘暝還.

良辰可憐夜, 秉燭憑朱欄.

술을 보내옴에 감사하여[74]

벗님은 지금 세상에 유향劉向[75]일런가
구천九天 위에서 수직하시니.

응당 태을太乙[76] 신선과 짝하옵기
연엽주蓮葉酒를 나누어 마시겠지요.

병든 몸이 꿈에 강江을 삼키었으니
감사한 정 이루 다 말하오리까.

고개 들어 한번 맛보려는데
환골탈태換骨奪胎 아니 되면 부끄러워 어쩌지.

---

74 원제: "이효언(李孝彦)이 당직 중에 술을 보내옴이 감사하여" 이효언(李孝彦)은 이
호민(李好閔, 1553~1634)을 가리킨다. 호는 오봉(五峰)이며 선조때 문과에 올라 벼슬
은 대제학·좌찬성에 이르렀다. 시인으로 이름을 얻었고 『오봉집(五峰集)』을 남겼다.
75 유향(劉向): 한나라 때 유명한 학자. 그가 일찍이 천록각(天祿閣)에서 책을 편찬하는
일을 하는데 밤에 한 노인이 청려장(靑藜杖)을 짚고 와서 "나는 태을(太乙)의 정(精)이
다." 하고 품안에서 옥첩(玉牒)을 꺼내주었다는 이야기가 전한다.
76 태을(太乙): 태일(太一) 도교에서 이르는 우주만물의 본원인 도(道). 천상의 궁전을
가리키기도 한다.

謝李孝彦在直送酒

故人今劉向, 鎖直九天上.
應伴太乙仙, 遙分蓮葉釀.
病夫夢吞江, 感意千萬萬.
擧首欲一嘗, 還慚骨未換.

고당강高塘江의 병든 벗을 찾아[77]

천리의 신교神交, 이 친구 실로 내 스승이라
그대 그리울 젠 자고사鷓鴣詞[78]를 읊는다네.

야로野老 초동樵童 만날 때마다 길을 묻고
유수流水 시문柴門 보이면 곳곳이 그 집인가.

---

77 원제: "벗이 고당강(高塘江)에서 병들어 누웠다는 말을 듣고 말을 채찍질하여 방문하다" 고당강은 충청도 영동(永同) 지방으로 흐르는 강. 『신증동국여지승람』에는 고당포(高唐浦)가 보인다. 송옥(宋玉)이 지은 「고당부(高唐賦)」가 있는데 옛날 초(楚) 양왕(襄王)이 송옥과 함께 운몽대(雲夢臺)에서 노닐며 고당관(高唐觀)을 바라보고 신녀와 만나는 꿈을 꾸었다는 말이 있다.
78 자고사(鷓鴣詞): 88면 「정담(鄭湛)에게」의 주석 참조.

어찌하여 이 사람이 이런 병에 걸렸느뇨?
좋은 땅에 좋은 기회 저버릴까 두려워라.

산촌의 하룻밤 서로 그리는 꿈은
고당강高塘江 아득한데 강길 찾아가리라.

聞友人臥病高塘江上, 策馬來訪

千里神交實我師, 憶君長詠鷗鴻詞.
樵童野老行行問, 流水柴門處處疑.
豈意斯人抱斯疾, 却愁佳境負佳期.
山村一夜相思夢, 渺渺高塘江路知.

호서영湖西營[79]에서 안중실安仲實과 작별하며

나그네 길고 긴 시름 떼쳐낼 길 전혀 없어
하루에도 아홉번 치미는 구속감 어이하리요.

---

79 호서영(湖西營): 충청도 병영(兵營). 해미현(海美縣: 지금 충청남도 서산시에 속함)
에 있었다.

청해靑海⁸⁰ 옛 성에 학鶴 한마리 외로워
벽공碧空의 하늘 길에 푸른 매를 바라본다.

먼 마을 마른 버들가지에 바람은 눈을 몰아치고
고적한 주막 추운 밤에 그림자 홀로 등불을 벗삼네.

이별의 꿈 어른어른 기억조차 어렴풋한데
관하關河의 지는 달은 얼음 속에 비추누나.

湖西營, 別安仲實

悠悠客思遣無能, 回耐羈魂日九升.
青海古城留獨鶴, 碧霄歸路看蒼鷹.
遠村枯柳風將雪, 孤館寒宵影伴燈.
離夢依依不可記, 關河落月照層氷.

---

80 청해(靑海): 해미(海美)의 별칭인 듯. 해미에는 성산성(城山城)과 견산성(犬山城)이
라는 옛 성이 남아 있다.

송별送別

가을 지난 서울에서 나그네의 서글픔
남쪽 고향 가는 사람 날마다 전송하네.

술집에서 방황하니 새 사귐 적거니와
돈푼이 떨어지자 옛 친구조차 멀어지오.

삼경三逕[81]의 동산으로 몸은 돌아가려는데
벽도화碧桃花 살구꽃이 마음과 어기는걸.

먼지에 파묻힌 옥검玉劍이 안타까워
변경의 서리 바람 꿈에 자주 날아간다오.

送別

秋盡京華遠客悲, 南鄉日日送人歸.
狂顚酒肆新知少, 貧乏黃金舊識稀.
三逕一丘投欲老, 碧桃紅杏與心違.

---

81 삼경(三逕): 삼경(三徑). 서한(西漢) 말엽에 연주(兗州) 자사(刺史)를 지내던 장후(蔣
詡)가 벼슬을 버리고 고향으로 돌아가서 세 길을 닦아 왕래했다. 이에 유래해서 은거
하는 동산을 가리키는 데 쓰인다.(陶潛「歸去來辭」: "三徑就荒, 松菊猶存.")

唯憐玉劍塵埋沒, 關塞風霜夢屢飛.

안시은安市隱에게

내가 산수 사랑하는 줄 시은市隱은 잘 알기에
밤새 산 이야기 한동이 술 다 말렸네.

사혜沙惠[82]라 천그루 대숲 뺨 싸늘케 하고
금강산 만골짝 바람 귀밑머릴 휘날리네.

청정淸淨의 지경이란 부질없는 몽상일 뿐
시비의 구렁 속에 영웅도 늙는다오.

이곳에 답답히 어찌 오래 머물려뇨?
느린 말[83] 타고 남으로 가 원공遠公[84]을 찾으리라.

---

82 사혜(沙惠): 지명으로 추정되는데 미상.『대동여지도(大東興地圖)』에 경상도 고령(高
　靈) 지경에 사혜평(沙惠坪)이라는 지명이 나온다.
83 느린 말〔款段〕:『후한서(後漢書)』「마원전(馬援傳)」에 "御款段馬"라는 구절이 있는데,
　그 주에 "'款'은 '緩'의 뜻이니, 말의 걸음이 느리다는 것이다." 하였다.
84 원공(遠公): 동진(東晉) 때 여산(廬山)에 은거해 있던 혜원(慧遠)으로, 여기서는 고
　승을 가리킨다.

贈安市隱

市隱知余愛山水, 談山夜酌一尊空.
煩寒沙惠千竿竹, 鬢颯金剛萬壑風.
淸淨界中徒夢想, 是非坑裡老英雄.
安能鬱鬱久居此, 款段南歸訪遠公.

곽미수郭眉叟에게 주다[85]

좋은 시절 옥을 안고 수문脩門에서 우는 신세.[86]
판시교板市橋 옆에서 그대 처음 만났었소.

반생을 부침浮沈하여 길조차 달라지니
관해關海에서 5년 세월 정운停雲[87]을 읊었다오.

---

85 원주: "이름은 기수(期壽), 뒤에 급제했다." 곽기수는 본관이 해미(海美)이며 미수(眉叟)는 그의 자. 계미(癸未, 1583) 별시(別試)에 급제하여 호조좌랑(戶曹佐郎)에 이르고 호를 한벽(寒碧)이라 했다.
86 좋은~신세: 수문은 원래 초(楚)나라 영(郢)의 성문이었는데, 후세에는 수도의 문을 지칭하는 말로 썼다. 초나라 사람이 박옥(璞玉)을 얻었는데 세상에서 알아주지 못하자 수문에서 옥을 안고[抱玉] 울었다는 고사가 있다.
87 정운(停雲): 67면 「정자신을 그리며」의 주석 참조.

부평초 원래부터 정착하기 어렵거늘
난실蘭室은 오늘에도 향기가 스미오그려.

한바탕 맑은 담화 쉽사리 얻을쏜가
푸른 등불 연화루蓮花漏에 밤이 장차 깊어가오.

贈郭眉叟(名期壽, 後登第.)

明時抱玉泣脩門, 板市橋邊始見君.
半世升沈還異路, 五年關海賦停雲.
萍蹤自古元難定, 蘭室如今更襲薰.
清話一場那易得, 碧燈蓮漏夜將分.

읍청정挹淸亭 주인에게[88]

변방의 무장으로 나갈 생각 바이없고
형제간 이웃하여 살아가길 즐긴다오.

---

88 원주: "바로 청영정(淸曉亭) 주인의 아우 문만호(文萬戶)이다."

푸르름이 주렴으로 가로막힌 동서편 산기슭
취죽翠竹이랑 한암寒巖은 위아래 마을.

반세상 숨은 기약 물새들 노는 이곳인데
온 강의 맑은 흥취 척령鶺鴒의 언덕[89]일레.

다른 날 이 정자에서 하룻밤 묵게 되면
온갖 시름 털어놓고 술동이를 비우리라.

贈挹淸亭主人(乃淸暎主人弟文萬戶也)

弓馬無心出塞垣, 弟兄聊與樂俱存.
碧闌珠箔東西岸, 翠竹寒巖上下村.
半世幽期鷗鷺渚, 一江淸興鶺鴒原.
他時倘借高亭宿, 說盡閑愁倒玉尊.

---

89 척령의 언덕〔鶺鴒原〕: 척령(鶺鴒)은 새의 일종. 저뒤새 혹은 할미새. 형제를 비유하는
   말로 쓰인다.(『詩經·小雅·常棣』: "鶺鴒在原, 兄弟急難.")

관수정觀水亭 주인에게

조출하다 그대여 명예를 사절하고
장택교長澤橋 근방에 낡은 집 지녔구려.

석자의 거문고[90]는 도원량陶元亮의 가락이요
책상 위 고서古書[91]는 마경馬卿[92]의 책이로세.

안개 낀 버들 둑에 한가로이 고기 낚고
빗발 가는 남새밭에 소채를 가꾸노라.

명리 좇는 우리 인생 부끄럽기 그지없으니
백호白湖에 뜬 외로운 배 꿈에도 성글다오.

贈觀水亭主人

夫君蕭洒謝時譽, 長澤橋邊有弊廬.

---

90 원문의 소금(素琴)은 장식을 가하지 않은 거문고. 도잠(陶潛: 자 元亮)은 이 소금을 한
벌 비치해두었다고 한다.
91 원문의 황권(黃卷)은 책을 가리키는 말. 옛날에 종이에다 황칠을 해서 좀벌레를 방
지한 때문에 붙여진 이름이다.
92 마경(馬卿): 미상. 사마상여(司馬相如)의 자가 장경(長卿)이니 마경서(馬卿書)는 곧 사
마상여의 부(賦)를 가리키는 것이 아닌가 한다.

三尺素琴元亮調, 一床黃卷馬卿書.
煙深堤柳閑來釣, 雨細園蔬手自鋤.
慙愧吾人逐名利, 白湖孤艇夢歸踈.

허許씨의 계당溪堂에서 하서河西의 시에 차운하여

세상일 입에 오르면 저절로 불평이 나와
낚대 들고 사는 생애 마음조차 맑디맑고,

처마 가로 산자락 닿아 구름 모양 구경하고
창문은 물결을 눌러 밝은 달을 얻었구려.

반가운 벗 등불 돋우며 밤새우는 이야기
어린 시절 죽마竹馬 타던 십년의 정이로세.

나 또한 쌍봉雙峯 위에 집 지을 생각이라
무한한 풍연風煙 다시 뉘와 다툴 건고.

許家溪堂, 次河西韻

說到人間自不平, 釣竿生事意偏淸.
簷臨列岫看雲態, 窓壓微關得月明.
靑眼挑燈一夜話, 紅顔騎竹十年情.
儂今擬築雙峯上, 無限風煙更執爭.

신유선愼由善[93]에게 작별하며 준 글

내직內職 외직外職 가지고 궁달窮達을 논하지 마소
충성을 다하는 데 몸을 바칠[94] 따름이라.

도사都事란 벼슬은 방백方伯의 다음 자리
해서海西의 승경이란 동방에서 첫손가락.

부용당芙蓉堂[95] 연못에는 삼경의 밝은 달

---

93 신유선(愼由善): 이름은 언경(彦慶). 유선은 그의 자. 선조 때 문과에 급제하여 벼슬은
부사(府使)에 이르렀다. 이 시는 그가 황해도 도사(都事)로 부임할 때 지어준 것이다.
94 원문의 구치(驅馳)는 말을 몰아 내닫는다는 말인데 나라를 위해 진충갈력(盡忠竭力)
한다는 뜻으로 쓰인다.(諸葛亮「出師表」: "先帝不以臣卑鄙, 猥自枉屈, 三顧臣於草廬之中, 諮
臣以當世之事. 由是感激, 遂許先帝以驅馳.")

수양산首陽山⁹⁶ 언덕에는 만고의 맑은 바람.

좋은 구경 흥겨운 놀이 부러워할 일이니
어쩌면 한동이 술 그대랑 함께 마셔볼까.

愼由善別章

休將內外較窮通, 聞健驅馳在盡忠.
都事爲官貳方伯, 海西之勝冠天東.
芙蓉院落三更月, 薇蕨山阿萬古風.
淸賞將遊還可羨, 一尊安得與君同.

---

95 부용당(芙蓉堂):『신증동국여지승람』의 해주편에 "부용당은 객관(客館) 서쪽에 있는
   데…… 연못 가운데 서 있어 극히 청치(淸致)가 있다."(권43)고 하였다.
96 수양산(首陽山): 해주에 수양산이라는 이름의 산이 있다. 백이(伯夷)가 수양산에 들
   어가 고사리를 꺾어 먹었다는 고사와 관련해서 쓴 것이다.

전계하全季賀 선생에게[97]

1

검은 일산 구리 도장[98] 한필 말 올라타고
서새西塞의 벼슬살이 하루해가 일년이라.

외로운 성에 임 그리어 눈물 홀로 뿌리고
천리 밖 아우 걱정 생각다가 조는구려.

시의 가락 고달파서 새소리와 어울리고
이별의 시름 억지로 실버들에 끌려가오.

서로 만나 허허 웃고 객고 잊노니
남아의 마음 알아주는 노천老天[99]이 있지 않소.

2

역정驛亭은 머나멀어 가고가고 또 가고
지체하단 도리어 나그네 마음 상해.

---

97 원제: "전통판(全通判) 계하(季夏)선생에게 차운(次韻)하여 주다" 전계하(全季賀)는
전경창(全慶昌, 1532~?) 본관은 경산(慶山), 계하는 그의 자(字). 선조 때 과거에 합격,
벼슬은 헌납(獻納)에 이르렀다.
98 조개(皁蓋)·동장(銅章): 조개(皁蓋)는 검은 일산이요, 동장(銅章)은 구리로 만든 인장
인데 6품(六品)의 지방관에 해당한다.
99 노천(老天): 하늘을 일컫는 말.(方岳「次韻鄭省倉」: "買魚聊復醉航船, 萬事從來付老天.")

푸른 이끼 한껏 자라 밤비 온 걸 알겠고
꽃이 이운 작약芍藥은 난간 앞에 쓰러졌네.

십년의 개미꿈[100]은 아는 이 없거늘
만리의 갈매기 물결 예전 기약 남았지요.

뜨락에 해는 높고 사람은 아니 오니
바람 탄 날쌘 제비 발 걷어 맞아주네.

次韻贈全通判季賀先生

皁蓋銅章一騎翩, 宦遊西塞日如年.
孤城獨灑思君淚, 千里長憐憶弟眠.
詩調政和禽語苦, 離愁强被柳絲牽.
相逢大笑忘覉旅, 男子知心有老天.

驛亭迢遞重行行, 留滯還傷客裡情.
長盡綠苔知夜雨, 花殘紅藥倚前楹.

---

100 개미꿈[蟻夢]: 부귀를 동경하는 헛된 꿈. 남가일몽(南柯一夢)과 같은 뜻. 순우분(淳
    于棼)이 꿈속에서 괴안국(槐安國)에 가서 높은 벼슬을 하며 부귀영화를 누렸는데 꿈
    을 깨어 보니 부귀를 누린 곳이 고목나무 아래 개미집이었다 한다. 당(唐)의 전기소
    설에 나오는 이야기.

十年蟻夢無相識, 萬里鷗波有舊盟.

庭院日高人不到, 受風輕燕捲簾迎.

김원외金員外가 고을살이를 원해 나가는 데 부쳐[101]

듣자니 장련長連 고을 이은吏隱[102]에 적당하고

눈에 띄는 경치는 시 짓기에 알맞다지요.

청산은 성곽을 둘러 절집이 멀지 않고[103]

벽해는 하늘을 삼켜 신기루가 기묘하오.

어호漁戶는 잡세 가벼워 여유있고

자갈밭도 애써 갈면 주림 거의 면한다고.

평소 노래하며 즐기던 일[104] 본디 이런 데 쓰이나니

---

101 원주: "수(睟)." 원외(員外)는 원외랑(員外郞). 중앙 부서의 낭관(郞官)을 지칭하는 말
로 쓰였다. 원문의 걸현(乞縣)은 중앙의 벼슬아치가 지방 고을로 자원해 나가는 경우.

102 장련(長連)·이은(吏隱): 장련(長連)은 황해도의 고을 이름. 은율군에 속하게 된다.
이은(吏隱)은 벼슬살이를 은둔의 수단으로 한다는 의미.

103 청산은~멀지 않고: 『신증동국여지승람』의 장련현(長連縣)에 "봉황산(鳳凰山)은 고
을의 북쪽 5리에 있으며 진산(鎭山)이다." 하였고, 또 "봉황사(鳳凰寺)가 봉황산에 있
다."(권42)고 나와 있다.

어찌하면 그대 따라 일휘一麾[105]를 빌려볼까?

寄金員外乞縣(晬)

聞說長連合吏隱, 眼中雲物更宜詩.
靑山繞郭琳宮近, 碧海呑天蜃閣奇.
漁戶稅輕猶有饌, 石田耕苦庶無飢.
平生嘯傲元須此, 安得從公借一麾.

김판관金判官[106]에게

어버이 뵙고자[107] 영남 병영 향해 갈 제
행장은 거문고에 칼 한자루 달성에 묵었다오.

떠돌이 행적[108]이야 뉘라서 알리요만

---

104 원문의 소오(嘯傲)는 노래 부르며 자유롭게 지내는 생활 태도를 지칭하는 말.
105 일휘(一麾): 지방의 관인으로 나가는 것을 가리키는 말. 일휘출수(一麾出守).
106 원주: "이름은 외천(畏天)."
107 원문 영친(寧親)은 근친(覲親)과 같은 말. 영남영(嶺南營)은 경상도 병영(兵營)을 가리키니 백호의 부친이 그 절도사를 지낸 적이 있었다.

구름같이 높은 의기 평생 친구 다름없소.

주객간의 귀한 만남[109] 은촛불을 다 태우고
천고의 한가한 정회 옥젓대로 들었거든.

자하주紫霞酒 아름다워 술잔에 가득하고
붉은 소매 너울너울 가는 허리[110] 가뿐히 돌아

지샌 밤 황릉荒陵 비에 마상에서 작별하여
맑은 새벽 역마길을 시름겨워 떠났어라.

변방의 땅 기러기 끊어져 편지 전할 길 없고
수루戍樓의 피리 소리 꿈에 자주 놀라노라.

오주吳州의 조각달[111]은 3년이 다 지났거니

---

108 떠돌이 행적(泛梗):『전국책(戰國策)·제책(齊策)』에 "흙인형과 목인형이 이야기하
  는데 흙인형이 말하였다. '나는 비가 내려 형체가 무너져 내리더라도 이 땅에 남거니
  와 그대는 동국(東國)의 도경(桃梗)이니 한번 표류하면 어느 곳에 그칠지 모른다.'"고
  하였다. 이에 객지에서 떠도는 경우를 가리켜 범경(泛梗)이라 이른다.
109 주객간의 귀한 만남: 원문은 '二難'인데 어진 주인과 좋은 손님 두가지가 갖추어지
  기 어렵다는 말.(王勃「滕王閣序」: "二難幷 四美具.")
110 원문의 초요(楚腰)는 여자의 가는 허리를 가리키는 말.(『한비자韓非子·이병二
  柄』에 "초령왕楚靈王이 세요細腰를 좋아하자 나라 안에 굶는 자가 많아졌다."고 하
  였다.)
111 오주의 조각달(吳州片月): 친구를 그리워하는 의미를 내포한 말.(이백의 시「送張舍
  人之江東」에 "오주에서 달 보거든, 천리 너머의 날 부디 생각하기를(吳州如見月, 千思幸
  相思)"이란 구절이 있다.)

금수錦水의 외로운 배에 한번 상면 이루었소.

그대 응당 여몽呂蒙[112]처럼 다시 볼 땐 괄목상대할지요
나는 진량陳亮[113]과 같이 병법兵法 이야기 좋아하리.

운대雲臺의 채필彩筆은 때가 되면 취할 거요[114]
두곡杜曲[115]의 전원으로 갈지어다 농사짓게.

행장行藏[116] 모두 싸잡아 한바탕 웃음거리
언제 다시 실컷 취해 마음을 털어놓을까.

贈金判官(畏天)

寧親曾向嶺南營, 琴劍行裝客月城.

---

112 여몽(呂蒙): 삼국시대 오나라의 명장. 노숙(魯肅)이 그를 형으로 섬겼는데 노숙이
여몽을 보고 "그대는 이제 오하(吳下)의 아몽(阿蒙)이 아니다"고 하자, 여몽은 "선비
란 작별한 지 3일만 지나도 괄목상대(刮目相對)하게 되는 법이다"고 대답하였다. 이 구
절은 김판관이 장차 인간적으로 크게 발전할 것이라는 의미를 담고 있다.
113 진량(陳亮): 송(宋)의 영강(永康) 사람. 자는 동보(同甫)로 기백이 빼어나 군사에 관
한 담론을 좋아했다. 주자(朱子)와도 사이가 좋았으나 지론이 항상 맞지 않았다.
114 운대(雲臺)·채필(彩筆): 운대(雲臺)는 공신의 화상을 보관한 곳이고 채필(彩筆)은
그림을 그리는 붓을 가리키니, 적절한 때가 되면 공신도 될 수 있으리라는 뜻이다.
115 두곡(杜曲): 지명. 중국 서안(西安)의 동쪽 소릉원(少陵原). 당나라 때 대성(大姓)
인 두씨(杜氏)가 모여 살던 곳이다. 두곡호전(杜曲湖田)은 살기 좋은 고향을 뜻한다.
116 행장(行藏): 실천과 은둔의 의미. 출처(出處)와 같은 말.(『論語』: "用之則行, 舍之則
藏.")

泛梗微蹤誰識有, 層雲高義若平生.

二難佳會燒銀燭, 千古閑情聽玉笙.

杯壺紫霞仙醞美, 舞翻紅袖楚腰輕.

殘宵別馬荒陵雨, 淸曉離愁古驛程.

關樹斷鴻書未寄, 戍樓橫笛夢頻驚.

吳州片月三年盡, 錦水孤蓬一面成.

君似呂蒙應刮目, 我如陳亮好談兵.

雲臺彩筆時哉取, 杜曲湖田去矣耕.

盡把行藏供浩笑, 幾時肝膽醉相傾.

녹양역綠楊驛[117]에서 남랑南郎과 작별하며

마음 본디 천석泉石에 두었으니
스스로 강남의 나그네거늘

우습다 이 몸, 몇 년 사이에
세번을 철령鐵嶺 북쪽으로 향하다니.

---

117 녹양역(綠楊驛): 경기도 양주 땅에 있었던 역 이름.

말 타고 동문 밖으로 나가면
유유한 행적 부평초런가.

서울엔 아는 이들 가득하여
머리 돌려 속절없이 그리는데

은근한 벗 남군초南君初
나를 위해 녹양역까지 나왔구려.

객점의 밤 적막하여
밝은 달에 나란히 누우니

새벽 기운에 손 한번 젓고 나면
서글피 구름산이 막히겠지.

綠楊驛, 留別南郞

素心在松筠, 自是江南客.
可笑數年中, 三向鐵關北.
騎馬出東門, 悠悠萍梗迹.
相識滿京華, 回首空相憶.
慇懃南君初, 送我綠楊驛.
旅店夜寂寥, 月明相伴宿.

清朝手一揮, 悵悵雲山隔.

남군초南君初에게

예전에 나를 녹양역綠楊驛에서 송별하더니
오늘은 나를 백운산白雲山에서 송별하누나.

예전엔 다릿가에 방초가 우거졌더니
오늘엔 변새의 땅에 가을이 깊으오.

선방禪房에서 향불 사위며 마음속의 일 털어놓다가
멀리 떠도는 나 어느날 돌아갈 거냐고 묻는다.

기나긴 길에 백우전白羽箭[118]은 낡아빠지는데
저문 해 변성邊城에 소 잡는 칼이 한가롭구려.

아침 일찍 손을 잡고 절문 밖으로 나서니
푸르른 바위 그 아래로 물이 잔잔하네.

---

118 백우전(白羽箭): 끝에 흰 깃털을 박은 화살.

돌의 견고함이여! 물이 맑아라.
우리의 사귐도 저와 일반이리.

천리의 간격도 우리 서로 지척인 듯
장부의 몸으로 어찌 눈물이나 흘리랴!

贈南君初

昔日送我綠楊驛, 今日送我自雲山.
昔日河橋芳草多, 今日秋深玉門關.
禪龕香炧話心事, 問我遠遊何當還.
長途零落白羽箭, 歲暮邊城刀牛閑.
清朝携手寺門外, 蒼巖巖下水潺潺.
石之堅兮水之淸, 願以交情此一般.
隔千里兮如在傍, 丈夫何用淚潸潸.

즉사卽事[119]

웃으며 술잔 들고 난간에 기댔자니
이른 봄 날씨 오싹 추위를 느끼는데

석양에 뿌린 비 도리화를 재촉하여
고사高士를 머물게 해 취안醉眼으로 보게 하나.

卽事, 題張卿老箑

笑對金尊倚曲闌, 早春天氣怯輕寒.
夕陽小雨催桃李, 留與高人醉眼看.

백운산白雲山에서 김석여金石如와 작별하며

그대의 의기에 감격하노니

119 원제: "즉사(卽事), 장경로(張卿老)의 부채에 쓰다"

산사山寺에 함께 놀러다녔지요.

오래 앉았으면 등불이 희미해져 애달파라
깊은 정취 밤이 더디 가기 바라노라.

한가을에 멀리 떠돌다 보면
센 귀밑머리 더욱 떨어지지 않는구나.

교룡갑蛟龍匣을 선물로 주며
「맹호사猛虎詞」 지어 읊어보노라.

세상의 부침浮沈은 운수가 있으되
속마음이야 하늘이 아시리라.

떠나고 떠나 그리워하는 곳에
변방의 물소리도 슬프겠지.

白雲山留別金石如

感君多意氣, 蕭寺共追隨.
坐久憐燈晦, 情深願夜遲.
高秋遠行遙, 愁鬢更分離.
贈以蛟龍匣, 吟成猛虎詞.

升沈應分定, 肝膽有天知.

去去想思處, 關城隴水悲.

한심약韓審藥에게

백수에 청낭靑囊[120]을 지니시고 심약의 구실을 맡았으니

그대의 전신은 정녕 한강백韓康伯[121] 그이 아닐러뇨?

변새의 땅 같이 밟으며 주거니 받거니 담소하였거늘

아마도 이 사람 가슴속 툭 트인 줄 짐작하시리.

贈韓審藥

白首青囊審藥官, 前身疑是韓康伯.

相隨關外笑談同, 識我胸襟之歷落.

---

120 청낭(青囊): 옛날 의원들이 약재나 의서를 담기 위해 휴대하던 자루.

121 한강백(韓康伯): 한강(韓康)을 가리킨다. 한나라 때 인물로 명산으로 돌아다니며 약
을 캐서 팔았는데 약값이 자기 입에서 두가지로 말해지는 적이 없었다. 후에 은둔하
여 세상에 나오지 않았다. 그의 자가 백휴(伯休)이다.

상수祥叟와 작별하며

변새의 땅 천리 머나먼 길에
왕손이 여기 잠깐 노닐어

주막의 깃발 한가롭거늘
꽃과 달 누각의 꿈이려뇨.

옛 역루에서 반가운 눈빛으로 돌아보고
진천秦川에서 자류마紫騮馬 물을 먹였소.

그 댁 넷째와도 옛 정분이 특히 두터우니
이별의 아쉬움 더욱더 아득하오.[122]

別祥叟

關塞逾千里, 王孫此薄遊.
春風閑酒旆, 花月夢粧樓.
古驛回靑眼, 秦川飮紫騮.
四郞多舊分, 別思更悠悠.(與祥叟弟有舊, 故云云.)

---

122 원주: "상수(祥叟) 아우와는 오랜 친구라 이렇게 말한 것이다."

자관子寬의 시에 차운하여 임경침林景忱에게 주다[123]

떠도는 사람 속된 이 아니라 여겨
그대는 멀리서 찾아왔구려.

추운 방에 등불은 가물거리고
외로운 봉우리 밤눈은 깊이 쌓였네.

강호江湖라 삼은三隱[124]의 발자취
서울에는 십년의 마음.

이야기 길어지니 향불 사위고
쇠북소리 대숲을 스쳐가네.

次子寬韻, 贈林景忱

旅人非俗物, 之子遠追尋.
小閣寒燈晦, 孤峯夜雪深.

---

123 자관(子寬): 백호의 아우 선(愃: 호는 百花亭)의 자. 임경침(林景忱)은 미상.
124 삼은(三隱): 동시대에 은거한 세 어진 사람. 역사상에 삼은으로 일컬어진 사례가
    여럿이 있는데 대표적인 경우로 중국에는 남북조시대에 주속지(周續之), 유유민(劉
    遺民), 도잠(陶潛)이 있고, 우리나라에는 고려말에 정몽주(鄭夢周), 이숭인(李崇仁), 길
    재(吉再)가 있다.

江湖三隱迹, 京洛十年心.
話久香檠盡, 微鍾度竹林.

백련사白蓮社에서 자관子寬[125]의 시에 차운하여

외로운 성엔 저녁노을 엷게 깔리고
구름바다 쪽빛으로 푸르러.

옥이 솟은 봉우리 천길인데
하의荷衣 입은 나그네 두세 사람.

나란히 말을 타고 백련사 찾아
하룻밤을 지새며 현담玄談[126]을 나누는데

---

125 원주: "이름은 선(愃), 공의 둘째아우다. 중년에 과거 보기를 폐하고 시율(詩律)을
전공하였다. 조그만 정자 하나를 짓고 손수 온갖 꽃을 심으니, 사람들이 백화주인(百
花主人)으로 일컬었다. 일찍이 시를 지어 이르기를 '열두달 중에 꽃은 차례차례 피는
데 천인 만인 속에서 나 혼자 한가롭고 한가롭네'라 했으니, 이 한 구절만 보더라도 그
의 아취(雅趣)를 상상할 수 있다." 백련사(白蓮社)는 전라남도 강진군 도암면의 만덕
산(萬德山)에 있는 절로, 사(社)와 사(寺)는 통한다.
126 현담(玄談): 심묘한 담론. 노장을 가리키는 한편 불가의 이치를 변석(辨釋)하는 데
도 이 말이 쓰인다.

더욱 좋을시고! 선관禪關이 고요하니
시내조차 얼어붙어 벙어리 되었구나.

白蓮社, 次子寬韻(名愃, 公之次弟也. 中年廢擧業, 專攻詩律, 築小亭,
手鍾百花, 人稱百花主人. 嘗有詩曰: "十二月中花次次, 萬千人裏我閑閑."
觀此一句 足想雅趣.)

孤城淡夕照, 雲海碧挼藍.
玉朶峯千萬, 荷衣客二三.
聯鞭訪白社, 一夜縱玄談.
更喜禪關靜, 溪流凍舌瘖.

아우 자침子忱에게 부치다[127]

취하도록 술 마시고 바위 위에 마주 앉아
거문고에 노랫소리 물소리도 졸졸졸.

---

127 원주: "이름은 순(恂). 어릴 적에 시명(詩名)이 있었는데 늦게 활쏘기와 말달리기를
배워 벼슬이 절도사(節度使)에 이르렀다."

금릉金陵[128]으로 떠나가자 소식마저 막혔으니
서글픈 사립문에 설월雪月마저 차갑구나.

寄舍弟子忱(名恂, 少有詩名, 晚學弓馬, 官至節度.)

共醉流霞坐石壇, 琴歌聲迥水潺潺.
金陵客去雲陽隔, 悒悵巖扉雪月寒.

아우 자중子中[129]의 부채에 써주다

백룡연白龍淵 위로 세 봉우리 솟아나
만고의 창공에 옥련玉蓮이 꽂혀 있다.

하늘이 두 신선에게 승경을 내려주어
좋은 경치 반을 짜개 그대가 가진 걸세.

---

128 금릉(金陵): 강진(康津)의 별칭.
129 자중(子中): 백호의 동생인 환(懽)의 자(字).

題贈子中筆

三峯秀出白龍淵, 萬古晴空插玉蓮.

天許二仙拚勝賞, 分君一半好風煙.

만덕사萬德寺로 가는 아우 탁侂에게[130]

땅이 바로 옛 이름 금릉金陵일진대
절은 영은사靈隱寺를 생각케 하네.[131]

누대樓臺는 신기루蜃氣樓와 마주 통하고
쇠북소리 밀물소리와 섞여 들리지.

주홍 밀감 저자에 널려 있고
푸른 산이 바다를 가렸구나.

---

130 원주: "공의 막내아우로 자(字)는 자정(子定), 호는 창랑주인(滄浪主人)이다. 선(禪)
을 이야기하고 시를 논하기 좋아하여 자못 자득한 바가 있었는데 일찍 죽었다."
131 땅이~생각케 하네: 영은(靈隱)은 중국 항주(杭州)에 있는 유명한 절이다. 금릉은 남
경의 별칭이며, 영은사는 남경에서 멀지 않은 곳이기 때문에 "절은 영은사를 생각케"
한다고 한 듯하다. 만덕사는 강진군 도암면에 있는 고찰로 바다에 면해 있다.

소년 시절 나도 거기서 놀았기에

이 시 지으며 네 걸음 부러워한다.

送弟怊萬德寺(公少弟, 字子定, 號滄浪主人, 好談禪說詩, 頗有自得, 早卒.)

地卽金陵舊, 寺疑靈隱名.

樓臺通蜃氣, 鍾梵雜潮聲.

丹橘饒江市, 靑山隔海城.

少年曾作客, 持此羨君行.

아우 탁怊을 송별하며 아울러 심발지沈潑之에게 부치다

아우야[132] 이제 곧 심군[133]과 더불어

132 원문의 혜련(惠連)은 육조시대 사혜련(謝惠連)이 사영운(謝靈運)과 형제의 관계로 글을 잘했기 때문에 아우를 지칭하는 의미로 쓴 것이다.

133 원문의 심전기(沈佺期)는 당나라 때 유명한 시인. 여기서는 심발지와 성이 같기 때문에 끌어다 쓴 것이다.

바닷가 절간으로 놀러가길 약조했다지.

구강포九江浦¹³⁴로 밀물 들어 비낀 해 가득한데
한적한 갯가에 비 내려서 저녁배 늦겠구나.

향 연기 오르는 곳 속세 먼지 이르질 않고
그윽한 흥취야 녹차 달일 때 그만이지.

낙척한 이내 몸 노상 꿈속에 생각
병중에 속절없이 전송시를 읊는구나.

送舍弟忱, 兼寄沈瀁之

惠連今與沈佺期, 海上招提約共隨.
潮入九江斜日滿, 雨連孤浦晚帆遲.
俗塵不到燒香處, 幽興應酣煮茗時.
寥落馬卿長夢想, 病中空賦送行詩.

---

134 구강포(九江浦): 구강은 강진(康津)에서 도암면 귤동으로 가는 중간에 있는 포구
이름. 아홉 물이 모여들어 구강포라 부르게 되었다 한다. 백련사(白蓮寺)가 가까이
에 있다.

금리錦里에 아우들을 두고 떠나며

한 이불 같이 덮고[135] 다사롭던 나날들
맑은 술 가득 따라 종종 비웠네.

한 등불 가물가물 강관江館의 새벽
외론 꿈 아슬아슬 해산海山의 봄철.

시속을 따르자니 늘 밖으로 돌아
경영한 바 없으니 가난도 싫지 않아.

무엇으로 자식 된 도리를 하나
관산關山길로 혼자 떠나는 이 사람.

在錦里留別諸弟

姜被融怡久, 淸尊引滿頻.

一燈江館曉, 孤夢海山春.

應俗長爲客, 無營不厭貧.

---

135 한 이불 같이 덮고〔姜被〕: 한(漢)나라 강굉(姜肱)이 천성이 우애가 돈독하여 형제가
한 이불에서 잠을 잤다. 『후한서(後漢書)』에 나온다.(杜甫「寄張十二山人彪三十韻」: “歷
下辭姜被, 關西得孟鄰.”)

將何供子職, 關路獨歸人.

신춘新春에 아우들에게 부치다

강한江漢의 나그네 돌아갈 생각
천지에 해는 새로 바뀌었으니.

수심은 천리길에 잇대었는데
병조차 반쪽 사람 만드네그려.

본업이라 시서詩書에 힘쓰는데
재물이 없어 계옥桂玉[136]이 구차하다.

어젯밤 꿈에 고향의 동산
매화언덕 함께 올라 봄을 찾았네.

---

136 계옥(桂玉): 땔감과 양식을 가리키는 말. 가난한 집은 땔나무가 계수나무보다 귀하
고 쌀이 옥보다 중하다는 데서 비롯되었다.

新春寄諸弟

江漢思歸客, 乾坤歲律新.
愁綿千里道, 病作牛邊人.
有業詩書在, 無資桂玉貧.
鄉園昨夜夢, 梅塢共尋春.

제영
題詠

해일루海日樓에 붙여

겨울 해 먼 산을 넘어가자
귤 매화 어우러진 물가에 안개 일고

바람은 바다 위로 눈을 날려서
눈발 편편이 누정 위로 들어오누나.

題海日樓

寒日下遙岫, 煙生梅橘洲.
長風吹海雪, 片片入高樓.

지황문池黃門¹의 강정江亭

푸른 벼랑 다다라 아담한 정자

---

1 황문(黃門): 내시(內侍)의 별칭.

비낀 해에 벽수碧樹는 가을이구나.

찬 바윗가 들국화를 꺾어 들고
홀로 정자 오르니 유유하구려.

池黃門江亭

小屋臨蒼壁, 斜陽碧樹秋.
寒巖折野菊, 獨上意悠悠.

만취정 10영晩翠亭十詠

단풍 든 산의 맑은 구름楓岳晴雲

희고 흰 건 비온 뒤의 구름이라면
푸르고 푸르러라 하늘 밖의 산굽이.

왕마힐王摩詰[2]의 그림이 분명도 할사
아침저녁 발 걷고 구경을 하네.

아득한 모랫벌에 뜬 새벽달平沙曉月

한줄기 강가에 하얀 백사장
새벽달이 반달인데 휘영청 밝아

기러기떼 꿈이 깰 적에는
음산陰山의 눈인 듯 섬뜩 놀란다오.

대숲길의 맑은 바람竹逕淸風

쭉쭉 뻗은 대숲 우림군羽林軍[3]의 그림자라면
한바탕 맑은 바람 벗님네 정일런가.

그윽한 죽경竹逕이 서늘하기 이러하거늘
소상강의 적막한 구름 속이 아닐까.

---

2 왕마힐(王摩詰): 당대의 시인 왕유(王維). 현종(玄宗) 때에 상서우승(尙書右丞)의 벼슬
을 지내고 시(詩)에 능한데다 서화(書畵)도 잘하였다. 특히 시화(詩畵) 일치의 미적 경
지를 열었다.
3 우림(羽林): 금위(禁衛)의 명칭. 친위대.

연못가 집에 내리는 밤비蓮堂夜雨

옥압玉鴨에 향 사위어 썰렁하고[4]
은상銀床[5]에 삿자리 서늘하여라.

삼경三更 지나 연잎에 떨어지는 빗방울
잠이 든 원앙새를 놀래 깨우네.

서산의 저녁에 내리는 눈西山暮雪

저물녘 하늘이 캄캄하더니
구름 몰려 눈꽃을 흩뿌리누나.

조그만 들 주막에 연기 이는데
돌아오는 까마귀는 십리 밖에 보이누나.

---

4 옥압(玉鴨): 화로(火爐)를 미화해서 표현한 말. 원문의 전(栴)은 향목의 일종으로 단
  향(檀香).
5 은상(銀床): 은으로 장식한 침상. 침상을 미화해서 표현한 말.(溫庭筠「瑤瑟怨」:"氷簟銀
  床夢不成, 碧天如水夜雲輕.")

시냇가 푸른 소나무澗邊蒼松

깊은 골짝에 천년 서리 다 겪으면서
도리화桃李花 핀 저 길에는 마음이 멀어.

바람은 천고의 음악을 울리고[6]
달은 용 그림자 그려내누나.

신점의 가을 방아新店秋砧

늦은 가을 밤중에 고적한 마을
방아소리 산 넘어 들려오누나.

세금 독촉 하도 성화라
밤 깊도록 곡식을 찧는가보다.

선연촌의 등불鐥淵村燈

뽕나무 느릅나무 울타리 너머

---

6 원문의 소호(韶濩)는 상고의 음악 이름으로 일설에 소(韶)는 순임금의 음악이요 호(濩)
는 탕임금의 음악이라 한다. 이 구절은 바람이 노송에 불 때 들리는 소리를 표현한 것
이다.

등잔불이 밤늦도록 비치는데

빗줄기 너머로 어렴풋하니
바람 속에 깜박거리네.

절의 새벽 종소리佛寺晨鍾

마을이 절집과 가까웁기에
귀 익도록 들리는 새벽 종소리.

아마도 예불을 드리고 나선
한가히 석당石堂 앞의 구름 쓸겠지.

당계의 낚시棠溪釣魚

봄바람 따스해라 들꽃이 피고
시냇물 깊어라 붕어 살졌다.

애오라지 낚시에 흥을 붙이니
이슬비 몽롱한 저 이끼 낀 낚시터

晚翠亭十詠

楓岳晴雲
白白雨餘雲, 靑靑天外巒.
分明摩詰畫, 朝暮捲簾看.

平沙曉月
一帶水邊沙, 半輪淸曉月.
賓鴻夢覺時, 却怕陰山雪.

竹逕淸風
千竿羽林影, 一陣故人風.
幽逕涼如許, 湘雲寂寞中.

蓮堂夜雨
玉鴨沈梅冷, 銀床枕簟涼.
三更綠荷雨, 驚起睡鴛鴦.

西山暮雪
向暮天如漆, 同雲漏雪花.
煙生野店小, 十里見歸鴉.

澗邊蒼松
一堅自千霜, 冥心桃李逕.

風生韶濩音, 月寫虯龍影.

新店秋砧

秋晚孤村夕, 砧聲隔斷峯.
唯應租稅急, 寒杵夜深舂.

鐥淵村燈

桑楡隔籬落, 燈火夜闌殘.
雨外微微辨, 風中爍爍看.

佛寺晨鍾

住近招提境, 晨鍾慣耳聞.
遙知禮佛罷, 閑掃石堂雲.

棠溪釣魚

風暖野花發, 溪深銀鯽肥.
一竿聊寄興, 煙雨古笞磯.

영사당 8영永思堂八詠

언덕에 올라 구름 바라보기登皐望雲

한조각 남산의 구름송이
처음엔 시내에서 토해낸 건데

산들바람에 늦은 그늘 생기더니만
흩어져 온 산에 비가 되는구나.

나무에 기대 바람소리 듣기倚樹聞風

나무야 본래 소리 없는 건데
바람 불자 저절로 소리가 난다.

풍수風樹[7]의 탄식은 만고의 한마음
호올로 섰노라니 해가 저물어.

---

7 풍수(風樹): 풍수지탄(風樹之歎). 주(周)나라 사람 고어(皐魚)는 어버이가 죽자 한탄하
　며 말하기를 "나무는 고요하고자 해도 바람이 그치지 않고, 자식은 봉양하고 싶지만
　어버이가 기다려주지 않는다.(樹欲靜而風不止, 子欲養而親不待)"고 말했다.

눈 갠 삼각산三山霽雪

밤사이 산에 눈 흠뻑 내려
초가집에 좋은 풍경 더해주누나.

아마도 이때쯤 절간의 중은
혼자서 요단瑤壇[8]의 눈 쓸겠지.

도봉산의 폭포道峯飛瀑

저 물 은하수 끌어온 것 아닐런가.
산은 향로봉香爐峰[9]처럼 빼어났구려.

어느 뉘 이적선李謫仙[10] 불러와서
강월江月의 시구를 다시 읊게 할 건고?

---

8 요단(瑤壇): 산 위의 제단을 가리키는 말.
9 향로봉(香爐峰): 중국 강서성(江西省)의 명승인 여산(盧山)의 한 봉우리. 산봉우리 모
  양이 향로처럼 생겨서 붙여진 이름. 도봉산의 만장봉을 표현한 것으로 추정된다. 여
  산의 폭포가 또한 유명하다.
10 이적선(李謫仙): 이백(李白)을 말한다. 그의 시 「망여산폭포시(望盧山瀑布詩)」에 "바
  다에는 바람이 끝없이 불고, 강에는 달이 비춰 도리어 고요하네.〔海風吹不斷, 江月照還
  空〕"란 구절이 있다.

봄강에서 시 읊고 돌아오기春江詠歸

강물은 이내 몸 깨끗이 씻어주고
봄바람 이내 옷에 너풀거려라.

관동冠童[11]이 따르지 않건만
꽃이랑 새들 서로 알아주누나.

가을 든 교외의 저녁 조망秋郊晩眺

안개 걷히자 들판이 한결 고즈넉이
서리 내려 가을물 떨어졌구나.

목동은 황소를 거꾸로 타고
시냇가 다리 석양에 젓대를 부네.

아침의 안개 낀 산빛煙朝山色

저녁연기 잠자듯 날지를 않고

---

11 관동(冠童):『논어(論語)·선진(先進)』에 "봄옷이 완성되면 관례 올린 사람 대여섯명,
동자 예닐곱명과 기수에서 씻고 기우제 터에서 바람 쐬고서 시를 읊으며 돌아오겠습
니다.〔春服旣成, 冠者五六人, 童子六七人, 浴乎沂, 風乎舞雩, 詠而歸〕"라고 하였다.

아침 연기 살포시 위로 걸려라.

일 없는 이 일찌감치 주렴을 걷고
고요히 앉아서 산빛을 바라본다.

달밤의 여울소리 月夜灘聲

밝거나 어둡거나 재촉해대
여울물 언제고 쉬지를 못하네.

오직 시끄러운 세상일 싫어서
밤 깊어 달밤에야 소리가 오네.

永思堂八詠

登皐望雲
一片終南雲, 纔從溪口吐.
微涼生晚陰, 散作千峯雨.

倚樹聞風
此樹本無聲, 風來自生聽.
皐魚萬古心, 獨立天將暝.

三山霽雪
山雪夜來多, 茅簷供霽望.
遙知岳寺僧, 獨掃瑤壇上.

道峯飛瀑
川疑銀漢來, 山似香鑪秀.
誰喚謫仙人, 更吟江月句.

春江詠歸
江水潔余身, 春風吹我服.
冠童亦不隨, 花鳥渾相識.

秋郊晚眺
煙斂郊原古, 霜淸秋水落.
牧兒牛倒騎, 一笛溪橋夕.

煙朝山色
夕煙宿不飛, 朝煙澹初羃.
幽人早捲簾, 靜坐看山色.

月夜灘聲
明暗自相催, 灘流恒不歇.
祇是厭群喧, 聲來深夜月.

춘초정春草亭에 묵으며

이슬이 옷에 차서 술기운 가시어
강루에 홀로 기대 파도소리 듣는다오.

거문고 두세가락 채현彩絃이 뻣뻣한데
가을바람 숲에 가득 가람달 높이 떴네.

宿春草亭

露濕征衫酒暈消, 獨憑江閣聽寒濤.
瑤琴三弄彩絃澁, 滿樹西風江月高.

바람 부는 밤 고정高亭에서

북풍 거세게 불어 정자 더욱 높게 느끼니
바다 뒤덮고 산 흔들어 기세도 대단하다.

꿈속에 배를 타고 오호五湖의 나그네 되어
절강浙江¹² 땅 가을비에 밀물 소리 듣노라.

夜風宿高亭

朔風吹怒覺亭高, 倒海掀山氣勢豪.
夢作扁舟五湖客, 浙江秋雨夜聞潮.

영벽당映碧堂

푸른 바위 백척百尺이라 산길은 쌀쌀한데
죽림竹林의 서편에는 예성단禮星壇이 있군그래.

옥국玉局¹³에 먼지 일고 오는 사람 없으니
강 달만 두둥실 돌난간을 비추누나.

---

12 절강(浙江): 절강은 옛날 월(越)땅이다. 월나라 범려(范蠡)가 월왕 구천(句踐)을 도와
큰 공을 세운 다음, 오호(五湖: 太湖)에서 조각배를 타고 노닐었다는 이야기가 전한다.
13 옥국(玉局): 바둑판을 가리킨다.

映碧堂

百尺蒼巖松逕寒, 竹林西畔禮星壇.

塵生玉局無人到, 江月亭亭照石闌.

수월정 8영水月亭[14] 詠

묘적산의 아침 구름妙積朝雲

바위에 부딪쳐 일어나는 아침 구름 보아라.

아침엔 푸른 봉우리들을 온통 둘러싸네.

어여뻐라! 가뭄에 장맛비 되질 않고[15]

---

14 수월정(水月亭): 중종의 부마였던 여성위(礪城尉) 송인(宋寅, 1517~1584)의 정자. 송
   인의 자는 명중(明仲), 호는 이암(頤庵)이며 본관은 여산(礪山)이다. 시문을 잘 지었고,
   특히 서법(書法)으로 이름이 높았으며, 이황(李滉), 조식(曺植), 이이(李珥), 성혼(成渾),
   정렴(鄭磏), 이민구(李敏求) 등 당대의 명사들과 교유하였다. 신흠(申欽)의『상촌집(象
   村集)』권9에 실린「동호의 수월정에서 노닐며(游東湖水月亭)」의 소서(小序)에 그 간략
   한 내력이 나오며, 임진왜란 때 소실되었다고 한다. 동호(東湖)는 지금 동호대교 부근
   한강의 별칭이며, 팔경(八景)으로 읊은 묘적산(妙積山, 양주), 청계산(靑溪山, 과천), 한
   강(漢江), 아차산(峨嵯山, 지금 광나루 부근), 용문산(龍門山), 사평원(沙平院, 지금 서초
   구에 속함), 저도(楮島, 지금 잠실 지역)의 여덟 곳이 모두 한강변이다.
15 원문 상가우(商家雨)와 관련하여『서경(書經)·열명(說命)』에 상나라 왕 무정(武丁)

시선詩仙의 비위 맞춰¹⁶ 정자 앞에 펼치다니.

청계산의 저녁비靑溪晚雨

향로에 연기 젖어 수침향 재가 되고
선들 기운 발을 뚫어 짧은 꿈 깨어나네.

청계산 산상에 내리던 비
저녁 바람 불어 보내 강 건너오시네.

한강의 가을 달漢江秋月

맑은 가을 한강엔 구름 안개 깨끗하고
달은 이슬에 씻겨 푸른 하늘에 걸렸구나.

어찌하면 여동빈呂洞賓¹⁷의 철적鐵笛이 메아리쳐

이 재상 부열(傅說)을 칭찬하여 "만약 큰 가뭄이 들면 너를 써서 장마비를 만들겠다.
〔若歲大旱, 用汝作霖雨〕"란 말이 나온다. 이에 상림(商霖) 혹은 상가우(商家雨)란 재상
의 치적을 칭송하는 의미로 쓰인다. 여기서는 세상에 쓰임이 되지 않았다는 뜻을 담
고 있다.

16 원문의 이열(怡悅)은 희열과 같은 의미로 흔히 구름을 두고 쓰이는 말.(陶弘景「詔問
山中何所有賦詩以答」: "山中何所有, 嶺上多白雲. 只可自怡悅, 不堪持贈君.")

17 여동빈(呂洞賓): 원문은 회선(回仙). 여(呂)의 글자 됨이 '回'와 마찬가지로 입구자(口)
가 겹쳐진 것이므로 서로 바꿔 썼다. 여동빈은 도교의 신선인데, 당나라 때 장안 사람

깊은 밤 잠든 용을 놀라 깨게 한단 말인가.

눈이 갠 아차산_{峨嵯霽雪}

저녁 추위에 병 속의 물 얼어붙고
눈 갠 먼 산에 까마귀 날아드네.

핀 매화 그리우니
쪽배 하나 불러 타고 서호西湖[18]로 찾아갈까.

살곶이 들판_{箭郊平蕪}[19]

십리 들판 펼쳐진 그림인 양
봄 아지랑이 고운 풀 물마저 넘실넘실.

바람 앞에 힝힝거리는 저 말떼 저마다 준마駿馬인데
백락伯樂이 언제 한번 지나간 적 있었던가?[20]

으로 종남산(終南山)에서 수도한 이후 종적을 감추었다 한다.
18 서호(西湖): 중국 항주(杭州)에 있는 호수. 송나라 때 매화 시인으로 유명한 임포(林逋)가 서호가에 집을 두고 처매자학(妻梅子鶴)으로 살았기 때문에 원용해 쓴 것이다.
19 원문 전교(箭郊)는 살곶이다리〔箭橋〕가 있는 교외라는 뜻으로 쓴 표현. 이곳은 지금 뚝섬으로 당시 목장이 있었다.
20 원문의 손양(孫陽)은 말을 잘 분간하는 백락(伯樂)에 대한 칭호. 한유(韓愈)의 글에 "백락이 한번 기북(冀北)의 들을 지나가자 말떼가 드디어 비었다."는 구절이 있다.

푸르른 용문산龍門茸翠

나는 새 외로운 구름 까마득한 저 사이로
용문산 제일봉이 파랗게 드러났네.

앞 강에 길이 있어 세 층으로 통하니
한번 가면 큰 고기 몇 마리 잡으려나.

사평에 오가는 나그네沙平行客

사평원 북편에 길 먼지 노상 일어
사시사철 남북으로 떠나고 돌아오고

슬프다, 모두들 명리名利로 늙어가니
나루터 묻는[21] 사람을 언제 다시 만나볼까.

저도의 돛단배楮島歸帆

하늬바람에 멀리 갔던 돛단배 나날이 돌아오니
섬에도 가을 깊어 기러기 날아드네.

---

21 나루터 묻는〔問津〕: 옳은 길, 혹은 이상함을 찾아 묻는다는 뜻. (『論語·微子』: "長沮桀
溺耦而耕, 孔子過之, 使子路問津焉." 陶淵明「桃花源記」: "尋疾終, 後遂無問津者.")

강동江東이라 장한張翰²²을 길이 추억하노니
농어회 순채나물 맛에 벼슬 뜻이 엷어지네.

水月亭八詠

妙積朝雲
替得朝雲觸石生, 朝來籠盡亂峯靑.
可憐不作商家雨, 怡悅詩仙管一亭.

靑溪晚雨
鴨爐煙濕水沈灰, 涼透重簾小夢回.
一片靑溪山上雨, 晚風吹送過江來.

漢江秋月
秋晴江漢淨雲煙, 露洗銀蟾掛碧天.
安得回仙響鐵笛, 夜深驚起蟄龍眠.

峨嵯霽雪
夕寒氷合古銅壺, 晴雪遙岑見暝烏.

---

22 장한(張翰): 진(晉)나라 때 강동(江東) 사람. 그는 벼슬을 하여 대사마 동조연(大司馬
東曹椽)이 되었는데 가을바람이 일자 고향의 순갱(蓴羹: 순채국)과 농어회(鱸魚膾)가
생각나서 벼슬을 버리고 돌아갔다.(李白「送張舍人之江東」: "張翰江東去, 正値秋風時.")

仍想新梅映水月, 擬呼孤艇下西湖.

箭郊平蕪

十里平蕪似畫圖, 暖煙芳草水生湖.

嘶風萬馬皆神駿, 曾有孫陽過此無.

龍門茸翠

孤雲飛鳥渺茫間, 碧露龍門第一巒.

前江有路通三級, 幾箇脩鱗去得攀.

沙平行客

沙平院北起行塵, 南去北來秋又春.

惆悵盡從名利老, 若爲重見問津人.

楮島歸帆

西風日日遠帆歸, 島嶼秋深雁政飛.

永憶江東張翰去, 玉鱸銀菜宦情微.

송부마宋駙馬의 수월정水月亭을 지나면서

진루秦樓의 귀공자[23] 풍류가 사라졌고
단판檀板[24]의 미인은 푸른 머릿결 시들었네.

다만 그 시절 노래하고 춤추던 곳에
봄 강물에 달이 떠서 붉은 난간 비추누나.

過宋駙馬水月亭

秦樓公子風流盡, 檀板佳人翠黛殘.
唯有當時歌舞處, 春江水月映朱闌.

---

23 진루의 귀공자[秦樓公子]: 진 목공(秦穆公)의 딸 농옥(弄玉)의 남편 소사(簫史)를 가리킨다. 시적 대상이 부마이기 때문에 비유하여 썼다.

24 단판(檀板): 악기의 일종. 단목(檀木)으로 만든 박판(拍板). (陳去病 「惜別詞」: "南東金粉足淸妍, 檀板淸樽奏管絃.")

영귀정咏歸亭 시에 차운하여

봄옷을 차려입고 좋은 정자 오르자니
붉은 꽃 푸른 버들 온 시내 훤하구나.

석양에 다다라 둘러보는 무한한 흥취
맑은 바람 여전히 소매에 가득하이.

次詠歸亭韻

華構初隨春服成, 野花官柳一川明.
晚來無限登臨興, 依舊天風滿袖淸.

눈금당嫩金堂

오수에서 깨어나 뜨락을 둘러보니
산빛이 밀어 푸르름 보내주네.

동산에 꽃이 지자 봄도 적적한데
하늘 가득히 버들솜 날려 날도 어둑어둑.

嫩金堂韻

午眠初罷眄閑庭, 排闥山光送晚青.
一院落花春寂寂, 滿空飛絮晝冥冥.

고송정孤松亭의 서늘함

추포秋浦에 구름 흘러 푸른 하늘 열리니
달빛이며 별그림자 물결에 흔들린다.

강남 강북 죽지사竹枝詞 노랫가락
높은 정자 바람 이슬 한기가 스며오네.

孤松亭涼思

秋浦雲流碧落寬, 月華星影動微瀾.
江南江北竹枝曲, 人倚高樓風露寒.

청허정 淸虛亭

소슬한 여울물 주렴에 차가운데
아득한 강물 위 구름 속에서 노니는 사람인가.

거문고 한가락에 한동이 술 놓였으니
푸른 난간 가랑비 밤조차 하염없이.

淸虛亭

風灘蕭瑟滿簾寒, 人在湘雲縹緲間.
一曲瑤琴一尊酒, 碧闌微雨夜漫漫.

취하여 송송정宋松亭에 쓰다

빈 뜰에 봄비 내릴 적 옛 생각 울적하여
한잔 술로 애오라지 세한歲寒[25]을 기약하오.

주문朱門[26]이라 곳곳마다 도리화桃李花 심었으니
고적한 그림자 아득히 저 달만이 알아주리.

醉題宋松亭

愴古空庭春雨時, 一盃聊與歲寒期.
朱門處處栽桃李, 孤影蒼蒼夜月知.

---

25 세한(歲寒): 지조를 지켜 바꾸지 않는다는 의미.(『논어論語·자한子罕』에 "날씨가 추
  워진 뒤에야 소나무와 잣나무가 뒤늦게 시듦을 안다.〔歲寒然後, 知松柏之後凋〕"라 하
  였다.)
26 주문(朱門): 부귀한 집을 가리키는 말.(『진서晉書·국윤전麴允傳』에 "국윤麴允은 금
  성金城 사람인 사씨謝氏와 함께 대대로 호족豪族이 되어 '남쪽에는 주문이 있고, 북쪽
  에는 청루가 보인다〔南望朱門, 北望靑樓〕'라는 말이 있었다."고 하였다.)

청영정 清暎亭

난간에 솔 그림자 서늘해라 달빛마저 가을인 양
이 정자 5년 만에 다시 올라 한가롭게 노니누나.

그날 눈 내린 후 시내 서쪽 길로 들어가
홀로 매화를 찾아 실개천을 넘어갔지.

清暎亭

松檻微凉月似秋, 五年重作此間遊.
憶曾雪後溪西路, 獨訪梅花過小洲.

거야鉅野 김장金丈의 집[27]

성산星山 아래 터 잡은 모옥茅屋 한 채
솔뿌리 얽힌 속에 묵은 오솔길.

봄이 가도 세월을 모르더니만
손이 오니 이제야 사립을 여누나.

물과 대(竹)는 깊숙한 기약이 있고
거문고에 술동이 속된 물건 드물어라.

바쁘고 한가롭고 길이 서로 달라
방초 시절 이 몸은 떠나갑니다.

題鉅野金丈家(顧言)

一室星山下, 松根古逕微.

春歸不知歲, 客到始開扉.

---

27 원주: "김고언(金顧言)." 이 인물은 달리 확인되지 않는데, 본문에 성산(星山)이라는
지명이 나오는 것으로 미루어 창평현(昌平縣)의 별뫼(星山)에 살았음을 알 수 있다. 그
곳을 배경으로 「성산별곡」이 씌어졌던바 당시에 서하당(棲霞堂) 김성원(金成遠)을 비
롯하여 광산(光山) 김씨가 살고 있었다.

水竹幽期在, 琴樽俗物稀.
閑忙悵殊路, 芳草獨離違.

쌍벽당雙碧堂[28]

말세라 초심과 어긋나서
조촐한 곳 가려서 집을 삼았소.

들은 먼 하늘로 들어가고
냇물은 둑 따라 얽혔어라.

송죽松竹은 늦도록 푸른 빛 띠고
안개비 그림 속에 새로 비치누나.

봄은 어느새 매화 언덕에 이르렀거늘
좋은 기약 헛되이 보내질 마오.

---

28 원제: "쌍벽당에서 제봉의 시에 차운하여" 제봉(霽峯)은 고경명(高敬命)의 호.

雙碧堂, 次霽峯韻

素心違末路, 白屋占淸區.
野入遙天大, 川從斷岸紆.
松篁含晚翠, 煙雨展新圖.
春到梅花塢, 佳期莫遣孤.

요월당邀月堂[29]

1
머나먼 은하수 아름다운 기약[30]
가을 들면 맞이하기 제일 좋다네.

밤 고요하자 갯가로 밀물이 들고
사람 한가로워 표주박엔 술이 가득해.

---

29 원제: "요월당에서 풍암 중부의 시에 차운하여" 요월당(邀月堂)은 월출산 아래 있던
임호(林浩, 본관은 선산)의 집. 임호는 백호의 아우 임환(林懽)의 장인이다.
30 머나먼~기약(佳期雲漢): 이백(李白)의 시 「월하독작(月下獨酌)」에 "相期邀雲漢"의 구
가 있다.

백란 수레³¹ 오래 붙잡아두고
효선曉仙의 노래 부르질 마오.

북두성 기울도록 발을 걷어놓아
가는 서리 요소蓼蕭³²에 내리겠네.

2
하늘에 티끌 한점 없으니
마을엔 좋은 손님 맞지 않으랴!

항아嫦娥³³는 달 속의 궁전 열어놓고서
외로운 밤에 술잔을 권하는구려.

이조二祖는 흥망의 형국 지었거니
삼랑三郎은 꿈에 그려 노래하네요.³⁴

---

31 백란수레(白鸞駕): 신선이 타는 수레를 가리키는데, 여기서는 달을 의미하는 것이 아닌가 한다. 다음 구절의 "休唱曉仙謠"는 닭에게 울지 말라는 의미로 이해된다.
32 요소(蓼蕭): 『시경(詩經)·소아(小雅)·요소(蓼蕭)』에 "쭝긋한 저 쑥대에 이슬이 함초롬하네.(蓼彼蕭斯, 零露湑兮)"라 하였다. 풍신 좋은 사람들이 모여 노는 모습을 비유하기도 한다.
33 항아(嫦娥): 항아(姮娥). 여신의 이름. 『수신기(搜神記)』에 "유궁후예(有窮后羿)가 불서왕모(西王母)에게 사약을 청해 얻었는데 그의 처 항아가 몰래 훔쳐다 먹고 월궁으로 달아났다."고 나와 있다.
34 이조(二祖)는~ 노래하네요: 이조(二祖)는 왕조를 건립한 두 황제. 가령 한나라의 경우 고조와 광무제가 이조에 해당한다. 여기서는 당의 현종(玄宗)을 두고 쓴 것 같다. 삼랑(三郎)은 원래 같은 항렬의 세번째 아들을 부르는 이름인데 당 현종 이융기(李隆基)의 호칭이기도 하다.(『唐詩紀事』: 鄭嵎 「津陽門」: "三郎紫笛弄煙月, 怨如別鶴呼羈鴛.") 이 두 구절은 당 현종이 나라를 멸망의 지경으로 끌고 갔는데도 양귀비를 끝내 잊지

항아여! 불사약 훔친 일 뉘우쳐
귀밑머리 쓸쓸한 나 애련히 여겨다오.

邀月堂, 次楓巖伯父韻

佳期邀雲漢, 秋至最宜邀.
夜靜潮生浦, 人閑酒滿瓢.
長留白鸞駕, 休唱曉仙謠.
斗轉簾猶捲, 微霜露蓼蕭.

天絶微雲滓, 村無好客邀.
嫦娥開桂殿, 獨夜侑金瓢.
二祖興亡局, 三郎夢寐謠.
還將竊藥悔, 憐我鬢蕭蕭.

못해했음을 표현한 것으로 생각된다.

〔붙임〕 **원운**原韻　풍암楓巖

아름다운 달 노상 임하는 땅에
바람 역시 오지 말래도 찾아온다네.

술은 오씨烏氏의 핵核[35]을 존중하기에
몸은 위왕魏王의 박[36]을 쫓으리라.

담장의 대〔竹〕 옥보다 차고
가을벌레 소리 노래처럼 간절해라.

내일 아침 저 달을 작별하면
어디 가서 애소艾蕭를 캘까[37]?

35　오씨의 핵(烏氏核): 미상.
36　위왕의 박〔魏王瓢〕: 『장자(莊子)·소요유(逍遙遊)』에서 유래한 말. 혜자(惠子)는 위왕
　　이 준 박씨를 심어 큰 바가지를 얻었다. 이 바가지는 너무 커서 아무 쓸모가 없다고 혜
　　자가 장자에게 말했다. 장자는 그 큰 바가지를 물에 띄우고 놀면 좋지 않냐고 대답하
　　였다. 무용지물이지만 다른 차원에서 쓰임이 있다는 뜻. 이 구는 높은 차원에서 자유
　　를 즐기는 장자의 생활 태도를 따르겠다는 의미가 담겨 있다.
37　애소(采艾)를 캘까: 그리는 마음이 하도 깊어 짧은 기간이 오랜 세월처럼 느껴진다
　　는 의미를 담고 있다.(『詩經·采葛』: "彼采蕭兮, 一日不見如三秋兮. 彼采艾兮, 一日不見如三
　　歲兮.")

〔附〕原韻·楓巖

佳月常臨地, 長風亦不邀.
酒尊烏氏核, 身事魏王瓢.
墙竹寒於玉, 秋蛩切似謠.
明朝相別後, 何處采艾蕭.

희경루 喜慶樓[38]

어쩌다 부용동 芙蓉洞엘 잘못 들어가
풍류 속에 만경 曼卿을 만났노라.[39]

누각의 종소리 새벽을 알리고
산에 내리는 비 산들바람 보내주나.

---

38 원주: "광주의 객사(客舍)로 호남에서 이름 높다."
39 부용동(芙蓉洞)은 선경(仙境)을 가리키는 의미로 쓰인다. 구양수의 『육일시화(六一
詩話)』에 "석만경(石曼卿)이 죽은 뒤에 한 친구가 그를 만났는데 황홀하여 꿈 같았고
'나는 지금 신선이 되어 부용동에 살고 있다' 하였다."고 나와 있다. 이런 내용으로 미
루어 만향(曼鄕)은 만경(曼卿)의 잘못인 듯하다. 그러나 '卿'은 다음 '凉, 茫'과는 운이
맞지 않는다. 그러나 '卿'과 '程'은 운이 맞는다. 이 시는 전편이 운을 맞추는 데 모순
이 있는바 운을 자유롭게 쓴 것으로 생각되기도 한다.

폐를 앓는데 술을 탐내며
몸이 한가해 갈 길을 생각 않네.

거문고랑 술에 또 한번 취하니
세상일 모두가 아득만 하네.

喜慶樓(光州客館, 名於湖南)

誤入芙蓉洞, 風流會曼鄉.
樓鍾報淸曉, 山雨送微凉.
肺病猶耽酒, 身閑不計程.
琴尊更一醉, 塵事摠茫茫.

이승지李承旨의 산재山齋

천길 절벽으로 해가 지는데
멀리 하늘가로 띠를 두른 산

들판으로 소 뜯기며 나가도 보고

물가에서 마름 캐다 돌아온다네.

해오리 날아드니 물가 가까울 테요
스님들이 머무는 풀방석 차다오.

허리 아래 찬 인끈 풀어놓고
일시 한가로움과 바꿔봤으면.

李承旨山齋

落日千尋壁, 遙天一帶山.
平郊飯牛去, 曲渚采菱還.
鷺下沙洲近, 僧栖草座寒.
難將腰下綬, 換得暫時閑.

춘초정春草亭에 붙여[40]

시인의 맑은 수심 귀밑 가에 가득한데
정자의 봄풀은 배나 더 처연해라.

물결은 거슬러 갈 익수鷁首[41] 없어 한이지만
북두성에 비치는 용문검龍文劍[42] 남아 있소.

산색은 분명하다 날 개면 문에 들고
강빛은 허백虛白하다 밤이면 하늘과 닿네.

아무리 생각해도 공명은 못 이룰 팔자
조만간 물가로 가서 낚싯배나 수리해야지.

題春草亭(亭乃鄭礥亭也)

騷客淸愁滿鬢邊, 一亭春草倍凄然.

---

40 원주: "정자는 곧 정현(鄭礥)의 정자다." 정현(鄭礥)은 자(字)가 경서(景舒), 호는 만
   죽(萬竹), 본관은 온양(溫陽). 북창(北窓: 이름 정렴)의 아우인데 역시 시로 명성이 있
   었다.
41 익수(鷁首): 뱃머리. 곧 배를 가리킨다. 옛날 뱃머리에 익조(鷁鳥)의 모양을 그려놓
   은 데서 나온 말이다.
42 용문검(龍文劍): 용의 무늬를 띤 칼.(班固「兩都賦」寶鼎詩: "寶鼎見兮色紛縕, 煥其炳兮
   被龍文.")

恨無鷁首衝煙浪, 尙有龍文射斗躔.

岳色分明晴入戶, 江光虛白夜連天.

思量不是功名骨, 早晩滄洲理釣船.

소요정逍遙亭[43]

영벽당 앞에서 아침에 닻을 풀어
파릉巴陵[44] 빈 물가에 저물녘 닿았노라.

별포別浦에 바람 일어 조수는 바다로 돌고
어사魚簑에 꿈 끊어지니 달은 배에 가득하이.[45]

거문고 시험삼아 한 곡조 퉁겨보자
어찌하면 봉래도의 여러 신선 찾아보나.

삼성參星은 지려 하니 새벽노을 차가워라

---

43 소요정(逍遙亭): 경기도 양천현(陽川縣)의 한강가에 있었던 정자.『신증동국여지승
람』에는 "소요당(逍遙堂)은 읍내 동쪽 4리에 있는데 좌의정 심정(沈貞)의 별서(別墅)
다."(권10)라고 하였다.
44 파릉(巴陵): 양천의 옛 이름.
45 별포(別浦)·어사(魚簑): 정자 근처의 지명으로 생각된다.

갈대꽃 삭막한데 기러기떼 날아오르네.

逍遙亭

暎碧堂前朝解纜, 巴陵暮泊空洲煙.
風生別浦潮歸海, 夢斷魚簀月滿船.
試把玉琴彈一曲, 若爲蓬島問群仙.
參辰欲沒晨霞冷, 鴈起蘆花索莫邊.

용호龍湖의 청영정淸映亭

1
겨울 매화 꽃 한 가지, 손에 꺾어들고
좋은 자리 동이술로 새 친구와 즐기노라.

거문고 노래 어울려 잠긴 용도 춤을 추고
주렴이 높고 맑아 지는 해 더디구나.

먼 산에 안개 걷히자 옥빛처럼[46] 푸르고

맑은 못에 바람 자니 벽碧유리 그대로라.

안타까울손 짧은 그늘 싸락눈을 빚어내어
난간에 밝은 달은 좋은 기약 저버렸네.

2
섣달 지난 용호龍湖에 객客의 말이 머무르니
엄뢰嚴瀨⁴⁷에 얼음 녹아 푸른 물결 느릿느릿.

요포瑤圃⁴⁸라 삼천리에 두루미 날아오고
경루瓊樓⁴⁹라 열두난간 사람들 앉아 노네.

은촛불 이울어라 긴 밤도 반이 지나
옥퉁소 맑은 소리 온 하늘 차가우이.

연화煙花에 월정月艇이라 봄이 응당 좋으리니
꿈은 갈매기 따라 물굽이를 넘어가지.

---

46 옥빛처럼[琬琰]: 완염(琬琰)은 아름다운 옥(玉)을 가리킨다.(屈原『楚辭·遠遊』: "吸飛
泉之微液兮, 懷琬琰之華英.")

47 엄뢰(嚴瀨): 한나라 때 은자 엄광(嚴光, 자 子陵)이 부춘산(富春山)에 은거해 있었는
데 그가 노닐던 여울물을 엄자뢰(嚴子瀨), 혹은 엄뢰라고 일컬었다. 여기서는 은자가
사는 물가의 뜻으로 쓰였다.

48 요포(瑤圃): 아름다운 동산, 즉 신선이 사는 곳을 가리킨다.(屈原『楚辭·九章·涉江』:
"駕靑虬兮驂白螭, 吾與重華遊兮瑤之圃.")

49 경루(瓊樓): 상상 속의 화려한 건물. 경루옥우(瓊樓玉宇).

龍湖淸暎亭

手折寒梅花一枝, 綺筵罇酒樂新知.
絃歌激噪潛蛟舞, 簾幕淸高落日暹.
遠嶂煙銷靑琬琰, 澄潭風靜碧瑠璃.
却恨輕陰釀小雪, 玉闌明月負佳期.

臘盡龍湖住客鞭, 凍銷巖瀨碧漫漫.
鶴來瑤圃三千里, 人倚瓊樓十二欄.
銀燭欲殘長夜半, 玉簫淸囀一天寒,
煙花月艇春應好, 夢逐沙鷗過別灣.

응취정凝翠亭에 붙여

동서로 떠돌아 얻은 것이란 길 먼지뿐
화옥華屋[50]에 다시 오니 옛집으로 돌아온 양.

벼슬 맛은 가을처럼 쓸쓸하기 그지없고

---

50 화옥(華屋): 훌륭한 건물을 가리킨다.

향수는 풀과 같이 날로 더욱 우거진다.

동산에 꽃이 지니 가는 봄 아깝지만
갯버들 바람 맑아 술병 차고 놀기 좋네.

고적한 심사 오늘이사 풀어줄 이 뉘란 말가.
갓 갠 주렴 밖에 높고 낮게 나는 제비

凝翠亭韻

東西所得是征塵, 華屋重來擬舊棲.
宦味似秋殊冷落, 鄕愁如草轉萋迷.
林園花謝春應惜, 楡塞風淸酒可携.
孤抱此時誰解慰, 小晴簾幕燕高低.

애련당愛蓮堂, 풍암楓巖 중부仲父의 시에 차운하여

태화봉太華峯[51] 꼭대기에 열길 넘는 기이한 꽃
초당 앞에 옮겨 심어 맑은 구경 즐기노라.

밤 깊어 시원한 것 생각나면 이슬방울 기울이고
바람에 풍긴 향내 옥주玉舟52를 스치누나.

안개 밖의 낚싯대 흥을 붙여 족할진대
꿈속의 명리名利야 다시 찾아 무엇하리.

애련설愛蓮說53 한편을 조용히 읊으니
상마桑麻54를 빼놓고는 이무 근심 없어라.

愛蓮堂, 次楓巖仲父韻

十丈仙葩太華顚, 小軒移種寄淸遊.

夜深涼思傾銀露, 風漏微香度玉舟.

煙外釣竿聊寓興, 夢中聲利更何求.

蕭然詠罷濂溪說, 除却桑麻摠不憂.

---

51 태화(太華): 전설적인 산 이름. 태화봉 머리에 못이 있어 연꽃이 피는데 길이가 10길
   이나 된다는 전설이 있다.(韓愈「古意」:"太華峯頭玉井蓮, 開花十丈藕如船.")
52 옥주(玉舟): 술잔을 가리키는 말. 옥선(玉船).(蘇軾「次韻趙景貺督兩歐陽詩破陳酒戒」:
   "明當罰二子, 已洗雨玉舟.")
53 애련설(愛蓮說): 송나라의 학자 주돈이(周敦頤)가 지은 글. 그의 호가 염계(濂溪)여서
   원문에 염계설(濂溪說)이라 한 것이다.
54 상마(桑麻): 인간 생활에 필수인 뽕과 삼. 농사를 범칭하는 뜻으로 쓰인다.(陶潛「歸田
   園居」:"相見無雜言, 但道桑麻長.")

청계정사青溪精舍 비오는 날

청계라 좋을시고 지경地境이 절승하여
청려장 이끌고서 절문을 두드리노라.

소낙비에 꽃은 취해 연지를 누를 듯하고,
폭포는 구름 끼어 마전한 옷감 뷜듯말듯.

산길에 땅거미 지자 나는 새도 다 깃들이고
골짝 입구 바람 일어 낚싯배가 드물어라.

벽창碧窓의 선들바람 뺏골에 스미는데
밤 깊어 드는 추위 베옷에 감도누나.

靑溪精舍雨中

爲愛靑溪境絶奇, 偶携黎杖叩禪扉.
花酣驟雨臙脂亞, 瀑帶重雲白練微.
巖逕暝傳棲鳥盡, 峽門風起釣船稀.
碧窓爽氣侵人骨, 入夜輕寒生草衣.

차운하여 육우암六友巖에 쓰다[55]

멀리 삼삼경三三徑[56]을 만들되 늘 문을 닫고
초楚나라 난蘭 비록 있으나 술동이 열 수 있으리라.

돌다리에는 멀리 천태天台의 달이 걸렸는데
뉘라서 바위에 도끼 자국 있는 줄 알리오?

題六友巖次韻

遙作三三常掩門, 楚蘭雖在可開尊.
石梁遙掛天台月, 誰識雲根斧鑿痕.

---

55 『백호필적』에 실려 있으나, 백호가 삭제하라는 표시를 남기고 있다.
56 삼삼경(三三徑): 송(宋)나라 양만리(楊萬里)는 동원(東園)에 새로 아홉 갈래의 길을
   내면서, 길마다 화목(花木)을 하나씩 심었는데, 강매(江梅)·해당(海棠)·복숭아·오
   얏·살구·홍매(紅梅)·벽도(碧桃)·부용(芙蓉) 등 아홉 종류였다고 한다.

도석
道 釋

진감眞鑑에게

밤에 스님과 나란히 숲에서 자노라니
구름이 나직이 초의草衣를 적시누나.

바위 빗장 해가 늦게 여니
깃든 새 그제야 날아오르오.

贈眞鑑

夜伴林僧宿, 重雲濕草衣.
巖扉開晚日, 棲鳥始驚飛.

원명圓明의 시축詩軸에 쓰다

하늘은 새파랗다 구름 가시고
가람은 비어 달빛 받아 빛나네.

스님은 빙그레 미소를 짓나요

이게 바로 상근기上筋機¹라 하겠지요.

題圓明軸

天碧銷雲氣, 江空受月輝.

師能微笑否, 此是上筋機.

안도사安道士에게

비로봉毗盧峯 정상에선 팔만봉우리

다 내려다뵌다 들었더니

선옹仙翁의 석장錫杖 거기 한번 머무른 후론

머루 다래 엉켜진 산길 발자취 남았다는군.²

---

1 상근기(上筋機): 미상. 상근기(上根機)와 통하는 말이 아닌가 한다. 선종(禪宗)에서 수
승(隨乘)한 지혜가 있어 수행을 능히 감당할 만한 바탕을 지닌 것을 가리킨다.

2 원주: "비로봉은 사람의 발길이 미치지 못한 곳인데 거사(居士)가 일찍이 홀로 최정상
까지 다 올라갔으므로 이와같이 쓴 것이다."

贈安道士

聞說毗盧頂, 平臨八萬峯.
仙翁一留錫, 蘿逕有遺蹤.(毗盧峯, 人跡不到. 居士嘗獨往, 窮其絶頂故云云.)

현민玄敏의 시축에 쓰다

꽃도 잎도 없어라 고목나무는
죽고 삶을 초월한 건 선승이로세.

그림 펴고 담담히 마주 대하니
깊은 밤에 가람 달이 휘영청 밝아.

題玄敏軸

古樹無花葉, 禪僧了死生.
披圖澹相對, 江月夜深明.

법사法禪의 시축에 차운한 시

선禪의 이치란 본디 비고 빈 건데
무엇을 들어 네게 설명하지.

산 첩첩 중이 홀로 돌아가니
옛길에 못다 녹은 눈이 남았네.

次法禪軸

禪理本空空, 拈何向汝說.
山深僧獨歸, 古道留殘雪.

인호印浩 스님에게

연하煙霞의 고질병 해마다 더 심해
금년 들어 명산을 두번이나 올랐노라.

시 지어 달라 졸라대는 저 스님 어찌하랴
맑은 빚 갚아낼 재주 없어 안타깝구려.

贈僧印浩

煙霞痼疾逐年增, 今歲名山再度登.
慙愧禪僧强索句, 自憐淸債償無能.

계묵戒默에게

말없는 청산은 예나 이제나 마찬가지
선승의 계묵戒默하는 마음을 체득한 모양이오.

차 마셨고 향도 다 타서 사위가 고요한데
가랑비 수풀 속에 새소리만 들리누나.

贈戒默

靑山不語古猶今, 體得禪僧戒默心.

茶罷香殘坐寂寂, 一林微雨聽幽禽.

설순雪淳의 시축에 적힌 풍암楓巖 중부仲父의 시에 차운하다

1
그 옛날 청사검靑蛇劍 지닌 회도인回道人[3]이
북해北海와 창오산蒼梧山[4]을 마음대로 오고갔거늘.

무엇이 다르랴! 대지팡이 하나 지닌 이 선승께
금강산과 무등산 어서 오시라 재촉한다니.

---

3 회도인(回道人): 신선 여동빈(呂洞賓)을 가리킨다. 여동빈은 검술에 뛰어나고 걸음이
빠라 경각에 수백리를 갈 수 있었다고 한다.
4 북해(北海)와 창오산(蒼梧山): 북해(北海)는 옛날에 북쪽의 빈 지역을 가리키는 말로
쓰였다. 창오(蒼梧)는 남방에 있는 산 이름으로 일명 구의산(九疑山)이라 한다. 현재
호남성(湖南省)에 있다.

2

아스라이 바라뵈는 서석산瑞石山 제일봉에
구름 같고 학 같은 스님을 전송하네.

어찌하면 소매 털고 스님과 함께 가서
깊은 산골 눈 속에서 종소리 들어볼까.

雪淳軸中, 次楓巖伯父韻

靑蛇三尺古仙回, 北海蒼梧任去來.
何異禪師一節竹, 金剛無等與相催.

瑞石遙瞻第一峯, 閑雲孤鶴滕歸節.
若爲拂袖從師去, 共聽幽巖雪裏鍾.

〔붙임〕 **원운**原韻 **풍암**楓巖

1

몽롱히 취한 꿈을 뉘라서 깨워줄꼬?

스님이 오셨다고 아이놈이 알려주네.

두어폭 향전지香牋紙에 구슬이 영롱한데
유난히도 나를 찾아 시짓기 재촉하는군.

2

하늘 멀리 금강산 푸른 봉우리 솟았거늘
어느날 그 산 찾아 시를 읊을까?

가을철 다가오면 등산극登山屐[5] 신고서
구정봉九井峰 올라가 종소리 같이 들어보세.[6]

〔附〕原韻 楓嚴

醉夢昏昏欸喚回, 小奚傳報上人來.
香牋數幅珠璣爛, 却怪相尋和句催.

天際金剛聳碧峯, 巖間何日散吟筇.
秋來爲理登山屐, 九井同聞發省鍾.

---

5 등산극(登山屐): 중국 남북조시대 산수시인 사영운(謝靈運)이 산에 갈 때는 항상 목극
  (木屐, 나막신)을 신었는데, 올라갈 때는 앞굽을 떼고 내려올 때는 뒤축을 뗐다 한다.
6 원문의 발성(發省)은 새로운 것을 계기로 해서 깨달음이 있음을 뜻하는 말. (杜甫「遊
  龍門奉先寺」: "欲覺問晨鐘, 令人發深省.")

약사전藥師殿에서 영언靈彦에게

멀리서 온 길손 한밤에 약사전[7] 찾아들어
조촐히 향 피우고 의왕전에 비는 말이

원하옵건대 제일 맛진 청량산清涼散[8]을 가져다가
중생의 번뇌로 끓는 속을 씻겨주시옵소서.

藥師殿, 贈靈彦

遠客夜投藥師殿, 名香淨爇祝醫王.
願將一味淸涼散, 汝向塵寰惱熱腸.

---

7 약사전(藥師殿): 약사는 중생의 질병을 치료하고 수명을 연장하여 재난을 없애주는
  등의 일을 하는 부처. 약사유리광여래(藥師瑠璃光如來)가 원명이다. 의왕(醫王) 역시
  이를 지칭하는 말. 약사전은 약사를 모신 건물.
8 청량산(淸涼散): 신열을 내리게 하는 약.

경신敬信에게

선방 고즈넉한데 등불 하나 밝아
명승名僧과 마주 앉으니 세상 마음 멀어져라.

향불 사윈 석루石樓에 시간이 마냥 긴데
그윽이 들려오는 빙벽의 물소리.

贈敬信

禪龕牢落小燈明, 坐對名僧遠世情.
香盡石樓蓮漏永, 靜聞氷壁暗泉聲.

백록白麓[9]의 시에 차운하여 정원淨源에게 주다

늦게 일어나 보니 강촌에 비 갓 개어

---

9 백록(白麓): 신응시(辛應時, 1532~1585)의 호. 자는 군망(君望). 벼슬은 부제학·대사간
에 이르렀으며, 시를 잘하기로 이름이 있었다.

발을 걷자 서북으로 산빛이 푸르러라.

산승이 떠나간 후 사립문 적막한데
대숲 밖에 새소리만 해지도록 들려오네.

次白麓韻贈淨源

起晚江村小雨晴, 捲簾西北亂山靑.
山僧去後柴門靜, 竹外幽禽盡日聽.

스님의 시축에 쓰다

그대는 세간의 소리를 구하는데
나는 구름 밖의 산 그리노라.

어리석은 이 사람 뜻 가지고
노승과 더불어 한가롭기 바란다오.

次僧軸

爾索世間語, 我思雲外山.
願得癡漢意, 借與老僧閑.

일웅一雄의 시축에 쓰다

동백은 꽃이 피고 비취새 우짖어라
시냇물 서쪽으로 대숲의 동쪽 언덕.

선승이 손님 보내느라 동구 밖을 벗어나니
눈이 갠 옥봉玉峯에 차운 해 나직하네.

題一雄軸

冬柏花開翡翠啼, 竹林東畔小溪西.
禪僧送客出洞去, 晴雪玉峯寒日低.

수학數學¹⁰하는 중에게

촉사蜀肆¹¹에 이름 감춰 한바퀴 꿈을 꾸다
바랑 지고 동쪽으로 봉래산을 찾아갔네.

푸른 창에 주역 들고 붉은 점을 찍고 나서
눈 녹은 시내 다리가로 매화 구경 나서누나.

贈數學僧

蜀肆藏名夢一廻, 鉢囊東走近蓬萊.
碧窓點罷羲文易, 殘雪溪橋玩臘梅.

---

10 수학(數學): 역학(易學) 또는 운명을 점치는 것을 일컫는 말.
11 촉사(蜀肆): 엄군평(嚴君平)은 촉(蜀) 땅 사람으로 수학에 정통하여 성도(成都)에서
매복(賣卜)을 하여 살아가되 하루에 100전을 얻으면 문을 닫고『주역』을 읽었다 한다.

198 詩 · 제2부 미편년시

천연天演에게

낙엽 지는 한산寒山에 절문이 닫혔는데
먼지 묻은 발길 계곡의 적막을 깨뜨리네.

등불 걸고 하룻밤 같이 지내다 나 홀로 돌아가니
달 밝은 밤이면 길이 그대를 그리워하리.

贈天演

木落寒山僧掩門, 塵蹤來破小溪雲.
懸燈一宿獨歸去, 後夜月明長憶君.

규선珪禪에게

대지팡이 하나에 옷은 일곱 근
백운사[12] 속에서 그대 만남이 즐거워.

산 이름 역시 군말이지만
어느 곳 청산인들 백운이 없으랴.

贈珪禪

笻杖一枝衫七斤, 白雲寺裏喜逢君.
山名亦是閑言語, 何處靑山無白雲.

경담景曇에게

벽라薜蘿 속의 작은 감실龕室[13] 오롯이 빗장 잠겼으니
세속 티끌 육근六根[14]에 묻어날 리 있겠느냐.

깊은 골짝 솔바람과 못 속의 달이야
참뜻을 논하자 해도 말을 잊었으리.

---

12 백운사: 함경도 안변 고을 백운산(白雲山)에 있던 절.
13 원문의 소감(小龕)은 불상이나 신주를 모시는 조그만 공간을 가리킨다.
14 육근(六根): 불가에서 눈·귀·코·혀·심(心)·의(意)를 육근이라 일컫는다.

贈景曇

小龕蘿薜獨關門, 豈有游塵點六根.
幽磵松風碧潭月, 欲論眞意已忘言.

보웅寶雄에게

산구름 산새들아 제멋대로 뇌까리려라
십년 동안 헛된 이름 이 몸을 그르쳤다네.

오직 저 다리 남쪽 푸른 냇물이
산을 나와서 목메어 떠나는 이 보내주네.

贈寶雄

山雲山鳥任渠嗔, 十載浮名誤此身.
唯有橋南碧溪水, 出山幽咽送行人.

보운寶雲스님에게

송운松雲 나월蘿月 사이에서 세월을 오래 잊었더니
풍진 속에 한번 떨어지자 꿈조차 아득하이.

중의 서찰 번거롭게 돌아갈 날 물을까?
사또 나이 삼십이라 머리 아직 희잖았소.

贈僧寶雲

松雲蘿月久忘年, 一落風塵夢杳然.
僧札何煩問歸日, 使君三十未華顚.

차운하여 청운靑雲에게 주다

1
선탑禪榻에 꿈이 깨자 흰 수염 나부끼는데
소나무에 맺힌 이슬 주사를 타서 갈아,

보허사(步虛詞)[15] 글귀를 청운(青雲)에게 써주노니
석루(石樓)의 가을 생각 일분은 더 길어지리.

2
구름 사이 산골로 짚고 다닌
스님의 지팡이 빌려 들고서

금강산 일만이천봉
두루두루 밟고 다녀보고자 했었는데.

몇푼의 녹봉에 몸이 매여
남북으로 돌아다니다가

이제 와 서울에서
종소리를 듣고 있다오.

次贈青雲

夢廻禪榻鬢絲斜, 松露朱砂信手磨.

---

15 보허사(步虛詞): 악부(樂府)에 속하는 노래 이름. 여러 신선이 하늘을 가볍게 나는
아름다움을 표현한 내용. 북주(北周)의 유신(庾信)과 수양제(隋煬帝)가 곡조에 맞추
어 지은 작품이 있다.

寫贈靑雲步虛句, 石樓秋思一分多.

借師雲壑一枝筇, 擬遍金剛萬二峯.
寸虜麼人客南北, 祇今來聽禁城鐘.

인감仁鑑의 시축詩軸에서 관원灌園의 시를 보고 감회가 일어 화답하다

학은 가볍게 날아 선계仙界로 올라
오직 시는 남아 삼청三淸[16]에 동하누나.

산을 찾았다가 또 유마維摩는 병들었으니
삶과 죽음의 갈림길에 남모를 한恨이 생기네.[17]

---

16 삼청(三淸): 도교에서 이르는 옥청(玉淸), 상청(上淸), 태청(太淸)인데, 여기서는 인감
   이 있는 곳이 맑은 곳이라는 뜻에서 쓴 것이다.
17 원주: "스님이 때마침 병에 걸려 만나볼 수 없기에 이렇게 썼다." 『유마경(維摩經)』의
   주인공 유마는 속세인을 위해 병을 앓았다고 한다.

仁鑑軸有灌園詩, 愴然和之

鶴去瑤京羽翮輕, 獨留詩語動三淸.
尋山又値維摩病, 存沒關情暗恨生.(師適病, 不相見故云.)

유오柳悟에게 주다

산중 나그네 자주 찾아와
구름을 이야기하며 저물도록 돌아갈 줄 모르네.

솔바람 절로 가을 소리 깊어지고
대숲에 비치는 석양이 엷어지네.

북쪽 변방으로 사람이 떠나려는데
남호南湖의 기러기는 드물어지네.

서글픈 심사 모두 한동이 술에 부치니
떠나고 머무는 이들 함께 울적하여라.

贈柳悟

山客勤相訪, 評雲暮不歸.
松風自秋響, 竹日淡斜暉.
北塞人將發, 南湖鴈欲稀.
悲凉一尊酒, 去住共依依.

담정澹晶에게

녹음방초에 문을 닫아 발길이 끊긴 터에
낭관郎官은 병겨 누워 처마물만 바라보오.

스님을 만나자 곧 남도의 절 떠오르니
만 그루 대숲 안개 속에 푸르러라.

贈澹晶

芳草閑門斷往還, 簪床看雨病郎官.
逢僧忽憶江南寺, 煙裏脩篁一萬竿.

스님의 시축에 쓰다

글과 칼 유유하다 어느 하나 못 이루고
강호로 떠도니 마음 어찌 편하겠나.

승방에서 방석에 드러누워 잠깐 잠이 들자
꿈결에 금하金河[18]를 넘어 오랑캐 공격하네.

題僧軸

書劍悠悠兩不成, 旅遊江海意難平.
僧房暫借蒲團睡, 夢度金河射虜營.

스님에게

옛 동산 송설松雪과 같은 기약을 저버리고

---

18 금하(金河): 중국 내몽고의 중부를 거쳐 황하로 들어가는 강 이름. 지금은 대금하(大金河)로 불린다. 여기서는 변경을 지칭하는 의미로 썼다.

풍진 속의 나그네 되니 만사가 다 틀어지는군.

꽃다운 한봄을 마냥 병상에 누워
길 떠나는 스님에게 송별시나 지어주네.

贈僧

故山松雪負幽期, 爲客風塵萬事違.
芳草一春仍臥病, 寂寥空賦送僧詩.

도잠道潛 노승에게

어리석은 이 사람 마음가짐 중처럼 담박하니
세상사 백가지에 하나도 잘하는 일 없다오.

스님의 성해性海[19]는 물결이 잠잘 때라.

---

19 성해(性海): 불교에서 진여(眞如)의 이성이 바다처럼 깊고 넓음을 비유한 말.(白居易
「狂吟」: "性海澄渟平少浪, 心田洒掃淨無塵.")

적적한 하사河沙[20]에 등불 하나 비치는군.

贈道潛禪老

癡漢心期淡似僧, 村人世事百無能.
憐師性海波初定, 寂寂河沙照一燈.

촛불 들고 홍작약을 구경하다[21]

바람 이슬 밤 깊어 꽃은 차츰 숙어들고
촛불에 애가 닳아 원망의 눈물 붉네.

천연의 고운 자태에 절로 성城도 나라도 기운다는데[22]
참선하는 마음도 미혹될까 두렵군요.

---

20 하사(河沙): 항하사(恒河沙). 불교의 발상지인 인도 갠지스강을 가리킨다. 항하의 모
래, 곧 셀 수 없는 숫자를 의미하기도 한다.
21 원제: "촛불 들고 홍작약을 구경한 뒤 시를 지어 인웅(印雄) 사미(沙彌)에게 주다"
22 성(城)도 나라도 기운다는데〔傾城傾國〕: 미인은 성을 위태롭게 할 수도 있고 나라도
기울게 할 수 있다는 말.(이연년李延年의 노래에 "북쪽에 미인 있으니, 세상에 둘도 없
는 미모라. 한번 돌아보면 성이 기울고, 두번 돌아보면 나라가 기우네.〔北方有佳人, 一
笑傾人城, 再笑傾人國〕"라 하였다.)

秉燭賞紅藥, 題贈印雄沙彌

風露更深花漸低, 燭邊腸斷怨紅啼.
天姿自合傾城國, 恐有禪心對此迷.

윤참판尹參判 시에 차운하여 거문고 타는 중에게 주다

거문고 악보 들고 시냇가에 앉아서
다시 한 곡조 타다가 또 읊조려보고

서녘에서 온 귀 뚫린 놈 도리어 비웃나니
소림사少林寺 9년 마음 재처럼 사위었소.[23]

---

23 소림사(少林寺) 9년 마음: 소림사는 중국의 하남성(河南省) 등봉현(登封縣)에 있는
절이다. 선종(禪宗)의 시조인 달마(達摩)가 이곳에서 면벽(面壁)하고 9년 동안 수도
했다고 한다.

次尹參判韻贈琴僧

琴徽經卷坐溪潯, 時復一彈還一吟.
却笑西來穿耳漢, 少林灰盡九年心.

고태헌高苔軒 시에 차운하여 성은性誾의 시축에 쓰다

회안봉回鴈峰 앞에서 일년을 머무노니
인적이 끊어져 이끼 파란 깊은 골목.

중이 찾아와서 다시 찾을 곳 이야기하는데
도롱이에 낚대 들고 냇물에 배 띄우란다.

次高苔軒韻, 題性誾軸

回鴈峯前一年住, 綠苔深巷斷無人.
僧來爲說重尋處, 釣艇煙簑野水濱.

봉암鳳巖²⁴의 예전 은거하던 곳을 찾아

서암西巖²⁵의 고목 갠 날에도 음침하여
안개 속에 다래 넝쿨 떨어지는 물소리.

선승은 길손을 전송하고 동림東林으로 돌아가니
석양은 뉘엿뉘엿 구름바다 파랗구나.

尋鳳巖舊隱

西巖古木晴陰陰, 薜蘿霧濕幽泉落.
禪僧送客還東林, 夕照蒼茫雲海碧.

---

24 봉암(鳳巖): 백호의 고향 마을인 회진 인근의 한 지명. 상권의 「물가의 기러기」에서
도 "풍호의 낚싯배 봉암의 숲〔楓湖漁艇鳳巖樹〕"이라 하였다.
25 서암(西巖): 초간본에는 '回巖'으로 나와 있고 활자본에는 '西巖'으로 나와 있는데 활
자본 쪽을 따랐다.

태능太能에게 차운하여 주다

하얀 돌 맑은 물 우거진 나무 사이
조계曹溪[26] 문 바깥으로 돌아갈 걸 잊었는데

진원眞源을 못 찾고 세상 인연 남아 있어
이 물 따라 이 몸도 함께 산을 나가누나.

次韻贈太能

白石清流亂樹間, 曹溪門外坐忘還.
眞源未泝世緣在, 此水此身俱出山.

---

26 조계(曹溪): 원래 중국 광동성(廣東省)에 있는 물 이름인데 선종(禪宗)의 혜능(慧能)
이 이곳의 보림사(寶林寺)에 있었던 까닭에 선종을 일컫는 말로 쓰인다. 우리나라에서
도 선종의 중심 사찰인 송광사(松廣寺)가 있는 산을 조계산으로 일컫는다.

율곡栗谷 시에 차운하여 조일祖一에게 주다

총계叢桂에 으스스 저녁 바람 일어나고
흰 구름 속에서 석경石磬 소리 날아온다.

나그네 말을 타고 관산關山으로 떠나는데
대지팡이 하나 든 중 옛 길로 돌아가는군.

次栗谷韻, 贈祖一

叢桂蕭蕭起夕風, 磬聲飛出白雲中.
關山鞍馬客歸去, 古道獨還僧一筇.

해우解牛 스님에게

늦은 봄에 스님과 작별하자니
꽃이 진 푸른 뫼는 쌀쌀합니다.

시름 속에 좋은 철 다 가버리니
꿈결에 다래 넝쿨 더위잡았소.

방외方外²⁷의 친구를 거듭 찾으니
옛 모습이 변치를 않았소그려.

문을 닫고 말없이 앉았으려니
높은 마음 구름처럼 마냥 한가롭구려.

贈僧解牛

殘春共師別, 花落碧峯寒.
節序愁中盡, 煙蘿夢裏攀.
重尋方外契, 不改舊時顔.
寂默閉門坐, 高懷雲與閑.

---

27 방외(方外): 세상 바깥과 같은 말.『장자(莊子)』에 "저들은 이 세상 밖에서 노는 자들
   이다〔彼遊方之外者也〕"라 하였다. 여기서는 승려(僧侶)를 방외로 일컬은 것이다.

처영處英에게[28]

산으로 말하면 금강산이 제일이요
스님 중에는 휴정休靜이 무쌍하다지.

그대 지금 먼 길을 찾아가니
방초芳草 시절에도 돌아오기 어려우리.

설법하는 자리엔 돌도 끄덕끄덕
바리(鉢) 씻을 적엔 용이 내려온다네.

이환離幻에게 내 말 부디 전해주오
안부나마 끊지 말아달라고.[29]

山人處英將歷遊楓岳尋休靜, 詩以贐行

第一山楓岳, 無雙釋靜師.
上人今遠訪, 芳草未言歸.

---

28 원제: "산인(山人) 처영(處英)이 장차 풍악(楓岳)을 두루 구경하고 휴정(休靜)을 찾아
보려 하기에 시를 지어주다"
29 원주: "이환(離幻)은 바로 공문(空門)의 친구 유정(惟政)인데 호는 송운(松雲)이다."
사명당(四溟堂)의 자가 이환이다.

石點談經處, 龍降洗鉢時.

慇懃說離幻, 消息莫相違.(離幻乃空門友惟政, 號松雲)

봉암鳳巖을 찾아 유숙하며

물 맑으니 산 가까움 느끼겠으니
한굽이 돌아서자 숲이 그윽하네.

절간에 들어서자 새로 흥이 일어나
스님 만나 옛일 이야기하네.

구름 노을 한쪽이 열리며
강과 바다 두 눈에 가득차고

치이자鴟夷子[30]를 아득히 상상하노니
공 이룬 뒤 낚싯배를 마련했다지.

---

30 치이자(鴟夷子): 춘추시대 월(越)나라의 범려(范蠡). 구천(句踐)을 도와 오(吳)를 멸
하는 공을 세운 뒤 배를 타고 떠났다 한다.

尋鳳巖留宿

泉淸覺山近, 路轉入林幽.
到寺生新興, 逢僧說舊遊.
雲霞開一面, 江海滿雙眸.
緬想鴟夷子, 功成理釣舟.

차운하여 스님에게 주다

옛 친구 천리 밖에 떨어져
편지도 갈수록 드물어지네.

절을 찾아 매양 홀로 가건만
스님 없으니 널 만나리오.

시내 구름 말발굽 아래 일어나고
산새는 사람 곁에 날아가오.

무엇보다 고요가 사랑스러워
숲속 집에 함께 깃들였노라.

次韻贈僧

故交各千里, 書札日應稀.
尋寺每獨往, 微師誰與歸.
溪雲傍馬起, 山鳥近人飛.
聊此愛岑寂, 共棲林下扉.

우瑀 노장에게

풀 우거진 오솔길 오는 이 없어
해 뜨도록 사립문 열질 않네.

꿈결에도 나월蘿月을 그렸더니만
고향에서 스님이 찾아오시네.

모습은 옛 그대로 장삼 낡았고
차 한잔만 들고 마누나.

돌아가는 저 막대에 석양을 띠니
이별의 한 다시금 유유하구려.

贈瑀老丈

蓬逕無人到, 柴扉晩不開.
夢尋蘿月久, 僧自故山來.
古貌猶殘衲, 村茶只一杯.
歸笻帶落日, 離恨更悠哉.

즉사卽事

조계曹溪³¹ 골짝에서 하루 묵노라니
푸른 노을 옷에 스며 차갑구려.

두견새 울어 시름을 돋우고
봄도 지나 목련꽃 피네.

정좌靜坐는 본디 속세 빛 청산하려 함인데
선문禪門에만 어찌 대가大家를 일컬으리.

---

31 조계(曹溪): 여기서는 전라남도 승주군(昇州郡)에 있는 산 이름. 이 산 골짜기에 송광
　사(松廣寺)라는 유명한 사찰이 있고 또 선암사(仙巖寺)가 있다.

사미승 저 또한 일이 많으니

물 길어 새 차를 달이느라고.

卽事

一宿曹溪洞, 芝裳冷碧霞.

愁邊杜宇鳥, 春後木蓮花.

靜坐元淸債, 禪門豈大家.

沙彌亦多事, 汲水煮新茶.

스님의 시권詩卷에 차운하여

교산喬山³²과 거리는 지척이건만

절이 있는 곳 얼마나 깊나.

언제고 나그네 된 그날엔

입정入定하는 스님이 문득 떠오르네.

---

32 교산(喬山): 교산(橋山). 황제(黃帝)의 무덤이 있는 산. 중국 섬서성(陝西省) 경내에 있
다. 이에 유래하여 제왕의 능을 교산이라 칭한다.

숲 안개는 가늘게 비를 이루고
강 구름은 나직이 뫼를 넘는데

지금처럼 지치고 게으른 이 사람
한결같이 속마음 이야기하오.

次僧卷韻

咫尺喬山路, 招提幾地深.
長因爲客日, 却憶定僧心.
林靄細成雨, 江雲低度岑.
如今懶孱子, 一爲話幽襟.

옥로玉老 스님의 시에 차운하여

늙은 스님 여전히 강건하시니
만나서 노닐기 벌써 십여년.

고적한 등불 아래 산사의 밤
긴 가락 젓대소리 저강楮江의 연기.

타향의 벼슬살이 나그네 고생
선禪에 들앉은 스님 잠들질 않네.

다음날 아침 고개 돌리는 곳에
호수를 지나는 조각배 하나.

次僧玉老韻

老宿依然在, 重遊已十年.
孤燈蕭寺夜, 長笛楮江煙.
羈窘客猶苦, 坐禪僧未眠.
明朝回首處, 一掉過湖船.

고향의 중 천진天眞에게

고향에서 찾아온 그대

늦봄에 금리錦里서 떠나왔구려.

"선산의 소나무 여전히 푸르르고
일가들 어떻게 지내시는지?"

"매화꽃은 진작 다 졌거니와
죽순은 때가 아직 일렀구요.

농사일 이제 곧 바빠가는데
어른들 모두 다 평안하세요."

그대의 원유遠遊하는 뜻 반갑고
또 고향의 소식 들어 기쁘네.

시 한수 엮어서 그대에게 주노니
조계문曹溪門의 향산사香山社[33]로세.

---

33 향산사: 당나라 시인 백거이(白居易)가 은퇴한 후 향산(香山)의 중 여만(如滿)과 향
   화사(香火社)를 맺은 일이 있다. 뒤에는 뜻을 함께하는 결사를 가리키는 말로도 쓰인
   다. 조계(曹溪)는 선종(禪宗)의 별칭인데, 복암사(伏岩寺)가 백호 집안의 선산의 경내
   에 있고 그 선승과 교유하고 있기 때문에 이렇게 표현한 것이 아닌가 한다. 복암사의
   스님들과 백호의 집안은 근세에 이르도록 관계가 깊었다고 한다.

贈故山僧天眞

爾自故山來, 殘春發錦里.

丘壟舊松楸, 骨肉今生死.

梅花落已盡, 新竹時未長.

田疇將有事, 父老亦無恙.

樂爾遠遊志, 又喜說故園.

題詩留贈爾, 香社曹溪門.

석천石川 시에 차운하여 원공遠公에게 지어주다[34]

진원眞源을 찾는 길손
구절장九節杖[35] 짚어 가뿐한 걸음.

선승은 가사를 갖추어 입고
두손 합장하며 반갑게 맞네.

금서琴書는 세속 밖의 발자취요

---

34 원주: "혜원(惠遠)." 석천(石川)은 시인으로 이름 높은 임억령(林億齡, 1496~1568).
35 구절장(九節杖): 옛 신선이 짚었다는 지팡이, 또는 대지팡이[竹杖]를 가리키는 말.

용상龍象이라 인중의 호걸이로세.

서로 만나자 말없이 마음 통하니
만고에 떠 있는 빈 못의 저 달.

돌 위에 앉아 진리를 논하니
희미한 등잔불 찬 눈에 비치네.

왕패王伯[36]를 배운 나 가엾게 보며
풍진 속에 신세 외로울 밖에 없다는군.

나를 위로해 거문고 한곡을 타는데
슬픈 곡조 처음에 애절하여라.

이어서 우조羽調로 넘어가자
온 골짝에 찬 얼음 쪼개지누나.

신선의 풍모는 옥보고玉寶高[37]인가
예와 이제가 무엇이 다르리요.

---

36 왕패(王伯): 왕도(王道)와 패도(霸道). 왕패(王霸).
37 옥보고(玉寶高): 신라의 음악가. 사찬(沙飡) 공영(恭永)의 아들로 지리산 운상원(雲
上院)에 들어가 50년 동안 거문고를 익혀 신조 34곡을 지어 속명득(續命得)에게 전수
했다.

말세의 길 지음知音이 적으니

거문고 줄일랑 끊어버려야 하나.

백우白牛[38]는 배가 불러 살이 오르고

심원心猿[39]은 이미 속박을 받았구나.

조계曹鷄의 물 한 맛이라 시원한데

화택火宅의 중생들 열기에 들떴구나.

마치 바다 깊이 들어가서

교룡蛟龍과 어별魚鼈을 보는 것 같네.

운문雲門[40]이라 촌철의 날카로움으로

가문迦文[41]의 혀를 선뜻 잘라버렸다네.

돌문을 닫아두고 열지 않으니

앉은 자리 밑이 패어 구멍이 났구나.

---

38 백우(白牛): 불가의 말로 삼거(三車)의 하나. 우거(牛車)·양거(羊車)·녹거(鹿車) 세 수레로 성문승·연각승·보살승 삼승(三乘)을 비유한 것이다.(『法華經·譬喩品』: "駕以 白牛, 膚色光潔.")

39 심원(心猿): 심원의마(心猿意馬). 마음이 멋대로 내닫는 것이 원숭이 같고 말 같다는 의미.(「參同契」注: "心猿不定, 意馬四馳, 神氣散亂於外.")

40 운문(雲門): 선종의 5조인 운문선사(雲門禪師)를 가리킨다. 광동(廣東)의 유원현(乳源 縣) 북쪽에 운문사를 세워 종파를 열었다.

41 가문(迦文): 석가문(釋迦文). 석가모니의 별칭. 석가문불(釋迦文佛). 더 말할 수 없을 정도로 진수를 얻었다는 의미.

단사표음^{簞食瓢飲}⁴²에 즐거운 땅이 있으니
나는 청금靑衿⁴³의 대열을 따르려네.

次石川韻, 贈遠公(惠遠)

有客尋眞源, 翩翩携九節.
禪僧具袈裟, 欣然雙手結.
琴書物外蹤, 龍象人中傑.
相看道默契, 萬古空潭月.
石榻談玄玄, 微燈照寒雪.
憐我學王伯, 風塵身事子.
援琴爲我彈, 哀絃初切切.
餘聲變羽調, 萬壑玄氷裂.
仙風玉寶高, 今古何分別.
末路少知音, 朱繩可以絶.
白牛飽肥膩, 心猿已受紲.
曹溪一味涼, 火宅群生熱.
如入大海中, 見蛟龍魚鼈.

---

42 단사표음(簞食瓢飲): 공자는 안회(顔回)에 대해 한 그릇 밥을 먹고 한 표주박의 물을
마시는 빈한한 생활을 누려도 따로 즐거움이 있다고 하였다.(『論語·雍也』: "子曰: 賢哉,
回也. 一簞食, 一瓢飲, 在陋巷, 人不堪其憂, 回也不改其樂. 賢哉, 回也.")
43 청금(靑衿): 독서하는 선비를 일컫는 말.(『詩經·鄭風·靑衿』: "靑靑子襟, 悠悠我心.")

雲門一寸鐵, 斷却迦文舌.
巖扉閉不開, 坐覺禪床穴.
單瓢有樂地, 我逐靑衿列.

무등산無等山 스님의 시축에 차운하여

계수나무 그늘 가에 육육대六六臺 높아서
만산 깊은 곳에 호올로 우뚝하이.

스님은 머물지 않아 보좌寶坐에 먼지 일건만
빈 뜰에 꽃이 지니 길손이 찾아드네.

선로禪老의 서광瑞光은 달빛에 어렸고
공문空門의 자취는 이끼에 찍혀 있소.

스님을 만난 김에 계산鷄山 사는 맛을 묻고 싶은데
상 위의 화로엔 재가 식어 썰렁하네.

次題無等山僧軸

叢桂陰邊六六臺, 萬山深處獨崔嵬.
塵生寶坐無僧住, 花落閑庭有客來.
禪老瑞光留夜月, 空門行迹印莓苔.
逢師欲問鷄山趣, 床上寒爐有死灰.

중의 시축에 우연히 쓰다

수자리 파해 돌아오니 귀밑은 백발이 절반
교외 생활 시름겹게 아침저녁 보내누나.

한적한 문 발길 드물어 방초芳草는 무성하고
나룻가에 사람들 왁자지껄 늦은 조수 쫓아가네.

두어 글귀 읊노라니 해오라기 일어나고
작대 하나 짚고서 야승野僧을 마중하네.

뜨락에 지난 밤 비 부슬부슬 내렸으니
산중에 고사리 죽순 한결 탐지겠군.

偶題僧軸

戍罷還家鬢半凋, 郊居悄悄度昏朝.
閑門客靜留芳草, 官渡人喧趁晚潮.
數句警從沙鷺起, 一筇歸爲野僧邀.
庭前昨夜蕭蕭雨, 更喜山中笋蕨饒.

덕린德麟의 시축에 차운하여

풍진 세상 헤아리면 어찌 오래 머물쏘냐.
산사나 찾아갈까 안장을 지었노라.

수풀 사이 한줄기 저녁연기 오르고
대숲 밖에 두어 마디 봄새들 지저귄다.

고요한 속에 참선하는 마음 들고나고 무관한데
나그네 변방길 높고낮음 맡겨둘 뿐.

한망閑忙의 이 이별 무단히 슬프기에
변변찮은 새 글을 부질없이 쓰노라.

次德麟軸

商略風埈豈久稽, 征鞍聊爲過招提.
林間一片夕煙起, 竹外數聲春鳥啼.
靜裡禪心無去住, 客邊關路任高低.
閑忙此別空怊悵, 草草新詞謾自題.

지정智淨의 시축에 쓰다

여기 이 사람 토목±木으로 형해를 삼았으매
어제는 삼등계三等階[44]에 하직을 올렸더라.

자전紫殿[45]은 강북으로 멀고멀어
흰 구름 하늘 끝에 아득해라.

명향名香이랑 청수清水는 옛 선사禪社일진대

---

44 삼등계(三等階): 궁궐의 계단을 말한다. 옛날에 요(堯)임금의 정청(政廳)이 토계 삼
　등(土階三等: 흙으로 뜰을 쌓되 세 계단만 쌓음)에 모자 부전(茅茨不剪: 지붕을 띠로 잇
　되 끝을 베어 가지런히 하지 않음)이라 하였다.
45 자전(紫殿): 대궐을 가리키는 말.

옥검玉劍에 금편金鞭이야 길손의 소회로다.

산비는 부슬부슬 길이 정히 미끄러워
조랑말로 저 비탈을 어떻게 지나가나.

次智淨軸

有人土木爲形骸, 昨日拜辭三等階.
紫殿迢迢江以北, 白雲杳杳天之涯.
名香淸水古禪社, 玉劍金鞭歸客懷.
山雨霏微政滑道, 愁將款段過蒼崖.

홍찬弘贊의 시축에 쓰다

대숲이 가까워서 선방禪房이 맘에 드네.
미풍에 가는 이슬이 내 가슴 씻어주겠지.

새벽종 소리 멎자 회랑廻廊도 고요하고
한 올 향불 사그라져 보전寶殿은 그윽하다.

떠나고 머물고 정이 쏠려 돌아갈 계책 늦어지고
강포江浦에 비 내리며 연무가 갈앉는데.

영남 가는 역마길 방초가 한창이라
길고 짧은 노랫가락 다락에 올라 읊어보리.

次弘贊軸

自愛禪房近竹林, 細風微露濕幽襟.
五更鐘盡廻廊靜, 一縷香殘寶殿深.
情到去留歸計緩, 雨連江浦暝煙沈.
嶠南驛路多芳草, 遙想倚樓長短吟.

절립승絶粒僧[46]

새하얀 머리 긴 눈썹 도기道氣도 훌륭하오.

---

46 원제: "내원(內院) 우타굴(優陀窟)에 절립승(絶粒僧)이 있어 나이는 64세인데 40년이
나 부좌(趺坐)하고 있었다고 한다."

사람 사는 세상에 발길 끊은 지 몇해런가?

한줌의 송백松栢 가루 새벽 노을에 타 마시고
삼간의 해묵은 집 머루 다래 넝쿨로 때웠구려.

맑은 물에 좋은 향으로 부처님께[47] 예를 드리니
창공의 밝은 달이 항하사恒河沙에 깔려 있소.

어찌하면 여러 날 밤 등불 달고 묵으면서
우리 스님 설법을 조용히 들어볼까.

內院優陀窟, 有絶粒僧, 年六十四, 跌坐四十秋云云

雪髮垂眉道氣多, 幾年城郭斷經過.
晨霞一掬和松柏, 古屋三椽補薜蘿.
清水名香禮金狄, 碧空明月遍河沙.
若爲數夜懸燈宿, 静聽吾師說法華.

---

47 금적(金狄): 부처를 가리키는 말. 송(宋)나라 휘종(徽宗) 때에 도교를 숭상한 나머지
부처를 폄하해서 조명(詔命) 장표(章表)에 모두 부처를 금적이라 칭하였다.

광혜대선廣慧大禪에게 차운하여 주다

머리털 파릇하고 아랫배 불쑥한데
머무는 겨를 드물고 멀리 노니는 적 많습디다.

산바람 바다의 달엔 쌓인 가슴 풀어내고
차 달이며 선禪 이야기 묵은 병이 떨궈집니다.

길에서 보낸 반생 맑기가 물 같으니
벼슬 마음 삼년 만에 비단보다 엷답니다.

한가로움 탐이 나서 시 짓기 폐한 지 오래더니
이별의 정 망망하여 한번 다시 읊어봅니다.

次贈廣慧大禪

鬖髮滄浪腰腹皤, 在家時少遠游多.
山風海月開幽抱, 煮茗談禪祛宿痾.
行李半生淸似水, 宦情三載薄於羅.
耽閑久廢新詩句, 離思茫茫又一哦.

가지사伽智寺[48]

제일의 총림叢林[49] 가지사伽智寺 여기 있으니
붉은 티끌 녹라천綠蘿天[50]엔 닿지를 못한다오.

선옹仙翁은 청계靑溪 달에 꿈도 끊어지고
사객詞客은 안개 속에 옥동玉洞[51]을 찾는다오.

삼보전三寶殿[52]엔 향불이 상기 남아 있고
바람과 우레 전설을 구룡연九龍淵에 전하누나.

공문空門의 이야기로 등불 아래 밤이 이슥한데
쇠북소리 속에서 잠을 미처 못 이뤄라.

---

48 가지사(伽智寺): 『신증동국여지승람』의 장흥도호부(長興都護府) 불우(佛宇) 조에 "가
　지사(迦智寺)는 가지산(迦智山)에 있다."(권37)고 하였다. 가지(伽智)는 가지(迦智)와
　통해서 쓴 것이 아닌가 한다. 지금은 보림사(寶林寺)로 일컬어진다.
49 총림(叢林): 사찰을 가리키는 말.
50 녹라천(綠蘿天): 푸른 넝쿨이 우거진 경지. 속세와 절연된 공간을 뜻한다.
51 옥동(玉洞): 신선이 사는 골짝. 선동(仙洞).
52 삼보전(三寶殿): 불가에서 불(佛)·법(法)·승(僧)을 삼보라 하니, 삼보전은 이 삼보를
　받드는 전각이란 의미다.

伽智寺

第一叢林伽智寺, 紅塵不到綠蘿天.

仙翁夢斷青溪月, 詞客寒尋玉洞煙.

香火尚留三寶殿, 風雷傳說九龍淵.

赤燈夜打空門話, 鍾梵聲中未得眠.

태헌苔軒의 시에 차운하여 스님에게 주다

밝은 시대 벼슬길 올라[53] 십년 세월 동안

청포靑袍[54] 관대冠帶 풀빛이요 귀밑머리 희어졌어라.

옛 동산의 구름과 물은 노상 꿈에 보는데

머나먼 길 모래와 바람 육척의 몸이 겪는 바라.

스스로 이 세상에 일없는 손이 되어

---

53 원문 통적(通籍)은 벼슬에 처음 올라간 것을 일컫는 말. 즉 이름이 조정에 통했다
   는 의미.
54 청포(靑袍): 푸른 색의 관복(官服). 북주(北周) 유신(庾信)의 「애강남부(哀江南賦)」에
   "청포는 푸른 풀 같고, 백마는 흰 깁 같네.〔靑袍如草, 白馬如練〕"란 구절이 있다.

임하林下의 좌선坐禪하는 사람 매양 홀로 생각하오.

한밤중 고요히 앉아 호수의 달 읊조리노니
반갑다 마을 닭이 새벽을 알려주네.

次苔軒韻贈僧

通籍明時十過春, 靑袍如草鬢絲新.
故山雲水尋常夢, 長路風沙六尺身.
自作世間休事客, 每思林下坐禪人.
沈吟夜對前湖月, 喜有村鷄早報晨.

금선요金仙謠

태백산太白山
우뚝 솟아 아스라이

아득히 옛 신선 살던 곳
그윽한 연무煙霧의 굴.

푸른 연잎 다투어 8만봉이 빼어난데
금벽金碧이 얼비친 3백의 사찰일레.

인호대引虎臺 앞으로 백길 폭포
비로봉毗盧峯 마루턱엔 천년의 눈(雪).

계수나무 어른어른 푸른빛 옷에 젖고
기이한 구름 뭉게뭉게 골짝에 바람 일어라.

밝은 날 홀연히 흐려 어둑어둑
깊은 골에 비바람 몰아칠 듯.

접동새 온 산에 피맺힌 소리
산 귀신 외다리로 춤을 춰라.

붉은 벼랑 푸른 고개 바라보니 끝이 없고
기화琪花는 향긋해라 요초도 우거졌네.

자양진인紫陽眞人 학을 타고 이 사이에 노니시니[55]
속객의 발길 닿질 않아 풍진風塵이 끊겼어라.

---

55 원문의 자진(紫眞)은 자양진인(紫陽眞人)의 준말. 도가의 신선으로 장생법을 얻어 하
늘을 날아다녔다 한다.(이백의 「憶舊游寄譙郡元參軍」에 "紫陽之眞人, 邀我吹玉笙."의 구
절이 있다.) 생학(笙鶴)은 신선이 학을 타고 다니는 것을 가리키는 말.

이 가운데 금선金仙[56] 법왕法王[57]의 별세계
푸른 절벽에 매달린 다래넝쿨 몇천 척일런고?

석실石室 두어 칸
주경珠經[58] 한축軸

가부좌한 노장 스님
얼굴빛 누르고 눈동자 푸르다.

밝은 노을로 천년의 양식을 삼고
떡갈나무잎[59]으로 겨울 석달을 입고

푸른 하늘 별을 바라보니 꿈은 벌써 돌아가고
찬 강에 달 실어라 배는 처음 닻 내렸네.

한점의 가는 먼지
팔극八極의 넓은 땅

한섬寒蟾 노오老烏 적조寂照의 광명에 못 미치니

---

56 금선(金仙): 부처를 가리키는 말.(李白「與元丹丘方城寺談玄作」: "朗悟前後除, 始知金仙
　妙.")
57 법왕(法王): 석가모니불에 대한 존칭.(『法華經·譬喩品』: "我爲法王, 於法自在.")
58 주경(珠經): 부처님의 말씀을 뜻하는 것이 아닌가 한다.
59 원문의 곡엽(槲葉)은 떡갈나무잎.

창자 속에 천둥소리 영아嬰兒[60]가 곡을 하네.

봉황鳳凰이랑 사자獅子는 바로 곧 닭과 개요
용천龍天[61]이 호위하니 마군魔軍이 항복하네.

때로는 중이 청산 향해 배례 드리는데
쫓아가 보려 해도 지름길이 끊어졌네.

온 골짝이 자욱해라 구름 일색으로
빈산이 적막하다 달이 밝은데

삼거三車[62]는 기다려도 오지를 않고
백년을 회상하니 애달플 뿐이로다.

나비 되어 날던 옛 꿈[63] 그대로 신회神會요
무생無生의 오묘한 비결 들었던 터이로다.

무심한 듯 말을 잊고 한번 웃으며

---

60 영아(嬰兒): 도가의 말로 금단도가 이뤄지면 뱃속에 '영아'가 생긴다 한다.
61 용천(龍天): 불가의 말로 천룡팔부(天龍八部). 모두 불법을 호위하는 신.
62 삼거(三車): 불가의 말로 양거(羊車)·녹거(鹿車)·우거(牛車)의 삼승(三乘). 양거는 성
   문승(聲聞乘)을, 녹거는 연각승(緣覺乘)을, 우거는 보살승(菩薩乘)을 각기 비유한다.
   이는 세 짐승의 힘의 강약과 수레에 싣는 짐의 다과로 도력(道力)의 깊고 얕음을 비
   유한 것이다.
63 원문 후접(栩蝶)은 몽중향(夢中鄕).(『莊子·齊物論』: "昔子莊周夢爲胡蝶, 栩栩然蝴蝶也. 俄
   然覺則遽遽然周也.")

섬돌 앞의 작약꽃 가리켰더라오.

속세의 인연 상기 다하질 않아
길목버선 떨쳐 신고

이곳의 산과 구름 작별하려니
풍사風沙는 나그네 봐주질 않네.

호계虎溪[64]를 지나자니 마음 서글퍼
학봉鶴峯[65]의 소식을 이처럼 부치옵니다.

金仙謠

太白之山, 邈爾高截.

縹緲古仙居, 幽深煙霧窟.

靑蓮競秀八萬峯, 金碧交輝三百刹.

引虎臺前百丈泉, 毗盧頂上千秋雪.

桂樹陰陰兮翠濕衣, 奇雲莆莆兮風生墍.

---

64 호계(虎溪): 중국의 유명한 산인 여산(廬山)에 있는 지명.「여산기(廬山記)」에 "혜원(惠遠)이 여산 동림사(東林寺)에 거주하고 있었는데 손님을 전송할 때 시내를 건넌 일이 없었다. 한번은 도연명(陶淵明)과 도사 육정수(陸靜修)가 찾아와서 전송할 때 이야기하다가 그 시내를 건넜는데 문득 범이 울어서 세 사람이 웃으며 작별했다."고 했다.

65 학봉(鶴峯): 선도를 닦는 사람이 거처하는 산을 가리킨다.(王勃「懷山詩」: "鶴岑有奇徑, 麟洲富仙家.") 초간본에는 '鷄鳳'으로 나와 있는데 수필 초고 및 활자본에는 '鶴鳳'으로 되어 있다.

倏晦暝於白日, 訝風雨於深谷.

啼蜀魄而千聲, 舞山魈而一足.

丹崖翠嶺兮望不極, 琪花芬郁兮瑤草綠.

紫眞笙鶴常往來於其間兮, 俗駕不到風埃隔.

中有金仙法王之洞天兮, 靑壁懸蘿幾千尺.

石室數間, 珠經一軸.

趺坐老禪, 面黃瞳碧.

餐千春兮明霞, 衣三冬兮槲葉.

碧落看星夢已廻, 寒江載月舟初泊.

微塵一點, 大地八極.

寒蟾老烏猶不及寂照之光明兮　雷鳴肚裏嬰兒哭.

鳳凰獅子乃鷄犬, 龍天護衛魔軍伏.

時有釋子望翠微而遙禮, 欲往從之徑路絶.

平萬壑而一雲, 悄空山而明月.

望三車而不來, 撫百歲而可惜.

昔栩蝶而神會, 聽無生之玄訣.

澹忘言而一笑, 指階前兮紅藥.

世緣未盡, 征衫猶著.

雲山從此別, 風沙不貸客.

過虎溪而惆悵, 寄鶴峯之消息.

매당자명록梅堂煮茗錄

지상至祥의 시에 차운하여

벼슬 뜻 고향생각 이도저도 어긋나라.
소슬한 절집 다시 찾으니 감개도 많을밖에.

옛일을 회상하여 추포秋浦 달에 배를 매고
연당蓮塘의 밤이슬에 연꽃을 감상했다오.

次至祥軸

宦情鄉思轉蹉跎, 蕭寺重尋感慨多.
憶昔艤船秋浦月, 小塘風露賞荷花.

신웅信雄의 시에 차운하여

저녁 나절 우연히 호숫가 절에 드니
적적한 긴 행랑에 사람은 아니 뵈네.

먼 곳 나그네 감회가 없을쏘냐?
매화 핀 가지 위에 십분 봄이로구나.

次信雄軸

斜陽偶入湖邊寺, 寂寂長廊不見人.
遠客豈能無意緖, 梅花枝上十分春.

유관維寬의 시에 차운하여

눈앞에 시내 구름 지나도록 하거니와
참선 이야기 도와주니 산새인들 해롭겠나.

꿈에라도 동화東華⁶⁶의 땅 밟을까

맑은 밤에 등불 달고 뜬눈으로 지새오.

次惟寬軸

只許溪雲度眼前, 何妨山鳥助談禪.

却愁夢踏東華土, 淸夜懸燈坐不眠.

언홍彦弘에게

섬돌 앞 대숲에서 우수수 빗소린가

묵어가는 길손 창문 열고 수심도 하 애달파라.

동풍은 아랑곳 않고 갓 핀 매화 꺾으니

구름 가린 새벽달을 노래로 보내노라.

---

66 동화(東華): 신화 속의 신선 이름. 동왕공(東王公) 혹은 동화제군(東華帝君)이라고도
부른다. 서왕모(西王母)에 대칭되는 남성 선인. 『신이경(神異經)』에서는 "동황산(東荒
山) 속에 큰 석실이 있는데 동왕공이 살고 있다"고 하였다. 여기서 '동화의 땅'이란
선계를 뜻한다.

贈彦弘

階前細竹鳴如雨, 宿客開窓政愁絶.
東風不解折新梅, 吟送江雲掩曉月.

의영義英의 시에 차운하여

수풀 밖의 초정草亭에 흥취를 붙여볼까.
한가한 이야기로 산승에게 물어보네.

어찌하여 반이랑 남짓 연당蓮塘의 저 봄물이
절반은 맑은 물결 절반은 얼음인가?

次義英軸

林外草亭聊寓興, 欲將閑話問山僧.
如何半畝春塘水, 一半淸漪一半氷.

충서忠恕의 시에 차운하여

기수琪樹[67]가 늘어서 금벽金碧의 열매 밝은데
서천교西川橋 가엔 구름이 깔렸다네.

10년을 꿈속에 소양강昭陽江 길 밟았기로
아스라한 그림처럼 먼 정을 보내노라.

次忠恕軸

琪樹重重金碧明, 西川橋畔水雲平.
十年夢踏昭陽路, 圖畫依然寄遠情.

---

67 기수(琪樹): 신화 속의 옥수(玉樹)를 지칭하기도 하며, 나무 이름에도 기수가 있다.
여기서는 후자의 뜻으로 쓰인 것이 아닌가 한다. 당의 이신(李紳)의 시에 기수를 두고
지은 것이 있는데, 기수의 열매는 벽주(碧珠)와 같고 3년이 되어야 완숙된다 하였다.

가언可言의 시에 차운하여

정월달 반이나 넘어 날씨 처음 따뜻하이
해진 장삼 봄맞이로 처음 문을 열었다네.

객客이 찾아와도 한가한 말 건네지 않는데
탑령塔鈴이랑 송뢰松籟랑 스님 대신 말해준다.

次可言軸

新正强半日初暄, 殘衲春來始啓門.
客到不交閑說話, 塔鈴松籟代僧言.

태화太和의 시에 차운하여

절 아래 춘강春江이라 강물은 넘쳐흐르고
동풍은 비를 불어 긴 여울 지나가네.

작별에 다다라 스님과 다시 약조하길

삼월 연화煙花 시절 낚싯배를 매두기로.

次太和軸

寺下春江江水流, 東風吹雨過長洲.

臨離更與居僧約, 三月煙花繫釣舟.

보기寶器의 시에 차운하여

고학孤鶴의 심신이라 숙마熟麻[68]를 먹고

구름 사이 한간 방에 소나무가 문이라오.

춘호春湖에 물 구경 갔다 저물어 돌아오니

푸른 이슬 부슬부슬 초의草衣에 젖는구려.

---

68 숙마(熟麻): 참깨를 익혀 만든 음식으로 선승이 먹던 것. (秦系「題僧明慧房」: "簾前朝
暮雨添花, 八十眞僧飯熟麻.")

次寶器韻

孤鶴身心熟蔴飯, 雲間一室松爲扉.
春湖觀水獨歸晚, 山翠霏霏沾草衣.

일정一正에게

적막한 매당梅堂에 꿈조차 외로운데
밤사이 봄비 내려 호수가 넘실넘실.

산승山僧 가는 편에 새 시를 써주노니
성서城西의 대소大蘇 소소小蘇[69]에게 부쳐다오.

贈一正

寂寂梅堂旅夢孤, 夜來春雨水生湖.

---

69 대소소(大小蘇): 소식(蘇軾)과 소철(蘇轍) 형제가 모두 문학가로 유명하여 형 소식을 대소(大蘇), 동생 소철을 소소(小蘇)라고 일컫는다. 여기서는 성서(城西)에 사는 어떤 집의 형제가 나란히 문명(文名)이 있었기 때문에 이렇게 쓴 것으로 추정된다

新詩寫與山僧去, 遠寄城西大小蘇.

『매당자명록梅堂煮茗錄』 마침

회懷·의意·사事
영詠·우寓·즉卽

영중營中에서 우연히 쓰다[1]

만리라 초초히 아버님 뵙고 나니[2]
옥경玉京[3]으로 돌아갈 생각 억누르기 어렵구려.

장순張巡[4]의 갸륵한 얼굴 임금님 보지 못했고
이광李廣[5]의 놀라운 재주 누가 사랑했더냐.

눈이 먼저 늙었는지 소서素書[6]는 안개같이
갑 속에 든 칼은 우레처럼 울리오.

---

1 원주: "경상도 우병영." 경상도 우병영은 창원에 있었다. 임진이 경상우도 병마절도사
　로 근무한 것은 「촉영도선생안(矗營道先生案)」에서 확인할 수 있는데, 시기는 확인되
　지 않는다. 한편『선조실록』에 의하면 백호의 부친 임진(林晉)이 1573년 3월부터 1574
　년 4월경에 경상좌도 병마절도사로도 근무한 바 있는데, 좌병영은 울산에 있었다.
2 만리라~뵙고 나니[萬里晨昏草草迴]: 만리신혼(萬里晨昏)은 먼 길에 부모를 찾아뵙는
　것을 가리키는 말이다. 혼정신성(昏定晨省)도 같은 뜻이다.(王勃「滕王閣序」: "舍簪笏於
　百齡, 奉晨昏於萬里.")
3 옥경(玉京): 천상계를 가리키는 말인데 서울을 비유하기도 한다.
4 장순(張巡): 당(唐)나라 남양(南陽) 사람인데 개원(開元) 때 진사로 뽑혀 진원영(眞源
　令)을 지냈는데, 그에게 권신 양국충(楊國忠)을 찾아가 높은 벼슬을 구해보라 하였으
　나 거절하였다. 안녹산(安祿山)이 반란을 일으키자 그는 허원(許遠)과 함께 수양성(睢
　陽城)을 끝까지 사수하다가 마침내 비장한 죽음을 당하였다.
5 이광(李廣): 중국 전한시대 명장. 성기(成紀) 사람인데 문제(文帝) 때 흉노를 친 공으로
　무기상시(武騎常侍)가 되었으며, 경제(景帝) 때 장군이 되어 흉노와 전후 72회 싸워 전
　과가 커서 흉노가 그를 두려워하여 비장군(飛將軍)이라 칭했다. 그러나 불운하여 봉
　후(封侯)를 얻지 못하여 사람들이 애석히 여겼다.
6 소서(素書): 병서(兵書)의 일종. 황석공소서(黃石公素書)로 일컬어진다.

정든 임께 강남 소식 부치고자 했더니
유령庾嶺[7]의 봄추위가 이른 매화 붙잡는구나.

營中偶題(慶尙右兵營)

萬里晨昏草草迴, 玉京歸思却難裁.
唐皇不見張巡面, 漢室誰憐李廣才.
眼老素書看似霧, 劍藏塵匣吼如雷.
懷人欲寄江南信, 庾嶺春寒勒早梅.

만흥漫興

금성錦城 큰길로 가지를 마소
성 서쪽 안개 속에 버들이 늘어졌다오.

---

7 유령(庾嶺): 원래 강서(江西)와 광동(廣東)의 경계에 있는 지명. 대유령(大庾嶺). 당나
라 때 장구령(張九齡)이 이곳에 도로를 개통하고 매화나무를 많이 심어 일명 매령(梅
嶺)이라고도 한다.(王鞏『聞見近錄』: "庾嶺險絶聞天下, … 每數裏, 置亭以憩客, 左右通渠流
泉, 涓涓不絶, 紅白梅夾道, 行者忘勞.")

시냇가 스쳐가는 한줄기 비에
찔레꽃 함초롬히 젖었다오.

漫興

莫向錦官道, 西城煙柳多.
溪南一片雨, 濕盡野棠花.

영회咏懷

생애동에 집도 한채 마련 못하고
다북쑥 날리듯 떠도는 신세.

강호江湖는 한조각 꿈에 그칠까
비와 안개 자욱한 두어 봉우리.

咏懷

未築生涯洞, 生涯尚轉蓬.
江湖一片夢, 煙雨數三峯.

젊은 협객俠客

만호 장안 푸른 저녁 연기
온 수풀 붉은 가을 단풍.

금재갈 물려 철총마 타고
밝은 달에 주루酒樓⁸로 향하네.

戲俠少

萬戶碧烟夕, 千林紅葉秋.
金羈鐵驄馬, 明月向樊樓.

---

8 원문 번루(樊樓)는 북송시대 수도 개봉(開封)에 있었던 유명한 주루(酒樓) 이름.

강남행江南行

강남이라 엄동에도 얼질 않으니
물풀이 새파랗다 머리칼 같네.

이따금 눈에 띄는 고기 잡는 이들
맨발로 모래밭을 걸어가더라.

江南行

江南冬不氷, 水草綠如髮.
時有打魚人, 沙行足無韤.

백호白湖에서 짓다

하루해[9] 매인 생활 견디기 어렵더니

---

9 하루해(卯申): 묘시(卯時)에서 신시(申時)까지 즉 7시에서 19시까지이므로 하루해라
고 번역한 것이다.

속사를 떨쳐내자 잠 맛이 단 줄 알겠다.

베개 위에 살포시 나비꿈[10] 깨니
꽃동산에 해 솟았고 새소리 시끄럽군.

白湖作

卯申維縶病難堪, 謝事方知睡味甘.
欹枕乍回蝴蝶夢, 日高花塢鳥喃喃.

송추松楸[11]를 지나며 소회를 읊다

우리들 자라날 제 어머님의 보살펴주심에
다섯 아들 두 딸이 춥고 배고픔 면했지요.

지금 잔디 위에 눈이 많이 쌓였으니

---

10 나비꿈〔蝴蝶夢〕: 장자(莊子)가 꿈에 나비가 되었다는 고사를 인용한 것.
11 송추(松楸): 선산(先山)을 가리키는 말. 시의 내용으로 미루어 모친의 산소에서 지은 것이다.

따스한 방 솜옷에 슬픔이 우러납니다.

過松楸寫懷

鞠育當時恃母慈, 五男二女免寒飢.
如今雪壓重茅上, 暖屋重裘轉自悲.

서호西湖 시에 차운하여

소활한[12] 이 사람 뉘라서 알아주랴
광명狂名만 세상에 전해졌는걸.

관하關河의 오랜 나그네살이
붓과 칼로 지난 세월 종군하였소.

막부幕府에서 보낸 여러 해 꿈
골짝의 구름 찾아가고픈 마음.

---

12 원문의 역락(歷落)은 뇌락(磊落)과 같은 말. 뜻이 크고 강개하여 세속에 적응하지 못하는 태도.

인생이란 본디 헤어짐이 있기 마련이라
잠깐의 작별을 애석타 하랴.

次西湖韻

歷落誰相識, 狂名世共聞.
關河長作客, 書劍舊從軍.
幕府經年夢, 歸心一壑雲.
人生元有別, 那惜暫時分.

금하金河에서 가을 무지개를 보고

나 스스로 웃노라 영웅심이 팔황八荒을 덮어
일찍이 글짓기 칼쓰기로 종군從軍하려 하였거든.

서녘 바람 불어온 산에 비 지나가니
만 발丈의 청사晴蛇[13]로 저문 구름을 끊은 것인가.

金河, 詠秋虹

自笑雄心蓋八垠, 早將書劍學從軍.
西風吹過千山雨, 萬丈晴蛇截暮雲.

병든 학을 노래하여[14]

머리 높이 쳐든 청전靑田[15]의 학
옛 성씨 임林[16]이라서 서로 아누나.

흰 서리에 꺾인 조롱 속의 날개
옥이 깨지는 한 맺힌 소리.

밤중의 달 삼청三淸[17]의 꿈이요

---

13 청사(晴蛇): 보검의 일종.
14 원제: "병든 학을 노래하여 요월당(邀月堂) 주인 임호(林浩)에게 드리다"
15 청전(靑田): 학(鶴)이 서식하는 장소. 학을 지칭하는 말.(『永嘉記』: "靑田雙白鶴, 年年生子, 長大便去.")
16 옛 성씨 임〔舊姓林〕: 송나라 문인 임포(林逋)가 매화를 심고 학을 기르기 좋아하여 매처학자(梅妻鶴子)라는 말이 생겼다. 여기서는 시를 지어주는 대상이 임씨이기 때문에 이렇게 쓴 것이다.
17 삼청(三淸): 도가에서 천상계와 인간계 이외에 가정하는 제3의 선계(仙界). 옥청(玉

가을바람 만리의 마음이라.

신선은 만날 길 없으니
푸른 바다 구름만 자욱하여라.

詠病鶴, 呈邀月堂主林浩

矯矯靑田物, 相知舊姓林.
霜摧籠裏翮, 玉裂怨時音.
夜月三淸夢, 秋風萬里心.
仙人不可見, 碧海暝雲深

남당南塘

선성宣城[18]의 어젯밤 비에
남당이라 넘실대는 물.

淸)·태청(太淸)·상청(上淸)이 있다.
18 선성(宣城): 선성으로 일컬어지는 고을로는 경기도 교하(交河)와 경상도 예안(禮安)
   이 있다.

한쌍의 들 원앙새
부들숲에 나란히 잠을 자더니

바람결에 놀라 서로 등져 날아
원망스런 이별, 머리 함께 희어졌다고

애달프고 그리워라 오늘 밤에는
달 밝은 빈 가람 어디일런가.

南塘

宣城昨夜雨, 綠漲南塘水.
一雙野鴛鴦, 並宿菰蒲裏.
驚風相背飛, 怨別頭俱白.
相思當此夕, 何處空洲月.

무제無題

술집에서 놀던 풍류 자취조차 허무해라.
웅장한 뜻 황량하여 어초漁樵에 붙였다오.

높이 오른 옛 친구들[19] 소식이 끊어지고
수죽水竹의 새 터전은 생계가 성글어라.

소소蘇小[20]는 가난한 시인을 얕잡아보았지만
탁문군卓文君은 떠나지 않았다네, 병든 사마상여司馬相如를.

옥적玉籍[21]에 이름 한번 오르면 만나보기 어려워라
애간장 다 끊어져 한치나 남게 될까.

無題

酒肆風流跡已虛, 雄心寥落寄樵漁.

---

19 원문의 운소(雲霄)는 원래 하늘을 지칭하는 말인데 높은 지위에 있는 사람을 비유
   하는 데 쓰기도 한다.
20 소소(蘇小): 옛날 항주(杭州)의 유명한 기생 이름. 소소소(蘇小小).(白居易「杭州春望
   詩」: "濤聲夜入伍員廟, 柳色春藏蘇小家.") 맹호(孟浩)는 당나라 유명한 시인 맹호연(孟浩
   然). 그의 생애가 불우하였다.
21 옥적(玉籍): 신선의 장부. 이 구절은 시인이 자신의 죽음을 예상한 내용이다. 그리고
   다음 구절은 자기 사후 애달파할 정경을 그려본 것으로 생각된다.

雲霄舊識音書斷, 水竹新居契濶疎.

蘇小縱輕貧孟浩, 文君猶托病相如.

名編玉籍團圓少, 割盡柔腸一寸餘.

냇가의 집에서 몸져누워

이사온 시냇가 마을 문 앞이 고요해라

뜨락에 이따금 물새도 내려앉고

나라 일에 마음 쓰여 근심한들 누구와 의논할까

금서琴書도 폐하고 몸져누워 홀로 읊노라.

한 방의 등불은 고적을 벗해주는데

오경의 비바람 동산을 지나간다.

삼천하고 육백날 그 옛날 하던 낚시[22]

곤궁을 겪어야 포부가 길러지는 법.

---

22 삼천하고~낚시(三千六百由來釣): 옛날 강태공(姜太公)이 80세에 이르도록 위수(渭
水)에서 10년 동안을 낚시질했다 한다. 10년이면 3천 6백날이 되므로 3천 6백조(三千
六百釣)란 말이 나왔다.(李白「梁父吟」: "廣作三千六百釣, 風期暗與文王親.")

溪舍病中

移僑溪村門巷深, 空庭時見下沙禽.
心關家國愁誰語, 業廢琴書病獨吟.
一室香燈伴孤寂, 五更風雨過園林.
三千六百由來釣, 窮約方能養素襟.

이 사람

우주간에 늠름한 육척의 사나이[23]
취하면 노래하고, 깨면 비웃으니 세상이 싫어하네.

마음은 어리석어 육운陸雲의 병[24] 면키 어렵고
지모智謀는 졸렬하여 원헌原憲의 가난[25] 사양치 않아

---

23 원문의 앙장육척(昂藏六尺)은 활달하고 늠름한 사나이다운 모습을 표현한 말.

24 육운의 병(陸雲病): 육운(陸雲)은 육조시대 오(吳)나라 사람으로 자는 사룡(土龍). 육기(陸機)의 아우로 형제가 모두 문학가로 이름 높다. 육운은 잘 웃는 병이 있었는데 한번은 상복(喪服)을 입고 배를 타서 자기 그림자가 물에 비치는 것을 보고 웃어대다 물에 빠져 옆에 사람이 건져주었다 한다. 육운병(陸雲病)은 이처럼 예절을 지키지 못하는 의미로 쓴 것이다.

25 원헌의 가난(原憲之貧): 원헌(原憲)은 공자의 제자로 이름은 사(思)로 몹시 가난하였는데, 지붕이 새 젖어도 태연히 앉아서 현악기를 타고 노래를 불렀다 한다.

풍진 속에 벼슬살이야[26] 잠깐 동안 굽힘이니
강해江海의 갈매기와 백구白鷗와 누가 잘 어울릴까.

나그네 빈 방에는 밤마다 고향 꿈
다호茶戶며 어촌으로 옛 이웃들 찾아간다오.

有人

宇宙昂藏六尺身, 醉歌醒譃世爭嗔.
心癡難免陸雲病, 計拙不辭原憲貧.
烏帽風塵聊暫屈, 白鷗江海竟誰馴.
客窓夜夜鄕園夢, 茶戶漁村訪舊隣.

청강사清江詞

흐르는 강물이여! 가도 가도 다함이 없어라

---

26 원문의 오모(烏帽)는 오사모(烏紗帽). 옛날 벼슬아치들이 쓰던 모자를 지칭하는 말.

이끼보다 푸르른데 맑기도 하늘 같아

주의朱衣²⁷ 입은 사람이여! 역마驛馬를 멈추고서
나 발을 씻으리 창랑滄浪의 물에.²⁸

옥절玉節²⁹을 뒤따라 용성龍城에 당도하니
꽃은 져서 흩날리고 방초芳草가 돋아나네.

교룡옥갑蛟龍玉匣³⁰ 영락하단 말인가.
왕도王道 패도伯道 배웠으되 어디다 써보리.

이 몸 먼 변방 땅에 말을 달리며
하늘가의 흰 구름³¹ 바라보노라.

향리鄕里에서 노닐던 때³² 생각해보니

---

27 주의(朱衣): 관인이 착용하던 옷. 관복.

28 「유자가(孺子歌)」를 취한 것이다.(『孟子·離婁 上』: "有孺子歌曰: 滄浪之水清兮, 可以濯我 纓: 滄浪之水濁兮, 可以濯我足.")

29 옥절(玉節): 옥으로 만든 부절(符節). 왕명을 받고 파견된 관인의 행차를 가리키는 말.

30 교룡옥갑(蛟龍玉匣): 고관의 죽음을 가리키는 말. 교룡갑(蛟龍匣)은 교룡옥갑(蛟龍玉 匣)의 준말. 천자나 고관의 관을 뜻한다.(杜甫 「八哀詩·故司徒李光弼」: "平生白羽扇, 零 落蛟龍匣.")

31 흰 구름[白雲]: 백운은 여러가지 비유적 의미가 있는데 여기서는 어버이를 생각하 는 뜻으로 쓴 것 같다.

32 원문의 소유지하택(少游之下澤)은 향리에서 자족하며 지내는 생활을 가리키는 말. 소유(少游)는 마원(馬援)의 종제. 하택(下澤)은 하택거(下澤車)로 소택지(沼澤地)에 다 니기 편리한 수레.(『後漢書·馬援傳』: "吾從弟少游常哀吾慷慨多大志, 曰: '士生一世, 但取衣 食足, 乘下澤車, 御款段馬, 爲郡掾吏, 守墳墓, 鄕里稱善人, 斯可矣.'")

지기知己를 만난 일 못 잊고말고.

바람이 물을 스쳐 비단 물결³³ 이뤄지고
번뇌를 씻어내니 심혼心魂이 맑아지네.

백석白石을 노래하며³⁴ 눈을 들어보니
해는 뉘엿뉘엿 서산으로 넘어가네.

淸江詞

江之流兮去無窮, 綠於苔兮淸若空.

朱衣人兮停驛騎, 濯余足兮滄浪水.

隨玉節兮到龍城, 落花飛兮芳草生.

蛟龍匣兮零落, 王伯學兮何施.

身紫塞於征鞍, 望白雲於天涯.

憶少游之下澤, 猶戀戀於遇知.

風行水兮縠紋成, 滌煩惱兮心魂淸.

歌白石兮揚眉, 日窅窅兮西馳.

---

33 원문의 곡문(縠紋)은 비단결 같은 무늬로 물결을 비유하는 데 쓰는 말.

34 백석을 노래하며[歌白石]: 맑은 강에 깨끗이 씻긴 백석을 노래한다는 말. 『시경』당
풍(唐風)의 「양지수(揚之水)」편("揚之水, 白石鑿鑿, ……旣見君子, 云何不樂.")이나 영척
(甯戚)이 부른 「반우가(飯牛歌)」("南山粲粲, 白石爛爛.") 등을 떠올린 것 같다. 모두 기대
하는 의미를 내포하고 있다.

창랑곡滄浪曲

창랑의 어옹漁翁 창랑의 노래
창랑의 연월煙月 속에 낚싯대 하나.

어옹 혼자 기러기와 모래사장에 잠이 드니
갈댓잎 소소히 밤 서리만 하얗더라.

새벽바람에 저자로 나가 고기 팔고 돌아와서
주루酒樓에 취했어라 강 하늘 벌써 석양일레.

사마고거駟馬高車 남가南柯의 꿈 나는 원치 않고[35]
그대 따라 창랑곡을 함께 부르고 싶어라.

滄浪曲

滄浪叟滄浪歌, 一江煙月一竿竹.
寒沙獨伴旅鴈眠, 蘆葦蕭蕭夜霜白.

---

35 사마고거(駟馬高車)는 말 네필이 끄는 좋은 수레, 즉 부귀를 누리는 생활을 표현한
말. 남가(南柯)는 남가일몽(南柯一夢)의 준말. 순우분(淳于棼: 당나라 이공좌李公佐의
소설 『남가기南柯記』의 주인공)이 꿈에 괴안국(槐安國)에 가서 의왕(蟻王)을 만난 고
사에서 나온 말. 여기서는 사마고거의 부귀를 남가일몽과 등치시킨 표현이다.

清晨入市販魚廻, 酒樓買醉江天夕.
我不願高車駟馬夢南柯, 隨爾共和滄浪曲.

봄이 저물도록 황화방³⁶에 있어

휘파람 불고 노래한 끝에 잊은 듯 앉았노라니
마음 가는 곳 다만 한가지 저 향불

뜨락은 고요해라 오는 사람 전혀 없고
배꽃엔 비가 때려 봄날이 기나기네.

春暮在皇華坊

嘯罷歌殘便坐忘, 關心唯有一鑪香.
寂寥庭院無人到, 雨打梨花春晝長.

---

36 황화방(皇華坊): 서울 도성의 서부(西部)에 속한 지명. 지금 정동(貞洞) 지역.

생애동生涯洞에서 밤에 두견의 울음을 듣고

이화에 달 비추자 습한 구름 흩어지고
봄풀은 푸릇푸릇 봄물 함께 밀려오네.

계산의 한없이 좋은 풍경 속에서
두견아 너 무슨 일로 슬픔이 남았느냐?

生涯洞寓舍, 夜聞杜宇

梨花月照濕雲開, 春草萋萋春水來.
無限溪山好風景, 子規何事有餘哀.

밤에 어가漁歌를 듣고

연파煙波에 죽지가竹枝歌 한가락
어부의 노랫소리 흥겨움이 넘치누나.

적막한 하늘가에 강달만 비껴 있고
바람 이슬 옷에 찬데 밤은 얼마나 깊었나.

夜聞漁歌

煙波一曲竹枝歌, 知有漁郞興獨多.
江月欲斜天寂寂, 滿簑風露夜如何.

고의古意

장미꽃 떨어지고 제비는 진흙 물어 나르는데
주렴 깊은 속에 시간이 더디구나.

상념이 극에 이르러 잠자는 듯 보이거늘
아이야 무슨 일로 꾀꼬리를 쫓느냐?

古意

薔薇花落燕嚙泥, 深下緗簾午漏遲,
想極自然看似睡, 侍兒何事打黃鸝.

봄날에 우연히 읊다

소나무 그늘 오솔길로 나뉘었는데
첩첩 싸인 산 속에 홀로 섰구나.

시냇가 풀 뾰족뾰족 푸르러오고
암벽에 꽃 차츰차츰 붉으련다.

새들 돌아오니 만산이 저물고
사람들 이야기 시내 바람에 실려오네.

그윽한 정취 문득 깨달았으니
저 하늘을 지나가는 한가한 구름.

春日偶吟

松陰分細路, 獨立亂山中.
澗草纖纖綠, 巖花稍稍紅.
鳥歸千嶂夕, 人語一溪風.
忽覺有幽趣, 閑雲度碧空.

배를 타고

우연히 저 기러기 쫓아가본들
제향帝鄕[37]이야 어찌 기약할 거냐.

물이 차서 가을 기운 다그쳐오고
하늘 멀어 석양도 더디군그래.

이 세상 천년의 일들 모두
배 가운데 바둑 한판이란다.

---

37 제향(帝鄕): 천상을 이르는 말. 이상세계를 가리킨다.

오호五湖의 풍경 좋을시고!

서글피 치이자鴟夷子[38]를 추억한다오.

舟中

偶逐海鴻去, 帝鄕安可期.

水寒秋氣逼, 天遠夕陽暹.

世上千年事, 舟中一局碁.

五湖煙景好, 怊悵憶鴟夷.

우담優談[39]

세상에 마음이 뒤틀린 자 있어

말에는 짐을 싣고 소 타고 가네.

제각기 가진 재주 무시하고 부리면서

---

38 치이자(鴟夷子): 월왕(越王) 구천(句踐)을 도와 오(吳)를 없애고 성공한 후 재상인
　(印)을 풀어놓고 오호(五湖)로 떠난 범려(范蠡)가 치이자라 자호하였다.

39 우담(優談): 배우처럼 우스개로 한 말이라는 뜻이다.

채찍질 모질어 용서 없구나.

태항산太行山 청니판靑泥板 험한 길에[40]
말도 거꾸러지고 소도 쓰러지면 누구에게 도움을 청할 건가?

어허, 어찌할까!
건장한 소, 좋은 말 다 지쳤으니 누구에게 도움을 청할까?[41]
누가 짐을 지고 누가 태워줄거나.

優談

世有病心人, 騎牛馬載去.
用之旣違才[42], 鞭策不少恕.
太行之路靑泥坂, 馬蹶牛僨將伯助.
吁嗟嗟健牛良馬一時疲, 誰爲負也誰爲馭.

---

40 태항산(太行山)·청니판(靑泥板): 태항산은 하북성(河北省)과 산서성(山西省)에 걸쳐
   있는 산. 청니판은 촉(蜀)으로 가는 길에 있는 지명. 둘 다 지형이 험하기로 유명하다.
41 원문의 장백조(將伯助)에서 장(將)은 청한다는 뜻이며, 백(伯)은 장(長)의 뜻이다. 장
   백조(將伯助)는 어른에게 도움을 청한다는 의미.(『詩經·小雅·正月』: "將伯助予")
42 才가 자필 사본에는 材로 나와 있다.

비 오는 날 서울 집에서[43]

해가 지자 연못에 개구리 소리 요란한데
창문에 향기 젖어 엷은 비단 가리었네.

삼각산 삼천길丈이 구름 속에 묻히더니
황성皇城이라 백만호에 빗발이 쏟아지누나.

봄은 벽도화碧桃花 따라 후원에서 늙는데
방초芳草도 꿈결에 돌아와 옛 동산에 무성하구나.

동풍에 일어나는 경파鯨波[44]를 상상하니
양보음梁甫吟 이뤄져도 여한은 남으리라.

雨堂書事(在蓮坊家)

薄晚平池聽亂蛙, 小窓香濕掩輕羅.

雲埋華岳三千丈, 雨壓皇城百萬家.

春向碧桃深院老, 夢歸芳草故園多.

---

43 원주: "연방(蓮坊) 집에 있으면서." 연방은 서울의 동부(東部)에 있던 지명으로 연화
방(蓮花坊). 이곳에 백호가 우거한 집이 있었던 것으로 추정된다.
44 경파(鯨波): 고래가 일으키는 듯한 큰 물결.

東風坐想鯨波動, 梁甫吟成恨有餘.

중굿날

구경이란 어찌 꼭 푸른 산 올라가야 하나
연파煙波라 짧은 노에 한길이 틔었는걸.

백발일랑 철을 따라 쉽사리 변하건만
국화 다시 피니 지난 해 그대로일세.

밤이 깊은 하늘에는 성하星河가 구르는데
사람 탄 난주蘭舟에는 수월水月이 차가워라.

강루江樓에 주렴珠簾 걷어올린 데 몇 곳이냐?
곡란曲欄의 바람 이슬 봉소鳳簫[45]는 잦아드오.

---

45 봉소(鳳簫): 관악기의 일종. 봉관(鳳管). (列仙傳曰: "王子喬, 周宣王太子晋也. 好吹笙作鳳鳴, 遊伊雒之間.")

重九日

登臨何必翠微間, 短棹煙波一路寬.
華鬢易從佳節換, 黃花猶似去年看.
更深玉宇星河轉, 人在蘭舟水月寒.
幾處江樓捲珠箔, 曲欄風露鳳簫殘.

새벽에

낮이 누런 호승胡僧이 석감石龕에 앉았으니
새벽 창의 아지랑이 장삼에 아롱진다.

산마루엔 해가 벌써 중천에 솟았거늘
하계下界는 안개에 묻혀 단꿈에서 못 벗어나네.

記曉

黃面胡僧坐石龕, 曉窓殘衲潤輕嵐.
山頭已見三竿日, 霧壓塵寰一夢酣.

영 물
詠 物

시냇물

시냇물 소리 밤이면 또렷하여
조올졸 베갯가로 들려오네.

고요에 깃든 사람 잠결에 듣고
꿈을 꾸노니 온 산에 비가 내리나.

咏溪

溪響夜來多, 蕭蕭枕邊到.
幽人和睡聞, 夢作千山雨.

두견새[1]

고국이 그리워라 내쫓긴 임금
어느 제 돌아가리 강남의 원한.

한마디 울음소리 숨 끊이는 듯
밝은 달 해당화 꽃가지에서…….

咏子規

帝子思巴國, 江南怨未歸.
一聲啼欲斷, 明月海棠枝.

---

1 두견새〔子規〕: 파촉(巴蜀)에서는 두우(杜宇)라 칭한다. 「성도기(成都記)」에 "어부왕(魚
鳧王)의 후손 두우가 제(帝)라 칭하고 호를 망제(望帝)라 했는데 마침 수재(水災)가 나
서 정승 개명(開明)에게 양위하고 서산(西山)에 숨었다. 두우가 죽어 그 혼이 새가 되
었는데 이름은 두견(杜鵑), 또는 자규라 한다." 하였다.

청설晴雪

산 너머 해가 하마 저물련마는
높은 봉우리 옥빛이 생겨나누나.

깃들인 새 추위에 놀라 날개를 치니
높은 가지 흰 눈이 떨어지더라.

晴雪

山外日應晚, 清暉生玉岑.
棲禽振寒翮, 晴雪落高林.

개천의 고기를 바라보며

개천에서 노는 고기 운명이 서글퍼라.
어부² 방금 지나가자 가마우지 엿보누나.

고기야, 지느러미 떨치고 큰 바다로 나가

만리 파도 속에 마음대로 노닐거라.

溝水觀魚

溝水游魚命可悲, 豫且纔去鷺鶿窺.

莫如振鬣歸滄海, 萬里雲濤任所之.

해오라기

공자公子의 풍류 멀리 미쳐

연못에서 또 그대를 기다린다.

벼논 푸르러 멀리서도 또렷하고

모래밭 희어서 가까워도 구분 안되네.

---

2 원문의 예차(豫且)는 옛 신화 속의 고기잡이 이름. 『사기(史記)·구책전(龜策傳)』에
"강(江)이 신구(神龜)를 하(河)에 사신으로 보냈는데 고기잡이 예차(豫且)가 그물로 잡
아서 다래끼(籠) 속에 넣어두자 밤중에 거북이 송원왕(宋元王)에게 현몽(現夢)했다."
고 하였다.

연잎 아래서 빗소리 듣고
물무늬 젖혀 고기 엿본다네.

도리어 눈빛 깃털이 부끄러우니
구름 위 학과는 왜 어울리지 못하나.

詠鷺

公子風流遠, 林塘更待君.
稻靑遙可辨, 沙白近難分.
聽雨依荷蓋, 窺魚占水紋.
還慚雪毛羽, 雲鶴不爲群.

버들솜〔柳絮〕

갠 하늘 누비는 버들개지는
능운凌雲의 날개라도 달렸을까.

다만 질량이 가벼웁기에
바람을 따라서 오르내리지.

주렴 틈새를 파고들고
가무하는 자리면 떠날 줄 몰라.

장신궁長信宮 아미蛾眉의 여인[3]
너를 보면 탄식만 더 보탤 따름.

어찌하면 저 버들꽃처럼 날아
임금님 곁에 가까이 갈까.

근심에 잠겨 해 저문 줄도 모르니
깊은 궁궐 비바람 치는 저녁이로세.

맑은 새벽 난간에 기대섰노라니
땅에 가득 버들솜이 하얗군그래.

어제 그렇게도 드날릴 제는
진흙에 묻힐 줄을 뉘 알았으리.

어찌 같으랴 구름 위로 나는 고니

---

3 장신궁(長信宮) 아미(蛾眉)의 여인: 장신궁은 한(漢)나라의 궁전으로 반첩여(班婕妤)
가 황제의 총애를 잃은 뒤 이곳에서 태후(太后)를 모시고 지냈다.

훨훨 날아 하루 천리를 가는데

柳絮

晴空楊柳花, 豈有凌雲翮.

秪緣質以輕, 上下因風力.

撲撲繡簾旌, 依依歌舞席.

長信翠蛾人, 見之增嘆息.

安得如此花, 一近君王側.

沈憂不覺暝, 風雨深宮夕.

淸晨倚曲欄, 滿地楊花白.

昨見恣飛揚, 何意塵沙裏.

莫如雲間鵠, 飛飛日千里.

꾀꼬리 소리

금의공자金衣公子[4] 유난히도 한가한 정이 많기에

---

4 금의공자(金衣公子): 꾀꼬리의 별칭. 당나라 현종이 금원(禁苑)에서 꾀꼬리를 보고 매
양 '금의공자'라 일컬었다 한다.(五代 後周 王仁裕『開元天寶遺事』)

늦은 봄 은근히 이별의 술 권하겠지.

이슬비 뿌려주니 목청이 보드랍고
때맞춰 바람 불어 소리도 길게 뽑아

비둘기 울음 제비 지저귐 모두 가락이 없거늘
유막柳幕이랑 화방花房[5]에서 정히도 애를 끊어라.

아마도 봉지鳳池[6] 가엔 같이 놀던 짝들이
비원의 숲속에서 석양에 노래하리.

聞新鶯

金衣公子有閑情, 春晚慇懃侑別觴.
微雨灑來聲未澁, 好風吹去響偏長.
鳴鳩語燕俱無調, 柳幕花房政斷腸.
遙想鳳池多舊侶, 禁林房樹喚斜陽.

---

5 유막(柳幕)은 수양버들이 장막을 친 듯 늘어져 있다는 데서 나온 말이며, 화방(花房)
  은 화관(花冠)과 같은 뜻인데 꽃이 곱게 피어 있는 곳을 가리킨다. 곧 유막(柳幕)과 화
  방(花房)은 꾀꼬리가 곧잘 우는 처소를 따서 쓴 것이다.
6 봉지(鳳池): 봉황지(鳳凰池). 대궐 즉 금원(禁苑) 안에 있는 못. 중서성(中書省)의 별칭
  으로도 쓰이며, 임금의 측근을 의미하기도 한다.

단문端門의 만지등萬枝燈[7]

지난해 오늘 허황虛皇[8]에서 연회를 베풀 적에
선덕문宣德門 앞에다 금붕錦棚을 설치했거든[9]

만방의 벼슬아치 모두 함께 절하고 춤추는데
구천九天의 휘황한 등불은 고릉觚陵[10]에 비추었네.

용龍이 날고 고기 뛰듯 일천 군대 들썩들썩
보옥나무에 황금의 꽃 찬란하니 몇몇 층일런가.

규전虯箭[11]은 가만히 한밤을 재촉하고
봉소鳳簫는 소리 높이 울려 만세 축수 올리오.[12]

---

7 원주: "여름 석달의 월과(月課)에서 짓다." 옛날 공부할 때 여름 석달은 대개 글짓기
　를 주로 하였는데 하과(夏課)라고 일컬었으며, 이를 월과라 한 것이다. 제목의 단문(端
　門)은 궁궐의 정남문. 신춘에 등불을 다는 의식이 있었는데 이를 만지등(萬枝燈)이라
　한다.(晁冲之「上林春晚詞」: "鶴降詔飛, 龍擎燭戱, 端門萬枝燈火.")
8 허황(虛皇): 곧 도교에서 태허(太虛)의 신. 옥황(玉皇)과 같은 말. 여기서는 그 궁궐을
　가리킨다.
9 선덕문(宣德門)은 대궐의 문, 금붕(錦棚)은 비단으로 꾸민 가설무대.
10 고릉(觚陵): 궁궐의 기와지붕의 마름모 진 곳을 뜻하는데 곧 궁궐을 가리키기도 한다.
11 규전(虯箭): 물시계를 가리키는 말. 누호(漏壺) 속에 화살 모양이 있어 물이 차는 데
　따라 시각을 셈한다. 화살에 규문(虯紋)이 새겨져 있어 붙여진 말이다.
12 봉소(鳳簫)는 생(笙)이나 소(簫) 같은 관악기의 미칭. 여릉(如陵)은 임금을 축수하는
　말.(『詩經·小雅·天保』: "如山如阜, 如岡如陵, 如川之方至.")

옥좌玉座에 향기 풍겨 임금님 납시었고
금경金莖[13]에 이슬 내려 달빛이 해맑구나.

유락流落한 이내 신세 백발이 가없거니
꿈과 혼은 그래도 옛 청릉青綾[14]에 있고말고.

객지에서 명절이 세번이나 바뀌었는데
고향의 소식이 연이어 끊겼다오.

옥장玉帳 아기牙旗[15] 아래 진작 몸을 붙였거니
해운海雲이라 이 절을 또 다시 오르노라.

외로운 마음 또렷또렷 선실宣室[16]을 생각하고
온갖 일 유유해라 불등佛燈에 비추네.

촛불 내리신 깊은 은혜 보답 아직 못했거니
벽문璧門[17]을 멀리 바라보며 눈물 흘립니다.

---

13 금경(金莖): 불로장생을 위해 하늘 높이 설치한 승로반(承露盤)을 가리킨다.(두보「추흥秋興」제5수에 "金莖露漢間"이 있다.)
14 청릉(青綾): 청색의 꽃무늬를 놓은 비단의 일종. 그것으로 만든 휘장을 가리키기도 한다.
15 옥장(玉帳)·아기(牙旗): 옥장은 장막을 아화한 말. 아기는 주장(主將)이 주둔하는 처소의 깃발 등 의장을 가리킨다.(李商隱「重有感」: "玉帳牙旗得上游, 安危須共主君憂.")
16 선실(宣室): 궁궐을 가리키는 말. 또한 임금이 거처하는 정실(正室)을 가리키기도 한다.
17 벽문(璧門): 한(漢)나라 건장궁(建章宮) 남쪽에 세운 문.

端門萬枝燈(夏三朔月課)

昔年今日宴虛皇, 宣德門前設錦棚.
萬國衣冠同拜舞, 九天燈火照觚稜.
龍騰魚躍紛千隊, 珠樹金花亂幾層.
虹箭暗傳催半夜, 鳳簫高和頌如陵.
香飄玉座天顔近, 露下金莖月彩澄.
流落自憐今白首, 夢魂猶在舊靑綾.
殊鄕佳節驚三換, 故國音書絶一憑.
玉帳牙旗曾作客, 海雲蕭寺又來登.
孤心耿耿思宣室, 萬事悠悠照佛燈.
賜燭恩深猶未報, 璧門遙望淚相仍.

제화
題 畫

가길嘉吉의 그림에 감사하여

두어폭 이금泥金 그림 친구가 보냈구나.
강남 만리 생각이 문득 일어난다.

섣달 보름 동산에 반달이 뜨고
매화 핀 가지에 새소리 들을 때와 똑같으니.

謝嘉吉畵

金泥數幅寄知音, 便起江南萬里心.
恰似園林臘月半, 梅花枝上聽啼禽.

대 그림에 읊다¹

세상사람 대를 사랑하기론

---

1 원주: "이 시는 6언(言)이다."

비올 때 소리 달 아래 그림자

왕손王孫의 대그림 이와 달라서[2]
고요한 봄이 언제고 배어 있는걸.

畫竹戲詠(六言)

世之愛篁竹者, 聲宜雨影宜月.
王孫畫異於斯, 寂然春恒不滅.

김생金生의 해장도海莊圖에 붙이다

그대는 덕안향德安鄉으로 이사를 해서
온 길의 푸른 이끼 버들 연못에 둘렀다지.

해안海岸에 논밭이 가을 농사 풍성하고
사립문 손님 들지 않아 낮잠이 늘어지리.

---

2 여기서 왕손은 탄은(灘隱) 이정(李霆)으로 추정된다. 그는 당시에 대를 잘 그리는 것
으로 유명했다.

소 뜯기며 젓대 부느라 집에 돌아오기 더딘데
차 한잔 마시고자 샘물 길어오기 바쁘네.

반폭의 풍광風光이 병든 눈을 열어주니
이 나그네 지난밤에 푸른 물결 꿈꿨다오.

題金生海莊圖

聞君移住德安鄉, 一路蒼苔繞柳塘.
海岸有田秋事足, 柴門無客午眼長.
牧因橫笛歸家緩, 茶爲澆腸汲井忙.
半幅風煙開病眼, 旅人前夜夢滄浪.

소병小屛에 쓴 시

1
맑은 가람 안개 낀 숲속 마을
예가 바로 삶의 보금자리.

강남으로 날아가는 저 기러기
떠도는 나그네와 견주어보소.

2
장협長鋏³을 두드리는 막부의 신세
곤하다 못해 때로 사모紗帽⁴가 숙여진다오.

가을이라 남녘 나라 고향 생각
기러기 나는 저 봉우리 서편에 가 있다오.

題小屛二首

寒江煙樹村, 此是生涯洞.
鴻雁江南飛, 如何客秦墟.

幕府彈長鋏, 烏紗困欲低.
淸秋南國思, 只在雁峯西.

---

3 장협(長鋏): 병기의 일종으로 긴 칼이다. 『전국책(戰國策)』에 맹상군의 식객으로 있던
풍훤(馮諼)이 칼을 두드리며 "긴 칼아 돌아가자, 음식에 고기가 없구나.〔長鋏歸來乎, 食
無魚!〕"라고 노래를 불렀다는 내용이 있다.
4 원문의 오사(烏紗)는 벼슬아치가 쓰던 모자를 이르는데 이 구절은 벼슬살이가 피곤
함을 표현한 것이다.

기행
紀 行

상산商山 길에서 싸락눈을 만나[1]

삼월이라 늦은 봄 상산商山의 길에
바람도 쌀쌀하고 눈발 날리네.

꽃잎에 붙으면 촉촉히 젖고
버들솜에 어울리면 살포시 지네.

나라 운수 바야흐로 창성한 이때
하늘 운행 혹시나 어긋난 것인가?

원기元氣를 조절함은 대신의 일이거늘
내 어찌 눈물로 옷섶 적시나.[2]

商山路中值微雪, 氣像寒凜, 決非休兆, 時三月十三日
也

三月商山路, 風凄雪政飛.

---

1 원제(原題): 상산(商山) 길에서 싸락눈을 만났는데 기상이 참담하여 결코 좋은 징조가
  아니었다. 때는 3월 13일이다.
2 원기를~적시나〔調元大臣在, 何必濕征衣〕: 조원(調元)은 원기를 조절한다는 뜻. 옛날 관
  념으로 기상에 관한 문제는 정승의 소관사라고 생각했다. 정의(征衣)는 멀리 여행하
  는 사람의 의복. 시인 자신을 가리킨다.

著花沾的的, 和絮落微微.

國步方全盛, 天行恐或違.

調元大臣在, 何必濕征衣.

압촌鴨村[3]에 묵으며

객창에 밤새도록 한천寒泉[4]을 그리더니
활짝 갠 날을 맞아서 낮잠만 자누나.

마을 골목 적적하다 사람은 아니 오고
대울타리 가에 석류꽃이 피었구나.

宿鴨村

客窓終夜憶寒泉, 更値新晴祇晝眠.

---

3 압촌(鴨村): 전라남도 구례군에 압록이란 지명이 있는데 이곳으로 추정된다. 백호의
  외가가 가까이에 있었다.
4 한천(寒泉): 어머니를 생각하는 뜻을 내포한 말. 『시경』에 나오는 말로, 자식이 어버
  이를 잘못 섬긴 것을 자책하는 의미가 있다.(『詩經·邶風·凱風』: "爰有寒泉, 在浚之下. 有
  子七人, 母氏勞苦.")

村巷寥寥人不到, 石榴花發竹籬邊.

양화楊花나루

강남 강북 양편 언덕 실버들 마냥 늘어져서
나루터 산들바람 행인의 옷깃 스쳐가네.

모래톱에 저녁 밀물 해오라기 놀라 나는데
해문海門에는 돛단배 무수히 오가누나.

楊花渡口

江南江北柳依依, 古渡微風吹客衣.
沙渚晚潮眠鷺起, 海門無數片帆歸.

길에서

홍도화 다 피었고 매화 진작 열매를 맺어
사랑스런 봄빛이 사람 쫓아오누나.

남녘 구름 다사로운데 북풍은 쌀랑하니
한양에 당도하면 꽃이 한창 피겠구려.

途中

發盡穠桃結小梅, 可憐春色逐人來.
南雲已暖北風冷, 若到京華花政開.

동파역 東坡驛[5]

역 이름 듣고 서니 나그네 마음에 느꺼움 일어

---

5 동파역(東坡驛): 경기도 장단군(長湍郡)에 있는 역 이름.

천년에 다시 거듭 동파옹을 위문한다.

그 당시 온 천하도 용납키 어려웠거든
하물며 이 동쪽의 땅 한구석이야!

東坡驛

驛號聞來感客衷, 千年重爲吊蘇公.
當時四海容難得, 何況東荒一域中.

무계진茂溪津⁶을 건너며

모래톱 따스하여 물새들 내려앉는데
석양의 외로운 배에 옛날을 느끼는 마음

뉘라서 마융馬融의 젓대⁷를 들고

---

6 무계진(茂溪津): 경상북도 성주(星州) 지경에 있던 나루. 『신증동국여지승람』의 성주
목(星州牧) 산천조에 "무계진은 주의 남쪽 49리에 있는데 동안진(東安津)의 하류이
다."고 하였다.

무계茂溪 깊은 물에서 한 곡조 불어줄거나.

渡茂溪津

蘋洲水暖下沙禽, 落日孤舟感古心.
誰把當年馬融笛, 一聲吹和茂溪深.

백호白湖로 가는 길에

비둘기 우는 마을 비 살짝 뿌리고 나니
꽃 지는 시절이라 청명이 가깝구나.

길 가는 이 사람 농사짓기 위해서요
산수를 탐승하러 가는 건 아니라오.

---

7 마융의 젓대〔馬融笛〕: 마융(馬融)은 동한(東漢)의 유명한 학자. 여러 경전의 주석을 하
였으며 많은 제자를 가르쳤다. 또한 금(琴)을 타고 피리 불기를 잘했으며 생도를 강학
할 때 항상 뒷줄에 여악(女樂)을 배치했다 한다. 마융이 본래 무릉(茂陵) 사람이기 때
문에 여기서 지명과 관련하여 '마융적'을 쓴 것으로 생각된다.

向白湖途中

村巷鳩鳴小雨晴, 落花時節近淸明.
旅人只爲農桑計, 不是溪山探勝行.

광산光山 성중에 투숙하여

길이 동문으로 들어가 골목이 깊숙한데
무너진 담장 그늘에 앵두꽃이 피었구나.

낯선 손 들어서자 닭울음 개 짖는 소리
뽕나무 우거진 숲에 지는 해 뉘엿뉘엿.

投宿光山城中

路入東城門巷深, 櫻桃花發壞墻陰.
鷄鳴犬吠客初到, 斜日依依桑柘林.

도중途中에서

역마驛馬 타고 바람처럼 역로驛路 따라 머나먼 길
장교長郊라 냇가 언덕에 석양이 비끼었네.

들판 못물에는 벌써 고미[8]의 푸른 잎 피어나고
산골 장터에서 처음 고사리 새순 맛보는군.

철 따라 나는 것들 절로 고향생각 나니
길가기 바쁜 사람 어느 겨를에 나이 드는 걸 헤아리랴.

평소엔 부질없이 운대雲臺의 그림을 꿈꿨으나[9]
늦게야 드는 생각은 대숲 푸른 우리집뿐이라오.

途中

驛騎追風驛路賒, 長郊川畔日將斜.
野塘已吐靑菰葉, 山市初嘗紫蕨芽.
節物自然傷遠思, 征夫何暇算年華.

---

8 고미(菰): 물풀의 일종으로 열매는 먹기도 한다.
9 운대의 그림을 꿈꿨으나: 운대(雲臺)에는 공신의 화상을 보관하였다. 백호 자신이 경
세의 큰일을 해보려는 뜻이 있다는 의미로 쓴 것이다.

平生謾擬雲臺畫, 晚計如今水竹家.

밤이 들어 여강驪江에 배를 매고

이슬 젖은 물가에 족두리풀[10] 향긋하고
동대東臺의 숲 그림자 얽혀 있네.

외로운 배 달 아래 나그네의 꿈
한밤중 바람 따라 절의 종소리 실려온다.

갈매기는 다만 파도를 좋아하거니
강호江湖야 본디 게으름을 싫어하랴.

청포靑袍 떨쳐입고 서울로 다시 가니
십중팔구 마음에 어긋날 텐데 끝내 누굴 만날 건고?

10 두약(杜若): 향초의 일종. 두형(杜蘅)이라고도 하며, 우리말로 족두리풀이 이에 해당한
다.(屈原 『楚辭·九歌·湘君』: "采芳洲I兮杜若, 將以遺兮下女.")

夜泊驪江

露濕汀洲杜若香, 東臺雲樹影重重.
孤舟月照旅人夢, 半夜風傳蕭寺鐘.
鷗鷺祇應憐浩蕩, 江湖元不惡疎慵.
靑袍更向長安去, 八九違心竟孰逢.

새벽에 저도楮島¹¹에 정박하여 서울을 바라보고

새벽비 부슬부슬 수촌水村에 뿌리는데
한가락 젓대 소리 밤낚시 돌아가는 소리.

강가의 배 한척 홀연히 꿈이 깨어
구름 속에 아득히 만수산萬壽山 바라보네.

병은 많고 구업舊業 없어 스스로 가엾어라
재주 없이 벼슬자리 도리어 부끄럽소.

---

11 저도(楮島): 저자도(楮子島)를 줄여서 쓴 듯하다. 이 섬은 삼전도(三田渡)의 서쪽 한강
에 있었던 섬. 지금 서울 잠실 지역이 이 섬이 있었던 곳이다.

여기서 서울 가면 봄빛이 바다런만
나의 집 동성東城¹²에 문이 홀로 닫혔으리.

曉泊楮島望京

曉雨霏霏過水村, 一聲長笛夜漁還.
江間忽覺孤舟夢, 雲裡遙瞻萬壽山.
多病自憐無舊業, 不才還愧忝微班.
京華此去春如海, 家在東城獨掩關.

기행紀行¹³

거문고에 보검이면 행장은 그만 충분한데
바둑판 찻잔 따위로 세상 일 녹이다니.

---

12 동성(東城): 백호의 서울 집이 연화방(蓮花坊)에 있었는데 서울 도성의 동쪽 지역이
   다.(「雨堂書事」 참고)
13 이 기행(紀行)은 배 타고 한강을 내려가며 쓴 듯하다. 본문의 한구(漢口)는 한강의 어
   귀, 광릉(廣陵)은 광주(廣州)의 별칭으로 지금 강동구, 파강(巴江)은 양천(陽川, 지금 서
   울의 양천구) 쪽의 한강, 용포(龍浦)는 용산의 물가를 가리킨다.

한강 어구로 지는 해는 기러기 따라 돌아가고
광릉廣陵의 연월煙月도 중과 짝지어 한가롭다.

파강巴江의 비바람 외로운 배에 몰아치고
용포龍浦의 소나무숲 하룻밤이 차갑구려.

어촌에서 술 사 마시니 때마침 명절이라
옥경玉京[14]으로 돌아가는 길 싸늘한 저 구름 사이.

紀行

瑤琴寶劍行裝足, 碁局茶甌世事殘.
漢口夕陽隨鴈去, 廣陵煙月伴僧閑.
巴江風雨孤帆急, 龍浦松筠一夜寒.
賖酒漁村又佳節, 玉京歸路冷雲間.

---

14 옥경(玉京): 옥황상제가 있다는 천상계.

무산일단운巫山一段雲[15]

변새邊塞의 사람은 천리

교하交河에 달은 반달.

나그네 시름 그지없어라 꿈마저 더디구나.

풀벌레 소리마저 슬프다니

삼협三峽[16]의 비 마음 놀라고

봉래산蓬萊山의 기약 전생의 인연

풍류는 가는 곳 따라 생이별을 사는구나.

애를 끊어라, 다시 뉘를 원망하랴.

巫山一段雲

古塞人千里, 交河月一眉.

羈愁無限夢來遲, 虫語轉堪悲.

---

15 무산일단운(巫山一段雲): 사패(詞牌)의 이름. 무산(巫山)의 한가닥 구름이라는 말은
여성의 아름다운 머릿결이나 우아한 신체를 비유하는 데 쓰인다.
16 원문의 초협(楚峽)은 양자강에 있는 명승지인 삼협(三峽)을 가리킨다. 삼협의 하나
로 무협(巫峽)이 있고 무산(巫山)이 거기 있다.

楚峽驚心雨, 蓬山宿世期.

風流隨處買生離, 腸斷更尤誰.

신안新安에서[17]

이 몸 국사에 맡겼거늘 편안을 구하리오.

말 고삐 쥐고 옥경玉京에서 돌아오노라.

은하수 바람 차고 기러기 소리 끊겼는데

고향의 나무숲 서리 깊어 가을 그림자 다했겠군.

강호에 낚싯배 돌아올 날 언제일까?

역마는 내일이면 유관楡關[18]을 넘을 텐데.

길에 쓰는 근육의 힘 나라 위한 보답이니

험로를 당해 장사의 얼굴 어찌 시들리오.

---

17 신안(新安): 신안이라는 지명은 여러 곳에 있는데 여기서는 회양(淮陽)에 있는 신안
역으로 추정된다.
18 유관(楡關): 변방에 있는 관문 이름..

新安韻

身許馳驅敢少安, 征鞍又自玉京還.
銀河風冷鴈聲斷, 錦樹霜深秋影殘.
江海幾時歸釣艇, 驛程明日出楡關.
行將膂力酬君國, 蜀道寧凋壯士顏.

주행舟行

산꽃은 나를 보고 웃음 짓고
물새는 나 들으라 노래 부르네.

마름 향기 끊임없이 불어오는데
지는 해는 비춰라 푸른 물결에.

외로운 돛 별포別浦를 지나가노니
강과 하늘 저물어 젓대 한가락.

전변하는 병풍 바뀌는 경치 바라보자니
배는 또 얼마나 흘러갔을까.

누암樓巖¹⁹에서 한강 어귀
물길로 삼백리.

물새들 우는 소리 방금 들리니
어느덧 물길이 다했나보군.

학을 탄 사람 도리어 우습구나
날고 날아 그칠 줄 모르다니.

舟行

山花向我笑, 沙鳥爲我歌.
蘋香吹不斷, 落日明綠波.
孤帆過別浦, 一笛江天晚.
坐看畫屏轉, 不覺舟近遠.
樓巖至漢口, 水驛三百里.
乍聞鵝鸛鳴, 我行忽已至.
翻笑鶴上人, 飛飛未能止.

---

19 누암(樓巖): 남한강의 상류인 충주(忠州)에 있는 지명. 옛날에 한강이라는 이름이 지금 한남동 서빙고 지역의 강을 지칭하여 쓰이기도 했다. 여기서 '한강 어귀[漢口]'는 이곳을 가리킨다.

기사記事

사월이라 보름날,
아침에 아우들과 작별을 했네.

해질 무렵엔 길 걷기로 시름하다가
날이 저물면 묵을 곳 걱정하지.

밤 깊도록 외로이 앉았노라면
삼경이라 창밖에 달이 두둥실.

記事

四月十五日, 朝與舍弟別.
落日愁行邁, 昏暝念投宿.
孤懷坐夜深, 窓外三更月.

만시
挽詩

진제학陳提學¹ 따님 만사

열다섯 해 인간세상에
모진 바람 어린 난초 꺾이다니.

어머니는 죽지 못해 원망을 하고
신랑은 저승에서 다시 만나자.

옥갑玉匣²에 능화菱花 무늬 어둡고
주렴 사이로 둥근 달이 싸늘하여라.

꽃다운 넋 제비가 되어서
옛집 문간 위로 날아오리.

挽陳提學女

十五人間世, 霜風折弱蘭.
慈親未亡怨, 君子隔生歡.
玉匣菱花暗, 緗簾壁月寒.

1 진제학(陳提學): 명종 2년(1547)에 문과에 급제, 대사간까지 지낸 진식(陳寔)이 아닌
  가 한다.
2 옥갑(玉匣): 옥으로 치장한 상자.

春魂托社燕, 應傍舊門闌.

조카 김극형金克亨 만사[3]

아쉬운 작별 한해 겨우 지났는데
너를 이승에선 다시 못 보게 되다니.

타향에서 영구를 만나는구나
오늘 같은 좋은 날에.

등잔불 가물가물 산루山樓의 밤
꽃 피고 안개 낀 한강의 봄.

이 사람 영영 떠나갔으니
뉘 함께 다정한 마음 나눌거나.

---

3 원주: "답청(踏靑)날에 상여를 황주(黃州) 도중에서 만나다."

挽金姪克亨(踏青日 逢喪柩於黃州途中)

恨別纔經歲, 仙姿隔一塵.

他鄕逢旅櫬, 今日是佳辰.

燈火樊樓夕, 煙花漢水春.

斯人卽長夜, 誰與話情親.

참봉 장수張邃 만시輓詩

삼십에 요절한 안회顔回[4]보다 오년을 더 사셨으되

노래자老萊子 옷 입고 춤출 날 멀었는데[5]

벼슬은 일명一命[6]의 부름을 받았거니

아들 하나 세상에 전하게 되었군요.

---

4 안회(顔回): 공자의 촉망받던 제자로 삼십을 조금 넘긴 나이에 요절했다.
5 노래자 옷(萊衣): 노래자(老萊子)는 주나라 사람으로 칠십의 나이임에도 노모가 있었
  는데 노모를 기쁘게 해드리기 위해 오색옷을 입고 춤을 추었다 한다. '萊衣' 혹은 '萊
  彩'란 말이 이에 유래한다. 장참봉은 노모를 두고 나이 사십도 못 되어 죽었기 때문에
  이와같이 쓴 것으로 추정된다.
6 일명(一命): 제일 처음 벼슬을 임명받는 것. 최하의 관직.

자고로 인생은 아침이자 저녁이라지만
이 이별 정녕 마음 쓰라리오.

그대의 아우와도 친교를 맺었기로
만가를 불러 슬픈 뜻 부치옵니다.

張參奉遂輓

顔夭纔延五, 萊衣舞幾時.
爲官荷一命, 傳世仗孤兒.
自古同朝暮, 傷心此別離.
鴒原託交契[7], 歌輓寄深悲.
(參奉弟逈 吾友也)

---

7 원주: "참봉의 아우 장형(張逈)은 나의 친우다."

통판通判 이가원李可遠 만사

1

맑은 새벽 상여는 배 위로 오르는데
찬 물결 흐느끼고 구름도 시름하는지.

화정華亭의 학[8] 그림자 진계眞界로 돌아가고
애학哀墅의 난초 이른 가을에 시들었소.

나라에 바치려는 마음이야 외로운 달에 남아 있고
백성에게 끼친 사랑 큰 강 되어 흐르는구나.[9]

서글퍼라 화폭에다 이름을 썼던 자리
안개 숲 십리 물가에 눈물 홀로 뿌리노라.

2

엊그제 농담하고 엊그제 노닐다가
그 소리 그 얼굴 이승에선 그만이라니

---

8 화정학(華亭鶴): 화정(華亭)은 지명인데 삼국(三國) 때 오(吳)나라 육손(陸遜)이 화양
후(華陽侯)의 봉(封)을 받아 자손 대대로 살았다. 그의 손자 육기(陸機)가 남의 무함을
받아 죽게 되자 탄식하며 "화정학 울음소리, 어찌 다시 들을 수 있으리오.〔華亭鶴淚, 豈
可復聞乎〕"라 하였다.
9 원문의 유애(遺愛)는 백성을 사랑하여 그 덕이 뒤에까지 남은 것을 말한다.(『晉書·樂
廣傳』: "廣所在爲政, 無當時功譽, 然每去職, 遺愛爲人所思.")

혼백은 못 돌아올 길 신나무 그늘 어둑어둑
상여로 떠나니 푸른 물이 가을이라.

현수岾首에는 비석이 서서 눈물을 떨구건만[10]
울림鬱林에 돌이 없어[11] 가는 배 무엇을 신나?

그대 지금 나이 사십 안회顏回보단 더 살았지만[12]
도척盜跖이 장수를 했다니 인간 세상 부끄럼이오.

3
아침 이슬 찬 얼음 먼지 한점 묻지 않았지.
이런 사람 무슨 죄냐? 귀신의 시기로다.

우주간에 함께 태어나 늦게야 서로 알았거늘
이승 저승 가로막히다니 이 이별 하 슬퍼라.

---

10 현수(岾首)는 양양(襄陽)에 있는 산 이름. 진(晉)나라 장군 양호(羊祜)가 양양을 진수
(鎭守)하면서 항상 이 산에서 시를 지으며 소일했다. 양호가 죽자, 그곳에 비(碑)를 세
우니 보는 사람들마다 그를 생각하여 눈물을 흘려 타루비(墮淚碑)라 불렸다.

11 울림(鬱林): 중국 계림(桂林) 지방에 있는 지명. 한(漢)말에 육적(陸績)이 이곳의 태수
로 있다가 고향으로 돌아갈 때 배가 가벼워서 바다를 건너기가 어려우므로 언덕 위의
바위를 가져다 뱃머리를 눌렀다 한다. 일명 염석(廉石)이라 한다. 여기서는 이동판이
육적처럼 청렴했는데 울림석 같은 배에 실을 돌이 없다고 한 것이다.

12 공자의 제자인 안회(顏回)는 삼십 남짓한 나이에 생을 마쳤기 때문에 우회야(優回
也)라고 한 것이다.

그 얼굴 이제 달을 보곤 떠올리는데[13]
영혼은 밀물 따라 돌아오질 않는구려.

흰 구름 다릿가에 가을도 쇠어가니
좋은 기약 생각하면 가슴이 무너지오.

李通判可遠輓

清曉靈輀欲上舟, 寒波嗚咽浦雲愁.
華亭鶴影歸眞界, 哀堅蘭芳委早秋.
酬國素心孤月[14]在, 浹民遺愛大江流.
凄涼畫軸題名處, 淚灑煙林十里洲.

昨日僖僖昨日遊, 音容誰料此生休.
覊魂不返靑楓暝, 旅櫬將迴碧水秋.
峴首有碑供墮淚, 鬱林無石鎭歸舟.
君年四十優回也, 跎壽人間儘可羞.

寒露氷壺絶點埃, 斯人何罪鬼神猜.

---

13 원문의 양월만(樑月滿)은 지붕 위에 뜬 달을 보고 그대의 얼굴인가 한다는 의미. 두
보(杜甫)가 이백(李白)을 생각하는 시에 근거한 것이다.(杜甫「夢李白」: "落月滿屋樑: 猶
疑見顔色.")
14 고월(孤月): 원문은 '弧月'로 나와 있는데 바로잡았다.

生同宇宙相知晚, 死隔幽明此別哀.

顔面尙疑樑月滿, 精靈不逐海潮迴.

白雲橋畔秋將老, 說到佳期膽欲摧.

김절도사金節度使 만사[15]

월궁月宮의 계수 가지 일찍이 꺾었으매[16]

옥당玉堂이며 금마金馬[17]라 어디고 적임일러니.

국경상의 요충지 의주에 눌러 앉아

호표虎豹의 날랜 군사 청해靑海를 내려다보았어라.

외로운 칼 나라 위해 쓰일 날 얻지 못했구려.

구원九原에서 길이 바라보리, 의려倚閭[18]의 시각을.

---

15 원주: "이름 경원(慶元)." 김경원(金慶元)은 자가 응선(應善), 본관은 경주, 백호와는
   처남 매제 사이다. 1528년에 태어났고 1553년(明宗 8년) 별시(別試)에 갑과(甲科)로 합
   격했으며, 충청병사를 지냈다.

16 월궁(月宮)의~꺾었으매: 달나라에 두꺼비가 산다는 신화에서 유래하였으며, 이와
   함께 계수나무가 있다는 이야기도 있다. 이에 계수나무 가지를 꺾는 것〔折桂〕을 과거
   에 합격하는 뜻으로 썼다.

17 옥당(玉堂): 홍문관(弘文館)의 별칭. 금마(金馬: 金馬門)는 예문관(藝文館)의 별칭.

18 의려(倚閭): 부모가 밖에 나간 자식을 기다리는 데 쓰는 말.(『戰國策』齊6: "(王孫賈)母

당신의 옛집 문전에 이르러선 양담羊曇[19]의 눈물 뿌릴 게요
쓸쓸히 남으로 돌아가는 길 한필 말이 더디어라.

輓金節度(名慶元)

早折蟾宮桂一枝, 玉堂金馬摠相宜.
龍灣坐鎭華夷界, 靑海雄臨虎豹師.
孤劍未聞酬國日, 九原長望倚閭時.
州門[20]灑盡羊曇淚, 怊悵南歸匹馬遲.

曰: "'汝朝出而晚來, 則吾倚門而望. 汝暮出而不還, 則吾倚閭而望.'"
19 양담(羊曇)은 동진(東晉)의 유명한 재상인 사안(謝安)의 사위다. 사안의 사랑을 받았
   는데 사안이 죽자 양담은 일년 동안 음악을 폐하고 길을 갈 때 사안이 다니던 서주로
   (西州路)를 다니지 않았다. 한번은 취중에 주문(州門)을 지나다가 종자가 고하여 깨닫
   고 비감을 이기지 못해 조식(曹植)의 시구 "살아서는 화려한 집에 머물더니, 죽어서는
   산 언덕으로 돌아갔네.(生存華屋處, 零落歸山丘)"를 읊고 통곡하며 떠났다 한다. 뒤에
   인친(姻親)의 정의를 나타내는 말로 쓰이게 되었다. 여기서는 대상 인물이 백호와 처
   남의 관계이기 때문에 끌어온 것이다.
20 원래 '朱門'으로 나와 있는 것을 '州門'으로 바로잡았다.

망녀 만사

너를 망종 보내는 길에 한잔 술 따라주질 못하는구나
몸져누운 사립문 앞 푸른 이끼 막았으니.

추풍에 양지를 쫓아오는 기러기떼 아무리 헤어봐도
혼령은 돌아오질 않으니 통곡한들 어찌하랴!

亡女挽

汝葬無由奠一杯, 江扉淹病閉蒼苔.
秋風數盡隨陽鴈, 痛哭英魂不逐來.

망녀 만사

네 아비 지난해 흥양興陽으로 부임하느라
서울의 가을 바람에 황망히 떠나왔구나.[21]

네 목소리 네 모습 눈앞에서 아리땁거늘
인간 세상 한번 이별 이제 아주 망망하다.

달 밝은 빈산엔 잔나비 울음 애달픈데
한 골짝 차운 서리 혜초잎은 시들었다.

시집 가던[22] 그날에 돌아보며 못내 그리더니
저승 가면 어디메서 에미를 불러보랴.

亡女輓

汝爺前歲赴興陽, 京國秋風五馬忙.
膝下音容常婉婉, 人間離別此茫茫.
猿聲夜苦空山月, 蕙葉寒凋一壑霜.
結縭當時猶顧戀, 九原何處更呼孃.

---

21 서울의 가을 바람에 황망히 떠나왔구나(京國秋風五馬忙): 원문의 오마(五馬)는 지방
수령을 일컫는 말.(이 말의 유래에 대해서는 몇가지 설이 있는데 『한관의(漢官儀)』에
는 "사마(四馬)가 수레를 끄는 것이 관례인데 오직 태수(太守)로 나가는 경우 말 한필
을 더 붙이므로 오마(五馬)라 칭한다."고 하였다.)
22 원문의 결예(結縭)는 결세(結帨)와 같은 뜻. 옛 여자의 결혼 의식의 하나인데 곧 시집
가는 것을 가리키는 말이다.(『儀禮·士昏禮』: "母施衿結帨, 曰: '勉之敬之, 夙夜無違宮事.'")

망녀전사 亡女奠詞[23]

너의 용모 남달리 빼어나고
너의 덕성 천품으로 곱더니라.

부모 슬하에서 열다섯살
시집을 가서 겨우 여섯해.

어버이 섬긴 일 내 잘 아는 바요
시어머님 잘 모셔 칭찬을 들었다지.

하늘이여! 귀신이여!
내 딸이 무슨 허물 있나요?

한번 병들자 옥이 깨지다니!
이런 일이 어디 있으리.

---

23 망녀전사(亡女奠詞)는 백호의 큰딸(김극령金克寧에게 출가한 큰딸인 듯)이 일찍 작
고해서 망전(望奠)을 지내며 바친 시. 전(奠)은 주식(酒食)을 차려놓고 제를 드리는 것.
'망전'은 신위(神位)에 직접 갈 수 없는 형편에 밀려서 제를 드리는 것을 가리킨다. 시
에 나오는 '금수'는 영산강의 별칭이니 회진에 있을 때임을 짐작할 수 있다. 한편, 이
작품은 근대 일본인에까지 공명(共鳴)을 일으켰는데, 나까이 젠지(仲井健治)의 『망녀
전사억단(亡女奠詞臆斷)』(小山洞, 1992)는 이 『망녀전사』를 자세하고 정밀하게 해석하
고 아울러 그 원류와 문학사적 위치는 물론, 백호의 시세계 전반에 이르기까지 논하
고 있다. 이 책은 우리나라에서도 이기형 역 『백호 임제의 노래: 이 슬픔 끝없이 끝없
이』(소산동, 1992)로 동시에 출간되었다.

아비 역시 병중이라 가보질 못하고
소리치며 아파하니 기가 막힌다.

너는 이제 저승으로 가버렸으니
너를 만날 인연 영영 없겠구나.

네 어미 지금 서울 가서
너희 외조모 앞에 있단다.

너의 죽음 알게 되면
약한 몸 보전하기 어려우리라.

부음을 듣고 나흘 지난 날
금수錦水가에 망전望奠을 차리노라.

술과 과일 조금 차려놓고
샘물 떠다 사발 가득 부었느니라.

어미는 멀리 있어도 네 아비 여기 있으니
혼이여! 이리로 오너라.

샘물로 너의 신열을 씻어내고
술과 과일로 네 목이나 축이거라.

울음 그치고 또 흐느끼노니
네 죽음 가없기 그지없어라.

亡女奠詞

爾貌秀於人, 爾德出於天.
膝下十五歲, 于歸今六年.
事親我所知, 事姑姑曰賢.
天乎鬼神乎, 此女何咎愆.
一病遽玉折, 玆事豈其然.
我病不能去, 呼慟氣欲塡.
爾今入長夜, 見爾知無緣.
爾母在漢北, 爾外祖母前.
若使聞爾死, 殘命恐難全.
聞訃第四日, 望奠錦水邊.
薄以酒果設, 滿盃汲新泉.
母遠父在此, 魂兮歸來焉.
泉以濯爾熱, 酒果沃爾咽.
哭罷一長慟, 爾死重可憐.
秋空莽九萬, 此恨終綿綿.

기 타

금성곡錦城曲

금성錦城¹의 아녀자들 학다리² 가에서
버들가지 손수 꺾어 임에게 드리누나.

해마다 돋는 봄풀은 이별의 아픔인가
월정봉月井峯³ 높은데 금수만 아득히 흐르네.

錦城曲(羅州)

錦城兒女鶴橋畔, 柳枝折贈金羈郎.
年年春草傷離別, 月井峯高錦水長.

---

1 원주: "금성(錦城)은 나주(羅州)."
2 학다리(鶴橋): 나주 성 안에 있었던 다리 이름. 『신증동국여지승람』 나주목(羅州牧)의
  교량조에서 "학교는 성중(城中)에 있다."(권35)고 나와 있다.
3 월정봉(月井峯): 『신증동국여지승람』 나주목의 산천(山川)조에서 "월정봉은 주성(州
  城)의 서쪽에 있다"고 나와 있다.

오산곡鰲山曲⁴

금오산⁵ 아래로 황룡천이 흐르는데
일천호 연기 속에 푸른 버들 늘어졌네.

한길 가 꽃을 꺾어 가는 임께 보내는데
새 홀로 나는 옆에 갈재⁶가 높다랗다.

鰲山曲(長城)

金鰲山下黃龍川, 綠柳依依千戶煙.
折花官道送君去, 荻嶺重關孤鳥邊.

---

4 원주: "오산(鰲山)은 장성(長城)."
5 금오산(金鰲山)은 "장성 읍내 북쪽 1리(里)에 있으며 진산(鎭山)이다."라고 『신증동국
  여지승람』 권36에 나와 있다. 황룡천(黃龍川)은 "일명 봉덕연(鳳德淵)이며 단엄역(丹嚴
  驛) 동쪽에 있고 백암산(白巖山)에서 나와 진원현(珍原縣) 지경으로 들어간다."고도 나
  와 있다. 곧 영산강의 한 지류이다.
6 원문의 적령(荻嶺)은 전라남도와 북도의 경계를 이루는 갈재를 취음한 것인데 지금은
  노령(蘆嶺)으로 표기하고 있다.

초산곡楚山曲

초산楚山[7]이라 어느 곳에 양대陽臺가 있다더냐?
무협巫峽 찬 물결은 밤낮으로 원성인가.

새벽달 대숲 속에 구름 잠기고
지는 해 연지원臙脂院[8]은 비에 젖누나.

楚山曲(井邑)

楚山何處朝陽臺, 巫峽寒波日夜怨.
曉月雲沈篁竹叢, 斜陽雨濕臙脂院.

---

7 원주: "초산(楚山)은 정읍(井邑)." 정읍의 옛 이름이 '초산'이므로 이 지명과 관련하여
   초양왕(楚襄王)이 무협(巫峽)의 양대(陽臺)에서 선녀를 만난 고사를 인용해 쓴 것이다.
8 연지원(臙脂院): 『신증동국여지승람』 정읍현의 역원조에 "영지원(迎支院)은 현 서쪽
   5리에 있다"고 나와 있다. '영지원(迎支院)'과 '연지원(臙脂院)'은 같은 곳일 것이다.

섬에서 사냥하는 것을 보고

1

갯내음 실은 비 깃발에 흩뿌리고
일만 부엌에 연기 스러지자 새벽 호각 울려퍼지누나.

전해오는 말 듣자니 장군은 사냥마 독촉하여
앞서 내닫는 말 하마 옛 장성長城 지나갔다지.

2

앓다가 일어난 장군 굳센 기개 살아 있다
강궁强弓을 한껏 당기고 옥술잔에 취했도다.

고당高堂을 향해 앉아 춤추는 걸 구경하니
밤 깊도록 은촛불이 원문轅門[9]을 비추누나.

海島觀獵

海門腥雨洒牙旌, 萬竈煙沈曉角鳴.
傳道將軍催獵騎, 前驅已過古長城.

---

9 원문(轅門): 군사를 거느리는 장수의 영문(營門).

將軍病起壯心存, 引滿强孤醉玉尊.
更向高堂看楚舞, 夜深銀燭照轅門.

전가원田家怨[10]

새벽 달에 이랴 낄낄 황소를 몰아
풀섶을 헤치고 가서 언덕 위 밭을 가노라.

이웃집에 양식 꾸느라 점심밥이 늦어가니
해가 기운다 무얼로 주린 창자 위로하리.

금년의 연사[11]도 거년과 비슷해라.
한봄이 다 가도록 내리나니 궂은비라.

습한 데야 싹이 돋는데 높은 곳은 말라붙어

---

10 원주: "월과(月課)."
11 원문의 금년지사(今年之事)에서 사(事)자가 초판본에는 한(旱)자로 나와 있는데 뒤
　에 사(事)로 바뀌어 있다. 사(事)는 연사(年事)의 뜻으로 풀이하였는데 즉 농사를 가
　리킨다.

온 들판이 묵정밭으로 마을 앞까지 닿았도다.

여위고 약한 몸이 견디어 김을 매니
한더위 구슬땀이 흙 위에 떨어지네.

아무리 애를 쓴들 가을 일이 가망없으니
천 이랑의 수확이 한 섬도 찰까말까.

관가의 조세는 재촉이 성화 같아
이서里胥는 문전에서 범처럼 야단치네.

일가족 뿔뿔이 헤어지니 처자식 어느 틈에 돌아보리.
우리 마을 어제 한 집 오늘 또 한 집 유망流亡한다오.

남방으로 울력 나가고 북쪽으로 수자리 살러 가고
이 몸 태어난 후로 왜 이다지 고달플까.

부잣집은 술 고기에 하루 만전萬錢을 쓰는데[12]
……

그대는 못 보았소 농가의 고통을[13]

---

12 주문주육일만전(朱門酒肉日萬錢)의 짝이 되는 글귀가 빠져 있으니 원문에 결락(缺落)이 있는 듯하다.
13 군불견전가고(君不見田家苦)는 글귀가 불완전하니 이하에 결락이 있는 것으로 보인다. 이 부분이 초판본에는 '君不見田家苦'로 나와 있고 재판본에는 '君不見田家'로, 3판본에는 다시 '欲'이라고 표시해놓고 있다.

......

田家怨(月課)

曉月嘖嘖驅黃牛, 披草歸耕壟上土.
隣家乞米饁婦遲, 日晚將何慰飢肚.
今年之事去年同, 春盡未足添蓑雨.
下濕初苗高已乾, 阡陌荒榛接村塢.
扶將羸弱薄言鋤, 汗滴田中日當午.
辛勤無計望秋成, 千畝收來不盈釜.
官家租稅更相催, 里胥臨門吼如虎.
流離不復顧妻孥, 昨一戶亡今一戶.
南州轉運北徵兵, 我生之後何愁苦.
朱門酒肉日萬錢, □□□□□□□.
君不見田家苦.

장수 48인이 뽑힌 것을 보고[14]

국운이 좋고 밝을 적에는
삼천 신하 심덕이 한결같았다네.[15]

해동의 이 땅에 그 바람 일어
변방에 먼지 자고 풀도 푸르러.

그렇다고 마음을 놓을 수 있나
장수를 뽑으라는 분부 내렸다오.

조정 의론 저울처럼 공평해
사정 어찌 털끝인들 용납되리오.

가리고 또 가려 인재 뽑으니
사십 하고도 여덟 명이 물망에 올랐지.

어떤 사람 방어사防禦使로 추천이 되고
어떤 사람 조방장助防將에 앉히려 한다.

---

14 원제: "조보(朝報)를 보니 장수(將帥) 48인이 뽑혔다. 인재의 거룩함이 전고를 통하
여 비할 데 없다"

15 삼천 신하 심덕이~[三千一心德]: 주(周)의 무왕(武王)이 말하기를 "수(受: 紂의 이름)
는 신하가 억만이 있으나 억만심으로 갈리거니와 나는 신하가 삼천인데 오직 한마음
이다."(『尙書』泰誓 上)고 하였다.

제각기 역량 따라 자리를 나누니
듣는 자 누구나 탄복을 하리.

저 한나라 운대雲臺의 공신들
그 수효 이십에다 여덟 명이거든.

온 천하 들어도 이와 같거늘
이런 일은 자고로 비할 데 없다.

어진 장수란 얼른 나지를 않는 법
사람 알기 역시 쉽지를 않나니.

수상首相은 사람 알아보는 눈을 가져서
범 같은 장사들 문에 가득 차

이번에 발탁된 장수들
반 이상이 그 문에서 나왔다는군.

우리 집의 아버지와 외숙도
알아주는 사람 없어 불우했는데

다행히도 공론의 추대를 받아
이름이 함께 올라 있다오.

이에 느껴 탄식을 하며
칼을 어루만지는 천리 밖의 마음.

나 서생이라 착편著鞭¹⁶은 못하지만
서관西關 일을 생각하면 주먹을 불끈

검각劍閣의 천험天險으로도
제갈공명諸葛孔明 세상을 떠나고 나니

등애鄧艾 같은 하나의 조무래기가
손쉽게 촉蜀나라를 멸망시켰네.¹⁷

서해로 뻗은 들 가석하게도
검각의 잔도棧道와는 전혀 다르지.

거센 장수 나라 위령威靈 의지를 삼아
유새楡塞¹⁸의 정기旌旗를 끊어버렸네.

16 착편(著鞭): 채찍을 들어 말을 모는 것. 힘써 앞으로 나아감을 뜻한다. 착선편(著先鞭)
의 줄인 말로도 쓴다. 곧 선편(先鞭)의 의미.
17 등애(鄧艾)는 삼국시대 위(魏)의 장수. 삼국이 대치하고 있는 상황에서 제갈량(諸葛
亮)이 생존해 있을 때는 위가 검각(劍閣)의 험한 지형을 넘어 촉을 공격하지 못했다.
제갈량이 죽고 얼마 지나지 않아 위가 촉을 공략하는데 등애는 독군(督軍)이 되어 칠
백리 길을 무인지경으로 달려 성도(成都)에 이르러 촉 왕 유선(劉禪)의 항복을 받았다.
18 유새(楡塞): 변새를 가리키는 말.『한서(漢書)·한안국전(韓安國傳)』에 "돌을 쌓아 성
을 만들고 유수를 심어 방책을 삼는다." 하였다.

되바람 한관漢關에 불어오니
노래를 불러대며 뉘 들어가리.

변방에서 황금인黃金印 비껴 찬 자들
공업을 세운 게 무어라더냐.

쓸개가 콩알만한 사람들이라
평소에 적을 보면 겁부터 내지.

군사 행동이 벌써 규율을 잃었으니
종종 낭패를 당했더라오.

제 머리는 보전이 되었다지만
무슨 얼굴로 임금님을 뵈온단 말가.

이제는 서로 서로 분발을 해서
만분이나마 나라에 보답해야지.

청사 가운데에서 천추에 속절없이
적막하게 보내도록 말지어다.

見朝報 選將帥四十八人, 人材之盛, 前古無比

國步屬休明, 三千一心德.
風動海東隅, 塵淸塞草綠.
然不可忘危, 選將之旨下.
廟議若衡鑑, 豈以私恩假.
揀出拔群才, 四十八人望.
或擬防禦使, 或擬助防將.
科分各稱量, 聞者皆嘆服.
昔漢雲臺畫, 數止二十八.
擧天下尙爾, 偏邦古無比.
良將未易出, 知人亦未易.
首相號知人, 盈門熊虎士.
今玆選將帥, 太半出其手.
我家父與舅, 磊落無相識.
公論幸見推, 名忝諸公側.
感之欲嘆息, 撫劍心千里.
書生未著鞭, 扼腕西關事.
每念劍閣險, 當孔明新沒.
鄧艾一小豎, 猶能陷全蜀.
可惜西海坪, 非如劍門棧.
雄帥仗國靈, 楡塞旌旗斷.
胡風吹漢關, 不見長歌入.
橫金騁塞上, 做得何功業.

只緣膽小人, 生平見敵怯.

行軍旣失律, 往往遭傾覆.

縱得保首領, 何顔覩天口.

從今相勉勖, 萬一酬君國.

莫遣靑史中, 千秋空寂寞.

산문 散文

제 1 부

의마意馬[1]

나 임제林悌는 성질이 거칠고 뻣뻣한 사람이라 어린 시절에 공부를 하지 않고 자못 호협하게 놀기를 일삼아, 기방이며 술집으로 발길이 미치지 않은 곳이 없었다. 나이 이십이 가까워서야 비로소 배움에 뜻을 두게 되었다. 하지만 힘써 배운 것이라고는 글귀를 교묘하게 가다듬고 정문程文[2]을 지어서 시관試官의 눈을 현혹시키고 당대에 명성을 얻으려는 데 지나지 않았다. 그후로 여러번 과거에 낙방하고 보니 시속의 취향과 잘 맞지 않아 홀연 멀리 노닐어보고 싶은 생각이 들었다.

경오년庚午年(1570) 가을에는 천리를 가는 물고기[3]가 되어 스승을 찾아 인사를 올리고 조용히 함장函丈[4]의 가르침을 받았다. 스승 곁을 떠나

---

1 의마(意馬): 여기서는 자기의 주체로서의 마음을 의인화한 것이다. 심원(心猿)이라는 말도 같은 의미인데, 마음이 안정되지 못해 달리는 말과 같다는 데서 유래하였다.(『參同契』註: "心猿不定, 意馬四馳.") 이 글의 양식은 부(賦)에 속하는 것이다.

2 정문(程文): 과거 시험에 쓰이는 시(詩)·부(賦)·표(表)·책(策)·논(論)·의(疑)·의(義) 등의 문체를 가리킨다.

3 천리를 가는 물고기[千里魚]: 멀리 구경나온 것을 말한다. 강물 고기가 천리를 간 뒤라야 용이 된다는 옛말이 있다.

4 함장(函丈): 존경하는 스승을 지칭하는 말. 강석(講席)에서 유래한 말. (『禮記·曲禮』:

고 싶지 않았지만 오래 머물기 어려운 형편이었기에 안타깝게도 하직하고 떠나왔던 것이다. 신미년辛未年(1571)에는 모친상을 당하여 상복을 입고 고향으로 돌아갔다가, 계유년癸酉年(1573) 겨울에 다시 스승을 찾아 뵈었다. 비록 여러가지 일로 구애를 받아 풍진 속을 분주히 돌아다니긴 하였으나, 스승을 존경하는 마음이야 어찌 하룬들 스승의 문하에서 멀어진 적이 있었겠는가!

법주사法住寺와 종곡鐘谷[5] 사이는 몇겹의 산으로 막혀 있다. 아침저녁으로 제자의 예를 행하기 어려웠지만 그래도 종종 스승을 찾아뵈어 나의 미욱한 자질이 거의 바뀌게 되었다. 옛날에 공명선公明宣[6]이 증자曾子의 문하에 있을 적에 3년간 글을 읽지 않았으되 배우지 않은 것은 아니라고 하였으니, 이는 어째서인가? 스승의 행동거지와 사물을 접하는 사이에 저절로 자신의 인격이 함양되었기 때문이다. 이에 근거하여 말하면 문자文字는 겉치레에 불과한 것이다.

의리가 이와 같고 몸은 이미 귀의할 곳을 얻었으니, 나의 뜻은 이 산중에 초옥을 세우고 몇이랑 산전山田을 구하여 스승을 모시고 백년을 지내고자 하는 것이다. 하지만 여러가지로 얽매인 일이 많으니 꼭 그렇게 할 수 있겠는가. 하직할 날이 가까워옴에 서글픔을 이기지 못하고 한동안 탄식을 하다가 우연히 부賦 한 편을 이루었다. 이 부는 전체가 67구句로 720여 글자인데 제목을 '의마意馬'라고 붙였다. 선가禪家에서 심원

"席間函丈.")

5 종곡(鐘谷): 지금 충청북도 보은군 보은읍 인근에 있는 마을 이름. 북실. 임제의 스승인 대곡(大谷) 성운(成運)이 이곳에 살았다.

6 공명선(公明宣): 증자(曾子)의 제자. 그는 증자의 문하에 3년 동안 있으면서 글을 읽지 않았다. 증자가 왜 글을 배우지 않느냐고 묻자 그는 스승의 언행을 직접 보고 배운바 채 다 배우지 못했다고 대답하였다.

心猿[7]이라 하는 말과 같은 의미이다. 부는 다음과 같다.

여기 한가지 것이 있으니
천지와 더불어 삼재三才의 하나.
그 주재자는 방촌方寸[8]이라
바로 신명神明이 머무는 곳이로다.
움직이긴 해도 형체가 없나니,
가상하여 말馬이라 이른다네.

털도 없고 갈기도 나지 않았는데
어찌 네 발굽으로 달리는가.
풀어놓으면 천리를 내닫고,
잡아매면 영대靈臺[9]에 서 있다오.

조보造父가 몰지 않았다면,
목왕穆王[10]이 어찌 천하를 유람했으랴!
항우項羽는 산을 뽑는 힘[11]을 갖고도

---

7 심원(心猿): 사람의 마음을 원숭이에 비유한 말로 불경에 나온다. 심원의마(心猿意馬)
　는 사람의 마음이 방탕하게 흐트러지는 것, 또는 흐트러져서 제어하기 어려운 마음을
　원숭이나 말에 빗대어 표현한 것이다.
8 주재자는 방촌(方寸): 주재(主宰)는 관리와 같은 말. 방촌은 마음을 지칭하는 말이다.
9 영대(靈臺): 마음(心)을 가리킨다.(『莊子·庚桑楚』: "不可內於靈臺. 靈臺者有持." 『釋文』 "郭
　(象)云: 心也. 案謂心有靈智能任持也.")
10 조보(造父)·목왕(穆王): 조보는 주(周)나라 때 말을 잘 다루던 사람. 전설에 그가 팔
　준마(八駿馬)를 얻어 목왕에게 바쳤으며, 목왕은 이 팔준마를 타고 천하를 횡행했다
　한다.
11 항우는 산을 뽑는 힘(項負拔山之力): 항우는 해하(垓下)에서 패전하고 포위된 상태

오추마烏騅馬를 제어했을 뿐이오.

여포呂布는 방천화극方天畫戟을 휘두르는 용맹[12]으로

적토마赤兎馬를 타는 데 그쳤다네.

아득한 그 옛날부터 지금까지

말을 잘못 부리다가 넘어진 자 몇몇이더뇨?

지난 세월 너나없이 마구 치달으며,

말 가는 대로 몸을 맡겨 방종했어라.

대로는 날이 갈수록 황폐해가고

샛길로 들어서 길을 잃고 방황했으니

양주楊朱[13]는 갈림길을 만나 눈물 뿌렸고,

완적阮籍[14]은 막힌 길에 다달으면 통곡했다지.

아슬아슬 높기도 하고

기울어져 빠져들기도 하며,

에서 노래를 불렀는데, 그 가사에 "힘은 산을 뽑고 기운은 세상을 덮을 만하도다. 때
가 이롭지 않으니 오추마도 나가지 못하노라.〔力拔山兮氣蓋世, 時不利兮騅不逝〕"라는
내용이 있다.

12 여포는 방천화극을 휘두르는 용맹〔布有使戟之勇〕: 포(布)는 동한(東漢) 말의 명장 여
포(呂布). 그는 방천화극(方天畫戟)이란 무기를 잘 다루었는데 적토마(赤兎馬)라는 명
마를 탔다.

13 양주(楊朱): 춘추시대의 사상가. 『회남자(淮南子)·설림(說林)』에 "양주는 규로(逵路,
여러 곳으로 통하는 대로)를 보고서 울었는데 이는 남으로도 갈 수 있고 북으로도 갈
수 있기 때문이다."고 하였다.

14 완적(阮籍): 남북조시대 진(晉)의 시인·사상가. 죽림칠현(竹林七賢)의 한 사람으로
술을 좋아하고 예법을 무시하였다. 어떤 때는 문을 닫고 열달이나 들어앉아 책을 저
술하기도 하고, 어떤 때는 산에 오르거나 물가에 가서 저물어도 돌아올 줄 몰랐다. 매
번 길이 막힌 곳에 이르게 되면 갑자기 통곡을 하며 돌아왔다 한다.

평평한 들판에 파란이 일고
어둔 골짝에는 도깨비 들끓는데
갈 길 바쁘거늘 길은 하나가 아니니
앞에 놓인 길이 네 갈래로다.

그중 하나의 길
장안長安에 비 개고,
오릉五陵에 봄이 무르익으면
금안장 달빛 아래 취하고
옥재갈은 바람 앞에 울리는데
술집에 초구貂裘를 전당잡히고
홍루紅樓에서 미인과 어울려 놀았네.
한마디 승낙 천금처럼 무거워라 일촌의 마음
지기知己에게 보답한 한쌍의 오구吳鉤로세[15].

다른 하나의 길
유연幽燕의 건아와
진롱秦隴의 장사들[16]

---

15 한마디~오구(吳鉤)로세: 이 구절은 춘추시대 오나라의 계찰(季札)이 상국(上國)에
사신으로 가는 도중 서군(徐君)을 만나 차고 간 칼을 돌아가는 길에 주기로 약속하였
는데 귀로에 들르니 서군은 이미 죽었다. 이에 계찰은 신의를 지키기 위해 그의 무덤
가에 칼을 걸어두고 돌아온 일이 있었다. 오구는 오나라 사람들의 무기를 가리키는
말인데 훗날 보검을 뜻하게 되었다.『몽계필담(夢溪筆談)』에 "당인(唐人)의 시에 오구
를 많이 말하는데 이는 칼 이름이다. 지금 남만(南蠻)에서 쓰는데 갈당도(葛薰刀)라 이
른다."는 내용이 있다.
16 유연(幽燕)·진롱(秦隴): 중국의 옛 지명으로 유연은 북경 지역이고 진롱은 지금 섬서

용호龍虎의 기발한 전술전략,

천지를 주름잡는 진법陣法.

철마鐵馬를 발해에서 물 먹이고

큰 깃발 용정龍庭[17]에 세워서

명광전明光殿에 개선하여 천자께 알현하니

기린각麒麟閣에 그려진 초상화 빛나라.[18]

또다른 길

대궐문 출입하는 조관의 반열[19]에 들고

높고 귀한 벼슬에 올라서[20]

적지赤墀에 들어가 옥구슬 울리며

자맥紫陌에서 말 달리는구나.[21]

한마디 글귀로 풍상風霜을 부르고

천문千門에 오얏나무 복사나무 심으니

성(陝西城) 일대를 가리킨다. 협객과 무인을 많이 배출한 것으로 알려졌다.

17 용정(龍庭): 원문은 왕정(王庭)으로 되어 있는데 전후 문맥으로 보아 용정(龍庭)의 잘
  못이 아닌가 한다. 용정은 흉노의 선우(單于)가 천지와 귀신에게 제를 올리는 장소이
  다.(李白「古風」: "昔別雁門關, 今戍龍庭前.")

18 기린각(麒麟閣): 한나라 때 궁궐 안에 있던 전각의 이름으로 공신(功臣)들의 초상화
  를 걸어두었던 곳이다.

19 대궐문~반열〔靑鎖列班〕: 궁정에서 신하들이 조회하는 것을 가리키는 말. 청쇄(靑鎖)
  는 궁정의 문 위에 새겨진 청색의 무늬를 말하는데 곧 궁문을 가리킨다.(杜甫「秋興」:
  "一臥蒼江驚歲晩, 幾廻靑瑣照朝班.")

20 높고 귀한 벼슬에 올라서〔金門通籍〕: 금문(金門)은 금마문(金馬門)으로 한 무제(武帝)
  때 금마 상을 궁궐 앞에 만들어 세운 데서 유래하여 궁궐을 가리키며 좋은 벼슬에 올
  라 부귀를 누리게 되는 것을 상징한다.

21 적지(赤墀)·자맥(紫陌): 궁정의 건물이 붉은 칠이 되어서 동정(彤庭) 혹은 적지(赤墀)
  라 일렀다. 자맥(紫陌)은 서울의 거리를 가리킨다.

봄날의 누정 맑은 물빛에 버들가지 푸르고
향기로운 잔치의 춤사위에 비단치마 나풀거리네.

또다른 하나의 길
반과산飯顆山 아래 삿갓을 쓰고[22]
파교灞橋를 나귀 타고 건너니[23]
시 짓기 괴로워라 몸은 여위고
외로운 읊조림에 어깨가 오그라든다.
한가한 회포를 월로月露에 전하고
그윽한 생각을 운연雲煙에 쏟아서
삼년을 걸려서 글귀 하나 얻노라.
혹은 연못에서 혹은 물가에서[24]

아아! 병법兵法을 담론하는 자
재앙을 즐기는 데 가깝고
호협을 좋아하는 자
의리를 해치는 것 아닐런가.

---

22 반과산 아래 삿갓을 쓰고[飯顆載笠]: 시인의 모습을 표현한 것으로 이백(李白)이 두보
　(杜甫)에게 쓴 시에 보인다. 반과(飯顆)는 중국 장안(長安)의 산 이름이다.(李白「戲贈杜
　甫」: "飯顆山頭逢杜甫, 頭載笠子日卓午. 借問別來太瘦生, 總爲從前作詩苦.")
23 파교를 나귀 타고 건너니[灞橋騎驢]: 파교는 장안의 동쪽에 있는 다리이다. 당나라의
　유명한 시인 맹호연(孟浩然)이 시를 짓는 행색을 표현하였다.(蘇軾「贈眞何秀才」: "君不
　見雪中騎驢孟浩然, 皺爲從前作詩苦.")
24 연못에서 혹은 물가에서[潭底水邊]: 아름다운 시구를 얻기 위해 고뇌하는 모습을 표
　현하였다. 가도(賈島)가 '獨行潭底影, 數息水邊身'이라는 두 구절을 3년 만에 완성하였
　다고 한다.

문예를 자랑하는 거야 그저 공교로울 따름
부귀를 탐내는 것[25]도 부끄러운 일이지.
이런 것들 다 버리고 떠나자면
어디로 가야 옳단 말인가?
석가와 노자는 청허淸虛로 나를 낚아채고
신불해申不害 한비자韓非子는 형명刑名으로 끌지만
내 뜻이 가 있을 곳 아니니
이도 저도 다 버리고 달리 찾으리라.
세월은 바삐 흘러 머물지 않나니
난초를 엮어 차고[26] 두루 돌아다녀보리라.

대인선생大人先生[27]이란 분이 계시어
내가 방황하는 것을 보고 딱하게 여겨 이르시되
"너는 너의 잔재주를 버리고
너의 말을 대방大方으로 몰아라.
무릇 대방이란
높은 것도 아니요 먼 것도 아니니
요약하면 뱃속에 들어 있고
분산하면 천지만물의 근본이 되느니라.

---

25 부귀를 탐내는 것[趙孟之富貴]: 조맹(趙孟)은 춘추시대 진(晉)에서 대대로 부귀를 누리던 가문이다. (『孟子·告子』: "趙孟之所貴, 趙孟能賤之.")
26 난초를 엮어 차고[蘭佩]: 고결한 삶을 표현한 말. 굴원(屈原)의 『이소(離騷)』("紉秋蘭以爲佩")에서 유래했다.
27 대인선생(大人先生): 덕행이 고매한 사람을 일컫는 말.(『周易·乾』: "夫大人者, 與天地合其德.")

하늘로부터 받았으니

물아物我가 함께 얻은 것이요

성인이라고 많이 준 것 아니고

어리석은 자라고 안 준 것도 아니란다.

발發하지 않을 땐 고요한 물水이거늘

발하고 나면 선악善惡으로 나뉜다네.

도道에서 벗어나지 않으니 함양涵養이라 이르고

홀로 있을 적에 스스로 조심하여 성찰省察이라.

지키는 바를 잃지 않으면 대응에 착오가 없나니,

바로 내 몸이 하나의 태극太極이로다.

하늘에서 작용하는 것은 해와 달과 바람과 번개요

사람에게서 발동하는 것은 희·로·애·락喜怒哀樂.

하늘에 솔개 날고 물에 고기 뛴다[28] 함은

위아래로 나타나는 것을 살핀다는 뜻이요

음양이 차례로 바뀌는 것은

귀신의 자취로다.

이것이 이른바 천인합덕天人合德인데

공부가 미치지 못하고선 알 수 없는 이치라지.

그러므로 도를 아는 자라면

도가 존재하는 곳에서

반드시 옳은 것도 옳지 않은 것도 없나니[29]

---

28 하늘에 솔개 날고 물에 고기 뛴다〔鳶飛魚躍〕: 만물이 저마다 제 능력대로 움직이는 상
   태를 이르는 말.(『中庸』: "詩云鳶飛戾天, 魚躍于淵, 言其上下察也.")

행할 만하면 행하고
그칠 만하면 그치니라.

천사千駟의 말과 만종萬鍾의 녹祿이[30]
나의 도에 무슨 보탬이 되리오.
일단사一簞食 일표음一瓢飮만으로도
즐거움이 그 가운데 있다네.
무슨 한점 뜬구름이 있어서
감히 저 맑은 하늘을 흐리게 만들랴.
그런즉 우리의 도는
현달하면 요堯·순舜·주공周公을 본받고
곤궁한 경우 공자·맹자·안연顔淵을 따라
만고에 다름이 없었으니
천성千聖들이 서로 이어 전하였느니라."

나는 이 말씀 듣고서
처음에는 어리둥절하다가
뜻이 무진함을 깨닫고 확실히 이해하였으니
옛 버릇을 뜯어 고치고
앎이 지극하고 성실해졌노라.

---

29 옳은 것도 옳지 않은 것도 없나니〔無適無莫〕: 사물에 대해 주관적인 편견에 사로잡
   히지 않고 적절히 대응한다는 의미.(『論語·里仁』: "君子之於天下也, 無適也, 無莫也, 義之
   與此.")
30 천사(千駟)의 말과 만종(萬鍾)의 녹(祿): 대단한 부귀를 누리는 것을 이르는 말. '천
   사'는 말 4천필이며, '종'은 곡물을 재는 단위.

거문고줄 고르듯 말고삐를 다루어[31]

나는 장차 홀연히 떠나련다.

큰 뜻 세우고 옛사람을 찾으니[32]

하물며 직접 보고 배움에 있어서랴!

드디어 호연히 노래 부른다.

나 석인碩人[33]을 생각하노니

산 남쪽 물 흐르는 언덕

흰 띠풀 집 적막히 서 있으니

가난한 선비[34]의 집

거문고 가락에 세월 흐르는

천지의 고요한 곳

뜨락의 풀로 나의 뜻을 살피고[35]

한동이 술로 요순堯舜시대 만들어보세.

어찌할 수 없는 말세를 슬퍼하나니

---

31 거문고줄~다루어[調人轡]: 여러 마리의 말을 한꺼번에 몰 때 말고삐를 조종하기가
어려운데 거문고를 고르는 것처럼 쉽게 한다는 의미이다.(『詩經·小雅·車舝』: "四牧騑
騑, 六轡如琴.")

32 큰 뜻~찾으니[嘐嘐然]: 현실에 타협하지 않고 고인의 바른 길을 동경한다는 의미.
이 구절은 『맹자·진심하(盡心下)』에서 따온 말. 효효(嘐嘐)는 뜻이 크고 말이 큰 경우
를 표현한 말이다.

33 석인(碩人): 미인 혹은 어질고 덕이 있는 사람.

34 가난한 선비[南阮]: 『진서·완함전(阮咸傳)』에 "완함과 완적(阮籍)은 도남(道南)에 살
고 다른 완씨는 도북(道北)에 살았는데 '남완'은 가난하고 북완은 부요하였다."라고
하였다.

35 뜨락의 풀로~살피고[看意思之庭草]: 북송(北宋)의 학자 주돈이(周敦頤)는 뜰에 난 풀
을 뽑지 않았는데 사람들이 이유를 물으면 "내 마음과 마찬가지이다[與自家意思一般]"
라고 하였다.(『事文類聚·草部』 後集 卷32)

사립문 굳게 닫았노라.

원컨대 은자를 따라 노닐고 싶으니[36]

다시 떠나면 어디로 돌아갈 것인가.

---

36 은자를 따라 노닐고 싶으니〔考槃〕: 고(考)는 이룬다는 뜻이며 반(槃)은 서성댄다(盤
桓)는 뜻이다. 곧 은거할 거처를 마련하였다는 의미로 쓰인다.(『詩經·考槃』: "考槃在
澗, 碩人之寬.")

면앙정부俛仰亭賦[1]

큰 고을 남쪽으로 대면하고
넓은 벌판 동쪽 머리에 위치하여
용틀임하는 산맥 일곱 굽이에
한 구역을 비장해두었으니
세상에 빼어난 별유천지요
천추에 전하는 한풍월閑風月이로다.

속세에 빠진 무리 여기 올라
둘러본 자 몇이나 있던가?
선로仙老의 안목에 양보할밖에.

---

1 「면앙정부(俛仰亭賦)」: 송순(宋純)의 면앙정을 두고 지은 부. 송순은 자신의 향리인
   담양 땅에 면앙정을 짓고 그 스스로 「면앙정가」를 지었으며, 기대승(奇大升)에게 청
   하여 「면앙정기(俛仰亭記)」를, 김인후(金麟厚)와 박순(朴淳)에게 청하여 「면앙정 30영
   (俛仰亭三十詠)」을 얻은 다음, 백호에게 「면앙정부」를 청해서 짓게 되었다. 이에 대한
   경위는 『면앙정문집』 권3에 실린 병자년(1576) 5월 18일에 쓴 「여임자순서(與林子順
   書)」에 나와 있으며, 이 원문 또한 『면앙정문집』 권7 부록에 수록되어 전하고 있다.

어린 시절부터 고기 잡고 놀던 이곳

안개와 노을로 씻긴 청결한 풍광
동산 숲 돌아보고 여기저기 가리키며
"나 늙마에 돌아와 머물겠노라!"
당초에 황록隍鹿의 곽가郭家[2]러니
가시덤불 묵은 사이로 한 구역
이런 절경이 감추어져 드러나지 않으니
나무꾼 노래와 목동의 피리에 맡겨두었더니라.
기이한 꿈이 소나무 사립에서 금방 깨어나고
한가로운 구름은 벌써 부석鳧舃[3]을 기다리놋다.

인품은 고상하고 경관은 고요한지라
두가지 아름다움이 갖추어 만났으니
뜻은 유안幼安을 사모하되
명망은 저절로 안석安石보다 무거워라.[4]

---

2 황록(隍鹿)의 곽가(郭家): 황록은 『열자(列子)·주목왕(周穆王)』에 나오는 고사. 정(鄭)
  나라 사람이 나무를 하다가 우연히 사슴을 잡아서 남이 볼까 두려워 해자 속[隍中]에
  다 감추어두었는데 그후 감춘 곳이 어딘지 잊어버리고 꿈을 꾼 것으로 치부했다 한다.
  증빙할 수 없는 몽환의 일을 비유한 말로 쓰인다. 곽가는 뜻 미상.
3 부석(鳧舃): 오리로 신을 삼는다는 뜻으로, 중국 후한 때에 왕교(王喬)라는 사람이 삭
  망(朔望)마다 신묘한 술수를 부려 두마리 오리로 신을 삼아 타고 날아가서 황제에게
  조현(朝見)하였다는 고사에서 나왔다.
4 유안(幼安)·안석(安石): 유안은 진(晉)나라 때 인물 색정(索靖)을 가리키는 듯. 색정은
  자가 유안으로, 돈황(燉煌) 사람이며 어려서부터 빼어난 도량을 지녔고, 혜제(惠帝) 때
  벼슬이 관내후(關內候)에 이르렀다. 멀리 내다보는 안목이 있어 천하가 어지러워지리
  라는 것을 예견하였다 한다. 안석은 사안(謝安)의 자인데 동산(東山)으로 일컬어졌으

조관의 행렬에 함께 나아갔으되

귀거래의 뜻 간절하여라.

어느덧 마음이 돌아와 노니니

꽃이며 대숲 모두 잘 있구나.

거북점[5]을 쳐서 무엇하리오!

돌아오는 수레 하늘을 나는 듯

정자를 얽음에 화려하지도 초라하지도 않게

여기서 노닐며 완상하노니

산수의 아름다움 그만이라.

창 앞에 펼쳐지는 만상萬象

자리에 기대앉은 앞이 곧 천리라.

한번 내려다보고 한번 올려다보면

하늘은 드높고 땅은 두텁도다.

북쪽으로 아득한 하늘

겹겹이 싸인 봉우리에 가을 달이요,

맑게 갰다가 안개 짙어지는

아침저녁으로 변하는 자태.

신경神京[6]과 떨어진 거리 얼마나 되나?

며 당세에 중망이 있었다.

5 거북점: 원문은 '龜謀'. 고대에 거북의 등을 이용해 점을 쳐서 길흉을 알아보는 습속
이 있었던 데서 유래한 말.

6 신경(神京): 제왕의 수도, 서울을 가리키는 말. '사미인(思美人)'은 임금을 그리워한다
는 뜻을 담고 있다.

미인을 생각함에 옥과 같아라.

계수나무 가지를 붙잡고 그윽한 회포를 일으켜

「초은사招隱士」[7] 한가락을 읊어보노라.

남으로 바라보니 툭 틔어 들이 하늘과 닿았는데

시냇물 어른어른 봄풀이 파릇파릇

돌아오는 중 석양의 빛을 받고

원산遠山에 넘어가는 해 감춰지네.

따뜻한 봄기운 이제 막 돌아옴에

겨우내 쌓인 눈 미처 녹지 않고

향기는 산비탈에 차가우니

매화에서 춘심春心이 새나오는가?

작설차를 마시며 거문고를 퉁기고

유란幽蘭을 노래하는데 들어줄 사람 없고

청려장을 짚고 소요함에

날마다 동풍이 불어온다.

버들가지 어느새 초록빛 짙어가고

꽃은 웃는 듯 붉기를 재촉한다.

두약杜若을 따서 옷섶에 패옥佩玉처럼 달고

---

7 「초은사(招隱士)」: 한나라 때 회남소산(淮南小山)이 지은 작품으로 『초사』에 수록되어 있다. 숨어 있는 고결한 선비를 부른다는 의미로 굴원(屈原)을 비유한다고 한다. "계수나무 가지를 붙잡고(攀桂)"는 「초은사」에서 따온 말이다. (『楚辭·招隱士』: "攀援桂技兮聊淹留.")

우뚝이 산기슭에 서 있네요.

새는 속절없이 지저귀어 꽃향기 다하니

애닳다 화사한 꽃 얼마나 갈 건고?

한바탕 봄꿈에 뿌리는 비 배꽃을 때린다.

녹음이 무성하여 언덕을 덮는데

어느덧 가을 서리 나무숲이 붉게 물들고

넘치던 물 떨어져 여울이 졸졸

구름이 걷혀 하늘이 맑도다.

반악潘岳의 희끗한 귀밑머리[8] 슬퍼하랴!

송옥宋玉의 수심을 하지 않으리라.

술동이를 개봉하니 누구를 기다리나?

달과 더불어 기약이 있다오.

은하수 얕아지니 별이 드문드문

기러기 그림자 비치고 슬픈 소리 흐른다.

밤이 차츰 깊어가니 이슬이 떨어지는데

열두 칸 요대瑤臺 황홀하여라.

동쪽 울타리 밑에서 국화 향기 맡으며

도연명의 맑은 기풍을 새겨보노라.

---

8 반악(潘岳)의 희끗한 귀밑머리: 원문은 반랑빈(潘郎鬢). 동진(東晉)의 문인 반악은 용
모가 아름다워 낙양의 거리를 수레를 타고 지나가면 부녀자들이 귤을 던져 수레에 가
득찼다는 이야기가 있다.

가을소리 적막한데 계단 가득히 오동잎이요

흐렸다 맑아졌다

날씨가 자꾸 변덕을 부리는데

주렴은 늘 걷혀 있어 바라뵈니

맑은 운치가 그만이어라.

소낙비 한번 지나감에

우림군羽林軍의 창검이 분명터니

갠 하늘에 만장의 무지개

여와씨女媧氏의 돌[9]을 방불케 하네.

먼 절에서 쇠북소리 들려오니

앞산 노을이 어둑어둑

아침 창문에 새소리

찬 숲에 햇살이 시원하다.

그윽한 일 또한 즐길 만하니

푸른 소나무 아래 앉아 노닐고

나라를 생각하며 풍년을 기원하노니

만 굽이 누른 들판 기쁘게 바라보노라.

악양루岳陽樓는 보이질 않고

등왕각滕王閣은 이름만 들었거늘

오직 이 정자 남도에 우뚝하니

---

9 여와씨(女媧氏)의 돌: 여와씨는 신화에 나오는 여신. 하늘에 구멍이 뚫린 것을 여와
씨가 돌로 막았다고 한다.

「악양루기」 쓴 범중엄范仲淹은 떠난 지 오래고
「등왕각서」 지은 왕발王勃도 다시 불러올 수 없고

주인어른의
강호에 풍류와 경륜을 펼친 사업
한조각 붉은 충심에 세 임금을 모신 백발
옛사람과 견주어봄에
하늘의 매처럼 떨치니[10]
어찌 장한 뜻 조금이라도 굽히리오?
뭇 용이 조정에 가득한데
갈매기와 맺은 기약 저버리기 어려워라.
푸른 산은 나를 등지지 않아서
잠불簪紱을 벌써 암랑巖廊[11]에 벗어던졌도다.
한 점 기심機心도 없어 저 구름 같거늘
고기와 새들 금장金章을 의아해하랴!
정자와 집을 고치지 않으니 경관이 그대로라.

각건角巾[12]에 야인의 옷을 입고
읊조리며 한가로이 서성이니
피리에 거문고 소리[13] 손님들 끊이지 않네.

10 하늘의 매처럼 떨치니: 원문은 '鷹揚'. 매처럼 무예를 떨친다는 의미로 강태공에 관
   련해서 나온 말.(『詩經·大雅·大明』: "維師尙父, 時維鷹揚.")
11 잠불(簪紱)·암랑(巖廊): 잠불은 비녀와 인끈. 벼슬아치가 착용하는 물건. 암랑은 높
   다란 건물.
12 각건(角巾): 모서리가 각이 진 두건. 은자의 복식을 이르는 말.

여기서 쳐다보고 여기서 굽어보나니

산정山亭은 더없이 좋고

여기서 바람을 쏘이고 여기서 달을 구경하자니

한 푼의 돈도 들일 것이 없도다.

학의 풍골은 더욱 맑은데

소나무 그림자 길이 씩씩하여라.

자하주紫霞酒를 따라 달빛을 머물러두고

부구옹浮丘翁을 초청하여

혼돈混沌에게 읍을 하는가.[14]

나 임제林悌는 강호에 낙백한 몸으로

술집에 이름을 숨기고 지냈더니

홀로 중뿔난 듯 보여 남의 비웃음을 사고

세상사람들이 광인狂人이라 일컫는데

매양 이 어른의 노래 혼자 낭송하며

선계仙界에 몸을 바치길 원하였지요.

방상龐床[15]에 나가 인사드릴 기회를 얻으니

---

13 피리에 거문고 소리: 원문은 '東山管絃, 北海賓客.' 동산은 육조시대 문인 사안(謝安)
   이 은거하던 곳인데 그는 소리와 여색을 즐겼다. 북해는 동한시대 공융(孔融)을 지칭
   하는데 그는 선비를 좋아하여 빈객이 많이 찾아왔다.

14 부구옹(浮丘翁)·혼돈(混沌): 모두 신화적인 존재로 부구옹은 황제(黃帝)때 선인. 혼
   돈은 천지의 문명이 열리기 전의 원초적인 상태를 상징하는 존재.

15 방상(龐床): 동한시대 방덕공(龐德公)과 제갈량(諸葛亮)의 고사를 끌어온 듯하다. 제
   갈량은 방덕공을 만나면 상 아래서 절을 했다 한다. 방덕공은 동한 때 은자로 양양(襄
   陽) 현산(峴山)에서 몸소 농사를 지었으며, 뒤에는 녹문산(鹿門山)에서 약을 캤는데 훌
   륭한 인물들과 교유하였다.

전생의 맑은 인연이 닿았던 것인가?
조용히 노래 부르고 술잔을 기울이며
외로운 등불 아래서 작별의 정을 나누고
산중의 거처로 돌아오니 생각이 떠올라
하룻밤에도 아홉 번 혼이 따라갔지요.

부賦를 지으라는 부탁을 받자오니
나 이에 조충雕蟲의 소기小技를 가지고
성의를 저버리기 어려운 터라
지금 부득이 이 글을 짓노라.

아! 사람들 인정에 이끌려 바깥으로 내닫고
세상의 눈은 명리로 쏠리지만
공은 홀로 여기 올라서
쳐다보고 굽어보는 중에 즐거움이 있도다.

인간이란 존재 천지에 하나로 참여하니
방촌方寸은 허령虛靈하여
만리萬理를 구비했으니
이제 돌아감에 하늘은 높고 땅은 넓은데
눈길 가는 대로 쾌락을 추구한다면
쳐다보고 굽어보는 본뜻에 어긋나지 않으랴!

눈과 귀 총명하여 남자로 태어난 몸이

쳐다보아 하늘에 부끄럽지 않고
굽어보아 인간세상에 부끄럽지 않아야 하리.
나 누구와 함께 돌아갈까?
이런 분이 아니고 누가 있을까.

동지를 경축하여 올리는 글至日賀箋[1]

석과불식碩果不食[2]이라

착한 기운 고요한 가운데 움직이며,

군자는 득여得輿[3]라

하늘의 뜻은 한밤중에 드러나니

어진 바람 어두운 가운데 움직여서

쌓인 눈도 이제 곧 녹습니다.

---

1 동지를 경축하여 올리는 글〔至日賀箋〕: 동지가 되면 이 날을 경축하는 의미로 임금에게 글을 올렸다. 전(箋)이란 문체의 일종으로 옛날 신하가 제왕에게 올리는 글을 가리킨다. 이 글은 감사가 임금에게 올리는 형식으로 되어 있는 점으로 보아 대작으로 추정된다.

2 석과불식(碩果不食):『주역』박(剝)괘의 상구(上九)에 나오는 말. 이 박괘의 상(象)이 다섯 음(陰)이 쌓인 위에 양(陽)이 하나 놓여 있어 커다란 과일이 사람의 먹을거리가 되지 않는 모양이라 하였다. 이는 동지가 음이 성한 가운데 양이 최초로 나타난 상을 비유한 것으로 보았다.(『周易‧剝』: "上九, 碩果不食, 君子得輿, 小人剝廬.")

3 군자 득여(君子得輿):『주역』박괘의 상구에 나오는 말. 그 상(象)에서 "군자가 수레를 얻는다는 것은 백성이 군자를 수레에 태우는 것이다.〔君子得輿, 民所載也〕"라고 하였다. 즉 군자가 위에 있으면 여러 음(陰)이 떠받드는 상이 된다고 했다. 여(輿)는 중(衆)의 의미.

삼가 생각건대, 보력寶曆[4]은 시대에 순응하고

옥형玉衡으로 정사를 잘 다스릴 것[5]이오나

도道가 위축되고 자라남에

성인은 항상 미세한 움직임을 경계하였으며,

어지러울 때가 있으면 평화로울 때도 있는데

태평은 또한 이치의 변수에 관계되옵니다.

그렇기로 벗이 오면[6] 경사가 있고

강剛이 회복되면[7] 형통하다 하옵니다.

또 적이 생각건대, 신은 선순宣旬[8]의 직을 맡아

재주가 방숙方叔·소공召公[9]에 미치지 못하온대

천리 밖에서 임을 그리자니

마음은 가도 몸은 못 가는데 어찌하오리까.

양기를 북돋는 일념으로 멀리서

소인이 물러가고 대인이 나옴을 경하하나이다.

---

4 보력(寶曆): 국운이 영구함을 이르는 말.

5 옥형으로 정사를 잘 다스릴 것(玉衡齊政): 『서경·요전(堯典)』의 "선기옥형으로 살펴 일곱 정사를 잘 다스리다.(在璿璣玉衡, 以齊七政)"에서 유래한 말.

6 벗이 오면(朋來): 『주역·복(復)』에 나오는 말. 양기가 점차 회복되는 상을 나타낸 것. ("朋來无咎.")

7 강이 회복되면(剛反): 양강(陽剛)의 기운이 회복되는 것을 말한다.(『周易·復』: "象曰, 復亨剛反.")

8 선순(宣旬): 도백(道伯), 즉 감사의 직무를 뜻하는 말.(『詩經·大雅·江漢』: "王命召虎, 來旬來宣.")

9 방숙(方叔)·소공(召公): 주나라 선왕(宣王)의 어진 두 신하. 이들은 백성에게 어진 정사를 베풀었다.

석림정사[1] 중수문石林精舍重修文

무릇 백운白雲이랑 요초瑤草로

원공遠公[2]은 사해四海의 신산神山을 삼았고,

고목古木에 회암回巖이라

이적선李謫仙은 사흘 동안 누각樓閣에서 노닐었으니,

청정淸淨한 자가 사는 곳이요,

호걸이 수양하는 곳이로세.

둘러보니 복암사伏巖寺 이 절은

영산강을 끌어안고 기두箕斗의 분야에 있으니

벽도단碧桃壇 황매동黃梅洞은

적송자赤松子 왕교王喬의 기풍을 느끼겠고,

---

1 석림정사(石林精舍): 복암사(伏巖寺)의 부속 건물 이름. 복암사는 백호의 선산인 신걸산(信傑山)에 있는 절. 백호는 소싯적에 이 절에서 글을 읽었으며, 절의 승려들과도 친교가 있었기 때문에 석림정사를 중수하는 발원문을 쓰게 된 것이다.

2 원공(遠公): 동진(東晉)의 고승 혜원(惠遠). 그는 여산(廬山) 동림사(東林寺)에 머물러 있었는데 세인들이 그를 원공이라 일컬었다.

총계암叢桂巖 만죽대萬竹臺라

응진應眞[3]의 자취도 아련하다.

그림자 서해西海로 떨어지니

어룡魚龍도 쇠북 소리를 듣고

형세가 남운南雲[4]보다 높으니

원근에 향화香火의 믿음이 돌아오도다.

옥액玉液은 월굴月窟로 통하고[5]

금탑金塔은 운근雲根[6]에 솟았어라.

사객詞客은 난간에 기대어

강풍江風 해월海月을 거의 허비하는데

선옹禪翁은 석장錫杖을 멈추어

장차 철벽鐵壁 은산銀山[7]을 찾으려 한다오.

돌아보건대 여기 절집이 낡아 무너지니

어찌 지나는 이들의 탄식이 없을쏘냐.

---

3 응진(應眞): 불교에서 참 도에 응한다는 뜻으로, 나한(羅漢)의 별칭. (孫綽「遊天台山賦」:
"王喬控鶴以冲天, 應眞飛錫以躡虛.")
4 남운(南雲): 고향을 그리워하거나 부모를 생각하는 의미로 끌어 쓰는 말. (陸機「思親
賦」: "指南雲以寄欽, 望歸而效誠.")
5 옥액은 월굴로 통하고[通玉液於月窟]: 불노장생의 선술을 닦는다는 의미. 도가에서는
옥액(玉液)을 마시면 장생할 수 있다 한다. 월굴(月窟)은 달 속의, 혹은 서방의 극지.
(『晉書·摯虞傳·思遊賦』: "擾龜兔於月窟兮, 詰姮娥於奉收." 梁簡文帝 大法頌: "西踰月窟, 東
漸扶桑.")
6 운근(雲根): 돌을 일컫는 말. 구름이 돌에서 일어난다고 생각하여 쓴 말.
7 철벽(鐵壁)·은산(銀山): 철벽은 견고함을 이르는 말. 은산은 신선이 사는 경지.(『神異
經』: "西南有銀山, 長五十餘里, 高百餘丈, 皆有白金.")

이에 빈도貧道는 금강金剛[8]의 뜻을 발원하여

티끌세상의 비웃음을 벗어나

지음知音과 더불어 함께

정업淨業을 닦고자 하오니

오직 백년이 아침이슬 같음을 서슬피 여겨

일찍이 바라婆羅[9]를 짓고

복전福田에 삼생三生을 심어

도솔兜率[10]로 함께 돌아가길 원하나이다.

---

8 금강(金剛): 금강석. 이것은 능히 물(物)을 파괴할 수 있으나 물은 이것을 파괴할 수
  없다고 한다. 그래서 비유적으로 쓰이는바 체(體)·지(智)·신(信)을 가리키기도 한다.
9 바라(婆羅): 바라문(婆羅門). 인도의 고대 종교. 바라의 원 뜻은 정행(淨行)이라 한다.
  즉 고행명수(苦行冥修)를 하여 미래의 복을 짓는 것이 그 종지(宗旨)다.
10 도솔(兜率): 불교에서 천상의 한 세계. 미륵보살이 있는 곳.

대곡선생 제문祭大谷先生文

　무릇 색은행괴索隱行怪[1]의 처세를 성인은 취하지 않았거니와, 자신이 자기를 팔고 자기를 중매 서는 짓을 군자는 더욱 부끄럽게 여겼던 터입니다. 그럼에도 자고로 호걸스런 인사들 또한 가끔 이 두가지 폐습에 빠져들어 그 잘못을 미처 깨닫지 못한 경우가 있었습니다.

　오직 백이伯夷의 청렴함과 유하혜柳下惠의 온화함만이 옥玉처럼 윤이 나고 금처럼 정갈하니, 기러기가 하늘 높이 날아오르고 봉황이 천길 높이 떠오른 것 같은 그런 인물로는 수백년 동안 오직 스승을 보았을 따름입니다.

　그렇기에 스승의 절개는 소부巢父·허유許由에 못지않음에도 세상이 알아보지 못하였지요. 세상이 스승을 알아보지 못했을 뿐 아니요, 스승이 또한 세상에 알려지기를 구하지 않았던 것입니다. 비단 알려지기를 구하지 않았을 뿐 아니요, 세상에 알려질까 두려워하였답니다.

---

1 색은행괴(索隱行怪): 일부러 숨은 일을 찾고 행동을 괴이하게 하는 태도를 일컫는 말. 『중용(中庸)』에 '소은행괴(素隱行怪)'라는 말이 나오며, 여기서 소(素)자는 종래 색(索)의 오기로 보았다.

그렇기로 산과 골짝을 따라 왼편에는 거문고, 바른편에는 서책을 놓아두고 나물 먹고 물마시며, 밤이나 낮이나 홀로 보낸 세월이 거의 50년이었습니다.

만약 시속의 명예나 훔치는 녹록한 무리들과 한자리에 놓고 평가를 한다면 그야말로 매화가 보통 꽃들 사이에서 빼어나고 학이 뭇 닭 속에서 특출한 것과 무엇이 다르오리까. "세상에 은둔해 있어도 고민이 없고 누가 알아주지 않아도 후회하지 않는다." 이런 공자의 말씀에 아마도 스승이 오직 가까울 것입니다.

다만 생각하오면 온통 말세로 흘러 시비가 공정하지 못해 훈유薰蕕[2]가 구분되지 못하고 주자朱紫[3]가 서로 뒤섞인 것이 벌써 오랩니다. 후세에 역사가가 고사전高士傳을 집필함에 있어 저 종남終南의 첩경捷徑[4]과 북악北岳의 남건襤巾[5]을 이 기산 영수箕山潁水의 맑은 바람과 동일시하게 되지나 않을까 걱정되옵니다. 말이 여기에 이르매 가슴이 미어집니다.

오호, 슬프도다!

---

2 훈유(薰蕕): 훈(薰)은 향초, 유(蕕)는 나쁜 냄새가 나는 풀.(『左傳』: "一薰一蕕, 十年尙有遺臭.")
3 주자(朱紫): 같은 붉은색 계통으로서 주(朱)는 정색이며 자(紫)는 간색(間色)으로 취급된 것이다. 이에 주자가 뒤섞인다 함은 시비가 혼동된 것을 뜻한다.
4 종남의 첩경(終南捷徑): 종남은 종남산. 장안(長安), 지금 서안(西安)의 남쪽에 있는 산. 일명 남산. 당나라 때 노장용(盧藏用)이 진사로 합격한 뒤 이 종남산에 숨어 있다가 고사(高士)로 인정을 받아 좋은 벼슬을 하게 되었다. 당시 사마 승정(司馬承貞)이 도사로 이름이 있었는데 부름을 받고 돌아가려 하자 노장용이 그에게 종남산을 가리키며 "저 가운데 좋은 곳이 있다."고 말했다. 이에 사마 승정은 "내가 보기에 벼슬하는 첩경이 있을 뿐이다."고 대답했다 한다. 후세에 고결한 이름을 얻어서 세속적인 출세를 도모하는 경우를 가리키는 의미로 '종남첩경'이란 말이 쓰였다.
5 북악의 남건(北岳襤巾): 산림의 처사를 가장해서 명예를 도둑질하는 태도를 비웃는 말. 남제(南齊) 때 명사로 이름난 주옹(周顒)에 관련해서 나온 말.(孔穉圭「北山移文」: "竊吹草堂, 襤巾北岳.")

아무리 못생긴 여자라도 돌아보는 사람이 있으면 제 용모를 가다듬는 법입니다. 하온데 저같이 거칠고 상없는 사람이 사마수경司馬水鏡[6]의 은거처를 더럽히는데 오히려 범상한 무리와 달리 인정해주심을 받았으니 저로서는 높으신 뜻에 감격하와 은혜를 보답할 길이 없었사오며 반생을 통하여 한갓 마음속에 고이 간직하고 있었을 따름이옵니다.

얼마 전에 저는 머나먼 변방에서 부음訃音을 듣자옵고 간장이 끊어진 듯, 눈물이 쏟아져 그 애도의 정이 노래로 표출된바 지금 변새의 신성新聲을 이루었답니다.

지금 저는 하찮은 벼슬에 얽매여 관명官命을 어길 수 없사옵기로 당초에 천리 길을 달려 조문하지 못했거니와 마침 서울 소식이 잘못 29일을 장사지낼 날로 알려왔으니 비록 달려갔대도 또한 만사輓詞를 들고 명정을 따라가는 데 미치지 못했을 겁니다. 마음을 돌이켜 생각하오면 유명幽明에 부끄러울 따름이오라, 황량한 벌판에 통곡하는 소리 하늘에 사무치옵니다.

오호, 슬프도다!

북녘 구름의 취한 노래는 하탑下榻[7]의 때를 잊기 어려운데 밝은 달 아래 맑은 시는 도리어 영결永訣의 글을 이루었군요. 상床 아래서 절[8]을 드

---

6 사마수경(司馬水鏡): 동한(東漢) 때 선비로 이름높은 사마휘(司馬徽). 자는 덕조(德操)이며, 호를 수경선생이라 했다. 그 문하에 훌륭한 인재가 많았는데 제갈량(諸葛亮)도 그 문하에 있었다.

7 하탑(下榻): 동한의 진번(陳蕃)이 예장태수(豫章太守)로 있을 때 탑(榻: 의자의 일종) 하나를 특별히 마련해두고 서치(徐穉)가 찾아오면 이 탑을 내놓아 앉게 했다. 서치가 떠나면 다시 잘 보관해두었다 한다. 여기서는 대곡 선생이 자기를 잘 대우했다는 의미로 쓴 것이다.

8 상 아래서 절(床下之拜): 동한 때 방덕공(龐德公: 방통龐統의 숙부)과 제갈량(諸葛亮) 사이의 고사. 제갈량은 방덕공을 만나면 상 아래서 절을 했다 한다. 374면 주 15 참고.

릴 일도 다시는 못하겠고 반령半嶺의 휘파람[9]도 찾기 어렵사옵니다.

우주는 적막하고 긴 밤은 캄캄하니 이후로 인간세상에는 영영 지음知 音이 끊어졌나이다. 상향尙饗.

---

9 반령의 휘파람〔半嶺之嘯〕: 동진(東晉)의 완적(阮籍)이 일찍이 소문산(蘇門山)에서 손등 (孫登)을 만나 옛일과 서신도기(捿神道氣)의 술(術)을 물어보았으나 대답이 없었다. 완 적이 긴 휘파람을 불고 물러나와 반령에 다다르자, 난봉(鸞鳳)의 울음 같은 소리가 골 짝을 울렸다. 그 소리는 손등이 부는 휘파람이라 하였다.(『晉書·阮籍傳』)

스승 김흠지 제문祭亡師金欽之文

모년 모월 모일에 모는 삼가 약간의 제수를 갖추고 돌아가신 스승 김 공의 영전에 공손히 제를 드리나이다.

공께옵서는 머리가 다 희도록 경서를 궁구하였으되, 청운의 길이 막혀 강호에서 고기 잡으며 그런 대로 생애를 마치리라 하였더니, 나이 이순耳順에 못 미쳐 자제들로 하여금 소천所天(남편 혹은 어버이를 지칭하는 말)을 잃고 중도에서 방황하도록 만들다니요. 이 또한 운명이라 할까요.

저 임제는 10년을 따라 배워 성동成童[1]이 되어서 능히 성취를 하였으니, 지금에 이르러 맑은 시대에 이름을 올린 것은 오직 스승님이 가르쳐 주신 공이 크다 하겠습니다.

오호라! 공이 돌아가심에 계서雞絮[2]라도 휴대하고 천리 길을 달려가

---

1 성동(成童): 연령이 찬 아이. 혹은 8세 이상을, 혹은 15세 이상을 지칭하는데 여기서는 15세 이상의 의미로 쓴 것으로 보인다.

2 계서(雞絮): 척계서주(隻雞絮酒)의 준말로 치제(致祭)할 때 올리는 제수를 가리킨다. 한나라 때 서치(徐穉)라는 선비가 일찍이 태위(太尉) 황경(黃瓊)의 부름을 받았으나 나가지 않았다. 후에 황경이 작고하자 서치는 먼 길을 걸어가서 그 무덤에 간소하게 제를 올리고 통곡을 한 다음 돌아왔다. 그때의 제물은 닭 한마리와, 술에 적셨다가 말린 솜을 물에 다시 담가 올린 것이었다 한다. 여기서 '척계서주'라는 말이 유래하였다.

조문하는 일도 못하게 되다니요. 풍진 속에 분주하기 15,6년, 비로소 이 땅에서 벼슬살이를 얻어 하자니 아픈 마음으로 향을 마련해두고서 또 시일을 끌었으니 저의 지은 죄 또한 크옵니다.

봄이 깊어가는 관문關門 밖에서 한식철을 맞아 공무가 몸을 얽매는 것을 슬퍼하며, 고향 동산의 소나무를 그리워하고 외로운 무덤에서 눈물을 뿌립니다. 이 어찌 일이 한결같을까요. 상향尚饗.

게으름을 전송하는 글 送懶文

모년 모월 모일 새벽빛이 어슴푸레하고 밤기운이 아직 흩어지지 않은 즈음에 주인은 세수를 마치고 의관을 정제하고서 책상을 깨끗이 치운 다음 혼자 단정히 앉아 향불을 피우고 현주玄酒(물) 한잔을 들어 '게으름 귀신'〔懶鬼〕을 전송하기 위해 고하였다.

"그대와 같이 지낸 지 이제 10년이 되었으니 그대의 정상을 내가 이미 다 알고 있다. 내 비록 마음으론 연연해하지만 일에 방해가 되니 그대는 속히 떠나 더이상 여기에 머무르지 말아다오. 바람에 날리듯 비에 씻기듯, 우레처럼 달리고 번개처럼 빨리 떠나거라. 팔방이 망망하여 끝이 없거늘 어디인들 못갈쏘냐. 그대는 떠날 생각이 있는가 없는가? 만약 서성거리며 뒤돌아보고 떠날 생각이 없다면 내 비록 우정온서禹鼎溫犀[1]의 재주는 없지만 장차 그대의 생긴 꼴을 폭로할 터요, 내 비록 양웅

---

1 우정온서(禹鼎溫犀): 세상의 은밀히 숨겨져 있고 기이한 존재들을 모두 꿰뚫어보고 드러내는 것을 비유하는 말. '우정(禹鼎)'은 우왕(禹王)이 주조했다는 9개의 정(鼎)으로 거기에 만물을 새겨서 백성들로 하여금 신령한 것과 요사스러운 것을 구분할 수 있도록 했다 한다. '온서(溫犀)'는 육조 때 온교(溫嶠)가 깊은 물속을 서각(犀角)의 타는 빛으로 비추어 온갖 수족과 기이한 형상을 살펴보았다는 이야기가 전한다.

揚雄·한유韓愈와 같은 글솜씨는 없지만 장차 그대의 정상을 밝힐 것이로다. 드러나고 숨겨짐은 길이 서로 다르고 바른 도리와 어긋난 일은 차이가 분명하여 감출래야 감출 수 없거늘, 그대는 이제 어찌할 것인가?"

이때 홀연히 들보 위에서 흐느끼는 듯한 소리가 나더니 말소리가 들렸다.

"박절합니다, 주인이여! 어리석군요, 주인이여! 당신은 어려서부터 나와 유달리 친하게 사귄 터라, 서로 막역하여 세월이 갈수록 더욱 친해지지 않았소. 10년 동안 서울에서 당신을 따라 노닐었으니 번화한 거리에서 말채찍을 휘두르고, 청루靑樓에서 노래하고 춤을 추고, 호협들과 교유하여 사람들의 입에 이름이 오르내리며, 산수간을 완상하며 읊조리고 호수와 바닷가에서 술잔을 기울일 적에 오직 당신 옆에만 붙어다녔지요. 내 당신을 저버린 일이 한번이나 있었던가요? 하물며 인생 백년에 육신의 노예가 되어 고달프기만 한데 정신의 휴식을 취하고 정기를 기르자면 나를 버리고서 누구를 시켜 할 것이오? 당신은 이 점을 생각지 않고 나를 떨쳐버리고자 하다니요. 또한 나는 사람이 아니거늘 어떻게 생긴 꼴을 드러낼 것이며, 사람에게 붙어다닐 뿐 감정도 생각도 없거늘 당신이 아무리 슬기롭다 한들 도대체 무엇을 보고 들어 말할 것이오?"

주인이 말했다.

"그대는 감히 나를 모멸하려드는 것인가? 이제 내가 군말을 늘어놓지 않을 수 없게 되었군. 일이 이미 이 지경이 되었거늘 어찌 가만히 입을 다물고 말하지 않을 수 있으랴! 무릇 그대의 형상으로 말할 것 같으면 부스스 헝클어진 머리에 때가 낀 얼굴로 관도 쓰지 않고 띠도 매지 않은 채로 일이 닥쳐서는 손 하나 까딱 않고 손님을 대하면 절하는 것조차 잊어버리겠다, 걷는 모양 늘쩡늘쩡 앉으면 퍼더버리고 잠충이가 좋은 짝이요 사지를 가다듬을 줄은 전혀 모르더라. 대략 들어보아도 이러하니 나머지는 이루 다 말하지 못할지라."

'게으름 귀신'이 웃으며 사례하고 나서,

"흐트러진 외모는 감출 방도가 없거니와 자유분방한 내면을 따져볼 수 있겠소?"

하여, 주인은 이렇게 말하였다.

"외형이 이같거늘 그 속이야 알기 쉽겠지. 필시 부끄러운 줄도 모르고 유유히 떠돌며 미욱하게도 방탕하게 노닐겠다. 뜻을 세워 일을 해보려는 것을 싫어하고 그저 한가로움에 빠져드는 걸 마땅히 여겨 생활이 무질서하겠다. 마음은 오직 그저 일탈하여 노는 사람을 찾을 뿐이요, 근면하고 신중한 이들은 좋아하지 않더군. 자리에 앉으면 장자莊子의 나비 꿈인 양 정신이 황홀해지고 경서經書를 논하려면 날아가는 기러기에 눈길을 빼앗기더라. 목이 말라 물 마시고 배가 고파 밥 먹는 일과 여름 겨울 옷 갈아입는 일 빼놓고는 매사에 흐릿하여 뜻과 기운이 해이하게만 되고 공적이며 사업은 마냥 늘어지게 될 터라. 무릇 살아서 무능력하고 죽어서 아무 일컬을 만한 것이 없게 되기 마련이라. 이 모두 그대의 뜻이겠다.

이 세상에 사람이 태어남에 어찌 처음부터 훌륭한 사람과 미친 사람, 슬기로운 사람과 어리석은 사람의 구분이 있었으랴? 실로 이렇게 되는 까닭이 있음을 이제야 알겠다. 그대를 멀리한 자 훌륭한 사람이 되고 그대를 가까이 하는 자 미친 사람 될 것이요, 그대를 멀리하는 자 슬기로운 것이요 그대를 가까이하는 자 어리석은 것이다. 역사에 이름을 남기는 자는 그대를 멀리한 사람들 중에서 헤아릴 수 있으며, 초목과 더불어 썩어가는 자 그대와 가까이한 자들 중에 있을 것이다.

지금 나는 일찍 어머님을 여의고 나서 피눈물을 흘린 지 여러 해에, 항시 스스로 격려하고 남몰래 하늘을 향해서 충효를 온전히 하여 부모님에게 누를 끼치지 않으리라 맹서했었다. 그렇거늘 그대는 지금도 번화한 거리와 청루에서 노닐던 묵은 자취를 버리지 않고 정신을 휴양하고 정기를 기른다 하여 나를 옭아매고자 하다니! 이는 나 스스로도 반성하고 후회하면서 두려움에 깜짝깜짝 놀라는 점이다. 내가 이렇게 급히 그대를 전송하려는 것은 다 이 때문이다.

그런즉 나는 훌륭한 사람이 되고 슬기로운 사람이 되어야 할 것인가? 미친 사람이 되고 어리석은 사람이 되어야 할 것인가? 내가 이름을 역사에 남길 것인가? 아니면 초목과 함께 썩어 없어질 것인가? 무엇을 떠나보내고 무엇을 따를 것이며 무엇을 버리고 무엇을 취할 것인가? 내가 실로 어리석어서 살피지 못했으나 이제 그대와 그만 절교하리라."

한동안 침묵이 흐르더니 '게으름 귀신'이 울먹이는 소리가 들려왔다.

"당신의 뜻이 정 그렇다면 나는 떠나겠소. 허나 내 본디 아둔한지라, 길을 나서도 어디로 가야 할지 모르겠고 떠나도 어떻게 가야 할지 막막하구려. 당신과 오랫동안 함께 지냈던 정의를 생각한다면 나를 전송하는 말 한마디는 해주어야겠지요?"

주인은 이에 시를 읊어 그에게 주었다.

그대 어디로 가는 것이 좋을까?
오릉五陵[2]의 꽃 피고 버들가지 늘어진 곳

---

2 오릉(五陵): 귀족들의 주거지역을 이르는 말. 한나라 때 황제의 능을 축조하면 그 부근에 부호 귀족들을 이주시켰는데, 그중에 가장 유명한 곳으로 오릉을 손꼽았던 데서 유래하였다.

금안장에 앉아 어여쁜 계집을 부르고
취해 쓰러지면 술집에서 곯아떨어지리라.

그대 어디로 가는 것이 좋을까?
강호에 있는 처사의 집
맑고 한가로와 바깥세상 일 전혀 모르니
오직 취향을 매화와 학에다 붙이리.

그대 어디로 가는 것이 좋을까?
바위 사이 암자에서 벽곡辟穀[3]하는 스님
솔바람 불어오고 달빛 환한 가운데
적막하게 향불과 짝하리라.

그대 어디로 가는 것이 좋을까?
무릉도원으로 세상 피해 들어온 사람들
속세는 몇갑자나 흘러갔는고?
지는 꽃에 청춘을 보내리라.

그대 어디로 가는 것이 좋을까?
노을 속에 어른거리는 삼신산
가을 밤 옥루玉樓가 고요한데
밝은 달 아래 청란靑鸞새 타고 날아가리라.

---

3 벽곡(辟穀): 수도하는 사람들이 곡식을 먹지 않은 것을 이르는 말.

시 읊기를 마치고 나서 주인은 다시 한마디를 덧붙였다.

"그대는 내가 공을 이루고 명성을 날리게 되면 상동문上東門[4] 밖에서 기다려주기를 바라노라."

'게으름 귀신'은 "그러리다"고 대꾸했다. 그러고는 홀연 뚝 떠나가니 구름이 흩어지고 안개가 사라지듯 종적도 찾을 수 없었다.

---

4 상동문(上東門): 「고시 19수(古詩十九首)」의 한 편에 "수레를 몰아 상동문으로 나가서 멀리 북망산을 바라보네.(驅車上東門, 遙望郭北墓)"라는 구절이 있다. 상동문은 낙양(洛陽)의 북동쪽에 있는 성문인데 이 성문으로 나가면 북망산(北邙山: 귀족들의 묘지)이 바라다 보인다.

청등논사靑燈論史

배갱론杯羹論[1]

　불빈자不貧子[2]가 마침 『사기史記』의 고제본기高帝本紀를 읽고 있는데 객客이 배갱杯羹의 고사를 들어서 한 고조를 대단찮게 평가하였다. 마치 한 고조 유방이 큰 허물이라도 있는 듯 맹자孟子가 도응桃應의 물음에 답변했던 말[3]을 인용해서 논쟁을 걸었다.

---

1 배갱론(杯羹論): 초의 항우(項羽)와 한의 유방(劉邦)이 서로 다투어 광무(廣武)라는 곳에서 대치하고 있었다. 당시 유방의 부친 태공(太公)이 항우 진영에 붙잡혀 있었는데 항우는 태공을 높은 곳에 올려놓고 유방 쪽을 향해서, "지금 항복하지 않으면 태공을 삶아죽이겠다."고 소리쳤다. 유방은 "나는 항우와 형제로 약속한 바 있으니 우리 아버지가 네 아버지다. 네 아비를 꼭 삶으려거든 나에게도 한그릇 국〔一杯羹〕을 나누어 달라."고 대답했다 한다. '배갱론'은 이 사실을 잡아서 논한 글이다.
2 불빈자(不貧子): 작가 자신을 가탁한 이름. 정신적으로 빈곤하지 않음을 뜻하는 말로 생각된다.
3 맹자가~답변했던 말: 도응(桃應)이라는 제자가 맹자에게, 고요(皐陶)가 법관으로 있는 상황에서 고수(瞽瞍: 순舜의 부친으로, 형편없는 인간으로 전해지고 있다.)가 살인을 했다고 가정한다면 순임금으로서는 어떻게 대처해야겠느냐고 물은 바 있다. 이에 맹자는, "순은 천하를 버리는 것을 헌 짚신 버리기와 같이 보기 때문에 고수를 몰래 업고 바닷가로 달아나서 종신토록 즐겁게 지내며 천하를 잊을 것이다."고 대답했다.(『孟子·盡心上』)

"한나라 고조는 어떤 사람인가?"

그의 물음에 불빈자는

"어진 사람이다."

라고 대답했다.

"어진 사람으로 자기 아버지를 버리다니 있을 수 있는 일인가?"

"어진 사람으로 자기 아버지를 버린 일은 없다."

"그렇다면 태공太公은 바로 그의 부친이 아니던가. 그런데 굶주린 호랑이 아가리 앞에 놓아둔 채 위태로움을 바라보고 앉아서 구원하려 들지 않고 한술 더 떠서 부아를 돋웠으니 버린 것이 아니고 무엇인가?"

"그대의 말대로 하자면 장차 어떻게 대응해야 옳겠는가?"

"천하를 헌 짚신같이 여겨 자기 아버지를 짊어지고 달아나는 것이 또한 바른 도리가 아니겠는가."

이에 불빈자는 서글픈 표정을 짓고 말했다.

"표범의 무늬 한점만 들여다본 격[4]이로다, 그대의 견해는. 이 문제는 참으로 속인俗人과 더불어 말하기 어렵다. 아아, 군웅이 들끓어 할거하던 시대를 당하여 천하를 놓고 패권을 다툰 자, 항우와 유방이었다. 한이 초를 멸망시키지 않으면 반드시 초가 한을 멸망시킬 터이니 확실히 세불양립의 형세였다. 바야흐로 광무廣武 땅에서 대치하고 있을 때 용호상박龍虎相搏으로 싸운 것이 몇 년이었던가. 장차 한번 싸움으로 자웅을 가리려 하는 즈음, 눈 깜짝할 사이에 승패를 결정하려고 항우는 태공으로 고주孤注[5]를 삼았던 것이다. 그래서 적군 앞에 태공을 세워놓고 '항

---

4 표범의~들여다본 격: '규표일반(窺豹一斑)'이란 숙어가 있는데, 전체를 살피지 못하고 부분만 보는 것을 비유한다.

5 고주(孤注): 노름할 적에 남은 돈을 한번에 다 걸고 마지막 승패를 겨루는 것.

복하라. 그러면 태공을 살려줄 것이요, 항복하지 않으면 나는 네 아비를 삶아죽일 것이다.'고 소리쳤던 것이다. 이때를 당해서 만약 유방이 항복을 하여 스스로 몸을 묶고 항우의 진영으로 나아갔다면 그 부친의 목숨을 온전히 구하고 한왕漢王의 자리를 보전하여 여생을 한중漢中에서 평안히 마칠 수 있었겠는가. 자기 부친의 목숨을 구하고자 해도 허용되지 않을 것이요, 한낱 필부가 되고자 해도 용서받지 못하고, 부자가 함께 죽어 후인의 웃음거리가 되고 말았을 것이다. 여기서 한가지 따져볼 말이 있다. 유방의 대응은 겉으로는 천리天理를 배반하고 인륜을 돌아보지 않은 듯 보이지만 속으론 실로 항우를 제어하고 부친의 목숨을 구하는 방도였다. 그러니 말을 일시 그르게 한 것은 가벼운 일이요 부친의 목숨을 구제한 것은 중대한 일이다. 그렇다면 유방의 입장에서 가벼운 일을 참고 행할 것인가? 중대한 일을 참고 행할 것인가?"

"정말로 부친의 목숨을 구하게 된다면 세상에 못할 일이 없을 터인데 장차 가벼운 일을 참고 하지 않을 수 있겠는가."

"그렇다. 이 때문에 '그 국 한그릇 나에게 달라'는 말이 나온 것이다. 대저 형세로 말한다면 필부의 아비를 죽이는 것이 어려운 일인가? 만승萬乘의 지위에 있는 자의 아비를 죽이는 것이 어려운 일인가?"

"만승의 지위에 있는 자의 아비를 죽이는 것이 어려운 일이다."

"왜 그런가?"

"거리끼는 바가 있기 때문이다."

"또 한편 개인의 마음으로 말한다면 천하를 다투는 것이 큰일인가? 아비의 원수를 갚는 것이 큰일인가?"

"아비의 원수를 갚는 것이 큰일이다."

"무엇 때문인가?"

"원한이 크기 때문이다."

"저 항우는 어떤 사람이었던가? 사람들은 한 용감한 사내 정도로 생각하지만 나는 단연코 영걸英傑이라 생각한다. 그의 당초 의도는 어찌 꼭 태공을 죽이려는 것이었겠는가. 다만 영걸의 마음으로 유방을 한 나약한 남자로 여겼기에, 한번 협박을 하면 필시 차마 견디지 못하고 항복하고야 말리라고 기대했었다. 그런데 유방은 벌써 그 의도를 알아차렸기 때문에 '내 아버지면 너의 아버지다'는 말로 깨우친 다음, '그 국한그릇 나누어주면 좋겠다'는 말로 항우의 기대를 딱 끊어버렸으니 이는 태공을 염두에 두지 않았던 것도 같다. 그런데 저 항우로서는 한 노옹을 죽이는 것이 승패에 무익할 뿐이요, 한갓 저쪽과 원한을 맺는 짓이 된다. 저쪽이 이미 군주를 시해한 것으로 나의 죄를 성토하는데 내가 또 그 아비를 죽여서 말거리를 제공한다면 천하의 신하 되고 아들 된 자 어느 누군들 나를 저버리고 저쪽으로 돌아가지 않으랴! 이 점이 항우가 태공을 죽이지 못한 이유요, 유방이 항우를 제어한 내막이다. 옛날 오자서伍子胥[6]는 오나라 저자의 굶주린 사내에 지나지 않았는데도 초왕의 시체에 채찍을 가하여 자기의 원한을 씻었거늘, 하물며 만승의 군주에게 오자서와 같은 원한을 품도록 만들 것이랴! 그런고로 거리끼는 바가 있었으며, 원한을 살 우려가 있었다고 볼 수 있다. 또한 항우가 지금 더불어 천하를 다투는 상대가 유방이던가 태공이던가? 그가 홍문鴻門에서 더불어 천하를 다투는 자(유방)를 죽이지 않고 광무에서 그 아비를 죽이다니 어찌 그럴 이치가 있겠는가. 비록 그러하나 유방이 항복을 한다

---

6 오자서(伍子胥): 춘추시대 인물. 원래 초나라 사람으로, 그의 부친 오사(伍奢)가 초 평왕(平王)에게 살해당하자, 이에 그는 오나라로 망명해 있다가 후일 오왕 합려(闔閭)를 도와 초나라를 쳐서 이겨 평왕의 무덤을 파 그 시신에 채찍질을 가했다 한다.

면 이제는 부자를 함께 죽일 것이다. 어떻게 그럴 줄 아는가? 대개 홍문
에서 연회를 벌이던 때는 패공을 상대가 안 되는 존재로 생각하고 있었
으나 이때에 이르러는 유방의 역량을 익히 알았던 때문일 것이다. 항우
는 이미 유방의 역량을 잘 알았으니 유방이 항복을 하면 그 부자를 같
이 죽일 것이요, 항복을 하지 않으면 그 아비를 죽이지 못할 것임이 명
백하다. 그리고 또 항우는 평생 남들에게 자신의 약함을 보이지 않았다.
무릇 남을 제압하려는 의도가 이루어지지 않는다 해서 당장 그 아비를
죽여 마음의 쾌함을 얻는 짓은 필시 하지 않을 것이다. 이 모두 유방이
잘 간파하고 있었다고 본다. 지금 그대가 맹자의 말을 인용하는데 그대
의 소견은 피상적이다. '언어 표현으로 내용에 담긴 뜻을 해쳐서는 안
된다(不以辭害意)'는 것이 맹자의 말씀이 아니었던가. 무릇 성현의 마음
을 궁구하지 않고 성현의 말만 표절하면 어찌 곡학曲學을 하는 꼴이 되
지 않겠는가. 옛날 학자들 중에 한 고조漢高祖에 대해 논한 자들이 많다.
그중에 그를 비판한 말이란 '선비를 홀대하고 꾸짖었다' '대신을 능욕
했다' '공신을 보호하지 못했다' '태자를 바꾸려고 했다'는 등 몇가지에
지나지 않고, '배갱'의 문제에는 미치지 않았다. 이는 조그만 실수였기
때문에 거론하지 않은 것인가? 아니면 권도權道[7]의 일단으로 생각한 것
인가?"

객은 다시 또 "참으로 그대의 논리대로 나가면 후세에 폐단이 없지
않겠는가?"라고 한다.

"그렇다. 어려운 노릇이다. 한 고조와 같이 어질고 지혜로워 필시 죽
이지 않으리라는 것을 헤아린다면 옳거니와 한 고조와 같이 어질고 지

---

7 권도(權道): 정당한 목적을 달성하기 위해서 경우에 따라 쓰는 바르지 못한 수단을
이르는 말.

혜롭지 못하면서 한낱 과감히 말하기로 든다면 아비를 죽이는 사례도 없지 않을 것이다. 아아, 이는 속인과는 말할 것이 아니다."

객은 재배하며 "훌륭하다. 그대의 의론이여! 실로 달인의 견해는 보통사람과 다름을 알겠다."고 말했다.

오강부烏江賦[8]

항우가 오강을 건너지 않았던 사실을 마음에 안타깝게 여긴 사람이 있어 말하였다.

"기약하기 어려운 것은 승패요, 꼭 이룰 수 있는 것은 공업功業이다. 자결하는 것은 필부의 행동이요, 인내심을 가지고 후일을 기약하는 자야말로 장부라 할 것이다. 무릇 기필하기 어려운 승패에 분함을 이기지 못하여 이룰 수도 있는 공업을 저버리고 필부의 결단을 달게 추종하여 장부다운 인내를 결여했으니 어찌 안타깝지 않은가! 참으로 두목지杜牧之의 '병가兵家의 승패는 기필할 수 없는 일이니 수치를 참는 것 또한 남아로다'라 한 시[9]를 오강의 혼령이 듣는다면 어찌 회한이 크지 않으랴!"

---

8 오강부(烏江賦): 일명 「오강조항왕부(烏江弔項王賦)」. 이 작품과 관련해서 허균(許筠)의 『학산초담(鶴山樵談)』에 다음의 기록이 보인다. "공[白湖]이 돌아가신 후 어떤 자가, 공도 역괴[鄭汝立을 지칭함]와 더불어 항우를 논하여 '그는 천하 영웅인데 성공을 못한 것이 애석하다 하며, 인하여 서로 마주 보고 눈물을 흘렸다'고 무함을 하였다. 이 말이 전해져 삼성(三省)에서 그 아들 지(地: 백호의 맏아들)를 국문하니, 지는 공이 지은 「오강조항왕부」를 제출하였다. 그리하여 용서를 받고 변방으로 귀양을 갔다." 백호가 사망하고 2년 뒤 일어난 기축옥사(己丑獄事)에서 백호의 사상이 문제선상에 떠올라 항우 숭배자로 지목을 받았던바, 이 「오강부」를 해명하는 자료로 제출했다는 것이다.

9 두목지(杜牧之)의~시: 두목지는 당나라 시인 두목(杜牧). 그는 「제오강정(題烏江亭)」

이에 불빈자는 "그 시구는 시인의 기발한 발상으로 꾸며낸 말에 불과하며, 확고한 논법으로 볼 수 없다. 그대는 의미심장한 논리를 들어보려는가. 내 한번 그대를 위해 말해보리라." 하고 다음과 같이 논했다.

대개 천하를 취함에 지혜로 하는 자가 있고 힘으로 하는 자가 있다. 지혜로 하는 자는 힘으로 겨루기 어려우며 힘으로 하는 자는 지혜로 이기기 쉬운 법이다. 그런고로 위급하거나 패망을 거듭해서 참으로 운명이 아침저녁에 달려 있는 듯 보이는데 오직 인심을 수습하고 어진 인재를 등용하는 것으로 급선무를 삼아서 처음부터 싸우고 다투기를 일삼지 않고 때를 보아 움직여 한번 싸움으로 천하를 얻는 자는 지혜로 한 자이다. 강대하고 계속 승리하여 실로 천하를 평정하는 것이 어렵지 않아 보이는데 오직 살벌殺伐과 도륙을 행하기를 능사로 삼아 끝내 관대하고 인후한 마음이 없이 용맹만 믿고 교만해서 한번 패함에 독부獨夫[10]가 된 자는 힘으로 했던 자이다. 혹은 지혜로 하고 혹은 힘으로 해서 성공하기도 하고 실패하기도 하는데 천하의 대세가 그 사이에 달려 있다. 대세의 득실에 따라 성공을 하기도 하고 실패를 하기도 하는 것이다.

무엇을 일러 대세라 하는가? 천명天命의 돌아오고 떠나감과 인심의 모이고 흩어짐이 곧 그것이다. 무릇 하늘과 인간은 이치가 하나다. 천명은 인심으로 표현되는 법이니, 천명의 돌아오고 떠나감은 실로 인심의 모이고 흩어지는 데 따라 정해진다. 그런즉 천하의 대세는 인심에 근거

───────────

이라는 제목으로 시를 지어 "병가의 승패는 기필할 수 없는 일이니 수치를 참는 것 또한 남아로다. 강동의 자제 가운데 인재 많으니 흙먼지 일으키며 다시 왔다면 알 수 없었으리라.[勝敗兵家事不期, 包羞忍恥是男兒, 江東子弟多才俊, 捲土重來未可知!]"라고 읊었다. 이 시는 인구에 회자하는 유명한 작품이다.

10 독부(獨夫): 민심이 완전히 이반된 통치자를 이르는 말. 일부(一夫).(『書經·泰誓下』 "獨夫受, 洪惟作威." 수수는 은나라 마지막 임금 주紂의 이름.)

하며, 인심의 모이고 흩어짐에 따라 천명이 돌아오고 떠나가는 것이다. 천명의 돌아오고 떠나감으로 흥패존망의 계기가 결정되게 된다. 지혜로 하는 자 천하대세의 가는 바를 살펴서 스스로 인정仁政을 베풀고 저편이 피폐하기를 기다린다. 그런즉 저 백전백승을 거두어서 남의 아비를 죽이고 남의 자식을 고아로 만든 자는 그 자신의 잔혹한 행적을 폭로하고 이편의 관대 인후함을 드러내주는 데 꼭 알맞은 꼴이다.

또한 아무리 써도 다함이 없는 것은 지혜요, 믿고 뽐내다가 한계에 이르고야 마는 것은 힘이다. 다함없는 지혜를 쓰게 되면 사람들이 돌아올 것이며, 한계가 있게 마련인 힘을 쓰면 사람들이 떠나갈 것이다. 사람들이 돌아오고 떠나가는 데 천명이 확실히 있으니 천하대세는 알기에 어렵지 않다 하겠다. 하물며 사람들이 돌아간즉 천하 사람의 부모요, 사람들이 떠나간즉 천하 사람의 원수다. 천하의 사람들 어느 누가 그 '부모'를 왕으로 받들고 그 '원수'를 죽이고자 하지 않겠는가. 이런 까닭에 지혜로 하는 자 작은 데에 있지 않고 힘으로 하는 자 큰 데에 있지 않다.

'천하 사람의 부모'로 '천하 사람의 원수'를 공격하기란 쉬운 일이요, '천하 사람의 원수'로 '천하 사람의 부모'를 공격하기는 극히 어려운 일이다. 왜냐? 천하에 부모를 배반한 사람이 어디 있겠는가? 부모를 배반한 사람이 없은즉 저 몹시 곤궁하고 원통한 즈음에는 부모를 그리워하기를 더욱 간절히 하는 것이 인정이다. '부모'로 여겨 간절히 사모한다면 비록 1려旅의 군대, 100리里의 땅을 가지고도 탕왕湯王·무왕武王처럼 되기 어렵지 않을 것이다. 더더구나 천하를 반분해 가지고서 제후의 군대를 통괄하여 '천하 사람의 원수'를 정벌하는 데 있어서랴! 옛날 사람에 이처럼 행한 자 있었으니 한나라 고조 유방이다.

또한 천하에 원수를 섬기려 할 자 있겠는가? 원수를 섬길 자 없은즉 저 쫓김을 당하고 짓밟힘을 당하여 몸을 창칼 사이에 붙이고 화살과 돌멩이가 빗발치는 사이에서 생사를 돌아보지 않는 자들이라면 누구나 원수의 배를 칼로 가르려고 덤벼들 것이다. 그럼에도 아직 요행히 제 머리와 목을 보존하고 있는 것은 그의 무력과 위엄이 능히 제압할 수 있기 때문이다. 급기야 세궁역진勢窮力盡하여 사람들이 배반하고 하늘이 망하도록 해서 그 자신이 한낱 필부가 되어 외로이 돌아갈 곳이 없게 되면 천하의 고아나 과부들까지 몽둥이를 들고 덤벼들 판이다. 이런 까닭에 영웅호걸로서 힘으로 천하를 경영한 자들 가운데는 남에게 무릎을 꿇고 신하노릇 한 자도 있고 남의 칼날에 죽은 자도 있다. 그런 중에 가장 용맹이 절등하고 견식이 빼어난 인물은 천명이 돌아가는 곳이 따로 있고, 인심이 이미 떠나갔음을 알고 나서는 끝내 남 아래 무릎을 꿇지 않고 남의 칼날에 밥이 되지 않기 위해 스스로 자기 몸을 가볍게 버린 이들[11]이다. 그 죽음은 오히려 더욱 열렬하다. 정말 걸출하고 굉장한 자 아니고 누가 능히 이럴 수 있겠는가. 옛날 사람 중에 이처럼 행한 자 있었으니 초나라 패왕 항우이다.

항우는 8년의 전쟁에 오로지 싸우고 공격하기만 일삼더니 고릉固陵[12]의 일전에서 대패하자 하늘이 자기를 망하도록 하는 것으로 생각한 나머지, 오강烏江 가에 말을 세우고 혼자 말하였다.

"8천 무리 중에 단 한명도 살아 돌아가는 사람이 없다니! 강동江東 사

---

11 자기 몸을 가볍게 버린 자: 원문은 "鴻毛八尺"이다. '홍모(鴻毛)'는 기러기 깃털인데 워낙 가벼운 것이어서 자신의 죽음을 가볍게 여기는 경우를 비유하는 데 쓰인다. '팔척'은 사람의 장대한 키, 즉 육신을 가리키는 것으로 보아 이와 같이 번역했다.

12 고릉(固陵): 지금 하남성(河南省) 회양현(淮陽縣)의 지명. 이곳에서 유방군이 항우군을 공략하였는데 한신(韓信)·팽월(彭越) 등 제후군이 당도하지 않아서 유방군이 대패했다. 이에 유방은 한신·팽월에게 땅을 나눠주기로 약조하였고, 곧 제후군이 합세하여 항우는 해하(垓下)에서 포위되었다.

람은 그 아비가 아니면 아들이요, 그 형이 아니면 아우이다. 비록 내가 직접 손으로 죽이지 않은 줄이야 알겠지만 그들을 죽게 만든 것은 모두 나 때문이 아닌가. 그런즉 강동 사람에게도 내가 원수처럼 되고 말았다. 천지 사방이 온통 한나라 차지가 되었거니와, 한조각 강동 땅조차 발을 디딜 수가 없이 되었구나. 장차 남이 나의 몸을 찌르도록 하느니 내 칼로 내가 자결해서 욕을 보지 않는 편이 좋지 않겠는가!"

만약 형세가 해볼 만함에도 불구하고 굳이 스스로 죽음을 택했다면 참으로 애석한 노릇이다. 하지만 당시 항우가 오강을 건넜다가 성공하지도 못하고 마침내 유씨 한나라의 포로가 되었다면 한 시대를 떨치던 명성이 땅에 떨어졌을 것이다. 천년의 역사에 다시 누가 항우의 영용을 일컬을 것인가. 그가 "저 강동 사람들이 나를 왕으로 받든다 할지라도 내 지금 무슨 면목으로 돌아갈 것이랴!"라고 말했던 것은 모든 사람들이 항우는 세궁역진勢窮力盡해서 죽는 것이 아니고 강동으로 돌아갈 면목이 없어 죽는 것인 줄로 알도록 하고자 함이다. 그렇지 않다면 그가 강을 건너는 것도 보장하기 어려웠거늘 어찌 그 자신은 알지 못했겠는가. 알면서도 그의 말이 이러했던 것은 이 역시 그의 불굴의 의지라 하겠다.

대저 천하의 대세를 살피지 못하고 영웅의 뜻을 헤아리지 못하는 자들과는 더불어 논할 수 없는 것이다.

일찍이 어떤 사람이 오강을 지나다가 항왕을 조문하는 일편의 부賦를 지었는데 이러하다.

초객楚客의 하많은 상념, 강호로 떠도는 발자취
만고를 회상하며 영웅의 유적을 찾노라.

충의로 일어나는 분통 삭이지 못함에

절강浙江의 파도[13] 일렁이고

길 떠난 장사 돌아오지 못함에

역수易水의 바람[14] 쌀쌀해라.

가슴 아파라. 가장 견디기 어렵나니

오강의 물 철철 흐르는구나.

노에 몸을 기대고 배를 멈추어라

수심에 겨워 머리가 희어지네.

산하는 옛날인지 지금인지

웅걸한 도략 한바탕 꿈이런가.

부는 바람 물결을 말아서

아련히 무언가 탄식에 잠겨

이 사람

푸르른 물가에서 마름을 캐고

흐르는 강에서 맑은 물 떠

초패왕의 혼령에 조문을 드리는데

왕은 이를 아시는지?

---

13 절강(浙江)의 파도: 오자서(伍子胥)와 관련된 전설. 오왕 부차(夫差)는 오자서의 옳은 계책을 따르지 않고 간신의 말을 들었으며, 오자서에게는 자결하도록 강요하였다. 후세에 오자서의 분통으로 절강의 파도가 사납게 인다는 이야기가 전해졌다.

14 길 떠난 장사~역수(易水)의 바람: 장사는 연나라 의사(義士) 형가(荊軻)를 가리킴. 역수는 옛날 연나라 땅으로, 지금의 북경(北京)지방에 있는 물 이름. 이곳에서 진시황을 암살하기 위해 떠나는 형가를 송별하며 고점리(高漸離)가 축(筑)을 타고 비장한 노래를 부른 고사가 유명하다.

지혜로워라, 패왕이여!

만인을 대적할 병법을 배우셨더니라.

용맹하여라, 패왕이여!

산을 뽑을 용력을 지니셨더니라.

오중吳中의 호걸이요, 초나라 대장 가문의 후예였다.

일찍이 웅장한 기개 품고 시세를 점치더니

진시황의 장엄한 행차를 목도하고는

"저 자리 내가 빼앗아 차지하겠다."[15]고 소리쳤더니라.

진나라 조정 사슴을 가리켜 말이라 이르고부터는[16]

어양漁陽의 수자리 살러 가다가 일어서게 되었더라.[17]

저 분분하게 여기저기서 벌떼처럼 일어났으되

영웅의 한번 껄껄 웃음에도 차지 못하는구나.

칼을 휘두르며 크게 부르짖으니

천지 사방이 아득해지도다.

8천의 건아들,

---

15 진시황의~차지하겠다: 진시황이 회계(會稽) 지방을 순시하다 절강을 건너는데 소
년 항우는 그 장엄한 행차를 구경하다가 "저 자리 내가 차지하겠다.(彼可取而代也)"라
고 말했다 한다.(『史記·項羽本紀』)

16 사슴을~이르고부터는: 원문은 "變角爲鬣" 진 이세(秦二世) 때의 권신 조고(趙高)가
이세 앞에서 사슴을 가리켜 말이라고 하니, 신하들이 조고의 위세에 눌려 그렇다고 맞
장구를 치게 되었다 한다. 지록위마(指鹿爲馬).

17 어양(漁陽)의~되었더라: 어양은 지금 하북성(河北省)의 지명. 진승(陳勝)과 오광(吳
廣)이 둔장(屯長)으로 어양 지방에 부역을 나가다가 중도에 비를 만나 길이 끊겨 도착
할 날짜를 어기게 되었다. 이에 수자리 나가는 것을 중단하고 대신 반란을 일으켰으
며, 이를 계기로 각처에서 영웅호걸들이 봉기하였다.

하나같이 곰이 힘을 뽐내고 호랑이 으르렁

바람도 매섭게 강을 건너 달려가

무인지경처럼 진격했다네.

사슴이 벌써 시야에 들어왔으매[18]

천하는 가볍게 손에 넣을 줄로 생각했다네.

거록鉅鹿에서 배를 버리고

3일분 양식만 싸들고 분투하여 적을 분쇄하니

그 빛나는 위무 제후 왕들 모두

그의 앞에 나오며 무릎으로 기었더니라.[19]

너무도 참혹하여라. 신안성新安城에서 한번 성을 내자

10만의 진나라 병사는 어육魚肉이 되고 말았다네.[20]

"관중關中에 먼저 들어간 자 왕이 된다"[21] 이미 다짐했거늘

---

18 사슴이~들어왔으매〔鹿已在於眼中〕: 여기서 사슴은 황제의 자리를 비유한 말. 곧 황
  제의 자리가 눈앞에 들어왔다는 의미. 축록(逐鹿).(『史記·淮陰侯列傳』: "秦失其鹿, 天下
  共逐之, 於是高材疾足者先得焉.")
19 거록(鉅鹿)에서~기었더니라: 거록은 지금 하북성의 지명. 항우가 이곳에서 진의 대
  군을 공략할 때 도하를 하면서 선박을 모두 물에 잠기게 하고 3일분의 식량만 휴대하
  도록 하니, 병졸들이 필사적으로 싸워 대승을 거두었다. 이 거록의 싸움에서 승리하
  자 제후들은 항우를 두려워하여 원문(轅門: 병영)에 들어올 때 무릎으로 걷고 차마 똑
  바로 마주보지 못했다 한다.
20 신안성(新安城)에서~말았다네: 진군이 항우에게 항복을 하였는데 군중에서 불평하
  는 소리가 있었다. "이에 초군은 야간 공격을 하여 진나라 병졸 20만을 신안성 남쪽에
  서 생매장했다."(『史記·項王本紀』)고 기록되어 있다. 여기서 10만이라 한 것은 수치상
  의 착오이다. 신안성은 지금 하남성(河南省)의 지명.
21 관중(關中)에~왕이 된다: 제후의 연합군이 진을 공격할 적에 먼저 관중으로 진입한
  자를 왕으로 삼는다고 맹약을 한 바 있었다. 관중에 먼저 진입한 자는 유방이었는데
  항부는 이 약속을 지키지 않았다는 의미.

패왕은 어찌하여 이 약속 저버렸던가.

홍문의 연회 석상에 패공沛公의 운명은 아침이슬
칼춤 어우러져 서릿발 날리는데
구름이 근심하고 바람도 노여웁다.
범증范曾이 옥결玉玦을 세번이나 들어 보일 때
패왕인들 어찌 그 눈치 못 챘을까?
그냥 두어두고 보았던 것이라.
이 어찌 소장부 능히 할 수 있는 일이랴!
대개 옹결한 심사 의기의 부리는 바니
그를 보기를 아이들 장난처럼 여겼으리라.

갱유坑儒의 한풀이로 함양咸陽을 도륙내고
분서焚書의 불을 들어 아방궁을 태워버렸도다.
천하는 곧장 하나로 정해지리라 자신하였으니
장차 사해에 군림하고 백월百粵²²을 복속시키리라.
제후들을 바둑판에 바둑알 놓듯 배치하는데
한왕은 파촉巴蜀에다 가두어둔 모양이라.

백이百二의 천혜 부고²³ 관중關中을 돌아보라

---

22 백월(百粵): 백월(百越). 중국 남방의 강소·절강·민월(閩粵) 등지를 지칭하던 말.
23 백이(百二)의 천혜 부고: 원문은 '百二之天府'. 산하가 험고한 땅을 지칭하는 말로 진
  나라가 차지한 관중(關中)이 여기에 해당한다. 백이는 진나라를 지칭하기도 했다. 부
  고는 창고의 의미.

참으로 패업의 기반이 되지 않으랴.

천하를 견제하기도 좋고 외적을 지키기도 좋은 곳

나를 얕볼 자 누가 있겠느냐 이렇듯 자부하고

'비단옷 입고 밤길 걷기라'며 기어이 금의환향하겠다니[24]

천하를 가름하는 대기를 그르침이로다.

이 요충지를 항복한 장수에게 맡기고

형세를 삼으려 했다니 벌써 득책 아니요

자신은 팽성彭城으로 물러나 안위를 꾀했으니

어느 제후 왕이 겁내리오.

아아, 대사를 도모함이 훌륭하지 못하였으니

천명이 따로 돌아갈 곳이 있구나.

불우할 때 남의 가랑이 밑을 기던 사람 한신韓信

한왕은 이 인물 알아보고 자기 옷 벗어 덮어주었더라네.

진창陳倉의 길 위로 홀연 창검이 하늘을 가리는구나.

삼진三秦[25]은 일시에 손을 쓰지도 못하는데

백성들 모두 단사호장簞食壺醬[26]으로 환영하였네.

---

24 비단옷 입고~[何晝錦之一計]: 항우는 사람이 성공하고도 고향으로 돌아가지 않으면 '비단옷 입고 밤길 걷기[衣錦夜行]'라 하며, 기어이 관중을 버리고 고향 쪽으로 도읍을 정했다. 이것이 항우가 실패하게 된 결정적 원인이 되었다는 것이다.

25 진창(陳倉)·삼진(三秦): 진창은 지금 섬서성(陝西省)의 지명. 유방은 한신의 계책을 써서 겉으로 잔도(棧道)를 보수하면서 몰래 진창을 건너 삼진(三秦)을 공략했다. 삼진은 항우가 진을 격파한 다음 관중의 땅을 삼분하여 항복한 진나라 옛 장수에게 맡겼다 하여 붙여진 이름.

26 단사호장(簞食壺醬): 도시락 밥과 병에 담은 음료수. 백성들이 군사를 기뻐하며 맞아 간소한 음식으로 대접하는 것을 가리키는 말.

인심은 사람 죽이기 좋아하지 않는 자에게로 쏠리는데
패왕인들 홀로 어찌하겠는가.

하지만 웅걸한 그 마음 어디로 갔겠는가.
패왕이 다시 떨쳐 무위를 날리는데
저수睢水[27]의 일전에 10만 한군을 수장하여 강물이 막히고
형양滎陽[28]에서 재차 포위함에 한왕은 혼이 났더라네.
오호라, 홍문에서 죽이지 않은 일
패왕이 한왕에게 끼친 은덕이요
한왕의 부모처자 고스란히 돌려보냈으니
또한 패왕의 큰 은덕이라.
패왕은 이 두 은덕을 끼친데다
한왕을 저버린 일 일찍이 없었거늘
홍구鴻溝[29]의 화친조약을 위배하였으니
한왕은 패왕에게 어찌 그리 야박하였던고?

고릉固陵의 전투 형세가 완전히 기울었고
해하垓下에서 포위를 당함에 간담이 찢어지니
군영에 밤도 고요한데 초나라 노래 처연해라.

---

27 저수(睢水): 초군이 한군을 공격하여 군졸 10여만이 모두 이곳으로 빠져 저수가 그
때문에 흐르지 못했다 한다.
28 형양(滎陽): 하남성의 지명. 전략상의 요충지로 유방이 포위됐었는데 항우와 범증
(范增) 사이에 이간책을 써서 위기를 면한 일이 있다.
29 홍구(鴻溝): 하남성의 강 이름. 항우와 유방이 오래 싸운 끝에 이 홍구를 경계로 삼아
서쪽은 한이, 동쪽은 초가 차지하기로 강화조약을 맺은 바 있었다. 그런데 이 조약을
한이 곧바로 파기하고 초를 공격하여 결국 한의 승리로 돌아간 것이다.

오나라 하늘 달도 차가운데 오추마 슬피 운다.

한 곡 장막 속의 노래에 몇줄기 영웅의 눈물

꽃잎 날리고 칼날이 눈서리를 일으키는데

홍혈은 잦아들고 비취가 부서지누나.

말 한필 나는 듯 내닫자 삼군이 물결처럼 갈라지는데

적진 속으로 뛰어들어 장수를 베고 깃발을 쓰러뜨렸네.

이러한들 패망하는 지경에 무슨 보탬이 되리오.

날이 저물어 해 지는 강가에 서서

사방을 둘러보니 산천도 찌푸리는구나.

이 한 몸뚱이 수중의 칼에 맡겼으니

돌아가는 혼 가물가물 고국 찾아갔는가.

초나라 산하의 비바람 이제 모두 한나라 일월이라

8년 전쟁 끝에 온 성에 현송絃誦이 울리누나.[30]

"오강에 건널 배 없어서가 아니요,

동오로 가서 다시 기병하는 일 부끄러워."

라고 읊은 시인[31]의 말이 그럴 듯하구나.

---

30 현송(絃誦)이 울리누나: 현(絃)은 현악기의 반주로 노래하는 것이며, 송(誦)은 악기
   반주 없이 읊는 것을 가리킨다. 옛날 교육을 할 때 현송을 이용했다 하여 학교를 지칭
   하기도 한다. 여기서는 다시 평화가 찾아왔음을 비유한다.
31 당나라 시인 이증(李曾)을 가리킨다. 그는 두목지와 반대되는 시상을 담아서 "오강
   에 건널 배 없어서가 아니요, 동오로 가서 다시 기병하는 일 부끄러워.〔烏江不是無船渡,
   恥向東吳再起兵〕"라고 읊은 바 있다.

오호 애재라!

논두렁 사이에서 일어나 패업을 이루었으니

그 지혜 실로 놀랍지 않은가.

8천의 군사를 거느리고 천하를 제압하였으니

그 용맹 또한 대단치 않은가.

오직 하늘이 자기를 망하게 만들고

사세가 이미 자기를 떠나간 줄 알아서

오강 건너지도 않고 남의 칼날에 죽음을 당하지도 않고

스스로 자결을 하였으니

그의 특출한 지혜여! 그의 굉장한 용맹이여!

유독 통석을 금치 못하리.

강 속에서 의제義帝를 격살했던 일

그 추악한 소리 만고에 씻기 어려운 것을

아마도 영령은 후회가 없을 수 없었으리.

물결도 원한의 하소연으로 흐느끼는가.

이같이 조문을 마치자 더욱 처연하여라.

해는 서산으로 떨어지고 처량한 죽지사竹枝詞 가락

안개 낀 강 숲 너머로 들리나니 초나라 사람들 노래.

"안타까워라! 오강의 정자

차라리 항우처럼 죽을지언정

항백項伯[32]의 삶은 취하지 않으리라."

탕음부蕩陰賦³³

객은 하염없이 만고의 시름에 잠겨 백발만 늘어나
임치臨淄³⁴로 가는 길에 한조각 달빛이 잦아드는데
아득히 인적이 없는 평원광야
살기가 아직 가시지 않아 음산하더라.

어디엔들 없을쏘냐? 그 갸륵한 혼백
바람 앞에 서서 혜시중嵇侍中을 조문하노라.
나라의 곡식을 먹지 않고 나라의 옷을 입지 않는 자
어디 있으랴마는
어찌 그대 홀로 충의에 열렬하였던고?

황제의 군사 궤멸된 것을 알고

---

32 항백(項伯): 항우의 숙부. 이름은 전(纏)이며 자(字)가 백이다. 항백은 홍문연에서 유
  방의 목숨을 구해준 바 있었는데, 항우가 패한 후 유방은 항백을 사양후(射陽侯)로 봉
  해주었다.

33 탕음부(蕩陰賦): 탕음(蕩陰)은 지명. 진(晉)나라 혜제(惠帝) 때 이곳에서 반군의 공격
  을 받아 호위군이 궤멸하고 백관들이 뿔뿔이 흩어졌는데, 오직 혜소(嵇紹)가 천자 옆
  에서 빗발치는 화살을 몸으로 막다가 피를 뿌리며 쓰러졌다. 그때 뿌려진 피가 천자
  의 옷을 적셨다. 사태가 수습된 다음 그 옷을 빨려 하자 천자는 "이는 혜시중(嵇侍中)
  의 피다. 빨지 말아라"고 했다 한다. 혜소의 사적은 『진서(晉書)』의 충의열전에 기록되
  어 있다. 「탕음부」는 이 역사 사실을 다룬 글로, 백호가 진사(進士) 시험을 볼 때에 지
  어 제출했던 것이다. 혜소는 죽림칠현으로 유명한 혜강(嵇康)의 아들로 벼슬이 시중
  이어서 혜시중으로 불린다. 그가 임금을 위해 피를 흘린 이 이야기에 유래하여, 후에
  '혜시중혈(嵇侍中血)'이란 말은 충신의 피를 뜻하게 되었다.

34 임치(臨淄): 중국 산동성(山東省)에 있는 지명. 탕음은 임치 가까운 곳이다. 지금은
  치박시(淄博市)에 속해 있다.

우리 임금의 어려운 처지를 슬퍼함일러라.

개구리 울음 공인지 사인지 요란하기만 한데

수도를 크게 꾸미려들다가 나라를 병들게 하다니.

저 성도왕成都王[35]은 큰 뱀이나 도야지처럼[36]

욕심부려 잠식蠶食해 들어오기 끝이 없었네.

누가 근왕병 이끌었던고? 동해왕東海王[37]이라.

인의를 가장한 건 어쭙잖긴 하였으되

"왕사王師는 유정무전有征無戰이라" 일렀거늘

어찌 흉악한 구습으로 존립하길 도모하여

언감생심 불공한 마음을 먹다니…….

누가 생각이나 했으랴!

저 반역의 무리, 감히 하늘의 해를 쏘리라고.

흉패한 기운 몹시도 사나워라.

화살이 황옥黃屋[38]에 비오듯 쏟아진다.

백관들 새처럼 흩어지고 육군六軍[39]은 물결처럼 밀려나갔네.

---

35 성도왕(成都王): 사마영(司馬穎). 진 무제(武帝)의 아들로 성도왕이 되었다. 황태제(皇太弟)로 봉해지기도 했고 무한한 권력욕으로 반역을 일으켰는데, 뒷날 결국 죽임을 당했다.

36 큰 뱀이나 도야지처럼〔長蛇封豕〕: 무한의 탐욕과 포악을 부리는 자를 비유하는 말.

37 동해왕(東海王): 사마월(司馬越). 진나라 황족으로 양준(楊駿)을 토벌하는 데 공이 있어 동해왕에 봉해졌다. 권력을 잡자 위세를 부리고 어진 벼슬아치와 맹장들을 모두 자기 수중에 두어 정작 황제 곁에는 인재가 없고 상하질서도 어지럽게 되었다.

38 황옥(黃屋): 천자가 타는 수레.

39 육군(六軍): 천자의 군대. 주나라 제도에 천자는 6군을, 제후국은 3군 혹은 2군, 1군을 둔다 하였다.

저마다 살길 구해 바쁘거늘
황제가 어디 있는지 생각이나 미쳤을까?
사람 하나 있었도다. 의리로 용맹하여라.

내가 죽을 곳인 줄 알았으매
천금의 귀한 목숨 깃털 하나같이 여겼어라.
임금의 옥체를 보위하기 위해
자기 몸으로 방패를 삼았으니
청포시중青袍侍中이요 곤의천자袞衣天子로다.
주욕신사主辱臣死, 그대 확실히 죽어 마땅하매
서리 바람도 송백松柏은 시들게 하지 못하고
예리한 칼날도 의인 앞엔 힘이 되지 못하니라.
놀란 피 하늘에 뿌려진 끝에
육룡六龍이 창검 날리는 속에서 간신히 살아났으되
우림군羽林軍은 어디로 갔는지 보이질 않고
치청淄靑의 전사들도 무력하였던가.[40]
황제를 보위한 공훈 그대의 일신상에 있는 터
"이는 혜시중의 흘린 피니 빨지 말아라."
이 황제의 말씀
그의 거룩한 충절이 나타나 있기 때문이다.

---

40 치청(淄靑)의 전사들도 무력하였던가: 치청은 치수(淄水)가 있는 임치(臨淄)와 그 가
까이 있는 청주(靑州) 지역을 가리킨다. 탕음에서 멀지 않은 곳인데 이 지역의 주둔군
이 힘없이 무너졌음을 뜻하는 것으로 이해된다.

슬프다! 맡은 직분으로 나라에 몸을 바쳐
생과 사를 충의로 다할 따름
강상綱常의 일월 장구하거늘
어찌 주상의 죽음을 바라보고 있단 말인가?
원수를 섬기기에 겨를이 없거늘
의를 위해 목숨을 바치려 할까 보냐.

적이 청사靑史에 정신을 붙이고 나니
이런 사람의 이름 우러러보여라.
한 구역의 땅 천추에 잊지 못하리
휘황한 태양이 쪼이고 가을 서리 늠름해라.
고결한 영혼, 얼마나 빛나는가?
내 마음 애달파
초혼의 노래를 부르리라.

신하 되어 충에 죽고
자식 되어 효에 죽고
혼령이시어! 돌아오소서.
그대 같은 분 찾아보기 어려워라.

구차한 삶 부끄럽나니
의로운 죽음 모범을 보였도다.
혼령이시어! 돌아오소서.
사나이 영원히 후대에 아름다움을 전했도다.

스산한 구름, 비가 묻어 있고

귀신들 빈숲에서 울부짖누나.

혼령이시어! 돌아오소서.

이곳 탕음, 비극의 현장으로

하재를 타고 산천을 유람하다夏載歷山川⁴¹

자장子長⁴²처럼 유람을 나서서

돌아다니는 사람 있었으니,

신발 한켤레로 온 천지를

쪽배 한척으로 온 강하를

바람을 품고 달을 안고

만리를 떠돌아

우뚝 솟은 산 오악五岳이요

---

41 하재를~유람하다(夏載歷山川): 우왕(禹王)의 공적을 우언적 형식의 운문으로 표출
한 작품. 부체(賦體)에 해당하는 것이다. 옛날 큰 홍수로 천하가 물에 잠겼을 때 제요
(帝堯)가 곤(鯀)을 시켜 다스리도록 했으나 실패하자 다시 그의 아들 우를 불러 맡도
록 했다. 우는 자신이 직접 산천을 두루 답사하는데 지형에 따라 차(車)·선(船)·취
(橇)·국(樏) 네 종류의 탈것을 이용했다. 결국 9년의 노고 끝에 수토를 정비하고 구주
(九州)를 정했다. 제목의 하재(夏載)란 곧 4종의 탈것을 가리키며, 역산천(歷山川)이란
우가 직접 답사한 사적을 나타낸 말이다. 우왕의 사적은 인간이 자연을 지배하는 문
명의 역사를 신화적으로 반영한 것일 터인데 작가가 이를 회상해서 재현하는 방식으
로 그려내고 있다.
42 자장(子長): 『사기(史記)』의 저자인 사마천(司馬遷)의 자. 『사기』를 짓기에 앞서 중국
천하를 두루 답사하였다.

평평한 물 사독四瀆이라.
아득한 생각 일으켜 긴 휘파람 불며
우禹임금 수레 타고 유력하던 때 회상하노라.

그 옛날 물에 빠진 백성들
홍수의 큰 피해, 요堯임금 놀라
곤鯀을 기용하였으나 공을 이루지 못하매
"이리 오너라 너 우禹여!
네가 맡아서 하라"고 순舜임금이 일렀더라네.

우는 오직 일념으로 근심하고 부지런하여
손발이 부르튼다고 앉아 있으랴!
자기 집 문 앞을 세번이나 그냥 지나치고
갓 낳은 아들 계啓를 안아보지도 못했다지.

산길 갈 땐 국樏을 타고 진창길은 취橇를 타고
물에는 배, 뭍에서는 수레
이 네가지 탈것에 노상 몸을 실어
8년이나 9주를 돌아다니며
높은 데서 낮은 데로 물을 유도하니
산은 자리를 잡고 물은 잘 흘렀다네.

산으로 말하자면
숭산嵩山·화산華山에 제를 올리고

기산岐山·양산梁山에서 공적을 아뢰었고

서쪽으론 곤륜산崑崙山에 다다르고

동쪽으론 갈석산碣石山에 이르렀네.

물로 말하자면

장강長江·회수淮水·황하黃河·한수漢水

넘실넘실 하늘에 닿았는데

용문龍門[43]을 뚫고 나니

물이 땅으로 흘렀더라.

이에 요堯임금이 봉한 땅 다시 회복하여

산천은 옛날같이 되었더라.

살아갈 터 잡히고

백성들은 화식火食을 하게 되었지.

소택지는 용과 뱀이 서식하는 곳이 되고

나라 안엔 야수들이 사라졌다네.

거룩하다 신령의 공과 제왕의 힘이여!

만년이 지난 오늘까지 산에 물에 남아 있으니

누군들 하우씨夏禹氏를 생각지 않으리오.

아! 천하는 지극히 크고

신성한 자리는 위태롭기 그지없으매

하늘이 맡기려 할 적에는

---

43 용문(龍門): 지금 하남성(河南省) 낙양(洛陽) 남쪽에 있는 지명. 옛날 우가 치수를 할
때 용문을 뚫었다는 전설이 있다.

반드시 먼저 시험해보나니

대록大麓에서 만난 폭풍과 우레[44]

하늘이 순舜을 등용하기에 앞서 시험함이었고

하늘까지 넘실댄 홍수는

하늘이 또 우禹를 먼저

문조文祖에 나아가기[45] 시험한 거로세.

하늘이 성인聖人을 수고롭게 하시는 까닭은

노심초사케 만들어 대위大位를

잇게 하려는 데 있었나니

내가 순과 우를 두고

어찌 낫고 못하고를 가리리오?

이에 다음과 같이 찬송하노라.

우임금의 치산치수하신

그 거룩한 공적 어떠한가?

그이는 낮은 궁실宮室[46] 좋게 여기고

---

44 대록에서 만난 폭풍과 우레[大麓風雷]: 대록은 산림을 가리킨다. 요(堯)가 순(舜)으로
하여금 대록을 순시하도록 하였는데 폭풍과 우레가 몰아쳐도 순은 정신을 잃지 않았
다 한다.(『書經·舜典』,『史記·五帝本紀』)

45 문조에 나아가기[格祖]: 문조(文祖)는 옛날 제왕의 선조를 가리킨다. 문조의 묘(廟)
에서 선위를 하는 의식을 거행했다. 여기서는 제위에 새로 오르는 것을 가리킨다.(『書
經·舜典』:"正月上日, 受終于文祖.")

46 낮은 궁실[卑宮]: 우왕의 검소한 생활태도를 표현한 말.(『史記·夏本紀』:"禹傷先人父
鯀功之不成受誅, 乃勞身焦思, 居外十三年, 過家門不敢入, 薄衣食致孝于鬼神, 卑宮室,
致費於溝
洫.")

우리들 물고기 되는 걸 면하게 하였더라오.⁴⁷

병졸의 죽음에 슬퍼하여 적을 물리침哭卒却敵⁴⁸

저 훌륭한 군자를 보아라.
비단옷에 호백구를 걸치고
양문陽門의 한 골목에다
수레와 일산 잠깐 멈추더라.

일개 병졸의 죽음에
저다지 슬피 조문을 하다니
민심에 영합하려는 뜻 아니거늘
첩자諜者가 올 줄 생각이나 했겠는가.

세상이 춘추春秋시대로 접어들고부터
화평한 바람 살기殺氣로 변했더라.

---

47 우리들 물고기 되는 걸 면하게 하였더라오(吾免魚): 우왕의 공적을 찬양하여 『좌전
   (左傳)』에서 "우가 없었더라면 우리는 물고기가 될 뻔했다(微禹吾其魚矣)"라고 하였다.
48 병졸의~물리침(哭卒却敵):『예기·단궁(檀弓)』에 실린 고사를 가지고 쓴 글. 양문(陽
   門: 송나라의 성문 이름)의 개부(介夫: 성문을 지키는 위병)가 죽었는데 사성자한(司
   城子罕)이 찾아가서 조문하여 슬프게 곡을 했다. 마침 진(晉)나라 사람이 침략을 하려
   고 첩자로 들어왔다가 이 사실을 보고 돌아가서 진후(晉侯)에게 보고하기를 "양문의
   개부가 죽었는데 자한이 곡하기를 슬프게 하여 백성이 감격하니 칠 수 없다."고 하였
   다. 또한 공자는 이 사실을 듣고 "훌륭하다! 남의 나라를 엿보아 살핌이여!"라고 칭
   찬했다 한다.

생명을 어육魚肉처럼 보아

전쟁으로 날마다 참혹하게 되었구나.

지금 박사亳社[49]는 약소한 처지

실로 노·위魯衛와 비등하여[50]

의기로 사람들과 단합하지 못하고야

이소적대以小敵大의 효과 무엇으로 얻겠는가.

하물며 갑옷 입고 활 짊어지고

칼날·화살에 일신을 내맡기니

오吳와 초楚 맹세를 잊기 일쑤요

제齊와 진秦 약속을 헌신짝처럼

한 화살 서로 겨누어

삼군三軍이 결속했네.

금고金鼓는 울려 불주산不注山[51]을 넘어뜨릴 듯,

연진煙塵은 일어 효오殽敖의 들[52]을 뒤덮을 듯

---

49 박사(亳社): 박은 은(殷)의 서울. 박사는 송나라의 사직을 뜻한다. 송이 은을 계승한
　　나라이기 때문에 이렇게 쓴 것이다.

50 노·위와 비등하여[魯衛之伯仲]: 서로 비슷하게 쇠약한 상태에 처해 있음을 뜻하는
　　말. (『論語·子張』: "子曰, 魯衛之政, 兄弟也." 朱注: 魯, 周公之後; 衛, 康叔之後. 本兄弟之國, 而
　　是時衰亂, 政亦相似, 故孔子嘆之.)

51 불주산(不注山): 불주산(不周山)의 오기(誤記)가 아닌가 한다. 불주산은 곤륜산의 서
　　북쪽에 있는 전설적인 산 이름. (『淮南子·天文訓』: "昔者共工與顓頊爲帝, 怒而觸不周之山,
　　天柱折, 地維絶.")

52 효오의 들[殽敖之郊]: 효와 오는 역사상 전략적으로 중요한 지명. 효는 효산(殽山), 동
　　관(童關)이 있는 곳. 오는 양곡의 창고가 있었던 형양(滎陽: 지금 정주鄭州).

물러서면 장수에게 베임을 당할 터요
나가면 칼날이 부딪친다네.
적이 나를 죽이지 않으면
내가 꼭 적을 죽여야 한다.

고달픈 전쟁 해마다 연이어
마음이 아프고 눈이 쓰라리다.
지금 너의 죽음이
어찌 측은하지 않으랴.

무릇 행군行軍은 대열을 갖추어야 하나니
대열은 오伍와 여旅[53]로 이루어져
여旅에 한 사람이 없어도
여가 성립이 안 되고
오伍에 한 사람이 없어도
오가 성립이 안 되느니.

군대가 오와 여가 없고 보면
어떻게 외적을 방어하리.
나라는 모름지기 군사가 충분해야 하는 법
나 눈물이 저절로 나오네.

---

53 오(伍)와 여(旅): 옛날 군대 편제 단위. 5인이 오(伍)가 되고 5백인이 여(旅)가 되는
것으로 되어 있다.

하물며 오늘 한 군졸 잃고
내일 또 한 군졸 잃고
한명의 군졸, 두명의 군졸
천명, 만명의 군졸 잃기에 이른다.
사방으로 성루가 견고하다 해도
민생이 날로 곤궁해지는데야!

또한 군자는 정신으로 기여하고
서민은 육체로 기여하여
신심을 바친 그때부터
다같이 나라와 임금 위해.

신분의 귀천은 다르지만
신자臣子의 도리는 마찬가지
진실한 마음 널리 사랑하기로
간담肝膽에 노상 피가 끓었네.

네가 죽음을 듣고
한번 통곡하길 어찌 아끼리.
이에 바람과 구름도 따라서 변하고
조야朝野 듣고서 모두 감복하였다네.

백성들 떠나지 않는 의리를 굳게 지키고

선비들 사수死綏[54]의 절개를 품었도다.

이때 진양晉陽의 병갑兵甲이
마침 재갈을 물리고 몰래 엿보아
송나라의 허실虛實을 정탐하려고
세작細作[55]을 보내 잠입했더라.
양문陽門에 와서 보고 그만 돌아가니
그의 마음도 감격했던 것이라.
단 한마디 말로 보고를 하자
곧바로 천승千乘의 군대가 물러섰다.

병졸의 죽음을 슬퍼한 울음이
어찌 그 소리 원근에 퍼져서
종사宗祀를 대려大呂[56]보다 무겁게 만들 줄이야,
진실로 우리 사성자한司城子罕 이분이로세.

오호라. 의도하지 않고 곡哭을 한건데
그 곡이 진실에서 나온 줄 알았으니
뜻을 두고 엿보았으되
그 엿봄이 정확하였다.

---

54 사수(死綏): 전장에 나가서 실패하면 장수가 벌책을 받는다는 의미와 몸을 바쳐 싸운
  다는 의미가 있다. 여기서는 후자의 의미로 쓰였다.
55 세작(細作): 군사 기밀을 정탐하는 자. 첩자.
56 대려(大呂): 주(周)왕실의 보물인 종의 이름. 그 소리가 대려의 조에 맞았다.(『戰國策』
  燕 樂毅報燕王書: “大呂陳于元英.”)

그 곡은 사람을 감동시켰고,

그 엿봄은 전쟁을 중지시켰네.

곡이 없었으면 엿볼 것 무엇이며,

엿보지 않았으면 그냥 곡으로 그쳤겠지.

공자孔子가 '잘했다'고 하신 그 말씀[57]

거듭 나의 탄식을 불러일으키노라.

경호를 하사하심에 감사해 올리는 글謝賜鏡湖表[58]

황곡[59]이 날개를 쳐서 하마 고상한 자취 뚝 떠났거늘

자봉紫鳳이 윤음綸音을 전해[60] 명구名區를 내리셨도다.

이 은혜 바다보다 깊고 그 베푸심 남금南金[61]보다 값지다네.

---

57 공자가 잘했다고 하신 그 말씀(宣尼之善哉):『예기·단궁 하』에 나오는 "孔子聞之曰, 善哉覘國乎."를 두고 이른 말. 앞의 주 48 참조.

58 경호를 하사하심에 감사해 올리는 글(謝賜鏡湖表): 당나라 개원(開元) 연간에 예부시랑(禮部侍郎) 하지장(賀知章)에게 경호(鏡湖) 섬계천(剡溪川) 일곡(一曲)을 하사한 사실이 있다. 이 고사를 제목으로 삼아 지은 표(表). 경호는 절강성의 소흥(紹興)지방에 있으며, 표는 신하가 임금에게 올리는 문체의 하나.

59 황곡(黃鵠): 전설적인 새 이름. 큰 새로 하늘 높이 난다고 한다.(『戰國策』: "黃鵠舊其六翮, 而淩淸風.")

60 자봉이 윤음을 전해(紫鳳綸音): 옛날 오색지를 목봉(木鳳)의 입에 물려서 내려보낸 일이 있었다 하며, 윤음은 제왕이 백성에게 반포하는 글을 가리킨다.

61 남금(南金): 남방에서 나오는 동과 금의 합금으로, 보물로 여겼다.(『詩經·魯頌·泮水』: "元龜象齒, 大賂南金.")

고기 잡고 나무하는 삶 산수를 좋아하니

자연을 못 잊는 고질병 동산에 석실石室⁶²이 우뚝하오.

벼슬의 꿈은 시들한데 만리에 물새 노는 물결.

어찌 속세의 티끌이 나를 더럽히리오.

노루 사슴과 벗을 삼아 일생을 마치리라.

전번엔 성상께서 제가 공이 큰 줄 잘못 아시어

잠깐 원숭이 학들의 원망을 샀거니와

옥계玉階⁶³에 발을 들여놓으니

오활하여 스스로 부끄러움이 많았고

하의荷衣가 몸에 잘 맞거늘

어찌 관복 입기를 좋아하오리까.

한갓 전석前席⁶⁴의 간곡함만 더하게 될 따름이오라

감히 산으로 돌아갈 글을 올렸던 것입니다.

어찌 생각인들 했사오리까? 한굽이 맑은 호수를

이 사명광객四明狂客⁶⁵에게 내리실 줄을.

만경창파 언제고 목욕할 수 있는 은파恩波요,

애내곡欸乃曲⁶⁶ 한가락 모두 덕화와 은택의 노래

---

62 석실(石室): 여기서는 은둔한 사람의 거처를 가리킨다.

63 옥계(玉階): 궁정의 계단을 가리키는 말로, 임금 측근에서 벼슬한 것을 뜻한다.

64 전석(前席): 상대방의 이야기에 관심을 가지고 앞으로 다가선다는 의미.(『史記·商君傳』: "衛鞅復見孝公, 公與語, 不自知膝之前於席也.")

65 사명광객(四明狂客): 하지장의 별호. 사명(四明)은 원래 산 이름.

뜻에 맞아 청풍명월이요,

살아가기 계도桂棹와 난장蘭檣이오라.

백년의 큰 은사恩私[67]는 두어줄 구슬 눈물[68]이옵니다.

어진 이 구하기를 목마른 사람 물 찾듯 하시고

선비를 특별히 우대하는 때를 만나

영수潁水[69]가 저절로 맑았으니

요堯임금 성덕에 손상이 없고

조대釣臺[70]가 비록 멀다 한들

어찌 나라의 정사에 방해되오리까.

드디어 미천한 몸이

이같이 융숭한 베푸심을 입게 되오니

결코 단심丹心은 변치 않고

백발이 되도록 시종여일하오리다.

산야山野 좋아하는 성벽

---

66 애내곡(欸乃曲): 노 젓는 소리. 뱃노래.

67 큰 은사(鴻私): 황제가 내리는 은총을 은사(恩私)라 일컫는데 홍사란 곧 크나큰 은사를 뜻한다.

68 구슬 눈물(蛟淚): 『술이기(述異紀)』에 "남해 속에 교인(鮫人: 蛟人)의 방이 있어 고기처럼 물속에서 살며 베짜기를 그만두지 않고 울면 눈에서 구슬이 쏟아진다"고 나와 있다.

69 영수(潁水): 요(堯)시대의 은자 허유(許由)가 은거하던 곳. 그는 요가 천하를 주겠다고 했으나 사양했다.

70 조대(釣臺): 낚시터를 가리키는데 엄자릉(嚴子陵)과 관련된 고사가 있다. 엄자릉은 원래 후한의 광무제와 친구 사이로 광무제가 제위에 오른 다음 불렀으나 응하지 않고 동강의 칠리탄(桐江七里灘)에서 낚시질을 하며 세상을 마쳤다 한다.

비록 제 몸 생각지 않는[71] 절개야 못 바칠망정
강호에 멀리 있는 몸이지만
임 그리는 마음이야 잊을 날 있으리라.

___

71 제 몸 생각지 않는[匪躬]: 자기 몸을 생각 않고 충성을 바친다는 의미.(『周易·蹇』六
  二: "王臣蹇蹇, 匪躬之故.")

제 2 부

수성지愁城誌

천군天君[1]이 즉위한 해는 강충降衷[2] 원년元年이었다. 인仁과 의義와 예禮와 지智가 각기 분야를 맡아서 직분을 수행하되 오직 부지런히 하니, 희喜·노怒·애哀·락樂이 다 가운데로 모여 발동하면 모두 절도에 맞았다. 시視·청聽·언言·동動 또한 함께 예禮에 통솔이 되어 사물四勿[3]의 제재를 받고 있었다.

이때에 천군이 영대靈臺[4] 위에 높이 앉아 팔짱을 끼고 있어도 모든 부분이 명령을 따랐다. '솔개 나는 하늘, 물고기 노는 연못'〔鳶飛魚躍〕[5] 그 어

---

1 천군(天君): 마음을 가리킨다. 사람의 몸을 소우주로 보아 마음을 그 주재자로 상정한 것이다.(『荀子』: "心居中虛, 以治五官, 夫是之謂天君." 范浚 「心箴」: "天君泰然, 百體從令.") 사람의 심장은 가슴속에 있어 신명(神明)의 집이라 온갖 조화가 나온다고 생각하였다.(安鼎福 「天學考」)

2 강충(降衷): 사람이 중심이 잡혀지게 됨을 뜻하는 말. 충(衷)은 중(中)과 같은 말로 치우침이 없다는 뜻이다.(『書經 · 湯誥』: "惟皇上帝, 降衷于下民.")

3 사물(四勿): 보고 듣고 말하고 동작하는 일체의 몸가짐에서 지켜야 할 네가지 기본 원칙.(『論語 · 顔淵』: "非禮勿視, 非禮勿聽, 非禮勿言, 非禮勿動.")

4 영대(靈臺): 주나라 문왕이 세운 누대 이름.(『詩經 · 大雅 · 靈臺』: "經始靈臺, 經之營之.") 인간의 정신작용을 하는 곳, 즉 마음을 가리켜 '영대'라고도 한다.

5 '솔개 나는 하늘, 물고기 노는 연못'〔鳶飛魚躍〕: 원래 『詩經 · 大雅 · 旱麓』에서 유래한 말

디고 제대로 돌아가지 않은 곳이 없었고, 오동나무 위에 뜬 달과 버들가지에 스치는 바람까지 흥겨워하지 않은 것이 없었다.

순舜임금의 오현금五絃琴[6]은 구태여 탈 필요조차 없었으니 요堯임금의 삼척계三尺階[7]인들 어찌 꼭 설치해야 할 것인가. 호랑이를 잡고자 하지 않아도 잡을 수 있으며[8] 분노하지 않아도 산을 무너뜨릴 수 있으니, 온 세상 사람들이 모두 '참으로 임금답다'고 칭송해 마지않았던 것이다.

그로부터 2년이 지난 어느 날. 정신이 맑고 용모가 예스럽게 보이는 한 노인이 주인옹主人翁이라 자칭하고 천군에게 다음과 같은 글을 올렸다.

적이 생각하옵건대 위태로움은 편안한 데서 생기고 어지러움은 잘 다스려진 데서 나오는 법입니다. 그러므로 현명한 군주는 예측 못한 변란과 뜻밖의 재앙에 대비하여 극히 조심하는 터입니다. 『주역周易』에 이르기를 "서리를 밟으면 굳은 얼음이 어는 날이 온다(履霜堅永至)." 하였으니, 대개 일이란 드러나지 않은 상태에서 방비해야 하고 조짐이 비칠 적에 미리 제거하지 않으면 안됩니다. 일을 미연未然에 가려내는 것은 철인哲人의 빼어난 관찰이요, 현상에 안주하는 것은 보통사람의 좁은 소견입니다. 무릇 철인의 빼어난 관찰을 무시하

로 천지간에 만물이 다 제 자리를 얻어 즐거워하는 모양을 뜻하는 말로 쓰인다.

6 오현금(五絃琴): 『예기(禮記)』에 "순(舜)임금이 오현금을 만들어서 남풍(南風)을 노래했다." 하였는데 그 주소(注疏)에 "문무(文武)의 2현은 없고 오직 궁상(宮商)의 5현만 있음을 이른다." 하였다.

7 삼척계(三尺階): 요임금 시절에는 제왕의 생활이 소박했음을 표현한 말. 정사를 보는 집이 초옥으로 지어져 다듬지도 않았으며 흙계단이 3척이었다 한다.(『書經·周書』: "土階茅茨, 唐堯以昌.")

8 호랑이를~잡을 수 있으며(無欲虎而可縛): 제압하기 어려운 것을 순리로 붙잡게됨을 비유한 말.(李商隱「太倉箴」: "長如獲禽, 莫忘縛虎.")

고 보통사람의 좁은 소견을 고수한다면 어찌 위태롭지 아니하오리까? 지금 주상께서 이미 다스려졌다, 이미 화평하게 되었다고 생각하시겠지만, 지금 갓 돋아난 움이 장차 천길로 자라나고 겨우 잔에 넘칠 정도로 시작한 물이 마침내 하늘까지 넘실거리는 이치를 모르시는 것입니다. 더욱이 근본이 아직 굳건하지 못한데 마냥 한묵翰墨의 마당과 문사文史의 자리에서 노닐어 밤낮으로 오로지 친근히 하는 무리란 도홍陶泓·모영毛穎 등 넷[9]에 불과할 뿐이요, 게다가 비분강개하여 고금의 영웅들을 잊지 못해 이들이 폐부肺腑 사이에서 끊임없이 내왕하도록 방치하고 계십니다. 그러다가 이들 무리가 틈을 타서 난을 일으키는 것은 어렵지 않은 일입니다. 원컨대 주상께서는 힘써 단충丹衷을 따라서 화평으로 제어해야 합니다. 그러면 '모양이 나타나기 전에 미리 살피고 소리가 들리지 않는 데서 듣는다'는 말이 있듯, 곧 무너지는 상황에 이르러서야 비로소 자기를 돌아본다는 비웃음을 사는 일을 면하게 될 것이옵니다. 간절한 마음으로 아뢰옵니다.

천군은 이 상소를 보고서 마음을 비우고 받아들이고 싶어하였다. 그러면서도 끝내 그만두지 못하고 항시 역사서만 가까이 두고 지내면서 오로지 고금의 사적을 읊조리는 데 뜻을 두었다. 주인옹이 다시 와서 간하였다.

신으로 말하면 정情은 골육보다 깊고 의義는 기쁨과 슬픔을 같이하는 처지옵니다. 어찌 위태롭고 어지러워질 것을 미리 알고서도 이를

---

9 도홍·모영 등 넷: 도홍은 벼루, 모영은 붓을 일컫는다. 그리고 나머지 저선생(楮先生)은 종이, 진현(陳玄)은 먹으로, 곧 문방사우(文房四友)를 가리키는 말.(韓愈 「毛穎傳」)

좌시하며 무심히 넘기오리까? 오늘을 논하고 지난날을 애달파하는 것은 마음을 보존[存心]하는 데 아무런 보탬이 없거니와, 먹을 갈아서 붓대를 휘두르는 것이 본성을 기르는 데[養性] 무슨 유익함이 있사오리까? 대개 인·의·예·지 중에서 오직 불의를 증오하는 마음[羞惡之心]으로 일을 벌이고 옳고 그름을 따지는 마음[是非之心][10]으로 논의하는 한편, 겉으로 감찰관監察官[11]과 서로 통하여 주제넘게 비분해서 자기만 잘난 체하고 고상한 체하는 태도는 나라를 안정시키는 방도가 될 수 없습니다. 물론 이들이 없어서는 안 되겠지만 동시에 어느 한쪽으로 치우쳐서도 안 된다고 봅니다. 비유하자면 음양의 이치로 바람이 불고 비가 내리는 현상은 모두 천지의 기운이지만, 차서次序가 어긋나면 곧 변괴가 되고 시기를 맞추지 못하면 재앙이 되는 법입니다. 이를테면 양陽은 펼치게 하고 음陰은 움츠러들게 하면 바람이 고르고 비가 알맞게 내리는 것은 바로 섭리攝理의 여하에 달려 있는 것이 아닙니까? 원컨대 주상께옵서는 참삼參三[12]의 위대한 위상을 생각하시고 만물이 내게 갖추어 있음을 상기하시고 중화中和를 이루어 하늘과 땅과 함께 참여한다면 어찌 거룩하지 않겠사오며 어찌 아름답지 않겠사오리까. 『서경書經』에 이르기를 "치우침이 없고 기울음이 없으면 왕도가 순조롭게 이루어진다[無偏無頗 王道平平]." 한즉 원컨대 이 점을 항상 생각하시어 나태하고 거칠게 됨이 없으면 이보다 큰 다행이 없

---

10 수오(羞惡)·시비(是非): 맹자의 논리에 의하면 인·의·예·지의 사단(四端)에서 수오지심(羞惡之心)은 의지단(義之端)이라 했고 시비지심(是非之心)은 지지단(智之端)이라 했다. 곧 천군의 심리 상태가 지나치게 불의를 증오하고 비판적이어서 균형을 잃었다는 의미이다.
11 감찰관(監察官): 눈[目]의 별칭.
12 참삼(參三): 인간이 삼재(三才)의 하나로 참여한다는 의미. 삼재는 천·지·인을 가리킨다.(范浚「心箴」: "人於兩間, 參爲三才.")

겠사옵니다.

천군은 이 간언을 듣고 마음에 느낀 바 있어 주인옹을 이끌고 반묘당
半畝塘[13]가로 나아가 앉아 다음과 같은 조서를 내렸다.

이리 오너라. 너희 춘관春官 인仁과 하관夏官 예禮와 추관秋官 의義와
동관冬官 지智 및 오관五官·칠정七正(正은 情으로 통함—원주)[14]들은 모두
나의 말을 들을지어다. 나는 하늘의 밝고 밝은 명을 받들고서도 이러
한 일들을 잘 돌보아 살피지 못하여 너희들로 하여금 오래도록 각자
의 직무를 방치하게 하였도다. 때로 법도에 맞지 않는 점이 있더라도
스스로 옳다고 여기며 뜻을 고원한 데로 내달리게 하고 감정은 호탕
한 데 이끌렸다. 장차 분수에 넘치는 행동을 저지르기 쉬우리니 그리
되면 어찌 남의 비웃음을 면할 수 있겠느냐?
아아! 나 한 사람에게 허물이 있는 것은 너희들 때문이 아니요, 너
희들에게 허물이 있는 것은 나 한 사람 때문이로다. 천리天理는 사라
지지 않는 법이라, 멀지 않아 회복하게 될 것인즉 마땅히 모두 함께
힘써 혁신을 함으로써 처음의 바른 정치를 계승하여 각자 주어진 중
책을 저버림이 없도록 하라.

---

13 반묘당(半畝塘): 마음이 있는 곳을 비유적으로 표현한 말. (朱熹「觀書有感」: "半畝方塘
一鑑開, 天光雲影共徘徊.")
14 오관(五官)·칠정(七正): 오관이란 인체의 감각 기관인 귀·눈·입·코·심장(耳目口鼻
心)이며, 칠정(七正)은 원래 칠정(七情)을 뜻하는데 관직명처럼 쓴 것이다. 칠정(七
情)은 인간의 감정 표현의 여러 상태인 희·노·애·락·애·오·욕(喜怒哀樂愛惡欲)을 가
리킨다.

이에 모두 "그렇게 하겠습니다"고 아뢰었다. 그리하여 연호를 바꾸어 복초復初 원년元年으로 하였다.

그해 가을 팔월이다. 천군이 무극옹無極翁[15]과 함께 주일당主一堂[16]에 앉아서 오묘한 이치를 궁구할 즈음, 칠정七正 중에서 애공哀公[17]이 갑자기 찾아와 감찰관 채청관採聽官[18]과 함께 상소를 하였다. 그 내용은 이러하다.

엎드려 생각하옵건대, 옥우玉宇[19]는 텅 비고 가을바람 쓸쓸하여 우물가의 오동잎에 쌀쌀한 기운이 감돌고 빽빽한 대숲에는 이슬이 맺힙니다. 귀뚜라미 우는 소리에 풀잎이 시들고 기러기 날아오니 구름이 차가운데 낙엽은 우수수 소리를 내고 부채는 버려져 돌보는 이 없습니다. 이제 반악潘岳[20]의 귀밑머리는 희어지고 송옥宋玉[21]의 수심이 깊으니 바로 장안長安의 한조각 달은 만호萬戶의 다듬이 소리를 재촉하는데 옥관玉關의 외로운 꿈에 허리춤이 한뼘이나 줄어드는[22] 때입

---

15 무극옹(無極翁): 우주의 시원적인 원리를 인격화하여 상징한 말.(『淮南子』: "運乎無極, 翔乎無形." 周敦頤「太極圖說」: "無極而太極.")
16 주일당(主一堂): 주일(主一)은 성리학에서 마음을 오직 한결같이 견지한다는 뜻을 갖는 말.(程子: "主一之謂敬, 無適之謂一.")
17 애공(哀公): 8월은 가을달이요, 가을은 슬픈 계절이므로 비유하여 말한 것이다.
18 채청관(採聽官): 귀(耳)의 별칭.
19 옥우(玉宇): 옥으로 만든 집이란 말인데 천제(天帝)가 있는 곳을 말하며, 보통은 하늘의 이치(異稱)으로 쓰인다.(『雲笈七籤』: "太微之所館, 天帝之玉宇也.")
20 반악(潘岳): 중국 서진(西晉)의 문인. 자(字)는 안인(安仁). 어려서부터 재주가 출중하여 기동(奇童)이라 불렸다. 32세 때 귀밑머리에 흰 털이 보여 그 감회로 「추흥부(秋興賦)」를 지은 바 있다.
21 송옥(宋玉): 초나라의 문학가. 굴원(屈原)의 제자로서 「비추부(悲秋賦)」가 유명하다.
22 장안의 한조각 달~줄어드는: 이백(李白)의 「자야오가(子夜吳歌)」에 "장안의 한조각 달, 만호의 다듬이 소리, 가을 바람 그치지 않으니 모두 옥관의 정이라네.(長安一片月,

니다. 그런가 하면 심양강瀋陽江의 갈대꽃 단풍잎에 백사마白司馬의 푸른 옷깃에 눈물이 아롱지고,[23] 무산巫山의 떨기로 핀 국화와 한척의 조각배에 두공부杜工部의 흰머리는 빗질할수록 짧아지는[24] 계절입니다. 더구나 밤비는 유달리 장문궁長門宮[25]의 외로운 베개에 뿌리고, 서릿발은 오직 연자루燕子樓[26]의 한 사람만 위한 것인가 싶은데 초란楚蘭은 향기가 이울어 청풍青楓이 쓸쓸하고 상비湘妃의 눈물[27]이 말라 반죽斑

萬戶搗衣聲, 秋風吹不盡, 摠是玉關情)"이라 하였다. 이는 출정한 군인의 아내들이 가을철을 맞아 바느질을 하며 변방에 있는 사람을 그리워하는 마음을 표현한 내용이다. 옥관(玉關)은 중국의 서북 변경에 있는 관문. 일명 옥문관(玉門關). 고시(古詩)에서 멀리 헤어져 있으니 몸이 날로 여위어간다는 의미로 "헤어진 날 오래되니, 옷의 띠 날로 느슨해지네.(相去日已遠, 衣帶日已緩)"이라고 표현한 구절이 있다.

23 심양강~아롱지고: 당나라 시인 백거이(白居易)에 관련된 내용. 그가 심양(瀋陽, 지금 九江市)에 귀양 가 있던 시절 한때 명성을 날리다가 유락한 기생이 비파 타는 소리를 우연히 듣고 감회에 젖어「비파행(琵琶行)」이란 장시를 지은 바 있다. "심양강 가에서 밤에 객을 보내니, 단풍잎과 갈대꽃에 가을이 쓸쓸하네.(瀋陽江頭夜送客, 楓葉荻花秋瑟瑟)"로 시의 첫머리를 시작하여 끝에 이르러서는 "그중 눈물 흘린 것이 누가 가장 많았던가. 강주사마의 푸른 옷깃이 젖어 있었네.(就中泣下誰最多, 江州司馬青衫濕)"라 하였다. 강주사마(江州司馬)는 백거이가 그때 강주사마로 좌천되어 있어서이다.

24 무산의 떨기로 핀 국화~짧아지는: 두공부(杜工部)는 당나라 시인 두보(杜甫)의 별칭. 그는 전란을 만나서 한동안 떠돌아다니는 신세였는데 촉 땅에 기탁해 있다가 배에 몸을 의지하여 장강을 따라 삼협(三峽)으로 내려왔다. 그즈음「추흥(秋興) 8수」를 지었던바 "국화 떨기 두번 피니 지난날 생각에 눈물 흘리고, 한척 배 매였으니 고향 생각하는 마음이네.(叢菊兩開他日淚, 孤舟一繫故園心)"라는 구절이 있다. 무산(巫山)은 삼협에 있는 유명한 산 이름. 또한 그의「춘망(春望)」에 "흰 머리 빗질 할수록 더욱 짧아져 이젠 비녀조차 꽂지 못하겠구나.(白頭搔更短, 渾欲不勝簪)"라는 구절이 있는데 전란통에 고통을 받아 머리가 빠져서 비녀를 꽂지 못할 지경이 되었다는 의미다.

25 장문궁(長門宮): 한 무제(武帝)의 비(妃) 진황후(陳皇后)가 거처하던 궁전. 그녀는 무제의 사랑을 잃고 여기서 근심과 슬픔 속에서 지냈다.

26 연자루(燕子樓): 중국 강소성(江蘇省) 서주(徐州)에 있던 정자. 당나라 때 장상서(張尙書: 이름 建封)가 관반반(關盼盼)이란 명기를 위해 이 정자를 지었는데 장상서가 죽어 낙양(洛陽)에 돌아가 묻혔으나 그녀는 옛정을 잊지 않고 거기서 십여년을 홀로 지냈다 한다.(白居易「燕子樓」序)

27 상비(湘妃)의 눈물: 전설에 의하면 순임금이 초 땅의 창오(蒼梧)에서 죽자 그의 두 왕

竹이 되어 애절합니다. 이들은 과연 외물外物에 기인하여 시름하는 것인지, 아니면 외물이 시름에 기인하여 시름겨워 보이는 것인지? 이도 저도 알 수 없사온데 시름하면서도 시름하는 그 까닭을 모르오니 또한 어찌 시름하지 않는 그 까닭을 아오리까? 또한 눈에 보이는 것으로 인해 시름하는지 귀에 들리는 것으로 인해 시름하는지 실로 그 까닭을 모르겠사옵니다. 신 등은 모두 욕되이 직무를 맡고 있으므로 감히 숨기지 못해 번거로움을 무릅쓰고 삼가 아뢰옵니다.

천군은 이 소장을 읽고서 시름에 젖어 즐겁지 않은 표정을 지었다. 무극옹은 하직의 말도 아니하고 떠나버렸다.

천군은 의마意馬[28]를 대령하라 하여, 장차 주 목왕周穆王의 고사를 본받아 팔방八方을 주유하고자 하였다. 주인옹이 말고삐를 붙들고서 극력 만류하므로 반묘당 가에 그냥 머무르게 되었다. 이때 격현膈縣[29] 사람이 와서 아뢰었다.

"요즈음 흉해胸海에 파도가 일어 태화산泰華山이 바닷속으로 옮겨 오는데 산 속에 어렴풋이 사람이 보이고 그 수는 셀 수 없이 많사옵니다. 이런 변고는 참으로 이상한 일입니다."

천군이 정히 의아해하고 있는 즈음에 멀리서 사람 몇이 읊조리며 걸어오는 것이 보였다. 차츰 가까워져서 살펴보니 두 사람이다. 앞서 오는

비 아황(娥皇)과 여영(女英)이 와서 슬피 울다가 물에 빠져 죽었는데 그녀들의 눈물이 대나무에 얼룩져 반죽(斑竹)이 되었다 한다.

28 의마(意馬): 제어하기 어려운 마음을 비유한 말. 심원의마(心猿意馬)라는 사자성어가 있다. 357면 주 7참고.

29 격현(膈縣): 심장이 흉격(胸膈)에 붙어 있으므로 천군의 도읍에서 가까운 곳으로 격현을 설정해서 의공간화(擬空間化)한 것이다. 다음의 흉해(胸海) 역시 같은 설정이다.

사람은 안색이 초췌하고 형용이 비쩍 말랐는데 절운관切雲冠을 쓰고 긴 칼을 찼으며, 연잎으로 만든 옷을 입고 초란椒蘭의 패물을 착용하고 눈썹에는 나라를 근심하는 시름이 가득하며 눈에는 임금을 생각하는 눈물이 괴었으니, 이는 회왕懷王의 운명에 통곡하고 상관대부上官大夫에게 원한이 맺혔던 굴원[30]이 아니겠는가? 뒤에 따라오는 사람은 정신이 가을 물이 서려 있는 듯하고 얼굴은 관옥冠玉과 같은데 초楚나라 옷과 초나라 관에 초나라 소리로 노래를 부르니, 이 사람이야말로 일생 동안 초양왕楚襄王을 섬기던 송옥이 아니겠는가?

두 사람이 가까이 와서 천군에게 인사하고 나서 아뢰었다.

"임금님의 높으신 의기를 듣자옵고 특별히 찾아와서 뵈옵는 바입니다. 천지가 아무리 넓다 하지만 저희 스스로 받아들일 수 없거니와 지금 뵈온 즉, 임금님의 심지心地가 자못 넓사오니 원컨대 뇌외磊魂[31]의 한 모퉁이를 빌려 성을 쌓고 거처하도록 하여 주옵소서. 임금님께서 받아주실는지요?"

천군은 옷깃을 여미고 서글픈 기색으로 말하였다.

---

30 굴원(屈原): 초나라 회왕(懷王) 때의 신하, 초사(楚辭)의 작자이며, 충신으로 유명하다. 벼슬이 삼려대부(三閭大夫)에 이르렀는데 상관대부(上官大夫)로 있던 자가 그를 시기하고 참소하여 왕으로부터 멀어지게 되었다. 다음 양왕(襄王)이 즉위하자 동정호 주변으로 추방을 당하였고 마침내 자결해 죽었다. 그후 초나라는 그의 간언을 듣지 않은 때문에 망국의 지경에 이르렀다.「어부사(漁父辭)」에서 그 자신을, 물가에서 노닐며 읊조리는데 안색이 초췌하고 형용이 비쩍 말랐다고 표현하였으며, 초사의「이소(離騷)」에서는 자신을 절운(切雲)의 높은 관을 쓰고 연잎으로 옷을 해입고 초란(椒蘭)의 패(佩)를 찬 모습으로 묘사하고 있다.

31 뇌외(磊魂): 원래 돌무더기를 의미하는 말. 가슴속에 쌓인 불평한 기운을 비유하기도 한다.『세설(世說)』에서 "완적(阮籍)이 가슴속이 뇌외(磊魂)하므로 술로써 씻어내야 한다." 하였다. 이 역시 의공간화(擬空間化)한 것으로 수성(愁城)을 도입하기 위한 설정이다.

"대장부의 회포는 예나 지금이나 일반이지요. 내 어찌 한자 한치 땅을 아끼어 그대들이 머무를 곳을 내주지 않겠소?"

즉시 다음과 같은 조서를 내렸다.

"저들이 바라는 대로 들어와서 살게 하는 일은 감찰관이 알아서 처리하고, 저들이 바라는 대로 성을 쌓는 일은 뇌외공磊磈公이 알아서 처리하라."

두 사람은 절하여 사례하고 흉해胸海 가를 향해 떠나갔다.

이런 일이 있고 나서 천군은 두 사람을 생각하여 마음에 잊지 못한 나머지 출납관出納官[32]을 시켜 초사楚辭를 소리높여 읊게 할 뿐, 전혀 정사에는 관여하지 않았다.

그해 가을 9월에 천군은 몸소 바닷가로 나가 성 쌓는 광경을 바라보았다. 거기엔 오직 수만가닥의 원통한 기운과 몇천겹의 시름의 구름이 쌓여, 옛날의 충신이나 의사義士, 억울하게 화를 당했던 사람들의 처절하고 낙백한 모습들만 그 사이에 오락가락하는 것이었다. 그 가운데 진秦나라의 태자 부소扶蘇가 보였다. 그는 일찍이 만리장성을 쌓는 일을 감독하였던 터이므로 그가 몽염蒙恬[33]과 함께 형곡硎谷[34]에서 생매장 당했던 유생儒生 4백여명을 동원하여 공사를 벌이고 있었다. 일을 너무 서둘러 하지 말라고 하였음에도 며칠 지나지 않아 완성이 되었다. 그 성을 쌓는 데는 흙과 돌을 번거롭게 사용하지 않았으니, 역사役事를 하는데

---

32 출납관(出納官): 입〔口〕을 의인화한 말.
33 부소(扶蘇)·몽염(蒙恬): 부소는 진시황의 장자로서 인물이 훌륭했기 때문에 도리어 참소를 입어서 장군 몽염과 장성을 쌓는 역사를 감독하는 데 나가 있었다. 진시황이 갑자기 죽자 간신들의 음모로 제위는 2세에게 돌아가고 마침내 진나라는 망하게 되었다.
34 형곡(硎谷): 진시황이 선비들을 파묻어 죽였던 여산(驪山)의 골짜기.

돌을 굴려오고 흙을 실어 나르는 등의 수고로움이 없었다. 성의 규모는 크다고 하기에는 위치한 곳이 너무도 좁고, 작다고 하기에는 그 안에 포괄된 것이 너무도 많았다. 없는 것 같은데 다 있고 형체를 이루지 않았는데 형체가 있었다. 북으로는 태산泰山에 웅거하고 남으로는 바다에 연결되었으며, 지맥은 정히 아미산峨眉山³⁵으로부터 내려와서 울뚝불뚝 굉장하니 시름과 원한이 온통 모여든 곳이었다. 그래서 이름하여 '수성愁城'이라 한 것이다.

수성 내에는 조고대弔古臺가 있다. 성 둘레로 문 넷이 있는데 충의문忠義門·장렬문壯烈門·무고문無辜門·별리문別離門이다.

천군은 단전丹田에서 바다를 건너 네 성문을 열고 수성으로 들어가 조고대 위에 좌정하였다. 때마침 처량한 바람이 으스스 불어오고 달빛도 쓸쓸한데 네 문으로 사람들이 원한을 머금고 노를 새기면 일제히 무리지어 들어오는 것이었다. 천군은 처연한 표정을 짓고 앉아서 관성자管城子³⁶를 시켜 대략의 사실을 기록하도록 지시하였다. 관성자는 명령을 받고 물러났다.

관성자는 눈물을 글썽이며 지켜보고 섰다가 먼저 충의문으로 눈을 돌렸다. 가을 서리 늠름하고 태양이 높이 떠 비치는데, 맨 앞에 선 두 사람 중에 하나는 경궁瓊宮의 계癸³⁷에게 머리를 바친 사람이요, 하나는 포

---

35 아미산(峨眉山): 중국 사천성(四川省)에 있는 산 이름. 아미(峨眉)는 눈썹을 일컫는 말인 아미(蛾眉)로 통하기 때문에 실은 눈썹 부위를 아미산으로 비의한 것이다.

36 관성자(管城子): 붓을 의인화한 말.(韓愈「毛穎傳」: "封毛穎, 爲管城子.")

37 경궁(瓊宮)의 계(癸): 계는 하(夏)의 마지막 임금인 걸(桀)의 이름. 그는 경궁 요대(瓊宮瑤臺)의 사치스런 처소에서 주지육림(酒池肉林)의 방탕한 생활을 하여 어진 신하 관룡방(關龍逢)이 간언을 하자 처형을 하였다.

락炮烙의 악형을 일삼는 수受[38]에게 심장이 쪼개진 사람이다. 용방龍逄과
비간比干이 아니고 누구이랴?

중간에는 황옥黃屋·좌독左纛의 의장을 하고 얼굴이 한 고조漢高祖를
닮은 사람이 있으니 이는 필시 기신紀信[39] 장군일 터요, 윤건 학창綸巾鶴
氅으로 손에 백우선白羽扇을 쥔 사람이 있으니 어찌 제갈무후諸葛武侯가
아니겠는가? 옹치雍齒[40]가 제후로 봉해지고 조비曹조가 황제를 자칭하
니, 지사志士의 의분과 영웅의 한은 응당 어떠하리오! 홍문鴻門의 연회가
파하자 옥두玉斗는 눈처럼 부서지고 충신의 분통이 격렬하였으니 죽음
에 이르도록 두 마음 품지 않은 이 바로 범아부范亞父[41]요, 적토마赤兎馬

---

38 포락(炮烙)의 악형을 일삼는 수(受): 수는 은(殷)의 마지막 임금인 주(紂)의 이름. 포
   락은 사람을 구리 기둥에다 묶고 밑에서 숯불을 피워 죽이는 형벌. 폭군 주는 포락의
   형벌을 내리고 구경을 하는 등 갖은 학정을 자행하므로 충신 비간(比干)이 간언을 하
   자 주는 "내 들으니 성인의 심장은 7구멍이 있다 한다. 내 짜개서 보리라" 하고 비간
   을 죽여 심장을 갈라보았다 한다.

39 기신(紀信): 한나라 장수. 초와 한이 싸울 때 유방이 형양(滎陽)에서 포위되어 위기에
   처했는데 기신이 자청하여 유방으로 가장하고 항우의 군중으로 가서 항복을 했다. 항
   우는 속은 사실을 알고는 즉시 그를 태워죽였다. 황옥(黃屋)과 좌독(左纛)은 왕의 수
   레에 쓰는 의장. 황옥은 수레의 덮개, 좌독은 깃발.

40 옹치(雍齒): 한 고조의 부하 장수. 그는 중간에 배반하여 떠났다가 다시 돌아온 일이
   있었기 때문에 유난히 고조의 미움을 받았다. 고조가 천하를 평정한 다음 논공행상을
   하는데 여러 장수들이 봉을 받지 못해 분위기가 심상치 않았다. 이에 장량(張良)은 고
   조에게 우선 옹치를 먼저 봉하도록 했다. 여러 장수들은 "옹치가 봉을 받았으니 우리
   들은 근심할 것 없다."고 기뻐했다 한다.

41 홍문(鴻門)의 연회~범아부(范亞父): 홍문은 중국 섬서성(陝西省) 임동현(臨潼縣)의
   지명. 진(秦)이 제후의 군대에 의해 망한 직후에는 항우가 패권을 잡고 있었다. 유방
   이 항우를 홍문으로 방문하여 연회가 열렸던바 역사상에서 '홍문의 연회(鴻門宴)'라
   이르는 것이다. 그 연회석상에서 항우의 모사 범증(范增: 范亞父)은 차제에 유방을 제
   거하라고 종용했다. 항우가 결단을 내리지 못해서 유방은 무사히 빠져나갔다. 범증이
   이를 몹시 안타깝게 여기고 칼을 뽑아 유방이 선물로 두고 간 옥두(玉斗: 국자 모양의
   옥으로 만든 물건) 한쌍을 깨트리며 "우리는 그의 포로가 될 것이다."고 외쳤다 한다.
   송나라 증공(曾鞏)의 시에 "홍문의 옥두 눈처럼 부서지고, 십만의 항복한 병사 밤새

를 타고 청룡도를 들고 녹포綠袍를 입고 긴 수염 날려 우뚝이 영웅의 풍
모러니, 한번 아몽阿蒙[42]의 술수에 빠져서 강동江東을 병탄하지 못한 한
을 남긴 이 바로 관운장關雲長이라. 길게 휘파람을 불어 적을 물리친 월
석越石과 뱃전을 두드리며 중원 평정을 맹세하던 사아士雅[43]는 끝내 웅
지를 품고 죽었으니 천지도 무정하여라.

그 뒤로 장순張巡·허원許遠·뇌만춘雷萬春·남제운南霽雲[44]이 서 있는데,
사람마다 한결같이 충절이 장하고 의기가 열렬하다. 오랑캐 땅의 먼지
해를 가려 여러 고을이 바람 앞에 휩쓸리듯 하였거늘 수양성睢陽城 안
에는 어찌 저다지도 의로운 남아가 많았던가! 손가락을 잘라 흘린 피는

피흘렸네.〔鴻門玉斗紛如雪, 十萬降兵夜流血〕"라는 구절이 있다.

42 아몽(阿蒙): 삼국시대 오(吳)의 장군 여몽(呂蒙)의 칭호. 관운장(關雲長: 關羽)이 형주
(衡州)에 주둔해 있는데 여몽이 계교를 써서 형주를 함락하여 유비의 촉한(蜀漢)은 끝
내 대세를 만회하지 못했다.

43 월석(越石)·사아(士雅): 진(晉)이 망하고 동진이 들어선 과도기의 인물. 월석은 유곤
(劉琨)의 자이며, 사아는 조적(祖逖)의 자(字). 이 두 사람은 잃어버린 중원의 땅을 회
복하기로 뜻을 같이했던 동지였다. 유곤은 병주(幷州)를 지켜 석륵(石勒)과 대치하다
가 고립무원하여 결국 은필제(殷匹磾)에게 갔다가 살해당했다. 조적은 진나라가 크게
어지러워져서 부곡(部曲) 백여 가를 거느리고 강을 건너다가 중류에서 돛을 두드리며
"조적이 중원을 맑게 하지 못하고 다시 건넌다면 이 큰 강과 같을 것이."고 맹세를
했다 한다. 공을 세우기는 했으나 대업을 이루지 못해 비분해서 죽었다.

44 장순(張巡)·허원(許遠)·뇌만춘(雷萬春)·남제운(南霽雲): 당나라 현종 때 안록산(安
祿山) 반군에 대항하여 수양성(睢陽城: 河南省 商邱縣)에서 비장하게 최후를 마친 충신
들. 허원이 수양태수로 임명을 받았는데 적에게 포위되어 위기에 처하자 병권을 장순
에게 넘겨 지휘를 하도록 했다. 뇌만춘은 장순의 편장(偏將)이었고 남제운은 원래 미
천한 신분이었는데 장수에 발탁이 되었다. 남제운이 하란(荷蘭: 鮮卑族의 姓)에게 구원
을 청하러 가서 상황을 말했으나 하란은 청을 들어주지 않았다. 남제운을 억류하고 음
식을 대접하자 남제운은 "수양성 사람들은 먹지 못한 지가 한 달이 넘었다. 내가 혼자
먹으려 한들 의리상 차마 넘어가지 않는다."라고 말하며 칼을 뽑아 자기 손가락 하나
를 잘라서 하란에게 보였다. 하란이 끝내 응낙하지 않자 성문을 나오면서 화살을 뽑
아 절의 부도(浮圖)를 쏘니 그 화살이 반쯤 벽돌에 박혔다고 한다.

하란賀蘭을 움직이지 못했으나 화살촉은 능히 부도浮屠를 뚫었으니, 돌을 꿰뚫는 정성이 어찌하여 사람은 감동시키지 못했던고? 아아, 원통하다! 사람이 돌보다 더 완악한 물건이었단 말인가?

　무목武穆 악비岳飛[45]의 정충기精忠旗가 쓰러지니 등에 새긴 글자만 속절없이 되었구나. 유수留守 종택宗澤[46]의 '황하를 건너라'는 외침만 남긴 채 군대를 내어 승리를 거두지 못하니 하늘은 어찌 이리 무심한고? 옷띠에 찬贊을 남기고 의연히 죽음으로 나아갔던 문천상文天祥[47]도 갸륵하거니와, 등에 육척六尺의 어린 황제를 업고 나라와 더불어 운명을 함께한 육수부陸秀夫[48]도 애절하여라.

---

45 악비(岳飛): 송(宋)의 충신. 자는 붕거(鵬擧), 무목(武穆)은 그의 시호. 어려운 형편에 학문에 힘쓰고 자기 등에 '진충보국(盡忠報國)' 4글자를 새겼다. 그는 감전사(敢戰士)로서 응모하여 동경유수(東京留守) 종택(宗澤)의 휘하에서 금군(金軍)을 누차 물리치니 고종(高宗)은 그에게 '정충악비(精忠岳飛)'라는 4글자를 쓴 깃발을 내려주었다. 하남북제도초토사(河南北諸道招討使)가 되어 금군을 크게 물리치고 황하를 건너려고 하는데 이 때에 진회(秦檜)가 화의(和議)를 주장하여 소환을 당하고 마침내 무함을 받아 죽었다. 그때 나이 39세였다.

46 종택(宗澤): 북송이 금(金)에 밀려 남으로 내려갈 무렵 개봉윤(開封尹) 겸 동경유수(東京留守)를 지낸 인물. 신망이 높아 북방에서는 종야야(宗爺爺)라 일컬으며 감히 동경을 침범하지 못했다. 간신들의 방해로 그의 건의가 받아들여지지 않았는데, 울분에 차 황하를 건너며 두보가 제갈량을 두고 지은 "출정하여 승전하지 못하고 먼저 죽으니 기리 영웅으로 하여금 옷깃에 눈물 적시게 하누나.[出師未捷身先死, 長使英雄淚滿襟.]"라는 시구를 읊었다. 다음날 종택은 '황하를 건너라'라고 세번 외치고 세상을 떠나니, 당시 사람들이 매우 슬퍼하였다고 한다.

47 문천상(文天祥): 남송 말기의 충신. 자는 송서(宋瑞), 호는 문산(文山)이다. 그는 원의 군사에 대적하여 싸우다가 포로로 붙잡혀 3년을 갇혀 있으면서 항복하기를 강요받았으나 끝내 굽히지 아니하고 처형을 당했다. 그의 대(帶)에 찬(贊)이 씌어 있었는데, "공자는 살신성인(殺身成仁)이라 하였고 맹자는 사생취의(捨生取義)라 하였으니 오직 의를 다해야만 인에 이른다.[孔曰成仁, 孟曰取義, 惟其義盡, 所以仁至]"라는 글이었다.

48 육수부(陸秀夫): 남송이 원에게 망할 시기의 충신. 그는 원군(元軍)이 애산(崖山)을 깨뜨리자 어린 왕 조병(趙昺)을 등에 업고 바다로 들어가 죽었다.

맨 뒤로는 의관이 중국 제도와 달라 보이는 사람들이 보였다. 이들은 아마도 자기의 한 몸에 5백년의 강상綱常을 짊어진 듯 난파학사鸞坡學士·호두장군虎頭將軍 등 오륙명[49]이 무리지어 당당하게 들어오는 것이었다. 이 밖에도 아득한 옛날부터 일신을 돌보지 않고 순국을 하였거나 의義에 나아가 인仁을 이룬 인물들이 어찌나 많던지 이루 다 기록하기 어려웠다.

다음에 장열문壯烈門 안으로 눈을 돌렸다. 천둥치는 소리에 음산한 바람이 참담한데 한 사람이 백마를 타고 촉루검屬鏤劍 비껴들고 노기怒氣가 등등하여 절강浙江의 사나운 파도가 이는 듯하니 이는 다름 아닌 살아서 충효를 온전히 한 오자서伍子胥[50]다. 그리고 기운은 긴 무지개를 일으키니 목숨을 자기를 알아주는 사람에게 바치기로 결심하고 한자 남짓한 비수를 어루만지며 장사壯士의 노래를 부르는 사람이 있으니 다름 아닌 형경경荊慶卿 형가荊軻이다. 서초 패왕西楚覇王 항우項羽는 한필의 오추마烏騅馬로 천하를 횡행하며 8년 전쟁을 치르더니 오강烏江의 물결에 원대한 꿈이 깨어졌으며, 회음淮陰의 남아 한신韓信[51]은 옷을 벗어준 은

---

49 난파학사·호두장군 등 오륙명: 단종의 복위를 도모하다가 세조에게 살해당한 육신(六臣)을 은근히 가리킨 것이다. 난파학사(鸞坡學士: 翰林學士)는 문신, 호두장군(虎頭將軍)은 무신을 의미한 말이다.

50 오자서(伍子胥): 춘추시대 인물로 이름은 원(員), 자서는 그의 자. 원래 초인(楚人)으로 오(吳)나라로 망명해 와서 부차(夫差)를 도와 초를 정벌하고 월(越)을 공격해서 항복을 받았다. 오자서는 월을 멸망시키자고 주장하였으나 오왕 부차는 듣지 않고 도리어 오자서에게 촉루검(屬鏤劍)을 내려 자살하도록 했다. 그후 오나라는 월에 의해 패망하였다. 전설에 의하면 오자서의 시체를 절강(浙江)에 던진 이후 역류하는 물결이 높이 일었는데 이는 오자서의 분노한 혼이 일으킨 것이라 한다.

51 회음의 남아 한신(韓信): 회음(淮陰) 사람인 한신은 한 고조 유방으로부터 대장으로 임명되고 '옷을 벗어 입혀주는(解衣衣我)' 은혜와 신임을 받았다. 천하통일에 큰 공을

혜에 감복하여 백만의 군사를 이끌고 나가 싸우면 이기고 공격하면 빼앗았으나 '나는 새 다하면 활은 감추어진다'는 격으로 마침내 아녀자의 손에 죽었도다. 애석하도다. 손백부孫伯符 손책孫策은 사람들이 소패왕小霸王이라 일컬었거니와 강동江東에 웅거하여 천하를 호시탐탐 노렸더니 용렬한 자의 활에 혼백이 떨어지고 천추에 남은 한은 동쪽으로 흘러가고 말았지. 부견符堅[52]은 백만 웅병雄兵의 거창한 기세로 채찍만 던져도 강물이 메워질 것 같더니 팔공산八公山의 초목에 마음이 놀래어 마침내 호랑이를 기른 환[53]을 끼쳤단 말인가?

아아! 천하의 영웅들이 봉기하던 시절을 당하여 성공하면 제왕帝王이 되고 실패하면 역적이 되나니, 이를테면 소를 타고 『한서漢書』를 읽은 자[54]도 역시 한때의 호걸이었고, 당나라 선리의(仙李)[55] 화려한 날이 저물

세웠는데 훗날 여후(呂后)에게 잡혀 죽게 되자, "'높이 나는 새가 잡히니 활이 감춰지고 교활한 토끼가 죽으니 달리던 개가 삶기는구나.[高鳥盡良弓藏 狡兎死走狗烹]'하였으니 나도 팽(烹)을 당할 신세로구나." 하고 탄식하였다.

52 부견(符堅): 남북조시대 전진(前秦)의 황제. 서촉 지방에서 세력을 확대하여 16국(十六國) 중에 가장 강성하였다. 대군을 동원하여 동진(東晉)을 공략하는데 군사의 수가 어찌나 많든지 군사들의 채찍을 던지면 강이 메워질 지경이었다 한다. 그러나 비수(淝水)에서 사현(謝玄)과 대적할 때, 팔공산(八公山)을 바라보니 초목이 온통 진병(晉兵)으로 보여서 마침내 대패하고 돌아갔다.

53 호랑이를 기른 환(養虎患): 부견이 모용수(慕容垂: 後燕을 세운 자)를 믿어 군권을 맡기자 주변에서 "모용수 부자는 호랑이 기르는 격이니 장차 풍운을 빌려주면 견제할 수 없이 된다."고 말렸다. 나중에 부견이 비수의 싸움에서 패하고 돌아오자 모용수는 반기를 들어 나라를 빼앗았다.

54 소를 타고 『한서』를 읽은 자: 수나라 당나라 교체기의 인물인 이밀(李密)을 가리킨다. 그는 젊어서 독서를 좋아하여 소를 타고 두 뿔에다 『한서』를 걸쳐놓고 다니며 읽었다 한다. 세상이 어지러워지자 군사를 일으켜 위공(魏公)으로 자칭하고 한때 십만의 군사를 거느렸으나 왕세충(王世充)에게 패하여 당에 항복을 했다가 다시 배반하여 죽임을 당했다.

55 선리(仙李): 당(唐)의 성이 이씨(李氏)이므로 당나라를 지칭해서 쓴 말.

어가니 옥좌의 자리 바깥으론 온통 독사나 멧돼지 같은 흉악한 무리들 뿐이었다. 이러한 때에 이극용李克用[56]은 사타沙陀의 종족으로서 당 왕실의 회복에 마음을 써서 잔포殘暴한 자를 제거할 뜻이 간절하였더니, 주온朱溫이 임금을 참칭하자 울분을 품은 채 죽고 말았도다. 그 나머지 웅지雄志를 이루지 못하고 공업功業이 허사로 떨어졌지만 역시 성패만으로 따질 수 없는 경우에 이르러서는 미처 다 기록하지 못한다.

그런데 이 두 사람은 문 밖에서 서성대며 감히 들어오지를 못하고 서로 마주보며 눈물만 흘리고 있었다. 그중 하나는 바로 한나라의 별장別將 이릉李陵이다. 그는 일찍이 5천의 보병으로 오랑캐 40만 기병을 무찔렀으나 마침내 형세가 궁하여 부득이 적에게 항복하고 앞으로 일을 도모해보고자 하였거늘, 한나라에서 그의 일족을 모두 몰살하여 끝내 돌아올 수가 없었던 것이다. 또 한 사람은 형량 도독荊梁都督 환온桓溫이다. 평승루平乘樓에서 북으로 중원의 수복을 염원하며 탄식하던 때는 영웅의 뜻이 분명했거늘, 추악함을 풍기는 말을 하고 구석九錫을 요구하였으니, 어찌하여 반역의 마음을 길렀던가?[57] 항복한 장군과 배반한 도독이

---

56 이극용(李克用): 서돌궐(西突厥)의 사타족 사람. 그의 아버지 주야적심(朱邪赤心)이 방훈(龐勛)의 반란을 진압한 공으로 당나라 조정으로부터 이씨 성을 받았다. 그는 황소(黃巢)의 반란이 일어나자 사타군을 거느리고 와서 장안을 수복하여 진왕(晉王)의 봉(封)을 받았다. 주온(朱溫: 주전충朱全忠, 황소黃巢와 함께 난을 일으켰다가 배반하여 당에 붙었고 다시 당을 배반하여 양梁을 세운 인물)과 사이에 틈이 생겨 대결하였는데 주온은 당을 배반했고 이극용은 당에 대한 충성을 끝내 바꾸지 않았다. 그의 사후에 그 아들 존욱(存勗)이 후당(後唐)을 세웠다.
57 환온(桓溫): 동진(東晉) 원제(元帝)의 부마(駙馬)로 벼슬이 대사마(大司馬)에 이르렀다. 중원 수복을 위해 출전할 때, 평승루(平乘樓)에 올라 중원을 바라보며 "마침내 우리 신주(神州)가 육침(陸沈)하여 백년 동안 폐허가 되었다."고 탄식한 일이 있다. 환온은 "남자가 유방백세(流芳百世)를 못할진대 유취만년(遺臭萬年)이라도 해야 한다." 고 한 적이 있는데, 훗날에는 결국 자신이 반역을 꾀하다가 실패하여 죽었다. '추악함을 풍기는 말(遺臭之言)'이라는 구절은 환온이 했던 이 말을 비꼬아 한 것이다.

무엇 때문에 여기 와서 서성대는가? 아마도 그 영혼이 지금에 와서 후회하는 것이 아니겠는가.

다음에 무고문無辜門 안으로 눈을 돌렸다. 구름이 음산하고 안개가 짙은데 비는 차갑고 바람도 스산한 속에 무수한 원한의 정령들, 혹은 귀한 사람, 혹은 천한 사람, 혹은 많이 혹은 적게 끼리끼리 모여서 오고 있었다. 그중에 40만명이 진을 쳐서 몰려오는 것은 장평長平의 조趙나라 군사[58]이고, 30만명이 진을 쳐서 예두장군銳頭將軍이 인솔하고 오는 것은 신안新安의 진秦나라 군사[59]이다. 아마 백기白起가 진나라 장수였기 때문에 지금 그가 인솔하게 된 모양이다.

그리고 또 고양高陽의 술꾼은 세치의 혀를 놀려 제齊나라 70여 성을 항복받았으나 사세가 어긋나 죄 없이 끓는 물솥에 삶아지는 형벌을 당했고,[60] 여원戾園 태자는 조로趙虜의 간활함을 분히 여긴 나머지 기껏 매

구석(九錫)은 천자가 제후나 대신들에게 아홉가지 기물을 내려주는 최고의 예우이며, 이때 내려주는 조서를 구석문(九錫文)이라고 한다. 환온이 황제를 폐위시키고 자신이 황제가 되고자 하여 대신들을 핍박하여 구석을 내려주도록 하였다. 그런데 당시 환온의 병이 위중한 것을 눈치챈 관료들이 고의로 지연시켜 황제가 되지 못하고 병사하였다.

58 장평(長平)의 조나라 군사: 장평은 지금 산서성(山西省)에 있는 옛 조(趙)의 지명. 진소양왕(秦昭襄王) 47년에 진과 조가 이곳에서 전쟁을 벌였는데, 진나라 장수 백기(白起)가 항복한 조나라 군사 40만명을 생매장하였다.

59 신안(新安)의 진나라 군사: 예두장군은 진나라의 장수 백기이다. 조나라의 평원군(平原君)이 백기에 대해 평하기를 '머리가 작고 날카로우니 행동이 과감하고, 눈동자의 흑백이 분명하니 일처리가 분명할 것'이라고 말한 적이 있다. 신안은 지금 하남성(河南省)에 있는 지명. 이곳에서 항우가 군심(軍心)의 동요를 우려하여 이미 항복한 진나라 군사 20만명을 생매장하였다. 30만이라 한 것은 숫자상의 착오인 듯하다.

60 고양의 술꾼〔高陽酒徒〕~형벌을 당했고: 한(漢) 고조(高祖) 유방(劉邦)의 참모(參謀)이자 세객(說客) 역이기(酈食其)를 가리킴. 그는 진류(陳留) 고양(高陽) 사람으로 일찍이 술꾼〔酒徒〕의 별호를 얻었다. 한 고조를 위하여 제나라에 사신으로 가서 왕을 잘 설

나 몇대 맞을 정도의 죄를 범한 일로 자살을 하게까지 되어, 호상湖上의 높은 대에 속절없이 '망사望思의 눈물'을 뿌릴 따름이었다.[61]

더욱이 술 마시고 귓바퀴가 불콰해져서 질장구를 두드리며 노래한 것이 세상사에 무슨 상관이 있다고 허리가 잘리는 모진 형벌을 받는 데 이르렀던가? 참혹하구나. 평통후平通侯 양운楊惲[62]이여! 하물며 혼탁함을 제거하고 맑은 기운을 일으키려고 많은 선비들이 우르르 일어서는 것이 시대에 무슨 해가 된다고 추방해서 죽게 만들었던고? 원통하다, 범맹박范孟博 등 여러 선비들이여![63]

또 이경업李敬業·낙빈왕駱賓王[64]은 분김에 자기 몸을 돌아보지 아니하

득하여 칠십여 성을 한나라에 바치도록 했다. 그런데 한신이 제나라를 공격하자 제왕은 역이기가 자기를 속였다고 여겨 삶아 죽였다.

61 여원(戾園) 태자는~뿌릴 따름이었다: 여원 태자는 한무제의 태자인 유거(劉據)를 가리킨다. 한무제는 자신의 병이 저주 때문이라 생각하여 강충(江充: 본문에서는 조로趙虜라고 칭함)을 시켜 사람들을 잡아들이게 하였다. 강충이 태자를 무고(巫蠱)의 일로 무함하였는데 곤경에 빠진 태자가 군사를 일으켜 강충을 죽였으나 결국 패하여 도주하다 자살했다. 후에 무제가 태자의 억울한 사실을 알고 뉘우쳐 사자궁(思子宮)을 짓고 망사대(望思臺)를 만들었다. 전천추(田千秋)가 무제에게 태자의 일을 변명하여 자식이 아비의 병기를 가지고 장난한 일은 매를 몇대 때릴 정도의 잘못에 불과하다고 말한 바 있었다.

62 양운(楊惲): 한나라 선제(宣帝) 때 인물로 사마천(司馬遷)의 외손자. 그는 곽씨(霍氏)의 모반을 진압한 공으로 평통후(平通侯)의 봉(封)을 받았는데 뒤에 무함을 입어 서인(庶人)으로 강등되었다. 이에 치부(致富)를 하여 호쾌한 생활을 누렸던바 친한 친구가 경계하는 편지를 하자 거기에 답한 내용 속에 불평한 뜻이 있다 하여 참형에 처해졌다. 그 답장에 "술을 마신 뒤에 귀가 뜨거워지면 하늘을 우러러보고 질장군을 두드리며 홍얼홍얼 노래를 부릅니다.〔酒後耳熱, 仰天拊缶, 而呼烏烏〕"라는 구절이 있다.

63 혼탁함을~선비들이여: 동한시대 환관들이 권력을 장악하자 뜻있는 선비들이 이에 반발하였으나, 많은 선비들이 희생되었다.(당고黨錮의 화禍)
범맹박(范孟博)은 동한(東漢) 말기 사람인 범방(范滂)으로 맹박은 그의 자이다. 기주(冀州)에서 농민반란이 일어나자 그는 청조사(淸詔使)가 되어 떠나며 정사를 맑게 할 뜻을 두었다. 그가 경내에 당도하자 탐관오리들이 모두 떠나갔다. 영제(靈帝) 때 2차 당고의 화가 일어나자 이응, 두밀 등과 함께 투옥되어 33세 나이로 살해당하였다.

고 예전 임금의 복위를 꾀하였으니 하늘에 닿는 의리요, 고금에 관철하는 충성이었으되 일이 어긋나서 목숨을 잃고 말았구나. 천지신명들이시어! 이 사람들이 무슨 죄가 있단 말인가? 아아 슬프도다. 사군자士君子된 몸은 자신의 직분을 다할 따름이니 죽는다한들 무슨 유감이 있으리오.

이런 가운데 원한이 가장 천추에 사무치고 의분이 유명幽明에 절통하여 괴롭고도 괴롭고 슬프고도 슬퍼서 차마 말 못하고 또 차마 말 못할 일이 있다. 제왕齊王이 송백松栢 가운데 내쳐지고 초제楚帝가 강물 속에 죽은 그 일[65]이다. 나라를 빼앗은 것만으로도 이미 충분할 터이거늘 죽음으로 몰아넣다니, 어찌 차마 할 짓이랴? 충신의 눈물이 그치지 않는데, 열사의 유감인들 다함이 있으랴! 관성자는 이 장면에 이르러서는 그만 마음이 산란하여 일일이 조목별로 기록하지 못하였다.

다음으로 별리문別離門 안을 들여다보았다. 석양의 이운 풀에 가고오고 오고가고, 살아 이별 죽어 이별, 허구한 이별들이 아득히 사람의 혼을 녹이는구나. 그런 중에도 가장 한스러울손 한나라 천자가 오랑캐를 막을 계책이 없어서 오손공주烏孫公主와 왕소군王昭君[66]을 잇따라 멀리

---

64 이경업(李敬業)·낙빈왕(駱賓王): 당나라 때 측천무후(則天武后)가 중종을 폐위하고 정권을 잡자 이에 반대하여 군사를 일으켰다 패하여 죽은 인물들. 이경업은 맹장 이적(李勣)의 손자, 낙빈왕은 초당(初唐)의 유명한 시인. 일설에 낙빈왕은 망명하여 종적을 감추었다고도 한다.

65 제왕이~그 일: 전국시대 말기에 제나라 왕 전건(田建)이 진나라의 꼬임에 빠져 나라를 송두리째 바치고 자신은 연(燕)지방의 송백(松柏) 사이에 유폐되어 굶어죽은 사실과, 항우가 장사(長沙) 지방에 추방당해 가 있는 의제(義帝)를 경포(黥布)를 시켜 살해한 사실을 말한다.

66 오손공주와 왕소군(王昭君): 한무제 때 강성한 흉노를 달래기 위해 혼인정책을 썼다. 그래서 황족의 딸을 공주로 이름붙여 오손(烏孫: 서역지방의 국명)으로 시집보냈다. 여기서 공주란 이를 가리키는데 세상에서 오손공주(烏孫公主)라 하는 것이다. 왕소군

시집가게 한 일이로다. 아침에 한나라 궁궐에서 단장하고 저녁에 오랑캐의 계집이 된 박복한 여인이 얼마나 되더뇨? 비파줄[67]에 홍곡가鴻鵠歌[68]는 여한이 오늘에까지 이르러라. 관산關山의 달은 청총青塚 위로 비추는데 변방의 기러기는 고국의 소식을 끊었구나.

소자경蘇子卿이 해상海上에서 양을 치며 10년토록 깃발을 지키다가 백발이 되어 돌아올 때 무릉茂陵에는 가을비가 쓸쓸했다.[69] 정령위丁令威가 구름 속의 학이 되어 천년 만에 고향을 찾아오니 성곽은 예와 같은데 사람은 그때 사람이 아니라. 무덤에는 달빛만 외로웠다.[70] 비록 신선과 속세 사람의 차이는 있지만 이별의 설움이야 고금이 일반이라.

은 원제(元帝) 때 궁녀로서 흉노의 선우(單于)에게 시집가서 거기서 일생을 마쳤으며, 그의 무덤은 청총(青塚)으로 일컬어지고 있다.

67 비파줄(琵琶絃): 왕소군이 흉노에게 시집가서 비파를 타며 시름을 달랬다는 말이 전하는데 '비파줄'이란 이를 의미한다.(杜甫「詠懷古跡」: "千載琵琶作胡語, 分明怨恨曲中論.")

68 홍곡가(鴻鵠歌): 오손공주가 부른 것으로 전하는 노래이다. 소군(昭君)이 흉노의 선우와 결혼하여 떠날 때 말 위에서 악기를 꺼내어 이별곡을 연주하자 날아가던 기러기가 슬픔에 겨워 떨어졌다는 이야기가 전하는데, 홍곡가(鴻鵠歌)는 이 곡조를 지칭하는 듯하다.

69 소자경(蘇子卿)이~쓸쓸했다: 소자경은 한나라 충신 소무(蘇武). 자경은 그의 자. 무제 때인데 중랑장(中郎將)으로 흉노에게 사신으로 갔는데 흉노는 그를 붙잡아두고 항복을 받기 위해 온갖 협박과 고통을 가했다. 끝내 굽히지 않자 북해(北海: 바이칼호)로 옮겨 양을 치게 하여 그곳에서 19년 동안 한의 깃발을 지키며 견디어냈다. 소제(昭帝) 때에 이르러 흉노와 화친이 맺어져 비로소 돌아오게 되었다. 무릉(茂陵)은 무제의 능이므로 "무릉에는 가을비가 쓸쓸했다"는 것은, 소무가 돌아왔을 때 무제는 이미 죽었음을 의미한다.

70 정령위(丁令威)가~외로웠다: 정령위는 전설상의 신선으로 요동에 살았는데 신선술을 배워 학이 되어 날아갔다고 한다. 훗날 어느 소년이 화표주(華表柱) 위에 앉은 학을 쏘려고 하였는데 학이 날아오르며 "새가 있네 새가 있네 정령위라는 새지, 집 떠난 지 천년 만에 돌아왔다네. 성곽은 옛날과 다름없건만 사람들은 바뀌었네, 어찌 선도를 배우지 않아 무덤만 많아졌단 말인고.〔有鳥有鳥丁令威, 去家千年今始歸, 城郭如故人民非, 何不學仙塚壘壘〕" 하고는 가버렸다.

죽궁竹宮의 안개 낀 속에 말도 않고 웃지도 않더니 가을바람에 애가 끊어지던 사람이요[71], 마외파馬嵬坡 아래 옥이 깨지고 꽃잎이 날려서 아픈 마음 달에서 노닐던 임이시라.[72] 깊숙한 규방에서 고이 자라 연燕땅 사람에게 시집을 갔는데 어찌 생각했으랴, 공명만 중히 여기고 이별을 가벼이 여겨 백우전白羽箭 화살을 걸머지고 청해靑海로 출정할 줄을. 지루한 여름날과 기나긴 겨울밤에 우리 임 계시지 않으니 뉘와 더불어 지내리오. 옥 같은 뺨이 시름으로 야위고 꽃 같은 얼굴이 한숨으로 시드는구나. 겨울 매화를 꺾은들 임에게 보내줄 역마驛馬를 만나기 어렵겠고, 금자錦字[73]는 하마 이루어졌는데 금고琴高[74]를 보낼 길이 없어라. 누각의 주렴을 걷고 무단히 꾀꼬리만 쫓을 따름[75]이로다.

또 한편 임의 사랑이 식으니 장신궁長信宮 문이 닫힌 지 오래다.[76] 멀

---

71 죽궁(竹宮)의~사람이요: 죽궁은 한무제 때 이부인이 거처하던 감천궁(甘泉宮)을 가리킨다. 한무제는 총애하던 이부인이 일찍 죽자 몹시 슬퍼하면서 「이부인가」라는 노래를 지었고, 또 「추풍사(秋風辭)」라는 노래를 지어 애상을 표현했다. '가을바람에 애가 끊어지던 사람'은 「추풍사」를 지은 무제를 가리킨다.

72 마외파(馬嵬坡)~임이시라: 마외파는 양귀비가 자결해 죽은 곳. 당 현종이 양귀비를 잊지 못해 도사를 불러 그 혼을 찾았다는 전설이 있는데 '달에서 노니시는 임'이란 곧 현종을 가리킨다.

73 금자(錦字): 아내가 멀리 떠나 있는 남편에게 보내는 편지를 일컫는 말. 전진(前秦)의 진주(秦州) 자사(刺史) 두도(竇滔)가 멀리 사막으로 귀양을 가 있었는데, 그의 처 소씨(蘇氏)가 남편을 몹시 그리워한 나머지 비단을 짜서 회문(廻文)에 시를 새겨넣었다. 일명 직금시(織錦詩)라 하며, 회문시는 여기서 유래하였다. 이후 멀리 나간 남편에게 처가 보내는 편지를 금자라 하였다.

74 금고(琴高): 잉어의 별칭. 잉어를 통해 편지를 전한다는 말이 있다.(蔡邕「飮馬長城窟行」: "遺我雙鯉魚, 呼童烹鯉魚. 中有尺素書, 長跪讀素書.")

75 꾀꼬리만 쫓을 따름〔打起黃鸎〕: 꿈에서나마 그리는 임을 만나기 위해 꾀꼬리를 울지 못하게 한다는 뜻.(「伊州歌」: "打起黃鸎兒, 莫敎枝上啼. 啼時驚妾夢, 不得到遼西.")

76 장신궁(長信宮): 한나라의 궁궐 이름으로 본래 태황태후(太皇太后)가 거처하던 곳이다. 본문에서 장신궁에 유폐된 이는 반첩여(班婕妤)를 가리킨다. 성제(成帝)의 후궁으로 시에 능하고 덕이 있어 총애를 받았으나 젊고 아름다운 그 비연(趙飛燕)과 농생이

리 떠나간 이별이야 어쩔 수 없다지만 가까이서 멀어진 이별은 실로 어찌할 건고? 빈 섬돌에 이끼만 자라누나. 옥련玉輦은 아니 오고 창살로 반딧불만 날아들어 금전金殿에 인적이 고요하다. 어찌 한편의 부賦를 살 돈이[77] 없으랴만 한낱 갈가마귀 빛을 부러워할 따름이더라.

안타깝기 그지없어라! '향기로운 넋이 검광을 따라 밤에 스러진' 것은 초군楚軍 장막 속의 우희虞姬였고[78], '죽음을 달게 받을지언정 생이별 아니 하리라' 한 것은 금곡金谷의 녹주綠珠[79]였다. 신록이 우거지는데 왕손王孫은 돌아오지 못함을 한스러워하고, 아득히 떠도는 구름이 효자의 효심孝心을 일으키게 하누나. 친구간의 의리 간곡함에 운수雲樹[80]를 보면서로 생각하고, 형제간의 정의 절실하여 경뇌瓊雷[81]에서 바라보며 그리

들어오자, 총애를 잃었고 조비연의 무고로 고문을 당하기도 하였다. 이후 그녀는 태후를 모신다면서 장신궁(長信宮)에 들어가 살면서 「원가행(怨歌行)」 등 시를 남겼다. 훗날 반첩여는 홀로 성제의 능을 지키며 살았다고 한다.

77 부를 살 돈(買賦金): 한무제의 비 진황후(陳皇后)가 총애를 잃고 장신궁에서 외로운 세월을 보내다가 사마상여(司馬相如)에게 황금 100근을 바치고 수심을 푸는 부를 한 편 지어 달라고 청하였다. 그래서 쓰여진 것이 「장문부(長門賦)」라는 작품이다. 무제가 이 장문부를 보고는 다시 진황후를 총애하게 되었다.

78 향기로운 넋(香魂)~우희였고: 향기로운 넋이란 항우의 애인인 우희(虞姬)의 죽음에 관련된 말이다.(曾鞏 「虞美人草」: "香魂夜逐劍光飛, 靑草化爲原上草.") 항우가 해하의 전투에서 포위당했을 때, 한밤중에 일어나 주연을 베풀고 해하가(垓下歌)를 부르자 우미인이 노래로 화답하고 자살하였다고 한다.

79 금곡(金谷)의 녹주(綠珠): 금곡은 유명한 부자 석숭(石崇: 동진東晉 때 사람)의 집 정원이며, 녹주는 석숭의 애첩이다. 무제(武帝) 때 권신 손수(孫秀)가 석숭에게 녹주를 달라고 하였는데 석숭이 이를 거절하였다. 이에 손수는 석숭을 모함하고 황제의 명을 위조하여 석숭을 체포하였다. 병사들이 이르렀을 때 석숭은 금곡에서 연회중이었다. 그 자리에서 녹주는 누각 아래로 몸을 던져 자살하였고, 그뒤 석숭 역시 일족과 함께 처형당하였다.

80 운수(雲樹): 친구간에 서로 잊지 못하는 것을 뜻하는 말.(杜甫 「憶李白」: "渭北春天樹, 江東日暮雲. 何時一樽酒, 重與細論文.)

81 경뇌(瓊雷): 여기서는 경주(瓊州)·뇌주(雷州)를 함께 일컫는 말. 지금 중국의 해남

워하는도다.

관성자는 눈물이 마르고 머리털이 빠질 지경이 되어 낱낱이 기록하기 어려운 상황이 되었다. 이에 "인간세상에는 이별이 많기도 하여라."[82]라는 옛 글귀를 읊조리면서 천상으로 피해 달아나고자 하다가 견우 직녀를 만나서 다시 돌아왔다. 이때 성 밖에서 어떤 사람이 관성자를 붙들고서,

"그대는 어찌 옛날 일만 추억하고 지금의 일은 무시하며, 저승의 귀신 장부를 점검[83]하는 일만 하면서 이승의 살아있는 사람들은 업신여기는가? 나는 바로 당대의 호걸인데, 지은 시가 있으니 수고스럽겠지만 당신이 받아쓰오."

하고 드디어 소리 높여 다음과 같이 읊었다.

　　이 사람 기남자奇男子라고 일컬음 직하다
　　십오세 되기 전에 육도六韜를 통달했다니.

　　날카로운 칼 칼집에다 먼지 낀 채 꽂아두고
　　가을 기운 소슬한데 변방의 산하 둘러보았네.

도와 뇌주반도. 송나라 때 소식(蘇軾)이 해남도로 유배 가 있었고, 그의 동생 소철(蘇轍)은 뇌주 쪽에 와 있었는데, 서로 멀지 않은 곳에서 그리워하면서 만날 수 없었다.
82 인간세상에는 이별이 많기도 하여라: 교연(皎然)의 「송왕산인유여산(送王山人遊廬山)」의 한 구절이다.
83 귀신 장부를 점검(點鬼簿): 글을 짓는 데 옛 고사 쓰기를 좋아하는 태도를 비유한 말. 당의 시인 양형(楊炯)에게서 유래했다.

중년에는 성현의 글 즐겨 읽었으니

허름한 옷 입는 거야 부끄러운 바 아니로세.

우가牛歌[84]를 불러 제왕齊王의 귀에 들리게 못하는데

귀밑머리 흐르는 세월은 저물자 아침일레.

관성자는 시 읊조리는 것을 듣고 강개한 기분으로 기록했다. 그런 다음 네 성문의 표방標榜과 함께 가져다 천군 앞에 펼쳐놓았다. 천군은 겨우 한번 훑어보고는 수심을 이기지 못한 나머지 아무 일도 하지 않고 침묵과 고민에 싸여 우울하게 그 해를 마쳤다.

복초復初 2년 봄 2월에 주인옹은 아래와 같이 아뢰었다.

"봄기운이 돌아와 만물이 모두 새로이 소생하니 무릇 초목에 이르기까지 저마다 즐거운 양 나풀거립니다. 지금 주상께옵서는 가장 신령한 품성을 타고 나시고 지극히 큰 기운을 지녔음에도 불구하고 수성愁城에 부대끼어 오랫동안 편안히 계시지 못하오니 어찌 눈물을 흘릴 일이 아니겠습니까? 다만 이 수성은 내린 뿌리가 워낙 견고하여 단번에 뽑아버리기 어렵사온데, 들자하니 행화촌杏花村[85]에 한 장군이 있어 일찍이 성현聖賢[86]의 이름을 얻었으며, 용맹한 기운을 겸비하였으니 마치 일만 굽이의 파도가 일렁이는 듯 그의 역량을 헤아리기 어렵다 하옵니다. 그 선

---

84 우가(牛歌): 춘추시대 제나라의 영척(甯戚)이 부른 노래. 소뿔을 두드리며 불렀다고 해서 우각가(牛角歌)라고도 하며, 또 반우가(飯牛歌)라고도 한다. 제 환공(桓公)이 이 노래를 듣고서 영척이 비상한 인물임을 짐작하고 즉시 데리고 가서 중용하였다.

85 행화촌(杏花村): 술을 파는 곳을 가리키는 말이다.(杜牧「淸明」: "借問酒家何處在, 牧童遙指杏花村.")

86 성현(聖賢): 여기서는 술을 가리키는 말로, 청주(淸酒)를 성(聖)이라 하고 탁주(濁酒)를 현(賢)이라 일컬었다.

조의 가계는 곡성穀城에서 유래하고 국생麴生의 아들로 이름은 양襄(釀과 통함—원주)이요, 자는 태화太和[87]이온데 그 아비의 기풍을 그대로 지니고 있사옵니다. 그의 선조 중에는 일찍이 굴원屈原과 사이가 벌어졌던[88] 이가 있으며, 어떤 이는 완적阮籍·완함阮咸·혜강嵇康·유령劉伶 등과 어울리며 죽림의 교유[89]를 맺기도 하였습니다. 또 백의白衣[90]를 입고 심양潯陽[91]으로 도연명을 방문한 이도 있고, 이백李白이 금거북〔金龜〕[92]으로 전당잡힌 일로 인하여 마침내 생사를 같이한 친구가 된 자도 있사옵니다. 그후에 작위爵位를 판 일[93]이 있어 청백한 이름에 다소 누를 끼쳤으나 역시 그의 본심은 아니었습니다. 지금 국양은 청허淸虛를 숭상하고 부의浮義(義는 개미〔蟻〕와 통함—원주)를 좋아하여 청淸이든 탁濁이든 놓치는 바가 없으며, 여자들을 자주 가까이하긴 하지만 준조尊俎에서 절충하는 도리[94]가 있다고 하옵니다. 엎드려 생각하옵건대, 사람의 단점을 버

---

87 태화(太和): 음양이 잘 조화된 원기. 술은 태화의 성질을 가졌기 때문에 쓴 것이다. (『周易·乾』: "保合太和, 乃利貞.")

88 굴원과 사이가 벌어졌던〔屈原有隙〕: 굴원의 어부사(漁父辭)에 "뭇사람이 다 취했으나 나 홀로 깨어 있다."라고 말한 구절이 있어서 한 말이다.

89 완적~죽림의 교유: 죽림칠현(竹林七賢)을 말한다. 그들은 위진(魏晉) 시대의 혼란한 정치를 피해 은거하며 노장(老莊)사상을 추구하였다.

90 백의(白衣): 옛날에는 천한 사람은 흰옷을 입었으므로, 백의는 심부름꾼을 일컫는 말이 되었다. 속진양추(續晉陽秋)에 "도잠(陶潛)이 9월 9일에 술이 없어서 집밖에 나가 오래도록 바라보고 있을 즈음, 마침 백의인이 왔는데 바로 왕홍(王弘)이 술을 보낸 것이었다."라는 내용이 있다.

91 심양(潯陽): 중국의 강서성에 있는 지명으로 도잠이 은거했던 곳.

92 금귀(金龜): 벼슬아치가 차던 물건. 하지장(賀知章)이 이백을 만나 금귀를 저당잡히고, 술을 마셔 사귐이 깊어진 일이 있다.

93 작위를 판 일〔買爵事〕: 작(爵)은 벼슬의 뜻과 잔의 뜻이 있다. 여기서는 표면적으로는 벼슬을 판 일로 해석되는데, 이면적으로는 술을 판 일로 풀이 된다.

94 준조에서 절충하는 도리〔折衝尊俎之氣〕: 준조는 술좌석을 지칭하는 말. 연회를 통해서 분쟁을 평화적으로 해결한다는 의미.(『晏子春秋』: "夫不出會俎之間, 而知千里之外, 미

리고 장점을 취하는 것은 밝은 임금이 사람을 쓰는 방법이오니, 원컨대 주상께서는 폐백을 후하게 보내고 말씀을 겸손하게 하시어 그를 관직에 나오게 하고 벼슬을 내려 높여주신다면, 수성을 파하고 순박한 옛 세상으로 돌리기는 실로 어렵지 않을 것 같사옵니다. 삼가 아뢰옵니다.”

상소문이 올라오자 천군은 다음과 같은 비답批答을 내렸다.

“내 비록 부덕한 사람이로되 간하는 말을 따르기는 물 흐르듯 할 수 있다. 국양 장군을 영접하는 일은 모두 주인옹에게 위임할 것이니 힘써 잘 처리하도록 하라.”

이에 주인옹이 아뢰었다.

“공방孔方이 국양과 본래 친분이 있으니 공방을 시키면 그를 곧 불러올 것입니다.”

천군은 즉시 공방을 불러 명하였다.

“너는 가서 나를 위해 잘 말하여 목마른 사람이 물을 찾는 듯한 나의 소망에 부응토록 하라.”

공방은 이 명령을 받고 동료인 백문百文[95]과 함께 지팡이를 짚고 길을 떠났다. 그리하여 산으로 물가로 마을마다 두루 찾아다녔지만 국양은 도무지 보이지 않았다. 마침 목동이 소를 타고 도롱이를 등에 걸치고 오는 것을 만났다.

“국양은 지금 어디에 있느냐?”

공방이 목동을 붙들고 묻자, 목동은 웃으며

“여기서 멀지 않습니다. 저기 바라보이는 곳에 있습니다.”

謂折衝矣.”)

95 백문(百文): 백푼과 같은 말로 의인화한 표현. 공방이 돈의 별칭으로 돈을 의인화한 표현인데 술을 사기 위해 돈 백푼을 가지고 간 것을 뜻한다.

하고는 녹양촌綠楊村 안에 붉은 살구꽃이 피어 있는 담장 머리를 가리켰다. 공방은 곧장 방초 우거진 시냇가의 한가닥 오솔길을 따라가서 담장 머리에 이르렀다. 과연 푸른 깃발이 나부끼는 아래서 국양이 노미인壚美人[96]을 옆에 끼고 앉아 있다가 공방이 오는 것을 보고는 흰눈알[97]을 부라리며 퉁명스레 말하였다.

"형이 멀리서 수고로이 찾아와주셨는데 무엇으로써 보답하리까?"

공방이 꾸짖어 말하였다.

"금초金貂를 들고 와서 바꿔 가게 하려는 것이냐?[98] 서량西涼으로 요구하려는 것이냐?[99] 어찌 나를 얕잡아보는가? 우리 임금께서 수성으로 인해서 곤경에 처한 차에 장군이 세상의 불평한 일을 제거하는 것으로 자신의 책임을 삼고 있다는 말을 들으시고 아침저녁으로 장군을 기다려 계옥啓沃[100]의 임무를 명하시려는 것이다. 나 공방은 장군과 더불어 대대로 세교世交가 있는 줄 아시고 특별히 나를 시켜 맞아오도록 하였거늘 그대는 어찌하여 이와같이 무례하단 말이냐?"

그러자 국양은 눈빛을 부드럽게 하고는 마침내 채준蔡遵의 투호投壺

---

96 노미인(壚美人): 한나라 때 유명한 미인 탁문군(卓文君)에 관련된 표현. 사마상여(司馬相如)가 탁문군을 유혹하여 술청에 앉아 술을 팔았다는 이야기에서 유래하였다.

97 흰눈알(白眼): 완적(阮籍)이 반가운 사람이 오면 청안(靑眼)으로, 반갑지 않은 사람이 오면 백안(白眼)으로 맞이했다 한다.

98 금초(金貂)를~것이냐: 동진 사람 완부(阮孚)의 고사. 그는 벼슬살이를 할 때, 술이 취해 문책을 받은 바 있었으며, 황문상시(黃門常侍)로 있을 때 금초를 가지고 술과 바꾸어 먹었다가 탄핵을 당했다.

99 서량(西涼)으로~것이냐: 서량은 중국의 서쪽 변경인 감숙성에 있던 지명이자 오호십육국(五胡十六國) 때 세워졌던 나라의 이름이다. 서량(西涼)은 지명이 주천(酒泉)이라는 고을을 수도로 정한 바 있었다. '주천'이라는 말 때문에 쓴 것으로 생각된다.

100 계옥(啓沃): 원래 충고를 극진히 해서 제왕의 마음을 열어준다는 의미의 말인데, 여기서는 또한 술이 마음을 편안하게 해줌을 뜻한다 (『書經·說命』; "啓乃心, 沃朕心.")

놀이[101]를 벌이면서,

"시름이 있고 없음은 오로지 내 손에 달렸지요."

하고는 천금구千金裘를 입고 오화마五花馬[102]를 타고서 군대를 일으켜 뇌주雷州에 당도하였다. 때는 정히 삼월 보름이었다.

천군은 이에 모영毛穎을 보내어 그 노고를 치하하였다.

"고주孤主(孤는 沽로 통하고 主는 酒로 통함─원주)를 버려두지 아니하고 이처럼 병兵(瓶으로 통함─원주)을 인솔하여 왔으니 뛸 듯이 기쁜 마음을 어찌 헤아릴 수 있으리오? 경과 같은 큰 그릇이 이제 후설喉舌[103]을 맡게 되니 우선 경을 제수하여 옹雍(甕으로 통함─원주)·병幷(瓶으로 통함─원주)·뇌雷(罍로 통함─원주) 삼주三州 대도독大都督과 구수驅愁 대장군을 제수하노라. 내치內治는 과인이 맡겠거니와 외적과 싸우는 일은 장군이 전적으로 맡아서 수행하라. 물러나고 나아감을 잘 헤아리고 온 힘을 다하여 토벌할지어다. 지금 중서랑中書郎 모영을 보내어 한편으로는 나의 뜻을 선유宣諭하게 하고 다른 한편으로는 장군의 진영에 머무르게 하여 장서기掌書記로 삼게 하리니 그리 알라."

태화太和는 즉시 모영을 시켜 감사의 표문表文을 지어 올렸다.

복초復初 2년 3월 모일 옹·병·뇌 삼주 대도독 겸 구수대장군 국양

은 황공함을 무릅쓰고 백번 절하며 아뢰나이다. 신은 본래 벽곡辟穀[104]
과 연정練精을 하여 길이 호중壺中의 일월日月[105]을 보전하면서 난리를
평정하기 위해 성인을 기다리옵던 바[106] 드디어 관작을 내려주신 은
택을 입었사오니 저의 몸을 돌아봄에 스스로 분수에 넘쳐 외람됨이
부끄럽사옵니다.

엎드려 생각하옵건대, 양襄은 곡성穀城의 종자요 조계曹溪[107]의 유파
인데 왕씨王氏·사씨謝氏[108]를 따라 강좌江左의 풍류를 독차지했고, 혜
강嵇康·유령劉伶과 더불어 취미를 함께하여 한가한 정을 죽림竹林에
붙였사오며, 반평생 진출하고 은거함에 오직 유리종과 앵무잔이 있
을 뿐이옵고[109], 백년의 사귐은 다만 습가지習家池와 고양의 술꾼[高陽
酒徒][110]이 있을 뿐이옵니다. 그저 예법에 어긋나기만 함으로 인하여

---

104 벽곡(辟穀): 신선이 되기 위해 곡식을 먹지 않는 것. 여기는 술을 마시면 밥을 대신
할 수 있기 때문에 이렇게 말한 것이다.
105 호중의 일월(壺中日月): 신선의 별세계를 가리킨다. (李白「下途歸石門舊居」: "何當脫
屣謝時去, 壺中別有日月天.") 한나라 때, 비장방(費長房)이 시연(市掾)으로 있었는데, 약
파는 노인이 저녁때면 매달아둔 병 속으로 들어가는 것을 보고 따라 들어갔더니 거기
에 또 하나의 천지가 있었다는 것이다. 비장방은 그 노인을 따라 배워 신선이 되었다
한다. 호중일월은 이에 유래한 말인데 술이 병속에 든 물건이므로 끌어다 쓴 것이다.
106 성인을 기다리옵던 바(待聖): 청주(淸酒)를 성(聖)이라 일컬으므로 이렇게 표현하
였다.
107 조계(曹溪): 여기서 조(曹)는 조(糟: 술지게미)의 뜻이다.
108 왕씨(王氏)·사씨(謝氏): 육조(六朝) 시대의 망족(望族)인 왕씨 집안과 사씨 집안 혹
은 진(晉) 나라의 왕단지(王坦之)와 사안(謝安)을 일컫기도 한다.
109 유리종·앵무잔: 술잔의 이름이다. 유리종은 유리로 만든 화려한 술잔으로『진서晉
書·최홍전崔洪傳』에 "최홍은 성품이 검소하여 주옥을 멀리하였다. 여남왕 량이 유리
종으로 술을 마셨으나 최홍은 잡지 않았다.(洪性儉, 屛遠珠玉, 汝南王亮以琉璃鍾行酒, 洪
不執)"이라는 구절이 있고, 또 이하「장진주將進酒」의 첫구절은 "유리잔의 호박빛 작
은 술통의 술방울 진주처럼 붉구나.(琉璃鍾, 琥珀濃, 小槽酒滴珍珠紅)"이다. 앵무잔(鸚鵡
盞)은 앵무소라(鸚鵡螺)를 잘라 만든 술잔을 말한다.
110 습가지(習家池)와 고양의 술꾼(高陽酒徒): 습가지는 중국 호북성 양양(襄陽) 호족인

오랫동안 강호를 떠도는 생활을 하였거늘, 뜻밖에도 저를 멀리 내치지 아니하시고 마침내 '네게 정벌을 전담케 한다' 하실 줄 어찌 알았겠습니까? 생각해보면 저 같은 광생狂生[111]이 어찌 이 큰 관작을 감당할 수 있사오리까?

이는 대개 현인을 등용하면 대적할 자가 없으며 시름을 쳐부수는 데에는 방법이 있겠기로, 신이 이따금 맞추는 것을 인정하시어 의심치 않고 등용하시며, 신에게 여러 사람들의 입을 불러들여서 네 스스로 마음속에 결단하라 이르시어 드디어 천박한 재주로 하여금 바다 같은 도량[海量]에 용납됨을 입게 하여주시니 감히 더욱 힘써 청렬淸烈을 더하고 더욱 향취에 무르녹게 하지 아니하오리까? 한잔의 술로 병권兵權을 놓게 하기는 조보趙普[112]의 계책에 미치지 못하오나, 가슴 속에 수만의 갑병甲兵을 감추는 것은 거의 범중엄范仲淹[113]의 위엄을 본받을 것이옵니다."

천군이 이 표를 읽고서 대단히 만족하여, 즉시 서주역사西州力士[114]를

습씨의 못이다. 동진 때 산간(山簡)이 그 지방을 맡고 있을 때, 이곳에 와서 술을 실컷 마시며 논 적이 있다. 또 고양의 술꾼 역이기(酈食其)도 놀았다 하여 고양지(高陽池)라고 부르기도 한다. 역이기는 진류(陳留) 고양(高陽) 사람으로 한 고조 유방(劉邦)의 참모이자 세객(說客)이었다.

111 광생(狂生): 여기서는 작은 예법에 얽매이지 않는 사람을 뜻한다.

112 조보(趙普): 송나라 개국공신. 천하가 평정된 후, 송 태조가 그에게 나라를 평안히 하는 방도를 묻자, "병권을 빼앗으면 천하가 편안해질 것이다"라고 대답하였다. 이 말을 들은 태조는 석수신(石守信) 등 공신을 불러 술잔을 나누며 그들의 병권을 포기하게 하였다.

113 범중엄(范仲淹): 송나라의 정치가·문학가. 그가 일찍이 연주(延州)를 맡아 다스리자 적국 사람이 이를 알고 경계하여 말하기를 "범노자(范老子)는 가슴속에 수만의 갑병(甲兵)이 들어 있다"고 하였다. '兵'은 '甁'으로 통한다.

114 서주역사(西州力士): 술잔 등 술을 따르는 기구를 지칭하는 말.(李白「襄陽歌」: "舒

영적장군迎敵將軍으로 삼아 도독절제사都督節制使를 제수하였다.

이때 해는 저물어 연기가 피어오르며 살랑살랑 부는 바람 속에 제비가 지저귀는데, 격문이 날아다니고 북소리와 피리소리가 야단스레 울렸다. 장군이 드디어 조구糟丘에 올라서서 주허후朱虛侯 유장劉章[115]에게 명하였다.

"군령은 지극히 엄하니 네가 군기를 관장하여, 취해 기둥에 머리를 부딪치는 장수가 없게 할 것이요, 술을 피하는 늙은 군사[116] 또한 있어서는 안 되느니라."

이에 군중이 엄숙해져 감히 떠드는 자 없었으며 진퇴가 정연하고 공격하고 싸우는 데 법도가 정연했다. 진陣의 형태는 육화법六花法[117]을 따랐는데 이번은 해바라기를 본뜬 것이었다. 옛날 이정李靖이 고구려를 칠 때에 산악 지역이 험준하여 팔진八陣을 펴지 못하고 대신 육화진을 썼는데 이것이 바로 그 제도이다.

국양장군은 옥주玉舟를 타고 주지酒池를 건너면서 뱃전을 두드리며 맹세를 했다.

"만약 수성을 격파하지 못하고 다시 건너 돌아온다면, 이 물처럼 흘

州杓·力士鑑, 李白與爾同死生.") 이백의 시구에서 유래하였는데 '西州' 대신 '舒州'라고도 쓴다.

115 주허후(朱虛侯) 유장(劉章): 한 고조의 손자. 고조가 죽고 나서 여후(呂后)의 친정붙이들이 발호할 때 유장이 연회석에서의 주도(酒道)를 내세워, 여씨 중 한사람을 취해서 술을 피한다는 죄목으로 벤 적이 있다.

116 술을 피하는 늙은 군사(逃酒老兵): 동진 때 사혁(謝奕)과 환온(桓溫) 사이의 고사이다. 둘은 친한 친구인데 같이 술을 마시다가 환온이 술을 안 먹으려 피하자 사혁이 그 수하의 병사 하나를 끌어다가 먹이면서 "한 노병을 잃고 한 노병을 얻었다."고 말했다 한다.

117 육화법(六花法): 당 태종 때, 장수 이정(李靖)이 제갈량(諸葛亮)의 팔진법(八陣法)을 본떠 창안한 진법.(「李衛公兵傳」)

러가서 돌아오지 않으리라."

그러고는 해구海口에 정박하자 서기書記를 맡은 모영을 불러 즉각 격문을 지었다.

"모월 모일에 옹주·병주·뇌주 대도독 구수대장군은 수성으로 격문을 보내노라. 무릇 역려逆旅와 같은 천지의 사이에 과객처럼 지나가는 세월 가운데, 장수를 누리건 요절을 하건 다 같은 꿈이요, 하찮은 존재건 거룩한 존재건 하나의 궤도 위로 굴러가게 마련이다. 살아서 근심과 한탄으로 보낼진대 오히려 촉루髑髏의 즐거움[118]에 미치지 못하리니 어찌 슬프지 아니하랴? 너희 수성은 우환을 끼친 것이 오래다. 추방당한 신하, 시름에 겨운 여인이며, 열사烈士·시인 등을 두루 찾아다니며 거울 속의 얼굴을 시들게 하고 귀밑머리를 빨리 희어지게 만드니, 이 형세가 커지도록 내버려두어 훗날 도모하기 어렵게 만들어서는 안될 것이다.

지금 나는 천군의 명을 받들어 신풍新豐[119]의 병사들을 거느렸으니, 선봉으로는 서주역사西州力士요, 좌막佐幕으로는 합리蛤蜊·해오蟹螯[120] 등이 있다. 제아무리 제갈량 같은 병법으로 풍운을 일으키고 초패왕 같은 용맹으로 고금에 짝이 없다 하더라도, 이런 따위는 아이들의 장난과 같거늘 어찌 감히 나를 당할쏘냐? 하물며 초택楚澤에 홀로 깨어 있는 것들쯤이야 어찌 마음에 담아두기나 하겠느냐? 이 격문이 당도하는 날에 얼

---

118 촉루의 즐거움[髑髏樂]: 장자가 초나라에 가던 길에 버려진 해골을 보고 탄식한 일이 있었는데, 꿈에 그 해골이 나타나서 해골이야말로 참으로 영원한 즐거움이 있다고 하였다 한다.(『莊子·至樂』)

119 신풍(新豐): 중국 서안(西安)에 있는 지명으로 술의 명산지이다. 왕유(王維)의 「소년행(少年行)」에 "신풍의 좋은 술 한 말에 만금인데 함양의 유협은 소년들이 많네.[新豐美酒斗十千, 咸陽遊俠多少年]"라는 구절이 있다.

120 좌막(佐幕)으로는~해오: 좌막(佐幕)은 참모를 가리킨다. 합리(蛤蜊: 蛤蜊)는 조개 종류. 해오(蟹螯)는 게·새우 등을 가리키는 것으로 곧 안주를 의미한다.

른 백기를 내걸고 항복하도록 하라."

그리고는 출납관을 시켜 소리 높여 격문을 읽게 하여 성안에 들리도록 하였다. 그러자 성안에 가득한 무리들이 너나없이 항복할 마음을 가졌으나, 유독 굴원屈原만은 굽히지 않고 머리를 풀어헤친 채 달아났으니 어디로 갔는지 알 수가 없었다.

국양장군이 해구海口에서 병(兵: 甁)을 일으켜 세워 거꾸로 쏟으니 그 형세가 대쪽을 쪼개는 것 같았다. 공격을 하지 않아도 성문이 저절로 열리고, 싸움을 시작하기도 전에 온 성안의 사람들이 항복을 하였다. 이에 장군은 무력을 과시하고 위세를 드날리며 병력을 흐트려 외곽을 포위하거나 혹은 집결시켜 내부에 진을 치니 그 형세가 마치 바다에 풍랑이 일고 폭우로 강물이 넘치듯하였다.

천군이 영대에 올라 둘러보니, 어느덧 구름이 흘러가고 안개가 걷혀서 산들바람 불어오고 햇살이 나른했다. 전날의 모든 슬픈 일들이 즐거움으로 바뀌니 원한은 잊혀지고 한탄은 사라지며 분은 풀리고 노여움은 가시었으니 불평불만 가득 찬 것들 화평하게 되고 울화로 꽉 막혔던 자들 기꺼워하고 신음하던 자들 즐거워 노래하고 팔을 걷어붙이던 자들 너울너울 춤을 추었다.

백륜伯倫 유령劉伶[121]은 그의 덕을 칭송하고 사종嗣宗 완적阮籍은 흉금을 털어놓았다. 도연명은 갈건을 쓰고 소금素琴을 어루만지며 뜰에 선 나무를 바라보고 흐뭇해하는가 하면, 이태백은 접리接罹를 쓰고 금포錦袍를 입고 우상羽觴을 날리며 달빛 아래 취했다. 옥산玉山이 곧 넘어지게 됨[122]에 시각은 이미 촛불을 켤 때라, 꽃잎은 눈앞에 흩날리고 달빛은 장

---

121 백륜(伯倫): 죽림칠현의 한 사람인 유령(劉伶)의 자(字). 「주덕송(酒德頌)」을 지었다.
122 옥산이 곧 넘어지게 됨(玉山倒): 혜강(嵇康)에게서 유래한 말로, 술에 취해 쓰러지

막으로 들어왔다.

국양장군은 미인을 불러 파진악破陣樂을 연주하도록 하고 회군하였다. 천군은 크게 기뻐하며 곧 관성자를 불러 다음과 같은 교시를 내렸다.

나는 경에게 은혜를 베푼 것이 없거늘 경은 마음을 쏟아서 나의 심복이 되어주었도다.[123] 경이 내게 덕을 베풀었거늘 내 장차 무엇으로 경에게 보답할까? 한번 제배除拜(拜는 盃로 통함—원주)하고 두번 제배하고, 또 다시 제배해도 그저 얼굴만 불콰해짐을 더할 뿐이로다. 이제 수성의 옛 지역에 새로 성을 쌓아서 경의 탕목읍湯沐邑[124]을 삼을 것이며, 삼주 도독의 일은 전과 같이 맡도록 하라. 또한 경을 환懽에 봉하고 삼등의 작爵을 내려 환백懽伯[125]으로 삼고, 거창秬鬯[126] 한 병을 하사하며, 앞뒤로 풍악을 울릴 수 있도록 하노니, 그리 알아라.

는 모습을 뜻한다. (『世說新語·容止』: "嵇叔夜之爲人也, 巖巖若孤松之獨立, 其醉也, 嵬峨若玉山之將崩.")

123 마음을 쏟아서~되어주었도다: 본래 추심치복(推心置腹)이란 지극한 정성으로 남을 대하는 것을 말하는데 여기서는 병 속의 술을 쏟아 뱃속으로 들어가게 한 것을 가리킨다.

124 탕목읍(湯沐邑): 옛날 봉건제하에서 제후가 천자에게 조회(朝會)하면 천자는 제후에게 목욕할 곳이란 명목으로 땅을 내려주었는데, 이를 탕목읍이라 일컬었다.

125 환백(懽伯): 술의 별칭. (『易林』: "酒爲懽伯, 除憂來樂.")

126 거창(秬鬯): 천지에 제사를 지낼 때에 쓰던 술.(『詩經·大雅·江漢』: "釐爾圭瓚, 秬鬯一卣.")

원생몽유록元生夢遊錄

세상에 원자허元子虛라는 사람이 있었으니 강개한 선비다. 그는 기개
가 너무 커서 시속과 맞지 않았으므로 나은羅隱처럼 억울한 뜻[1]을 늘 품
고 있었으며, 원헌原憲과 같이 가난[2]을 견디기 어려운 형편이었다.

그는 아침이면 나가서 밭을 갈고 밤이 되면 돌아와서 옛사람의 글을
읽었는데 이웃의 등잔불 빛에 비추어 보는가 하면 반딧불을 잡아 책을
비춰 보는 등 온갖 방법을 다 썼다. 역사책을 읽다가 역대의 나라들이
위기에 처해 국운이 옮겨가고 형세가 다한 곳에 이르면, 그때마다 책을
덮고 눈물을 흘려 마치 자신이 그 시절을 살아 망해 가는 꼴을 번연히
보면서도 힘이 모자라 어찌하지 못하는 듯이 여겼다.

어느 가을날(仲秋) 저녁, 그는 달빛을 따라 책을 보다가 밤이 이슥해져
서 심신이 노곤하여 책상머리에 기대어 졸았다. 갑자기 몸이 가벼이 들

---

1 나은처럼 억울한 뜻(羅隱之冤): 나은(?~909)은 당나라 말기의 시인. 초명은 횡(橫)으
 로, 실력이 있음에도 불구하고 열번이나 과거에 실패하자 이름을 은(隱)으로 바꾸었
 다. 후세에 불우한 문인에 대해 '나은지원'이란 말이 쓰였다.
2 원헌과 같이 가난(原憲之貧): 원헌은 공자의 제자로 몹시 가난한 생활을 하였다. 후에
 '원헌지빈'은 선비의 곤궁함을 일컫는 말로 쓰였다.

려 가뿐가뿐 시원스럽게 바람을 타고 오르는 것도 같고, 너울너울 날개
가 달려 비상하는 신선도 같았다. 그러다가 어떤 강기슭에 멈췄다. 강물
은 유유히 흐르는데 산봉우리들은 겹겹이 얽혀 있다. 마침 한밤중이라
온갖 소리도 잠들어서 달빛은 대낮처럼 밝고 파도의 물빛은 바랜 베폭
같은데 바람은 갈대잎을 울리고 이슬은 단풍잎에 떨어지는 것이었다.

　그는 우수에 잠겨 눈을 들어보니 천가지만가지 감회와 분노가 뒤엉
켜서 도저히 풀어지지 못할 듯하였다. 마침내 허공을 가르듯 길게 휘파
람을 불고는 소리 높여 절구 한 수를 읊조렸다.

　한 서린 강물은 목메어 흐르질 못하고
　갈대꽃 단풍잎이 으스스 차가워라.

　아마도 여기는 장사長沙의 언덕³일러니
　달 밝은 이 밤 영령英靈은 어디매서 노니는지?

　그러고 나서 발길을 서성거리며 사방을 둘러보는데 발짝 소리가 먼
데서부터 가까워지고 있었다. 이윽고 갈대꽃 우거진 곳에서 일개 호남
아가 홀연히 나타났다. 복건幅巾에 야복野服으로 풍채는 맑고 미목이 수
려하여 늠름한 수양산首陽山의 풍모⁴가 연상되었다. 그 사람이 앞으로

---

3 장사의 언덕[長沙岸]: 지금 호남성(湖南省)에 있는 지명. 옛날 초나라 땅으로 동정호
　주변. 장사의 언덕이란 동정호 가를 뜻한다. 옛날 굴원이나 가의(賈誼)가 쫓겨가서 방
　황하던 곳이며, 항우가 의제(義帝)를 몰아내어 죽게 한 곳도 그 근방이었다.
4 수양산의 풍모[首陽遺風]: 수양산은 천고에 유명한 충신 백이(伯夷)와 숙제(叔齊)가 숨
　어서 고사리를 캐먹고 지내다가 굶어 죽었다는 산. '수양유풍'은 곧 백이·숙제가 후세
　에 길이 남긴 충절을 가리킨다.

다가오더니 읍을 하고는,

"자허는 어찌 이리 늦었소? 우리 임금께서 지금 그대를 맞아오라 하시오."

하고 말을 거는 것이었다. 자허는 귀신인가 하여 깜짝 놀라 얼른 대답을 못하였다. 그러다가 그의 용모가 준수하고 행동거지가 단아한 것을 보고 자기도 모르게 기이하게 여겨 마침내 그를 따라갔다. 백여 보쯤 옮겨가자 우뚝 정자 하나가 호숫가에 있었다.

어떤 분이 난간에 기대 앉아 있는데 의관을 보아하니 임금인 듯하였다. 그 곁으로 다섯 사람이 모시고 섰는데 대부大夫의 복장을 차려 입어 각각 등급이 있는 것 같았다. 이 다섯 사람은 세상에 보기 드문 호걸로서 용모가 의젓하고 풍채가 훤칠하다. 대개 가슴속에는 고마叩馬·도해蹈海[5]의 의기를 품고, 배 안에는 경천봉일擎天捧日[6]의 충성이 쌓였으니, 진정 육척의 고孤를 부탁하고 백리百里의 명[7]을 감당할 만한 그런 인물인 듯싶었다.

그들은 자허가 오는 것을 보고 모두 나와 영접하였다. 자허는 다섯 사

---

5 고마(叩馬)·도해(蹈海): 고마는 말고삐를 붙잡고 만류하는 것으로 백이와 숙제에 관련된 말. 주나라 무왕(武王)이 은나라를 치러 가는데 백이와 숙제가 말고삐를 붙들고 신하로서 임금을 치는 일이 옳지 않다고 간했다.(『史記·伯夷列傳』) 도해는 바다에 자기 몸을 던진다는 의미. 노중련(魯仲連)은 전국시대 제나라의 의사(義士)인데 진나라에 조국이 패망하면 자신은 바다에 몸을 던질지언정 진나라의 신하는 되지 않겠다 하였다.(『史記·魯仲連傳』)
6 경천봉일(擎天捧日): 하늘을 떠받치고 해를 받든다는 뜻. 곧 임금을 높이 받들어 섬김을 의미하는 말.
7 육척의 고~백리의 명: 육척의 고(六尺之孤)는 본래 어린아이를 가리키는 말인데 미성년의 후계자를 의미한다. 백리의 명(百里之命)은 조그만 나라의 운명을 맡게 됨을 뜻한다. 즉 유약한 왕을 보필하고 나라의 운명을 감당할 만한 충성스런 인물을 가리키는 말이다.(『論語·泰伯』: "曾子曰, 可以託六尺之孤, 可以寄百里之命.")

람에게 먼저 예를 표하지 않고 바로 들어가서 먼저 임금을 뵌 후에 물러
나와 서서 자리가 정해지기를 기다려 말석에 꿇어앉았다. 자허의 오른
쪽에는 복건을 쓴 사람이 있고 그 위쪽에 다섯 사람이 차례차례 앉았다.
자허는 어찌된 영문인지 알 수가 없어 마음이 매우 불안했다. 왕이 먼저
말을 꺼냈다.

"일찍이 그대의 고상한 인품에 대해 듣고 깊이 사모하던 터에, 이같
이 좋은 밤에 우연히 만나게 되었으니 조금도 의아해하지 마오."

자허는 황공하여 일어서 사례하였다. 자리가 정해지자 고금의 흥망
에 대한 담론을 나누더니 이야기가 재미나게 이어졌다. 복건자가 후유
하고 한숨을 쉬며 말하기를,

"요·순堯·舜과 탕·무湯·武는 만고의 죄인입니다. 후세에 여우처럼 아
첨을 떨어 선위禪位를 받은 자 이들을 빙자하고, 신하로서 임금을 친 자
이들에게 명분을 붙여서, 천년이나 계속 되어오니 마침내 바로잡을 길
이 없게 되었습니다. 아아! 이들 네 군주야말로 저런 자들의 효시가 된
것입니다.[8]"

말이 채 끝나기도 전에 왕이 정색을 하고 말했다.

"오호라! 그게 무슨 말인고? 네 임금과 같은 성덕을 지니고서 네 임금
과 같은 입장에 처했다면 옳은 일이겠지만, 네 임금과 같은 성덕이 없고
네 임금과 같은 처지가 아니라면 불가하오. 저 네 임금이 무슨 죄가 있
으리오? 그들을 빙자하고 그들에게 명분을 붙인 자가 나쁜 것이오."

복건자는 손을 모아 절하고 사죄하며

"마음이 불평하와 저도 모르게 말이 지나쳤사옵니다."

---

8 이 대목에 붙인 원주에 본디 "역적의 효시가 되었다"〔爲賊嚆矢〕는 뜻으로 표현되었던
것을 숙종이 보고 賊자를 人자로 바꾼 것으로 나와 있다.

라고 하자 왕은

"그만두오. 마침 좋은 손님이 와서 자리에 있는데 부질없이 다른 일은 논하지 마오. 달이 밝고 바람이 맑으니 이같이 좋은 밤을 어찌 그냥 보내리오."

하고는 금포錦袍를 벗어 강촌으로 보내서 술을 사오도록 했다. 술이 두어 순배 돌자 왕은 잔을 들고 목이 멘 소리로 여섯 사람을 돌아보며,

"경들은 각기 소회를 말하여 깊은 원한을 풀어보지 않겠소."

하고 제의하였다. 이에 여섯 사람이

"전하께서 먼저 노래를 지으시옵소서. 신 등이 화답하겠사옵니다."

라고 하자, 왕은 드디어 옷깃을 여미고 슬픔을 스스로 이기지 못해 노래하였다.

강 물결 넘실넘실

그칠 날이 언제랴!

나의 원한도 길고 길어

저 강물과 같아라.

살아서는 임금일러니

죽어서 고혼孤魂이 되었도다.

왕망王莽의 신新은 거짓 왕노릇이요,

의제義帝란 칭호도 겉 높임이었다네.[9]

---

9 왕망의 신~겉 높임이었다네: 원문은 "新是僞王兮 帝乃陽尊"이다. 신(新)은 왕망(王莽)이 한나라를 탈취하여 세운 나라로서 15년간 지속되었다. 신의 왕노릇은 거짓된 것이라는 의미. 제(帝)는 곧 의제(義帝)를 가리킨다. 항우가 초 패왕을 자처하고 초 회왕(懷王)의 손자 심(心)을 황제로 높였으나 실은 술책에 불과했다는 뜻이다. 여기서 왕망은 수양대군의 행동을, 뒤의 의제는 단종의 처지를 각각 암시하고 있다.

고국의 신민들

이미 다 떠나갔거늘

예닐곱 신하들과 뜻이 맞아

외로운 혼을 의탁하게 되었노라.

오늘 저녁은 무슨 저녁인고?

강가의 누대에 함께 오르다니

물결이랑 달빛이랑

나의 시름 자아내누나.

슬픈 노래 한가락에

천지도 유유하네.

노래가 끝나자 다섯 사람이 이어받아서 각각 절구 한 수씩 읊어나갔다. 상석에 앉은 사람[10]이 먼저 불렀다.

어린 임금 고이 받들 힘이 그리 없었다니!

나라 앗기어 임 욕보이고 제 목숨마저 잃었구나.

올려다보고 내려다봄에 천지가 부끄러우니

그해에 어찌 일찍 도모하지 못했던고?

---

10 상석에 앉은 사람: 박팽년(朴彭年: 자 仁叟, 호 醉琴軒)을 가리킨다. 남효온(南孝溫)의 「육신전(六臣傳)」에 의하면 당초 중국 사신을 접대하는 연회석상에서 세조를 칼로 베고 단종을 복위하기로 도모했다가 차질이 생겼다. 이에 무인 유응부는 그냥 결행하자고 주장했으나 박팽년·성삼문 등 문신들이 반대하여 뒤로 미루어졌다. 그러자 밀고자가 생겨 실패한 것이라 한다. 아래 시의 끝 구절의 "그해에 어찌 일찍 도모하지 못했던고?"는 이 사실을 두고 후회한 뜻을 표현한 것이다.

다음으로 두번째 좌석에 앉은 사람¹¹이 읊기를,

선왕先王의 고명顧命을 받은 몸 총애도 융성해라
위태로움 닥쳐온들 제 목숨 아낄 건가.

아하 일은 글렀지만 이름만은 꿋꿋하니
의義를 취해 인仁 이뤘네, 부자가 한 길로.

이어 세번째 좌석에 앉은 사람¹²이 읊기를,

굳센 절개가 어찌 작록에 팔릴쏘냐?
아름다운 덕성 고사리 캘 마음 품었도다.

몸뚱이 던져 죽음이 무어 아까우랴
먼 곳에 계신 임 생각하면 피눈물이 나오네.

네번째 좌석에 앉은 사람¹³이 읊기를,

11 두번째 좌석에 앉은 사람: 성삼문(成三問: 자 謹甫, 호 梅竹軒)을 가리킨다. 그의 부친
    성승(成勝) 또한 무신으로 모의에 동참해서 함께 죽었기 때문에 아래 시의 끝 구절에
    서 "의(義)를 취해 인(仁) 이뤘네, 부자가 한 길로"라 한 것이다.
12 세번째 좌석에 앉은 사람: 하위지(河緯地: 자 天章, 호 丹溪)를 가리킨다.
13 네번째 좌석에 앉은 사람: 이개(李塏: 자 淸甫, 호 白玉軒)이다. 「육신전」에 의하면 그
    는 죽음에 다다라 "우정이 무거울 때는 삶 또한 큰데 홍모가 가벼운 곳에는 죽음이 오
    히려 영광 되네. 날이 새도록 잠 못 들어 문을 나서니, 문종 왕릉의 송백이 꿈속에 푸르
    구나.[禹鼎重時生亦大, 鴻毛輕處死猶榮. 明發不寐出門去, 顯陵松栢夢中靑]"라고 읊었다 한

이 몸 조그마해도 쓸개는 큼직하니
인륜이 무너지는데 목숨 아껴 살아가랴?

죽을 적의 시 한 수 그 뜻이 갸륵할손,
두 마음 가진 자들 그 아니 부끄러울까.

다섯번째 좌석에 앉은 사람[14]은 물러나 엎드려 몹시 흐느끼는 모양이
자기 도리를 다하지 못한 일이 있는 것 같았다. 그는 이렇게 읊었다.

애닯다! 그날의 일. 어찌 뜻이 그랬을꼬?
죽어야 할 마당에 후세의 공론 따질 것이 무어냐.

천년이 지나가도 그 치욕 씻기 어려우리,
집현전에 있을 때 상공서賞功書를 짓다니.

복건자[15]는 소매를 끼고 단정히 앉아 있는 품이 마치 당일의 모의에
참여하지는 않았어도 오히려 충성과 의분의 감정에 복받쳐 절의로서
자기 한 몸을 바칠 듯한 그런 표정이다. 이에 그는 머리를 긁적이며 길

다. "죽을 적에 시 한 수"란 곧 이 시를 가리킨다.
14 다섯번째 좌석에 앉은 사람: 유성원(柳誠源: 자 太初, 호 琅玕)을 가리킨다. 수양대군
  이 김종서 등을 역적으로 몰아 살해한 다음, 그 공을 포상하는 글을 집현전 학자들로
  하여금 짓도록 했던바 집현전의 다른 이들은 미리 피했는데 유성원이 걸려서 부득이
  그 글을 지었다. 아래 시에서 '상공서(賞功書)'란 이 글을 이른다.
15 복건자(幅巾者): 남효온(南孝溫: 1454~1492, 자 伯恭, 호 秋江)을 가리킨다. 아래 시에
  서 '한편의 야사'는 곧 그가 지은 「육신전」을 가리킨다.

게 읊었다.

눈 들어 산하를 바라보니 옛 시절과 다르구나.
신정新亭에 함께 이는 초수楚囚의 비탄[16]일레.

흥망에 놀란 가슴 간장이 찢어지고,
역적 짓 분통 터져라 눈물이 적시누나.

율리栗里라 맑은 바람 도연명은 늙어가고,
수양산首陽山 차가운 달밤 백이伯夷는 굶주린다.

한편의 야사野史나마 후세에 전하리니
천년을 두고 보면 선악의 모범이 되오리다.

노래가 모두 끝나자 차례가 자허에게 돌아왔다. 자허는 강개한 마음
에 눈물을 닦으며 비통한 어조로 읊조렸다.

지난 일 누구에게 묻는단 말가.
묵은 뫼에 한줌의 흙뿐이로다.

한이 하 깊어 정위精衛[17]새 죽었더냐

---

16 초수의 비탄(楚囚悲): 초수는 초(楚) 땅에 유배된 사람이라는 의미로 굴원이 이에 해
   당한다. 원통한 처지에 놓인 충신의 슬픔을 표현한 말이다.
17 정위(精衛): 전설적인 새의 이름. 『산해경(山海經)』에 염제(炎帝)의 딸이 바다에 빠져

넋이 끊겨지는 두견이의 시름일레.

어느 해라 고국으로 돌아가나,
이 밤을 강다락에서 노닐다니.

몇 곡의 노랫가락 처량도 할사,
갈대꽃 핀 가을에 쇠잔한 달빛.

그의 읊는 소리에 온 좌석이 처연히 눈물들을 흘렸다. 뒤미처 우람하게 생긴 무사 하나가 돌연히 뛰어들었다. 이 사람[18]은 훌쩍 큰 키로 용맹이 절륜하며, 얼굴은 대춧빛이요 눈은 샛별과 같다. 문산文山[19]의 의기義氣에 중자仲子[20]의 청렴을 겸하여 위풍이 늠름하니 저도 모르게 사람들의 공경심을 불러일으켰다. 그는 왕에게 인사를 드리고 옆의 다섯 사람을 돌아보며 소리쳤다.

"슬프다! 썩은 선비들과는 큰일을 이룰 수가 없구나."

그러고는 드디어 칼을 뽑아 춤을 추며 강개히 노래를 부르는데 소리가 큰 종을 울리는 듯했다. 노래는 다음과 같다.

죽어 그 혼이 새가 되었다 하는데 그 이름이 정위다.
18 이 사람: 유응부(兪應孚: 자 信之)를 가리킨다. 「육신전」에 의하면 유응부는 세조 앞에서 심문을 받을 때 세조가 무슨 일을 하려 했냐고 묻자 "한 자루 칼로 족하(足下, 세조를 가리킴)를 폐하고 옛 임금을 다시 세우려 했노라"고 대답하더니, 우유부단한 문신들과 함께 일을 하려다가 실패했다 하며 "사람들이 서생들과는 일을 함께 도모할 수 없다 하더니 과연 그렇다"고 말했다 한다. 아래 내용은 이런 사실과 연관되어 있다.
19 문산(文山): 남송의 충신 문천상(文天祥)의 호.
20 중자(仲子): 춘추시대 청렴하기로 유명한 진중자(陳仲子). 일명 오릉중자(於陵仲子).

바람은 으스스

잎 지고 물결 찬데

장검을 어루만지며 긴 휘파람 불어라

북두칠성 기울었다.

살아선 충효를 온전히 하고

죽어서 의로운 넋 되었구려.

흉금은 어떻더냐?

둥근 달처럼 두렷해라.

아아! 첫 계획부터 글렀으니

썩은 선비를 뉘 나무라리.

노래가 채 끝나지도 않았는데 달빛은 어두컴컴 구름이 스산하더니 비는 눈물인 양 뿌리고 바람도 한숨처럼 불었다. 들이치는 천둥 한 소리에 모든 것이 일시에 씻은 듯이 흩어져버렸다. 자허가 놀라서 깨어나니 한바탕 꿈이었다.

자허의 벗 해월거사海月居士[21]는 듣고 나서 슬픔에 젖어 다음과 같이 말했다.

"대저 예로부터 임금이 어리석고 신하가 어두워 끝내 나라가 망하는 지경에 이른 일이 많았다. 지금 보아하니 그 왕은 분명히 현명한 군주이며 여섯 신하 역시 다 충의로운 인물로 여겨진다. 이러한 신하들이 이

---

21 해월거사(海月居士): 자허(子虛)는 사마상여(司馬相如)의 「자허부(子虛賦)」에서 유래한 말로 가공적인 존재임을 암시하고 있다. 자허의 성을 원씨로 한 것도 원래 가공적인 인물이라는 의미로 해석된다. 해월거사는 바닷속의 달이 포착할 수 없는 대상이듯, 역시 실제 인물이 아니라는 의미를 내포하고 있다. 곧 가공의 인물인 자허의 벗으로 해월거사를 설정한 것이다.

러한 임금을 보필하였는데 어찌 저처럼 참혹한 일이 있을 수 있었을까! 아아, 형세가 그렇게 만들었던가? 시대가 그렇게 만들었던가? 아무래도 시대와 형세를 탓하지 않을 수 없으며, 또 하늘에 문제를 돌리지 않을 수 없도다. 하늘에 문제를 돌리고 보면 착한 자를 복되게 하고 악한 자에게 화를 내리는 것이 천도가 아니던가? 하늘에 문제를 돌릴 수 없다고 친다면 답답하고 막연할 뿐이니 그 이치를 알기가 어렵도다. 우주는 유유한데 그저 뜻있는 선비의 한만 돋울 따름이로다."

이어서 덧붙여 율시律詩 한 수를 읊었다.

만고를 거슬러라 처량한 뜻은
먼 창공을 스쳐가는 한마리 새.

찬 연기는 동작대銅雀臺에 얽히어 있고,
가을 풀은 장화궁章華宮을 파묻었구려.

아하, 저 요순堯舜은 멀기만 하고,
탕무湯武는 어찌 그리 많단 말인가?

소상강 물 넘실넘실 달도 밝은데
죽지가竹枝歌 한 곡이 시름겹구려.

그러고는 스스로 풀이하기를
"이 세상에 부귀를 누리고 싶은 자 고금을 통하여 얼마나 많은가? 대개 시대와 형세에 얽매이기도 하지만 또한 감히 범하지 못할 명분과 의

리가 존재하고 있다. 이것이 크게 두려운 바다. 진실로 이 명분과 의리
가 소중하다는 걸 헤아리지 않고서 한갓 그 시대와 형세만을 점쳐보고
꾀와 힘으로 이기려고만 든다면 그야말로 역적의 길로 들어가지 않을
자 드물 것이다. 명분과 의리는 만고의 떳떳한 정도요, 시대와 형세는
한때의 권도權道일 따름이다. 권도만 행하고 떳떳한 길에 황폐하게 된다
면 난신적자亂臣賊子가 줄지어 생겨나게 될 것이다. 이 어찌 두렵지 않으
랴!"라고 하자, 자허는 "옳은 말씀이오"라 하고는 이에 기록하였다.

　살피건대 이 「원생몽유록」은 국승國乘에 실려 있어 이미 숙종의 어람
御覽을 거친 바 있다. 그럼에도 원집原集에 빠져 있으니 문집을 읽는 이
들이 모두 유감으로 여긴다. 아마도 백사白沙 이항복李恒福 선생이 편집
할 적에 그 당시의 기휘忌諱로 인하여 우선 비장해두고 훗날을 기다리
게 했던 것이 아닌가 한다. 지금 원 판목이 화재를 당하여 없어졌기에
다시 판각하지 못하고 활자로 약간의 부수를 간행하는데, 시간이 지나
면 지날수록 이 글이 인멸될까 염려되어서 맨 끝에 붙여 싣는다. 이 밖
에도 판각에 빠진 글로 「화사花史」「사변史辨」「영해록瀛海錄」 및 장지狀
誌와 여러 선배들의 만장輓章과 서술敍述을 총합한 약간 권은 우선 정리
하여 별집으로 만들어두고 후일 다시 출판할 날을 기다려 합간合刊하기
로 하는 바이다.*

---

* 이 글은 활자본 『백호집』에 「원생몽유록」이 수록되면서 붙인 것이다.

화사花史

도국기陶國紀

도국陶國 열왕烈王의 성은 매씨梅氏요, 이름은 화華, 자는 선춘先春[1]이며 나부羅浮[2]사람이다. 그의 선조 중에 은殷나라 정승을 지낸 이가 있는데, 고종高宗을 위해 조갱調羹[3]의 공을 세워서 도陶 땅에 봉封을 받았던 것이다. 그후 중세에 초楚나라 대부大夫 굴원屈原에게 배척을 받음[4]에 피해서

---

1 화(華)·선춘(先春): '華=花'. 봄의 왕국인 도국은 매화의 나라로 설정했기 때문에 '매'를 성으로 하고 이름을 '화'로 한 것이다. 또한 매화는 봄에 제일 먼저 피는 꽃이기 때문에 그 자를 '선춘(先春)'이라고 붙인 것이다. '도(陶)'라는 국명은 질그릇 화분을 뜻하는데, 중국 고대에 제요 도당씨(帝堯 陶唐氏)가 있어 이를 연상케 한다.

2 나부(羅浮): 중국 광동성(廣東省)에 있는 산으로 진(晉)나라 갈홍(葛洪)이 신선의 도를 닦은 곳으로 알려졌으며 매화가 많은데 나부매(羅浮梅)가 유명하다. 수(隋)나라 조사웅(趙師雄)이 나부산 매화촌의 주점에서 미인과 만나 흥겹게 어울려 술을 마시고 취해 잠들었는데, 깨어나 보니 큰 매화나무 아래에 누워 있었다는 이야기가 전한다.

3 조갱(調羹): 국의 간을 맞춘다는 뜻인데 국정을 잘 다스리는 것을 가리키는 의미로 쓰인다. 은(殷)의 고종이 자기 신하 부열(傅說)을 칭찬하여 "만약 국의 간을 맞추려면 너는 오직 염매가 될 것이다.(『書經·說命』: "若作和羹, 爾唯鹽梅.")라고 한 일이 있다. '염매'라는 말이 있기 때문에 조갱을 끌어다 쓴 것이다.

4 굴원(屈原)에게 배척을 받음: 굴원의 대표작 『이소(離騷)』에 꽃들이 많이 등장하는데,

합려성閩廬城[5]으로 이주하였다. 이로부터 자손 대대로 합려성에 눌러 살았다.

여러 대를 지나 고공사古公査(査는 나무등걸을 뜻하는 楂자로 통한다.—원주)[6]에 이르러 무릉武陵의 도桃씨에게 장가들어 세 아들(『詩經』에 매화나무를 두고 "그 열매가 셋"이라는 구절이 있다.—원주)을 두니 열왕은 그 장남이다. 도桃씨 부인은 태어나서부터 아름다운 덕성이 있으니 혼인하던 날 시인은 부인을 기려서 "가정의 화락을 이루리라"[7]라고 노래를 불렀다. 일찍이 꿈속에서 요지瑤池에 놀러갔다가 서왕모西王母가 주는 붉은 과일 한개를 받아 삼키고 바로 태기가 있었다. 아이가 태어나던 날, 방에서 기이한 향기가 풍겨나오기 시작하여 한달이 지나도록 사라지지 않으니 사람들이 아이를 향해아香孩兒[8]라고 불렀다.

이 아이가 자라면서 영자英姿가 빼어나고 성품이 소박하였으며, 풍채 또한 기품이 남달라 능히 선열先烈의 아름다움을 계승할 만하였다. 그의 덕성이 고결하다는 명성이 원근에 알려지자 노인을 부축하고 아이를 이끌고 사람들이 모여들었다. 마침 등륙滕六[9]이 포학을 일삼아 천하

오로지 매화만 빠져 있다. 그래서 굴원에게 배척을 당했다고 한 것이다.
5 합려성(閩廬城): 합려는 중국 춘추시대 오나라 왕. 오나라는 지금 강소성(江蘇省) 지역으로 매화나무가 많은데 특히 등위산(鄧尉山)은 매화가 필 때면 온통 설경처럼 보인다고 했다.
6 고공사(古公査): 중국 고대 주나라 문왕의 할아버지 고공단보(古公亶父)에서 '고공'을 취하고, 나무의 그루터기를 뜻하는 사(査: 楂)를 이름으로 붙인 것이다.
7 가정의 화락을 이루리라: 『시경(詩經)·도요(桃夭)』에 "복숭아나무 무성하게 자라서 화려하게 꽃이 피었네. 딸이 시집을 가면 반드시 시집 식구에게 환영 받으리. 〔桃之夭夭, 灼灼其華. 之子于歸, 宜其室家〕"라는 구절이 있다. 즉 여자가 결혼하여 가정을 화목하게 이룸을 의미한다.
8 향해아(香孩兒): 송나라 태조 조광윤(趙匡胤)이 태어날 때 이상한 향기가 나면서 하룻밤이 지나도록 흩어지지 않았다는 전설이 있다. 그곳이 낙양(洛陽)의 협마영(夾馬營)이었는데 이로부터 향해아영(香孩兒營)으로 일컬었다 한다.

가 원망하자 고죽군孤竹君 오균烏筠[10]과 대부大夫 진봉秦封[11] 등이 그를 추대하여 왕으로 세웠다. 수도는 그대로 합려성에 두고 국호를 도陶로 정했으며, 목덕木德으로 왕의 근본을 삼고 축월丑月(음력 섣달)로 세수歲首를 잡았다. 또한 수數는 5를 쓰고(꽃잎이 모두 다섯이기 때문—원주) 흰색을 숭상하였다.

가평嘉平 원년 겨울 12월. 사제蜡祭[12]를 지내고 나서 붉은 채찍으로 초목을 쳐서 분간했다. 연호를 가평으로 정했다.

가평 2년. (12일을 1년으로 삼았다. 날[日]을 가지고 달[月]로 말한 것은 『詩經』에서 달을 날로 바꾼 뜻을 따른 것이다. 이후로 모두 이와 같다.—원주) 계桂씨를 왕비로 맞아들였다.

왕비는 본관이 월성月城[13]으로 정정靜貞·유한幽閑한 덕성을 지녔고, 길쌈을 잘하여 임금의 덕화를 보좌하였으니, 당시 사람들이 주周나라 태사太姒에 비견하였다.

사신史臣의 논평: 가정이나 국가의 흥망은 부부로부터 비롯된다. 시

---

9 등륙(滕六): 설신(雪神), 곧 눈을 가리킨다.(楊萬里 「再和羅武岡欽若酴醾長句」: "春風一夜吹滕六, 旅落旅銷不成簇.")

10 고죽군(孤竹君) 오균(烏筠): 오죽(烏竹)을 의인화한 표현이다. 백이(伯夷)가 고죽군에 봉해진 사실이 있기 때문에 끌어다 쓴 것이며, 오균은 오죽과 같은 말이다.

11 대부(大夫) 진봉(秦封): 소나무를 가리킨다. 진(秦) 시황이 태산(泰山)에 올라갔다가 소나무 아래서 풍우를 피한 일이 있어 그 소나무를 오대부(五大夫)로 봉했다 한다.

12 사제(蜡祭): 옛날에 한 해를 마치면서 만물에게 지내던 제사. 농신에 해당하는 염제 신농씨(炎帝 神農氏)가 사제를 지내고 자편(赭鞭)으로 초목을 때려 백초의 맛을 분간하여 약을 정했다는 말이 전한다. (『史記·三皇本紀』)

13 월성(月城): 달에 계수나무가 있다는 전설에 의거하여 계씨의 본관이 월성이라 하였다.

인이 「갈담葛覃」을 노래한 것은 나라가 새로 설 조짐이요, 참요讖謠에 염호檿弧[14]가 나온 것은 국운이 기울 징조였다. 도국의 왕은 이미 도桃씨와 같은 어머니를 두었는데 또 계씨를 왕비로 맞았으니 나라가 의당 흥성할 징조로다.

가평 2년 5월. 오균烏筠을 정승으로 임명하였다.

오균은 자가 차군此君[15]으로 초楚의 상주湘州 사람이다. 그는 인품이 맑고 마음을 비워 욕심이 적었으며 곧은 절조로 자신을 단속하였기 때문에 호를 원통거사圓通居士라 하였다. 어렸을 적에 상강湘江에서 오중吳中으로 이사하여 열왕과 총죽蔥竹의 사귐[16]을 맺었다. 등륙은 오균이 현명하다는 말을 듣고 고죽군孤竹君으로 봉하였다.(唐詩에 "얼어붙은 눈이 고죽을 봉해놓았다"는 구절이 있다.―원주) 마침내 등륙의 난이 일어나자 오균은 곧바로 도공陶公에게 나아가 아뢰었다.

"등륙이 몹시도 포학하여 만백성을 못살게 구니 그의 위풍이 미치는 곳에서 두려워 떨지 않는 자 없습니다. 바야흐로 억조창생億兆蒼生이 병들어 죽어가고 굶주림에 지쳐 너나없이 '세상이 왜 빨리 망하지 않느냐'고 한탄을 하는가 하면 새 세상이 오기를 가뭄에 비 기다리듯 바라는 실정이옵니다. 비록 진주와 구슬로 집이며 누대를 꾸밀 만큼 부유하나

---

14 염호(檿弧): 주(周) 선왕(宣王) 때 아이들이 "산뽕나무 활과 기나무 동개, 실로 주나라가 망할 징조라네.(檿弧箕服, 實亡周國)"이란 노래를 불렀다고 한다.(『史略·周紀』) 염호는 원래는 산뽕나무로 만든 활.

15 차군(此君): 대(竹)를 지칭하는 말. 『세설신어(世說新語)』의 왕자유(王子猷)는 임시로 거처하게 될 곳에 대를 심어놓고 대를 가리키며 "어찌 하루라도 차군 없이 지내겠는가.(何可一日無此君)"이라고 했다는 말이 나온다.

16 총죽(蔥竹)의 사귐: 아이들이 죽마를 타고 함께 논다는 데서 어릴 적부터 사귄 교분을 가리킨다. 오균이 대를 의인화한 것이기 때문에 이렇게 표현하였다.

그가 망할 날은 순식간에 닥칠 것입니다. 지금 도공께서는 맑은 덕과 향기로 호걸들이 목을 빼고 바라보는 터이오니, 이때를 당하여 합려성을 거점으로 삼고 여러 호걸들을 맞아들인다면 어느 누군들 어깨를 들썩이며 음료를 들고 맞으려 오지 않겠습니까? 신은 원하옵건대, 미력이나마 바쳐서 공훈을 세워 청사에 이름을 남기고자 하옵니다."

이에 도공은 크게 기뻐 오균을 자신의 곁에서 떠나지 못하게 하고 "하루라도 차군此君이 없어서는 안되겠다."라고 말하였다. 이때 이르러 정승으로 삼아 1천호戶를 더 봉해주었다.[17](古賦에 "대를 잘 가꾸면 천호의 봉을 받는 격이다."는 말이 있다. ― 원주)

사신의 논평: 옛날에 제왕들이 융흥할 적에는 반드시 현명한 인물의 보필에 힘입었다. 은나라 탕왕湯王에게는 이윤伊尹, 제나라 환공桓公에게는 관중管仲, 한나라 고조에게는 소하蕭何, 소열昭烈 황제에게는 제갈량諸葛亮이 있었다. 훌륭한 임금과 현명한 신하가 만났을 적에는 마치 가로막힌 강물에서 배를 만나고 고기가 물을 만난 셈[18]이다. 들어서 쓰되 교체하지 않고 한번 맡겨두면 의심하지 않았다. 그런 뒤라야 임금은 보필의 실적을 책임지울 수 있고 신하는 곧고 충성스런 절개를 다할 수 있어서 국사國事가 이루어지고 왕업王業이 창성하게 된 것이다. 도왕은 오균의 말을 한번 듣고서 그가 왕을 보좌할 인재임을 알아보고 측근에 두고 원대한 책략에 도움을 받았던 것이다. 그리하여 큰 포부가 드러날 수 있

---

17 1천호를 더 봉해주었다: 『사기·화식열전(貨殖列傳)』에 관작을 하지 않고 치부하는 것을 소봉(素封)이라 일컫는다 하면서 위천(渭川)에 1천 묘(畝)의 대밭을 가진 것은 천호후(侯)와 견줄 만하다 했다.

18 강물에서 배를 만나고 고기가 물을 만난 셈: 은나라 고종이 부열(傅說)에게 "큰 강을 건너게 되면 너를 주즙(舟楫)이 되게 하겠다.(『書經·說命』)"고 했다 한다. 또 유비(劉備)가 제갈량(諸葛亮, 자 孔明)을 얻은 다음, "내가 공명을 얻은 것은 고기가 물을 얻은 것과 같다.(孤之有孔明, 猶魚之有水.)"고 했다 한다.

게 되었으니 또한 아름다운 일이 아닌가! 이를 통해 보건대, 후세의 임금들이 어진 신하를 신임해 쓰지 않으면서 나라가 잘 다스려지기를 기대하는 것은 연목구어緣木求魚와 무엇이 다르겠는가?

가평 3년. 진봉秦封과 백직栢直 등이 등륙滕六을 쳐서 섬멸하니, 왕이 이들을 대장군으로 삼았다.

진봉은 자가 무지茂之요, 그의 선조가 진秦나라에서 봉封을 받은 사실이 있기 때문에 이름을 그렇게 지었다. 체구가 우람하고 키가 큰데다 희끗한 수염이 창끝처럼 돋아났으며, 동량棟樑 절충折衝의 재주(才는 材의 의미─원주)를 지녔고, 성품은 고고하고 강직하여 엄동설한에도 꺾이지 않는 지조가 있었다. 그래서 백직과 함께 변방을 지키는 일을 맡아 밤낮으로 임무를 수행하고 있었다.

등륙이 밤을 틈타 합려성闔廬城을 습격해오자 두 장군은 몸을 떨쳐 갑옷을 입고 높은 일산日傘을 펼친 채 석단石壇 위에 올라서서 큰 소리로 한번 부르짖으매 위풍이 진동하였다.

등륙이 백마가 끄는 소거素車를 타고 석단 아래로 와서 옥벽玉璧을 머금고 항복하자[19] 나머지 무너지고 흩어진 적병들 또한 말끔히 소탕되었다. 이날로 생황을 불며 개선하여 승리를 고하고 포로를 바치니, 왕은 크게 기뻐 진봉을 이양대장군伊陽大將軍으로, 백직을 숭산대장군嵩山大將軍으로 봉하였다.(이양에는 장군 송松이 있고 숭산에는 장군 백栢이 있었다. ─원주)

백직은 자가 열지悅之[20]로 위魏나라 사람이다. 성격이 올곧고 충실한

---

19 등륙이~항복하자: "등륙이 백마가 끄는 소거(素車)로"는 눈이 바람에 휘몰려오는 것을 지칭한 말. "옥벽(玉璧)을 머금고 항복하자"는 눈이 노송이 서 있는 바위 아래 부딪혀 떨어지는 것을 가리킨다.

데다가 남에게 자랑을 하지 않아서[21] 전쟁에서 공을 세우고도 번번이 진봉에게 양보하였다. 사람들이 그에게 대수장군大樹將軍[22]의 기풍이 있다고 일컬었다.

조서詔書를 내려 두충杜沖·동백董栢·산치山梔·노송老松·종려棕櫚·소철蘇鐵 등에게 작위爵位를 내려주었다.

등류의 난리 때 조정의 신하들이 많이 포로가 되었다. 두충 등도 적에게 사로잡혔다. 적들이 이들을 몹시 위협하여 사세가 급박했으나 안색이 조금도 변하지 않으니 저들도 감히 해치지 못하였다. 왕은 이들의 지조를 가상히 여겨 조서를 내려 포상하고 벼슬을 각기 한등급씩 올려주었다.

가평 5년 봄 2월. 동성同姓의 친족들을 두루 봉했다. 아우인 예蘂를 대유공大庾公으로, 악蕚을 양주공楊州公으로, 종제從弟 영英을 서호공西湖公, 조카 방芳[23]을 파공灞公으로 삼았다. 그 나머지 후侯와 백伯에 봉해진 자

20 열지(悅之): "소나무가 성하면 백(栢)이 기뻐한다.〔松茂相悅〕"는 말이 있다. 그래서 앞의 진봉은 자를 무지 (茂之)라 하고 백직은 열지라 한 것이다. 백은 측백나무 종류인데 위(魏)나라 장수에 백직이 있었다. 뒤에 실(實)이 많다 한 것도 측백나무에는 열매가 많이 달리기 때문이다.

21 남에게 자랑을 하지 않아서: 원문은 '爲人不伐'로 되어 있는데, 이 구절은 남에게 자랑하지 않는다는 의미와 함께 남에게 베임을 당하지 않는다는 의미를 동시에 지니고 있다.

22 대수장군(大樹將軍): 한나라 광무제 때 풍이(馮異)의 별호. 그는 반란을 진압하여 큰 공훈을 세웠는데 논공행상을 할 때에 홀로 물러나와 큰 나무 아래서 쉬었다. 그래서 대수장군으로 일컬음을 받았다 한다.

23 예(蘂)·악(蕚)·영(英)·방(芳): 모두 꽃의 부위를 지칭하는 글자로 예는 꽃술, 악은 꽃받침, 영은 꽃부리, 방은 꽃향기이니 말하자면 매화의 한 집안에 해당한다. 그리고 대유(大庾)·양주(楊州)·서호(西湖)·패(灞)는 대개 매화로 아름다운 풍치를 이룬 중국

들은 이루 다 헤아릴 수 없다.

왕은 다음과 같은 조서를 내렸다.

"아아! 나는 근거가 외롭고 약한 존재이거늘 조상들의 공업을 이어
받아 구방舊邦(나라 邦은 꽃다울 芳자와 통한다.—원주)을 새롭게 함으로써 이
강토를 지켰도다. 그리하여 쓰러진 고목古木에 새 움이 돋아나고 넝쿨이
뻗어가는 것처럼 다시 번창할 것이로다. 이에 책봉의 의전을 시행하여
땅을 나누어(分土: 나눌 分은 동이 盆으로 통한다.—원주) 차지하도록 한 것이
니, 각자 자신의 봉지封地로 나아가 포모包茅²⁴의 예를 신중히 행하고 본
손本孫과 지손支孫들이 영구히 복록을 누리도록 하라."

가평 6년 겨울 10월. 왕은 오중吳中에서 노닐던 중 달밤에 경정산敬亭
山에 올라가 호인胡人에게 젓대를 불도록 하여 진성秦聲의 연주를 들었
다. 찬바람을 쏘인 까닭에 몸이 좋지 않아 물로 얼굴을 씻더니 이튿날
아침에 왕이 끝내 조락殂落하였다.(이백의 시에 "호인이 옥적을 부는데, 반쯤은
진성(秦聲)이로다. 오중의 10월 새벽에 매화가 경정산에 지누나."라는 구절이 있다.—
원주)

왕비 계씨桂氏는 젊어서부터 회충병이 들어 아들을 두지 못했다.(李白
의 시에 "계수나무 벌레가 먹어 꽃이 열매를 맺지 못하누나."라는 구절이 있다.—원주)
오균 등이 왕의 아우 양주공楊州公을 맞아 왕으로 세우니, 곧 동도東陶 영
왕英王이다.

사신의 논평: 열왕烈王의 덕은 참으로 거룩하도다! 어진 정승을 얻어

<hr>

의 지명들이다.
24 포모(包茅): 띠 묶음. 제사지낼 때 모래 담은 그릇에 세워두고 술을 여기에 붓는 절차
를 행한다. 모래와 포모는 대지를 상징한다고 한다.

온누리를 안정시키고 훌륭한 장수를 신임하여 국방을 튼튼히 하였으며, 무위無爲로 교화가 이루어지고 싸우지 않고서도 이길 수 있었다. 동성同姓을 분봉하여 은혜와 사랑이 길이 미치게 하고 충절을 표창하여 세상에 본보기를 보였으니, 옛날 은殷·주周시대의 정치라도 이보다 더 나을 것이 없다 하겠다. 그런데 열왕은 질박한 초창기에 나라를 세웠던 데다가 재위 기간도 오래지 않아서, 그의 아름다운 말씀과 어진 행실이 역사에 기록된 것이 많지 않다. 이 어찌 애석한 일이 아니겠는가!

동도기東陶紀

동도의 영왕英王은 이름이 악蕚으로 고공古公의 셋째 아들이다. 열왕이 어렸을 적에 여러 아우들과 함께 놀다가 오동잎을 뜯어 장난으로 "이것으로 너희들을 봉해주겠다."라고 말한 일이 있었는데,[25] 즉위함에 미쳐서 천하에서 가장 기름진 땅을 골라 두 아우에게 분봉하였다. 양주공楊州公은 더욱 은총을 받았는데 매번 조회를 하러 들어올 때면 열왕이 그의 손을 잡고 화악루華蕚樓에 올라가 잔치를 베푸니 이보다 더한 즐거움이 없었다. 열왕의 이름이 화華이고 영왕의 이름이 악蕚이기 때문에 화악루라고 이름한 것이다. 그리고 양주공이 봉지封地로 돌아갈 때면 시를 지어 송별하였는데, "연지連枝[26]의 만남을 얻어 기꺼웠거늘, 낙엽처

---

25 열왕이 어렸을 적에~말한 일이 있었는데: 주나라 성왕(成王)이 어려서 왕위에 올랐는데 어린 동생과 놀 때 오동잎을 잘라주면서 "이것으로 너를 봉하겠다"고 하였다. 훗날 주공(周公)이 천자는 희언을 해서는 안 된다고 하여 성왕의 동생을 당(唐)에 분봉을 하도록 했다는 이야기가 전한다. 이 고사를 끌어붙인 것이다.
26 연지(連枝): 한 뿌리에서 나와 가지가 서로 어우러진 것을 이르는 것으로 형제관계를

럼 흩어지게 되니 시름겨워라."라고 읊었다. 우애의 돈독함이 이와 같 았는데 이때에 이르러 즉위하게 된 것이다.

중화中和 원년 봄 2월. 왕이 도읍을 동경東京으로 옮겼다.

승상 오균이 상소하여 다음과 같이 간언하였다.

"선왕께서 나라를 세우시고 합려성에 도읍을 정하셨으니, 이곳은 금 성탕지金城湯池요 천부天府의 땅이어서 지역이 비록 작으나 족히 왕노릇 할 만합니다. 동쪽 언덕東原은 그렇지 못하와 사방에서 적의 침략을 받 게 될 것이니, 덕이 있으면 흥할 수 있겠거니와 덕이 없으면 망하기 쉽 습니다. 또한 옛 역사에 주周나라는 도읍을 동쪽으로 옮긴 이후부터 쇠 약해져 국세를 떨치지 못했고, 한漢나라는 도읍을 동으로 옮긴 이후로 난리와 패망이 잇따랐습니다. 가칙柯則이 멀리 있지 않고 전감筌鑑[27]이 바로 여기에 있사옵니다."

그러나 왕은 끝내 이를 듣지 않고 "나는 동으로 옮기고 싶다. 어찌 답 답하게 오래도록 이곳에 있으란 말인가?" 하고는 그날로 도읍을 옮겼 다. 그리하여 국호를 동도東陶라고 하고 인월寅月(음력 정월)로 세수를 정 하였으며 고공古公을 추존하여 태왕太王으로 삼고 천하에 대사령大赦令 을 내렸다.

중화 원년 3월. 왕은 동각東閣으로 납시어 친히 공사貢士인 하손何遜·

비유하는 데 쓰인다.(『千字文』: "孔懷兄弟, 同氣連枝.")
27 가칙(柯則)·전감(筌鑑): 가칙은 도끼자루는 그 도끼에 맞는 것을 찾아야 한다는 말 로 원칙은 그 실물 자체에서 찾아야 한다는 의미.(『詩經·伐柯』: "伐柯伐柯, 其則不遠.") 전감은 귀감과 같은 의미이다.

맹호孟浩·임포林逋·소식蘇軾 등을 시험 보였다.[28]

왕은 임포가 지어올린 시권試卷 가운데에서,

'매화 성긴 그림자 해맑은 물에 비끼어, 그윽한 향기 달빛에 떠 흔들리누나.' 라는 글귀를 보고 탄복해 마지않으며 "나라의 흥성함을 떨칠 만한 솜씨로다." 하고 장원으로 뽑았다.(네 사람이 모두 매화에 관한 시가 있는데 논평하는 자들이 임포의 이 시를 제일로 삼는다고 한다. —원주) 세상 사람들이 이 일을 영광스럽게 여겨 계수나무 가지를 꺾었다[29]고 하였다.

중화 3년. 오균을 황강黃岡에 유배 보내고, 이옥형李玉衡을 정승으로 삼았다.

이옥형이 조정의 권력을 탐내어 오균에게 편지를 보내어 기롱하기를, "계절의 바뀜을 보더라도 공을 이루고 나면 떠나는 법이라"고 하였다. 오균은 그 뜻을 알아차리고 즉시 죽장망혜竹杖芒鞋로 고향집에 돌아가 선산 아래서 여생을 마치기로 작정하였다. 길을 떠날 즈음에 진봉과 백직 등에게 편지를 보냈는데, 편지 내용에 "소나무·잣나무의 고고하고 강직한 성질로 복숭아·오얏꽃 같은 표정을 짓기 어렵다"는 말이 들어 있었다. 이옥형이 이를 알고는 오균을 증오하여 곧 왕에게 참소하되, "오균이 비록 군자라는 이름을 듣고 있지만 속마음을 보면 꼭 그런 것 같지는 않사옵니다. 대간大奸(간사하다는 뜻의 간奸과 막대란 뜻의 간竿은 음이

---

28 왕은 동각으로~시험 보였다: 한나라 때의 승상 공손홍(公孫弘)이 동각(東閣)을 개방하고 인재를 모은 일이 있는데, 이후 동각은 어진 인재를 불러 모으는 곳을 뜻하게 되었다. 하손(何遜: 남북조시대 양梁의 문인으로 매화를 특히 좋아했다)·맹호·임포·소식 이 4인은 특히 매화시로 이름이 높은 문인이기 때문에 언급한 것이다. 공사(貢士)는 지방에서 과거시험을 보이기 위해 중앙으로 추천된 선비를 말한다.
29 계수나무 가지를 꺾다: 과거에 급제하는 것을 가리키는 말이다. 『진서(晉書)』 「극선전(郤詵傳)」에 나온다.

통한다.—원주)은 충성스러워 보이고 간교한 혓바닥은 생황笙簧과 비슷하옵니다. 또한 저 동산의 대숲에 무기를 숨겨놓고 있으니 혹여 불의의 변란을 일으킬까 걱정되옵니다."(당의 이성李晟[30]이 동산의 대나무숲에 무기를 감추었다는 참소를 받은 바 있다.—원주)고 하였다. 왕은 이 말을 곧이듣고서 오균을 황강[31]으로 귀양 보내고 이옥형을 오균 대신 정승으로 삼은 것이다. 이옥형은 자가 성경星卿(옥형은 별 이름인데 오얏꽃의 정령이라는 말이 있다.—원주)으로 당나라 승상丞相 이임보李林甫[32]의 후손이다. 그는 사람됨이 남을 시기하고 간사스러우니 "제 할아비의 나쁜 기풍이 있다."라고 사람들이 말했다.

사신의 논평: 사치하고 싶은 마음이 생기면 소인을 등용하게 되고 충성스런 말이 귀에 거슬리면 군자가 배척을 당하는 법이다. 임금의 자리에 있는 자, 이를 거울로 삼지 않아서 되겠는가? 어떤 사람이 나에게 묻기를, "오균은 국가의 원로로서 이옥형의 기롱하는 말을 한번 듣자 즉시 자신의 거취去就를 결정하여 단 하루도 기다리지 않았다. 이를 보면 그는 발끈하는 성격에 가깝다고 하지 않겠는가?"라고 하기에 나는 이렇게 대답했다. "그렇지 않다. 오균이 어찌 이옥형의 말 한마디 때문에 자기 거취를 정했겠는가? 대개 이옥형은 천도遷都하던 당초부터 틈을 노렸던 터이며, 오균 또한 간하는 말을 물리치는 그날에 기미를 알았던 것이다. 그 둘이 서로 어울릴 수 없는 형세는, 마치 향기로운 음식과 썩

---

30 이성(李晟): 당나라의 무장으로 자는 양기(良器). 덕종 때 번진(藩鎭)의 반란을 토벌했고 주자(朱泚)의 반란을 진압하여 장안을 수복한 공이 있다.
31 황강(黃岡): 중국의 호북성(湖北省)에 있는 지명. 황주(黃州). 대가 많은 고장으로, 왕우칭(王禹偁)의 「황주죽루기(黃州竹樓記)」라는 유명한 글이 있다.
32 이임보(李林甫): 당나라 현종 때 재상에 올라 19년이나 있으면서 국정을 어지럽혔다. 사람들이 그를 두고 입에서 나오는 말은 꿀 같은데 뱃속에 칼을 품었다(口蜜腹劍)고 일렀다.

어 악취 나는 음식이 한그릇에 담겨 있고, 벼와 피가 한이랑에 자라는
격이다. 오균이 떠난 것이 어찌 무늬가 차츰 비단 필을 이루고,[33] 아들을
믿던 어머니가 베 짜던 북을 던지게 되는 그런 지경[34]을 기다릴 것이 있
었겠는가? 오균이 떠난 것은 바로 공자孔子가 경미한 허물을 보고 떠나
려 했던 것[35]과 유사한 일이다. 군자의 행위는 실로 붓대롱을 통해서 보
는 그런 좁은 소견으로는 추측할 수 없는 것이다."

중화 3년 4월. 궁인宮人 도요요陶夭夭를 죽였다.

부인 이李씨는 후궁 중에서 은총이 으뜸이었다. 그런데 도요요가 궁
정에 들어와서 빼어난 용모로 빛을 발하자, 이부인은 시기하는 마음에
병이 되어 침중한 지경에 이르렀다. 왕이 이를 가련히 여긴 나머지 도
요요를 베어버리도록 명령하여 부인의 마음을 위로하였으나, 이부인은
끝내 일어나지 못하였다. 왕은 애도하던 끝에 죽궁竹宮에다 좋은 향香을
피우고 몽초夢草를 품에 지니고 그리워했다.[36]

---

33 무늬가 차츰 비단 필을 이루고: 원문은 '萋斐之成錦'. 남을 참소하는 데 작은 트집을
  잡아 크게 꾸미는 것을 이르는 말. 비단을 짤 때 무늬가 차츰 이루어져나가는 과정을
  비유로 든 것이다.(『詩經·小雅·巷伯』: "萋兮斐兮, 成是貝錦. 彼之讒人者, 亦已大甚.")
34 아들을 믿던~그런 지경: 원문은 '慈母之投杼'. 여기서 자모는 증자(曾子)의 어머니를
  가리킨다. 증자의 어머니가 베를 짜고 있는데 어떤 사람이 잘못 알고서 증자가 살인
  을 했다고 알리니 처음에는 믿지 않다가 세번이나 와서 말하자 참말인 줄 알고 짜던
  북을 던지고 달아났다는 이야기가 있다.
35 공자가 경미한 허물을 보고 떠나려 했던 것: 공자가 노(魯)의 사구(司寇)로 있을 때
  자기 나라의 허물을 드러내지 않으려고 조그만 허물을 보고서 떠나간 일이 있었다. 맹
  자는 이에 대해 군자가 하는 바는 보통사람의 식견으로 알 수 없다고 말하였다.(『孟
  子·告子 下』)
36 이 내용은 한나라 때 이연년(李延年)의 누이로 무제의 총애를 받았던 이부인(李夫人)
  의 고사와 결부되어 있다. 이부인이 병이 들어 복숭아꽃이 지는 것을 보고 슬퍼 눈물
  을 흘리자 무제는 궁정 안의 복숭아나무를 모두 베라고 지시했다 한다. 죽궁(竹宮)은

매비梅妃를 폐하니 춘초궁春草宮에서 죽었다.

처음에 왕이 표매摽梅[37]의 시를 노래하자 오균이 "같은 성씨와 결혼하는 것은 옳지 않다."고 간하였으나 왕은 끝내 듣지 아니하였다. 등극함에 이르러 비로 삼았는데 현숙한 덕이 있었다. 왕이 일찍이 매비에게 명주明珠 한 섬을 내려주었는데[38] 사양하여 받지 않았다. 이때에 이르러 왕이 새로 양귀인楊貴人을 좋아하게 되자 매비는 은총을 잃고 마침내 춘초궁에서 죽었다. 왕은 애석히 여겨 친히 제문祭文을 지어 장례를 치러주었다.

양귀인楊貴人으로 왕비를 삼았다.

양귀인은 자색姿色이 온 세상에 빼어나서 별호를 수해당睡海棠이라 했다. 비연飛燕[39] 또한 가벼운 몸매로 춤을 잘 추어서 왕의 총애를 함께 받았다.

백봉거白鳳車(봉거는 흰나비를 가리킨다. ― 원주)가 수양공주壽陽公主(수양공주가 일찍이 매화장을 했다. ― 원주)[40]와 결혼하였다.(동인의 시에 "매화는 신방을

감천궁(甘泉宮)으로 무제가 이부인을 그리워해서 여기에 용모를 그려놓은 일이 있다.
37 표매(摽梅): 혼기가 늦어진 여자의 심경을 매실에 비유해서 표현한 내용이다.(『詩經·召南·摽有梅』)
38 매비에게 명주(明珠) 한 섬을 내려주었는데: 당 현종의 부인으로 매비(梅妃)가 있었다. 조업(曹鄴)의 「매비전」에 의하면, 매비가 양귀비에게 사랑을 빼앗기고 슬퍼하자 현종이 그녀의 마음을 위로하려고 진주 1곡(斛)을 내려주었다. 그러자 매비는 '눈물로 지내는 몸이 어찌 구슬로 슬픔을 잊겠느냐' 하면서 받지 않았다고 한다.
39 비연(飛燕): 한무제의 사랑을 받은 여인으로 조(趙)씨가 있었는데 몸을 가볍게 놀리며 춤을 잘 추어 비연이란 별호를 얻었다.
40 수양공주(壽陽公主): 남북조시대 송(宋) 무제의 딸. 수양공주가 함장전(含章殿)에 누

차려 나비를 신랑으로 삼네."라는 구절이 있다. — 원주)[41]

백봉거는 자가 허연栩然이요 칠원漆園[42] 사람이다. 그는 사람됨이 가볍고 민첩하며 항상 백의를 입고 너울너울 춤을 잘 추기 때문에 옥요노玉腰奴라는 별호를 얻었다.

양서楊絮를 금성태수金城太守로 임명했다.

양서는 자가 백화白華로 양비楊妃의 오라비다. 소싯적에 협객으로 노닐어 장대章臺에 들락거리며 풍류마당의 우두머리가 되었다. 세상사람들이 일컫기를, "옛날에는 장서張緒(금성 태수를 역임한 인물 — 원주)가 있더니 오늘엔 양서가 있도다."라고 하였다. 이에 이르러 왕비의 근친으로 발탁되어 큰 고을을 맡고 그 부자 형제들이 모두 요로에 포진하니, 문호에 광채가 빛나서 한때 권세가 당唐나라 양국충楊國忠에게 비견되었다.

중화 3년 5월. 옛 승상 오균이 적소謫所에서 죽었다.

이때에 진봉·백직 등도 이미 은퇴해 있었으니 도국의 옛 신하들은 거의 다 떠나고 남은 사람이 없었다.

사신의 논평: 왕은 성품이 검소하여 즉위한 초기에는 정치를 깨끗하고 밝게 처리하였다. 이옥형이 정승이 되고 양비가 총애를 받게 된 이후부터 왕의 마음이 차차 해이해져서 토목공사를 일으켜 장성을 쌓는가

위 있는데 매화 꽃잎이 이마 위로 떨어져 붙었다. 이로부터 매화장(梅花粧)이 생겼다 한다.(『初學記』)

41 매화는~신랑으로 삼네[梅作紅房蝶作郎]: 홍매가 꽃이 곱게 필 때 나비가 찾아오는 것을 두고 표현한 내용으로 누구의 시인지 미상이다.

42 칠원(漆園): 장자(莊子)가 칠원 땅의 관리를 지낸 일이 있었는데 그가 꿈에 나비로 변한 일이 있었다. 그래서 백봉거-나비-를 칠원 사람이라 한 것이다.

하면 원유園囿를 건설하며 피향정披香亭을 짓고 승로반承露盤[43]을 세웠다. 수도를 옮기던 초기에는 흙으로 계단을 쌓고 띠풀로 지붕을 덮었는데, 이때에 이르러서는 주대珠臺와 옥계玉階를 만드는 등 사치와 화려함이 극에 달했다. 이에 위아래 할 것 없이 온통 호사를 숭상하는데다가 안과 밖이 막히고 가려져서 임금이 미혹하게 되니 중화中和의 정치가 쇠퇴해 진 것이다.

중화 4년. 밀密(蜜로 통한다.―원주) 땅 사람 황범黃范이 무리를 모아 난을 일으켰다.

황범이라는 자는 흉노의 별종이다. 곤륜산으로부터 중국으로 흘러 들어와 골짜기나 절벽 사이에 숨어 살아서 침적闖賊이라 일컬었다. 이때 이르러 그들이 난을 일으킨 것이다. 그들의 추장은 군정軍政을 특히 부지런히 닦아 하루에도 두번씩이나 점호를 취할 뿐더러 호령이 엄숙하고 분명하며 무기도 날카로웠다. 그들 무리가 봉기하여 곳곳에 둔취屯聚해 있으면서 출동해서는 노략질을 하고 돌아와서는 방벽을 굳게 지키니 그 서슬에 감히 맞설 자가 없었다.[44]

촉蜀의 주인 두견杜鵑이 황제로 자칭하였다.

항주杭州 사람 요황姚黃[45]이 스스로 왕으로 자처하고 국호를 하夏라 하

---

43 피향정(披香亭)·승로반(承露盤): 한나라 때 피향전(殿)이란 궁전이 있었다. 또 한 무제는 깨끗한 이슬을 받아 마시기 위해 승로반을 높이 세운 일이 있었다.
44 황범이라는 자는~맞설 자가 없었다: 황범(黃范)은 벌을 지칭한다. "밀 땅의 사람들이 순종하지 않았다〔密人不恭〕"(『詩經·大雅·皇矣』 밀密은 감숙성甘肅省에 있던 지명)이란 말에 의거해서 密(=蜜)을 근거지로 설정한 것이다. 그리고 벌의 생리가 절벽 틈에 집을 짓고 때로는 사람에게 떼지어 덤벼들기 때문에 침적(闖賊)이라 하였다. 또한 봉기(蜂起)란 말도 이 반란을 일으킨다는 뜻이기에 여기에 붙여지게 되었다.

였다.

백봉거白鳳車가 죄를 지어 사형에 처하였다.

백봉거는 원래 춤을 잘 추어 임금의 사랑을 받았다. 또 그의 친구로 노래 잘하는 황률류(黃栗: 꾀꼬리 — 원주)를 임금에게 천거하였다. 황률류는 호를 금의공자金衣公子라 하는데, 음성이 맑고 고와서 아주 듣기 좋아 왕이 그를 매우 사랑하여 날마다 시인詩人 및 측근들 그리고 여러 비빈妃嬪·이원제자梨園弟子들과 더불어 후원에서 잔치를 벌이고 놀았다. 그때 지은 곡조에「옥수후정화玉樹後庭花」가 있다. 이들 두 사람이 항상 임금의 좌우에 있으니 사람들이 이르기를, '노란 옷 입은 자는 공자요, 흰옷 입은 자는 옥노玉奴'라고 하였다. 백봉거는 임금의 총애를 받고 교만 방자해져서 자기 무리들을 이끌고 궁중에 출입하며 더러 금원禁苑에서 유숙하며, 궁인 앵각鶯殼·봉선鳳仙·계관鷄冠 등과 어울려 화간和奸을 하기도 했다. 이 일이 발각됨에 백봉거 또한 그들을 중매한 죄로 연좌되었는데, 스스로 죽음을 면치 못하리라는 것을 알고 무리들과 함께 궁궐의 담장을 넘어 도주하였다. 궁문감宮門監 두공杜公(齊나라 사람들이 거미를 두공이라 부른다. — 원주)이 그들을 일망타진하여 모두 처형하였다.

중화 4년 3월. 승상 이옥형李玉衡이 죄를 짓고 폐해져서 죽임을 당했다.

이옥형은 이부인이 죽은 이후로 양비가 총애를 독차지하여 자못 권세를 잃었다. 이에 불만을 품고 원망을 하자 왕이 이런 사실을 알고 그의 관작을 빼앗고 약을 내려 자결하도록 하였다.[46]

---

45 요황(姚黃): 좋은 품종의 모란을 일컫는 말. 요씨 성의 사람이 품종을 개발한 데서 유래하였다. (歐陽修「洛陽牡丹記」)

46 양비가 총애를~자결하도록 하였다: 양비가 총애를 독차지하게 된 현상은 버드나

중화 4년 여름 4월. 밀적密賊이 동경으로 침략해 들어옴에 이비장李飛將[47]이 공격하다가 패하여 포로가 되었다. 금성태수 양서가 장수 석우石尤(바람―원주)[48]를 보내어 휘하 천여명의 사師(絲로 통한다.―원주)를 거느리고 가서 크게 무찔러 쫓아내었다. 이에 조서를 내려 양서를 대장군에 봉하니 세류영細柳營에 주둔하고 황률류黃栗留를 막객幕客으로 삼았다.

양서가 마음속으로 신하 노릇을 하지 않을 뜻을 품어 조정과 맞서 대립하였으나(이백의 시에 "버들이 매화와 봄을 다투다"는 구절이 있다.―원주) 관료들은 양비를 두려워하여 감히 말하는 자가 없었다. 이때 종실宗室 남창위南昌尉 매복梅福이 다음과 같이 상소했다.

"신이 오늘날의 형세를 살펴보건대, 혼란과 멸망의 조짐이 겹겹이 일어나고 층층으로 싹터 불붙은 섶에 바람이 불어치는 듯 심히 급박한 상황입니다. 음양이 법도를 잃고 풍우가 순조롭지 못하며 나무에는 사람 모양의 요사한 꼴이 생기고 풀에는 깃발의 이상한 변화가 있으니 이 무슨 변괴입니까? 대장군 양서는 몸이 재상宰相(宰는 梓로 통한다.―원주)의 자리에 있고 척분으로 말하면 초방椒房[49]과 연결되어 세력을 믿고 멋대

무(楊)가 잎이 피어나 무성하게 되는 것을 가리키며, 이에 따라 오얏꽃은 지게 되므로 이부인이 죽고 옥형(玉衡: 오얏꽃의 정령)도 세력을 잃는 것으로 설정하고 있다. 이부인은 오얏꽃을 의미하는데 한 무제에게 총애를 받다가 일찍 죽은 이부인이 역사상에 있었다.

47 이비장(李飛將): 한나라 때 흉노를 공략했던 명장 이광(李廣)의 별칭.

48 석우(石尤): 돌개바람(逆風)을 지칭하는 말. 전설에 석씨 여자가 우씨 남자와 결혼했는데 신랑이 멀리 장사를 나갔다가 돌아오지 않자 여자는 기다리다 지쳐 죽었다. 여자가 죽음에 이르렀을 때 남편을 떠나지 못하게 말리지 않았던 일을 후회하며 천하의 여자들을 위해 남자들이 멀리 장사 나가면 대풍을 일으키겠다고 말했다. 그후로 상선들이 역풍을 만나면 '석우풍'이라 부르고 떠나지 않았다 한다.(陳子昻「初入峽苦風奇故鄕親友」: "寧知巴峽路, 辛苦石尤風.")

로 굴고 공을 세웠다고 뽐내어 방자하게 구니 화란禍亂이 조석지간에 있습니다. 아직 그 형태가 드러나지는 않았으나 원하옵건대 숨은 그림자를 잘 살피시옵소서.

또한 오늘날 안으로 훌륭한 장수가 없는데 밖으로 적이 많습니다. 촉의 주인은 황제帝를 참칭하고 하夏의 요황도 왕이라 자처하며 밀 땅의 무리들도 순종하지 않고 감히 대국을 거역하니, 환란이 이미 극(極은 棘과 통한다.─원주)에 다다른 것입니다. 게다가 궁궐의 담장 안에서 재앙이 무섭게 자라나고 있으니 이를 어찌하오리까? 원하옵건대 왕께서는 일찌감치 결단을 내려 후회를 남기는 일이 없도록 하옵소서. 신은 타고난 길 금지金枝에서 갈라졌고[50] 발자국이 밝은 조정에 닿아 배양해주신 은혜를 입고 우로雨露의 은택을 받았사오니, 해바라기가 태양을 향하는 충성심을 이기지 못하와 불에 타기 전에 미리 섶을 옮기는 그런 예방책을 삼가 아뢰옵니다. 엎드려 비옵건대, 성명聖明께옵서는 비록 추요芻蕘의 말[51]이라도 굽어살피시와 가려서 받아들여주시기를 바라옵나이다."

이 상소에 아무런 비답이 없자 매복은 장차 나라가 어지러워질 것을 짐작하고 이름을 바꾸어 황매黃梅라 하고서 산중으로 들어가 다시는 나오지 않았다.(지금 산중에 이른 봄이면 목황화木黃花가 피는데 세상에서 이름은 아해阿亥라 하며, 혹은 황매라고도 부른다.─원주)

---

49 초방(椒房): 황후가 거처하는 방을 이르는 말. 산초로 도배를 하면 따뜻하고 향기로우며 자식을 많이 얻는다 하여 한나라 때 궁전에서 쓰인 일이 있었다 한다. 후세에 왕비를 지칭하는 말로 쓰였다.

50 금지(金枝)에서 갈라졌고: 금지(金枝)는 왕실과 혈족임을 뜻하는 말. 왕족을 일컬어 금지옥엽(金枝玉葉)이라고 했다. 여기서는 매복(梅福)의 성이 매씨이므로 이렇게 말한 것이다.

51 추요(芻蕘)의 말: 풀 베고 나무하는 천한 자의 말이라는 뜻으로 자신을 낮추어 겸손하게 표현한 것이다.

중화 5년. 장군 양서가 그의 장수 석우石尤를 보내어 왕을 강성江城에서 시해하였다.

석우는 낭토闐土(闐은 囊으로 통한다.—원주) 사람인데 본래 진秦나라와 동성이며 비렴蜚廉[52]의 후손이다. 성질이 사납고 몸이 날래 능히 나무를 꺾고 가옥을 무너뜨릴 만하였으며, 한번 고함을 치면 수많은 사람들이 일시에 쓰러졌다. 이때 양서가 석우를 선봉으로 삼아 군사를 거느리고 숲에 몰아치는 폭우처럼 대거 휘몰아쳐 동경을 공략하니 성안이 진동하여 위아래가 온통 휩쓸렸다. 왕은 강성으로 달아났다가 5월에 죽음을 맞았다.(이백의 시에 "강성 오월에 매화가 떨어지다."는 구절이 있다.—원주) 백관들 중에서 왕을 따라 죽은 자가 많았다. 양비는 도성 문으로 탈출하다가 잘못하여 진흙구덩이에 빠져 죽었다. 도국陶國은 열왕烈王으로부터 이때에 이르기까지 11년 만에 망하였다. 석우가 다시 양서를 공격하여 쫓아내고 요황姚黄을 낙양洛陽에서 맞아 세우니 그가 바로 하夏나라 문왕文王이다.

사신의 논평: 영왕英王이 도읍을 동경으로 옮긴 일은 잘한 일이라는 칭찬도 없지는 않았으나, 결국은 호사를 부리다가 나라를 망친 것이다. 오균의 선견지명이 점을 친 것처럼 들어맞았다고 하겠다.

사신의 논평: 이상한 일이다. 영왕의 시대가 옛날 당 현종玄宗 시절과 어찌 그리 비슷한지 모르겠다. 이옥형은 이임보李林甫와 유사하고, 양서가 전횡한 일은 양국충楊國忠과 유사하며, 밀인密人의 난리는 토번吐蕃과 유사하고, 석우의 변은 안녹산安祿山과 유사하다. 매비梅妃가 폐위당하

---

52 비렴(蜚廉): 바람의 신. 또한 진(秦)의 먼 조상을 황제(黃帝)로부터 꼽는데 그 중에 비렴이란 이름이 나온다.

고 양비楊妃가 총애를 입었던 일이나 또 왕의 정치가 초기에는 밝다가 나중에 어두워진 것은 개원開元·천보天寶 연간의 치란治亂과 유사하니, 어찌 그리도 닮았단 말인가? 생각건대 일년 열두달은 12운회運會의 운수(數)인데, 추리해보자면 3월은 바로 진辰의 운회이다. 당唐나라 시대를 요堯임금 이후부터 헤아려보자면 그 대수 역시 진辰·사巳의 운회에서 벗어나지 않는다. 그렇다면 기수氣數가 서로 부합하여서 그러한 것이 아닐까? 훗날 이 글을 보는 이는 필시 이 역사를 편찬한 자가 당의 역사를 모방해서 비슷하게 그려냈다고 할 것이므로 이를 기록하여 알아줄 사람을 기다린다.

하기夏紀

하夏나라 문왕文王은 성이 요姚이며, 이름 황黃, 자 단丹으로 항주杭州 사람이다. 옛날에 한 신인神人이 경도瓊島[53]에서 나와 상자하桑子河에서 은둔 생활을 하였는데, 후세에 옥루자玉樓子라는 이가 있어 세상에 이름이 났다. 다시 두어 대代를 지나 자수자紫繡子에 이르니 이가 바로 문왕의 아버지다. 중화中和 초년에 언동리堰東里에서 문왕文王을 낳았다.(항주杭州의 언동리堰東里 모란꽃 아래서 돌칼(石劍)이 발견되었는데 거기에 시가 적혀 있었는데 "이 꽃은 경도瓊島에서 날아와서 자란 것인데, 이 세상의 노인들만 보게 하네."라는 구절이 들어 있었다. ─원주) 어려서부터 자질이 특이하고 장성해서는 얼굴이 단사丹砂를 칠한 듯 그 풍채가 사람의 마음을 끌어 마을의 노인들이

---

53 경도(瓊島): 전설상 신선이 산다는 섬.

칭찬해 마지않았다.

도나라 말기 습속이 사치에 빠져듦에 요황姚黃은 홀로 광채를 가리고 스스로 몸을 숨겼다. 한번은 나부산羅浮山 속을 노닐다가 매화나무 한그루가 길을 가로막고 서 있는 것을 보고는 칼을 뽑아 베어버렸다. 후에 그 장소에 다시 가게 되었는데 어떤 미인이 옅은 화장에 소복을 입고 길가에서 곡을 하면서 "내 아들은 백제자白帝子인데 지금 적제자赤帝子[54]가 베어버렸다네."라고 말하더니 홀연 보이지를 않았다. 이에 요황은 마음속으로 기뻐하며 남모르게 자부하였다. 당나라 명황明皇 때에 향공鄕貢으로 낙양洛陽에 올라와(명황 때 모란을 공물로 바친 적이 있었다. —원주) 이후 계속 머물러 살았다.

도나라가 망하게 되자 석우 등이 표表를 올려 왕위王位에 나아가기를 권하였다. 표의 내용은 대략 다음과 같다.

"생각하옵건대, 우리 임금께서는 난세의 영웅으로 쌓은 공덕이 굉장한 터이옵니다. 화원花園에 도리桃李의 상서로운 빛(祥光)이 있음은 이미 당나라가 흥기할 조짐이 나타났던 것이고, 토계土階에는 명협蓂荚[55]의 상서로운 징조瑞彩가 나타났으니 뉘라서 요堯임금을 추대할 마음이 없으오리까? 모두가 하늘을 본받는 도를 우러르오니, 어찌 하夏의 시대를 열지 않으시나이까?"

---

54 백제자(白帝子)·적제자(赤帝子): 한나라 고조 유방이 젊은 시절에 길을 가다가 큰 뱀을 만나서 칼을 뽑아 벤 적이 있었다. 그 뱀이 쓰러진 자리에 한 노파가 나타나서 "내 아들은 백제자인데 뱀으로 변해 길에 나왔다가 적제자에게 베임을 당했다." 하며 통곡하더라는 이야기가 전한다. 이는 한나라가 일어날 징조였다 한다. 여기서 매화가 색이 희고 모란이 색이 붉기 때문에 원용한 것이다.

55 토계(土階)·명협(蓂荚): 요임금 시절에는 질박하여 궁궐의 계단이 흙으로 되어 있었다 하며, 그때 명협이라는 상서로운 풀이 있어 그 잎이 나는 것을 보고 달이 가는 것을 알았다는 전설이 있다.

이에 드디어 왕위에 올라 도읍을 낙양에 정하고 토덕土德으로 왕노릇을 하였으며 4월을 세수歲首로 삼고 색깔은 적색을 숭상했다.

감로甘露 원년 여름 4월. 왕이 남훈전南薰殿으로 납시어 제후諸侯를 조회하였다.

신후莘侯·유후留侯(留는 '榴'로 통한다. ― 원주)·회후檜侯·동백桐伯·미자微子(微는 薇로 통한다. ― 원주)·기자杞子·유자柳子 및 태주台州(台는 苔로 통한다. ― 원주)·소주蘇州·재주梓州·도림桃林·계림桂林의 제후들이 각기 토산물을 가지고 와서 바치니 백여 나라나 되었고 주옥珠玉이며 금백金帛이 찬란하게 대궐의 뜰을 가득 채웠다. 이에 담로湛露[56]를 노래하며 연회를 베풀었다. 석우를 봉하여 풍백風伯으로 삼고 그에게 남南씨[57] 성을 하사하면서 다음과 같이 조서를 내렸다.

"오직 온화하고 오직 때를 잘 맞추어 우리 만백성이 모두 적당함을 얻도록 하는 이가 곧 풍백이다. 너의 봉토로 가서 공경하게 할지어다."

위자魏紫를 세워 왕후로 삼고 화예花蘂를 부인으로 삼았다. 그리고 측근(유간劉簡의 시에 "작약이 가까이 모시게 되다."는 구절이 있다. ― 원주) 김대위金帶圍(작약芍藥의 별명 ― 원주)를 승상丞相으로 삼았다.

대위는 자가 미춘尾春인데 왕과는 본이 같으면서 씨족이 다르며 광릉廣陵에서 살았다. 옛날 성중에 이상한 꽃이 종자도 없이 생겨났는데 붉은 잎에 줄기가 금빛을 띠었다. 유식한 사람이 이것을 보고서 "후일에 현명한 재상이 나오게 될 것이다."고 말하였다. 이때에 이르러 김대위

---

56 담로(湛露): 『시경·소아』의 시로 왕과 제후가 회동하여 연회할 적에 부른 것이라 한다.
57 남(南)씨: 남풍은 만물에 이로운 바람이기 때문에 남씨 성을 하사하였다.

가 정승이 되니 당시 사람들이 그를 화상花相(양성재楊誠齋의 시에 "좋게 화왕을 위해 화상花相이 되었다."라는 구절이 있다.— 원주)이라 일컬었다.

감로 2년. 조서를 내려 도국陶國의 후손을 찾아 영왕의 손자 매옥梅玉을 얻어 그를 후侯로 봉하고 도국의 제사를 지내도록 명하였다.

도국이 망하자 매씨들이 모두 흩어지고 영락하였는데, 매옥은 성과 이름을 거꾸로 써서 옥매玉梅라 자칭하며 잡초들이 우거진 사이에 숨어 살았다. 옛 모습이 남아 있기는 하였지만 옛날의 풍모는 이미 찾아볼 수 없었다.(속명으로는 표음화票飮花인데 담백하며 향이 없다.— 원주)

백부栢府·괴원槐院·자미성紫微省·한림원翰林院·봉래관蓬萊館[58]을 설치하고 모두 문학에 재주가 있는 영준英俊한 선비들을 발탁하여 각기 자리에 보임하였다.

필관畢管(畢은 筆로 통한다.— 원주)은 문필文筆의 재주가 있어 한림원을 맡게 하고, 형초荊楚는 꿋꿋하여 아부하지 않는 풍모가 있어서 백부栢府를 맡게 하였다. 척촉戚蜀(躑躅과 통한다.— 원주)[59]은 겸손하고 사양하는 미덕이 있고, 위족衛足(『左傳』에 해바라기는 능히 자기 자신을 보전한다는 말이 있다.— 원주)[60]은 항상 해를 바라보는 정성이 있으니 필시 임금에게 충성하

---

58 백부(栢府)·괴원(槐院)·자미성(紫微省)·한림원(翰林院)·봉래관(蓬萊館): 사헌부·승정원·사간원·예문관·홍문관 등의 별칭인데 이들 관서는 모두 문학에 빼어난 인재들을 임명하였다. 그 별칭이 식물 이름을 딴 것이기 때문에 원용한 것이다.

59 척촉(戚蜀): 원주에 밝혀졌듯이 척촉은 '躑躅'과 음이 같기 때문에 사람 이름처럼 쓴 것이다. 본래 척촉(躑躅)은 철쭉꽃을 뜻하므로 「화사」에 쓰일 수 있었거니와, 머뭇거린 다는 뜻도 있기 때문에 '그에게 양보하는 미덕이 있어 백부에 두었다'라고 한 것이다.

60 위족(衛足): 해바라기의 별칭. (『좌전』의 "鮑莊子之知不如葵, 葵能衛其足."(成公十七年)에 대한 두예杜預의 주에 "해바라기는 해를 향해서 자기 뿌리를 가리는데 포장자는 난

고 훌륭하게 보좌할 것이라 하여 봉래관에 두었다. 이에 조정이 맑아져 문물이 찬란하게 되니 기록에 남길 만하였다.

감당甘棠을 봉하여 소백召伯으로 삼고,[61] 상무부桑無附[62]를 형양태수衡陽太守에 임명했다.

감로 2년 8월, 왕이 친히 근궁芹宮으로 나아가 석채釋采[63]를 행하고 이어 학생들과 더불어 강론을 하였다. 행단杏壇·괴시槐市[64]에서 사림士林들이 모두 모여들어 청아菁莪·역박棫樸[65]의 교화가 다시 일어났다.

협곡처사夾谷處士 의란猗蘭[66]을 징소徵召하였으나 나오지 아니하였다. 의란은 자가 줄지茁之요, 호는 구완선생九畹先生[67]이다. 고상한 덕이 있

을 만나 위행언손危行言遜을 하지 못해 해바라기보다 못하다 한 것이다."고 하였다.)

61 감당(甘棠)을 봉하여 소백(召伯)으로 삼고: 감당은 배나무의 일종. 소백이 감당 아래서 휴식을 취한 일이 있기 때문에 감당을 베지 말라는 의미의 노래를 부른 것으로 전하고 있다.(『詩經·召南·甘棠』)

62 상무부(桑無附): 옛날 어떤 사람이 형양태수로 부임해서 정사를 잘 돌보았기 때문에 풍년이 들었고 뽕나무 가지가 서로 붙지 않고 잘 뻗어났다는 이야기가 있다. 이에 근거하여 상무부라는 인물을 설정한 것이다.

63 근궁(芹宮)·석채(釋采): 근궁은 학궁(學宮), 즉 태학(太學)의 별칭. 석채는 공자를 모신 문묘(文廟)에서 봄가을에 지내는 제사.

64 행단(杏壇)·괴시(槐市): 행단은 공자가 행수(杏樹: 원래 살구나무였는데 후세에 은행나무로 인식되었다) 아래서 제자들에게 강의한 데에서 유래하였다. 괴시는 한나라 때 독서인이 모이던 곳으로 그곳에 회나무(槐에 해당하는 것이 회나무임)가 있어 유래했다. 후세에는 학궁이나 학사(學舍)를 가리키는 말로 쓰였다.

65 청아(菁莪)·역박(棫樸):『시경』에 실린 작품 이름으로 훌륭한 인재들이 많이 배출되는 것을 비유하는 말이다.

66 의란(猗蘭): 의란은 난초를 가리킨다. 난초는 원래 깊은 산속에 자생하는 것이기 때문에 협곡처사(夾谷處士)라 했다.

어 벼슬을 구하지 아니하였으나 아름다운 명성이 원근에 알려졌다. 상산처사商山處士 주지朱芝와는 사이가 좋아 매양 한곳에서 같이 살며 취미 또한 서로 같았으므로, 세상 사람들이 이들의 관계를 지란지계芝蘭之契라고 일컬었다.

이때에 이르러 문왕은 속백束帛과 포륜蒲輪[68]을 갖추어 의란을 여러 번 불렀으나 끝내 출사出仕하지 않았다. 대신에 문생門生인 굴일屈軼·연년延年·감초甘蕉·석죽石竹·원출元朮[69] 등을 보내어 조정에 들어가 일하도록 하였다. 굴일의 자는 지영指佞, 연년의 자는 창양昌陽, 감초甘蕉의 자는 봉미鳳尾, 석죽石竹의 자는 수의繡衣, 원출의 자는 망우忘憂인데, 모두 성품이 청렴하고 개결하며 사치스런 꾸밈을 좋아하지 않았다. 석죽과 원출은 높은 벼슬을 역임하여 나라를 다스림에 보탬이 많았다. 원출은 일명 흰朮이라고도 하는데, 천성이 또한 지극히 효성스러워 북당北堂에서 어머니를 모시면서 그 곁을 떠나지 아니하니, 왕은 그의 효심孝心[70]을 갸륵히 여겼다.

감로 3년. 해당海棠을 장사長沙 땅으로 유배 보냈다.

당초 동도東陶 시대에 무릉武陵의 도씨는 국중에 으뜸가는 벌열로서

---

67 구완선생(九畹先生): 구완선생은 굴원의 「이소(離騷)」에서 취한 말이다.("余旣滋蘭之九畹兮, 又樹蕙之百畝.")

68 속백(束帛)과 포륜(蒲輪): 옛날 어진 선비를 초청할 때 공경하게 모셔오는 것을 뜻하는 말. 속백은 스승이나 점잖은 어른을 찾아갈 때 가지고 가는 선물을 가리키며, 포륜은 수레바퀴를 부들로 싸서 수레가 진동하지 않도록 한다는 뜻이다.

69 굴일(屈軼)·연년(延年)·감초(甘蕉)·석죽(石竹)·원출(元朮): 대개 남방 식물로 약재로 쓰이는 것도 있다. 이 중에 굴일은 전설에 의하면 황제의 뜰에 나서 간사한 자가 들어오면 손가락으로 가리키듯 했기 때문에 지녕초(指佞草)라 불렸다 한다. 연년은 창포, 감초는 파초.

70 효심: 촌초지심(寸草之心), 즉 자녀들이 부모에 대해 지니는 마음을 가리킨다.

문호가 혁혁하고 자손이 번창한데다가 외척外戚이 되어 사치를 일삼았다. 도씨 중에 벽碧이라는 사람[71]이 있었는데, 성품이 고결했으나 뒤늦게 호사에 빠져들었다. 도벽은 친구 백설향白雪香(배꽃―원주)과 함께 일세에 명성이 나란히 높았는데, 이들이 모두 '수백守白의 논'[72]을 견지하니 영왕英王도 이들을 똑같이 사랑하여 옥당玉堂에 함께 있도록 하였다. 또 한편 도씨 중에 따로 유柳라는 사람이 있었는데 위성渭城의 외손자로 일명 소小라 하였다.[73] 그는 젊은 시절부터 꽃다운 이름이 여러 도씨 중에서 가장 빼어났다.

시속의 사람들이 예찬하는 것이 서로 엇갈려서 당파가 형성되었으니 일가 안에 홍·백·소의 세 당이 성립한 것이다. 이에 중앙과 지방이 온통 풍조를 이루어 홍론 백론으로 다투었다. 삼당 가운데 또 중립을 지키고 치우치지 않은 자들이 있어서 삼색三色으로 일컬어졌다. 또 홍과 백으로 분열된 외에 따로 선 자들이 있어 황당黃黨이라고 불렀다. 조정에서 다투어 자기 당파를 세우고자 하니 색목色目으로 자못 어지러웠다. 영왕이 이를 금지하지 못했다.

이때에 이르러서는 홍당·백당의 잔존 세력이 그대로 형색形色을 보존하고 있는데다 왕 자신이 홍당에서 나온 까닭에 홍당 사람들만 등용

---

71 벽(碧)이란 사람: 벽도화를 가리키는데 꽃이 벽옥의 빛이 돌면서 하얗다.

72 수백(守白)의 논: 제자백가(諸子百家) 중 공손룡(公孫龍)의 백마비마론(白馬非馬論)을 말한다. 공손룡은 명가(名家)의 학자로 사물의 본질과 외관을 혼동해서는 안된다고 강조하였는데, 그의 주장 중에 '흰 말은 말이 아니다(白馬非馬論)' '단단한 것과 흰 것의 같고 다름(堅白異同論)' 등이 있다.

73 도씨 중에~소라 하였다: 소도(小桃)라는 것이 있는데 초봄에 피는 복숭아나무의 일종. 육유(陸游)의 「노학암필기(老學庵筆記)」에 소도는 모양이 수사해당(垂絲海棠)과 비슷하다고 나와 있다. 앞에 위성(渭城)의 외손자라 한 것은 왕유(王維)의 "위성의 아침비는 가벼운 먼지 적시고, 여관의 푸르고 푸른 버드나무 싱싱하네.(渭城朝雨浥輕塵, 客舍靑靑柳色新)"라는 시구와 관련된 말이다.

하려고 하였다. 그래도 위족과 김대위 등이 합심하여 번갈아 간언을 해서 조화를 이루도록 노력하니, 홍당이건 백당이건 당파를 가리지 않았다. 그러다보니 오히려 백당이 성해졌다.

해당은 스스로 기운을 쓸 수 없었으므로(해당화는 향기가 없기 때문—원주) 조정의 처사를 비난하고 풍자하니(해당화는 가시가 있기 때문—원주) 김대위가 왕께 아뢰어 귀양을 보낸 것이다. 이때 황당에서도 역시 성 밖으로 축출을 당한 자가 있었으니, 이름을 출장黜牆이라고 내려주었다.

사신의 논평: 홍·백 붕당의 폐단은 당나라 때 우·이牛·李, 송나라 때 천·낙川·洛[74]과 다름이 없었다. 그런데 김대위는 성심으로 보합하여 조정에 아무런 일이 없도록 하였으니, 가히 재상宰相의 그릇이라 하겠다. 후세에 백관百官을 총재하는 임무를 맡은 자 마땅히 귀감으로 삼아야 할 것이다.

사신의 논평: 당나라 문종文宗이 일찍이 말하기를 "하북河北의 적은 물리치기 쉬우나 조정의 붕당은 물리치기 어렵다"라고 하였는데, 역사 책을 읽다가 이 대목에 이르면 책을 덮고 탄식하지 않은 적이 없었다. 당쟁의 화가 변방의 난리보다 혹심하다고 한다면 옳다 하겠거니와, 당파를 깨뜨리기가 강적을 제압하기보다 어렵다고 말하는 것이 어찌 옳다 하겠는가. 하국의 왕은 단 한 사람의 훌륭한 보필을 얻고서도 오히려 한 세상을 잘 조정하여 화평을 이루었다. 하물며 밝은 임금이 세상을 다스리면서 왕도王道로써 솔선을 보인다면 더 말할 것이 있겠는가.『서경』에 이르기를 "치우침이 없고 파당이 없으면 왕도가 넓고 넓다.(無偏無黨

---

74 우·이(牛李), 천·낙(川洛): 우·이는 당나라 때 우승유(牛僧儒)와 이덕유(李德裕) 사이에 지어진 파당. 천·낙은 송나라 때 문인형의 소식(蘇軾)과 학자형의 정이(程頤) 사이에 지어진 파당.

王道蕩蕩)"라고 하였다. 군자의 덕은 바람이요 소인의 덕은 풀과 같으니, 바람이 부는데 쏠리지 않을 풀이 어디 있겠는가.

감로 5년. 풍백風伯이 조정에 들어와서 최고로 우대를 받아 무시로 출입하였다.

하루는 왕이 시종하는 신하에게 "풍백은 어떤 사람이냐?"하고 물었다. 김대위가 다음과 같이 아뢰었다.

"풍백은 변덕이 심하여 좋을 적에는 살랑살랑하지만 성이 났다 하면 사납게 몰아치니, 그야말로 치세治世의 능신能臣이요 난세亂世의 간웅奸雄입니다. 왕께서도 강성江城의 변란을 보지 않으셨습니까?"

왕은 이 말을 마땅찮게 여겼다.

풍백의 소녀少女(바람 이름에 소녀풍이 있다.—원주)를 받아들여 재인才人으로 삼으니 이때부터 왕은 조회를 게을리하고 사치만을 일삼았다. 천하의 괴석怪石을 구해들여 석가산을 만들고 거기에 기이한 나무와 화초를 심어 가꾸니, 골짜기마다 푸른빛이 아롱지고 연무가 아래서 일었다. 사향각四香閣과 백보란百步欄을 세웠는데, 모두 침향沈香과 진주·비취로 장식을 하였으니 이는 양국충楊國忠[75]의 옛일을 따른 것이었다. 그곳에서 때때로 만화회萬花會[76]를 열고 백화로 병풍을 삼았으니, 이 역시 당나라의 옛일을 본뜬 것이다.

---

75 양국충(楊國忠): 당나라 중기 재상이다. 양귀비의 친척으로 등용되어 재상 이임보(李林甫)와 결탁하고 수완을 발휘하여 중용(重用)되었다. 뇌물을 받고 관리로 등용하거나 백성들의 재물을 수탈하는 등 악행을 저질렀으며 안사의 난이 일어나자 현종을 따라 달아나다가 분노한 군사들에게 살해되었다.
76 만화회(萬花會): 북송 때 낙양에 모란이 활짝 피면 태수가 만화회를 개최했는데 연회 석상 주변을 꽃으로 온통 병풍처럼 둘렀다 한다.

사신의 논평: 심하도다. 우물尤物[77]이 사람에게 해를 끼침이여! 마음 속에 있으면 마음을 고혹蠱惑하고, 몸에 있으면 몸을 죽게 만들며, 집에 있으면 집안이 결딴나고, 나라에 있으면 나라가 망하게 된다. 사치를 극도로 하고 탐욕을 마구 부릴 마음도 이로 말미암아 생기며, 나태하고 안일에 젖는 습관도 이로 말미암아 형성된다. 아첨하는 말을 좋아하고 올곧은 말을 싫어하는 심사도 이로 말미암아 자라나고, 재물을 탐내어 백성을 못살게 구는 정사도 이로 말미암아 일어나는 것이다. 어찌 두렵지 않으며, 어찌 조심하지 않으랴! 문왕은 영명한 군주인데도 말년에 이렇게 된 것은 모두 다 우물이 끼친 폐해이니, 저 옛날 하나라 걸왕桀王의 육산포림肉山脯林[78]과 수나라 양제의 채화綵花[79]는 실로 괴이하게 여길 것이 없다.

간언하는 신하 형초荊楚를 죽이다.

형초는 성품이 강직하여 항상 왕에게 맞서 비판을 하였는데, 왕이 형초를 좋아하지 않자 여러 소인배들이 그를 제거하고자 하였다. 어떤 자가 참소하기를, "형초가 비록 강직하다는 이름을 얻었으나 그의 기염氣燄(찔레꽃은 향기가 성하기 때문에 쓴 말─원주)이 지나치게 성하며, 오랫동안 왕과 근밀近密한 지위에 있으면서 금은金銀(꽃이름─원주)[80]을 뇌물로 많이 받았습니다."라고 아뢰었다. 왕이 크게 노하여 형초를 베어버리니

---

77 우물(尤物): 특출한 인물. 주로 미녀를 이르는 데 쓰인다.
78 육산포림(肉山脯林): 고기가 산처럼 쌓였고 육포가 숲처럼 널려 있다. 하나라의 걸왕의 무도한 행적을 표현한 말.
79 채화(綵花): 나무에 꽃이 지면 비단으로 꽃을 만들어 붙이는 것을 말한다. 수나라 양제가 사치의 극에 달한 나머지 궁궐의 나무들에 채화를 했다 한다.
80 금은(金銀): 인동 덩굴의 꽃.

많은 사람들이 애석하게 여겼다.

　녹림적綠林賊[81] 섭청葉靑[82]이 군사를 일으키니 한달도 못가서 온 천하
가 호응하였으며 홍당·백당의 무리 또한 투항한 자가 많았다. 소녀少女
는 본래 기민하고 권모술수權謀術數가 많은 여자라 임금이 크게 좋아하
여 사랑이 날로 깊어갔다.

　위족衛足이 간하여 아뢰기를, "풍백風伯은 아침에 굴복했다가 저녁에
반란을 일으키는 등 변덕이 심한 자이며, 소녀 또한 성질이 시새움이 많
아 가까이하기 어렵습니다. 또한 그의 이모 봉십팔封十八(풍신의 이름 — 원
주)과 성체聖體를 모해하려고 꾀하고 있으니 왕께서는 아무쪼록 조심하
소서. 신은 참으로 깊이 우려되옵니다. 본성이란 빼앗기 어려운바 어제
의 홍안紅顏이 오늘 시드는데 왕께서는 어찌 웃고만 계시옵니까?"라고
하였으나 왕은 끝내 듣지 않았다.

　감로 6년 여름 6월. 왕이 후원後苑에서 노닐다가 사슴에게 물리다.(당
나라 명황明皇 때 사슴이 궁성으로 들어와 모란을 뜯어먹은 일이 있다. — 원주) 소녀
가 그 틈을 타 독약을 먹이니 문왕이 마침내 명이 끊어졌다. 문왕이 왕
위에 오른 6년 만에 결국 대하大夏는 망했다.

　풍백이 하국夏國을 무너뜨리고 나서 계주백桂州伯을 맞아 왕으로 삼았

---

81 녹림적(綠林賊): 전한 말엽 왕망이 즉위하자 녹림산(綠林山: 지금 호북성湖北省 당
　양當陽)을 거점으로 해서 반란이 일어났다. 이를 녹림적이라 일컬었는데, 후세에는 농
　민반란을 지칭하는 말로도 쓰였다. 여기서는 꽃이 지면서 신록이 산과 들을 덮는 자연
　현상을 녹림적이 곳곳에서 봉기한 것으로 표현하였다.
82 섭청(葉靑): 섭청(葉靑)은 잎이 푸르다는 뜻이다. 진나라 말에 진섭(陳涉)이 처음 반
　기를 들자 천하가 호응했고, 그로부터 진나라가 망하게 되었다. '葉'은 사람의 성을 가
　리킬 때는 음이 '섭'이어서 涉과 같은 음이다.

다. 이때를 당해 녹림적이 극성하여 중국이 혼란에 빠졌다. 구가謳歌하
는 자들은 계주백에게 귀의하지 않고 모두 수중군水中君(蓮을 가리킨다.—
원주)에게 귀의하였다. 이에 수중군이 전당錢塘에서 즉위하니 그가 곧 남
당南唐 명왕明王이다.

당기唐紀[83]

당唐의 명왕明王은 성이 백白, 이름이 연連(蓮으로 통한다.—원주)이요, 자
는 부용夫容(芙蓉으로 통한다.—원주)이다. 그의 조상 중에 장십장丈十丈[84]이
란 이가 있어 화산華山에 숨어 살았다. 명왕의 부친은 이름이 함담菡萏인
데 이때부터 약야계若耶溪[85]에서 살았다. 모친 하何(荷와 통한다.—원주)씨
가 창포菖浦에서 피어난 꽃이 광채가 찬란한 것을 보고 삼켰는데 임신
을 하여 왕을 낳았다. 왕은 마치 여인처럼 얼굴이 아름답고, 속세를 초
탈하려는 뜻을 지녔으며, 정결하면서도 더러움을 용납하는 아량이 있
었다. 성격이 물을 좋아하여 항상 물속에서 살아 수중군자水中君子라는
별호를 얻었고 혹은 백수진인白水眞人이라고도 일컬어졌다.

하국이 멸망하고 나서 중국에 임금이 없었는데, 상주湘州 사람 두약杜

---

83 당기(唐紀): 당(唐)은 못을 뜻하는 당(塘)과 음이 같다. 연이 못에서 자라는 식물이기
    때문에 취해서 쓴 것이다.
84 장십장(丈十丈): 키가 열 길이란 뜻에서 이름으로 붙인 것이다. 이 이름과 함께 화산
    에 살았다는 설정은 한유(韓愈)의 시 「고의」에서 유래하였다.(「古意」: "太華峯頭玉井蓮,
    開花十丈藕如船.")
85 약야계(若耶溪): 중국 절강성(浙江省) 소흥(紹興) 지방에 있는 지명. 일명 완사계(浣
    紗溪. 이 지명과 관련해서 채련곡이 유명하다.(李白 「採蓮曲」: "若耶谿傍採蓮女, 笑隔荷
    花共人語.")

若·백지白芷[86] 등이 그를 추대하여 임금으로 세웠다. 수덕水德으로 왕노릇을 하여 전당錢唐에 도읍을 정하고 나라 이름은 남당南唐이라 칭했으며, 색은 흰색을 숭상했다.

사신의 논평: 도국은 목덕木德으로 왕노릇을 하고 흰색을 숭상했으며, 하국은 토덕土德으로 왕노릇을 하고 적색을 숭상했으며, 당국은 수덕水德으로 왕노릇을 하면서 흰색을 숭상했다.[87] 그 까닭이 어디에 있는지는 알 수 없다.

덕수德水 원년. 정전제井田制를 실시하고 화폐를 유통하였다.

두약杜若을 정승으로 임명하였다. 조서를 내려 "너는 너의 채지采地(采는 彩와 통한다—원주)를 잘 보살피되 너의 가문이 옛 당나라에서만 아름다움을 독차지하도록 하지 말지어다"라고 하였으니 이는 두약이 당나라의 어진 재상 두여회杜如晦의 후손이기 때문이다.

덕수 원년 7월. 왕은 수정궁水晶宮에서 나와 추향전秋香殿으로 납시어 여러 신하들의 조회를 받았다.

이때를 당하여 천하가 온통 녹림적으로 뒤덮였는데 당나라만은 해자를 깊이 파고 보루堡壘를 높이 쌓아 침략당하는 것을 면하였다. 중생이 편안하고 국가도 부유하게 되었다. 이에 수형水衡의 돈[88]이 거만巨萬에

---

86 두약·백지: 물가에서 자라는 식물로 한약재로도 쓰이는데, 사람의 성명처럼 썼다.
87 도국은~숭상했다: 역대 왕조가 오행(五行)에 의거해서 각기 정당성을 목덕·수덕 등으로 정하고 이에 오색(五色)을 결부시켜 상징을 삼는 관행이 있었다.
88 수형(水衡)의 돈: 수형은 옛날 관명으로 상림원(上林苑)을 관장하는 직책. 육조 때의 시인 유신(庾信)의 「화림원마사부(花林園馬射賦)」에 "수형의 돈이 산처럼 쌓였다.〔水衡之錢山積〕"라는 구절이 있다. 연잎 위로 물방울이 구르는 것을 돈이 많이 생기는 것으로 비유한 것이다.

이르렀고 하천에는 어족이 많아서 이루 다 잡아먹을 수 없는 지경이 되었다. 아랫사람들은 실을 생산하는 일을 업으로 삼고 윗사람들은 아침 저녁으로 돈을 헤아렸다.[89]

덕수 3년. 도적이 약야계若耶溪를 침략하니 장군 백빈白蘋을 파견해 격퇴하고 또 마료馬蓼[90]를 복파장군伏波將軍으로 삼아 방어하였다.

약야계를 맡아 다스리는 김부金鳧가 우서羽書[91]를 보내 다음과 같이 급히 보고를 하였다.

"도적이 약야계로 들어와 먼저 아압지鵝鴨池를 공격하는데, 그 무리들은 사당주沙棠舟를 타고 목란木蘭배의 노를 저으며 부용의芙蓉衣를 입고 「채릉곡採菱曲」을 부르더이다. 얼굴 모습이나 복식이 우리나라 사람과 꼭 같았으므로 처음에는 알지 못했는데 노랫소리를 듣고서야 그들이 도적인 줄 알게 되었습니다. 노래는 이러합니다.

푸른 연잎 비단치마 한 빛깔인데
부용꽃과 고운 얼굴 각각 따로 피었어라.
연못으로 파고들어 어디로 갔나 했더니
노랫소리 듣고서야 들어온 줄 알았다오.

이런 까닭으로 경각지간에 무수히 살상을 당하게 된 것입니다."

---

89 돈을 헤아렸다(量珠): 돈이 많아 넉넉한 것을 뜻한다.
90 마료(馬蓼)·복파장군(伏波將軍): 마료는 여뀌풀. 복파장군은 한나라 명장 마원(馬援)의 칭호. 마료를 장군으로 설정하여 마원의 호를 끌어붙인 것이다.
91 김부(金鳧)·우서(羽書): 김부는 물오리를 가리키는 말. 우서는 긴급히 올리는 군사문서.

왕은 크게 놀라 "우리나라는 해자垓字가 천연으로 되어 있거늘 어떻게 날아서 들어왔단 말인가?" 하고는, 즉시 장군 백빈白蘋에게 조서를 내렸다. 백빈은 어관魚貫의 군사[92] 수천명을 거느리고 맞아 싸우는데, 군사 가운데 이어鯉魚(강 위의 바람을 이어풍이라 부른다.—원주)라는 자가 입으로 불어 바람을 일으키는 능력이 있었다. 이에 풍랑風浪이 크게 일어 배와 돛이 마구 흔들리니, 도적의 무리가 크게 두려워하여 배를 나란히 붙이고 달아났다.(당시唐詩에 "서로 만나서는 헤어질까 두려워 채련採蓮하는 배를 나란히 붙이고 간다네."라는 구절이 있다.—원주)

당초에 나라의 군비軍備를 소홀히 하였다가 우환을 자초한 터였으므로, 이에 백빈은 강가의 요충지마다 질려蒺藜를 설치하고 회군했다. 또한 마료馬蓼를 복파장군伏波將軍으로 삼아 외적을 방비하도록 했다. 이때부터 남과 북의 사람들이 감히 강으로 나와 채련과 고기잡이를 하지 못하게 되었다. 마료는 한나라 명장 마원馬援의 후손이기 때문에 복파장군의 칭호를 계승한 것이다.

도인道人이 『묘법연화경妙法蓮華經』을 왕에게 바치며, "설경說經을 하면 하늘에서 네가지 꽃이 비 오듯 떨어지고[93] 연태蓮胎[94]가 극락세계極樂世界에 내린답니다."(불경에 우담바라화優曇鉢羅花는 1천년에 한번 꽃이 핀다고 한

---

92 어관(魚貫)의 군사: 어관은 물고기를 꿰미로 꿴다는 뜻. 여기서 어관의 군사란 물고기를 가리키고 있다.
93 네가지 꽃이 비 오듯 떨어지고[天雨四花]: 부처가 법화경을 설법할 때 하늘에서 만타라화, 마하만타라화, 만수사화, 마하만수사화가 비 오듯 내렸는데, 이 꽃들은 보는 사람들로 하여금 악업을 버리게 한다고 한다.
94 연태(蓮胎): 아미타불의 정토에 왕생(往生)하는 것을 비유적으로 표현한 말. 왕생할 때 연꽃 속에 싸여 나가는 것이 마치 모태(母胎)와 같다는 데서 나온 표현이다.

다.─원주)고 아뢰니, 왕이 크게 기뻐하여 수륙도량水陸道場을 설치했는데 그 비용은 억만금이 들었다. 좌우의 여러 신하들과 매일 아침저녁으로 설경만 하고 국사를 폐하였다.

학사學士 문조文藻가 청포靑浦[95]에 엎드려 간하기를,

"저 부처는 과연 어떤 사람입니까? 이치에 어긋나는 사설邪說로 혹세무민하는 데 불과하옵니다. 제왕帝王의 도리는 떳떳한 법을 지키는 것이온데 하필 기원祈園을 복전福田[96]으로 삼고 패엽貝葉[97]을 진경眞經으로 여기려 하시옵니까? 인생은 나무에 피는 꽃과 같아서 고운 돗자리에 떨어진 자는 귀하게 되고 똥간에 떨어진 자는 천하게 됩니다. 이것이 바로 자연의 이치이오니, 인과因果의 설을 어찌 곧이들을 수 있으리까?"

라고 하였으나, 왕은 끝내 받아들이지 않았다. 문조는 백빈과 본이 같고 성은 다른데 성격이 고상하고 결백하며 문장에도 능하여 항상 곤직袞職[98]을 보좌하였다.(임금이 입는 옷〔袞衣〕에 새겨진 12가지 무늬 중에 마름〔藻〕이 포함되었다.─원주)

첩여婕妤 반潘씨[99]는 후궁後宮 중에서 가장 총애를 받았다. 왕은 일찍

---

95 문조(文藻)·청포(靑浦): 문조는 원래 수초의 일종인 마름을 가리킨다. 마름의 모양이 문양으로 쓰여 조식(藻飾)이라는 말이 파생되었으며, 문학적 수식의 뜻으로 문조라는 말이 쓰이게 되었다. 그래서 문조를 학사로 의인화한 것이다. 청포는 푸른 방석을 뜻하는데 여기서는 부들을 가리킨다. 부들 밑에는 마름이 많이 서식하고 있다.

96 기원(祈園)·복전(福田): 기원은 부처가 설법을 했던 기원정사(祇園精舍). 여기서는 불교 내지 사원을 가리키고 있다. 복전은 부처나 비구에게 공덕을 드리는 것이 농부가 밭에 노력을 들이는 것과 같다는 데서 나온 말이다.

97 패엽(貝葉): 불경을 지칭하는 말. 패엽서(貝葉書). 원래 패다라(Pattra) 나뭇잎에 불경을 썼던 데서 유래하였다 한다.

98 곤직(袞職): 궁정 내의 직무. 곤(袞)은 원래 왕의나 곤룡포를 지칭하는 말로 곤룡포에 마름의 무늬를 새기기 때문에 이렇게 불렸다.

이 연꽃을 따서 땅에 깔아놓고 그 위를 거닐도록 하고는 "걸음걸음 연꽃이 피어난다."고 칭찬하면서 육랑六娘[100]이라고 일컬었다. 이때 아첨하는 무리가 "사람들은 육랑이 연꽃 같다지만 신이 보기에는 연꽃이 육랑과 같습니다."고 말하니 왕은 기뻐하였다.

사신의 논평: 너무도 심하다. 아첨하는 자의 말이여! 이 자들의 말은 사탕보다 더 달고 아첨하는 것은 예수譽樹[101]보다 한술 더 뜨는구나. 딱하고 애석한 일이로다!

덕수 4년. 강리江離를 상주湘州로 귀양 보냈다.

강리는 초楚나라 사람으로 자는 채채采采이며 성품이 고결하였다. 직간直諫을 하여 왕의 뜻을 거스르곤 하였는데, 공자公子 가란假蘭이 그를 참소하여 귀양 보낸 것이다. 강리는 괴롭고 걱정스러운 심경을 이기지 못하여 「이소離騷」라는 제목으로 글을 지어 자신의 억울한 심경을 표현했다.[102]

---

99 첩여(婕妤) 반(潘)씨: 남제(南齊)의 반비(潘妃)를 가리킨다. 첩여는 궁중의 여자 관원.
100 육랑(六娘): 당나라 때 장창종(張昌宗)이란 자가 아름다운 용모로 측천무후(則天武后)의 사랑을 받았는데 그의 서차가 여섯번째이기 때문에 육랑(六郎)으로 일컬어졌다. 당시 양재사(楊再思)란 자가 장창종에게 아첨하여 "사람들은 육랑의 얼굴이 연화와 같다 하는데 나의 생각으론 연화가 육랑 같지 육랑이 연화와 같은 것이 아니다."고 하였다 한다.(『舊唐書 · 楊再思傳』) 여기서는 이 고사를 끌어다 붙이면서 반첩여가 여자이기 때문에 '육랑(六娘)'으로 바꾼 것이다.
101 예수(譽樹): 당나라 태종이 나무 그늘에서 쉬다가 그 나무를 칭찬한 일이 있었는데 한 내관(內官)이 황제에게 아첨을 떨어 그 나무를 좋다고 일컬었다. 이에 황제는 정색을 하고 "위징(魏徵)이 항상 나에게 영인(佞人)을 멀리하라 했으나 영인이 누군지 알지 못하고 혹시 네가 아닌가 마음으로 의심했더니 지금 과연 틀리지 않구나"라고 하였다.(『資治通鑑』 唐太宗 貞觀 十六年) 예수는 이 고사를 이른 것이다.
102 강리(江離): '江籬'와 같은 말. 이는 원래 물가에 서식하는 향초로서 미무(蘼蕪) 혹은 궁궁이풀이라고도 한다. 굴원의 「이소(離騷)」에 나오기 때문에 굴원과 연결해 충신의

덕수 5년 8월. 왕은 방사方士가 가르쳐준 장생술長生術을 믿고 흰 이슬을 마시다가 병이 났다. 급히 좌우를 불렀는데 좌우의 시종들도 모두 이슬을 마시고는 입이 막혀 말을 하지 못하였다. 왕이 분노를 이기지 못하고 두번 '하하荷荷'라 소리치더니(양나라 무제가 대성臺城에 있을 때 입이 말라서 꿀물을 찾았으나 얻지 못하고 '하하' 하다가 죽었다.[103] — 원주) 마침내 조락했다.

애초에 왕은 동리처사東籬處士 황화黃華[104]에게 왕위를 물려주고자 하였으나 황화가 사양하여 받지 않았다. 이때 금金나라[105] 군사가 처음에 녹림綠林을 격파하고 당나라를 여러 달 포위하고 있었다. 온 도성 사람들이 굶주린 끝에 선 채로 말라죽었으며, 두약杜若 백빈白蘋 등도 난리에 휩쓸려 죽었다. 당은 나라를 세운 지 겨우 5년 만에 망하고 말았다.

황화는 자를 금정金精이라 하며 사람됨이 속되지 않아 태고太古 시절의 풍모가 있었다. 그의 선조가 도국을 섬겼던 까닭으로 율리栗里에 은거하여 홀로 높은 절개를 지키니 횡포한 금인金人들조차 함부로 대하지 못하였다. 이에 세상에서 그를 만절선생晚節先生이라 불렀다.

사신의 논평: 세 나라의 흥망과 네 임금의 생사가 눈 깜짝할 사이여

형상으로 설정해놓았다. 공자 가란(假蘭)은 굴원을 참소해서 충직한 말이 통하지 못하게 한 자란(子蘭)에 견주어지고 있다.

103 양나라 무제가~죽었다: 『남사(南史)·양무제본기(梁武帝本紀)』에 실린 사적. 하하(荷荷)는 목말라서 내는 의성어.

104 동리처사(東籬處士) 황화(黃華): 도연명(陶淵明)에 붙여진 존대. 도연명의 "동쪽 울타리 밑에서 국화를 꺾어, 멀리 남산을 바라본다.〔採菊東籬下, 悠然見南山〕"(「飮酒」)에서 유래하였다. 도연명이 은거한 고장이 율리(栗里)이다. 황화는 국화를 가리키며 만절선생(晚節先生)으로 일컬어지기도 하였다.

105 금(金)나라: 가을을 상징하는 말. 가을바람을 금풍(金風)이라 한다.

서, 동원東園의 짧은 시간이나 남쪽 가지에서의 한바탕 꿈〔南柯一夢〕과 같을 뿐만이 아니다. 봄바람 부는 동산에 새들의 지저귐만 속절없이 들리고 해 지는 물가 언덕에서는 그저 내려앉는 연무만 보일 뿐이다. 은殷나라 옛 도읍지의 「맥수가麥秀歌」와 주周나라 사람들의 「서리시黍離詩」도 이들의 한탄을 이루 다 비유하지 못할 것이로다. 이 어찌 슬프고도 애석하지 않으랴!

사신의 논평: 하왕夏王은 옥매玉梅를 찾아서 도국陶國의 계통을 잇게 하였으니 그 덕이 두터웠다 하겠거니와, 당국은 삼각三恪의 전례[106]를 소홀히 했으니 더욱 서글픈 일이로다. 지금 세상에서 볼 수 있는 넝쿨풀이나 부용芙蓉, 모란 등은 하국과 당국의 후예가 아닌가 한다.

총론

천지간에 인간 또한 만물의 일종일 뿐이다. 꽃의 세계에는 천백가지 종류가 있으니 인간은 분명히 꽃의 많음에 미치지 못하며, 사람은 수명이 백세를 넘지 못하는데 꽃 중에는 천년을 사는 나무가 있으니 인간은 실로 꽃처럼 수명을 누리지 못한다. 하늘이 꽃으로 사계절을 펼치면 인간은 꽃으로 사계절을 분간하니 사람이 어찌 꽃처럼 믿음信이 있다 하겠는가? 꽃은 번화하면서도 봄바람에 번화함을 감사하지 아니하며, 꽃은 떨어져도 가을바람에 떨어지는 것을 원망하지 않으니 사람이 어찌 꽃처럼 어질〔仁〕 수 있으랴? 꽃들은 혹 섬돌 위에서 피고 혹은 똥간에서

---

106 삼각(三恪)의 전례: 새로 건립한 왕조가 전대 왕조의 자손을 찾아서 봉(封)하는 의식. 각(恪)은 존경의 의미.

자라 고하와 귀천을 다투지 않고 영고성쇠를 함께 하니, 이로 보면 그
공평한 마음 또한 인간과 다르다.

그렇다면 꽃들은 지극히 어질고 지극히 미덥고 지극히 공평하며, 많
으면서도 수명을 길게 누리니 이는 천성天性의 바름을 얻은 때문이라
하겠다. 이미 종류가 많을진대 나라를 유지하는 데 부족할 것이 무엇이
며, 이미 믿음직하고 어질며 또 이처럼 지극히 공평할진대 임금 노릇하
기에 무슨 어려움이 있겠는가?

무릇 사람은 한가지 능력이나 약간의 재주를 지닌 자도 으레 한 세상
에 뽐내고 백대에 명성을 전하고자 하여, 일을 하면 공功을 다투고 역사
책에 기록을 남기고 싶어한다. 이에 반해 꽃의 세계는 그렇지 않다. 꽃
의 아름다운 천성은 사람 중의 군자와 같다는 것을 알 수 있다. 이러한
까닭에 송宋나라 염계濂溪선생[107]은 뜨락에 돋은 풀을 뽑지 않고, '자가
自家 의사와 일반'이라고 말씀하였다. 군자가 풀과 더불어 일반이 되고
자 하였으니, 그 품성의 온전하고 바름을 족히 알 수 있겠다.

저 언어 문장에 구구하게 매달리고 공리功利와 사무事務 사이를 급급
하게 쫓는 자들이 어떻게 자기의 품성을 보전하여 바른 데로 돌아갈 수
있겠는가?

---

107 염계선생(濂溪先生): 송나라 학자 주돈이(周敦頤). 그가 염계라는 곳에 살았기 때
　　문에 붙여진 칭호. 그가 창 앞의 풀을 제거하지 않아 그 까닭을 묻자 "자가 의사와 일
　　반이다."고 하였다.(『事文類聚』: "程明道曰: 周茂叔牕前草不除去, 問之則自家意思一般.") 퇴
　　계는 「관물(觀物)」이라는 제목의 시에서 "전현들이 감흥을 일으킨 곳을 알고자 할진
　　대 뜰에 자라는 풀과 어항 속에 노는 물고기를 볼지어다.[欲識前賢興感處, 請看庭草與
　　盆魚.]"라고 한 바 있다.

유여매쟁춘 柳與梅爭春[1]

나부산羅浮山[2]에 체격이 여위고 정신이 맑아 보이는 이가 있었는데 '매생梅生'이요, 모택旄澤[3]의 물가에 키가 크고 수족이 유약해 보이는 이가 있었는데 '유군柳君'이다. 이 두 사람은 서로 깊은 사귐을 가져 세월이 오래되었다.

마침 계절이 봄을 향해 가면서 북두칠성의 자루도 동쪽으로 옮아가려는 즈음, 유군과 매생은 창령蒼靈의 길로 나가서 동황東皇[4]을 맞이하려고 하였다. 유군이 매생에게 일렀다.

"지금 내가 당신과 함께 폐하를 알현하려 하니, 의당 장유유서의 예

---

1 이 제목은 이백(李白)의 「휴기등양왕서하산맹씨도원중(携妓登梁王栖霞山孟氏桃園中)」이라는 시의 "푸른 풀이 벌써 땅에 펼쳐졌는데 매화와 버드나무 봄을 다투다.〔碧草已滿地, 梅與柳爭春〕"는 구절에서 취한 것이다.
2 나부산(羅浮山): 중국의 광동성(廣東省)에 있는 산 이름. 매화로 유명하여 선경으로 일컬어졌다.
3 모택(旄澤): 모택류(旄澤柳)란 말이 있기 때문에 취해서 쓴 것이다. 모택류란 버드나무 중에 못가에서 자라는 것을 지칭한다.(『爾雅 ·釋木』)
4 창령(蒼靈)·동황(東皇): 창령은 동방을 지칭하는 말이다. 동방의 신을 창제(蒼帝) 혹은 청제(靑帝)라고도 부른다. 동황은 봄을 주재하는 신인데 천신을 지칭하기도 한다.

절을 지켜야 할 일이다. 내가 앞에 가면 당신은 멈춰 서 있어야 할 것이
요, 내가 먼저 영접을 하면 당신은 뒤에 따라와야 할 것이다. 그래야 옳
지 않은가?"

매생은 '좋다'고 했다. 이윽고 동군이 가까이 이르렀다. 유군이 바람
을 따라 절을 하고 바야흐로 허리를 펴 일어서려는데 어느새 매생이 앞
으로 나가 영접하는 것이 아닌가. 이에 유군은 눈을 부릅떠 바라보며 따
졌다.

"당신이 장자長者를 업신여기는가? 장자가 당신을 업신여기는가?"

"무슨 말인가?"

매생이 지지 않고 나서자 유군이 말하였다.

"내가 전에 당신에게 이르지 않던가? 내가 앞에 가면 당신은 멈춰 서
고 내가 먼저 영접하면 당신은 뒤에 따르라고 주의를 주었거늘, 어찌하
여 지금 당신은 이전의 언약을 저버리고 어른보다 앞서 나와 임금 앞에
아첨을 떠는가? 빙옥氷玉이란 이름을 가탁하고서 복숭아 오얏꽃처럼 살
살거리다니. 세상에서 당신을 우물尤物[5]이라 일컫더니 과연 그렇구먼."

매생이 미소를 지으며 대답하였다.

"어허 참! 당신의 말씀은 너무 심하군. 동황은 세상에 살아가는 만물
이 모두 주인으로 받드는 터인데, 어떤 사물에 대해서건 따로 사사로이
친함을 둘 까닭이 있겠나? 또한 일찍 피어나건 늦게 피어나건 누가 그
뜻을 어길 수 있겠는가? 저 동군이 만물을 대함에 이미 사사로움이 없거
늘 내 어찌 무슨 생각으로 그 마음에 들기 위해 아첨을 바치겠나? 그리
고 대저 실속이 없이 겉만 그럴싸하면 난초도 믿기 어렵다 하였거늘[6], 남

---

5 우물(尤物): 빼어난 인물을 가리키는 말로 미인을 두고 쓰는데, 한편 매화를 지칭하
기도 한다.

들의 추대를 받지 않고 저 혼자 잘난 척한다면 누군들 잘나지 못하랴?
이백李白으로 말하면 신장이 7척에도 미치지 못했으되 만부萬夫의 으뜸
이 되었으며, 조교曹交[7]는 신장이 9척이 넘었으나 밥만 축냈다더군. 당
신은 어찌 근본은 헤아리지 못하고 말단만 들어 논하며, 자기의 장점만
믿고서 남의 단점을 비웃는단 말인가?"

유군은 눈썹을 치켜올리고 앞으로 나오며 부르짖는다.

"잠깐 기다리게! 나와 당신 중에 누가 나은지 겨뤄보고 싶은데, 우리
한번 해보세."

매생도 '좋다'고 나섰다. 이에 유군이 먼저 말을 시작한다.

"섣달에 눈알을 훔쳐서 황금처럼 망울이 지고 바람을 맞아 눈썹을 펴
서 벽옥碧玉으로 곱게 단장하는 자태는, 당신과 나를 비교해서 누가 더
나은가?"

"내가 당신만 못하지."

매생의 대답에 유군이 또 말하였다.

"노을에 지고 바람에 휘날려서 눈이 내리듯 하늘을 채우고 사뿐히 날
려 춤을 추다가 싸락눈처럼 땅에 앉는 모습은 당신과 나를 비교해서 누
가 더 나은가?"

"내가 당신만 못하지."

---

6 실속이 없이~어렵다 하였거늘: 원문은 "羌無實而容長, 蘭亦難恃"인데 굴원(屈原)「이소
(離騷)」의 "나는 난초가 믿을 만하다고 여겼는데 실속이 없이 겉만 그럴싸하네.〔余以
蘭爲可恃兮, 羌無實而容長〕"의 구절을 도치시킨 형태이다. '용장(容長)'은 외형상으로
보기 좋은 것을 뜻하는 말이고 난초는 고결한 인품을 표상한 것이다. 즉, 버드나무는
겉으로 훌륭해 보이지만 신뢰할 수 없음을 암시한 내용이다.
7 조교(曹交):『맹자』에 나오는 인물. 그가 말하기를, "제〔交〕가 듣기로 문왕은 10척, 탕
(湯)은 9척인데, 지금 저는 9척 4촌이나 되었는데, 곡식만 먹고 있을 뿐이니 어찌해야
옳겠습니까."(『孟子·盡心下』)라고 말했다 한다.

"실낱같은 가지로 배(船)를 매놓고 짧은 밤을 임과 함께 보내다가 헤어질 때 한가지 꺾어주어 천리의 신표로 삼는 이런 일은 당신과 견주어 누가 더 나은가?"

"내가 당신만 못하지."

"강물의 다리나 산골길에서 가벼이 호랑나비를 따르거나 누각의 난간 옆에서 한들한들 흔들고 곱게 치장한 자태는 당신과 견주어 누가 더 나은가?"

"내가 그대만 못하지."

"대궐의 도랑에 녹음을 드리워 살구꽃이 어른거리는데 그림자 구름 차일처럼 깔리고 푸른 연기처럼 나부끼는 분위기는 당신과 견주어 누가 더 나은가?"

"내가 당신만 못하지."

"비가 온 끝에 푸르고 가늘어 미인의 눈썹 같고 바람 앞에 한들거려 초나라 미인의 허리 같은 자태는 당신과 견주어 누가 더 나은가?"

"내가 당신만 못하지."

이에 유군이

"이들 여섯가지가 다 당신이 내게 미치지 못하거늘 그러고도 내 뒤에 서려고 하지 않는다니 대체 무슨 까닭이 있는 겐가?"

하고 들이대자, 매생이 말을 받았다.

"어허! 당신과의 만남이 어찌 이다지 늦었을꼬? 사물이 가지런하지 않은 것은 본래의 속성 아니겠나. 자랑으로 여기는 것이 몇촌[에 불과한데 남만 못한 것은 몇자나 되는 수도 있는 법이라. 당신의 그 여섯가지 자랑거리는 나의 한가지 능함을 상대하기도 부족하지. 내게 있는 것을 말해볼 테니 당신이 판단해보구려."

"한번 들어보지."

"얼음 같은 정신에 옥 같은 뼈대, 하얀 수건에 깨끗한 치마, 녹색 잎사귀에 푸른 가지, 옥구슬처럼 담박하게 단장한 자태는 당신의 고운 자태와 견줄 만하다고 보는데 어떤가?"

"그렇겠지."

"봄날 마루 끝에 앉아 있는 여인의 수심을 잠깐 위로하고, 강남으로 떠나는 정인情人에게 애오라지 전하는 꽃 한가지는 당신의 실가지와 겨룰 만하다고 보는데 어떤가?"

"그렇겠지."

"가지 끝에 흰 꽃이 하나하나 맺히면 천하가 온통 봄인데, 발그레한 그 속은 시인만이 알아채니, 이는 하늘에 날아다니는 당신의 꽃과 다툴 만하다고 보는데 어떤가?"

"그렇겠지."

"꽃망울이 피어나기 전에 삼키면 신선이 될 수 있으며, 꽃이 피어 열매가 맺히면 바라만 보아도 갈증을 그치게 할 수 있으니, 이는 당신의 흩날리는 솜보다 낫지 않겠나?"

"그렇겠지."

"푸른 창밖의 안개비 속에 비낀 가지 고고하고, 선단仙壇의 눈 위에 달빛 들면 찬 그림자 하늘거리니, 이것으로 당신의 맑은 그늘과 견줘볼 수 있겠나?"

"그렇겠지."

"교룡蛟龍 등에 서리가 내려 선녀는 근심스레 서 있고, 달빛 차가운 무협巫峽에는 선운仙雲이 아리땁게 떨어지니[8], 이는 당신의 나긋나긋하고 경쾌한 자태와 견줄 수 있겠나?"

"그렇겠지."

이에 매생이 매듭을 지어 말했다.

"그렇다면 당신이 자랑하는 것도 완전히 나를 앞서지 못하며 내가 못 미친다는 것도 순전히 뒤지지 않거늘, 당신은 내가 당신에 앞서 동황을 뵙는다고 책망할 일인가? 뿐만이 아니다. 언덕의 경치는 섣달그믐 전이라 쓸쓸하여 흰 것은 채 희지 못하고 붉은 것도 채 붉지 못하거늘 이러한 때를 당하여 눈과 추위도 아랑곳 않고 모든 꽃들보다 앞서서 봄을 알리는 것은 내가 아니고 누구인가? 기이한 등걸에 쪽쪽 곧은 가지, 등걸이 비스듬히 뻗으니 그 기운 천길을 압도하고 그 향기 만섬이나 쌓여, 바람 부는 달밤 아지랑이 피는 동산의 모임을 주도하고 운치가 고결하기로 으뜸인 자 내가 아니던가?

담박한 얼굴에 소복으로 조사웅趙師雄을 맞이하고[9], 틀어올린 머리에 넓은 소매 옷으로 촉후蜀侯를 놀라 움찔하게 만든 것은[10] 곧 내 내면의 정신이라. 천향국염天香國艶[11]은 월궁月宮에서 배워온 바 아니며, 신우만

---

8 교룡(蛟龍) 등에~떨어지니: 원문은 "霜蛟侵背, 帝女愁立"인데 소덕조(蕭德藻)의 「고매(古梅)」에 "상비는 차가운 교룡 등에 위태롭게 서 있고, 바다 위 달은 차갑게 산호가지처럼 걸려 있네.〔湘妃危立凍蛟背, 海月冷挂珊瑚枝〕"라는 구절에서 온 것이다.

9 담박한 얼굴에~맞이하고: 수(隋)나라 때 조사웅(趙師雄)이라는 인물이 나부산(羅浮山)으로 갔는데, 어느 추운 날 저물녘에 소나무숲의 술집 옆에서 마중 나오는 한 소복을 입은 미인을 만났다. 사웅은 그 미인과 이야기를 나누었는데, 말씨가 극히 아름답고 향기가 스며들었다. 함께 술에 취했다가 아침에 깨어 보니 큰 매화나무 한그루가 서 있었다고 한다.(「飮梅花下」, 『事文類聚』 後集 권28 「花卉部」)

10 틀어올린 머리에~만든 것은: 촉주(蜀州)에 홍매 몇그루가 있었는데, 촉후가 그곳에 누각을 짓고 열쇠로 잠가두어 사람들이 구경할 수 없었다. 어느 날 촉후는 고계(高髻)·대수(大袖) 두 미인이 난간에 앉아 있는 것을 보고 놀라 열쇠를 열고 들어가 보았더니, 사람은 보이지 않고 동쪽 벽에 시 한 수가 써 있었다.(「紅梅下婦人」, 『事文類聚』 권28 「古詩」)

11 천향국염(天香國艶): 천연의 빼어난 아름다움을 표현한 말.(소식蘇軾의 매화시梅花

연蜃雨蠻烟[12]에도 어둡고 음산한 것을 받아들이지 않고, 화왕花王[13] 섬기기를 부끄러이 여겨 절조를 고상하게 갖는 자세는 나 자신의 우아한 기품이라. 적심赤心으로 임을 사모하는 것은 해바라기에 못지않으며, 강한 속마음으로 악을 미워하는 것은 굴일屈軼[14]에게도 양보하지 않을 터라. 요임금의 뜰에서 초하루와 보름을 알려준 명협蓂莢[15]의 일도 내가 그 처지에 있게 되면 똑같이 할 것이며, 강동江東에서 괴로움을 달게 감수하는 일은 내가 하지 않은 것이지 하지 못해서가 아니다.[16]

실로 이러하기 때문에 예로부터 시인 묵객들이 어질고 어리석고 지혜롭고 우둔함을 불문하고, 나의 고상한 지취에 감복하며 나의 맑은 격조를 사랑하지 않은 이가 없었거든. 그래서 노래하고 노래해도 다하지 못하고 보고 보아도 싫증내질 않아, 그네들이 지은 글귀가 종이폭을 이어서 8백여 편[17]에 이르렀겠다. 그런 가운데 '도리화 봄을 다투지만 분간이 되나니 다시 눈을 밟고 매화를 보노라.'[18]는 구절은 바로 나의 맑은

詩에 "天香國艶肯相顧, 知我酒熟詩淸溫." 구가 있다. 『事文類聚·再用前韻』 권28 「古詩」)

12 신우만연(蜃雨蠻烟): 남방 해도(海島)의 기상을 표현한 말로 신우(蜃雨, 一作蜑雨)는 폭우, 만연은 고온다습으로 발생하는 장기(瘴氣).(소식의 매화시에 "春風嶺上梅花村, 昔年梅花曾斷魂. 豈知流落復相見? 蠻風蜑雨愁黃昏. 長條半落荔支浦, 臥樹獨秀桄榔園." 구가 있다. 『事文類聚』 권28 「古詩」)

13 화왕(花王): 모란을 가리킨다. 모란이 화려하기로 꽃의 왕이라 해서 붙여진 말이다.

14 굴일(屈軼): 전설상의 풀이름. 이 풀은 태평성대에 궁궐의 뜰에서 자라는데 아첨하는 자가 들어오면 그를 가리킨다고 한다. 그래서 지녕초(指佞草) 혹은 굴초(屈草)라고 부른다.(張華 『博物志』 권3)

15 명협(蓂莢): 전설상의 풀이름. 이 식물은 매월 1일부터 15일까지는 꼭지가 하나씩 달리고, 이후 월말까지는 하나씩 떨어져서 그것으로 날자와 달을 셈할 수 있었다 한다. (葛洪 『抱朴子』: "唐堯觀蓂莢以知月.")

16 강동에서~하지 못해서가 아니지: 원문은 "作苦甘於江東, 不爲也, 非不能也."로 되어 있는데 어떤 사실인지 미상.

17 8백여편: 송나라 때 진희안(陳晞顔)이 고금의 유명한 매화시에 화답을 했는데 8백편에 이르렀다.(楊萬里 「洮湖和梅詩序」)

향기가 뭇 꽃들이 미칠 수 있는 바 아님을 표현한 것이요, '하늘은 도리 화에게 하인노릇을 시켜 짐짓 한매寒梅를 제일 먼저 피게 하였네.'[19]라고 한 글귀는 나의 고상한 기품이 뭇 꽃들의 군주가 될 만함을 표현한 것이라. 그리고 '세간의 초목은 나의 상대가 아니라, 달나라 계수나무와 짝하여 어둠 속에 그윽하도다.'[20]라고 읊은 것은 나의 꽃다운 자태가 속세의 번잡한 가운데 오랫동안 시달려 초췌해진 것을 가엾게 여긴 뜻이요, '이제 이미 어른 반열에 들어섰거늘 소년들과 봄바람을 다투겠나?'[21]라고 읊은 것은 내가 노숙하여 다투지 않아도 이길 수 있음을 알았기 때문이라네.

무릇 사람은 만물 중에서 가장 영명한 존재이고 시詩는 사람이 내는 소리 중에서 가장 정精한 것이거늘, 시편에서 나를 인정하고 나를 칭송한 것이 대부분 이렇지 않은가? 이런 사실에 의거해 논하건대 천하의 춘광은 모두 내가 먼저 차지했다 할 것이요, 천하의 뿌리 내리고 열매 맺는 것들은 모두 나의 뒤에 있다 할 것이라. 그 어떤 것이 감히 나와 대적을 하리오? 그러니 내가 모든 화초를 거느리고 그 위에 올라 서 있는 것은 망령된 짓이 아니요 마땅한 일이라.

지금 당신이 이러한 점들은 생각지 못하고 이한림李翰林이 술 취한 자리에서 소리 높이 부른 '유여매쟁춘'이란 한구절을 지나치게 믿고 나와

---

18 도리화~보노라: 원문은 "桃李爭春猶辨此, 更敎踏雪看梅花"인데 소식(蘇軾)의 「재화양 공제매화 십절(再和楊公濟梅花十絶)」 제1수의 구절이다.

19 하늘은~피게 하였네: 원문은 "天敎桃李作輿儓, 故遣寒梅第一開"인데 소식의 매화시에 나오는 구절이다.

20 세간의~그윽하도다: 원문은 "人間草木非我對, 奔月偶桂成幽昏"인데 소식의 「화락부차 전운(花落復次前韻)」에 나오는 구절이다.

21 이제~다투겠나: 원문은 "秖今已是丈人行, 肯與年少爭春風"인데 북송시대 당경(唐庚)의 「2월견매(二月見梅)」에 나오는 구절이다.

더불어 동황의 사랑을 다투려고 달려들다니 너무도 엉뚱한 짓이 아닌가? 잣나무(柏)처럼 고고하고 젓나무(檜)처럼 굳세고 곧은 처지에도 오히려 발걸음을 더디게 하여 나의 뒤에 서거늘, 하물며 저 아래서 노는 따위들이야 말할 것이 있으랴! 대(竹)는 향기가 없음을 부끄러워하는 까닭에 향기로써 나를 추대하고, 난蘭은 가시덩굴과 어울리는 까닭에 감히 나와 나란히 하지 못하며, 국화는 가을을 기다리는 병이 있고, 연꽃은 하류에 처해 있으므로, 나에게 삼춘三春을 양보하여 늦가을로 자리를 피한 것이라. 이 여덟군자는 실로 '도를 믿음이 돈독하며 스스로 아는 것이 분명한 자'라고 볼 수 있지 않은가.

당신은 도무지 재주와 생각이라곤 없는데다가 부질없이 미친 듯 설레서 봄을 당하면 오직 봄기운을 누설할 줄만 알고 가을이 가까우면 제일 먼저 조락하여 마른 버드나무에 싹이 난다[22]는 역리易理의 경계를 잊어버리고, 당나라의 현자가 '함께 넘어진다'고 비웃었던 것을 깨닫지 못하더군. 그리하여 근거 없는 논리로 나를 꺾어 이겨보려고 덤벼들다니 오활하지 않은가?"

매생의 말에 유군은 안색이 싹 바뀌어 머리털이 곤두서서 소리친다.

"당신이 감히 떠도는 혼령들을 끌고 와서 남의 악을 들추어낸단 말인가? 내 비록 바탕은 나무토막처럼 둔하지만 인仁에 당해서는 양보하지 않는다. 그대와 더불어 문벌의 성쇠와 공용功用의 많고 적음, 존경을 받는 정도를 따져보는 것으로, 이 봄철에 마지막 내기를 한판 걸어볼까[23]

---

22 마른 버드나무에 싹이 난다:『주역(周易)』에 나오는 말로 마른 버드나무에서 싹이 난다 해서 완전히 소생하는 것이 아니니 별무소득을 비유한다.(『周易·大過』: "九五, 枯楊生華, 老婦得其士夫, 無咎無譽.")

23 마지막 내기를 한판 걸어볼까: 원문은 '孤注'인데, 고주란 도박판에서 가지고 있는 것을 몽땅 거는 것을 가리키는 말이다.

싶은데 어떤가?"

매생 역시 "좋다"고 대답했다.

"우리 조상은 유성柳城에서 나와 분파가 점점 번창해서 성명이 아주 많아졌다. 포경蒲卿이란 분은 중이重耳[24]가 봉封한 바요, 기생杞生[25]이란 분은 하후씨夏后氏의 후예라. 훌륭한 덕이 족히 알려질 만했기에 세상에 성씨聖氏[26]로 알려졌으며, 청백을 숭상하여 모범이 될 만한 이로 백씨白氏도 있었지. 장대章臺에서 거주한 분들은 장대씨라 하였고 관도官道[27]에 살던 이들은 관도씨라 하였지. 혹은 패수灞水의 언덕에 거주하거나 혹은 조대釣臺로 옮겨가기도 했으며, 나루터나 강가, 변새와 관문, 함양咸陽[28] 이나 이정離亭[29]에서, 대체로 제각기 사는 곳을 따라 씨氏를 정한 것이라, 그 본족 및 지손의 무성함과 뿌리의 견고함은 식물 중에서 구하더라도

---

24 중이(重耳): 진(晉)의 문공(文公)인데 왕이 되기 전 포(蒲) 땅으로 망명을 간 일이 있었다. 버드나무 중에 포류(蒲柳)가 있다.

25 기생(杞生): 기류(杞柳)가 있기 때문에 쓴 것이다. 춘추시대의 나라 중에 기(杞)나라가 있었다. 공자가 "하나라의 예는 내가 말할 수 있지만 기나라는 증거를 댈 수 없다. 〔夏禮吾能言之, 杞不足徵也〕"(『論語·八佾』)라고 말한 일이 있다.

26 성씨(聖氏): 버드나무 종류에 성류(檉柳)라는 것이 있다. 이를 일명 성하류(檉河柳)라고 하며 『신자전(新字典)』에는 능수버들로 풀이되어 있다. 『이아(爾雅)·익(翼)』에는 비가 오려면 이 나무가 먼저 알아서 조짐을 보이고, 서리와 눈을 맞아도 시들지 않기 때문에 성스러운 것이라 하여 이 나무를 나무목 변에 성인성(聖)자로 썼다고 하였다.

27 관도류(官道柳): 관도(官道)는 관도(官渡)의 오기로 보인다. 관도(官渡)는 조조(曹操)와 원소(袁紹)가 싸웠던 격전지로서 조비(曹丕)가 이곳을 기념하여 버드나무를 심었고 이에 관도류라는 이름이 생겼다고 한다.

28 위성(渭城): 본래 진나라의 수도인 함양(咸陽)인데, 한(漢)나라 때 신성(新城)이라 했다가 뒤에 위성(渭城)으로 고쳐 불렀다. 당나라 시인 왕유의 「송원이사안서(送元二使安西)」에 "위성의 아침 비 먼지를 가볍게 적시어 객사의 버드나무 푸릇푸릇 산뜻해라.〔渭城朝雨浥輕塵 客舍靑靑柳色新〕는 시구가 유명하다.

29 이정(離亭): 성(城)에서 조금 떨어진 길가에 사람들이 쉬어가도록 만든 정자를 말하는데 옛사람들은 보통 이곳에서 송별했다고 한다.

견줄 곳이 거의 없을 것이다. 잘은 모르겠으나 그대는 어떤가?"

"그렇지 못하네."

"우린 불씨를 만들어 살아가는 데 도움을 주었으며[30], 활쏘기의 과녁이 되니 싸움에 이롭고, 베어져도 저절로 싹이 나니 흥왕興王의 부적이요, 말랐다가 다시 소생하니 회난回鸞[31]의 징조로세. 서 있는 아래로 은혜를 베풀었으니 전금展禽[32]은 유하혜柳下惠란 이름을 얻게 된 까닭이요, 집 주변에 다섯그루를 심어 팽택彭澤(도연명)이 오류선생이란 호를 갖게 되었겠다. 조후條侯[33]는 내 영역에 주둔하여 큰 공훈을 세웠고, 양유기養由基[34]는 내 잎을 활로 꿰뚫는 묘기로 오늘까지 전해지며, 조고棗餻[35]로 내게 제사를 지냄에 이고李固[36]는 이 일로 나의 이름을 삼았으며, 나를 엮어 글을 읽음에 손경孫敬[37]은 경전에 밝게 되었더라지. 이들이 다 나의 공능인데 당신도 이런 것들이 있는가?"

---

30 불씨를~도움을 주었으며: 옛날 사람들은 나무를 마찰하여 불을 채취했는데 봄철에는 유류(楡柳)를 사용했다 한다.

31 회난(回鸞): 제왕의 수레를 가리켜 난가(鸞駕)라 일컬었던 까닭에 제왕이 어려움을 만나서 지방으로 나갔다가 서울로 돌아오는 것을 회난이라고 한다.

32 전금(展禽): 춘추시대 인물. 그의 식읍(食邑)이 유하(柳下)란 곳이며, 시호가 혜(惠)여서 유하혜로 일컬어진다. 일설에는 버드나무를 심어 은혜를 베풀었기에 유하혜라는 이름을 얻었다고도 한다.

33 조후(條侯): 한나라 때 주아부(周亞夫)를 가리킨다. 그가 흉노를 방어할 때 세류(細柳)라는 곳에 군영을 설치한 일이 있었는데, 군기가 엄하기로 이름이 있었다. 이에 세류영(細柳營)이란 말이 생겨났다.

34 양유기(養由基): 초나라 때 활을 잘 쏘던 사람. 백보 거리에서 버들잎을 쏘아 백발백중을 했다 한다. 이에 '천양(穿楊)'이라는 말이 생겨났다.

35 조고(棗餻): 밀가루와 대추를 배합해서 만든 과자의 일종이다.

36 이고(李固): 후한 때 인물. 환제(桓帝)가 제위에 오른 뒤 무고를 받아 죽임을 당했다.

37 손경(孫敬): 한나라 때 사람. 자는 문보(文寶). 그는 학문을 좋아해서 버드나무를 엮어 경서를 베꼈고, 항상 문을 닫고[閉戶]서 열심히 독서를 했다. 세상에서 그를 폐호선생(閉戶先生)이라 일컬었다.

"그렇지 못하네."

"삼면삼기三眠三起[38]로 인류人柳라는 아름다운 호를 얻었으며, 몇가닥 긴 가지로 장서張緒[39]의 풍류에 비견되기도 하였고, 고영高潁[40]은 승상이 되기 전인데 수레의 덮개처럼 넓게 그늘이 드리워져 승상이 될 줄 알았으며, 중보仲甫[41]는 재차 지주知州가 되었을 때 보궐류補闕柳라는 이름을 얻었다네. 혜중산嵇中散[42]이 수련을 할 적에 시원한 그늘을 찾았고, 상서 환온桓溫[43]은 늙음을 탄식한 나머지 늘어진 가지 앞에서 눈물을 흘렸으며, 도간陶侃[44]이 무창武昌에 주둔해서는 도위都尉가 훔쳐다 심은 것을 알아보았고, 위유韋維[45]는 중서랑中書郎이 되자 자기 아버지가 심었던 것에

---

38 삼면삼기(三眠三起): 한나라 궁정에 버드나무가 있는데 그 형상이 사람처럼 생겨 인류(人柳)라 일컬었는데, 하루에 세번 잠자다 세번 일어났다 한다.(『三輔舊事』)

39 장서(張緒): 남조(南朝)의 제(齊) 사람. 자는 사만(思曼). 그는 풍채가 아름다운데다 청간(清簡)하고 욕심이 적었다. 무제(武帝)가 영화전(靈和殿) 앞에 촉류(蜀柳)를 심어 놓고, "이 양류는 풍류의 사랑스러움이 장서의 한창 때와 같다."고 말했다 한다.

40 고영(高潁): 수(隋)나라 때 인물. 그의 집에 버드나무 한그루가 있었는데 높이가 백여척에 이르러 수레의 덮개처럼 보였다. 그러자 마을의 부로들이, "이 집에서 장차 재상이 나올 것이다."고 말했다 한다.

41 중보(仲甫): 송나라 때 사람 신중보(辛仲甫). 그는 보궐(補闕)의 벼슬을 하다가 팽주(彭州)를 맡아 다스릴 때 버드나무를 심도록 했는데, 다시 보궐의 벼슬로 들어왔다가 재차 팽주의 지방관으로 나가서 버드나무를 더욱 잘 가꾸도록 하여 더위에 백성들이 휴식을 취하기 좋게 하였다. 이에 '보궐류'라고 일컬어졌다.

42 혜중산(嵇中散): 혜강(嵇康)을 가리킨다. 그는 단금술(鍛金術)을 좋아하고, 또 버드나무를 좋아하여 여름이면 그 그늘 아래서 수련을 했다 한다.

43 환온(桓溫): 동진(東晉) 때 사람. 그가 강릉(江陵)에서 북으로 가다가 자신이 어릴 때 심어놓은 버드나무가 열아름이나 자란 것을 보고, "그간 어떻게 견디었느냐?"고 탄식하며 가지를 잡고 울었다 한다.

44 도간(陶侃): 진(晉) 때 사람으로 무공이 있었다. 일찍이 그가 무창(武昌)의 군영에 버드나무를 심어놓았는데, 도위(都尉) 가시(駕施)가 나무를 훔쳐다 자기의 영문 앞에 심어놓았다. 그런데 훗날 도간이 그 버드나무를 알아보았다고 한다.

45 위유(韋維): 당나라 때 사람. 그가 낭관(郎官)으로 있을 때 관청 뜰에 버드나무를 심었는데 그의 아들 위허심(韋虛心)이 벼슬을 하게 된 뒤 그 나무를 대할 때면 언제나 용

경의를 표했다더군. 광부狂夫는 번포樊圃[46]에서 가지 꺾는 것을 보고 두려워하였으며, 곧은 신하는 간하다 부러지더라도 마음을 다 쏟았겠다. 또한 시인은 나에 의탁하여 흥興을 일으켰고 맹자는 나에 비유하여 인성을 설명하지 않았던가.[47] 이런 사실들이야말로 사람들이 나를 사모하는 까닭이니 모두 귀와 눈으로 보고 들어서 기록해둔 바라, 내가 무엇이 당신에게 질 것이 있겠나?

세상이 나를 두고 '미친 듯 설렌다.'고 이르지만 나는 스스로 미쳤다 여기지 않으며, 사람들이 나를 재목이 될 수 없다고 말하지만 나는 스스로 자유로움을 즐길 따름이라. 어찌 당신처럼 교묘하게 꾸며대고 비뚤어진 행실을 하면서도 음식에 조미를 하듯[48] 임금에게 벼슬을 구하며, 열매를 떨어뜨려 여자를 유혹하는[49] 짓을 할 것이랴! 어떤 것은 붉고 어떤 것은 파랗기도 하여 덕이 전일하지 못하며 인정세태의 차고 더움에 따라 세상살이의 시고 짠 변화를 좇는 그런 자가 아닌가? 그러니 삼려대부三閭大夫(굴원屈原)가 그대를 축출하여 일컫지 않았던 것은 천하고 밉게 본 까닭이요, 서호처사西湖處士(임포林逋)가 그대를 처妻라 이른 것은 첩으로 여긴 까닭이다. 또한 옥노玉奴[50]로 일컬은 것은 그대를 노예처럼

모를 바르게 가다듬었다고 한다.

46 번포(樊圃): 『시경·제풍(齊風)·동방미명(東方未明)』에서 따온 말.("折柳樊圃, 狂夫瞿瞿.")

47 맹자는~않았던가: 『맹자』에 인성(人性)의 선함을 설명하는데, 기류(杞柳)를 끌어온 바 있다.(『孟子·告子 上』: "孟子曰: '性猶杞柳也, 以人性爲杞柳, 義猶桮棬也, 以人性爲仁義, 猶杞柳爲桮棬.'")

48 음식에 조미를 하듯: 소금에 절인 매실을 조미료처럼 썼다고 한다. 이를 승상의 역할에 비유하여, 승상을 조매(調梅)라고 일컬었다.(『書經·說命』: "若作和羹, 爾惟鹽梅.")

49 열매를 떨어뜨려 여자를 유혹하는: 『시경』의 「표유매(摽有梅)」의 내용을 변조한 것이다. 「표유매」는 과년한 여자가 매화의 열매에 비유해서 열매가 떨어져서 얼마 남지 않았으니 빨리 나에게 구애하라는 내용이다.

50 옥노(玉奴): 남제(南齊) 동혼후(東昏侯)의 비(妃)인 반씨(潘氏)의 아명이 옥노여서 시

여긴 때문이요, 매혼梅魂[51]을 읊은 것은 그대를 귀신 도깨비로 여긴 때문이다. 당신이 스스로 부끄러운 줄 모르고 도리어 자랑으로 삼고 있다니 이 얼마나 왜곡하는 것이냐?"

이에 매생이 다시 맞받았다.

"당신이 지금 종족의 번성함을 야단스레 떠벌리고 재주와 명망이 높은 것을 한껏 자랑하는 까닭은 오직 나를 이겨보자는 욕망이겠지. 그런데 유가儒家에 유씨 족보가 있고, 성문聖門에 양씨楊氏의 학문이 전한다는 말을 일찍이 들어보았는가? 내 이제 우리의 족보를 들어서 낱낱이 말해주겠네.

은나라에 탕임금 뒤로 매백梅伯[52]이란 어른이 있었지. 매백의 후예로 남창위南昌尉[53]란 분이 있으니 이가 곧 우리 가문의 신령한 뿌리가 되는 분이요. 그 자손에 직각直脚이 있으니 지금 강남에 은거하여 드디어 강씨江氏가 되었고, 조조의 위나라에 공이 있어 성을 하사받은 자 조씨曹氏[54]요, 양수楊脩와 더불어 결의형제를 맺고 성을 바꾸어 양씨로 된 자[55]가 있겠다. 한편 홍군紅君이 있는데 성질이 술을 좋아하여 얼굴에 항상

문에서 허다하게 일컬어지는데, 한편으로는 매화를 지칭하는 말로도 쓰인다.

51 매혼(梅魂): 매화를 미화하여 '빙혼옥골(氷魂玉骨)'이라 일컫기도 한다. (소식의 매화시 삼첩三疊에 "玉雪爲骨氷爲魂"의 구절이 있다.)

52 매백(梅伯): 은나라 주왕(紂王)의 충신. 주왕에게 간언을 하다가 마침내 혹형을 당했다 한다.

53 남창위(南昌尉): 매복(梅福)을 가리킨다. 한나라 사람으로 왕망(王莽)이 권력을 잡자 집을 버리고 떠나 은거를 하였다. 신선이 되어 많은 전설을 남겼다. 그가 남창위의 벼슬을 지닌 바 있기 때문에 칭호로 쓴 것이다.

54 조씨(曹氏): 조조(曹操)는 행군 중에 군사들이 목말라 하자, 고개 너머에 매실이 많이 열렸다고 말해 일시 목마름을 달랬다 한다. 이후 오인(吳人)들이 매실을 흔히 조공(曹公)이라 일컬었다고 한다.

55 양씨로 된 자: 양매(楊梅)를 지칭한다. 양매는 상록수의 과일나무로, 그 껍질은 염료로 쓰인다.

홍조를 띠고 있으며, 방사方士의 말을 좋아한 나머지 금단金丹을 복용하고 환골換骨이 되니 세상에서 홍형紅兄이라 부른다네.

납생臘生이란 이가 있으니 나와 동족은 아니지만 우리 일족의 명성을 흠모하여 우리 가문에 들어오고 싶어하여 납매[56]라고 자칭하지. 이밖에 행형杏兄이라 일컫는 자, 황성黃姓이라 일컫는 자, 자대紫帶라고 일컫는 자, 연지씨臙脂氏·녹엽씨綠葉氏 등등이 있는데 빛깔을 취해서 이름을 지은 것이요. 조씨早氏·소씨消氏가 있는데 시의時義를 취해서 일컫은 것이라. 옛날에는 원앙鴛鴦·백엽百葉·중엽重葉으로 불리는 이들도 있었는데 각각 형상을 보고 이름을 붙인 것이지. 이들이 우리 종족의 대략의 계통인데 범씨范氏가 찬술한 책[57]에서 자세히 상고할 수 있다네.

지역으로 말하면 설파雪坡에 사는 이, 서강西岡에 사는 이, 오하吳下에 사는 이들이 있으며, 강남에는 간악艮岳·고소姑蘇·유령庾嶺 등 어디고 매씨가 살지 않는 곳이 없거든. 하지만 적막하고 그윽하며 한가로운 지경에 살기를 좋아하고 먼지 일고 소란스런 땅은 좋아하지 않으니, 이것이 바로 우리 일족이 달과 구름 같은 운치 있는 이름을 얻게 된 까닭이지.

당신의 일족들을 보면 수제隋堤에서 몸을 망쳤는가 하면[58] 길가에서 땅이나 쓸고, 바람에 기롱을 당하는가 하면 연무에 미혹되는데, 게다가 옆으로도 서고 거꾸로도 꽂혀서 구차스럽게 생명을 보존하고, 무리를 이루어 남을 쫓기만 하는데, 우리는 그렇게 경박한 짓만 일삼는 부류

---

56 납매(臘梅): 음력 12월(섣달)에 피는 매화이다.
57 범씨(范氏)가 찬술한 책: 범성대(范成大)의 『매보(梅譜)』를 가리킨다. 매화의 여러 종류의 이름과 그 특징을 정리한 문헌으로 『사문유취(事文類聚)』의 화훼부(花卉部)에 수록되어 있다. 본문의 직각매로부터 원앙 등에 이르는 내용들은 약간을 제외하고는 대부분이 『매보』에서 채록한 것이다.
58 수제(隋堤)에서 몸을~: 수나라 양제가 운하에 버드나무를 심고 향락을 일삼다가 결국 나라가 망하게 된 사실과 연관해서 버드나무의 명예가 실추되었다는 의미.

와는 아주 다르지. 저 송광평宋廣平[59]처럼 강직한 분은 사부詞賦를 지어서 나를 특별히 좋아하는 뜻을 표현했고, 주회암朱晦菴(朱熹)처럼 엄정한 분도 시편을 읊어 나를 빛나게 해주었으며, 홍경로洪景盧(洪邁)[60]로부터는 철골로 우뚝하다는 찬사를 받았고, 양도호楊洮湖(楊萬里)[61]로부터는 빛나고 예리하다는 내용의 글을 받지 않았던가. 은거한 인물들은 내가 아니면 벗 삼을 자 없고 학포學圃의 선비들도 내가 아니면 마음 둘 곳이 없으리다. 무릇 사람들로부터 이다지 흠모를 받게 된 것이 어찌 무단히 그렇겠는가. 하물며 소남召南에서 읊은 것이나[62] 열명說命에서 비유한 것[63], 그리고 염제炎帝가 논한 바와 『주례周禮』에 기록된 바 이 모두가 나의 덕성을 옥같이 여기고 나의 쓰임을 좋은 그릇이 되도록 하려는 데 있음에랴! 이런 사실을 두고 논하건대 나와 당신은 실로 한자리에서 장단을 논할 수 없다고 보겠지. 내 어찌 구구하게 당신과 더불어 공을 겨루고 선후를 다투어 스스로를 가볍게 만들겠는가?"

유군은 눈물을 흘리고 푸른 눈썹을 찌푸리면서도 기어코 매생에게 지지 않으려고 대꾸를 하였다.

---

59 송광평(宋廣平): 중국 당나라 때 명재상인 송경(宋景)을 가리킨다. 그가 「매화부(梅花賦)」를 지었다는 설이 있다.

60 홍경로(洪景盧): 송나라 때 문인. 이름은 매(邁), 호는 용재(容齋), 경로는 그의 자. 그의 「노매병찬(老梅屛贊)」에 "뾰족하게 우뚝 솟아 철의 골격이네.〔峥嵘突兀, 茹鐵爲骨〕"라는 구절이 있다.

61 양도호(楊洮湖): 송나라 때 문인. 이름은 만리(萬里), 정수는 그의 자. 그의 「도호화매시서(洮湖和梅詩序)」에 "색은 점점 빛나고 쓰임은 점점 어두워지며, 꽃은 점점 예리하고 열매는 점점 둔해진다.〔色彌章, 用彌晦, 花彌利, 實彌鈍也〕"라는 구절이 있다.

62 소남(召南)에서 읊은 것: 『시경(詩經)』·국풍(國風)·소남에 「표유매(摽有梅)」라는 시가 있는데, 혼기가 찬 여인이 자신의 처지를 탄식하며 부른 노래이다.

63 열명(說命)에서 비유한 것: 『서경·열명』에 "간이 잘 맞는 국을 만들려면 그대가 소금과 매실이 되어주오.〔若作和羹爾惟鹽梅〕"라는 구절이 있다.

"당신과 봄을 다투었는데 결판을 내지 못한 채 90일이 가까워오는군. 입으로 계속 다투기 어려우니 우리 함께 동황께 나아가서 물어보지 않으려나?"

드디어 유군과 매생 둘이 나란히 토계土階 아래로 나아가 조회를 하고 장차 구망씨勾芒氏[64]를 통해서 동황에게 질의를 하려 했으나 동황은 어느새 수레를 타고 훌쩍 떠나가버렸다.

이에 유군과 매생이 함께 다짐을 한다.

"듣기로 군자는 다투는 일이 없고 서로 겸손하여 잘난 척하지 않는다 하였다지. 이제부터 우리는 다투는 걸 중지하는 것이 좋겠네."

유생과 매생은 서로 마주보며 웃고 마음에 거리낌이 사라져서 서로 봄을 양보하여 나서지 않았다.

나는 그들이 주고받은 말을 쭉 듣고서 기이하게 여긴 나머지 '유여매쟁춘' 한편을 짓는다.

---

64 구망씨(勾芒氏): 구망(句芒=勾芒)은 오행신의 하나로 봄을 주관한다. 산림의 일을 맡아보는 벼슬 이름으로도 쓰였다.

봄을 전별하는 글餞東君序¹

옛적에 무극옹無極翁²이 상제上帝 앞으로 나아가,

"하늘은 사계절을 두고 있는데 그중에 첫번째는 봄이요, 땅은 사방이 있는데 그중에 으뜸은 동방입니다. 동방은 곧 만물이 생을 이루는 곳이라 왕을 두지 않으면 덕화를 펴기 어렵사오니 청하옵건대 동군東君을 세우소서."

라고 아뢰었다. 상제는 무극옹의 진언을 옳게 여기고 받아들였다.

정월 초하룻날 동군이 즉위하였는데 목덕木德으로 왕도를 베풀어 무위無爲의 정치를 하였다. 국호를 신新으로 정하고 춘신군春申君³의 후예로 자처하였다.

동군이 즉위하고 나서 두세달 지나는 동안에 바람은 순조로이 불고

---

1 이 「餞東君序」는 「유여매쟁춘」과 함께 『백호일고』에 실려 있다. 『수록(隨錄)』이란 서명의 필사본 책(想白文庫, 서울대학교 도서관 소장)에도 이 작품이 수록되어 있다. 여기서는 『백호일고』를 대본으로 하고 『수록』의 것을 참고하였다.

2 무극옹(無極翁): 우주의 시원적 존재를 의인화한 것. 주돈이(周敦頤)의 「태극도설(太極圖說)」에 "무극이 곧 태극이다.〔無極而太極〕"라는 문구가 있다.

3 춘신군(春申君): 전국시대 초나라의 유명한 귀족 중에 춘신군(春申君)이 있었는데, 여기서는 봄을 편다는 뜻에서 그의 후예라고 붙인 것이다.

비는 때에 맞게 고루 내렸다. 바야흐로 이 시절을 당하여 백물이 너나없이 흔연히 기꺼워하는 기색을 띠었다. 무릇 해가 비치고 달이 뜨는 사이에서 형체와 기운을 타고난 것치고 동군의 은택을 입지 않은 것이 없었다. 동쪽으로 미치고 서쪽으로 다다라 온 세상에 영향을 끼치니, 밝은 임금이 오심에 어느 것 하나 소생하지 않은 것이 있었으랴!

동군은 위의를 갖춘데다 화려함을 좋아하니 천하가 문명을 이루어 산하 또한 비단에 수놓은 듯 아름답게 되었다. 이에 3층의 화계花階에서는 백의낭관白衣郎官[4]이 향긋한 봄바람 앞에 춤을 추고, 천리에 걸친 유막柳幕에서는 금의공자錦衣公子[5]가 태평연월을 노래하였다. 하늘과 땅 사이에 번창하고 화려한 물색이 찬연하여 이때의 장관은 달리 견줄 데가 없었다.

아아, 하늘이 아무리 위대하다 해도 동군이 아니었다면 화육化育의 이치를 행할 수 없었으며, 만물이 아무리 성하다한들 동군이 아니었다면 생성의 방도를 이룰 수 있었겠는가! 이를 통해 보건대 곤충이며 초목이며 구주사해九州四海의 모든 사물들이 화육化育하고 생성되는 그 공은, 모두 하늘과 동군의 덕분이 아님이 없다.

인간세상의 임금 또한 마찬가지이다. 무릇 임금이 위에서 덕을 베풀면 백성들은 아래에서 화합하게 되니 그런 까닭에 바람이 불면 풀은 바람에 따라 눕는 법이다. 한사람도 제 자리를 얻지 못하는 자 없을 것이요, 그리하여 마음이 화평해지면 기운도 조화롭게 되고 기운이 조화로우면 형체가 화평하며, 형체가 화평하면 소리가 화평해지고, 소리가 화평해지면 천지의 화육에 모두 호응하게 될 것이다. 그런 고로 백성을 다

---

4 백의낭관(白衣郎官): 나비를 지칭하는 말.

5 금의공자(錦衣公子): 꾀꼬리를 지칭하는 말. 유막(柳幕)은 버드나무숲을 가리킨다.

스려 평안하게 하는 것이 왕도王道의 첫출발이요, 만물을 발양시키는 것은 천도天道의 첫출발이다. 이런 식으로 유추하여 하늘로부터 관찰해보자면 하늘과 인간 사이에 무슨 간격이 있겠는가!

이에 동군의 덕이 지극하고 무한한 줄 알았으되 상제의 빛은 넓고도 넓고 높고도 높아 무엇이라고 이름을 붙일 수조차 없다. 그런데 사계절이 고루 나누어져 있어 한 계절이 모두 아우르기는 어려우며, 천운天運은 순환하여 세공歲功은 어긋나지 않는 법이다. 사물이 흥하고 쇠하는 것 또한 실로 같은 이치이다.

그런 까닭으로 동군은 양위讓位하고 물러나서 나이가 든 이후로 정치에 간여하지 않았는데 향년 90세다. 청제靑帝는 적제赤帝에게 양보하여 나라를 물려주었고 적제는 백제白帝에게 양보하여 나라를 물려주었으며, 백제는 흑제黑帝[6]에게 양보하여 나라를 물려주니, 이는 요임금이 순임금에게 양위하고, 순임금이 우임금에게 양위하고, 우임금이 탕임금에게 양위하고, 탕임금이 문왕·무왕에게 양위한 역사와 무엇이 다르다 하리오?

동군이 즉위하여 3개월을 지내는 동안에 세번 개원改元을 했는데 맹춘·중춘·계춘이다.

저물어가는 어느 봄날에 봄이 가는 것을 애석해하는 아이가 쓰노라.

---

6 청제(靑帝)·적제(赤帝)·백제(白帝)·흑제(黑帝): 동방과 남방과 서방과 북방의 신을 지칭하는 말인데, 시에서 봄·여름·가을·겨울을 의미한다.

제 3 부

남명소승南溟小乘

동짓달 초사흘, 맑음. 제주濟州에 계신 부친을 영근榮覲[1]하고자 아이종을 시켜 행장을 꾸리는데, 단지 어사화御賜花 두송이, 거문고 한벌에 보검寶劍 한자루를 챙겨 넣었을 뿐이다.

저물녘에 부친이 기르시던 호총마胡驄馬를 타고 풍포楓浦[2] 고향 마을을 떠나서 무안務安 땅의 중수仲邃(종형님의 字 ─ 원주) 형님댁에 가서 하룻밤을 보냈다. 미리 약속하여 모인 것이다.

동짓날, 맑음. 지나가는 길에 서첨사徐僉使의 집에 들러서 술대접을 받았다. 거문고를 타고 노래를 부르다가 해질녘에야 술자리를 도망쳐 나와 말을 달려 삼일포三日浦에 당도하였다. 중수 형님의 아들 원垣이 뒤미처 와 배 위에서 작별하였다. 취중에 시 한편을 읊어 원에게 주었다.

---

1 영근(榮覲): 과거에 합격하고 어버이를 뵈러 가기 때문에 쓴 표현. 그래서 어사화(御賜花: 급제자에게 임금이 내려주는 꽃)를 소지하였으며, 당시 백호의 부친(林晉)은 제주목사로 있었기 때문에 제주도로 건너가게 된 것이다. 1577(선조10년)의 일이다.
2 풍포(楓浦): 백호의 고향인 회진(會津)의 별칭. 이곳이 영산강을 끼고 있어 배가 닿는 포구였다.

한잔 또 한잔 산마을 막걸리
천리라 만리라 한바다 떠나는 배.

대장부 이별이란 본디 눈물 없는 건데
더구나 어버이 뵙고 또 좋은 유람하는데야.

채찍 가벼이 호총마胡驄馬 올라타니
백금百金의 칼에다 천금의 갑옷일레.

너 지금 술병 들고 강머리로 먼 길 가는 아재 전별 나왔구나.
겨울 기운 으스스 찬물에 서렸는데.

평소에 담력이 커서 말〔斗〕만하다 자부했거늘
나그넷길 밤이 들면 모두성旄頭星 바라보리. (이때 혜성이 출현했기 때문에
이른 것이다—원주)

　30리를 가서 남사창南社倉(나주 땅—원주)에 당도하니 날이 이미 어두
웠다. 거기서 말을 먹이고 다시 밤길 30여리를 가서 덕진다리〔德津橋〕[3]
에 이르렀다. 갈증이 몹시 나서 물을 청해 마셨는데 짜서 먹을 수가 없
었다. 잠깐 쉬다가 또 길을 떠나 월출산月出山 아래를 지나자니 큰 호랑
이가 길을 막고 있지 않는가. 이에 채찍질을 더해 곧장 구림鳩林[4] 마을에

---

3 덕진다리〔德津橋〕: 영암읍내의 북편에 있던 교량.
4 구림(鳩林): 영암 읍내에서 서쪽으로 15리에 있는 오래된 마을. 도선(道詵)의 탄생설화

당도했다. 그곳에는 자중子中[5]의 처가妻家가 있다. 밤은 벌써 사경四更에
가까웠다.

　태백성 높이 떠서 밤빛이 창망한데
　하늘에 찬 이슬 활과 칼에 맺히누나.

　앞길 가로막는 범 피하질 않고 말 몰아 나아가니
　나 스스로 웃노라, 서생書生의 큰 담력.

11월 5일, 맑다가 저물녘에 풍설風雪이 일어났다. 출발하려다가 친한
벗들에게 붙들려 해질 무렵에야 길을 떠났다. 자중子中과 말머리를 나란
히하여 가다가 어두워서야 율리栗里 자침子忱[6]의 집에 당도했다. 거기는
강진康津 땅이다.

　주룡住龍나루 머리에는 저문 구름 일어나고
　가학령駕鶴嶺 꼭대기 낙조가 붉어라.

　호청총胡靑驄 황금륵黃金勒에 백우전白羽箭을 비껴 차고
　나그네 손을 들어 금릉성金陵城[7]을 가리키네.

에 물에 떠내려가는 오이를 처녀가 먹고 잉태하여 아이를 낳은 뒤 숲에 버렸는데, 그
아이를 비둘기가 날아들어 보호했다 한다. 이 아이가 곧 도선이다. 그래서 그곳을 구
림이라 일컬었다.(『신증동국여지승람』 영암 편) 이 구림마을은 동계(洞契)가 지금까
지 천년을 이어내려오는 것으로도 유명하다. 도선의 탄생과 연계된 최씨원(崔氏園),
동계와 연계된 회사정(會社亭)이 고적으로 남아 있다.
5 자중(子中): 임환(林懽), 백호의 넷째아우.
6 자침(子忱): 임순(林恂), 백호의 셋째아우.

11월 6일, 맑음. 이른 아침에 자침·자중 두 아우와 함께 강진 읍내를 지나 청조루聽潮樓에 올랐다. 그 고을 원이 나와서 만나보았다. 오후에 두 아우와 함께 남당포南塘浦에서 배에 올라 돛을 달고 빨리 가서 완도莞島에 당도하니 해가 벌써 졌다. 타고사打鼓祠를 지나면서부터 바람은 잔잔해졌는데 조류를 거슬러가야 했으므로 마침내 돛을 내리고 노를 급히 저어 간신히 이진보梨津堡[8]에 당도했다. 벌써 밤이 깊은 시각이었다. 새로 부임하는 정의 현감旌義縣監 이응홍李應泓이 나와 함께 배를 타고 가려고 기다리고 있었으며, 선전관宣傳官 임발林潑은 작별하려고 와 있었다.

이진梨津은 예전에 달량성達梁城
지나는 길손 서글픈 마음.

나라가 왜병의 침략으로 어려웠거늘
장군이 병법을 몰랐다니…….

우리 군사 달빛 아래 패망하여
허물어진 성루엔 물소리만 부딪치네.

지난 역사 속절없이 분통만 일으키니

---

7 금릉성(金陵城): 강진의 옛이름.

8 이진보(梨津堡): 원래 달량진(達梁鎭)이 있던 곳으로, 지금은 해남군 북평면에 속해 있다. 을묘왜변(1555) 때 왜병들이 이곳을 침범하여 성이 함락되고 참화를 입었다.

옥경玉京을 바라보며 긴 노래 부르노라.

11월 7일, 맑음. 일찌감치 조반을 들고 포구로 나가니 미풍에 깃발이 펄럭이는데, 바다는 넓고 하늘은 아스라하여 배를 타는 흥이 솟구쳐 억누를 수가 없었다. 이에 두 아우와 임 선전관과 어울려 아쟁을 타며 술을 마셨다. 술이 두어 순배 돌자 손을 저어 작별을 하고 드디어 정의旌義 고을의 대선大船에 올라탔다. 북을 치고 피리를 불어 돛을 올리니 배는 쏜살같이 나간다. 동서로 툭 트인 대양을 바라보니 넓고 망망하여 하늘과 맞닿았고 섬들이 그림처럼 굽이굽이 갈수록 아름다웠다. 뱃사공들은 멀리 슬두사瑟頭祠를 바라보며 제를 지냈다.

느지막이 백도白島로 들어가 돛을 내리고 기슭에 배를 댔다. 풍설이 몹시 사나워지더니 밤부터 바람이 거세게 일어 아침까지 계속 불었다.

11월 8일, 흐림. 바람이 종일토록 불어 백도에 그대로 머물렀다. 그 섬의 높은 곳에 올라가서 제주도를 바라보니 마치 한떼의 검은 구름이 저 멀리 하늘과 바다 사이에 떠 있는 것 같았다.

그날 밤 덕돌德乭이라는 사공의 이야기를 들었다. 스스로 말하기를, 일찍이 왜구倭寇에게 사로잡혀 일본 땅으로 끌려가서 7년이나 머물러 있었다 한다. 거기서 먹고 살기는 부족한 줄 몰랐으나 고국 땅이 그리워 돌아오고 싶은 마음이 간절하기에 몰래 작은 배를 얻어 타고 간신히 돌아왔다. 그럼에도 관가官家에서는 고달픈 역役을 조금도 감면해주지 않는다고 길게 탄식하였다. 또한 일본의 풍속에 대해서도 자못 상세하게 들려주었다. 그가 잡혀가 있던 곳은 저들이 오도五島라 일컫는 땅인데, 제주도로부터 서풍으로 갔다가 동풍으로 돌아오면 나흘 밤낮의 일정이며, 그네들은 자기 추장酋長을 독부獨夫라 부른다고 하였다.

밤이 이슥하여 봉창蓬窓을 열고 내다보니 구름 속의 달빛은 어슴푸레하고 파도가 일렁거렸다. 사한도沙寒島 쪽을 바라보니 고기 잡는 불이 하늘을 붉게 비추어 실로 장관이었다.

11월 9일, 흐리다 맑다 함. 바람이 순풍으로 급하고 붉은 해가 바다 위로 떠오르기에 닻을 풀고 섬 밖으로 나갔다. 대선에다 정의旌義의 수급선水汲船 1척, 강진康津·해남海南·진도珍島의 호송선護送船 각 1척이 따라서 모두 크고 작은 배 6척으로 선단을 이루었다. 대선에는 정의 현감이 대동한 비장裨將 2인, 반당伴倘[9] 1인과 나를 수행하는 영비장營裨將 이계생李繼生, 금수琴手 유정걸柳廷傑이 함께 탔고, 여주驪州 사람 박조허朴祖許가 편승했다. 박조허는 자기 장인이 무뢰無賴한 종실宗室로서 제주에 귀양 와 죽었기 때문에 유골을 수습하여 고향에 묻으러 가는 길이라 하였다. 이 사람은 자못 옛사람의 의기가 있어 보여 배에 오르도록 허락한 것이다.

도선주都船主 1인, 사공 2인, 수행 노복隨行奴僕 및 사수射手, 능로잡색군能櫓雜色軍 등 모두 100여명쯤 되는 인원이었다. 그리고 다른 5척의 소선에는 모두 6, 70명이 타고 있었다. 모두 나서서 떠들기를 "오늘은 날씨가 흐리고 바람이 사나우니 배를 띄우기에 좋지 않다"고 하였지만 나는 중론을 물리치고 돛을 올려 떠나도록 하였다. 백여리쯤 갔을 때 바람이 이리저리 마구 불고 바다가 험악하여 물결이 하늘을 때려서 돛대 끝이 잠겼다 드러났다 하여 반공의 뜬 구름과 더불어 서로 오르내렸다. 배

---

9 반당(伴倘): 관아에서 부리는 사환.

에 탄 사람들 중에 구토하여 일어나지 못하는 이가 절반이 넘었다. 나 역시 배의 아래층으로 들어가 누웠노라니 마치 그네를 타는 것 같았는데, 율시 한 수를 읊었다.

어버이 뵈러 가는 길 험한 파도 꺼릴 건가
급한 바람 높은 돛 화살처럼 내닫는다.

고래 꿈틀대고 큰 자라 솟구치는 바다 몇만리냐.
눈더미처럼 밀리는 파도 하늘을 울리며 귀허歸墟[10]로 쏠린다.

푸른 하늘 양오陽烏[11]의 등에 시름이 없히니
맑고 시원한 수궁水宮 속으로 들어가는가.

우습다, 사나이라 담력이 좀 있다고
죽을 고비 열번을 넘기고도 누워서 시를 짓는가.

날이 저물어서야 조천관朝天館[12]에 정박을 하게 되었다. 수행하던 다섯 척의 배들은 어디로 갔는지 종적도 알 수 없었다. 같이 배를 타고 온 사람들은 내가 배를 띄우자고 주장했던 잘못을 감히 드러내놓고 말하지는 못했지만 만약 표류하거나 침몰될 경우에는 그 허물이 나에게 돌

---

10 귀허(歸墟): 바닷물이 모여 들어가는 곳. 『열자(列子)·탕문(湯問)』에 나온다.
11 양오(陽烏): 태양의 정기를 가졌다는 신화적인 새. 삼족오(三足烏)
12 조천관(朝天館): 방호소(防護所)가 있던 곳으로, 『신증동국여지승람』에는 "제주 동쪽 26리에 있다"고 나와 있다.(권38, 濟州 關防條) 지금 조천이라고 일컫는 곳이다.

아올 수밖에 없었다. 나 혼자 속으로 후회하며 탄식할 즈음에 문득 "두 척의 배가 육지陸地(제주 사람들은 본국을 육지라고 일컫는다─원주) 쪽에서 나는 듯이 들어오고 있다"는 보고가 들어왔다.

그래서 성가퀴로 올라가 바라보니 정의의 수급선이 와서 정박하였고, 진도 호송선도 뒤미처 따라와서 방금 정박하다가 그만 사나운 파도로 암초에 부딪쳐 조각조각 부서지고 말았다. 다행히 물이 얕았기 때문에 익사한 사람은 하나도 없었다. 나머지 세 척의 소식을 물었더니 사수도斜藪島[13]쪽으로 향해 갔다는 것이었다. 나는 바로 도선주都船主 강연산姜連山을 불러 물어보았다.

"사수도는 어디에 있으며 배를 댈 곳이 있는가?"

"그 섬은 동쪽으로 넓은 바다에 있어 화탈도火脫島(크고 작은 두 섬이 있는데 서쪽 바다에 있다─원주)[14]와 서로 마주 보는데 삼면은 온통 절벽이고 북쪽이 벼랑으로 막혀 돌아앉은 형태여서 큰 배는 한척, 작은 배는 두어척 겨우 댈 수 있지요. 그리고 그 섬에 샘물도 있습니다. 장흥 등지의 배들도 다 무사할 터이니 날이 들고 바람이 자면 다들 오게 될 겁니다."

나는 도선주의 말을 듣고 비로소 안심이 되었다. 조천관은 읍내와 거리가 25리인데 날이 하마 어두웠다. 부친께서 내일 아침에 일찍 들어오라는 명이 있기에 조천관에서 유숙했다.

11월 10일, 흐림. 평명에 조천관을 출발하여 해가 기울 무렵 제주읍내

---

13 사수도(斜藪島):『신증동국여지승람』에 사서도(斜鼠島)가 나와 있는데 이 섬이 아닌가 한다. 사서도는 추자도의 동쪽에 있으며, 어선이 모여드는 곳으로 기록되어 있다.
14 화탈도(火脫島):『신증동국여지승람』에 대화탈도와 소화탈도의 두 섬이 나와 있는데, 대화탈도를 가리키는 것으로 짐작된다. 대화탈도는 추자도 남쪽에 있으며, 석봉이 높다란데 정상에 샘이 있다 하였다.(소화탈도는 추자도 서남쪽에 있다 하였다.)

에 당도하였다. 부친의 명으로 먼저 고을 향교鄕校로 가서 문묘文廟에 참배한 다음 부친을 망경루望京樓 아래에서 뵈었다. 장막이 구름과 연이었으며 구경 온 사람들이 만명이나 헤아렸다. 그런데 그때 공전恭殿[15]이 오래도록 안녕치 못하시기에 기악妓樂은 배열만 해놓고 연주는 하지 않았다. 통판通判 조사문趙斯文(이름 仁後—원주)과 교수敎授 최사문崔斯文[16]이 간소하게 축하하는 연회를 베풀어주었다.

이삼일 지나자 망보는 사람이 와서 보고하기를,

"사수도에 연기가 오른다."

고 하였다. 그 이튿날 장흥·강진·해남의 배들이 다 도착했다.

11월 17일, 구름이 활짝 걷히고 비로소 푸른 하늘이 보였다. 장률長律을 읊어 조통판에게 증정했다.

바다 섬에 나그네 되어 마주 앉아 술 마시니

그대는 나라 일로, 나 어버이 뵙고자 여기 와 있군요.

외로운 기러기 높은 다락에 고향 가는 꿈 사라지고

푸른 귤 누런 등자橙子 별다른 봄이랍니다.

바다 어귀 밀물 들자 바람은 눈을 말아오고

---

15 공전(恭殿): 인종의 비(妃)인 인성왕후(仁聖王后, 1514~1577).

16 최사문(崔斯文): "이름이 빠져 있음"이란 주기(註記)가 보이는데, 김상헌(金尙憲)의 『남사록(南槎錄)』에서 그의 이름이 사물(四勿)임을 확인할 수 있다. 최사물이란 사람은 나주의 선비로 본관은 탐진이다. 사문은 여기서 선비를 가리키는 말.

지새는 밤 관사에 달도 시름겹게 하네요.

구름은 다 흩날리고 먼 하늘 푸르른데
성루에 홀로 올라 북두성 바라봅니다.

창밖에 감귤나무 십여그루가 서 있는데 마침 열매가 무르익어 황금이 주렁주렁 달린 것 같았다. 감귤을 따다가 껍질을 벗기니 향기로운 김이 안개처럼 일어나고 입에 넣자 금방 녹아서 신선의 음료를 마시는 것 같았다. 전날 남도에서 바다를 건너온 것을 먹어본 적이 있었는데 참으로 모양만 그럴듯하고 맛은 형편없었다.

나팔 소리 잦아들자 해는 바다 위로 뜨는데
향불 사원 휘장 안에 밀물 드는 소리

미인이 자던 얼굴로 귀밑머리 날리며
황귤을 똑 따다가 갈증을 풀어주네.

11월 19일, 맑음. 목관牧官(제주사람들은 통판通判을 목관이라 부르며, 목사를 절도사라고 부른다—원주)의 초청을 받아 최정자崔正字와 함께 성남에서 술을 마시며 이야기를 나누었다. 그곳은 김충암金冲菴[17]이 귀양 와서 머물던 옛터인데 자못 자연의 경관이 볼 만하였다. 목관이 충암을 위해 새로 묘우廟宇를 건립하고 있었다. 느껴옴이 있어 오언장률五言長律을 지었다.

---

17 김충암(金冲菴): 이름 정(淨), 1486~1521. 기묘 명현의 한 사람. 기묘사화 때 제주로 귀향을 갔다가 그곳에서 사약을 받고 죽었다.

충암선생 영령 앞에 통곡하노니
평생에 주공周公·공자孔子 배우셨지요.

본래 품은 경륜의 뜻 속절없어라
바닷가 고도에 갇혀 생을 마치시다니.

고향이 그리워라 혼은 천리 바깥
거친 성의 옛 자취는 조그만 언덕.

어진 원님 사당을 세우니
먼 나그네 여기 들러 서성거리오.

11월 20일. 바다와 하늘이 함께 새파랗고 바람도 거세지 아니하였다.
마침내 한필 말을 타고 동망봉東望峯에 올라 바다를 바라보는데, 목관이
어느새 알고 기생에게 술을 보내 마시도록 했다.

회포 풀자고 한가로이 성 동쪽으로 발길 옮기노니,
언덕 위로 올라서면 시야가 열리기 때문이라.

하늘과 바다 망망히 이어져 한빛인데,
구름 노을 무단히 일어 공간이 온전치 못하다.

회로晦老의 석잔 술 손을 기울여 마시고,[18]

종생宗生의 만리 바람 겨드랑이에 끼었더라.[19]

기러기 등에 부시는 석양 귀로를 재촉하는데,
얼크러진 산에 개인 눈발 취기 어려 읊조리노라.

다시 또 적선체謫仙體를 본떠서 고풍古風 1편을 지었다.

선랑仙郞이 흰사슴 타고
높은 대臺 올라서 휘파람 분다.

머리 돌려 우주를 둘러보니
영웅은 과연 어디 있느뇨?

자부紫府에 앉아 계시는 진관眞官님네들[20]
나더러 재주많다 어여삐 여겨

여러 옥녀玉女를 아래로 내려보내
유하주流霞酒 잔에 따라 권하는구나.

---

18 회로(晦老)의~마시고: 회로는 주희(朱熹)를 가리킨다. 주희가 지은 시구에 "덥힌 술
　석잔에 호기가 발하여(溫酒三杯豪氣發)"가 있다.(『朱子大全』 권5 「醉下祝融峰」)
19 종생(宗生)의~끼었더라: 종생은 남북조시대 송의 인물인 종각(宗慤)을 가리킨다. 종
　각이 소시에 말하기를 "원컨대 장풍(長風)을 타고 만리의 물결을 깨뜨리겠다"고 했다
　한다.(王勃 「滕王閣序」: "有懷投筆, 慕宗慤之長風.")
20 자부(紫府)·진관(眞官): 자부는 옥황상제가 있는 선계를 가리킨다. 진관은 선계에 있
　는 관인들, 즉 신선.

유하주 마시자 골격이 바뀌는지
문득 봉래산을 향해 날아가고 싶어라.

학 타고 가기는 멀지 않으리니
운거雲車는 어느날 돌아오려나.

동방의 땅덩이를 내려다보니
아득히 먼지만 자욱하여라.

11월 22일, 흐림. 혼정신성昏定晨省을 하는 겨를에 문득 돌아다니며 구
경하고 싶은 흥이 일어났다. 부친께 들어가 말씀 드려서 기일을 정하
고 행장을 꾸렸다. 관마官馬 세필을 동원하여, 한필은 내가 타고, 한필은
유정걸柳廷傑이 타고 남은 한필에 짐을 실었다. 하인은 4명이 따르는데
말을 끄는 자 1인, 채찍 쥔 자 1인, 아이종 1인, 관노官奴로 젓대 부는 자
1인이었다.

동문으로 나가 조천관에 당도하니 정의 고을에서 돌아가는 전 현감
이 바람을 기다리느라고 머물러 있었다. 그와 더불어 성 위의 작은 정자
에 올라가 술자리를 벌였다. 술이 세 순배 돈 다음에 말을 재촉하여 성
을 나와 해변길을 따라서 천천히 가노라니, 이따금 흰 모래가 눈같이 깔
려서 걸음을 옮길 적마다 사랑스럽게 느껴졌다.

저물녘에 금녕포金寧浦에 당도하여 말을 쉬게 하였다. 금녕포는 옛날
방호소防護所가 있던 곳으로 지금은 마을이 생겨 바다를 옆으로 끼고 성
긴 울타리가 대략 30호 가량 되었다. 학처럼 흰 머리에 노송 같은 모습
으로 나이가 백세에 이른 노인들이 십여명이나 있었다.

나는 우리 인생이 매미가 여름 한철밖에 모르는 그런 운명임을 탄식하다가 여기에 이르러 신선의 고장에 들어왔는가 하는 마음이 들어서 그 노인들에게 물어보았다.

"노인분네들, 이곳에 살면서 무슨 일을 하시고 자시는 것은 주로 무엇인가요?"

그들 중의 한 늙은이가 지팡이를 짚고 서서 다음과 같이 대답하는 것이었다.

"우리들이야 군적軍籍에 편입되기도 하고 혹은 고기 잡고 배 타는 일에 종사하기도 하여, 나이 육십 전에는 항시 관가의 부림을 당했더라오. 이제 늙어서 신역身役이 면제된 이후로 비로소 몸이 편안해졌습니다. 풍년이 들고 흉년이 드는 데 따라 죽이 되건 밥이 되건 먹으며, 해가 뜨고 지는 데 따라 나가서 일하고 들어와 쉬곤 하지요. 일을 벌이지 않고 욕심도 내지 않고, 베옷 한벌 솜옷 한벌로 여기서 삼십년, 혹은 사십년을 살아왔지요. 산은 멀고 물이 깊어서 고기나 산채도 얻기 어려운데, 단지 모래나 자갈 사이에서 불로초不老草를 캐어 맛난 음식을 대신해 먹을 따름이지요."

나는 노인의 말을 듣고서 신기하게 여겨 종자에게 물었다.

"불로초란 것은 어떤 물건이냐?"

"그 줄기는 등나무처럼 넝쿨이 지는데 움이 처음 나올 적에는 향기롭고 부드러워 먹을 만하답니다. 이 섬 둘레 어디나 있지만 여기만큼 많이 있는 곳은 없습니다."

이에 그 노인들과 작별하고 채찍을 재촉하여 별방성別防城[21]에 당도하

---

21 별방성(別防城):『신증동국여지승람』의 제주 관방조에 "별방성은 제주 동쪽 75리에 있다. 석축으로 둘레 2390척, 높이 7척이고 동북으로 문이 있다. 정덕(正德) 경오(庚午,

니 밤이 거의 이경二更이 되었다. 여수旅帥[22]가 횃불을 늘어세우고 영접하는데 이곳 별방성은 제주 읍내에서 76리 떨어진 거리이다. 정의 원님이 사람을 보내어 기다리고 있으니 참으로 어이없는 노릇이다. 조촐하게 나선 행색인데 이미 누설되고 만 것이다. 이곳의 평지는 기온이 온난한 때문에 눈이 내리면 바로 녹는데 한라산 정상은 백설이 천길이나 쌓여 있다. 선계를 찾아가는 일은 봄을 기약할 수밖에 없다 한다. 이에 「사선요思仙謠」를 지었다.

꿈속에 황학黃鶴을 타고 영주瀛洲로 찾아가니
그곳의 신선님네 나를 보고 맞이한다.

성관星冠이라 하패霞佩에 구름 수놓은 옷,
그 신선 내게 준 금단金丹 알알이 좁쌀 모양.

경루瓊樓에서 다시 놀기로 훗날 기약 두었거니
벽도화 피고지고 천년만년의 세월.

11월 23일, 흐림. 아침에 이곳 별방성別防城에서 출발하는데 여수旅帥가 기병 열명을 동원하여 나를 호위해 가도록 하였다. 내가 사양하여 그만두도록 하려 했으나 여수가

1510)년에 이 지역이 우도(牛島) 왜선이 가까이 정박하는 곳이라 하여 성을 쌓고 이리로 금녕방호소를 옮겼다. 이름을 별방으로 붙였다.”라고 하였다.

22 여수(旅帥): 고전에 의하면, 여수는 군사 5백명을 거느리는 지휘관으로 되어 있다. (『周禮』 夏官)

"이곳은 왜국과 물 하나로 막혀 있으니, 방비를 하지 않으면 안됩니다."
라고 말하여, 부득이 기병을 앞세워 떠났다. 전면으로 바닷가에 아침 조
수가 빠져서 모래사장 십리가 평평하여 널찍한 마당이었다. 말을 좌우로
편대를 지어 종횡으로 달리게 하니, 말 타는 솜씨가 참으로 능숙하였다.

나는 유정걸과 함께 채찍을 옆으로 쥔 채 말을 세우고서 구경했다. 이
때 홀연 세 필 말이 사장 너머에서 나는 듯 달려오는 것이 보였다. 그들
은 모두 고라말(騍馬)을 타고 총립(驄笠)을 쓰고 자피구(紫皮裘)를 입고 전후
로 내닫는 품이 실로 원숭이처럼 날렵했다. 처음엔 놀라고 의아해하였
는데 가까이 보니 모두 여자들이었다. 아마 목관(牧官)이 일부러 관기(官妓)
를 보내어 그런 놀이를 벌이도록 듯했다.

사람을 수산방호소(水山防護所)로 보내 배를 대도록 하였다.(이곳은 바로
원나라의 목장이 있었던 자리다. 원나라 때 다루가치(達魯花赤)를 보내 낙타·노새·말 등
속을 여기 수산(水山) 들에서 길렀다.—원주) 우도(牛島)[23]로 선유(船遊)를 하기 위함
이었다. 정의 현감이 벌써 기다리고 있다는 기별이 왔다.

성산도(城山島)라고 부르는 곳에 당도하니, 그곳은 마치 한송이 푸른 연
이 파도 사이에 꽂혀 솟아오른 듯, 위로는 석벽이 성곽처럼 빙 둘러 있
고 그 안쪽으로는 아주 평평하여 초목이 자라고 있었다. 그 바깥쪽 아래
로는 바위가 기기괴괴하여 혹은 돛배도 같고 혹은 움막도 같고 혹은 일
산 친 것도 같고 혹은 새나 짐승도 같아, 온갖 형상이 이루 다 기록하기

---

23 우도(牛島): 『신증동국여지승람』의 제주 산천조에 "우도는 주위가 1백리(다른 읍지
에는 50리로 나와 있기도 함)로 제주 동쪽 정의 경내에 있다. 인마가 훤화하면 풍우가
일어난다. 섬의 서남편에 굴이 있어 조그만 배 한척을 용납할 정도인데 차츰 들어가
면 배 5, 6척을 숨길 만하다. 그 위로 큰 바위가 집채만한데 햇빛이 떠서 비치게 되면
성광(星光)이 찬란히 줄짓고 기운이 몹시 차가워 모발이 일어설 지경이었다. 세상에
서 신룡이 있는 곳이라고 일컫는다."고 기록되어 있다.

어려울 지경이었다.

정의 현감을 만나서 함께 배를 타고 우도로 향해 떠났다. 관노官奴는 젓대를 불고, 기생 덕금德今이는 노래를 부르도록 했다. 성산도를 겨우 빠져나가자 바람이 몹시 급하게 일었다. 배에 탄 사람들이 모두 배를 돌렸으면 하였고, 사공 또한

"이곳의 물길은 과히 멀지 않으나 두 섬(성산城山과 우도牛島 ─ 원주) 사이에는 파도가 서로 부딪쳐 바람이 잔잔할 때라도 건너기 어렵습니다. 하물며 오늘처럼 바람이 사나운 날엔 도저히 갈 수가 없습니다."라고 난색을 표한다. 나는 웃으며,

"사생은 하늘에 달렸거늘 오늘 이 훌륭한 구경거리는 저버리기 어렵다." 라 말하고, 결연한 뜻으로 노를 재촉했다. 물결을 타고 바람 채찍으로 순식간에 건너갔다. 우도에 가까이 닿자 물색이 판연히 달라져서 흡사 시퍼런 유리와 같았다. 이른바 "독룡이 잠긴 곳의 물이라 유달리 맑다.(毒龍潛處水偏淸)"는 것인가.

그 섬은 소가 누워 있는 형국인데, 남쪽 벼랑에 돌문이 무지개처럼 열려 있어, 돛을 펼치고도 들어갈 수 있었다. 그 안으로 굴의 지붕이 천연으로 이루어져 황룡선黃龍船 20척쯤은 숨겨둘 만하였다. 굴이 막다른 곳에서 또 하나의 돌문이 나오는데, 모양이 일부러 파놓은 것 같고 배 한 척이 겨우 통과할 정도였다. 이에 노를 저어 들어가노라니 신기한 새가 해오라기 비슷한데 크기는 작고 색깔은 살짝 푸른빛을 띠었다. 이 새 수백마리가 떼를 지어 어지럽게 날아갔다. 그 굴은 남향이어서 바람이 없고 따뜻하기 때문에 바닷새가 서식하는가 싶었다. 안쪽 굴은 바깥 굴에 비해 비좁긴 하지만 기괴하기로 말하면 훨씬 기괴한데다 물빛은 음산하기만 하여 금방 귀신이 나올 것 같았다. 위를 쳐다보니 하얀 돌멩이들

이 달처럼 둥글둥글 어렴풋이 광채가 나는데 사발도 같고 술잔도 같고 오리알도 같고 탄환彈丸도 같아 보였다. 그런 것이 무수히 하늘의 별처럼 박혀 있었다. 대개 굴이 온통 검푸르기 때문에 흰 돌이 별이나 달과 같은 모양으로 보이는가 싶었다.

시험 삼아 젓대를 불어보니 가냘픈 소리로 들리다가 이내 곧 큰 소리가 울려, 마치 파도가 진동하고 산악이 무너지는 것 같았다. 오싹하고 겁이 나서 오래 머무를 수 없었다.

이에 배를 돌려 굴 입구로 빠져나오자 풍세는 더욱 사나워 성낸 파도가 공중에 맞닿으니, 옷과 모자가 온통 거센 물결에 흠뻑 젖었다. 좌하선坐下船은 고기나 잡는 작은 배인데다 낡아서 반쯤 부서진 상태였다. 바다 위에서 위태롭게 떴다 가라앉았다 하여 간신히 뭍에 닿아 배를 댈 수 있었다.

고을 사람이 성산도의 북쪽 기슭에 장막을 치고서 기다리고 있었다. 원님은 먼저 들어가고 우리 일행 또한 밤길을 걸어 정의 읍내에 당도했다. 원님은 동헌東軒에다 홍촛불에 맑은 술을 차려놓고서 우리를 기다리고 있었다. 사복司僕 문응진文應辰이 뒤미처 왔는데 앞서 기약이 있었던 것이다. 모두 함께 실컷 취하고 자리를 파했다.

절제사節制使 임형수林亨秀가 현판에 남긴 시詩 한편이 있는데 "해가 지니 까마귀 숲에 깃들고 날씨 추워 바닷가 수자리 비었네.(日落林鴉定, 天寒海戌空)"라는 시구에 감회가 일어서 화답하였다.

나는 임 절제를 좋아하네.
의기가 동방 하늘에 가득 찼기로

조금 늦게 세상에 태어나셨으면!
술자리 함께 못해 한스럽기 그지없구려.

영령은 어느 곳으로 날아가셨소?
푸른 바다 아득히 하늘과 닿았는데

남기신 명구名句에 감명을 받아
한밤중에 홀로 읊어보네.

11월 24일, 맑음. 원님의 은근한 정에 붙들려 너무 늦게 출발하였다. 두충杜沖같이 보이는 나무가 잎은 더 큰데 푸르러 아주 좋아 보였다. 이 나무가 개울을 따라 도처에 땅을 덮고 무성하여 마치 뭉게구름같이 보였다. 들판에는 눈 닿는 곳까지 잔디가 펼쳐져 있으니, 이 때문에 소나 말이 번식하고 살찌는 모양이다.

40리 길을 가서 말에서 내려 외딴 주막에 들렀다. 사립문이 반쯤 열렸는데 귤나무가 뜰에 가득 차 있었다.

이 나무 남방에 난다는 것을
일찍이 초사楚辭에서 보았지.

꽃다운 열매 한움큼
천리라 먼 길 임에게 보내고자.

시 읊기가 끝날 쯤 원님이 도착하여 재촉해 바깥에서 식사를 하고 저물녘에 말고삐를 나란히 하여 떠나 초경初更 무렵에 서귀포 방호소防護所에 당도하여 유숙했다.

수자리의 숙소 등불 하나 희미하여
차운 밤 가물가물 길기도 해라.

내 고향을 그리는 꿈
구름바다 아득하기만.

11월 25일, 대풍이 불고 싸락눈이 내리다. 새벽밥을 먹고서 출발하여 해변의 소로를 따라 천지연天池淵을 찾아갔다. 중간에 말을 놓아두고 낭떠러지를 붙잡고 내려가니 폭포 아래 생긴 못이 둘레는 수백보에 깊이는 측량할 길이 없다. 한쌍의 폭포가 그 위에서 백길이나 날아 떨어져 우레 치는 소리가 들려왔다. 그 둘레로 동백꽃이 활짝 피어 붉은 구름이 앉은 듯했고, 양쪽 절벽은 옥병풍처럼 이어져 바다로 5리를 가서 끊어졌다. 옅은 안개가 헤쳐지는 곳에 굽이굽이 맑고 그윽한 풍광에 바람도 잔잔하여 초목이 봄처럼 푸르렀다. 대개 제주도는 본래 기온이 따뜻한데다 한라산 남쪽이고 지형이 아늑한 편이어서 사철 봄날 같았다.

천지연 가까이로 너럭바위가 있어 5, 6명쯤 앉을 만한데, 이름 모를 상록수가 위로 우거져 있었다. 일행 두 사람과 함께 바위를 쓸고 앉았노라니 정의 현감도 당도했다. 젓대를 불며 술잔이 오가는 판에 마침 해학海鶴 한쌍이 서쪽으로 날아가더니 또 검은 독수리가 폭포 위로 날아와서 가지 않고 한참을 앉아 있었다. 자못 호협한 기분을 돋우어주었으나 오싹한 마음도 들어 오래 머물러 있지 못했다. 곧 길을 찾아 내려왔다.

이내 정의 현감과 작별하고 나니 동행하는 문응진文應辰과 유정걸柳廷傑 두 사람이 남아 있을 뿐이었다. 다시 길을 떠나 십여리를 가자 대정大靜고을 경내가 되었다. 그곳 원님이 벌써 비장을 보내어 기다리는 것이었다.

산 앞으로 오솔길을 따라가서 고감사高監司의 옛 집터를 둘러보았다. 주춧돌과 무너진 담장이 완연히 엊그제 같은데 지금은 본현本縣의 과원果園이 되어 있다. 귤과 유자가 숲을 이루어 천그루가 넘는데, 땅에 열매가 무수히 떨어져서 황금이 땅에 쌓인 것 같았다. 매화는 고목이 되어 구부정한 둥치들이 마치 늙은 용이 누워 있거나 일어선 형상으로 무수히 길을 끼고 있었다. 섣달그믐이 아직 먼데 꽃망울이 금방 터질 것 같았다. 나는 농담처럼 말했다.

"동정호洞庭湖에는 귤이 있고 매화가 없으며, 서호西湖에는 매화가 있고 귤이 없다지. 여기는 동정호와 서호의 흥취가 눈앞에 갖추어져 있구나. 신령님이 내가 호기심이 많은 줄 아시고 한곳에다 옮겨놓은 것이 아닐까?"

맑은 물이 옥을 씻듯 돌구멍에서 흘러나오기에 한움큼 쥐어서 마시고 매화 한가지를 꺾어 들고 아쉬운 마음으로 돌아섰다. 대가내천大加內川·소가내천小加內川을 건넜다. 이 시냇물은 한라산으로부터 흘러와서 바다로 빠지는데, 여기 물과 돌이 어울러 관상하기에 아주 좋았다.

동해방호소東海防護所에 당도하자 대정고을 사람이 다담상을 차려놓고 기다리고 있어서 잠깐 쉬었다. 그리고 다시 말을 채찍질하여 바닷가 소로로 접어들어 천제담天帝潭을 찾아갔다. 굽어보니 물이 더없이 맑고 깊다. 크기는 천지연天池淵만 하며 삼면에 암석巖石이 우뚝우뚝 모두 사람 얼굴 형상 비슷했다. 계곡이 깊고 그윽하여 바다에 이르자면 5, 6리

쯤 된다는데 생각하기에 절경을 이룬 곳이 있을 듯싶지만 끝까지 찾아
볼 겨를이 없었다. 미인과 이별하는 심정으로 그곳을 떠났다.

길에서 한 스님을 만났다. 그 스님은 눈썹 사이에 운하雲霞의 기운이
감돌아, 자못 기이한 느낌이 들기에 말을 붙였다.

"대사는 어디 계시오?"

중은 합장하며 대답하기를,

"존자암尊者菴에 머물고 있습니다."

"내가 바다를 건너온 지 한달이 가까워오는데 선산仙山에 꼭 가고 싶
으나 얼음이 얼어붙고 눈이 쌓여서 이제껏 올라갈 길이 없구려. 나 혼자
속절없이 눈앞이 갑갑하고 꿈도 고달플 뿐이라오. 대사는 지금 어느 길
을 따라 산에서 내려왔소?"

"빈도貧道는 썰매를 타고서 간신히 산에서 내려왔는데, 소금을 구해
가지고 곧 돌아가려 합니다."

나는 속세의 인연이 다하지 않았음을 슬퍼하며 스님과 손을 저어 작
별하고 떠났다.

굴산屈山[24]을 지나는데 굴산에는 99동洞이 있다. 그리고 감산甘山을 지
나서 깊숙한 길을 따라 산방산山房山[25]으로 향해 갔다. 그 산은 큰 물결
이 방아 찧는 사이에서 솟아나온 산이 하나의 바위로 이루어져 바라보
면 가마솥을 엎어놓은 형국이었다.

---

24 굴산(屈山): 『신증동국여지승람』의 대정현(大靜縣) 산천조(권38)에 "굴산은 대정현
　동쪽 25리 지점에 있으며 99동(洞)이 있다."고 기록되어 있다.
25 산방산(山房山): 『신증동국여지승람』에 굴산과 같이 나와 있는데, "대정현 동쪽 10리
　지점이고 주위가 9리로, 한라산 한 봉우리가 무너져서 여기에 서 있다는 이야기가 전
　한다. 그 남쪽 절벽에 큰 석굴이 있어 물이 바위 위로 방울방울 떨어져 샘을 이루었는
　데, 어떤 중이 굴속에 집을 짓고 거처하여 '굴암(窟庵)'이라 부른다."고 하였다.

산허리에 동굴이 있어 저절로 석실石室을 이루었다. 제법 크고 널찍한데 영원靈源의 한가닥 물이 바위틈에서 뚝뚝 떨어져, 중들이 거기에 의지해서 두어간 암자를 지어 살고 있었다. 그 암자 이름을 굴사窟寺라고 하니 산 이름을 산방산이라 한 것 역시 이 때문인가 한다. 대정 현감 임기문林起文이 굴사로 와서 기다리고 있었다. 함께 배를 타고 왔던 여주 사람 박조허朴祖許도 따라와서 좌석에 같이 앉아 술을 주거니 받거니 하였다.

날이 이내 저물어갔다. 낙조가 구름 사이에서 새어나와 아득한 바다 위로 거꾸러지는데, 한가락 젓대 소리는 메아리쳐서 먼 하늘을 뚫는다. 호탕한 기운은 날아오르고 신유神遊는 무한히 펼쳐지니, 저 회선回仙[26]의 7백리 호수는 조그만 웅덩이 위로 쏟아부은 물과 다름이 없는 듯 생각되었다. 황혼 무렵에 대정 읍내로 들어가 원님과 다른 몇 손들과 함께 술잔을 기울이고 파하였다.

11월 26일, 맑음. 아침 식사를 마치고서 나를 따라온 두 사람 및 여주 사람을 데리고 송악산松岳山[27]으로 올라갔다. 그 산은 형세가 평지에

---

26 회선(回仙): 당나라 때 선인으로 유명한 여동빈(呂洞賓)이 자칭 회도인(回道人)이라 했는데 그를 가리킨다. 이름은 암객(巖客), 동빈은 그의 자이며 팔선(八仙)의 한 사람이다. 7백리 호수는 동정호(洞庭湖)를 지칭하는 것. 여동빈은 동정호 주변의 악양(岳陽)과 상담(湘潭) 사이에서 많이 노닐었다 한다. 그가 악양루에 붙인 시에 "아침에 봉래에서 노닐다 저녁에 창오로 가니, 소매 속 청사검은 담력과 기백이 크기도 하다. 악양루에서 세번 취해도 사람들이 알지 못하니, 맑게 읊조리며 동정호를 날아 지나가네.〔朝遊蓬島暮蒼梧, 袖有靑蛇(劍名)膽氣粗. 三醉岳陽人不識, 朗吟飛過洞庭湖〕"라고 하였다 한다.
27 송악산(松岳山):『신증동국여지승람』에, "송악산은 대정현 남쪽 15리 지점으로 속명 '저별리산(貯別利山)'의 동쪽이다. 서남으로 바다에 다다라 석벽이 둘러 있고 산꼭대기에 못이 있는데 직경이 백여보 된다."고 나와 있다.

서 우뚝 솟아 남으로 달려 바다로 들어가서 끊어졌다. 그 산 위는 손바닥 모양으로 평평했으며, 북쪽으로 기암이 마주서 엄연히 하나의 돌문을 이루었다. 나지막한 돌구멍으로 들어가자 마치 석가산石假山처럼 종횡으로 나열해 있으니, 참으로 조화옹이 굿판을 벌여놓은 것 같았다. 더욱 기괴한 것은 끊어진 절벽이 높이 천길이나 솟았는데 모두 파도가 깎아먹은 형상이었으며, 그 앞으로 봉우리 하나는 모래가 쌓여 붕긋 솟았고 위로 바닷물이 들고 난 흔적이 보였다. 이런 것을 보면 황진청수설黃塵淸水說[28]이 어찌 허무맹랑하다 하겠는가. 대정 원님도 당도했는데, 바람이 사나워서 잠깐 머물다가 돌아갔다. 대정 원님과 서문 밖에서 작별 인사를 나누고 30리를 가서 제주고을 경내로 들어섰다.

만조리晚早里 연대烟臺를 지나서자 길 왼편에 동서로 석굴이 있어 그 굴의 두 문이 서로 마주보고 서 있었다. 서편 굴은 길이가 50여보步에 지나지 않았고, 동편 굴은 횃불을 잡고 백여보를 들어서자 굴이 점차 낮고 작아져서 더 들어가지 못했다. 이 굴은 깊이가 얼마나 되는지 알 수 없었다. 해변으로 3,4리를 가서 동굴이 또 하나 있는데, 크기는 위의 동편 굴과 맞먹을 정도이다. 그 굴의 깊숙한 곳에는 마른 뼈다귀가 쌓여 있는데, 행인의 이야기를 들어보니 "도둑놈들이 남의 소나 말을 훔쳐서 이곳에서 잡아먹은 것이라." 한다. 이 세 동굴에는 모두 석종유石鍾乳가 있는데 천장에 응결되어 매달려 있는 모양이 술을 드리운 것 같았다. 석종유에 흘러내리는 것이 방울방울 빗물이 사람의 의복을 적시는 듯한데 굴 밖으로 나오면 금방 돌가루가 묻어났다.(위의 세 동굴은 『동국여지승람』에

---

28 황진청수설(黃塵淸水說): 변화가 신속함을 비유한 말. 삼신산이 모두 바닷속에 있어 변하여 황진(黃塵)도 되고 청수(淸水)도 되는바 그 주기가 천년인데, 하늘에서 보면 달리는 말처럼 빠르다는 것이다.

서 재암財巖[29]이라고 일컫은 것이다.──원주) 해가 뉘엿뉘엿하여 명월방호소明月防護所에 당도했다.

11월 27일, 맑더니 저물녘에 비가 내리다. 명월에서 느지막이 출발하여 애월방호소涯月防護所에서 말을 먹였다. 망해정望海亭에 늙은 병졸 하나가 수염이 길어 석자나 되니 그 또한 이인으로 보였다. 도근천都近川변에 당도하자 아장牙將 문덕수文德壽와 임세영林世英이 술을 가지고 나와 영접하는 것이었다.

그곳은 흐르는 물이 못을 이루었는데 한라산이 눈앞에 부딪쳐서 이에 술을 가득 부어 실컷 취하였다. 소리 높여 노래 부르는데 어둠이 비를 거느리고 다가왔다. 고삐를 놓아 말을 달리다가 간혹 천천히 걷기도 하며, 말 앞에서 피리를 불게 하여 극도로 호기를 부렸다. 서문을 경유해서 제주 성내로 들어갔다. 부친은 아직 취침을 하지 않으셨기에 모시고 이야기를 나누다가 물러나왔다. 밤이 이경 가량 되었다.

제주도는 우리나라의 정남방인데 한라산이 중앙에 우뚝 솟아 좌우로 날개를 펼쳐서 한일자가 옆으로 놓인 형국이다. 제주 한 진鎭은 북쪽에 위치해서 두무악頭無岳[30]과 마주 대하고 있다. 정의현은 왼편 날개의 남

---

29 재암(財巖):『신증동국여지승람』의 기록은 이러하다. "재암은 명월포 서쪽 5리에 소재해 있는데, 그 모양이 지붕처럼 솟아 있어 위로 백사가 펼쳐지고 아래로 큰 굴이 뚫려 있다. 사람들이 횃불을 잡고 들어가 보면 가운데는 널찍하여 80보쯤 되고 석종유가 난다. 그 서북으로 또 두 바위가 있는데, 이름이 소협재(小夾財)로 모두 석종유가 나오며 그 굴속은 넓이가 50보쯤 된다." (권38, 齊州牧 山川條)

30 두무악(頭無岳): 한라산의 별칭.『신증동국여지승람』에, "한라산은 제주 남쪽 20리에 위치하며 진산(鎭山)이다. 한라(漢拏)라고 이름한 것은 운한(雲漢)을 잡아당길 수 있다는 뜻이며, 일명 두무악이라 하는데 봉우리마다 모두 평평하기 때문이다."고 기

쪽에 위치하고 대정현은 오른편 날개의 남쪽에 위치하니, 이 3개 진鎭이 세발솥을 이룬 형세로 북동서의 세 모서리를 각기 점거하고 있다.

조천관朝天館·별방別防·수산水山의 3개 방호소防護所가 동북방 모서리에 벌려 있고, 애월涯月·명월明月·차귀遮歸의 3개 방호소는 서북방 모서리에 벌려 있으며, 남쪽으로 면해서는 서귀西歸·동해東海의 2개 방호소가 있을 뿐이다. 대개 제주도는 중국 대륙과 일본 열도 중간에 있어 왜구들이 중국으로 가려면 반드시 제주도와 추자도楸子島 사이의 바다를 통과하기 때문에 섬의 동서 지역이 요충이 되는 것이다. 방어의 중점이 남쪽 지역에 있지 않은 까닭을 알 만하다.

이 섬 전체의 둘레는 5백리를 넘지 않는데 바닷물의 수심이 얕은 곳에 바위가 칼날처럼 뾰쭉뾰쭉하다. 섬을 둘러서 온통 이렇기 때문에 물길을 잘 알아서 배를 부리는 자가 아니면 파선하기 십상이다. 섬의 토질은 모두 자갈밭이며, 한뙈기의 비옥한 땅도 찾아볼 수 없고 넓은 들이라고는 삼성혈三姓穴이 있는 곳뿐이다. 이곳 흙은 색깔이 붉어서 육지와 다름이 없기 때문에 사장射場을 설치하여 무예를 시험하고 있다.

산에는 돌아다니는 짐승이 있고 들에는 기르는 짐승이 있어 천마리 백마리가 무리지어 다니기 때문에 밭을 경작하려면 반드시 돌담을 둘러쌓으며, 사람이 사는 집 또한 으레 돌을 쌓아 높다란 담장을 만들어서 돌담으로 골목이 이루어져 있다. 고高씨·부夫씨·문文씨같이 소와 말이 천마리를 헤아리는 부잣집들도 잠자는 방에 온돌이 없다. 아무리 형편 없는 남자라도 아내를 여럿 얻어서 많으면 8~9명에 이른다. 여자들은 치마가 없으며, 단지 삼끈으로 허리를 두르고 몇자의 베를 앞뒤로 삼끈

록되어 있다.

에 얽어매서 겨우 음부만을 가릴 정도였다. 통나무를 파서 통을 만들어 짊어지고 물을 길어온다. 골목길에서 만나는, 나뭇단을 지거나 물을 긷는 사람이라고는 모두 아낙네들뿐이다.

이곳의 언어는 왕왕 문자를 섞어 쓰는데, 이를테면 남자의 존칭은 '관관官官'이라 하며, 흙토土 자나 마늘산蒜 자는 모두 방언을 쓰지 아니하고, '부호不好'와 같은 글자는 한자음으로 말한다. 이런 따위가 아주 많다. 귀양 와 있는 신장령申長齡이라는 사람이 원래 역관이었는데, 그의 말에 의하면 "이곳의 말소리는 중국과 흡사하다. 소나 말을 모는 소리는 더욱 구분할 수 없는 정도이다"라고 한다. 아마 풍토가 중국과 동떨어지지 않아서 그런 것인가? 일찍이 원나라가 차지하여 이곳에다 관리를 두었던 까닭으로 중국말과 섞여서 그런 것인가?

해산물로는 복어鰒魚나 옥두어玉頭魚[31]가 많이 잡히고, 산짐승으로는 곰·호랑이·여우·토끼는 없으며, 꿩은 크고 다리가 긴 별종이 서식하고 있다. 산채는 고사리가 많아서 2월이면 캐먹을 수 있고, 또 방풍防風이 특히 좋다. 과일은 귤이며 유자 등속의 종류가 많은데 9종이 되며, 금귤金橘이라는 것이 색이나 맛이 일품이다. 집집마다 푸른 치자나무를 잘라서 아침저녁으로 밥을 짓기 때문에 마을에서 2, 3리 떨어진 곳까지 향기로운 바람이 그치지 않는다. 한라산 이북은 항상 북풍이 부는데 팔방의 바람 중에 북풍이 가장 사나워서 제주 한 고을에는 수목이 모두 남쪽을 가리키고 닳아진 빗자루 모양이다. 매양 바람이 일어나면 해수의 물보라가 비처럼 뿌려서 바닷가 십리 안쪽으로는 초목이 온통 소금기가 배어 있다. 대정·정의 두 고을 경내는 예로부터 북풍이 불지 않는다. 한라

---

31 옥두어: 옥돔 혹은 옥돔과의 물고기를 말한다.

산 북쪽에는 바람이 하늘을 흔들고 바다를 넘어뜨릴 지경이더라도 한라산 남쪽은 가는 풀도 까딱하지 않는 경우가 있다. 그래서 남쪽 지대는 배나 따뜻해서 장기瘴氣 또한 더 심하다.

제주도 풍토를 표현한 율시 한편을 지었다.

큰 바다는 아득히 하늘과 맞닿았는데,
온 고을 백성과 만물이 섬 위에 두둥실 얹혀 사네.

한라산 꼭대기의 구름 노을 예와 같고,
성주촌星主村("신라에서 탐라 왕자에게 '성주'라는 칭호를 내려주었다."─원주)
주변에는 초목이 성글어라.

과일 중엔 금색 귤이 가장 맛이 좋고,
반찬으론 옥두어가 빠지지 않더라.

나무통에 물을 길어 아이 업듯 짊어지고
집집마다 담장을 돌로 쌓았구나.

파도소리가 밤낮으로 벼락치듯 하여 꿈자리가 늘 편안하지 못했다. 이에 한편을 짓다.

하룻낮 하룻밤 온 시각을
파도소리 내내 성곽을 흔드네.

이곳 사람 노상 들어 귀에 익건만
나그네는 마음이 뒤숭숭.

안석案席에 기대어 대낮에 졸고
등불을 돋우고 밤을 지새노라.

복암사伏巖寺[32] 깊은 골짝에서
솔바람 듣던 때와 견주어 어떠한가?

제주濟州에 열부烈婦가 있었다. 부친이 판관判官 조인후趙仁後의 보고
에 의거해 조정에 아뢰어 정문旌門을 세워주도록 청하였다. 나는 열부를
위해 전傳을 지으니 이러하다.[33]

제주 곽지리郭支里 사람 사노私奴 연근連斤의 처이다. 그 이름은 천
덕千德이니 어려서부터 재주있고 자색이 고왔다. 결혼해서 부부가 되
어 살림을 꾸린 지 20년쯤 지났을 때다. 지아비는 공물貢物 수송을 위

---

32 복암사(伏巖寺): "복암사는 금성산 기슭에 있다. 내가 글을 읽으며 머물던 곳이
  다."—원주. 금성산은 나주 고을의 진산인데 그 서남쪽 줄기로 신걸산(信傑山)이 있
  고, 복암사는 신걸산 안에 있다. 이 산이 전부터 나주 임씨의 선산(先山)으로 되어 복
  암사는 거기 속해 있었던 것이다. 복암사는 현재도 남아 있다.
33 제주읍지에는 다음 기록이 보인다. "비(婢) 천덕은 일찍 그 지아비를 여의고 애성(哀
  誠)을 극진히 하여 조석 상식(上食)을 하고 3년 후에도 삭망전(朔望奠)을 드렸다. 사람
  들이 많이 색을 좋아하고 재물을 탐하여 혹은 관에 고발하여 곤장으로 겁박하고 혹은
  그 아비를 이로움으로 달래어 유혹하기도 했으나 죽음으로 맹세하여 단발을 하고 목
  을 매는 데 이르는 등 거의 죽다시피하다가 다시 살아났다. 종신토록 수절을 하였다.
  만력 5년(1577년)에 정문旌門이 내렸다."(『湖南邑誌』濟州 烈女條)

해 뭍으로 향해 가다가 화탈도火脫島 바다에서 배가 침몰되어 죽었다. 천덕은 붕성崩城의 눈물[34]을 흘렸는데, 눈물이 다 마르자 피가 나왔다. 3년 동안 애통해하며 상식上食을 폐하지 아니하였다.

그리고도 삭망朔望이나 명절이 되면 화탈도 쪽을 향해 설위設位를 하고 제를 드리며 하늘에 부르짖고 몸부림치니 이웃에서 듣고 보는 이들은 누구나 안쓰럽게 여겼다.

후에 죄짓고 귀양 온 어떤 자가 천덕을 더럽히려고 좋은 말로 유혹하였으나 끝내 듣지 않자 마침내 관가에 고발하여 위협하는 과정에서 곤장 80대를 맞는 데에 이르렀다. 이에 천덕은 겉으로 순종하는 척하여 풀려나왔다. 자기 친척들에게 "이 자가 분명 나의 재물을 탐낸 것입니다" 하고 옷 한벌, 소 한마리, 목면木棉 30끗〔端〕을 바치고서야 벗어나게 되었다.

또 애월소涯月所의 여수旅帥로 있던 자가 제 세력을 믿고 사람을 시켜 감언이설로 그 아비 김청金淸을 회유했다. 그 아비는 딸을 여수에게 주기로 약속해버렸다. 천덕은 속내를 전혀 모르고 있다가 화촉華燭을 밝히는 저녁에야 비로소 알았다. 이에 목을 놓아 울며 스스로 집에 불을 질렀다.

이튿날 아침에 제 손으로 목을 매달아, 그 자녀들이 황급히 구출하여 거의 죽다 깨어났다. 다시 또 자기 머리털을 자르고 더럽고 해진 옷을 걸치고서 죽기로 맹세하니, 그 아버지도 깨닫고 더 강요하지 못했다.

천덕은 나이 39세에 지아비를 여의고 지금 60여세가 되었다. 전후로 강포한 자에게 겁탈을 당할 위기가 한두번이 아니었다. 그럼에도

---

34 붕성(崩城)의 눈물: 남편의 죽음에 슬퍼함을 표현한 말. 남편의 죽음으로 인한 절망감을 성이 무너진 데 비유해서 붕성지통(崩城之慟)이라 한다.

두 지아비를 섬기지 않는 뜻은 종시 변치 않았다. 아무리 옛날의 열녀라도 이보다 더 장할 수 있으랴!

더구나 천성이 효도에 지극하여 부친이 80여세로 병상에 누워 있는데 천덕은 옷을 벗지도 않고 밤낮으로 간병하며 약시중을 들었다. 곽지리 사람들은 모두 그 효성에 감동을 받았다 한다.

소치嘯癡는 이에 덧붙여 논한다.

"천덕은 남쪽 변방의 일개 미천한 여자다. 호미질하고 김매는 일이나 하였으니 당초에 규문閨門의 범절이란 알지 못했으며, 베 짜고 길쌈하는 것이 업이었으니 언제 여훈女訓의 범절을 배워 익혔으랴? 그럼에도 오직 사람을 섬김에, 절조가 빼어나 심상한 경우로는 비교조차 하지 못하리라. 이야말로 천품이 순수하고 얌전하며 배움을 기다릴 것 없이 능한 것이다. 그러니 인간의 본성이 선하다는 말은 더욱 무시할 수 없음을 알 수 있다.

아아! 세상의 남자로 태어난 자들이 오로지 이해만 생각해서 심지어는 형제간에 서로 싸우고 친구간에 배반하니, 크게는 나라가 망할 때와 위급한 즈음에 당해서 나라를 파는 자, 임금을 잊은 자가 있다. 천덕의 죄인이 되지 않는 자 드물 것이다. 슬픈 일이로다!"

여관에 서책이라고는 하나 없는데 마침 두보杜甫의 완화첩浣花帖[35]으

---

35 완화첩(浣花帖): 두보의 「복거(卜居)」라는 시의 첫 구절이 '浣花流水'로 시작된다. 완화계는 성도(成都)에 있는 지명인데 두보가 이곳에 우거한 적이 있어서 지은 것이다. 완화첩은 두보의 칠언 율시 8편을 쓴 서예작품으로 '완화'가 첫머리에 나오기 때문에 붙여진 이름이다.

로 병풍을 꾸민 것이 있었다. 이에 마음이 닿는 대로 거기에 화답했다.
무인년(1578) 봄 정월.[36]

1

아름다운 이 섬의 풍광 머리 세지는 걸 견딜 만한데
그윽한 고향마을 금호錦湖의 집 못내 그리워라.

음습한 구름 비 날리는 듯 비는 분명 아니요
나그네 시름없이 절로 시름에 잠긴다오.

뜨락에 매화 피었으되 봄은 상기 쌀쌀하고
베갯머리 바다에 잇닿아 꿈도 둥둥 떠가려고.

삼신산 언약 두어 하염없이 기다리노니
어느날 봄바람에 돛을 높이 띄울 건고?

(봄이 와서 눈 녹을 때를 기다려 부친께 아뢰고 한라산에 한번 유람할 생각이기에 위

와 같이 읊은 것이다.─원주)

2

군문軍門이라 아침저녁 들리나니 쇠북 소리
갑에 든 용천검龍泉劍 때때로 우는구나.

---

36 이 시가 원집의 권3 장39~40에 수록되어 있다. 제6수는 원집에 빠져 있는 것이며, 양
쪽의 글자가 약간 들고남이 있다.

바닷산에 바람 불어 비 기운 걷히고
길가 나무 해 기울자 연무도 짙어간다.

글이야 겨울 석달 내내 읽어 무엇하리
베옷을 입고 나니 만호후萬戶侯 마음 없소.

영주瀛洲로 찾아가서 신선이나 만나려니
기원琪苑의 길 아득하여 눈조차 시리다오.

　　3
남국으로 근친 와서 한해 저물어 지났는데
나그네 시름겨워 석양이면 난간에 기대 서오.

높은 누각 뿔피리 소리 하늘로 날아 아스라하고
깊은 밤 푸른 등불 꿈을 비춰 차가웁소.

이 좋은 섬의 풍광은 마음에 진작 맞았거늘
매화꽃 소식이 홀연히 끊긴단 말인가.

사나이 힘을 다해 오장육부 바쳐야지
인간 세상 가는 길이 어렵다 말을 마소.

　　4
눈을 들고 휘파람 부니 바다와 하늘 무한한데

나이 삼십에 벌써 머리끝이 희끗희끗.

말 달리고 활 쏘는 것만 용맹이 아니라오.
달의 정情, 구름 모습 이것이 어찌 문장이랴!

웅걸한 마음 솟아라 세번 부는 호각 소리
고요히 쳐다본다 한가닥 타는 향불.

맑은 충심 가져다가 임에게 바치고자
왕도정치 배우기 한평생 부족하구나.

     5
쌍봉雙峰을 바라보고 집 한채 얽고 싶어
어느 제나 돌아가서 묵은 밭 가꾸려나.

한 구역 산수에 구름 안개 마냥인데
먼지 천길 쌓인 속에 해와 달이 바쁘다오.

수리새 빼어난 나래 감추는 게 무던하고
좋은 향기 풍기는 걸 지란芝蘭은 원치 않소.

당생唐生[37]을 찾아가 점치기 아예 마오.

_____

37 당생(唐生): 당거(唐擧)를 가리킨다. 중국의 전국시대에 관상을 잘 보기로 유명한 인
물. 관상법을 당거술(術)이라고 일컫기도 했다.

사람의 앞길, 종당엔 저 하늘에 달려 있지.

6

상전桑田이 벽해碧海로 뒤바뀌는 얼마나 많은 세월 겪었느뇨?
큰 자라 위에 저 선경은 옛 모습 그대로 바다에 떠 있구나.

모홍혈毛興穴의 허탄한 이야기 사람들 듣고 말하지만
누가 알아보리 피세避世의 영웅을.

밭을 갈아 살아가는데 나라의 교화 미친 지 오래로되
성황당 전래의 습속 남만의 풍속과 비슷하군.

머리 들어 옥경玉京을 바라보니 구름과 파도로 가로막혔네.
금고琴高[38]가 타고 놀던 금잉어를 나도 얻어타고 건널 수 없으랴!

7

높은 벼슬 나는 싫고 갈건葛巾 쓰기 소원이라오.
내 생애 아무렴 청빈을 싫어하랴.

하늘 높이 나는 학이야 어느 누가 잡을 건가.

---

38 금고(琴高): 전국시대 조(趙)나라의 전설적 인물. 금(琴)을 잘 탔는데 불로장생의 술
   법을 배웠다. 그는 탁수(涿水)에 용을 타고 들어가서 한달 놀다가 돌아오겠다고 제자
   들과 약속하고 떠나더니 과연 기일이 되자 붉은 잉어를 타고 나왔다. 그리하여 한달
   남짓 머물러 있다가 다시 물속으로 들어갔다고 한다.

연파烟波에 노는 저 갈매기 길들이기도 쉽지 않지.

부귀공명 누릴 팔자 도리어 부럽잖고
조각배 오호五湖로 떠난 그 사람 종종 생각나오.

우경牛經을 읽고 나니 한가한 정 깃드는데,
귀전歸田을 못하고서 새해를 또 맞는구나.

　　8
속세 밖의 물과 산 천지는 너그러운데
인간이라 가는 곳엔 거센 물결 이는구나.

적막한 남국에서 칼 두드리고 탄식하며
동문에 괘관掛冠 못해 서글픈 신세려니.

고향 꿈길이 멀다 어이 관계하리오.
매화는 봄 추위를 본디 겁내질 않소.

이 몸이 영주瀛洲를 찾아 살아를 보려니
푸른 잣나무 붉은 노을 먹거리가 될 것인지?

사기병에다 물을 담고 매화 한가지를 꽂아놓았다. 부친을 모시는 여
가에 담담히 마주보며, 때때로 신장령과 유정걸이 바둑 두는 것을 구경
하다가 밤이 이슥해서 파하곤 했다.[39]

1

호사한 저택 허성한 울타리 모두 관계치 않지만
일년에 피고 지는 걸 때없이 하긴 괴로워라.

옥호玉壺의 맑은 물에 봄빛을 훔쳐왔나?
홀로 창문을 향해서 진종일 바라본다오.

2

청등靑燈은 깜박깜박 동헌이 썰렁한데
군호 내린 중성重城에는 화각畫角소리 잦아들고.

밤 깊어 바둑 파하자 손들도 흩어지니
옥병玉瓶에 갓 핀 매화 홀로 남아 나를 보네.

3

창공엔 구름 한점 없이 별들만 유난히 밝은데
한바다 파도소리 관문을 막힘없이 들어오네.

삼년 묵은 폐병이 이 몸에서 멀어가는 듯
한판의 오도吳圖⁴⁰는 천고의 정회인가.

---

39 아래 시는 원집의 권3 장2~3에 제2수만 실려 있다.
40 오도(吳圖): 바둑에 관련된 문자. 바둑의 판도를 지칭한다.(杜牧「送國棋王逢」: "絶藝如
君天下少, 閑人似我世間無, 別後竹窗風雪夜, 一燈明暗覆吳圖.")

정월 26일은 막내아우 탁忻의 생일이다. 이 아우가 시방 부친의 슬하에 있어 바라보노라니 서글픈 마음이 일어 오언五言 고시古詩로 한편을 짓다.

부인들 어린 자식에게 사랑이 기울기 마련
우리 어머님 너를 더욱 귀여워하셨거든.

네 나이 여섯살 나던 그해
애닯게도 어머님을 잃었느니라.

땅속에 묻히신 지 어언듯 칠년,
이 형의 문과 급제 어머님은 모르시겠지.

정월이라 스무엿샛날
바로 네가 태어난 그날.

어머님의 수고로움 생각해보니,
은혜를 갚자 한들 끝이 있으랴!

어머님 지금 살아계셔도
춘추가 이제 겨우 오십이신걸.

아우야, 너도 이제 옛글을 읽는구나

새벽에 너를 대하자 눈물이 난다.

새벽 창에 새소리를 듣고

새벽별 드문드문 구름이 나직한데
남녘땅 연화烟花는 꿈속에 어슴푸레

새들아 너희들도 봄의 뜻을 아느냐?
맑은 새벽 창 밖에서 마냥 우는구나.

한라산에 눈이 가득 쌓여 올라가고 싶은 뜻을 이루지 못하였다. 2월 초닷새 밤 꿈에 고원에 올라 멀리 바라보니 봉우리들이 의구하고 푸른 수목이 겹겹이 둘렸는데 무언가 학처럼 희고 깨끗해 보이는 것이 있었다. 나는 처음에 학으로 여겼는데 곁에 어떤 사람이,

"학이 아니라 잔설殘雪이다."

라고 말하기에 자세히 살펴보니 과연 눈이었다. 그래서 나는 농담으로,

"흰 눈의 흰 것이 흰 학의 흰 것과 무엇이 다른가?"

하고 말했다. 꿈을 깨고 나니 기이한 취향이 느껴지기에 마침내 절구 한수를 읊는다.

푸른 나무 천겹만겹 산은 더욱 적막한데
객지의 밤 외로운 꿈 눈앞에 어른어른.

한마리 청계학淸溪鶴인가? 탐이 나서 바라보니

흰 눈이 녹질 않고 바위틈에 남은 거라네.

군문에 해가 저물자 가슴속이 끓어 비장裨將들과 이야기를 나누던 끝
에 또 절구 한편을 지어 회포를 풀었다.

뇌락한 가슴속을 그 누가 알리오!
웃으며 떠들다가 바보처럼 앉았노라.

명월은 자연이라 아무런 뜻도 없이
누마루 맑은 밤에 매화 가지를 비추누나.

2월 10일, 흐림. 선산仙山을 오래 바라보고만 있자니 마음이 답답하고
재미가 없었다. 문득 산척山尺[41]이 와서 알리기를,
"산 남쪽 기슭으로는 눈이 거의 다 녹아서 인마人馬가 통행할 수 있
다."고 한다. 이에 부친께 들어가 아뢰고 귀양 와 있는 사람 신장령申長
岭과 금반琴伴 유정걸柳廷傑 두 사람과 함께 각기 토산품인 초관草冠을 쓰
고 서문 밖으로 나섰다. 10여리를 가다가 도근천都近川 상류에서 잠깐
쉬었다. 이때 갑사甲士[42] 김예영金禮英이 호행護行하기 위해 뒤따라와서
추로주秋露酒 한 병을 전했다.
날씨가 비 올 조짐이 보이기에 채찍을 재촉하여 산으로 올라갔다. 갑

---

41 산척(山尺): 산에서 사냥을 하거나 약초를 캐는 일로 살아가는 사람. 천인으로 취급
되었기에 쓴 호칭이다. 산자이.
42 갑사(甲士): 의흥위(義興衛) 편제 속의 군인의 한 명칭. 여러가지 임무를 띠었던바 서
울에 올라와 숙위(宿衛)하는 갑사, 변경에 수자리 사는 갑사, 호랑이 잡기 위한 착호
(捉虎) 갑사 등이 있었다.

자기 안개비를 만나자 길이 깜깜하여 분간하기 어려웠고 행장도 푹 젖었다. 산자락 위쪽으로 올라가니 아직 얼음과 눈이 녹지 않아서 곳곳마다 한길 깊이나 쌓여 있다. 사람과 말이 눈 속으로 빠져들어 부득이 말을 버리고 걸었다. 어려움을 무릅쓰고 간신히 존자암尊者菴[43]에 당도하니 해는 석양 무렵이었다.

산승 청순淸淳이 나와 영접하는데 그는 지난번 한라산 남쪽의 눈길에서 만났던 그 중이다. 밤이 되자 등불을 켜고 맑은 이야기를 나누다가 무심코 한라산에 대한 장률長律 한편을 지었다.

장백산 남녘이요 약목若木의 동쪽
푸른 연꽃이 파도 위에 높이 꽂힌 듯.

선학仙鶴은 하늘에서 훨훨 내려오고
신오神鰲는 태곳적부터 기세도 웅장해라.

정상을 바라보면 언제나 검은 구름 감돌고
하늘이 어둑할 때부터 해바퀴 붉게 솟네.

칡넝쿨 산죽이 오솔길 뒤덮고
풍경소리 쇠북소리 절문은 닫혀 있네.

---

43 존자암(尊者菴):『신증동국여지승람』의 제주 불우(佛宇)조에, "존자암은 한라산 서쪽 마루에 위치해 있는데 그 골짝에 돌이 수도하는 중의 형상을 하고 있어 '수행동(修行洞)'이라고 부른다." 하였다.

지령地靈보다 위대한 것 없는 줄 분명히 알겠으니
기이한 물건 좁은 섬에 이다지 많이 나오다니.

칠분七分의 괴두魁斗는 전해오는 고적古蹟이요[44]
세 곳의 금성탕지金城湯池 절제사가 다스리네.[45]

들판에 수많은 적다마赤多馬들 나라에서 기르는 말
마을마다 귤과 유자, 가을의 풍광일세.

멀리서 온 나그네의 구경거리 풍족하니
눈사치 끝없는 욕심 괴이하다 하지 마오.

선계仙界를 그려 꿈꾸기 몇번이던가
일년의 해수海戌에 쪽배 타고 들렀노라.

지금 나 여기 청명절에 오르니
산비는 부슬부슬 월계수를 적시네.

---

44 이 구절에 겸재유고본에는 원주가 달려 있는데 "유적이 제주 성내에 있다"는 대목
만 확인되고 이 앞 대목은 판독이 되지 않는다. 『신증동국여지승람』의 제주목 고적조
에 '칠성도(七星圖)'라는 항목이 있는바 "성내에 유적이 있는데 삼성(三姓)이 처음 나
와서 삼도(三徒)를 분점하고 북두칠성 모양으로 축대를 쌓아 나누어 차지했다. 그래
서 '칠성도'라고 한다"고 기록해놓았다.
45 이 구절에는 "세 고을을 가리킨다"는 원주가 달려 있다. 제주도는 제주부와 정의현,
대정현으로 고을이 나뉘는데 제주부의 목사가 절제사를 겸하여 행정·군사업무를 통
괄하는 상황을 표현한 내용이다.

2월 11일, 바람이 화창하고 날이 따스해 새들도 서로 화답하는 듯 울었다. 느지막이 짚신을 챙겨 신고 김예영을 시켜 큰 도끼를 가지고 나무를 치고 얼음을 깨며 길을 터서 인도하도록 한 다음, 혹은 말을 타고 혹은 그냥 걷다가 남여藍輿를 타기도 하여 오백장군동五百將軍洞을 찾아가서 노닐었다.

오백장군동은 일병 영곡靈谷이라 하는데 충충의 산굽이가 하얗고 깨끗하여 옥병풍을 친 듯 빙 둘러 있다. 세줄 매달린 폭포가 한 골짝으로 거꾸로 쏟아지고 있다. 그 사이에 옛 단壇이 있고 단 위에는 한그루 복숭아나무가 서 있다.

이에 단 위로 가서 총죽叢竹을 깔고 앉아 남명南溟의 바다를 굽어보니 만리가 한결같이 푸르다. 참으로 이 섬의 제일로 치는 동천洞天이라 하겠다.

또한 그곳의 기암들이 마치 사람 모양으로 물가의 산 위에 무려 수백 수천개가 서 있다. 오백장군동이라는 이름은 아마도 이 때문에 붙여진 것이 아닌가 한다. 오래도록 기이함을 탄식하며 둘러보다가 존자암으로 돌아왔다.

그리고 바둑 두는 것을 구경하다가 어느덧 황혼에 이르렀다. 대정고을 원이 비장을 시켜 식량 및 두 종류의 색다른 귤橘을 보내왔다.

오백장군동五百將軍洞

옛날, 한漢나라가 천하를 차지하니
전횡田橫은 해도에 들어가고 말았다네.
전횡을 따라간 5백 의사義士들

굳센 기개 창공을 휩쓸었구려.

한나라는 전횡을 불러 제후로 삼았는데
전횡은 낙양洛陽으로 가는 길에 자살했다네.
섬에 남아 있던 5백 의사들
이 소식을 들었으니 어찌하겠나.

영웅의 마음 모두들 격렬할밖에
죽음으로 지기知己에 보답했다네.
그 영혼 한토漢土에 있기 부끄러워서
머리카락 휘날리며 동쪽으로 건너왔다지.

여기 선계에 닿자마자 돌로 변하여
한바다 가운데 우뚝 서 있소.
일편 단심丹心은 만고에 우뚝이
바다 위 외로운 저 달을 보소.

길손이 먼 생각을 일으킬 적에
영풍英風이 귀밑머리 휘날리누나.
이제 한마디 말로 원혼을 위로하노니
한신韓信·팽월彭越 그네들도 죽음을 당했더라오.

영곡에서 돌아온 뒤에도 선흥仙興을 이기지 못하여 또 보허사步虛詞를
지었다.

옥동진인玉洞眞人 뵙고 나서 학 타고 돌아오니
밝은 구름 나직이 자연의紫烟衣를 적시누나.

바둑 한판 끝낼 즈음 하늘이 동트는데,
요단瑤壇에 달이 비쳐 별들은 드문드문.

2월 12일, 구름이 자욱해서 정상에 오르지 못하고 존자암에 머물러
있었다.

나그네 수심 저절로 스러지누나
띠집 암자 산 중턱에 매달렸으매.

찬 기운 초석 사이로 스며드는데
자욱한 안개 하의荷衣를 적시네.

일이 없고 보니 낮잠 자기 알맞은데
찾는 이 없어 빗장이 노상 잠겨 있고

한가로운 기약은 대개 이 같거니
세속 일에 가까워지길 원치 않노라.

엊그제까지 성중에 있으면서 멀리 한라산을 바라보면 중턱 위로 흰
구름이 항시 덮여 있었다. 지금은 내 몸이 구름 위에 있음을 깨닫고 우

체優體[46]로 시를 짓고 '백운편'이라 제목을 붙인다.

흰 구름 하얗기는 견줄 데 없고
흰 구름 높기는 헤아리지 못하겠다.

하계下界에선 흰 구름이 높은 줄만 알고
흰 구름 위에 사람 있는 줄 모르겠지.

흰 구름 위에 있는 사람 저절로 알랴?
고개 들면 하늘문이 한길 남짓인 줄

가슴속에 울퉁불퉁 불평스런 일들
하늘문 두드리고 말끔히 씻어보리라.

밤에 중과 이야기하다가 노인성老人星에 관해 말이 나왔다. 중의 말
은, "여기 와서 머문 지가 근 이십년 가까운데 아직 보지 못했고, 다만
늦가을이나 초겨울이면 계명성啓明星 같은 별이 나타나 남극南極을 두어
발쯤 벗어나다가 사라져버리며, 따로 특이한 별은 없다"는 것이었다.

세상에 떠도는 말, 노인성이란 별
아스라이 저 하늘 남쪽 끝에 있다지.

46 '우체(優體)'는 유희적으로 짓는 시체(詩體)로, 배체(俳體) 혹은 배해체(俳諧體)라고
도 부른다.

이 산을 오르면 보인다는데
그 별 크기는 둥근 달만 하다고.

이제 노장의 말씀을 들어보니
아직껏 구경한 일 없다는구나.

저 노인성 옮겨다 하늘 복판에 걸어두고
온 천하를 장수하는 세상 만들 수 없을까.

노승이 들려준 이야기.
"여름밤에는 사슴이 무리지어 시냇가로 내려와 물을 마시곤 합니다. 근래 산척山尺이 활을 가지고 시냇가에 엎드려 엿보니, 사슴이 떼로 몰려와서 그 수가 백마리인지 천마리인지 셀 수 없는 지경인데 그중 한마리가 제일 웅대하고 털빛이 흰빛을 띠었더랍니다. 이 사슴의 등에는 백발 노옹이 타고 있지 않겠어요. 산척은 놀랍고 괴이하게 여겨 감히 범하지 못했으며 뒤에 처진 사슴 한마리만을 쏘아 잡았답니다. 이윽고 노옹이 사슴떼를 점검하는 것 같더니 한가락 휘파람을 불고는 눈 깜짝할 사이에 사라졌더랍니다."
역시 기담奇談이다.

만길이나 솟은 신비한 산
바다에 잠겼어라 푸른 그림자.

이 산속 백발의 늙은이

백록을 타고 노을을 마신다네.

휘파람 두세가락 길게 뽑자
천봉우리에 비추는 바다의 달.

2월 13일, 바람과 안개가 심히 일어 존자암에 머물렀다. 통판通判이 양
식과 술을 보내왔다. 종일토록 먹장 구름이 눈을 가려 마음이 몹시 무료
했다. 신·유 두 사람은 등불을 돋우며 바둑을 두었다. 홀로 앉아 구름을
헤치는 의미의 「발운가撥雲歌」를 지어 천지신명에게 도움을 청해보았다.

만력萬歷 육년 봄 이월에
하계의 어리석은 자가 소원이 있사옵기로
바다 가운데 산 위에서
깨끗이 재숙齋宿한 다음
심향心香 한가지 꽂아놓고
지극정성으로 비나이다.

위로 더없이 높으신
옥청존玉淸尊께 통하고
아래로 운사雲師와 풍백風伯
산신령님네들까지 모두
굽어 살펴주옵소서.

소인이 시원치 않아

신명과 부합하기 어렵지만
장유壯遊 기관奇觀 좋아하는
그 마음이야 아시리다.

거문고에 칼 한자루
짧은 베옷 걸치고서
고금의 하염없는 시름에도
노랫소리 호탕합니다.

티끌 같은 세상 풍속에
과거급제 귀히 여겨
지난해 금마문金馬門에 적籍을 두니
바로 가을바람 늦은 때입니다.

어사화 높이 꽂고
넓은 바다 건너와서
어버이 기쁘게 하고
천은天恩에 감사드리고자

아버님 찾아뵌 만리 길
고향의 매화도 다 지는데
진작 선산仙山을 찾지 못한 것이
한스럽나이다.

여윈 말에 채찍질 자주 하니
도롱이 적시는 걸 꺼려하리까.
선방禪房의 사흘 밤에
번뇌가 사라졌습니다.

온화한 바람 봄 햇살에
오백장군동五百將軍洞 찾아들어
푸른 벼랑 차가운 물
그윽한 정경 둘러보고

최고봉에 올라가서
하늘과 바다 얼마나 큰지
한번 실컷 바라보려는데
검은 구름 거센 바람에
나그네 회포는 쓸쓸합니다.

부들방석에 쪼그려 앉으니
온갖 생각 썰렁해지고
그저 시름에 겨워 귀밑머리만 희어집니다.

"사람의 지극한 소원은 하늘도 들어준다."
이는 예로부터 있는 말이거늘
신령님은 어찌하여
이 말씀을 지키지 않으십니까?

저는 바라옵나니
바람 맑고 구름 걷히고
바다는 푸르고 하늘은 열려
대천세계 망망한데
저로 하여금 정상에 올라
마음껏 둘러보고
가슴속에 막힌 찌꺼기를
한꺼번에 씻어내게 해주소서.

스스로 헤아리되
저의 정성은 실로 보통이 넘어
신명께서 감동하실 여지가
결코 없지 않으리니.
내일 아침이면 보게 되리
밝은 해 솟아오르는 것을.

2월 14일, 존자암에 머물러 있었다. 큰비가 밤에서 낮까지 그칠 줄 모르고 줄곧 내렸다. 운무가 사방을 꽉 막아서 방안이 낮에도 어두웠다. 바람이 비를 몰아다 창문을 들이치니 창호지가 온통 찢어졌다. 초석으로 창을 가리고 위로 반자쯤 남기어 빛이 들도록 하였다. 신·유 두 사람더러 바둑을 두게 하여 구경하면서 종일토록 방문 밖을 나가지 않았다.
　저녁 무렵에 청순淸淳이 밖에서 창문을 열어 내다보니 빗줄기가 그쳐가는 것 같다. 얼음과 눈이 이제 반이나 녹아 산의 움푹한 곳에만 잔설이 약간 남아 있었다. 지난 닷샛날 밤에 꾸었던 꿈이 이제 와서 비로소 맞는 듯싶었다.

안개가 걷혀가며 자못 청명한 빛이 돌아왔다. 짧은 구름은 비단같이 바다 위로 고루 깔리고 도서는 또렷해져 실낱까지 구분할 수 있을 것 같았다. 어젯밤에 지은 「발운가」를 읊으니 호방한 흥취가 절로 솟구쳤다. 그런데 어찌 예상했으랴! 해가 지면서 구름이 몰려들어 비가 다시 내리는 것이었다. 옛날에 한이부韓吏部[47]는 능히 형산衡山의 운무를 물리쳤거늘 나는 능력이 옛사람에 미치지 못한 것이 한스러울 따름이다. 이에 다시 읊조렸다.

사나이로 태어나 초목과 다름없단 말인가
신명을 감동시키지 못하다니.

내일도 역시 쾌청하지 않는다면
채찍을 휘둘러 제주성으로 돌아가리라.

2월 15일, 향불의 연기가 꼿꼿이 오른다. 아침 해가 창문을 환히 비추고 바람이 산들산들 새가 지저귀었다. 잔설이 녹아서 봄물이 흘렀다. 동행들이 모두 기뻐 "오늘의 유람은 하늘이 우리에게 주신 것입니다"고들 말했다.

식사를 재촉해 끝내고 행장을 단속하여 영곡靈谷 동구를 지나가는데

---

47 한이부(韓吏部): 한유(韓愈)의 별칭. 이부시랑(吏部侍郎)을 지낸 적이 있기 때문에 붙여진 칭호. 한유가 형산에서 운무를 만나 제문을 지어 읽자 운무가 걷혔다는 말이 전한다.

여러 봉우리들이 비로 씻겨 옥잠玉簪이 쫑긋쫑긋한 듯 보였다.

이에 남쪽 기슭으로 올라갔다. 소나무 종류가 잣나무도 아니고 삼杉나무도 아니고 회檜나무도 아닌데 미끈하게 열을 지어 하나같이 일산 모양을 하고 서 있다. 중은 계수桂樹라고 일러준다. 산척山尺이 그 나무를 찍어 희게 만드니 돌아가는 길을 표시한 것이다. 내가 그것을 보고 농담을 했다.

"너 역시 계수나무를 찍는 사람[48]이냐?"

반령半嶺에 다다르니 거기는 초목이 전혀 없고 만향蔓香이 온통 덮었는데 그 잎은 측백나무와 비슷했다. 미풍이 일어나자 기이한 향기가 가득 찼다. 고개를 돌려보니 산방산山房山과 송악산松岳山이 저 아래로 발밑에 있었다. 간밤의 비가 지상의 먼지를 씻고 바다의 음울한 기운을 걷어내어 오르고 또 오를수록 선경이요 한걸음 한걸음에 기관奇觀이 나타났다.

여기저기 서성거리고 있는데 청순淸淳이 지초芝草 두어 뿌리를 캐가지고 나에게 주며 말하기를,

"빈도貧道가 어젯밤 꿈에 어떤 사람이 영지靈芝를 족하足下에게 줍디다. 깨고 나서 마음에 몹시 이상히 여겼는데 지금 이걸 은근히 드리게 되니 꿈과 부합합니다."

나는 웃으며 말했다.

"옛사람의 시구에 '선재仙才를 지녔으되 자신은 모르고서 십년이나 자화지紫華芝를 꿈꾸노라.(自有仙才自不知 十年長夢紫華芝)'고 하였는데 바로

---

48 계수나무를 찍는 사람: 원문은 "斫桂人". 달 속에는 5백길이나 되는 계수나무가 있어 어떤 사람이 그 나무에 계속 도끼질을 한다는 전설이 있다. 그 사람은 오강(吳剛)으로 선도(仙道)를 닦다가 죄를 짓고 달 속에서 귀양살이하는 것이라 한다.(段成式『酉陽雜俎』)

이와 같구먼."

올라가는 길에 간혹 적설이 아직 녹지 않은 곳을 만났다. 사람들 말이,
"여기는 낭떠러지라 깊이가 아마 십여길 될 겁니다. 온 산의 눈이 바
람에 몰려 이곳으로 밀려오는데 오월이 되어도 다 녹지 않지요."
라고 했다. 나와 신·유 두 사람은 오싹해서 그곳을 조심조심 지나갔다.
계곡 아래 장송長松이 눈 속에 파묻혀 겨우 한치쯤이나 눈 위로 푸른빛
이 보일 따름이었다.

한라산 아래 평지에서 존자암까지 30리 가량이요, 존자암에서 여기
까지 역시 30여리이다. 그런데도 정상을 쳐다보니 평지에서 바라보는
높은 산 같았다. 봉우리 형세가 우뚝 막아서 마치 솟아오른 것처럼 보였
다. 그래서 말을 내려 막대를 짚고 오르는데 열걸음에 한번 쉬었다. 목
이 말라 견디기 어려워서 아이종을 시켜 바위 밑에서 얼음을 따오게 하
여 씹으니 경장瓊漿[49]을 마시는 것 같았다.

최정상에 당도하자 그곳은 움푹 파여 못을 이루고 있다. 석봉石峰이
둘러싸서 주위가 7, 8리나 되어 보였다. 바위에 기대어 굽어보니 물은 유
리알같이 맑아 깊이를 측량할 수 없다. 못 주위로 흰모래가 깔리고 향기
로운 덩굴이 뻗어 구질구질한 것이라고는 한점도 눈에 뜨이지 않았다.

인간세계의 바람과 3천리나 떨어져 있으니 난소鸞簫가 들리는 성싶고
황홀히 지거芝車가 보이는 듯하다. 그 우뚝 융기한 형상이나 바위가 쌓
인 모양이 무등산無等山과 흡사한데 높고 크기는 배나 되는가 싶다. 세
상에 전하는 말에 "무등산과 한라산은 암수로 짝을 이룬 산이다." 하는
데 필시 이 때문일 것이다.

---

49 경장(瓊漿): 신선이 마시는 음료를 가리킨다. 이것을 마시면 불로장생을 할 수 있다
고도 한다.

산 위의 돌은 다 적흑색으로 물에 들어가면 둥둥 뜨니 또한 진기한 일이다. 눈앞에 펼쳐진 것으로 말한다면 해와 달이 비치는 데 따라 배와 수레가 닿지 못하는 곳까지 두루 미칠 수 있겠으나 나의 시력의 한계로 단지 하늘과 물 사이에 그칠 따름이다. 역시 한스러워할 노릇이다.

사람들 말이, "등반하는 사람이 여기 당도하면 꼭 소낙비를 만나는데 오늘처럼 청명한 날씨는 처음 본다"고 한다. 멀리 하늘 저쪽을 바라보니 바다 위에 무슨 물체가 둥글어 수레 위의 일산과 같다. 희고 검은 것들이 점점이 열을 지어서 마치 바둑판 위에 놓인 바둑알처럼 보였다. 모두들 섬이라고 말하는데 청순은

"빈도貧道는 매년 여기 올라와서 한두번 본 것이 아닙니다. 남쪽 바다에는 도서가 없지요. 저건 구름이외다."

고 하여, 섬이라거니 아니라거니 서로 다투고 있을 즈음에 그 물체가 점차 가까워오는데 구름이었다. 다들 돌아보며 껄껄 웃고서 내리막길로 들어섰다.

상봉에서 남쪽으로 돌아 두타사頭陀寺로 향하였다. 그 길이 움푹움푹 팬 데가 많고 산죽과 갈대가 위를 덮어 걷기가 심히 어려웠다. 15리쯤 내려가니 길이 끊어진 벼랑으로 막혔다. 두타사가 눈앞에 굽어보이는데 별로 멀지 않았다. 벼랑이 깎아지른 듯한데 눈이 깊이 쌓여 허리까지 빠졌으며, 눈이 쌓인 아래로 개울이 숨어 흘렀다. 그곳을 한줄로 서서 내려가는데 발이 빠지고 습기가 차는 괴로움은 이루 다 형언할 수 없었다.

벼랑 아래로는 큰 시내가 가로질러 흐르고 있다. 그 시내를 건너 암자로 들어갔다. 암자는 두 시내 사이에 있기 때문에 쌍계암雙溪菴이라고 부른다. 골짝이 깊고 그윽하여 또한 아름다운 절경이다. 인마人馬는 길을 돌아오기 때문에 초경初更에야 당도했다. 정의 고을 원님이 술 두병

을 보내왔지만 밝은 달이 시내에 가득 비치는데도 노곤해서들 쓰러져 일어나지 못했다. 안타까울 따름이다.

신선의 벗을 따라 영지 캐고 돌아오는 길
구름 노을 자욱한 골짝에서 돌문을 두드린다.

쇠북 소리 그친 절집 산은 적적하기만 한데
시내에 밝은 달 홀로 나의蘿衣를 비춘다.

2월 16일, 맑음. 어제는 날이 어둡고 몸도 피곤하여 주위 구경을 못했기 때문에 특이한 경치가 있는 줄은 몰랐다. 아침에 떠나면서 앞의 대臺에 나가 보니 두줄기 맑은 시내와 천길 푸른 절벽이 십분 빼어났다. 계곡을 나오면서 고개를 돌리며 섭섭한 감정을 이기지 못해 두보杜甫의 "층층 절벽에 칼날의 서릿발, 내뿜는 물줄기 구슬을 뿌리는 듯.(疊疊排霜劍, 奔泉濺水珠)"[50]이라는 시구를 읊었다. 참으로 이곳의 경관을 그려낸 셈이다. 적목赤木[51]이 어우러져 그늘을 만들어 해가 보이지 않았다. 십여리를 가서 어느 옛 절터에 들렀는데 물이 맑고 돌이 빼어나서 또한 쉬어가며, 말을 먹일 만했다.

이곳에 다다라 추정趨庭[52]을 하고 나서 고개를 돌려보니 해는 어느덧 석양이었다.

---

50 두보 시의 「대력 3년 봄 백제성에서 배를 타고〔大曆三年春, 白帝城放船〕」에 나오는 구절.
51 적목(赤木): 국어사전류에 적목은 잎갈나무로 풀이되어 있고, 이학규(李學逵)의 『물명류해(物名類解)』에는 "적목은 향나무"라고 하였다. 잎갈나무는 낙엽이 지는 나무여서 여기서는 향나무 종류가 아닌가 한다.
52 추정(趨庭): 아버지 앞에 나아가는 것을 이르는 말.

장실丈室⁵³에서 바둑 구경 파하고
대臺에 올라서 둘러볼 즈음

골짝이 깊으니 산색은 옛스럽고
바위도 늙어 물소리 기이하다.

하룻밤 묵어가니 어찌 인연 없었으랴!
다시 찾을 가약은 두지를 못하네.

훗날 서울의 밤 꿈에
구름바다로 그리움을 부치겠지.

백록白鹿이 한라산에 산다는데 사람들의 눈에 뜨이지 않았다. 전에
절제사節制使가 사냥할 때 한마리가 붙잡혀서 죽었다 한다.

한라산은 선계인지라
선록仙鹿이 무리지어 논다네.

털은 눈처럼 하얗고
도화문 점점이 박혔다지.

---

53 장실(丈室): 사방 1장(丈)쯤 되는 조그만 방.

세인은 만나볼 수 없거늘
머리 돌려 구름만 바라보겠네.

아침엔 바위 사이 지초를 먹고
저녁엔 계곡의 찬물을 마시고

신선의 자하거紫河車[54]를 끌어
한번 떠나면 삼천년 세월.

너 어찌 자신을 돌보질 않다가
사냥꾼의 손에 잡혔단 말가.

해월海月은 찬 산에 떠서 시름겨운데
숲속의 동무들 슬피 부르누나.

충암冲菴 김선생의 사당이 낙성落成이 되자 조판관이 나에게 기문을
청하기에 이렇게 지었다.

옛날 사우祠宇는 두가지 경우에 세웠는데 공로가 족히 보답을 받을
만하면 세웠고 덕이 족히 세상을 깨우칠 만하면 세웠던 것이다. 그 사우
를 받드는 것은 대체로 길이길이 존경하고 사모하는 마음을 일으키기
위함이다. 그 영령英靈·정상精爽이 천추에 묘식廟食을 받을 만한 인물은

---

54 자하거(紫河車): 도가(道家)에서 장생(長生)할 수 있다는 선액(仙液). 여기서는 신선
   이 타는 수레의 의미로 쓰고 있다.

필시 몇 대 걸쳐 우뚝 솟아나, 그의 삶과 죽음이 기수氣數에 관계됨이 있기 때문이다.

스승은 중종中宗 때에 이 고장으로 귀양을 와서 오래지 않아 사약을 받았다. 스승의 사후 59년은 바로 지금 임금이 즉위하신 11년이다.

선비 조후趙侯는 이 고을 판관으로 부임하여 폐단을 시정하고 낡은 일을 쇄신하며 교화를 크게 일으키더니, 이에 고로故老에게 물어 스승의 남긴 자취가 성내의 동남 모롱이에 있는 줄 알고 공무를 마친 여가에 몸소 올라가 살펴보고서 서글픈 심회로 이렇게 말했다.

"스승은 학문이 공맹孔孟의 도를 추종하고 뜻이 요순堯舜의 세상을 만회하려 했거늘 뜬구름 해를 가리니 나그네로 돌아갈 길이 없어 먼 남쪽 바다에서 뜻을 품은 채 문득 목숨을 마치고 말았도다. 그럼에도 낯선 습속이 미개하여 추모할 줄은 알지 못하고 돌아가신 이후로도 한갓 음사淫祠만을 숭상하니, 이는 이곳 백성들의 불행에서 그치지 않고 바로 우리 도道의 불행이기도 하다. 하물며 스승은 인仁에 의거하고 의를 실천하여 덕이 지극한 터라, 나약한 자 일으켜 세우고 탐욕한 자 청렴하게 만들었으니 그 공이 또한 크다 하겠다. 공덕이 이러할진대 사우를 세움이 마땅하지 않은가."

이에 절제사節制使와 의논하여 목재를 수집하고 목수의 손을 빌려 사묘祠廟를 세웠다. 두어달쯤 지나자 단청으로 훌륭하게 꾸며졌고 담장까지 둘러쳐서 조두백마潮頭白馬[55]가 그 사이로 나타날 듯도 싶었다.

---

55 조두백마(潮頭白馬):『임안지(臨安志)』에 "오왕(吳王)이 오자서(伍子胥)를 죽게 한 후에 그 시신을 가져다 가죽주머니에 담아서 강물에 띄웠다. 오자서의 넋은 강물을 따라 물결을 일으키며 조수에 의탁하여 왕래하면서 강둑을 쳐서 그 형세가 막아내기 어려울 지경이었다. 혹자는 오자서가 백마에 소거(素車)를 타고 파도 머리에 서 있는 것을 본 일이 있었다고 말했다. 이에 그를 위해 사묘를 세웠다."고 나와 있다.

조후는 곧 관노官奴 한 사람을 복호復戶[56]하여 묘지기(廟直)로 삼고 또 곡식 약간을 고을 향교에 마련해두고 매년 백성에게 식리殖利해서 제수의 밑천을 삼아 봄·가을로 향화香火가 끊어지지 않도록 하였다. 조후의 뜻은 참으로 부지런하다고 이를 만하다.

오호라! 기묘년(1519)의 참화는 어찌 다 형언할 수 있으랴! 이리 같은 못된 무리가 입을 벌리고 도깨비 같은 요사한 것들이 술수를 부려 임금을 기망하고 훌륭한 선비들을 어육魚肉으로 만들어 쇠락의 징후가 을사년(1545)의 변에 이르러는 사림士林이 일세에 공백으로 되다시피 하였다. 우리 도는 막다름의 극한에 달했던 것이다.

다행히 천운이 돌아 소인은 물러나고 군자가 들어와서 밝으신 임금이 국정을 펴고 청론淸論이 소멸하지 않게 되니 곤월袞鉞[57]의 조처는 유명幽明의 간격이 있을 수 없는 것이다. 이 사당을 세우는 일 또한 진실로 늦출 수 없겠거니와, 더욱이 조후는 외진 섬 땅에 명교名敎를 세우는 일을 중하게 여겼으니, 이 조후의 행사는 거룩하다 이를 것이다.

오호라! 스승의 몸은 한번 죽음에 도가 막히고 스승의 사묘는 한번 세워짐에 도가 열리게 되니, 이야말로 그의 삶과 죽음이 기수에 관계됨이 있다고 보지 않겠는가.

조후는 이름이 인후仁後, 자 유보裕甫, 본관은 평양平壤이다. 금성錦城 임제는 절제영節制營에 부친을 뵈러 왔다가 마침 이 거룩한 일을 직접 보게 되었다. 조후의 뜻을 아름답게 여긴 터에 또한 조후의 청이 있기로

---

56 복호(復戶): 부세나 신역을 면제해주는 것.(『荀子·議兵』: "中試, 則復其戶, 利其田宅.")
57 곤월(袞鉞): 무관에 대해 잘잘못을 평가하는 것을 가리키는 말. 옛날 제왕이 곤의(袞衣)를 하사하여 추장(推奬)하는 뜻을 보이고 부월(斧鉞)을 주어 징벌을 표시한 데서 유래하였다.

위와 같이 기문을 짓고 다시 노래를 붙여 제사 드리는 데 바친다. 때는
만력萬曆 무인戊寅년이다.

파아란 술 노오란 유자

해물이며 산채 다 차려놓고

나 정결히 의복 갖추고 기다리노니

향불 연기 아른아른 나 수심이 들어.

임이시어, 의젓이 영령이 날아

창리蒼螭[58]가 끄는 운거雲車를 타고

찬연히 웃으며 사묘로 들어오시네

향무香霧가 살짝 가리는도다.

고향을 길 떠나오시니

절해의 땅에 슬픔이 남아

바람과 번개를 몰고 만리길을

문득 일어서 갔다 오시오.

남명南溟을 지키사 물결이 안정하여

바다에 푼 배들 실패가 없게 해주시고

평소의 화한 기운 떨치시어

해마다 풍년이 들고 백성들 안락하도다.

---

58 창리(蒼螭): 이(螭)는 옛날 전설상의 뿔이 없는 용. 창은 그 색깔이 검푸르다는 뜻의
수식어.(屈原 「九歌·河伯」: "乘水軫荷蓋, 篤雨龍兮驂螭.")

영령이여, 여기 기꺼이 계시며
해마다 우리에게 복을 내리소서.
경지瓊枝[59]를 꺾어드리고 싶지만
중화重華[60]가 떠났음에 어찌하랴.

임이 정녕 그리운데 말을 못하고
저 멀리 물가를 바라보니 구름만 쓸쓸하구려.[61]

제주도는 배가 침몰하여 돌아오지 못하는 사내들이 1년이면 적어도
백여명이나 되었다. 때문에 이곳은 여자가 많고 사내는 적어 촌마을의
여자들은 제 짝이 드물었다. 매년 3월에 수자리 살러 온 원병援兵[62]이 들
어오면 여자들은 곱게 단장하고 술을 들고 나와 별도포別刀浦에서 기다
린다. 배가 포구로 들어오면 술을 권하여 서로 친해져서 자기 집으로 맞
아간다. 팔월에 수자리가 파하면 그 사람은 떠나게 되어 눈물을 흘리며
송별하는 것이다. 이에 나는「영랑곡迎郎曲」「송랑곡送郎曲」을 지었다. 역
시 변풍變風의 곡조다.

---

59 경지(瓊枝): 옥수(玉樹)의 가지.(屈原「離騷」: "溘吾遊此春宮兮, 折瓊以繼佩.")
60 중화(重華): 순(舜) 임금의 이름.
61 멀리 물가를 바라보니(望極浦兮): 극포(極浦)는 아득히 먼 물가를 가리키는 말.(屈原
「九歌·湘君」: "望涔陽兮極浦, 橫大江兮揚靈.")
62 원병(援兵): 전라도 남쪽 고을에서 제주도로 수자리를 살러 온 군인을 지칭하는 말.

영랑곡

삼월이라 삼짇날 복사꽃 활짝 피어
돛단배들 두둥실 바다를 건너오면

곱게 단장하고 별도포에 노닐다가
해 지는 언덕 위로 팔짱 끼고 돌아온다네.

송랑곡

조천관에는 눈물 젖은 고운 얼굴
뱃사공 어서 가자 돛을 바삐 올리는데

새악시의 안타까운 심사 동풍은 아랑곳 않고
재빨리 배를 날려 푸른 하늘로 떠가누나.

2월에 복숭아꽃이 활짝 피었는데 육지의 꽃보다 훨씬 곱고 아름답다

동풍이 바다를 움직여 오니
노니는 나그네 마음 어떠한가?
절해고도에서 해를 넘긴 길손,
곱고 탐스러워라 한그루 복사꽃.

빈 뜨락에 저녁 이슬 무겁고
성긴 주렴 새벽 기운에 쌀쌀도 하네.
이다지 적막한가 청명淸明 시절인데
시 새로 지어 세월과 수작하노라.

귤유보橘柚譜

유자柚

호남·영남의 연해에도 많이 있다. 잎은 두텁고 작으며 그 열매는 가을에 노랗게 익는데 껍질이 두껍다.

당유자唐柚

나무는 유자와 비슷한데 꽃이 희고(이하 꽃은 다 같다) 열매는 모양이 참외와 같으면서 조금 작으며 껍질은 울퉁불퉁하다. 여자귤荔子橘 같이 생긴 것이 있는데, 화과보花菓譜에 나오는 여자율荔子橘이 이것이 아닌가 한다.(화과보는 百川學海에 실려 있다―원주)

감귤(柑)

열매는 껍질이 얇고 매끄러우며 유자보다 작다. 빛은 노랗고 맛은 달면서 시다.

유감乳柑

감귤과 흡사한데 약간 작고 껍질이 두껍지만 맛은 더 달고 물이 많으며 다 빛이 청황색인데 한겨울이면 아주 푸르다.

대금귤大金橘

껍질은 감귤과 같고 색깔은 황금빛이다. 크기는 유감과 비슷하지만 맛은 유감이 나은 편이다.

소금귤小金橘

색깔과 맛은 금귤과 똑같은데 열매가 훨씬 작다.

동정귤洞庭橘

금귤과 비슷한데 색깔과 맛은 금귤만 못하다. 소금귤보다 약간 크다.

청귤靑橘

껍질은 당유唐柚와 같고 크기는 동정귤과 비슷하며 빛깔은 푸르고 맛은 대단히 신데, 겨울을 지나고 여름으로 들면 맛이 달고 물이 많다.

산귤山橘

모양은 청귤과 똑같은데 노랗고 씨가 많으며 맛이 시다.

부록: 지도芝圖

한라산 위에 자생한다. 만생蔓生으로 땅에 붙어 자라는데 줄기에 가는 털이 있고 색깔은 푸른 이끼 같으며 뿌리는 마디를 따라서 돋아난다. 줄기는 굵기가 비녀 정도이며, 아래로 뿌리는 실처럼 가는데 맛은 달고 향은 강하다. 그 생김이 영지靈芝와 다르지만 역시 그 종류가 아닌가 한다.

바다를 건너가기 위해 선박을 대령해놓고 바람을 기다리자니 여러 날 지체되었다. 이에 간편하게 차리고 주변에 구경을 다녔는데 용두암 龍頭巖을 오르고, 취병담翠屛潭에서 배를 띄우고, 모흥혈毛興穴을 찾아갔다. 각 곳에 말을 남기지 않을 수 없어 시 한수씩을 지었다.

용두암龍頭巖
고래도 두려워 엎드리고 넓은 바다의 파도가 밀려든다.

바닷가에 불끈 솟은 저 바위
부질없이 용두龍頭라 이름 붙였구나.

큰 파도 밤낮으로 부딪쳐
그대로 우레 소리 일어난다.

취병담翠屛潭
바위에 세 글자 새겨 있어 용이 천년토록 잠겨 있다.[63]

성남으로 나가 몇리 밖에
협곡 하나 청아하고 기이하다.

---

63 일명 용연(龍淵). 김두봉(金斗奉)이 편찬한 『탐라지』에 "제주성 3리에 위치해 있다. 좌우로 석벽이 병풍처럼 둘러 있고 물이 깊어 헤아릴 수 없는데 전설에 신룡(神龍)이 잠겨 있어 가물면 기우제를 드리면 감응이 있다고 한다. 그래서 용연이라 부르며, 혹은 취병담이라 일컫는다."는 기록이 보인다.

바위 둘러 백옥병풍
못은 파아란 유리

언덕 위의 몇무더기 대숲
해풍이 불어 소소한데

일엽편주 노에 기대어
노래하고 즐기다가 천천히 돌아가세.

모흥혈
황당한 옛일을 나무꾼들이 한가롭게 이야기한다.[64]

먼 옛날 세 이인異人이
이 섬에 솟아났다고.

그 구멍 셋이 남아 있는데
봄풀이 자라 파묻혔네.

기이한 종적 물을 곳 없거늘
소와 양 다니는 길에 해는 저물어.

---

64 모흥혈은 곧 삼성혈(三姓穴)이다. 고을나(高乙那), 양을나(良乙那, 良은 후에 梁으로 바뀜), 부을나(夫乙那)가 나왔다고 하는 구멍에 관한 이야기이다.

2월 그믐날, 동풍이 바다에 불었다. 새벽 일찍 바삐 행장을 꾸리고 들어가 부친께 하직 인사를 드린 다음, 별도포 객사客舍로 나오니 오히려 고향을 떠나는 듯한 마음이 일어났다. 아득히 떨어진 섬에서 어버이 슬하를 떠나게 되니 안타까운 심경이 어찌 없으리오!

아문牙門의 비장들이 모두 전송하러 나와서 손을 흔들어 작별했다. 재촉하여 돛을 올리니 바람은 빠르고 물결이 일어 배는 쏜살같이 달려 나갔다.

배에 매단 돛이 약간 찢어진 것을 보고 한 사공이 얼른 돛줄을 타고 13길이나 되는 돛대 꼭대기로 올라가서 깁는 것이었다. 그의 민첩하기는 나무 위를 나는 원숭이처럼 보였다. 남쪽 사람은 배 부리는 것이 북쪽 사람 말 부리는 것 같다더니 과연 그러했다.

한 어선이 배를 스쳐가면서 옥두어 몇마리를 던져주는 것이었다. 저녁 찬거리가 됨직하였다. 추자도楸子島에 당도하자 한낮이 지났고, 황어포黃魚浦를 지날 때는 해가 벌써 졌다. 그래서 밤을 무릅쓰고 노질을 재촉하여 관머리(館頭)[65]에 배가 닿았는데 2경更 3, 4점點쯤 되는 시각이었다.

비가 봉창蓬窓(선실의 창—역주)을 때려서 촛불을 밝히고 홀로 앉아 시를 읊조렸다.

배를 매자 도리어 적막하더니
밤이 들어 비는 주룩주룩.

---

65 관머리(館頭): 해남 땅의 항구. 『신증동국여지승람』에는 입암포(笠巖浦)로 나와 있는데, "현 남쪽 50리에 위치해 있으며 또한 제주 선박이 닿는 곳이다."고 하였다.(권37, 海南 山川條).

먼 포구엔 구름만 부질없이 잔뜩 끼어
선경仙境 가는 길 점점 더 아득해지오.

산에 핀 꽃 나무마다 눈물 맺히고
갈매기는 두어마디 울음을 우네.

나그네 신세에 계절이 느꺼워서
촛불 돋우고 새 시를 짓노라.

제주에서 관머리까지 수로水路로 치면 5백여리이다. 추자도 이북으로는 섬들이 많기 때문에 바람에 표류하게 되더라도 배를 댈 수 있지만 추자도 이남으로는 섬들이 전혀 없으니 서쪽으로 표류하면 중국 땅에 닿을 수 있고 동쪽으로 표류하면 일본 땅에 닿을 수 있다. 그밖으로는 아득하여 물이 한없이 가득하게 보일 따름이다. 그래서 배를 타고 다니는 사람들은 추자도 이남의 바다를 언제고 무척 경계하게 마련이다.

아침이 되어도 날이 개지 아니하므로 뱃전에 나와 앉아서 산에 핀 진달래꽃을 보고 회포를 달랬다.

밀물이 포구로 들어오기에
봉창을 열고 비 개기만 기다리는데

먼 산은 한없이 푸르러가고

방초는 무정하게 우거져 있네.

바다를 건너온 외로운 나그네
하루 이틀이면 고향에 닿을 것을.

마음 끄는 건 오직 한그루 꽃
멋대로 비를 맞고 활짝 피었구나.

마침 공문서를 가지고 서울을 다녀온 사람이 가벼운 배를 타고 제주
로 돌아가기에 그 편에 부친에게 편지를 써서 보냈다.

듣자니 해남海南과 강진康津의 수령이 원병援兵을 점검해 보내는 일로
관머리에 머물러 있다 하기에, 곧 사람을 해남 원님에게 보내 쇄마刷馬[66]
를 빌렸다.

답청일踏靑日〔음력 3월 3일〕 집에 당도했다. 형제가 다 모여 다섯 밤을
한 이불 속에서 지냈다. 그리고 아우들과 작별을 하고 북쪽으로 길을 떠
났다.

복사꽃은 웃는 듯 버들은 수줍은 양
봄이 늦은 강성江城에 먼 길손 시름하네.
기러기 따로 날아 고향 산천 가로막히니
꿈에 풍포楓浦로 가서 낚싯배 오르누나.

---

66 쇄마(刷馬): 각 지방에 배치하여 관용(官用)으로 쓰던 말.

두 중이 금성산錦城山 보광사普光寺[67]에 동사東社를 짓고 물을 끌어 연 蓮을 심었는데 자못 그윽한 정취가 있다. 내가 더러 가서 놀며 쉬던 곳 이다. 이번 걸음에는 들르지 못하기에 시를 남겨 작별하다.

1

갈림길 유유하다 이별이 많을밖에
바다의 구름, 강 위의 달 얼마나 그립겠나?

서쪽 못의 연잎이 물 위로 하마 돋았으리니
조만간 스님 좇아서 법을 한번 물으리라.

2

바다를 바라보다 돌아와 문 닫고 있노라니
시승詩僧의 석장錫杖 소리 구름 위에서 내려오나.

적적한 강마을 매화마저 졌으니
서글프다 한가롭고 분주함이 이 길에서 나뉘는가.

---

67 보광사(普光寺):『신증동국여지승람』에 "보광사는 금성산에 위치해 있는데 사기(寺 記)에는 신라 선덕왕 때의 승 안신(安信)이 금성산 유마굴(維摩窟)에 거주하며 22년을 정진한 뒤 사신(捨身)을 했는데, 천길 산허리 아래서 홀연 오색구름이 일어나 감돌다 서쪽으로 사라졌다." 하였다.(권35, 羅州 佛宇條)

原
文

第一部 原文

意馬

某, 麤豪人耳. 早歲失學, 頗事俠遊, 娼樓酒肆, 浪迹將遍. 年垂二十, 始志于學, 而其所學, 亦不過雕章繪句, 務爲程文, 眩有司之目, 而圖當世之名矣. 其後屢屈科場, 無適俗之調, 忽起遠遊之志. 在庚午秋, 爲千里之魚, 而得一拜於床下, 從容函丈. 便有不忍舍去之意, 而勢難久住, 悵然而辭. 辛未喪母, 持服南歸. 癸酉冬, 又一歷拜. 雖爲人事所拘, 奔走風埃, 而向慕之心, 豈嘗一日離於床下乎? 今法寺於鐘谷, 只隔數重山, 雖未能朝夕執弟子之禮, 而屢次承顏, 頑質幾化. 昔公明宣遊曾子之門, 三年不讀書, 而亦未嘗不學焉. 何也? 其言動接物之際, 自有做出人處. 據此言之, 則文字, 外也. 義旣如此, 身得依歸, 情欲結茅於山中, 買數頃石田, 陪杖屨以送百年. 而有累之身, 何可必也? 拜辭在邇, 不勝愴恨, 永嘆之餘, 偶成一賦. 賦六十七句, 凡七百二十餘言. 命之曰意馬, 猶禪家者曰心猿. 詞曰:

爰有一物, 參天地者.

主宰方寸, 乃神明舍.

動而無形, 假像曰馬.

不毛不鬣, 何以四蹄爲哉?

放之則橫馳千里, 收之則立脚靈臺.

非造父之所馭, 豈穆王之可騎?

項負拔山之力, 只制烏騅; 布有使戟之雄, 赤兔徒羈.

悠悠兮今古, 幾失馭而顚躓.

曩吾人之肉走, 信馬行而縱恣.

日周道之荒蕪, 逕繽紛其東西.

楊朱之淚空灑, 阮籍之途長迷.

或危而高, 或仄而低.

平地波瀾, 暗谷魍魅.

奔走不一, 大槪有四.

其一則長安雨歇, 五陵春融.

金鞍醉月, 玉勒嘶風.

當貂裘於酒肆, 狎胡姬於紅樓.

重然諾兮一寸心, 報知己兮雙吳鉤.

其一則幽燕健兒, 秦韰[1]壯士.

奇韜龍虎, 按陣天地.

飮鐵馬於渤海, 駐大斾於王庭.

歸明光兮謁天子, 煥麟閣之丹靑.

其一則靑瑣列班, 金門通籍.

鳴珂[2]赤墀, 躍馬紫陌.

---

1 韰은 隴과 통해서 썼거나 오기로 추정된다.

2 鳴珂: 원문은 鳴坷로 되어 있으나 수정하였다.

喚風霜於一語, 樹桃李於千門.

水榭春兮楊柳暗, 舞筵香兮羅綺翻.

其一則飯顆戴笠, 灞橋騎驢.

瘦生語苦, 聳肩吟孤.

傳閑情於月露, 寫清思於雲煙.

得一句兮三年, 或潭底兮水邊.

嗚呼, 談兵者近於樂禍, 好俠則無奈賊義?

雕蟲之小技徒工, 趙孟之富貴可愧.

去此以往, 安適而可?

釋老以清虛誘我, 申韓以刑名唅我.

非我思之所存, 來違棄而改求.

歲忽忽其不淹, 結蘭佩而周流.

若有大人先生, 悶余悵悵曰:

去爾之伎倆, 遵汝馬於大方.

夫大方者, 非高非遠.

約而在腔子裡, 散而爲萬化本.

受之於天, 物我同得.

罔於聖豐, 罔於愚嗇.

未發則一片止水, 既發而幾分善惡.

不離道曰涵養, 謹其獨曰省察.

守不失兮應無差, 乃吾身一太極.

在天者日月風霆, 在人者喜怒哀樂.

鳶飛魚躍, 上下察也.

陰陽代序, 鬼神迹也.

此之謂天人合德, 非蒙學之所能識.

故知道者, 道之所在, 無適無莫.

可行則行, 可止則止.

千駟萬鍾, 何加於己?

簞食瓢飲, 樂亦在中.

有何一點浮雲, 敢查滓於太空?

然則斯道也, 達而堯舜周公,

窮而孔孟顏淵,

萬古同符, 千聖相傳.

余聞之, 初似茫昧, 致曲而明,

革去舊服, 知至而誠,

調六轡兮如琴, 忽乎吾將行!

嘐嘐然曰古之人, 況親炙之功程!

遂浩歌曰: 我思碩人, 山前水北.

白屋蕭然, 南阮之宅.

琴中歲月, 靜處乾坤.

看意思之庭草, 鑄唐虞於一樽,

哀末路不可爲也. 深閉柴扉,

願從遊兮考槃, 復駕言兮焉歸?

俛仰亭賦

雄州南面, 大野東頭.

龍盤七曲, 天奧一區.

別乾坤於高世, 閑風月於千秋.

幾登眺之塵蹤, 推眼力於仙老.

自童子之釣魚, 灑烟霞之高標.

眄林皐而指點曰:"余投老歸歟."

初隍鹿之郭家, 莽荊榛兮村墟.

韜形勝而莫呈, 付樵歌與牧笛.

異夢纔罷於松扉, 閒雲已待於鳧舃.

人清境靜, 兩美畢合.

志雖慕於幼安, 望自重於安石.

鵁行跫趦, 鶴怨斯極.

於焉來遊, 好在花竹.

龜謀寧假, 翬飛爰亟.

結構補奢儉之中, 遊覽盡湖山之美.

軒窓萬象, 几筵千里. 一俛一仰, 高天厚地.

北望遙空, 亂峯秋月. 晴嵐宿霧, 變態朝夕.

隔神京兮何許? 思美人兮如玉.

起攀桂之幽懷, 詠招隱之一曲.

南望莽蒼, 野曠天低. 汀洲渺渺, 烟草萋迷.

分暮色於歸僧, 抹殘輝於遠山.

至若暖律初回, 臘雪猶深. 香寒巖逕, 梅漏春心.

啜新茗兮彈瑤琴, 奏幽蘭兮無知音.

扶藜兮來往, 日日兮東風.

柳如顰兮繁綠, 花似笑兮催紅.

採杜若兮結佩, 騫獨立兮山阿.

鳥空啼兮芳菲歇, 悵韶華之幾何?

殘春一夢, 雨打梨花.

又若繁陰隱洲, 微霜醉樹. 潦盡寒潭, 雲收玉宇.

潘郎鬢兮豈足悲? 宋玉愁兮吾不爲.

開樽兮誰待? 與月兮有期.

淡銀河兮星稀, 帶鴈影兮流哀.

夜將闌兮露零, 悅十二之瑤臺.

挹東籬之晚香, 遡清風於彭澤.

秋聲寂寞, 滿階梧葉.

或如陰晴異候, 晦明殊狀.

緗簾長捲, 富矣清賞.

一霎猛雨, 分明羽林之戟.

萬丈晴虹, 彷彿媧皇之石.

來遠鐘於蕭寺, 前山烟暝.

啼嘎起於朝驄, 寒林日朗.

幽事亦可悅, 坐愛一磬之靑³松.

憂國願年豐, 喜看萬頃之黃雲.

巴樓不見, 滕閣徒聞.

惟玆之亭, 獨擅南國.

記希文之已逝, 序王勃之不作.

主人閣下, 江漢風流, 經綸事業.

一片丹忠, 三朝白髮.

念昔人猶鷹揚, 豈少撓於壯圖?

雖群龍之滿朝, 奈鷗盟之難渝.

碧山不負吾, 簪紱已投於巖廊.

無機如漢雲, 魚鳥莫訝於金章.

亭堂不改, 景物依然.

角巾野服, 嘯咏盤旋, 東山管絃, 北海賓客.

仰於斯, 俛於斯, 山亭猶足.

風於斯, 月於斯, 一錢誰辦.

鶴骨益淸, 松影長健.

酌紫霞兮駐流光, 招浮丘兮揖混沌.

悌, 江湖落魄, 酒肆藏名.

嶔崎可笑, 世曰狂生.

每朗詠其歌曲, 願致身於仙界.

幸一拜於龐床, 償多生之淸債.

纖歌細酌, 嘯別孤燈.

---

3 靑: 원래는 빠졌는데 전후 문맥으로 보아 보충하였다.

返巖居兮懸想, 魂一夕兮九升.

承作賦之囑余, 乃雕蟲之末技, 然盛意之難孤, 辭不獲而强綴.

嗚呼牽情鶩外, 世多蒿目.

俛仰之間, 公有獨樂.

人之有生, 三於天地.

方寸虛靈, 萬理俱備.

若以歸, 天長地遠. 騁日之爲快.

則無乃有違於俛仰之意?

耳目聰明, 爲男子身. 仰不愧天, 俯不怍人.

吾誰與歸, 展如之人兮.

至日賀箋

碩果不食, 善萌潛生於靜中.

君子得輿, 天心可見於子半.

仁風暗動, 積雪初殘.

恭惟寶曆順時, 玉衡齊政.

道消道長, 聖人常戒於幾微; 一亂一治, 大平亦關於理數.

朋來有慶, 剛反而亨. 竊念職是宣旬, 才非方召.

戀君千里, 那堪心去而身留.

扶陽一念, 遙賀小往而大來.

石林精舍 重修文

夫以白雲瑤草, 遠公爲四海之神山.

古木回巖, 謫仙遊三日於樓閣.

界清淨者, 養豪傑人.

眄惟伏巖, 控江湖分箕斗.

碧桃壇·黃梅洞, 彷彿松喬之風.

叢桂巖·萬竹臺, 依微應眞之迹.

影落西海, 魚龍聽鍾梵之音.

勢尊南雲, 遠近歸香火之信.

通玉液於月窟, 聳金塔於雲根.

詞客倚欄, 幾費江風海月.

禪翁留錫, 將尋鐵壁銀山.

顧惟棟宇之凋零, 豈無經過之嘆惜.

貧道發金剛之志, 超塵世之嗤.

欲與知音, 同修淨業.

須憐朝露於百歲, 早作婆羅.

願種福田於三生, 共歸兜率.

祭大谷先生文

夫索隱行怪, 聖人不爲; 自衒自媒, 君子恥之. 自古豪傑之士, 往往流入於二者之弊而不知也. 其惟夷淸惠和, 玉潤金精, 而鴻冥九霄鳳擧千仞者, 數百年來, 僅有見於先生. 故先生節高乎巢許而世莫知. 非獨世不知先生, 而先生於世, 亦不求聞知. 非徒不求聞知, 而唯恐其有聞有知.

一丘一壑, 左琴右書, 簞瓢冷落, 獨寐寤處者, 幾五十年於斯矣. 若與夫世上碌碌盜名字者. 同日而語. 則是何異梅秀於衆芳, 鶴出於鷄群也耶. 尼父, 稱遯世而無悶, 不見知而不悔者, 惟先生庶幾於斯言. 第念末路悠悠, 是非訛誤, 薰蕕之不分, 朱紫之相亂久矣. 他日太史氏編高士傳也, 安知以終南之捷逕, 北岳之濫巾, 一視於箕穎之淸風也. 言之至此, 恨塡于胸.

嗚呼哀哉!

醜女見顧, 亦自爲容. 以某之龐豪無似, 累塵於司馬之水鏡, 而其許與不夷於凡庸, 此某所以激昻靑雲, 酬恩無地, 半世危衷, 徒自耿耿而已者也. 頃余聞訃, 邈在關城, 腸摧膽裂, 淚下如傾, 其哀悼之情, 發於歌曲者, 今作塞下之新聲矣. 但縻一宦, 畏簡書, 而初不能千里赴弔. 適有京信, 誤報以二十九日爲葬期, 故來又不及寫哀挽而追丹旐.

反顧初心, 慙負幽明, 荒原一哭, 徹天其聲.

嗚呼哀哉!

北雲醉詠. 難忘下榻之時, 皓月淸篇, 還成求訣之詞, 床下之拜不再, 半嶺之嘯難尋. 宇宙寂寥, 脩夜沈沈, 此後人世, 斷無知音. 尙饗.

祭亡師金欽之文

惟年月日, 某謹備薄奠, 敬祭于亡師金公之靈. 惟靈白首窮經, 靑雲無路, 江湖漁艇, 庶以終老. 而年不及耳順, 使諸孤失所天, 而流離中途者, 此豈命也邪!

悌十載從學, 至于成童而能成立, 到今策名淸時者, 惟師蒙養之功爲多. 嗚呼! 公之逝也. 未能持雞絮千里赴弔, 風塵奔走者十五六年. 而始得宦遊于此地, 含哀辦⁴香, 又延歲年. 悌之罪, 亦已大矣.

春深關外, 節値寒食, 悲簡書之縻身, 憶松楸於舊園. 灑淸淚於孤墳, 此豈事之如一. 尙饗.

---

4 辦: 원문은 㸑.

送懶文

維年月日, 晨光尚微, 夜氣未散. 主人乃盥梳畢, 衣冠整, 靜掃几案, 兀然端坐, 以名香一炷·玄酒一盃, 揖送懶鬼而告之曰: "與子之居, 十年于玆, 子之情狀, 吾既盡知. 意雖戀戀, 而有妨於事, 子其行矣, 無久淹於此也. 風驅雨洗, 雷奔電乍. 八極茫茫, 何所不可? 子將有意於行乎? 若趑趄眷顧, 無意於行, 則雖無禹[5]鼎溫犀, 而吾將露于之形; 雖非揚[6]賦韓文, 而吾將彰子之情. 顯晦殊途, 邪正有差, 有不得隱, 子其奈何?

忽聞樑上, 如有悲啼之聲, 曰: "薄哉主人! 癡哉主人! 自于孩提, 便許交親, 襟懷莫逆, 愈久愈新. 十載長安, 從子優游, 鳴鞭紫陌, 歌舞青樓. 結納豪俠, 名喧萬口, 溪山吟賞, 湖海樽酒. 惟子之隨, 於子何負? 況人生百歲, 形役勞之, 頤神養精, 棄我誰教? 子不是思, 見絕於我? 且我非人, 安以形假? 依人而行, 亦無情思, 子雖聖智, 何所聽視?"

主人曰: "子敢侮慢於余? 今余不得已饒舌也. 事已至此, 寧默不洩! 夫子之形, 蓬頭垢面, 不冠不帶, 臨事無營, 見客忘拜. 其行也緩緩, 其坐也休休, 好伴睡魔, 四肢不收. 此其大概, 餘不可悉."

鬼乃笑謝曰: "支離之見, 匿已無術; 漫浪之懷, 可復數否?"

---

5 禹: 원문은 帛.
6 揚: 원문은 楊.

主人曰: "其外如此, 其中易求. 必也悠悠無羞, 泛泛如頑, 疾人有爲, 安我偸閑, 起居無常. 惟意之適, 只尋疏放之人, 不喜勤謹之客. 對榻則心迷周蝶, 談經則目送飛鴻. 自非渴飲飢食, 夏葛冬裘之外, 率皆蒙蒙, 解弛我志氣, 遲晚我功業. 凡所以生能能而死無聞者, 皆子之志也. 人生天地, 初豈有異聖狂智愚之分? 良有以也. 是知去子者聖, 追子者狂; 去子[7]者智, 追子者愚. 書名於竹帛者, 去子者之數也; 同腐於草木者, 追子者之徒也. 今我早違慈顔, 血泣有年, 常自激厲, 暗指皇天, 誓全忠孝, 無添爾所生. 而子乃以靑樓紫陌之陳迹, 頤神養精之末事掉我, 是吾追思悔恨, 惕然而驚者也. 而吾之汲汲於送子者, 皆以是也. 然則吾將爲聖爲智乎? 吾將爲狂爲愚乎? 吾將竹帛於書名乎? 將草木而同腐乎? 何去何從, 何舍何取? 誠愚不察, 欲與子絶!"

良久默然, 懶鬼泣曰: "子志若此, 我去決矣. 顧我迷罔, 行不知所從, 去不知所控. 念子相隨日久, 可無一言以相送乎?"

主人乃以贈之以詩曰:

何處君歸好? 五陵花柳邊. 金鞍喚小妾, 醉臥酒家眠.

何處君歸好? 江湖處士家. 淸閑無外事, 梅鶴付生涯.

何處君歸好? 巖居絶粒僧. 松風江月裡, 寂寂伴香燈.

何處君歸好? 桃源避世人. 塵寰幾甲子, 花落送靑春.

何處君歸好? 烟霞三島間. 玉樓秋夜靜, 明月駕靑鸞."

吟罷, 主人又贈一語曰: "子待我功成名遂之日, 候我上東門之外."

鬼曰: "諾."

於是悽然, 而忽爾而去, 雲空烟滅, 不知其處.

---

7 子: 원문은 '于'로 되어 있는데, 문맥을 살펴 고쳤다.

靑燈論史

杯羹論

不貧子方讀高帝本紀, 客有以杯羹之說少漢高, 而似若以爲大累然者, 援孟子答桃應之言來難.

曰: "高帝何如人也?"

曰: "仁人也."

曰: "有仁而遺其親者也乎?"

曰: "未有仁而遺其親者也."

曰: "然則太公非親之至者歟? 置之餓虎之口, 坐見其危而莫之救. 又從而怒之者, 非遺之甚焉者歟?"

曰: "如子之言, 處之將如何而可?"

曰: "視天下如弊屣, 竊負而逃, 不亦善乎?"

不貧子乃愀然曰: "竊斑哉, 子之見也! 此固未易與俗人言也. 嗚呼! 當群雄鼎沸之秋, 相與爭衡天下者, 劉項而已. 漢不滅楚, 則楚必滅漢. 固其勢不兩立也. 方其廣武之相持, 龍爭虎鬪, 至今幾年矣. 將欲決雌雄於一戰, 觀成敗於少頃, 而項王以太公爲孤注. 置於軍前, 曰: '降, 吾生太公; 不降, 吾烹汝父也.' 當是時也, 若使漢王, 身爲降虜, 係頸轅門, 則可能全父親之命, 保漢王之位, 得終餘年於漢中乎? 抑無奈欲全父命而不許, 欲爲匹夫而不饒, 父子俱死, 貽後人之笑乎? 有一言於此. 陽若背天理·滅人倫, 而陰實制項羽, 全父命也, 則失言輕·全父重. 爲漢王者, 將忍於輕乎? 將忍於重乎?"

曰: "苟可以全父命者, 無所不至, 將忍於輕乎?"

曰: "然. 此杯羹之說, 所以發也. 夫以勢而言, 則殺匹夫之父, 難乎? 殺萬乘之父, 難乎?"

曰: "萬乘之父, 難也."

曰: "何也?"

曰: "有所忌也."

"且以志而言, 則爭天下之志, 大乎? 報父讎之志, 大乎?"

曰: "報父讎, 大."

曰: "何也?"

曰: "有所怨也."

"彼項王, 何如人哉? 人以爲一勇夫, 而我獨以爲英傑也. 其初意豈必欲殺太公者乎. 但雄豪之心, 視漢王爲一懦夫而怯之. 以其所必不能忍, 期其必降. 而漢王已揣知其意, 故感之以吾翁若翁之言, 而絶之以幸分一杯之言, 似不以太公爲念者. 彼項王之心, 以爲殺一翁, 無益於勝敗, 而徒以結怨於彼. 彼旣以弑君, 聲罪於我, 而我又殺其父, 而使之藉口焉. 則天下之爲人臣子[8]者, 孰不叛我而歸彼哉. 此項王之所以不殺太公, 而漢王所以陰制項王也. 昔伍胥以吳市之餓夫, 尙得鞭楚王之尸, 以雪其怨. 況以萬乘之君, 而懷伍胥之怨乎. 故曰有所忌也, 有所怨也. 況項王所與爭天下者, 漢王乎? 太公乎? 其不殺所與爭天下者之沛公於鴻門, 而殺其父於廣武, 寧有是也! 雖然降則父子俱死,

---

8 子: 원문은 者.

何以知之? 蓋在鴻門, 則以沛公爲無能爲也. 至是則知漢王之有爲故也. 知漢王之有爲也, 則其降而父子俱死, 與夫不降而不得殺其父, 亦明矣. 且項王平生不示人以弱. 夫制人不得而殺其父以爲快, 必不爲也. 此皆漢王之所明知也. 客且援以孟子之言, 膚哉子之見也! 不以辭害意, 非孟子之言乎? 凡不究聖賢之心, 而剽竊於聖賢之言, 豈不亦學之曲者乎? 且先儒之論漢高者多矣, 其貶之辭, 不過曰, 輕士慢罵·凌辱大臣·不全功臣·欲易太子數事, 而不及於杯羹之言. 則以此爲少失而不錄耶? 抑以爲能權之一端乎?"

客曰: "信如子之論, 無奈有弊於後耶?"

曰: "是不難. 有高帝之仁也智也, 而能揣其必不殺, 則可也, 若無高帝之仁智, 而徒果其言, 則是不幾於弑父者乎. 嗚呼! 是未可與俗人道也."

客再拜曰: "高哉! 子之論. 固知達人之見, 異於尋常萬萬也."

烏江賦

客有慨於項氏之不渡烏江者, 曰: "難期者勝敗, 而可必者功業也. 自決者匹夫, 而有忍者男兒也. 夫愼難期之敗, 而棄可必之功; 甘匹夫之決, 而欠男兒之忍, 豈不惜哉! 信乎杜牧之之詩曰: '勝敗兵家事, 不期云云', 若使烏江之毅魂有知, 寧無悔恨之深乎?"

不貪子曰: "是不過詩人造奇之語耳, 非確論也. 子欲聞雋永之論乎? 吾試爲子語矣. 蓋取天下, 有以智者, 有以力者. 以智者, 難以力較; 以力者, 易以智勝. 故若危若急若敗若亡, 誠若不保於朝夕, 而但以收入心·任賢才爲先務, 初不以爭鬪爲事, 相時以動, 一戰而有天下者, 以智者也. 若强若大若勝若取, 實若不難於平定, 而但以肆殺伐·行屠戮爲能事, 終不以寬仁爲心, 恃勇而驕,一敗而爲獨夫者, 以力者也. 以智以力, 或成或敗, 而有天下之大勢, 存於其間. 勢之得失而成焉敗焉, 何謂勢? 曰: 天命之去就, 人心之離合, 是也. 夫天人一理也. 天命自我人心, 而去就實由離合. 然則天下之大勢, 本於人心, 人心之離合, 而天命去就之. 天命之去就, 而廢興存亡之機決矣. 智者審天下之勢之所在, 而施我之仁, 待彼之弊, 則彼之百戰百勝, 而殺人之父·孤人之子者, 適足以暴己之殘賊, 而彰我之寬仁也. 且用之而無窮者智也, 恃之而有限者力也. 用無窮之智, 而人歸之; 恃有限之力, 而人去之. 人歸之·人去之而天命固有所在焉. 則天下之大勢, 不難知矣. 況人歸之, 則天下人之父母也; 人去之, 則天下人之仇讎也. 天下之人, 孰不欲王其父母, 而殺其仇讎也! 是故, 以智者不在小, 以力者不在大. 以天下之父母, 征天下之仇讎, 易; 以天下之仇讎, 攻天下之父母, 難. 何也? 天下有背父母之人乎? 無背父母之人, 則其窮困怨痛之際, 慕父母愈深者, 人之情也. 父母而慕之深, 則雖以一旅之衆·百里之地, 不失爲湯武也, 況分天下之半, 而統諸侯之兵, 以征天下人之仇讎乎? 古之人有行之者, 漢高是也. 且夫天下有事仇讎之人乎? 無事仇讎之人. 則其驅之迫之, 而寄身於鋒刃之間, 忘生於矢石之際者, 莫不欲制刃於仇讎人之腹, 而尙自以保首領爲幸者, 其威武有以制之也. 及其勢窮力屈, 人畔之·天亡之, 身爲匹夫, 孑孑靡歸, 則天下之弱子孱婦, 亦且挺刃以相待矣. 是以豪傑之士, 以力經營天下者, 其終也, 或有稱臣於人者, 或有見刃於人者. 其中有雄勇絶倫, 見識過人者, 知天命之有歸, 人心之已離, 而終不爲人之下, 亦不爲人之刃, 鴻毛八尺, 死猶烈烈, 則非磊磊落落者, 孰能與於此哉? 古之人有行之者, 項王是也. 八年干戈, 徒事戰伐, 而固陵一敗, 自分天亡. 立馬烏江, 翻然自思曰: '八千之衆, 無一人生還, 彼江東之人. 非其父則子也, 非其兄則弟也. 雖知非我之手刃以殺之, 而其所以死者, 皆我之故也. 然則江東之人, 亦讎我也. 六合茫茫, 皆爲漢有, 而一片江東, 又不可投焉. 則與人刃我,豈若自刃之爲不辱乎.' 若事有可爲, 而自經於溝瀆者, 則誠可惜矣. 向使項王渡江無成, 而竟作劉家之虜, 則一時之雄名頓挫, 而千載之下, 誰稱項王之勇哉! 其憐而王我, 我何面目之言, 欲使人人以項王爲非, 勢窮力屈而死, 乃無面目歸江東而死也. 不然, 其渡江難保, 亦豈不自知乎. 自知而其言如是, 是亦强剛之意乎. 夫不審於天下之勢, 不察於英雄之志者, 難與議乎此也.

曾有人過烏江, 作弔項王賦, 曰:

楚客多思江湖浪跡, 撫萬古長嘯, 訪英雄遺迹.

忠憤未洩, 斯江潮急. 壯士不還, 易水風寒.

傷心乎最難堪者, 烏之江兮去澈澈.

倚棹兮停舟, 心之愁兮欲白頭.

山河今古, 一夢雄圖. 長風卷浪, 髣髴噫嗚.

客乃採綠蘋於芳洲, 酌清水於江流.

爲弔西楚霸王之靈, 王其知否?

智矣哉王! 學萬人敵.

勇矣哉王! 拔山之力.

吳中豪傑, 楚將家世.

早抱壯略, 坐占時勢.

縱觀渡浙, 已意取代.

自秦宮變角爲鬣, 漁陽之戍不再.

彼紛紛魚鱗而蜂起, 會不滿英雄之一噱.

奮劍大呼, 塵昏六合.

八千健兒, 如熊如羆兮虎嘯.

風冽過江兮長驅, 入無人之境.

鹿已在於眼中, 謂乾坤可以笑領.

河船一沈, 碎鉅鹿之軍.

獨立耀武, 膝侯王於轅門.

慘矣新城之一怒, 十萬之秦兵魚肉.

夫既曰先入者王, 王何二三其德.

鴻門高宴, 沛公朝露.

舞劍飛霜, 雲愁風怒.

玉玦三舉, 王寧不知?

置之而莫之問, 此豈小丈夫之所能爲乎!

蓋雄心義氣之所使, 視之如兒戲.

快坑儒之怨屠咸陽, 舉焚書之火滅阿房.

謂天下定于一, 將欲苞四海而臣百粵.

置諸侯如奕棊, 囚漢王於巴蜀.

瞻百二之天府, 誠霸業之攸基.

可控制·可固守, 侮我其誰?

何畫錦之一計, 誤天下之大機.

付降虜以形勢, 非計之得.

退彭城而自保, 何王之怯.

噫噫人謀不臧, 天命有歸.

袴下有人, 衣漢王衣.

陳倉道上, 蔽日刀鎗.

三秦速手, 簞食壺漿.

人歸於不嗜殺人, 王獨奈何!

然壯心之未已, 揮動金戈.

一戰雎水, 蹴踏漢卒;

再圍滎[9]陽, 隆準褫魄.

嗚呼! 鴻門不殺, 王有德於漢;

全父母妻子, 王有德於漢.

王有二德, 實無負於漢.

背鴻溝之一約, 漢於王獨何薄也?

固陵之戰威已極, 垓下之圍膽欲裂.

轅門夜靜, 楚歌聲悽.

吳天月冷, 騅馬悲嘶!

一曲帳中之謌, 數行英雄之淚.

花飛雪鍔, 殘紅碎翠.

一騎飛出, 三軍浪坼.

斬將艾旗, 危亡何益.

日欲暮兮江關, 瞻四方其蠛蠓.

寄八尺於一刎, 歸魂耿耿兮故國.

楚江風雨, 漢家日月.

干戈八年, 絃誦一城.

所謂"烏江不是無船渡, 恥向東吳再起兵"者乎.

烏乎哀哉! 起隴畝之間, 成霸業, 非智也.

擁八千之衆, 雄天下, 非勇也.

惟其知天亡事去, 不渡江, 不爲人刃而自決者, 如其智·如其勇.

獨惜乎江中之醜說萬古難雪.

想英靈能無悔乎?

---

9 滎: 원문은 榮.

泣波訴恨兮咽咽, 弔罷淒然.

日沈吳岫, 悲涼竹枝.

隔樹烟江, 楚人之歌曰:

"可憐吳江亭, 寧爲項王死, 不作項伯生."

蕩陰賦

客有萬古閑愁, 千丈白髮.

臨淄道上, 一鞭殘月.

夐[10]平沙之無人, 紛殺氣之未歇.

何所獨無此毅魂, 臨風爲弔稽[11]侍中.

夫孰不食君祿·衣君衣, 子何獨烈烈其忠?

念皇輿之敗績, 哀帝之昏劣.

蛙公私之徒聞, 大其都而傷國.

彼成都爲長蛇封豕, 竟難禁於荐食.

有誰勤王? 東海雄兵.

假仁雖陋, 王師有征.

何稔惡而圖存? 敢於焉而不恭.

豈意拒轍之徒, 懷此射日之兇?

楚氛甚惡, 箭雨黃屋.

千官鳥散, 六軍波折.

---

10 夐: 원문은 夏.

11 稽: 원문은 稽.

紛紛苟活, 置帝何處?

有人兮勇於義, 知我死之有所.

將鴻毛之七尺, 奉玉體而扞禦.

青袍侍中, 袞衣天子.

主辱身死, 子固當死.

風霜不撓於松桂, 白刃無賴於義人.

纔驚血之灑空, 保六龍於兵塵.

羽林之長鎗不見, 淄青之戰士無勇.

衛帝之功, 在于身上.

宜不瀚之帝命. 表忠節於事往.

噫委質之職分, 生與死之以義.

何倫綱之日久長? 上死而坐視.

紛事讎之未暇, 況見義而損生.

竊神交於青史, 仰若人之高名.

一區土兮千秋, 赫日照兮秋霜.

淸魂耿耿兮何許? 歌楚些兮傷我情.

謌曰:

爲臣死忠, 爲子死孝.

魂兮歸來, 如子者少.

偷生可羞, 義死有先.

魂兮歸來, 男子流芳.

愁雲結雨, 鬼哭空林.

魂兮歸來, 哀蕩陰.

夏載歷山川

有爲子長遊者. 一屐千山, 扁舟萬水.

襟風抱月, 歷覽萬里. 岳穹隆五, 瀆蒼茫四.

起遐想而長嘯, 憶禹載之曾歷.

昔昏墊之下民, 洪警堯之方割.

鯀績用之不成, 來汝禹帝曰:

軫憂勤於一念, 寧胼胝之足虞.

家不窺於三過, 啓不子於呱呱.

山樵兮泥橇, 水陸兮車舟.

一乘兮四載, 八年兮九州.

導厥高下, 山停水流.

其山, 則嵩華奠位, 岐梁底績. 西極崑崙, 東臨碣石.

其水, 則江淮河漢, 浩浩連空, 龍門旣鑿, 水由地中.

於是再造堯封, 山川如昔.

居乃奠, 民乃粒. 沮澤爲龍蛇之所, 中國無鳥獸之迹.

偉哉! 神功帝力.

萬古至今, 於山於水, 孰不曰: 思夏之禹!

嗚呼, 天下至大, 神位惟危, 天欲付之, 必先試之.

大麓風雷, 天旣試大舜於登庸之前;

滔天降水, 天又試大禹於格祖之前.

天之憂勞聖人, 乃所以困心衡慮而授之大位.

吾於舜禹, 何後先焉

頌曰: 山川禹甸, 神績何如?

彼美卑宮, 吾免其魚.

哭卒却敵

君子白皙, 錦衣狐裘. 陽門之路, 車蓋少留.

一介夫耳, 何哭之哀?

情不要於悅民, 念誰及於諜來.

世自入於春秋, 變殺氣於陽和. 視生靈於魚肉, 慘日尋於干戈.

惟亳社之褊小, 實魯衛之伯仲.

若不以義而結人, 夫孰能以寡敵衆?

矧爾擐甲而負羽, 幾忘身於鋒鏑.

吳楚渝盟, 齊秦負約. 一矢相見, 三軍裝束.

金鼓摧不注之山, 煙塵接殽澠之郊.

退則有軍帥之戮, 前則有白刃之交.

敵不殺我, 我必殺敵. 苦戰連年, 傷心慘目.

今爾之死, 寧不悽惻. 若夫行軍以陣, 陣以伍旅.

旅亡一人, 缺一旅也; 伍亡一人, 缺一伍也.

軍無伍旅, 何以禦侮. 國須足兵, 我淚自雨.

況今日喪一卒, 明日喪一卒. 一卒二卒, 千卒萬卒.

四郊多壘, 民生日蹙. 且君子勞心, 小人勞力.

許身初年, 俱爲君國. 分有貴賤, 臣子則一.

誠心泛愛, 肝膽常赤. 爾之云亡, 一哭何惜?

於是, 風雲爲之動色, 朝野聞而悅服.

民思不去之義, 士懷死綏之節.

時晉陽之兵甲, 政銜枚而傍伺. 要盡探其虛實, 遣細作而適至.

道陽門而旋返, 應厥心之感激. 纔一言之復命, 奄千乘之釋甲.

何恤亡之一哭, 聲已揚於遐邇. 重宗社於大呂, 展也吾司城氏.

嗚呼, 無心而哭, 其哭也誠. 有意而覘, 其覘也明.

故其哭也能感人, 其覘也能息兵.

非哭則何覘, 非覘則徒哭. 詠宣尼之善哉, 重起余之嘆息.

謝賜鏡湖表

黃鵠舉翮, 已決高蹈之懷.

紫鳳含綸, 遽有名區之錫.

恩深東海, 貺越南金.

伏念漁樵此生, 丘壑素願.

煙霞疾痼, 故山之石室嵯峨.

簪紱夢殘, 萬里之鷗波浩蕩.

顧塵土焉能浼我, 友麋鹿若將終身.

頃誤華勛之聞, 暫紆猿鶴之怨.

玉堰投迹, 媿自多於疎狂.

荷衣稱身, 望豈在於靑紫.

徒勤前席之懇, 敢進還山之章.

豈意一曲清湖, 乃賜四明狂客.

煙濤萬頃, 長是沐浴恩波.

款乃一聲, 莫非歌詠德澤.

適意清風明月, 生涯桂棹蘭檣.

百年鴻私, 數行蛟淚.

伏遇求賢如渴, 待士有容.

穎水自清, 謂無損於堯聖.

釣臺雖迥, 寧有妨於漢治.

遂令微蹤, 獲此殊渥.

敢不丹心不改, 皓首如初.

山野性偏, 蹤未效匪躬之節.

江湖身遠, 誓不忘戀闕之心.

愁城誌

天君卽位之初, 乃降衷之元年也. 曰仁曰義曰禮曰智, 各充其端, 率職惟勤; 曰喜曰怒曰哀曰樂, 咸總於中, 發皆中節; 曰視曰聽曰言曰動, 俱統於禮, 制以四勿. 維時天君, 高拱靈臺, 百體從令. 鳶飛之天, 漁躍之淵, 莫非其有; 梧桐之月, 楊柳之風, 莫非其勝. 不勞舜琴五絃, 何須堯階三尺? 無欲虎而可縛, 無忿山而可摧, 四海之內, 孰不曰其君也哉?

越二年, 有一翁, 神淸貌古, 自號主人翁, 乃上疏曰:

"竊以危生於安, 亂仍於治. 故不虞之變, 無妄之災, 明君所愼也. 易曰: '履霜堅氷至.' 蓋微不可不防, 漸不可不杜. 燭於未然者, 哲人之大觀也; 狃於已然者, 庸人之陋見也. 夫昧哲人之觀, 而守庸人之見, 豈不危哉? 今君自謂已治已平矣, 而殊不知寸萌之千尋, 濫觴之滔天. 且根本未固, 而邃遊於翰墨之場·文史之域, 日夜所親近者, 陶泓·毛穎輩四人而已. 又慨想今古英雄, 使其憧憧來往於肺腑之間, 如此等輩, 作亂不難也. 願君上勉從丹衷, 御以和平, 則可謂視於無形, 聽於無聲, 而庶免顚倒思余之刺矣. 無任懇懇之至."

天君將疏覽訖, 虛懷容受, 而終不能已, 意於優游竹帛, 嘯詠今古. 主人翁又來諫曰:

"臣情踰骨肉, 義同休戚, 坐視危亂, 其可恝然? 夫論今弔古, 無補於存心, 磨鉛揮翰, 何益於養性? 蓋四端之中, 羞惡用事, 是非持論, 外與監察官交通,越分慷慨, 矯矯亢亢, 甚非所以安靜之道也. 然此固不可無, 而所不可偏者也. 譬若一陰一陽, 曰風曰雨, 無非天地之氣, 乖序則爲變, 失時則爲災. 可使陽舒陰慘, 風調雨若, 正在燮理之如何耳. 願君上念參三之大位, 想萬物之備我, 致中和而參天地, 豈不大哉? 豈不美哉? 書曰:'無偏無頗, 王道平平.'願念玆在玆, 無怠無荒, 幸甚幸甚."

天君聽罷惻然, 引主人翁坐於半畝塘邊, 下詔曰:

"來! 汝春官仁·夏官禮·秋官義·冬官智曁五官七正(音情), 咸聽予言. 予受天明命, 不能顧諟, 致令爾等久曠厥職. 或有不中規矩, 自以爲是, 激志高遠, 牽情浩蕩. 將有尊俎之越, 豈無佩觿之刺乎? 噫! 予一人有過, 無以汝等, 汝等有過, 在予一人. 天理未泯, 不遠而復, 宜與黽勉更始, 以續初載之治, 無忝予畀負之重."

僉曰:"兪."乃遂改元, 曰復初.

元年秋八月, 天君與無極翁坐主一堂, 參究精微之餘, 忽七正中有哀公者來奏. 監察官與採聽官合疏曰:

"伏以玉宇寥廓, 金風凄冷, 涼生井梧, 露滴叢篁. 蛩吟而草衰, 鴈叫而雲寒, 葉落而有聲, 扇棄而無恩. 華潘岳之鬢, 撩宋玉之愁, 正是'長安片月, 催萬戶之砧聲; 玉關孤夢, 減一圍之裳腰. 潯陽楓葉荻花, 濕盡司馬之青衫; 巫山薤菊扁舟, 搔短工部之白髮.'況夜雨偏入長門宮孤枕, 霜月只爲燕子樓一人. 楚蘭香盡, 青楓瑟瑟; 湘妃淚乾, 斑竹蕭蕭. 是不知愁因物愁, 物因愁愁. 愁而不知所以愁, 又焉知所以不愁也? 且不知見而愁耶? 聽而愁耶? 實不知其故. 臣等俱忝職司, 不敢隱諱, 謹以煩瀆."

天君覽了, 便悠然不樂. 無極翁乃不辭而去.

君命駕意馬, 周流八極, 欲效周穆王故事, 被主人翁叩馬苦諫, 而駐於半畝塘邊. 有隔縣人來報曰:"近日胸海波動, 泰華山移來海中. 望見山中, 隱隱有人, 無慮千萬. 此等變怪, 甚是非常." 正嗟訝之間, 遙望數人行吟而來. 看看漸近, 只是兩箇人. 那先行的人, 顏色憔悴, 形容枯槁, 冠切雲帶長劍, 芰荷衣椒蘭佩, 眉攢憂國之愁, 眼滿思君之淚, 無乃痛懷王而恨上官者耶? 尾來的人, 神凝秋水, 面如冠玉, 楚衣楚冠, 楚聲楚吟, 莫是一生唯事楚襄王者耶? 俱來拜於君曰: "聞君高義, 特來相訪. 但天地雖寬, 而吾輩自不能容焉. 今見君心地頗寬, 願借磊魂一隅, 築城爰處, 不知君肯容接否?" 君乃斂袵愀然曰: "男兒襟袍, 古今一也, 吾何惜尺寸之地, 而不爲之所乎?" 遂下詔曰: "任他來投, 監察官知道; 任他築城, 磊魂公知道." 二人拜謝, 向胸海邊去了. 自是之後, 君思想二人, 不能忘懷, 長使出納官, 高詠楚辭, 更不管攝他事.

秋九月, 君親臨海上, 觀望築城, 只見萬縷冤氣·千疊愁雲, 前古忠臣義士及無辜逢殘之人, 零零落落, 往來於其間. 中有秦太子扶蘇, 曾監築長城, 故與蒙恬, 役硎谷坑儒四百餘人, 勿亟經始, 不日有成. 其爲城也, 積不煩於土石, 役何勞於轉輸? 以爲大也, 則所寄之窄; 以爲小也, 則所包之多. 若無而有, 不形而形. 北據泰山, 南連滄海, 地脉正自峨眉山來, 礪砠磊落, 愁恨所聚, 故名之曰愁城. 城中有吊古臺, 城有四門, 一曰忠義門, 一曰壯烈門, 一曰無辜門, 一曰別離門.

於是天君自丹田渡海, 洞開四門, 御于吊古臺上. 于時悲風颯颯, 苦月淒淒, 各門之人含怨抱憤, 一擁而入. 天君慘然而坐, 命管城子記其萬一.

管城子受命而退, 含淚而立. 先見忠義門中, 秋霜凜凜, 烈日下臨, 爲首兩人, 一則殞首於瓊宮之癸, 一則剖心於炮烙之受, 非龍逢·比干而誰? 中有黃屋左纛, 貌類漢高者, 應是紀將軍; 綸巾鶴氅, 手持白羽者, 豈非諸葛武侯? 雍齒封侯, 曹丕稱帝, 義士之憤, 英雄之恨, 當復如何? 鴻門宴罷, 玉斗如雪, 忠憤激烈, 至死不二者, 范亞父也; 騎赤兔馬, 提青龍刀, 綠袍長髯, 矯矯雄風, 一陷阿蒙之手, 恨不得吞江東者, 關雲長也. 長嘯越石, 擊楫士雅, 齎志而逝,天地無情. 其後有張巡·許遠·雷萬春·南霽雲, 人人忠壯, 箇箇義烈, 胡塵蔽日, 列郡風靡, 睢陽城中, 一何多男子也? 指血不能動賀蘭, 而箭羽能沒於浮屠, 是何誠貫於石, 而不感於人也? 冤哉通哉! 人又有頑甚於石者乎? 岳武穆, 精忠旗偃, 空負背字; 宗留守過河聲殘, 出師未捷, 天何默默? 衣帶有贊, 從容就死, 可憐文天祥; 背負六尺, 與國偕亡, 哀哉陸秀夫! 最後有衣冠似異於華制者, 或以一身任五百年綱常之重, 鷲坡學士·虎頭將軍, 五六爲群, 昂昂而來. 此外悠悠今古, 忘身循國, 就義成仁者, 難以悉記.

次見壯烈門中, 疾雷一聲, 陰風慘慘. 當先一人乘白馬, 橫屬鏤, 怒氣如浙江潮急, 乃是生全忠孝伍子胥也. 更有氣作長虹, 死酬知己, 撫尺八匕首, 吟壯士之歌者, 荊慶[1]卿也. 西楚霸王以烏騅一騎, 橫行天下, 八年干戈, 夢斷烏江之波; 淮陰男子感解衣之恩, 連百萬之衆, 戰勝攻取, 鳥盡弓藏, 竟死兒女之手. 可惜! 孫伯符, 人稱小霸王, 雄據江東, 虎視天下, 而落魄庸人之轂, 遺恨東流; 苻[2]堅以雄師百萬, 銳意投鞭, 而心驚八公之草木, 卒遺養虎之患, 嗚呼! 當群雄蠭起之秋, 成則帝王, 敗則盜賊. 若騎牛讀漢書者, 亦一時豪傑也. 仙李春暮, 一榻之外, 都是長蛇封豕. 李克用以沙陀之種, 心存王室, 志切除殘, 而朱溫御宇, 悒悒而卒. 其餘雄圖未遂, 功業墜虛, 而亦不可以成敗論者, 不可盡錄. 但門外有兩人, 趑趄不敢入, 相對泣下. 一人乃漢別將李陵也. 曾以半萬步卒, 摧四十萬虜騎, 勢窮降虜, 將欲有爲, 而漢滅其族, 陵不得歸. 一人乃荊梁都督桓溫也. 平乘北望之嘆, 似若有英雄之志, 而遺臭之言, 九錫之請, 何其畜不臣之心也? 降將軍反都督, 何爲於此也? 無乃英靈之追悔乎?

次見無辜門中, 雲愁霧慘, 雨冷風淒, 無數冤精, 或貴或賤, 或多或小, 相聚而來. 有四十萬爲屯而至者, 長平趙卒也; 有三十萬爲屯而銳頭將軍爲首者,

---

1 慶: 원문은 卿.
2 苻: 원문은 符.

新安秦卒也. 蓋白起元來秦將, 故依舊爲帥. 高陽酒徒憑三寸之舌, 下七十之城, 事勢蹉跎, 無罪鼎鑊. 戾園前星憤趙虜之奸, 犯當笞之罪, 湖上高臺, 空灑望思之淚而已. 酒後耳熱, 拊缶而歌, 何預於世, 而至於腰斬? 慘哉, 平通侯楊惲! 況激濁揚淸, 多士濟濟, 何害於時, 而置於廢死? 怨哉, 范孟博諸人! 且李敬業·駱賓王, 憤不顧身, 謀復故主, 通天之義, 貫古之忠, 而事誤捐軀. 神乎鬼乎! 此人何辜? 噫噫悲哉! 士君子一身盡職而已, 死何憾焉? 此中最有恨同古今, 憤切幽明, 苦苦哀哀, 不忍言不忍言者, 齊王客於松柏, 楚帝死於江中. 移國亦足, 置死那忍? 忠臣之淚不盡, 烈士之恨有旣? 管城子到此心亂, 不能一一條列.

次見別離門中, 斜陽暮草, 去去來來, 生離死別, 黯然銷魂. 最可恨者, 漢家天子禦戎無策, 公主昭君相繼遠嫁. 漢宮粧·胡地妾, 薄命幾何? 琵琶絃鴻鵠歌, 遺恨到今. 關月留靑塚之境[3], 邊鴻斷故國之信. 子卿看羊海上, 十年持節, 白首言旋, 茂陵秋雨. 令威化鶴雲中, 千載歸家, 物是人非, 塚上苦月. 雖仙凡有殊, 而別意一也. 竹宮煙中, 不言不笑, 腸斷秋風之客; 馬嵬坡下, 玉碎花飛, 傷心遊月之郞. 乃有生長深閨, 嫁與燕兒, 豈料重功名輕離別, 負白羽征靑海? 夏之日, 冬之夜, 余美亡, 誰與處? 愁銷玉頰, 恨悴花容. 寒梅雖折, 驛使難逢, 錦字已成, 琴高無便, 靑樓捲簾, 打起黃鸎而已. 又有君王寵歇, 久閉長信, 遠別離無奈何, 近別離當若爲? 空階苔長, 玉輦不來, 半窓螢度, 金殿無人. 寧乏買賦之金? 徒羨寒鴉之色而已. 悶悶哉! 香魂夜逐劍光飛, 楚帳之虞姬也; 甘心死別不生離, 金谷之綠珠也. 萋萋芳草, 恨王孫之不歸; 杳杳飛雲, 起孝子之遐思. 朋友義切, 雲樹相思; 鶺鴒情苦, 瓊雷相望.

管城子淚乾頭禿, 勢難備書. 乃吟人間足別離之句, 欲避之於天上, 遇牽牛

織女而返. 城外一人執管城子曰: "子何追古而遺今, 點鬼簿而蔑陽人也? 我乃當世之人豪, 有詩一章, 煩君寫之." 乃高聲浪吟曰:

若人足稱奇男子, 十五年前通六韜.

塵生古匣劍未試, 目極關河秋氣高.

中年好讀孔氏書, 向來所恥非縕袍.

牛歌不入齊王耳, 鬢上光陰昏又朝.

管城子聞這詩, 慨然而寫, 幷將四門標榜, 陳於天君前. 君纔一覽, 愁不自勝, 袖手悶默, 鬱鬱終歲.

二年春二月, 主人翁啓曰:

"靑陽換歲, 萬物咸新, 凡在草木, 尙自忻忻. 今君稟最靈之性, 有至大之氣, 而迫於愁城, 久不安處, 豈非可謂流涕者乎? 但愁城, 植根之固, 難以卒拔. 竊聞杏花村邊有一將軍, 得聖賢之名, 兼猛烈之氣, 汪汪若千頃波, 未可量也. 其先[4]係出穀城. 麴生之子, 名襄(音釀), 字太和, 深有乃父風味. 其先曾與屈原有隙, 或有與兩阮·嵇·劉爲竹林之遊者, 或有以白衣訪元亮於潯陽者. 李白以金龜爲質, 卒與爲死生之交. 其後卽以買爵事, 小累淸名, 而亦非其本心也. 今襄但尙淸虛, 好浮義(音蟻), 於淸濁無所失, 多近婦人, 然有折衝尊俎之氣. 伏念取其所長, 明君用人之方. 願君卑辭厚幣, 致之座上, 尊之爵之, 則平愁城而回淳古, 實不難也. 謹以聞."

書上, 天君答曰: "予雖否德, 只能從諫如流, 麴將軍迎接之事, 悉委主人翁, 勉哉!"

翁曰: "孔方與彼有素, 可以致之."

君乃招孔方曰: "汝往哉, 善爲我辭焉, 以副如渴之望."

---

4 先: 漢를 필사본에 의거해 고쳤다. 源으로 된 판본도 있다.

孔方領命, 與其徒百文扶杖而往, 遍訪於水村山郭, 都不見了. 但有牧童, 騎牛荷蓑而來. 孔方問曰:

"將軍麴襄見居何處?"

牧童笑曰: "此去不遠, 只在望中."

卽指綠楊村裏紅杏墙頭. 孔方乃緣芳草溪邊一條細路而去, 行到墙頭. 果然靑旗影下, 携當壚美人而坐, 見孔方來, 以白眼待之曰: "勞兄遠訪, 何以相酬?"

孔方責之曰: "欲使金貂來換耶? 欲以西涼相要耶? 何輕視我也? 復初之君, 逼於愁城, 聞將軍之義, 以除世上不平之事爲己任, 朝夕望將軍, 而欲授啓沃之命. 以方與將軍, 世世通家, 故特使相邀, 何無禮若是乎?"

襄乃藏白開靑, 遂作蔡邕投壺之戲曰: "有愁無愁, 唯我在." 乃著千金裘, 騎五花馬, 起兵而來, 爰到雷州, 時三月十五日也.

天君, 乃遣毛穎往勞曰:

"不遺孤(音沽)主(音酒), 持兵(音瓶)來到, 喜倒之心, 那可斗哉? 如卿大器, 方托喉舌, 姑拜卿爲雍(音瓮)·幷(音瓶)·雷(音罍)三州大都督·驅愁大將軍, 閫以內, 寡人制之; 閫以外, 將軍主之, 進退斟酌, 傾兵而討之. 今遣中書郎毛穎, 一以諭予意, 一以留與將軍, 作掌書記, 知悉."

太和卽使毛穎修謝表以上曰:

"復初二年三月日, 雍·幷·雷三州大都督驅愁大將軍麴襄, 惶恐百拜. 竊以辟穀鍊精, 長保壺中之日月, 治亂待聖, 遂有爵命之沾濡, 撫躬自傷, 量分實濫. 伏念襄, 穀城之種, 曹溪之流, 王·謝相隨, 擅風流於江左; 嵇·劉得趣, 寄閑情於竹林. 半世[5]行藏, 唯是琉璃鐘·鸚鵡盞, 百歲交契, 只有習家池·高陽徒. 只緣禮法之矛盾, 久作江湖之漫浪, 何圖不我退棄, 酒曰'命爾專征'? 顧此狂生, 何堪大爵? 玆蓋伏遇用賢無敵, 攻愁有方, 許臣時一中之, 不疑於用,"

謂臣招衆口, 爾獨斷於心, 遂令薄才, 得容海量. 敢不勉增淸烈, 益播芳芬? 杯酒釋兵權, 縱不及趙普之策; 胸中藏萬甲, 庶可效仲淹之威."

天君覽表大悅, 卽拜西州力士爲迎敵將軍, 授[6]都督節制使.

是時也, 日暮煙生, 風輕燕語, 羽檄交飛, 鼓笛催興. 將軍遂登糟丘, 命朱虛侯劉章曰: "軍令至嚴, 爾其掌之, 毋使有擊柱之驕將, 毋使有逃酒之老兵!"

於是軍中肅肅, 無敢喧嘩, 進退有序, 攻戰有法. 陣形效六花法, 而此則像葵花. 蓋昔李靖伐高麗, 以山峽崎嶇, 不得布八陣, 故代六花陣, 此其制也. 將軍乘玉舟·濟酒池, 擊楫而誓曰: "所不如盪愁城而復濟者, 有如水." 乃泊於海口, 卽喚掌書記毛穎, 立成檄文曰:

"月日, 雍·幷·雷大都督驅愁大將軍移檄于愁城. 夫以逆旅天地之間, 過客光陰之中, 彭·殤同夢, 凡楚一轍. 生而愁恨, 尙有不及髑髏之樂, 豈不哀哉? 唯爾愁城, 爲患久矣. 偏尋放臣·思婦·烈士·騷人, 易凋鏡中之顔, 先霜鬢邊之髮, 不可使蔓, 蔓, 難圖也. 今我受天君之命, 統新豐之兵, 先鋒則西州力士, 佐幕則合利·蟹螯. 雖諸葛公陣烈風雲, 項霸王勇冠今古, 如兒戲耳, 安能當乎? 況楚澤獨醒, 寧足介意? 檄文到日, 早竪降旗."

使出納官, 厲聲讀檄, 聞於城中. 滿城之人, 皆有降心, 而獨屈平不屈, 披髮而走, 不知其處. 將軍自海口, 如建瓴而下, 勢若破竹, 不攻而城門自開, 不戰而城中已降. 將軍乃耀武揚威, 或散而圍於外, 或聚而陣於內, 勢如潮生海國, 雨漲江城.

天君登靈臺望見, 雲消霧捲, 惠風遲日. 向之悲者懽, 苦者樂, 怨者忘, 恨者消, 憤者洩, 怒者喜, 悒悒者怡怡, 鬱鬱者忻忻, 呻吟者謳歌, 扼腕者踏舞. 伯倫頌其德, 嗣宗澆其胸, 淵明葛巾素琴, 眄庭柯而怡顔; 太白接羅錦袍, 飛羽

---

5 世: 歲를 활자본에 의거해 고쳤다.

6 授: 원문은 受.

觴而醉月. 玉山將倒, 時已秉燭, 花飛眼前, 月入帳中. 將軍使佳人奏罷陣樂 而班師. 天君大悅, 卽招管城子下敎曰:

"予無恩於卿, 而卿推赤心, 置予之腹中, 卿有德於予, 而予將何報卿之功? 一拜(音盃)一拜復一拜, 徒增板顔. 今乃築城於愁城舊址, 爲卿湯沐邑, 其都 督三州事如故. 又封於懽, 錫以三等之爵, 爲懽伯, 賜以秬鬯一卣, 寵以前後 鼓吹, 知悉."

元生夢遊錄

「원생몽유록元生夢遊錄」은 활자본 『백호집白湖集』에 부록으로 실린 것을 대본으로 삼았다. 『백호잡고白湖雜稿』에 수록된 것 및 여러 이본異本들을 두루 참조 검토하여 그 이동異同에 대해 주註로 대략 밝혀둔다.

世有元子虛者, 慷慨士也. 氣宇磊落, 不適於時,[7] 累[8]抱羅隱之寃,[9] 難堪原憲之貧. 朝出而耕, 夜歸讀古人書, 穿壁囊螢, 無所不至.[10] 嘗[11]閱史, 至歷代危亡運移勢去處, 則未嘗不掩卷流涕, 若身處其時, 汲汲然見其垂亡而力不能扶持者也.

仲秋之夕, 隨月披覽, 夜闌神疲, 倚榻而睡. 身忽輕擧, 飄緲悠揚, 泠[12]然若御風而登, 飄然若羽化而仙也. 止-江岸, 則長流透迤, 群山糾紛. 時夜將半, 萬籟俱寂, 月色似晝, 波光如練, 風鳴蘆葉, 露滴楓林. 愀然擧目, 如有千感萬憤, 不平之氣, 結不能解者也. 乃劃然長嘯, 朗吟一絶曰:

---

7 不適於時: 不容於世로 나오기도 한다.
8 累: 屢로 된 본도 있다.
9 寃: 怨 또는 恨으로 나오기도 한다.
10 至: 爲로 된 것도 있다.
11 嘗: 常으로 되어야 맞을 듯하나 그대로 두었다.
12 泠: 원문은 冷.

恨入江波咽不流,

荻花楓葉冷颼颼.

分明認是長沙岸,

月白英靈何處遊?

徘徊顧眄之際, 忽聞蛩音自遠而近. 有頃, 蘆花深處, 閃出一箇好男兒, 福巾野服, 神清眉秀, 凜凜乎有首陽之遺風, 來揖於前曰: "子虛來何遲? 吾王奉邀." 子虛疑其爲山精木魅, 愕然無以應. 然見其形貌俊邁, 擧止閑雅, 不覺暗暗稱奇, 乃肩隨而行. 百餘步許, 有亭突兀, 臨于湖上. 有一人憑欄而坐, 衣冠如王者. 又有五人侍側, 皆服大夫[13]之服, 而[14]各有等秩語. 那五人都是間世人豪, 像貌堂堂, 神彩揚揚, 胸藏叩馬・蹈海之義, 腹蘊擎天・捧日之忠, 眞所謂託六尺之孤・寄百里之命者也.

見子虛至, 皆出迎. 子虛不與五人爲禮, 入調王前, 反走而立, 以待坐定, 而跪於末席. 子虛之右則福巾者也, 其上則五人相次而坐. 子虛莫能[15]測, 甚不自安. 王曰: "夙聞蘭香, 深慕薄雲, 良宵邂逅, 無相訝也." 子虛乃避席而謝. 坐已定, 相與論古今興亡, 亹亹不厭. 福巾者噓噫而嘆曰: "堯・舜・湯・武, 萬古之罪人也. 後世之狐媚取禪者藉焉[16], 以臣伐君者名焉, 千載滔滔, 卒莫之救. 咄咄四君, 爲人(古作賊字 肅廟睿覽時 改今字)嚆矢." 言未已, 王正色曰: "惡! 是何言也? 有四君之聖, 而處四君之時則可; 無四君之聖, 而非四君之時則不可. 彼四君者, 豈有罪哉? 顧藉之者名之者, 非(古作賊字 肅廟睿覽時 改今字)也." 福巾者拜手稽首,[17] 謝曰: "中心不平, 不自知其言之過於憤也." 王

---

13 大夫: 원문은 大人.

14 而: 빠진 것을 보충하였다.

15 能: 빠진 것을 보충하였다.

16 焉: 원문은 '馬'로 되어 있는데, 문맥을 살펴 고쳤다.

17 拜手稽首: 원문은 拜稽手.

曰: "辭.[18] 佳客在座, 不須閒論他事. 月白風清, 如此良夜何?"乃解錦袍, 貯
酒於江村. 酒數行, 王乃持盃哽咽, 顧謂六人曰: "卿等盍各言志, 以敍幽寃
乎?"六人曰: "王庸作歌, 臣等賡焉."王乃悄然整襟, 悲不自勝, 乃歌曰:

江波咽咽兮, 無有窮.

我恨長兮, 與之同.

生爲千乘, 死作孤魂.

新是僞主, 帝乃陽尊.

故國人民, 盡輸楚籍.

六七臣同, 魂庶有託.

今夕何夕? 共上江樓.

波光月色, 使我心愁.

一曲悲歌, 天地悠悠.

歌竟, 五人各詠一絶, 次次而進. 第一坐者先吟曰:

深恨才非可託孤,

國移君辱更捐軀.

至今俯仰慙天地,

悔不當年早自圖.

第二坐者賡吟曰:

受命三朝荷寵隆,

臨危肯惜殞微躬?

---

18 辭: 毋辭로 된 것도 있다.

可憐事去名猶烈,

取義成仁父子同.

第三坐者進曰:

壯節寧爲爵祿淫?

含[19]章猶抱採薇心.

殘軀一死何須惜?

痛哭當年帝在郴.

第四坐者作而吟曰:

微臣自有膽輪囷,

那忍偸生見喪倫?

將死一詩言也善,

可能慚愧二心人.

第五坐者退伏悲咽, 如不能盡其道者也.

哀哀當日意何如?

死耳寧論身後譽?

最是千秋難灑恥,

集賢曾草賞功書.

福巾者袖手端坐, 若不與當時之謀, 猶爲忠憤所激, 自以節義終其身者也.

乃搔首長吟曰:

舉目山河異昔時,

新亭共作楚囚悲.

心驚興廢肝腸裂,

慣切忠邪涕淚垂.

栗里清風元亮老,

首陽寒月伯夷飢.

一編野史堪傳後,

千載應為善惡師.

吟訖, 屬子虛. 子虛元來慷慨者也, 乃抆淚悲吟曰:

往事憑誰問?

荒山土一杯.

恨深精衛死,

魂斷杜鵑愁.

故國何年返?

江樓此日遊.

悲涼歌數闋,

殘月荻花秋.

吟斷, 滿座皆悽然泣下. 無何, 突有一箇雄虎士身長過人, 英勇絕倫, 面如重棗, 目若明星, 文山之義, 仲子之清, 威風凜凜, 不覺令人起敬入謁王前, 顧謂五人曰: "噫! 腐儒不足與成大事也." 乃拔劍起舞, 悲歌慷慨, 聲如巨鐘.

其歌曰:

風蕭蕭兮, 木落波寒.

撫劍長嘯兮, 星斗闌干.

生全忠孝, 死作義魄.

襟懷何似? 一輪明月.

嗟不可兮慮始, 腐儒誰責?

歌未闋, 月黑雲愁, 雨泣風噫, 疾雷一聲, 皆倏然而散. 子虛驚悟, 則乃一夢也.

子虛之友海[20]月居士, 聞而慟之曰: "大抵自古, 主昏臣暗, 卒至顚覆者多矣. 今觀其王者, 想必賢明之主也; 其六人者, 亦皆忠義之臣也. 安有以如此等臣輔如此等主, 而若是其慘酷者乎? 嗚呼! 勢使然耶? 時使然耶? 然則不可不歸之於時與勢, 而亦不可歸之於天也. 歸之於天, 則福善禍淫, 非天道也邪? 夫不可歸之於天, 則冥然漠然, 此理難詳, 宇宙悠悠, 徒增志士之恨[21]. 乃續哈一律曰:

萬古悲涼意,

長空一鳥過.

寒烟銷銅雀,

秋草沒章華.

咄咄唐虞遠,

紛紛湯武多.

20 海:『관란유고(觀瀾遺稿)』소재본에는 梅로 되어 있다.
21 『장릉지(莊陵誌)』본은 "~志士之悲也"로 되어 있고 여기서 작품이 끝난다.『추강집(秋江集)』소재본은 "~志士之懷也已"로 되어 있고 역시 여기서 끝난다.

月明湘水濶,
愁聽竹枝歌.[22]

仍又自解曰:"世之欲富貴其身者, 古今何限? 蓋拘於時與勢, 而亦有名義
之不可犯者存焉, 是大可懼也. 苟或不計名義之重, 而徒自占其時與勢, 欲以
智力相勝, 則其不歸於僭竊者, 幾希矣. 名義者, 萬古之常經; 時勢者, 一時之
權行也. 行權而廢經, 則亂賊將接跡而起矣, 豈不益可懼乎?"子虛曰:"善."
於是乎記.

按元生錄, 著在國乘, 已經睿覽. 而元集佚之, 讀是集者, 咸恨之. 豈白沙李
先生纂輯時, 因時諱而姑秘之, 以俟後日歟! 今因板本入回錄, 未克重完, 以
活字印若干本, 恐邃是錄之久益泯滅, 追載篇末. 而外此漏板文字, 若花史·
史辨·瀛海錄及狀誌文字, 又諸先生輓章若敍述, 總若干卷, 姑錄爲別集, 以
俟後日重板時合刊焉.

22『관란유고』본은 여기까지로 작품이 끝나 있다.

花史

『백호집白湖集』(石印本) 부록附錄에 수록된 「화사」를 대본으로 삼고 다른 여러 본들과 이동異同을 대조해서 결루缺漏ㆍ오기誤記 등을 바로잡았다. 참고한 이본異本은 다음과 같다.

① 백호고잡초白湖稿雜抄 소재본所載本: 필자 소장의 사본寫本 1책 (白湖稿雜抄本으로 약칭) 이 본은 『백호집』 부록본과 동일 계통으로 끝의 당기(唐紀) 중간 이하가 결락缺落되어 있다.

② 각수만록却睡謾錄 소재본所載本: 사본 2책으로 그 상책에 「원생몽유록」 「화사」 등과 함께 수록되어 있다. 「화사花史」는 비교적 선본善本에 속한다. 약칭 만록본謾錄本.

③ 해총海叢 소재본所載本: 사본 4책으로 그 4책의 패사류稗史類에 「화사花史」가 수록되어 있다.(서울대학교 도서관 古圖書 소장) 약칭 해총본海叢本.

④ 연민본淵民本: 이가원李家源 선생 소장의 사본. 첫머리에 노긍盧兢 저著로 씌어 있다.

⑤ 문선규본文璇奎本: 문선규文璇奎 번역의 『화사』(通文館 1961)에 원문이 붙여져 있는데 그 원본은 문선규 선생이 소장했던 것이다.

⑥ 『림제 권필 작품집』 소재본所載本: 조선고전문학선집(8)으로 중국 민족출판사에서 1987년에 출판된 것이다. 원래 북한에서 나온 것에 의거한

것으로 보인다. 약칭 선집본選集本.

⑦ 백영본白影本: 이것은 다른 본과 달리 앞에 서序와 끝에 남성중南聖重의 이름으로 논평論評이 실려 있다. 논평 다음에는 김양보金良輔의 발문이 붙어 있다. 원문에 가필하여 수정한 곳들이 있는데 이는 필사자인 김양보 손에서 이루어진 것으로 추정된다. 남성중이라는 이름으로 붙인 논평에 "여작화사余作花史"라 해서 화사를 남성중 자신이 지은 것처럼 씌어 있는데 원문의 첫면에는 "백호白湖 임제林悌 저"로 명기되어 있다. 한국어문학회편韓國語文學會編『고전소설선古典小說選』(螢雪出版社 1970)에 이것이 영인으로 수록되어 있다.

陶紀[23]

陶烈王姓梅, 名華, 字先春, 羅浮人也. 其先有佐商者, 事[24]高宗調羹[25]以功, 封於陶. 中世爲楚大夫屈原所擯, 避居闔廬城, 子孫仍居焉.

數世至古公査(楂),[26] 娶武陵桃氏女, 生三子(詩曰: 其實三兮), 王其長也. 桃氏生有美德, 于歸之日, 宜其室家, 詩人稱美. 嘗夢遊瑤池, 王母賜丹實一枚, 呑之有娠. 生之日, 有異香, 經月不散, 人謂香孩兒. 及長, 英姿美秀, 性質朴素, 風彩雅潔, 克承先烈. 厥德馨香, 遠邇之聞其風者, 莫不扶老携幼而至. 及滕六肆虐, 天下怨咨, 孤竹君烏筠‧大[27]夫秦封等, 推而立之. 都於闔廬城,

---

23 원문은 陶인데 海叢本에 의거해서 陶紀로 하였다.
24 事: 다른 본에는 爲로 나오기도 한다.
25 羹: 鼎으로 된 판본도 있다.
26 원래 楂로만 되어 있는데 謾錄本에 의거해서 査로 바꾸고 楂는 註로 처리하였다.
27 大: 원래 太로 된 것을 謾錄本에 의거해 고쳤다.

國號陶, 木德王, 以丑月爲歲首, 數用五(花皆五本), 色尙白.

嘉平[28]元年, 冬十二月, 作蜡祭, 以赭鞭鞭草木, 建元嘉平.

二年(十二日爲一年. 以日言月者[29], 從詩變月言日之義. 後皆倣此), 納桂氏爲妃.

妃籍出月城, 有貞靜幽閒之德, 能勤於女功, 以助王化, 時人比之周太姒.

史臣曰: 家國之興喪, 造端於夫婦. 詩咏葛覃, 國新之兆; 讖成聚麀, 家索之徵. 陶王旣有桃[30]母, 又得桂妃, 其興也宜哉.

五月,[31] 拜烏筠爲相.

筠字此君, 楚湘州人, 淸虛寡欲, 直節自守, 號爲圓通居[32]士. 幼時, 自湘[33]江移寓吳中, 與王爲葱竹之交. 滕六聞其賢, 封孤竹君(唐詩有凍雪封孤[34]竹云). 及滕六之亂, 卽進於陶公曰: "滕六淫虐, 殘害萬姓, 風聲所及, 莫不震慄. 蒼生凋瘵, 億兆凍餒, 天下有曷喪之歎, 海內切雲霓[35]之望. 雖有珠宮瓊室[35]之富, 其亡可立而待也. 今公明德唯馨, 豪英[36]引領, 當此之時, 據有闔廬, 延攬群英, 孰不聳肩來附, 壺漿以[37]迎乎? 臣願得效尺寸, 垂勳名於竹帛耳." 公大悅, 使

28 嘉平: 謾錄本에 의거해 보충하였다.
29 者: 謾錄本에 의거해 보충하였다.
30 有桃: 원 得陶를 謾錄本에 의거해 고쳤다.
31 五月이 三年으로 된 것도 있다.
32 居: 處로 나오기도 한다.
33 湘: 원문은 只인데 다른 여러 본들에 의거해서 바꿨다.
34 孤: 원래 松으로 되어 있는데 謾錄本에 의거해 고쳤다.
35 室: 臺로 나오기도 한다.
36 英: 傑로 나오기도 한다.
37 漿以: 謾錄本에 의거해 보충하였다.

不離左右曰: "不可一日無此君." 至是拜爲相, 益封千戶(古賦竹則家封千戶).

史臣曰: 古昔帝王之興, 必資輔佐之賢. 商湯之於莘老, 齊桓之於管仲, 漢高之於蕭何, 昭烈之於諸葛是也. 方其遭逢也, 若川之作舟, 若魚之有水, 用之勿貳, 任之勿疑, 然後上責輔弼之效, 下盡忠貞之節, 國事成而王業昌矣. 陶王一聞烏筠之言, 知有王佐之才, 置之帳[38]幄, 資其長算,[39] 大有爲之, 志於斯可見, 不亦休哉! 由此觀之, 後世人辟, 不任其賢, 欲治其國者, 何異緣木而求魚哉?

三年,[40] 秦封·栢直等, 大破滕六, 滅之. 王以爲大將軍.

秦封字茂之, 其先世受封於秦, 故名焉. 偃蹇長身, 蒼髯若戟, 有棟樑折衝之才(材也). 性又孤直, 心存後凋, 與栢直同受閫外之任, 夙夜共貞. 至是滕六乘夜來襲闔廬城, 二將軍挺身被甲, 張高蓋, 立於石壇之上, 大號一聲, 威風振動. 滕六以素[41]車白馬, 來詣壇下, 啣璧[42]而降, 餘賊之崩騰者, 盡掃除之. 即日吹竽[43]獻凱, 王大悅, 拜秦封爲伊陽大將軍, 栢直爲嵩山大將軍(伊陽有將軍松, 嵩山有將軍栢). 直字悅之, 魏人也. 性直多實, 爲人不伐, 每戰, 捷讓功於茂之, 人謂有大樹風.

詔賜杜沖·董栢·山梔·老松·棕櫚·蘇鐵等爵.

滕六之亂, 廷臣多被圍. 杜沖等亦陷於賊, 威脅甚急, 而顏色不變, 賊不敢[44]

---

38 帳: 帷로 된 것도 있다.
39 長算: 원 長數를 「해총(海叢)」 소재본(이하 '海叢本'으로 표기함)에 의거해 長算으로 바꿨다. 錄本에는 籌策으로 되어 있다.
40 三年: 四年으로 된 본도 있다.
41 素: 원래 小로 되어 있는데 謏錄本에 의거해 고쳤다.
42 璧: 壁를 謏錄本에 의거해 고쳤다.
43 竽: 竿를 謏錄本에 의거해 고쳤다.

加害. 王嘉其節操, 下詔褒美, 進秩各一階.

五年春二月, 大封同姓, 以弟蘖爲大庚公, 蕚[45]爲楊州公, 從弟英爲西湖公, 姪芳爲灞[46]公. 此餘封侯伯, 不可勝數.

王詔曰: "於戲! 予以孤根弱植, 襲先遺烈, 克新舊邦(芳也), 奄有宇[47]內, 若顚木[48]之有◇(由+己), 幸瓜瓞之復綿. 肆擧封典, 與有分(盆也)土, 各卽乃封, 愼厥包茅, 本支百世, 永篤其慶.[49]"

六年冬十月, 王出遊吳中, 月夜登敬亭山, 使胡人吹篴奏秦聲聽之. 觸風不豫, 洮頯[50]水, 翌曉, 王岨[51]落. (李白詩, 胡人吹玉笛, 一半是秦聲. 十月吳中曉, 梅花落敬亭.)

王妃桂氏, 自少有懷蟲之疾, 無子. (李白詩, 桂蠹花不實) 烏筠等迎立王弟楊州公, 是爲東陶英王.[52]

史臣曰: 烈王[53]之德, 其盛矣哉! 得賢相而定區宇, 任良將而制閫外, 無爲而化, 不戰而勝. 封同姓而長其恩愛, 褒忠節以樹其風聲, 雖昔殷周之治, 蔑以加焉. 然王樹國於朴略之初, 其歷年無多, 嘉言善行之見於簡冊者甚鮮, 豈不惜哉!

---

44 敢: 能으로 나오기도 한다.
45 蕚: 원래 芳으로 되어 있었는데 謾錄本에 의거해 고쳤다.
46 灞: 沿을 謾錄本에 의거해 고쳤다.
47 宇: 守를 謾錄本에 의거해 고쳤다.
48 木: 末로 나오기도 한다.
49 其慶: 純帖로 나오기도 한다.
50 頯: 원래 頴으로 되어 있는데 海叢本에 의거해 고쳤다.
51 岨: 担를 謾錄本에 의거해 고쳤다.
52 王妃~英王: 網으로 연결되었는데 謾錄本에 의거해서 目으로 처리하였다.
53 다른 본에는 烈王 앞에 嗚呼 또는 於戲가 들어가 있기도 한다.

東陶紀[54]

東陶[55]英王名蕚, 古公第三[56]子也. 初烈王幼時, 與諸弟遊,[57] 削桐葉, 戲曰: "以此封若." 及卽位, 擇天下膏腴地, 分[58]封兩弟. 楊州公尤被恩眷, 每入朝, 携手登華蕚樓, 與宴甚歡. 蓋烈王名華, 英王名蕚, 故名樓焉. 及送返國, 贈詩以別, 有曰: "喜得連枝會, 愁[59]爲落葉分." 其友愛之篤如此. 至是卽位.

中和元[60]年春二月, 王移都東京.

丞[61]相烏筠上疏諫曰: "先王建邦, 設都於此, 金城湯池, 天府之土. 地方雖小, 亦足以王, 東原不然, 四面受敵. 有德可以興, 無德易以亡. 且昔[62]周遷東都, 委靡不振; 漢移東京, 亂亡相繼. 柯則不遠, 荃鑑在玆." 王不聽曰: "吾欲東耳, 安能鬱鬱久居此乎?" 卽日移都, 號稱東陶, 以寅月爲歲首, 追尊古公爲太王, 大[63]赦天下.

三月, 王御東閣, 親試貢士何遜·孟浩·林逋·蘇軾等.

王見林逋卷中, 有"疎影橫斜水淸淺, 暗香浮動月黃昏"之句, 嘆曰: "可謂鳴國家之盛." 擢爲第一.(四人皆有梅詩. 評者[64]以林逋[65]此詩爲第一云.) 世人

---

54 원래 東陶로 되어 있는 것을 海叢本에 의거해서 東陶紀로 하였다.
55 東陶: 원래 빠졌는데 謏錄本에 의거해 보충하였다.
56 三: 원래 二로 되어 있었는데 謏錄本에 의거해 고쳤다.
57 遊: 戱를 謏錄本에 의거해 고쳤다.
58 分: 今을 謏錄本에 의거해 고쳤다.
59 愁: 羞를 謏錄本에 의거해 고쳤다.
60 元: 二를 謏錄本에 의거해 고쳤다.
61 丞: 承을 謏錄本에 의거해 고쳤다.
62 昔: 원래 替으로 되어 있는 것을 고쳤다.
63 大: 원래 빠졌는데 謏錄本에 의거해 보충하였다.

榮之, 以爲折桂枝.

三年. 貶烏筠于黃岡, 以李玉衡爲相.

玉衡欲專朝權, 乃遺書諷筠曰: "四時之序, 成功者去." 筠會其意, 卽日以竹杖芒鞋, 歸去蓬戶, 有畢命松楸[66]之志. 臨行遺秦封·栢直等書曰: "松栢本孤直, 難爲桃李顔." 玉衡聞而惡之, 乃讒於王曰: "筠雖有君子之名, 其中未必有也. 大奸(竿)似忠, 巧舌如簧. 且於園林中[67]藏兵, 疑有非常."(唐李晟以園竹, 被藏兵見讒.) 王信之, 貶於黃岡, 以玉衡爲丞相. 玉衡字星卿, (玉衡星名, 李花之精.) 唐丞相林甫之後也. 猜疑多許, 人謂有乃祖之風.

史臣曰: 侈心生, 則小人進; 忠言逆, 則君子退. 爲人辟者, 可不鑑哉! 或有問於余曰: "烏筠以國家元老, 聞玉衡諷喩之言, 卽決去就, 不俟終日而行,[68] 得無遴於悻悻[69]者乎?" 余曰: "不然.[70] 烏筠豈以玉衡一言而動其志者哉? 蓋玉衡乘間於移都之初, 烏筠見機於拒諫之日故也. 且其不相容之勢, 如薰蕕之同器, 苗莠之同畝, 則其去也, 何待[71]妻斐之成錦, 慈母之投杼[72]也? 此乃孔子欲以微罪去之之義. 君子所爲, 固非管見所可窺測.

四月, 殺宮人桃夭夭.

夫人李氏, 寵冠後宮. 及夭夭入宮, 灼灼[73]有容姿, 夫人心常[74]惡之, 至於成

64 評者: 謏錄本에 의거해 보충하였다.

65 逋: 謏錄本에 의거해 보충하였다.

66 楸: 椒로 되어 있는 것을 謏錄本에 의거해 고쳤다.

67 其中未必~且於園林中: 謏錄本에 의거해 보충하였다.

68 而行: 謏錄本에 의거해 보충하였다.

69 悻悻: 원래 '倖倖'으로 되어 있는데 謏錄本에 의거해 고쳤다.

70 不然: 謏錄本에 의거해 보충하였다.

71 待: 원래 奢로 되어 있었는데 謏錄本에 의거해 고쳤다.

72 杼: 杼를 謏錄本에 의거해 고쳤다.

73 灼灼: 芍芍으로 되어 있는 것을 謏錄本에 의거해 고쳤다.

疾. 王憐之, 命斬夭夭, 慰其志, 而夫人終不起. 王追悼不已, 嘗⁷⁵於竹宮, 爇名香, 懷夢草以思之.

梅妃廢, 死春草宮.

初王咏摽梅詩, 烏筠諫不可娶同姓, 王不聽. 及立爲妃, 有賢德. 王嘗賜明珠一斛, 辭不受. 至是王新嬖楊貴人, 妃遂寵衰, 終死於春草宮. 王哀之, 親製⁷⁶誄以葬之.⁷⁷

以楊貴人爲妃.

妃姿色絕代, 號爲睡⁷⁸海棠. 飛燕亦以輕身善舞得寵.

白鳳車尙壽陽⁷⁹公主. (鳳車, 蝶之別名.)

鳳車, 字栩然, 漆園人. 爲人輕銳, 常着白衣, 翩翩然善舞, 號爲玉腰奴.

以楊絮爲金城太守.

絮字白華, 楊妃兄也. 少時遊俠, 出入章臺間, 爲風流所宗. 世人稱之曰:

"昔有張緒(緒曾爲金城太守), 今有楊絮." 至是以椒房之親, 擢拜大郡, 父子兄弟布列要津. 光生門戶, 一時權勢, 擬之唐之國忠.

五月, 故丞相烏筠卒於貶所.

時秦封·栢直等已退, 陶之舊臣, 零落將盡.⁸⁰

史臣曰: 王性儉素, 初政淸明. 自玉衡爲相, 楊妃專寵以來, 上意稍解, 始大興土木之役, 築長城, 治園囿, 作披香亭·承露盤. 徙都之初, 土階茅宮, 及是

---

74 嘗: 甞을 謏錄本에 의거해 고쳤다.
75 甞: 常을 謏錄本에 의거해 고쳤다.
76 製: 制를 謏錄本에 의거해 고쳤다.
77 之: 謏錄本에 의거해 보충하였다.
78 睡: 원래 眂로 되어 있었는데 謏錄本에 의거해 고쳤다.
79 陽: 楊을 고쳤다.
80 五月, 故丞相烏筠~零落將盡: 이 대목은 빠져 있는데 文漩奎本과 淵民本에 의거해 보충하였다.

珠玉臺階, 窮極侈麗. 於是上下成風, 爭尙芬華, 內外雍蔽, 迷惑荃聽, 中和之
政衰矣.[81]

四年. 密(蜜)人黃范, 聚衆作亂.[82]

黃范者, 匈奴之別種也. 自山[83]崑崙山流入中國, 闖處崖谷間, 人謂之闖賊,
至是作亂. 其酋長勤於軍政, 一日再衙, 號令[84]嚴明, 器械精利. 其黨蜂起, 處
處[85]屯聚, 出則剽掠, 入則堅壘, 人莫敢當其鋒者.

蜀主杜鵑稱帝.

杭州人姚黃自立, 國號夏.

白鳳車有罪伏誅.

鳳車旣以善舞得寵. 且薦進其友善歌者黃票留(罵也), 號爲金衣公子, 其聲
淸婉可聽. 王甚愛之, 日與騷人狎客諸妃嬪及梨園弟子, 游宴後庭[86], 其曲有
玉樹後庭花. 二人常在王左右, 人謂之[87]衣黃者公子, 衣白者玉奴. 鳳車恃恩
驕恣, 引其徒黨, 出入宮掖, 或留宿禁園, 有與宮人罵殼·鳳仙·鷄冠等[88]花奸.
事覺, 鳳車亦坐媒妁之罪, 自知不免, 與其徒黨踰宮墻逃走. 宮門監杜公(齊人
號蜘蛛爲杜公也)網打盡誅之.

---

81 이 단락이 모두 綱으로 되어 있고 "史臣曰"이 빠져 있는데 위와 마찬가지로 文璇奎
本과 淵民本에 의거해 고쳤다
82 이 구절은 빠져 있는데 文璇奎本과 淵民本에 의거해서 보충하였다. 그리고 黃范者~
謂之闖賊이 綱으로 연결되어 있었는데 역시 위의 두 본에 의거해 目으로 처리했다.
83 山: 연자이거나 앞에 탈문이 있는 듯하다.
84 令: 원래 今으로 되어 있는 것을 文璇奎本에 의거해 고쳤다.
85 其黨處處蜂起로 되어 있는 것을 謾錄本에 의거해 其黨蜂起, 處處~로 고쳤다.
86 庭: 宮을 謾錄本에 의거해 고쳤다.
87 之: 빠진 것을 謾錄本에 의거해 보충하였다.
88 等: 빠진 것을 謾錄本에 의거해 보충하였다.

三月, 丞相玉衡, 有罪廢死.

玉衡, 自夫人死後, 楊妃專寵, 頗失權勢, 怏怏怨望. 王知之, 命奪其位, 賜自盡[89].

夏四月, 密賊入寇東京, 李飛將擊之, 戰敗被禽. 金城太守楊絮, 遣其將石尤, (風也) 率麾下千餘師, (絲也) 指揮大破逐之. 詔封楊絮爲大將軍, 留屯細柳營,[90] 以黃栗留爲幕客.

楊絮陰有不臣之志, 與朝廷爭衡(李白詩, 柳與梅爭春.), 而縉紳畏妃, 莫敢言者.[91] 宗室南昌尉梅福上疏曰: "臣觀[92]今日, 亂亡之兆, 疊作層崩, 不啻若火薪風澤之危迫[93]也. 陰陽失軌, 風雨不時, 木有人面之災, 草有旌旗之異, 此何景象? 大將軍楊絮, 身居宰(梓也)列,[94] 戚連椒掖, 怙勢縱橫, 負功驕恣, 禍[95]亂之作, 迫在朝夕, 不見其形, 願察其影. 且今內無良將, 外多敵國, 蜀主稱帝, 夏黃僭位, 密人不恭, 敢拒大邦, 此其爲患, 亦已極(棘)[96]矣. 矧玆滋蔓之禍[97]在於蕭墻之內者乎? 願王早爲之所, 無貽後悔. 臣體分金枝, 跡厠明廷, 荷培養恩, 蒙雨露澤, 不勝傾陽之悃, 敢進移薪之榮. 伏願聖明俯察蒭蕘, 少賜裁(材)[98]

---

89 三月, 丞相~賜自盡: 이 부분은 文璇奎本·淵民本 등에 의거해 보충한 것이다.

90 留屯細柳營: 謏錄本에 의거해 보충하였다.

91 楊絮, 陰有~莫敢言者: 원래 網으로 연결되었는데 謏錄本에 의거해 目으로 처리하고, 縉紳 2자는 원래 누락된 것을 보충하였다.

92 臣觀: 원래 以臣觀於~로 되어 있었는데 謏錄本에 의거해 바꿨다.(표현이 간결한 편을 취했다.)

93 迫: 원래 白으로 되어 있는데 謏錄本에 의거해 고쳤다.

94 列: 謏錄本에 의거해 보충하였다.

95 禍: 원래 秋로 된 것을 고쳤다.

96 원래 棘로 되어 있는 것을 謏錄本에 의거해 極으로 바꾸고 棘은 그 주로 처리하였다.

97 禍: 秋를 謏錄本에 의거해 고쳤다.

98 원래 材로 되어 있는 것을 謏錄本에 의거해 裁로 바꾸고 材는 그 주로 처리하였다.

擇." 書奏不報. 福知時將亂, 乃變姓名曰黃梅, 逃入山中, 遂不復出. (今山中早春, 有木黃花, 俗名阿亥, 人稱黃梅.)

五年. 將軍楊絮, 遣將軍石尤弒王於江城.

石尤者, 闐[99](囊)土人. 本與秦同姓, 蜚廉之苗裔也. 有猛勇力, 能折木拔屋, 喑啞叱咤, 千人自廢. 至是絮使爲先鋒率師, 如林如雨, 大吹打入東京, 城中震動, 上下風靡. 王出奔江城, 五月殂落.[100] (唐詩有"江城五月落梅花"之句[101]) 百官從王死者甚衆. 楊妃出都門, 誤陷於泥土中而沒. 陶自烈王, 至是十一年而亡. 石尤又攻楊絮逐之, 迎立姚黃於洛陽, 是爲夏文王.

史臣曰: 英王移都東京, 不無光臨之稱, 終以豪奢亡國. 烏筠先見之明, 無異卜筮矣.

又曰: 異哉! 英王之世, 與昔唐玄宗之時, 酷相似也. 玉衡似林甫; 楊絮之橫, 似國忠; 密人之亂, 似吐蕃; 石尤之變, 似祿山; 梅妃廢而楊妃寵, 且先明後暗之政, 似開元·天寶之治亂. 何其似甚也? 意者一年十二月, 以十二會之數推之, 則三月卽辰會也. 唐之歷年, 自帝堯以下計數, 則亦不過辰巳之會. 故氣數之相符而然歟! 後之見者, 必謂當時撰史者, 依樣畫葫蘆, 故書此以俟知者.

---

99 원래 囊闐으로 되어 있었는데 謾錄本에 의거해 闐으로 하고 囊은 주로 처리하였다.
100 五月殂落: 원래 五月王殂落으로 되어 있었는데 謾錄本에 의거해 王字를 삭제하였다.
101 원래 唐詩有梅花五月落으로 되어 있었는데 謾錄本에 의거해 唐詩有江城五月落梅花로 고쳤다.

夏紀

夏文王, 姓姚名黃字丹, 杭州人也. 古有神人, 自瓊島出來, 隱居于桑子河. 後[102]有玉樓子者, 名于世. 又數世至紫繡子, 是文王父也. 中和初, 生王于堰東里, (杭州堰東[103]里牧丹花下, 得石劍, 題詩云, "此花瓊島飛來種, 只許人間老眼看.") 幼有異質, 及長, 顔如渥丹, 風采動人, 里中諸老人稱賞. 陶末, 習俗侈靡, 黃獨含光自晦, 嘗遊羅浮山中, 見一梅樹當逕, 拔劍斫之. 後至其所, 見有一美人, 淡粧素服, 哭於道傍曰: "吾子白帝子, 今赤帝子斬之." 仍忽不見. 黃心獨喜自負. 唐明皇時, 鄉貢入洛, (明皇時, 有牧丹之貢.) 仍居洛. 及陶亡, 石尤等奉表勸進. 其略曰: "伏維我后, 草昧英雄, 樹立宏達, 花園有桃李之祥, 已卜興唐之兆; 土階呈蓂萊之瑞, 孰無戴堯之心? 咸仰體天之道, 盍許行夏之時?" 於是王遂卽位, 都於洛陽, 土德王, 以四月爲歲首, 色尙赤.

甘露元年夏四月, 王御南薰殿, 朝諸侯.

莘侯·留(榴也)侯·檜侯·桐伯·微(薇也)[104]子·杞子·柳子·台(苔也)州·蘇州·梓州·桃林·桂林諸君長, 各執壤奠, 凡百餘國, 珠玉金帛, 爛然庭實. 於是誦湛露以讌, 封石尤爲風伯, 賜姓南氏, 詔曰: "維薰維時, 使予萬姓, 咸得其宜, 是[105]乃風, 卽乃封, 欽哉!"

立魏紫爲后, 花藥爲夫人. 以邇侍金帶圍爲丞相.(劉簡詩有[106]'芍藥爲邇侍', 金帶圍, 芍藥之[107]別名.)

---

102 後: 謔錄本에 의거해 보충하였다.
103 題詩云, "此詩~: 원래 題此花詩云, 堰東~으로 된 것을 여러 본을 참고하여 바꿨다.
104 원래 薇로만 나와 있었는데 謔錄本에 의거해서 微로 바꾸고 薇는 주로 처리하였다.
105 是: 時를 謔錄本에 의거해 고쳤다.
106 有: 謔錄本에 의거해 보충하였다.

帶圍字尾春, 與王同本異族, 居廣陵. 一日城中有異花, 無種而生, 丹葉金腰. 人有識者曰: "他日當有明宰出." 至是帶圍爲相, 時人謂之花相. (楊誠齋詩云, "好爲花王作花相".)

二年. 詔求陶後, 得英王孫梅玉, 封爲侯, 使奉陶祀.

陶亡之後, 諸梅盡飄零. 玉倒姓名曰玉梅. 匿於草莽中. 典刑雖存, 風采已矣. (俗名票飲花, 淡白無香.)

置栢府・槐院・紫微省・翰林院・蓬萊館, 皆以文學英俊之士, 充其任.

畢(筆)[108]管有文筆之才, 主翰林院; 荊楚有棘棘不阿之風, 任栢府; 戚蜀(躑躅[109]) 有退讓之德, 衛足(左傳云, "葵能衛其足"[110].)有向日之誠, 必能愛君輔德, 置之蓬萊館. 於是朝廷淸明, 文物爛然可述.

封甘棠爲召伯, 桑無附爲衡[111]陽太守.

八月, 王親詣芹宮, 行[112]釋菜, 仍與諸生講論. 杏壇槐市, 士林咸集, 菁莪棫樸之化, 蔚然復興.

徵夾谷處士猗[113]蘭, 不起.

蘭字茁之, 號九畹先生. 有逸德, 不求仕, 令聞播於遠邇. 與商山處士朱芝友善, 每一室同居, 臭味相似, 世稱芝蘭之契. 至是王加束帛蒲輪, 徵之再三, 終不起, 送其門生屈軼・延年・甘蕉・石竹・元尤等入仕. 屈軼字指佞, 延年字昌陽, 甘蕉字鳳尾, 石竹字繡衣, 元尤字忘憂, 性皆廉潔, 不喜浮華. 唯石竹・

---

107 芍藥之: 謾錄本에 의거해 보충하였다.
108 筆로만 되어 있는데 謾錄本에 의거해서 畢로 바꾸고 筆은 주로 처리하였다.
109 躑躅: 謾錄本에 의거해 보충하였다.
110 左傳之蔡能衛足으로 되어 있는데 白影本에 의거해 左傳云葵能衛其足으로 고쳤다.
111 衡: 漁를 文璇奎本에 의거해 고쳤다.
112 行: 謾錄本에 의거해서 보충하였다.
113 猗: 倚로 나와 있는데 謾錄本에 의거해 고쳤다.

元朮, 共歷華貫, 有所輔益焉. 朮, 一名萱, 性又至孝, 奉母北堂, 未嘗離側, 王嘉其寸草之誠.

三年. 流海棠於長沙.

初東陶之世, 武陵之桃, 爲國大閥, 門楣煇赫, 子孫蕃茂, 且以外戚爭尙奢侈. 有名碧者, 性獨高潔, 晚習綺紈. 與其友白雪香(梨花), 齊名一世, 同持守白之論, 英王愛重[114]之, 共置玉堂. 又有名柳者, 渭城之外裔也, 一名曰小. 少[115]年英名, 最出於諸桃之前. 時人互相稱譽, 仍以分[116]黨, 一家內[117]有中立不偏者, 謂之三色. 其或各分[118]於紅·白之外者, 又謂黃黨, 朝廷之[119]上, 爭樹黨比,[120] 色目紛然, 英王不能禁.

至是紅白餘黨, 尙存形色, 王亦出自紅黨, 故[121]欲專用一邊人. 金帶圍·衛足等協心交諫, 務存調和, 或紅或白, 不有[122]彼此, 而白黨猶盛. 海棠不能出氣(無香), 譏刺朝廷(芒刺), 金帶圍白上流之. 是時, 黃黨亦有見黜城外者, 仍賜名黜墻.

史臣曰: 紅白黨比之弊, 無異於唐之牛李·宋之川洛,[123] 而金帶圍能誠心保合, 使朝著之間晏然, 可謂宰相器也. 後之爲摠百之任者, 可不鑑[124]哉!

---

114 重: 謾錄本에 의거해 보충하였다.
115 少小를 海叢本에 의거해 小少로 고쳤다.
116 分: 今을 謾錄本에 의거해 고쳤다.
117 一家內: 謾錄本에는 이 아래에 "有紅白少~黨中, 又"의 말이 들어 있다.
118 分: 介를 白湖稿雜抄本에 의거해 고쳤다.
119 之: 謾錄本에 의거해 보충하였다.
120 爭樹黨比: 謾錄本에 의거해 보충하였다.
121 故: 謾錄本에 의거해서 보충하였다.
122 有: 謾錄本에 의거해서 보충하였다.
123 洛: 浴을 謾錄本에 의거해 고쳤다.
124 鑑: 覽을 謾錄本에 의거해 고쳤다.

又曰: 唐文宗嘗曰: "去河北賊易, 去朝廷朋黨難." 讀史至此, 未嘗不掩卷歎也. 謂之黨禍酷於邊亂則[125]可, 謂其破黨難於制賊, 豈其可也? 夏王有一輔佐之賢, 猶能調劑[126]一世, 以致和平, 而況明君御世, 先率以正[127]者乎? 書曰: "無偏無黨, 王道蕩蕩." 君子之德風, 小人之德草也. 風之所加, 安有不偃之草乎?

五年. 風伯入朝, 最承恩遇, 出入非常.

一日, 王問於侍臣曰: "風伯何如人?" 金帶圍對曰: "風伯爲人, 反覆無常, 喜則吹噓, 怒則摧[128]折, 此所謂治世之能臣, 亂世之奸雄. 王獨不見江城之變乎?" 王不悅, 納其少女爲才人. (少女, 風名.) 自此王怠於視朝, 頗事侈靡. 求天下怪石, 作假山, 植奇木異草, 嵌空蒼翠, 烟嵐生其下. 作四香閣·百寶欄, 皆以沈香·珠翠爲飾, 一遵楊國忠古制. 時設萬花會於其中, 以爲屛障, 亦唐之遺事也.[129]

史臣曰: 甚矣, 尤物之害人也! 在心則心蠱, 在身則身死, 在家則家[130]索, 在國則國亡. 窮奢縱欲之心, 由此而生; 怠惰燕安之習, 由此而成; 好諂惡直之意, 由此而長; 貪財虐民之政, 由此而興; 可不懼哉! 可不愼哉! 文王以英明之主, 末乃如此者, 莫非尤物之害, 則彼癸之脯林, 隋廣之綵花, 誠不足怪矣.[131]

---

125 則: 財를 謾錄本에 의거해 고쳤다.

126 劑: 制를 謾錄本에 의거해 고쳤다.

127 先率以正: 先乎以王을 謾錄本에 의거해 고쳤다.

128 摧: 吹를 謾錄本에 의거해 고쳤다.

129 求天下怪石~唐之遺事也: 이 대목이 網으로 되어 있었는데 文琁奎本과 選集本에 의거해 目으로 처리하였다. 중간에 楊國忠으로, 故制는 古制로 고쳤다.

130 家: 謾錄本에 의거해 보충.

131 綵花, 誠不足怪矣: 綵花, 不足有怪로 되어 있었는데 海叢本을 취해 바꿨다.

殺諫者荊楚.

楚性峭直, 常多觸犯,[132] 王不悅, 衆皆欲除之. 有譖之者曰: "楚雖有直名, 氣焰太盛, (香盛之謂)久處近密之地, 多受金銀之賂. (金銀花名.)" 王大怒[133] 誅之, 人多嗟惜.

綠林賊葉靑兵起, 旬月之內, 天下響應, 紅白之徒, 亦多投入者.

少女, 機警多權數, 王大悅, 天笑日新[134]. 衛足諫曰: "風伯朝降夕叛, 反覆無常. 少女性妬難邇, 且與其姨封十八(風神)[135], 謀危聖躬, 王其愼之, 臣誠深憂. 本性難奪, 昨日紅顏, 今日已衰, 王何嫣然而笑而已也?" 王不聽.

六年夏六月,[136] 王遊於後苑, 爲野鹿所咬. (唐明皇時,[137] 野塵入宮, 咬傷牧丹.) 少女乘時進毒, 遂殂落. 在位六年, 而[138]大夏亡.

風伯旣剪夏, 迎立桂州伯爲王. 而當此時, 綠林賊熾盛, 中國多難, 謳謌者不歸桂州伯, 而歸于水中君(蓮也). 水中君立於錢塘, 是爲南唐明王.[139]

---

132 楚, 性峭~觸犯: 楚性多峭直常觸犯으로 된 것을 謾錄本에 의거해 고쳤다.
133 怒: 恕를 白湖稿雜抄本에 의거해 고쳤다.
134 天笑日新: 이 구절이 天愛日深(謾錄本), 大笑日新(文璇奎本), 大笑日新(選集本·淵民本) 등 서로 다르게 표기되어 있다. 그리고 少女機警~日新을 앞의 단락과 연결한 본도 있고 분리한 본도 있는데 분리한 쪽을 따랐다.
135 風神: 謾錄本에 의거해 보충하였다.
136 六月: 五月로 된 본도 있다.
137 時: 謾錄本에 의거해 보충하였다.
138 而: 謾錄本에 의거해 보충하였다.
139 風伯旣剪夏~南唐明王: 이 대목은 원래 위 단락과 연속되어 綱으로 되어 있었는데 謾錄本에 의거해서 目으로 처리했다. 明王은 원래 明主로 나와 있었는데 같이 바꾼 것이다.

唐紀

唐明王, 姓白, 名連¹⁴⁰(蓮), 字夫容(芙蓉)¹⁴¹. 其先有丈十丈者, 隱居華山. 父名菡萏, 始居若耶溪. 母何(荷)氏, 嘗見蒼蒲生花光彩焰爛吞之, 有娠而生 王. 美顔色如婦人, 有出塵離世之趣, 守淨納汚之量, 性¹⁴²又樂水, 常居水中, 號爲水中君子. 或謂之白水眞人. 夏亡之初, 中國無君, 湘州人杜若·白芷等 推而立之. 水德王, 都於錢塘, 國號南唐. 色尚白.¹⁴³

史臣曰: 陶以木德而尙白, 夏以土德而尙赤, 唐以水德而尙白, 其故未可知 也.

德水元年. 開井田, 行錢幣.

以杜若爲相. 詔曰: "爾若乃采(彩也), 罔俾爾先, 專美有唐." 杜若, 唐賢相 如晦之後也.

七月, 王出自水晶宮, 御秋香殿, 朝群臣.

當此之時, 天下盡爲綠林藪, 而唐獨深溝高壘, 免被侵伐, 衆生支安, 國家 殷富. 於是水衡之錢, 多至巨萬, 川澤魚鱉, 不可勝食. 在下者, 業於治絲; 在 上者, 朝夕量珠而已.

三年, 有賊入寇若耶, 遣將軍白蘋擊退之, 以馬蓼爲伏波將軍, 以禦之.¹⁴⁴

---

140 蓮으로만 되어 있었는데 謾錄本에 의거해서 連으로 바꾸고 蓮은 註로 처리했다.
141 芙蓉: 謾錄本에 의거해 보충하였다.
142 性: 謾錄本에 의거해 보충하였다.
143 色尙白: 謾錄本에 의거해 보충하였다.
144 有賊入寇~以禦之: 이 대목은 謾錄本에 의거해서 보충한 것이다. 그 아래 若耶~舊號는 모두 網으로 되어 있었는데 역시 謾錄本에 의거해서 분리하여 目으로 처리하였다.

若耶溪[145]使金鳧[146]以羽書報曰: "有賊入寇若耶, 先打鵝鴨池, 賊人皆乘沙棠舟, 棹木蘭枻, 被[147]芙蓉衣, 謳採[148]菱曲. 容粧服飾, 與我國人酷似, 始則不知, 聞謳聲, 然後知其爲賊. 其歌[149]曰: '蓮葉羅裙一色裁, 芙蓉紅臉兩[150]邊開. 亂入池中看不見, 聞謳始覺有人來.' 俄頃之間, 斬傷已多矣." 王大驚曰: "我國天塹, 是何能飛渡耶?" 乃詔將軍白蘋. 蘋率魚貫卒數千, 迎擊之. 卒中有鯉者, 能口噓生風. 於是風浪大作, 舟楫蕩搖(江中風謂鯉魚風)[151]. 賊人大[152]懼, 竝着其舟而去.(唐詩, 相逢畏相失, 幷着採蓮舟.)[153]

始以國家無桑土之備, 以致此患. 至是白蘋於沿江要害處, 皆設蒺藜而還. 且使馬蓼爲伏波將軍, 以備盜賊. 自此南北之人不敢採漁於河. 馬蓼者, 援之裔也, 仍襲伏波舊號.

道人以妙經[154]進上曰: "說經則天雨四花, 蓮胎往[155]生於極樂世界." (佛經, 優曇鉢羅花, 千年一開云.)[156] 王大悅, 乃設水陸道場, 費可億萬計. 日與左右諸臣, 朝夕說經, 廢棄國事.

---

145 溪: 候로 되어 있었는데 淵民本에 의거해 고쳤다.

146 鳧: 亮을 謾錄本에 의거해 고쳤다.

147 被: 柑과 披로 되어 있었는데 謾錄本에 의거해 枻과 被로 고쳤다.

148 採: 采를 白湖稿雜抄本에 의거해 고쳤다.

149 歌: 詩로 되어 있었는데 白湖稿雜抄本에 의거해 歌로 고쳤다. 이하의 노래가 註처럼 나왔는데 원문으로 처리하였다.

150 兩: 西를 白湖稿雜抄本에 의거해 고쳤다.

151 江中~魚風: 海叢本에 의거해 보충하였다.

152 大: 謾錄本에 의거해 보충하였다.

153 唐詩~蓮舟: 海叢本에 의거해 보충하였다.

154 經: 徑을 白湖稿雜抄本에 의거해 고쳤다.

155 往: 원래 降으로 되어 있으며, 다른 본에는 化(謾錄本 등) 혹은 往(白影本)으로 된 것도 있는데 往을 취했다.

156 佛經~一開云: 佛經籍花千年曇鉢羅一開云으로 되어 있었는데 謾錄本에 의거해 고쳤다.

學士文藻伏靑蒲諫曰: "彼佛者, 果何人哉? 背[157]理邪說, 惑世誣民. 帝王之道, 守經常, 何必以祇園爲福田·貝葉爲眞經耶? 人生如樹花, 落茵席者爲貴, 落糞溷者爲賤. 此乃自然之理, 因果之說, 豈可信聽乎?" 王不納. 文藻與白蘋同本異姓, 性質高潔, 能文章, 補袞職焉.[158] (袞衣十二章, 藻居其一.)

婕妤潘[159]氏, 寵傾後宮. 王嘗帖蓮花於地上, 使行其上曰: "步步生蓮花." 號六娘. 人有佞者曰: "人謂六娘似蓮花, 臣以爲蓮花似六娘." 王悅.

史臣曰: 甚矣, 佞者之言! 其言甘於啖蔗, 其佞甚於譽樹. 嗟哉! 惜哉!

四年, 遷江蘺[160]于湘州.

江蘺者, 楚人也, 字采采, 性高潔. 以直諫忤王意, 公子假蘭譖而流之. 蘺不勝愁苦之情, 作離騷以自怨.

五年八月, 王用方士長生之言, 飮白露, 有疾. 疾呼左右, 左右之人皆飮露, 口喑不能言. 王不勝忿恚, 再曰荷荷, (梁武帝在臺城, 口苦, 求蜜不得, 遂荷荷而殂.)[161] 遂殂落.

初王欲禪位於東籬處士黃華, 華辭不受. 時金兵初破綠林, 圍唐數月. 滿城之人盡飢餓, 立枯死. 柱若·白蘋等, 亦死於難.[162] 唐立國纔五年而亡. 黃華字金精, 爲人不俗, 有太古風. 以先世事陶, 隱居栗里, 獨守孤節. 雖以金人之暴, 不能侵凌, 世號晚節先生.[163]

---

157 背: 邇를 謏錄本에 의거해 고쳤다.
158 焉: 馬를 謏錄本에 의거해 고쳤다.
159 潘: 邇를 謏錄本에 의거해 고쳤다.
160 蘺: 다른 본에는 蘺로 되어 있다.
161 梁武帝~而殂: 海叢本에 의거해 보충하였다.
162 柱若~死於難: 이 구절은 원래 빠져 있었는데 文漩奎本에 의거해 보충하였다.
163 初王欲~晚節先生: 이 단락 전체가 원래 網으로 연속되어 있었는데 謏錄本에 의거해

史臣曰: 三代之興替, 而四君之存沒係焉, 不啻若片時東園·南柯一夢. 春風闌圃, 空聞鳥雀之哀號, 落日池臺, 但見雲烟之沈銷, 則殷墟麥秀之歌·周人黍離之詩, 未足以喩其歎也. 豈不悲哉! 豈[164]不惜哉!

又曰: 夏王求[165]玉梅, 立陶後, 其德忠矣, 而唐欠三恪之典, 尤可恨也. 世有蔓草·牧丹[166]艸[167]·芙蓉柳, 亦夏唐之遺裔歟!

總論曰: 天地之間, 人是一物而已. 花有千百種, 則人固不如花之衆矣. 人以百歲爲大限, 而花有千年之樹, 則固不如花之[168]壽矣. 天以花行四時, 人以花辨四時, 人孰如其信? 榮不謝榮於春風, 落不怨落於秋天, 人孰如其仁? 或生於階砌之上, 或生於糞溷之中, 而不爭高下貴賤, 同其榮枯, 則其公心亦異人矣. 然則花者, 至仁至信至公, 衆且壽而得天性之正者也. 旣衆矣, 何損於爲國? 旣信旣仁矣, 又如是至公, 則何有乎爲君? 凡人有一藝之能·一分之才者, 必欲誇矜一世, 流傳百代, 爭功於施爲, 伐錄於簡編, 而花則不然. 故知其天性之美者, 猶人中之君子. 是以宋濂溪先生, 庭草不除, 與自家意思一般. 君子欲與之一般, 則其性之全且[169]正可知耳. 彼區區於言語文章, 孜孜於功利事務之間, 亦安得全其性而復其正耶?

서 분리하여 目으로 처리하였다.
164 豈: 謾錄本에 의거해 보충하였다.
165 求: 時를 海叢本에 의거해 고쳤다.
166 牧丹: 海叢本에 의거해 보충하였다.
167 艸: 謾錄本에 의거해 보충하였다.
168 衆矣~花之: 원래 빠져 있었는데 白影本에 의거해 보충하였다.
169 且: 其로 되어 있는 것을 淵民本에 의거해 고쳤다.

柳與梅爭春

羅浮之山, 有體瘦而神清者, 曰梅生; 旄[170]澤之渚, 有身長而肢弱者, 曰柳君. 二子之深相結也, 蓋有年矣.

向春之月, 斗柄欲東, 柳與梅將迎謁東皇于蒼靈之塗. 柳謂梅曰: "今我與子同見階下, 禮宜有少長之序. 我先出則子止, 我先迎則子後, 可乎?"

梅曰: "諾."

俄而東君至, 柳順風而拜, 方將欲敍, 而梅已逢迎于前矣. 柳乃怒眼而視曰: "子絕長者乎? 長者絕子乎?"

梅曰: "何謂也?"

柳曰: "吾曩告子, 以我先出則子止, 我先迎則子後, 何子之背前約而先長者, 以自媚於君上乎? 託氷玉之名, 寫桃李之顏, 宜夫世之謂子爲尤物矣."

梅微笑而答曰: "噫噫, 子之言也! 亦太甚矣. 夫東皇者, 百昌之共主也. 其於物, 物非有私親, 且早發遲榮, 孰敢越志? 彼旣無私於應物, 我何容心而獻媚乎! 且夫芄無實而容長, 蘭亦難恃; 人不推而自長, 誰則非長? 李白長不七尺而雄萬夫, 曹交長九尺而徒食粟, 子惡得不揣其本而齊其末, 恃己長而笑吾短乎?"

柳又揚眉而進曰: "請姑舍是, 與子爭妍, 可乎?"

梅曰: "可."

柳曰: "待臘倫眼, 嫩若黃金, 候風展眉, 粧成碧玉, 子孰與我?"

梅曰: "不如子."

柳曰: "墮霞隨風, 漫天似雪, 纔飛作舞, 撲地如霰, 子孰與我?"

梅曰: "不如子."

柳曰: "絲條繫船, 片宵留郎, 折枝贈別, 千里爲信, 子孰與我?"

梅曰: "不如子."

柳曰: "江橋山路, 輕隨粉蝶, 朱欄玉樓, 嬌拂艷粧, 子孰與我?"

梅曰: "不如子."

柳曰: "蔭垂御溝, 掩暎紅杏, 影含雲幕, 飄拂蒼烟, 子孰與我?"

梅曰: "不如子."

柳曰: "濃靑雨後, 細似蛾眉,[171] 裊娜風前, 纖如楚腰, 子孰與我?"

梅曰: "不如子."

柳曰: "此六者皆出吾下, 而不肯後我者, 何也?"

梅曰: "噫! 君何相見之晚也? 物之不齊, 物之情也. 寸有所長, 尺有所短. 子之六長, 不足以掩吾之一能. 吾請言其我有, 子其擇焉."

柳曰: "願試聞之."

梅曰: "氷魂玉骨, 練帨縞裙, 綠葉靑枝, 瓊瘦寒粉, 此可以當子之艶色乎?"

柳曰: "然."

梅曰: "春女堂前, 暫慰香愁, 故人江南, 聊贈芳枝, 此可以敵子之絲枝乎?"

柳曰: "然."

---

171 蛾眉: 원문은 蛾媚.

梅曰: "枝頭片白, 天下皆春, 葉底微紅, 詩老知情, 此可以鬪子之飛花乎?"

柳曰: "然."

梅曰: "藥而未花, 呑可登仙, 開而旣實, 望能止渴, 此可以兼子之飄絮乎?"

柳曰: "然."

梅曰: "碧窓烟雨, 斜枝偃蹇, 仙壇雪月, 寒影婆娑, 此可以肩子之淸陰乎?"

柳曰: "然."

梅曰: "霜蛟侵背, 帝女愁立, 月冷巫[172]峽, 仙雲嬌墮, 此可以方子之輕盈乎?"

柳曰: "然."

梅曰: "然則子之所長, 未全居前, 吾之所短, 不純爲後, 子尙得責我之先子乎? 非特此也. 岸容未臘, 山意慘憺, 白者未白, 紅者未紅. 當此之時, 凌寒凌雪, 先百花而知春者, 非我耶? 奇杳異梢, 屈曲橫斜, 氣壓千丈, 香儲萬斛, 主盟於風月烟花, 而以韻勝爲高者, 非我也耶? 淡粉素服, 出迎師雄[173], 高髻大袖, 驚動蜀侯者, 卽吾之精神也; 天香國艶, 無學月宮, 蠻雨蠻烟, 不受昏暗, 耻事花王, 高尙其節者, 卽吾之雅操也. 赤心愛君, 不下葵藿; 剛陽疾[174]惡, 無讓屈軼. 報句朔於堯庭, 易地則皆然也. 作苦甘於江東, 不爲也, 非不能也. 唯其如是, 故自古騷人墨客, 無問賢愚智否, 莫不服吾之高致, 愛吾之淸格, 吟詠之不足, 翫賞之無厭, 連篇累牘, 殆八百餘什矣. 其曰'桃李爭春猶辨此, 更敎踏雪看梅花'者, 道吾之淸芬, 非衆華所及也; 其曰'天敎桃李作輿儓, 故遣寒梅第一開'者, 謂吾之高標, 可君主於凡卉也. 所謂'人間草木非我對, 奔月偶桂成幽昏'者, 憐我之芳姿,[175] 久困悴於塵樊也; 所謂'祇今已是丈人行, 肯

---

172 巫: 원문은 岻.

173 師雄: 원문은 雄師.

174 疾: 원문은 嫉.

與年少爭春風'者, 知我之老成, 能不爭而善勝也. 夫人爲物中之最靈, 詩是人聲之最精, 而其所以許可我·稱道我者, 有如此. 以是論之, 天下之春光, 盡吾有也; 天下之根核, 盡吾後也, 其誰敢與我爲敵哉! 然則吾之臣妾百卉, 蹂藉其上者, 非妄也, 宜也. 吾子不此之思, 而過信李翰林盃酒之間高喚之句, 而欲與我妬寵, 亦已疎矣. 雖以栢之孤高, 檜之勁直, 尚且遲遲而後我, 況下焉者乎! 竹慚無香, 故推我爲香; 蘭坐友棘, 故不我敢齒; 菊病待秋, 蓮處下流, 故讓我以三春, 避位於九秋. 此八子者, 眞所謂信道篤而自知明者也. 今子都無才思, 謾有顚狂, 當春而惟解泄[176]漏, 望秋而最先凋零, 忘大易生華之戒, 昧唐賢俱摧之譏, 欲以不根之論, 折我以求勝, 得無迂乎!"

柳言色變, 怒髮上指曰: "子敢假遊魂, 揚人之惡? 吾雖稟性木訥, 不讓於仁. 請與吾子 共談族世之盛衰·功用之多寡·見慕[177]之淺深, 以爲一春之孤注, 不識可乎?"

梅曰: "惟命."

柳曰: "乃先系出柳城, 枝派漸番, 姓名甚夥. 有曰蒲卿者, 重耳之所封也; 有曰杞生者, 夏后之苗裔也. 有聖德之足聞, 故世傳聖氏; 尚淸白之可欽, 故時有白氏. 居於章臺者, 以章臺氏; 居於官道[178]者, 以官道氏. 或住灞岸, 或移釣臺, 於津於河於塞於關於渭城於離亭, 率皆氏以所居, 而其本支之茂, 結根之固, 求諸植物, 鮮有倫比. 未知吾子亦有是乎?"

梅曰: "無有."

柳曰: "出火厚生, 爲穀利鬪, 僵而自起, 蔚興王之符; 枯而復榮, 報回[179]鑾

---

175 姿: 원문은 恣.
176 泄: 원문은 池.
177 慕: 원문은 幕.
178 官道: 官渡가 맞을 듯하나 官道로도 말이 되기 때문에 그냥 두었다.
179 回: 원문은 固.

之兆. 樹下行惠, 展禽得名; 宅邊種五, 彭澤取號. 條侯次我之營, 大勳用集; 由基穿我之葉, 妙妓方傳. 棗餚祀我, 李固以之我名. 讀書編我, 孫敬賴以明經. 此吾之功能也, 吾子亦有是乎?"

梅曰: "無有."

柳曰: "三眠三起, 得人柳之美號; 數條長枝, 比張緒之風流. 當高潁之未相, 俠恢如車蓋; 屬仲甫之知州, 名稱補闕. 嵇[180]中散之鍛金, 遂淸陰而求芘; 桓尙書之歎老, 報長條而賈淚. 陶子之鎭武昌, 諸都尉之盜種; 韋郞之中書省, 敬先人之手植. 狂夫見樊而瞿瞿, 直臣諫折而諤諤. 詩人託以起興, 孟子比而言性. 此吾所以見慕於人也, 以耳目之所覩記, 吾何負於子? 世謂顚狂, 吾自以爲非狂; 人言不材, 吾自樂於置散. 豈若子傾巧粉飾, 斜曲其行, 以調羹而要君, 以摽實而誂女? 或紅或靑, 二三其德, 隨人情之冷煖, 逐世味之酸醶者哉! 是故三閭大夫黜子而不稱, 賤惡之也; 西湖處士指子而爲妻, 妾婦之也. 玉奴之稱, 僕隷子也; 梅魂之詠, 鬼昧子也. 子不知愧, 反以爲華, 無乃謬也?"

梅曰: "吾子盛稱族世之富, 自伐[181]才望之隆, 欲以蓋我. 然豈嘗聞儒家有柳生之譜, 聖門傳楊氏之學者乎? 吾將枚擧吾譜而告子焉. 殷湯之後, 有曰梅伯, 梅伯之裔也, 有南昌尉者, 卽我之靈根也. 其孫有直脚[182], 今者隱居江南, 遂爲江氏. 有功於曹魏, 賜姓者, 曹氏. 有與楊脩結爲兄弟, 而因易[183]楊姓者. 有紅君者, 性嗜酒, 面有暈, 又好方士言, 服金丹換骨, 故世呼爲紅兄. 有臘生者, 非我同氣, 而亦慕吾族之名, 求入吾門, 因名爲臘梅. 有杏兄者, 有黃姓者, 有紫帶者, 臙脂氏·綠葉氏, 取光色而爲之也; 有旱氏·有消氏, 以時義

---

180 嵇: 원문 稽.

181 伐: 원문 代.

182 脚: 원문 卿.

183 易: 원문 日月.

而爲稱也; 有古曰鴛鴦·曰百葉·曰重葉者, 因顧狀而命[184]名也. 此乃梅族之根底, 而考諸范氏之所撰, 班班可考也. 若言其所居, 則或于雪坡, 或于西岡, 有居吳下者, 有居江南者, 艮岳也, 姑蘇也, 庾嶺也, 無非梅氏之所荒, 而好居於寂寞幽閑之境, 不悅於塵寰喧卑之區. 此吾族之所以擅雲月之高名也. 非如子之族, 世失身於隋堤, 掃地於道傍, 被欺於風, 受迷於烟, 橫樹倒植, 苟全性命, 逐隊隨行, 專事輕儇者也. 夫以宋廣平之勁直, 寵我以詞賦, 朱晦菴之方儼, 侈我以詩篇, 洪景盧有鐵骨崢嶸之贊, 楊洮[185]湖有彌章彌利之序. 幽逸之人, 非我無與爲友; 學圃之士, 罔與取重. 凡所以令人景慕之至此者, 亦豈無以致而然哉! 況召南之所賦, 說命之所論, 炎帝之所論, 周禮之所記, 無非所以玉吾之[186]德, 而器吾之用也. 以此言之, 我之於子, 誠不可同年而論長短也. 何區區與子較功用而爭先後, 以自輕也!"

柳流涕嚬翠眉, 不肯下之, 又謂梅曰: "與子爭春而不決者, 將九十日矣. 難以口舌爭也, 盍亦往質於吾君[187]乎?"

遂相與朝土階之下, 將因勾芒氏而質成於東皇, 東皇已命駕行矣.

於是柳與梅相謂曰: "吾聞君子無所爭, 又相下, 不可長也. 請自今息爭, 可乎?"

二子相視而笑, 莫逆於心, 遂俱讓其春不取.

余[188]聞而異之, 遂爲柳與梅爭春之說.

---

184 命: 원문 令.
185 洮: 원문은 桃.
186 吾之: 원문은 吾之가 두번 중복되어 있다.
187 吾君: 君吾로 되어 있는데 고쳤다.
188 余: 원문 金.

餞東君序

昔無極翁告于上帝曰: "天有四時, 四時之首者, 春也; 地有四方, 四方之最者, 震也, 而震方乃萬物遂生之地也. 不置王, 無以化之. 請立東君." 上帝可其奏.

月正元日, 東君始卽位, 以木德王, 無爲而化, 國號新, 自稱春申君之後. 卽位之後, 二三月之間, 以風而吹[189], 以雨而施. 方是之時, 百物皆欣欣然有喜色. 凡在日照[190]月臨, 有形有氣者, 莫不被君之澤. 東漸西迄, 被訖于萬方, 徯君之來, 夫豈有一物不蘇者哉?

君有威儀, 亦好侈靡, 文明天下, 錦繡山河. 花階三等, 白衣郎官舞馨香之仁風; 柳幕千里, 錦衣公子歌太平之烟月. 天壤之間, 繁華物色, 賁然可觀者, 未有若此時之盛也.

噫! 天雖大, 非君則莫能行化; 物雖衆, 非君則莫能生成. 由是觀之, 昆蟲也, 草木也, 奄九州四海物物化化生生之功, 無[191]非天也君也.

其於人主亦然. 大凡人主布德於上, 則下民化合於下, 故風行草偃, 無一夫不獲[192]其所. 以心和則氣和[193], 氣和則形和, 形和則聲和, 聲和則[194]天地之

---

189 吹: 『白湖逸稿』에는 鳴으로 나와 있는데 『隨錄』 소재본에 의거해 고쳤다.
190 照: 원래 '往'를 『隨錄』에 의거해 고쳤다.
191 無: 『白湖逸稿』에는 빠져 있는데 『隨錄』에 의거해 고쳤다.

化, 皆應矣. 故治安百姓, 王道之始; 發揚萬物, 天道之始也[195]. 以此度彼, 自天而觀之, 則豈有天與人之間乎?

於是知東君之德至矣盡矣[196], 而上帝有光, 蕩蕩乎巍巍[197]乎, 無能名焉. 然四時平分, 一氣難兼; 天運循環, 歲功不忒. 物盛而衰, 固其理[198]也. 故讓位而去, 老不聽政, 行年九十. 青帝以是傳之赤帝, 赤帝以是傳之白帝, 白帝以是傳之黑帝, 與堯之傳於舜, 舜之傳於禹, 禹之傳於湯, 湯之傳於文武, 何以異哉! 在位三月, 改元者三, 曰孟春·仲春·季春.

暮春之日, 惜春兒序.

---

192 一夫不獲: 원래 矣夫로 되어 있는데 『隨錄』에 의거해 고쳤다.
193 和: '化'를 『隨錄』에 의거해 고쳤다.
194 聲和, 聲和則: 원래 빠져 있는데 『隨錄』에 의거해 보충하였다.
195 發揚萬物, 天道之始也: 빠진 것을 『隨錄』에 의거해 보충하였다.
196 盡矣: 빠진 것을 『隨錄』에 의거해 보충하였다.
197 巍巍: 원래 嵬嵬로 되어 있는데 『隨錄』에 의거해 고쳤다.
198 理: '變'을 『隨錄』에 의거해 고쳤다.

南溟小乘[1]

至月初三日, 晴. 將榮覲于濟州, 使小奚束裝, 秖有宮花兩朶·玄琴一張·寶
劍一口而已. 乃騎父親留養胡驄馬, 向晚離發楓浦, 投宿于務安仲邃(從伯子)
兄家, 期而會也.

至日, 晴. 歷訪徐僉使家, 置酒琴歌, 而夕逃酒馳到三日浦. 仲邃兄子垣追
到, 敍別於舟中, 醉吟一篇留贈.

一杯二盃山村酒, 千里萬里滄海舟.

丈夫離別本無淚, 況復寧親兼壯遊.

輕鞭暫試胡驄馬, 百金劍與千金裘.

江頭玉壺遠相送, 朔氣凜凜浮寒洲.

生平肝膽一斗許, 客路夜夜看旄頭.

(時慧星出故云.)[2]

---

1 「南溟小乘」은 『白湖逸稿』에 수록된 것을 대본으로 삼았다. 지난 1958년 석판으로 간행
된 『白湖集』의 제3책 附錄에 「南溟小乘」이 수록되어 비로소 세상에 소개되었는데, 이 자
료는 원래 결손된 부분이 많았으며, 착간·누락도 없지 않다. 逸稿本을 대본으로 하고
『謙齋遺稿』(이하 겸재유고본으로 함)를 참조하여 서로 대조하여 오자 및 약간의 누락
을 보충하였다.
2 時慧星出故云: 이 註記는 白湖集附錄本(이하 부록본으로 함)에 의거해 보충하였다.

行三十里, 至南祉倉(羅州地[3]), 日已昏黑. 秣馬宵征三十餘里, 至德津橋 (靈巖地[4]), 渴甚索水, 醎不可飮. 小憩, 過月出山下, 大虎梗道, 催鞭直到鳩林 村, 乃子中(習靜公字)聘家. 夜可四鼓矣.

夜色蒼茫太白高, 滿天寒露濕弓刀.[5]

催鞭不避當前虎, 自笑書生膽氣豪.

五日, 晴, 薄暮風雪. 將發, 爲親朋牽留, 日晡與子中幷轡, 暝瞑到栗里子忱 (江界公字)家, 康津地也.

住龍渡上暮雲起, 駕鶴嶺頭殘照明.

胡驄金勒白羽箭, 旅人遙指金陵城.

六日, 晴. 早朝携子忱子中, 過金陵, 登聽潮樓. 邑宰來見. 午後, 與兩弟登 舟于南塘浦, 懸帆疾行, 至莞島, 日已沒矣. 過打鼓祠, 風微水逆, 乃落帆摧櫓, 艱到梨津堡(梨津乃達梁堡[6]), 夜向深矣. 新旌義李侯應泓, 須我同舟, 林宣傳 潗, 亦來作別.

梨津古達梁, 過客一傷情.

國步曾多難, 將軍不解兵.

全師覆月暈, 殘壘帶江聲.

往事增孤憤[7], 長歌望玉京.

---

3 羅州地: 겸재유고본에 의거해 보충하였다.
4 靈巖地: 겸재유고본에 의거해 보충하였다.
5 刀: 刃을 겸재유고본에 의거해 고쳤다.
6 梨津乃達梁堡: 겸재유고본에 의거해 보충하였다.
7 憤: 원래 墳으로 된 것을 부록본에 의거해 고쳤다.

七日, 晴. 早食後, 出浦口, 微風轉旗, 海闊天長, 歸興飄然, 不能自已. 携兩弟及林宣傳, 彈箏侑酒, 酒數行, 揮手相別. 乘旌義大舡[8], 鼓角擧帆, 舡[9]行如箭, 望東西大洋, 浩渺連空, 島嶼如畫, 曲曲可愛, 舟人遙祭瑟頭祠. 晚入白島, 落帆艤岸, 風雪甚惡, 夜大風達朝.

八日, 陰. 大風竟日, 留宿白島. 登島上望濟州, 如一陣黑雲浮於海天之間. 夜與篙工德乞者語, 自言: "曾爲倭寇所虜, 住倭島凡七年, 衣食不爲不饒, 而懷土戀國, 歸心日切, 窃得小船, 艱關旋返, 而官家苦役, 少不相貸云云." 且言倭俗頗詳, 其地則倭稱五島, 而自濟州西風往, 東風來, 可四晝夜程. 其俗稱酋長爲獨夫云矣. 夜深開篷, 則雲月微茫, 風濤洶湧, 望沙寒島, 獵火照天, 亦壯觀也.

九日, 或陰或晴. 風順而急, 紅日離海, 解纜出島外. 坐下大船, 及旌義水汲船一隻, 康津·海南·珍島護送船各一隻, 凡大小六艘. 大船中有李侯帶率裨將二人, 伴倘[10]一人, 隨我營裨將李繼生, 琴手柳廷傑, 有驪江客朴祖許一其妻父以無賴宗室, 謫死於濟州, 故欲收拾骸骨, 歸葬故山云. 深有故人之義, 乃許同登. 都船主一人·篙工二人, 隨行奴僕及射手, 能櫓雜色軍, 計不下百餘人, 而五隻小船中, 亦不下六七十人. 皆譁曰: "今日天陰風怒, 不利放船." 余乃掃衆議, 擧帆離發. 行百里許, 風顚海惡, 大浪擊天, 危檣出沒, 與半空浮雲互相低昂. 舟中之人, 嘔吐不起者過半. 余亦入臥篷底, 如在鞦韆上. 口占一律:

---

8 舡: 船을 겸재유고본에 의거해 고쳤다.
9 舡: 船을 겸재유고본에 의거해 고쳤다.
10 伴倘: 원래 泮黨으로 되어 있다.

寧親不憚溟波惡, 風急危檣箭往如.

鯨奮鰲騰幾萬里, 雪堆雷吼倒歸墟.

愁添碧落陽烏背, 卷上淸泠水府居.

自笑男兒粗膽在, 新詩臥綴十生餘.

日暮, 泊朝天館. 隨得五隻船, 皆不知所之. 一行之人, 雖不敢斥言吾放船之過, 而若漂沒不返, 則咎實在我, 深自悔恨之際, 忽報兩隻自陸地(州人稱我國爲陸地)如飛而來矣. 乃登城堞而望, 俄而旌義汲水船來泊. 珍島亦隨來, 方欲到泊, 而爲急浪所擊, 觸於石嶼, 片片而碎, 但水淺, 故無一人溺死者. 問船去處, 則向斜藪島去了[11]云云. 余乃招都船主姜連山問: "斜藪島在何處, 可以留泊否?" 答曰: "那島在東大洋, 與火脫[12]島(有大小島, 在西大洋.)相對, 三面皆壁立, 阻[13]北崖廻抱,[14] 大船則一艘, 小船則二隻, 可以留泊. 且島上有甘泉, 長興等處船, 想皆無事, 若日晴風微, 則自然來到." 余聞船主之言, 始自安心. 館去州二十五里, 而日已昏黑. 父親有明早入來之命, 故宿朝天館.

十日, 陰. 平明發朝天館, 向晡[15]到州. 以嚴命, 先入州校謁聖後, 覲父親於望京樓下. 帳幕連雲, 觀者以萬計. 但時恭殿未寧日久, 故妓樂則陳而不作. 通判趙斯文(仁後)·敎授崔斯文(名缺)[16]略設慶賀之筵. 留數日, 候望人來報曰: "斜藪島有烟氣." 越翌日長興·康津·海南船皆到.

---

11 了: 겸재유고본에 의거해 보충하였다.
12 脫: 胱을 부록본에 의거해 고쳤다.
13 阻: 沮를 부록본에 의거해 고쳤다.
14 廻抱: 원래 廻로 되어 있는데 겸재유고본에 의거해 抱를 보충하였다.
15 晡: 浦를 부록본에 의거해 고쳤다.
16 이 註記는 부록본에 의거해 보충하였다.

十七日, 陰雲開霽, 始見碧天. 占長律, 寄通判.

爲客蠻鄕共一樽, 君侯酬國我寧親.

斷鴻高角無歸夢, 綠橘黃橙有別春.

潮入海門風捲雪, 夜殘官閣月愁人.

瘴雲飛盡遙天碧, 獨上危樓望北辰.

窓外有黃柑十餘株, 爛若垂金, 摘來剝皮, 香霧霏霏, 入口便消, 如吸瓊漿. 曩在南中, 得嘗渡海之味者, 眞破絮也.

戌角吹殘海日高, 翠帷香盡聽寒潮.

佳人睡暈留雲鬢, 手摘黃柑倩解消.

十九日, 晴. 爲牧官(州人以通判爲牧官, 而牧使爲節度使云.)[17]所邀, 與崔正字酌話於城南. 乃冲庵先生, 謫居舊址. 頗有泉石之趣, 蓋牧官爲立廟宇. 有感而作五言長律.[18]

痛哭冲庵老, 平生學孔周.

經綸空素志, 炎瘴竟孤囚.

故國魂千里, 荒城迹一丘.

賢侯新廟貌, 遠客此來遊.

二十日, 海天全碧, 風力不嚴. 乃單騎, 登東望峯觀海. 牧官已知之, 使妓人送酒侑我.

遣懷聊復出城東, 爲有原頭眼界通.

天海莽連元一色, 雲霞多事未全空.

---

17 州人~節度使云: 부록본에 의거해 보충하였다.
18 有感~長律: 부록본에 의거해 보충하였다.

手傾晦老三盃酒, 腋挾宗生萬里風.

鴈背斜陽促歸騎, 亂山晴雪醉吟中.

古風一篇, 效謫仙體.

仙郎騎白鹿, 大嘯登高臺.

宇宙一回首, 英雄安在哉?

眞官坐紫府, 憐我多仙才.

送以衆玉女, 勸之流霞盃.

飮罷骨已換, 使欲尋蓬萊.

笙鶴想未遠, 雲車何日廻.

下視東華土, 泛然但黃埃.

二十二日, 陰. 定省之餘, 忽發遊觀之興. 入告父親, 刻期束[19]裝, 官馬三疋,
一自騎, 一與柳廷傑騎, 一載行需. 下人四口, 牽馬者一人, 執鞭者一人, 小奴
童及官奴吹笛者一人. 出自東門, 到朝天館. 旌義舊倅, 待風留在. 乃開樽於
城上小亭, 酒三行, 催騎出城, 緣海途, 緩緩而行. 時有白沙如雪, 步步可愛.
垂暮到金寧浦歇馬. 寧乃古防護所, 而今爲村落, 傍海疏籬可三十戶, 而鶴髮
松形, 年至百歲者十餘人. 余悲蟪蛄之塵寰. 到此, 疑[20]入仙洲. 乃問曰: "父
老住此所修何業, 所食何物?" 中有一翁, 支杖而答曰: "或編軍簿, 或管漁舟,
六十年前, 則屢被官家之驅使, 而老除之後, 始得安逸. 饘粥之食, 隨歲豐歉,
動息之節, 隨日出入, 無營無欲, 一裘一褐者, 或三十年, 或四十年於此矣. 而
山遠水深, 魚菜亦不可得. 但於沙石之間, 采不老草, 以代珍羞耳." 余聞而異
之, 問從者曰: "所謂不老草者何物也?" 曰: "其幹, 蔓生如藤, 其傍枝初生時,

---

19 期: 內로 되어 있는데 부록본에 의거해 고쳤다.
20 疑: 원 極을 부록본에 의거해 고쳤다.

香軟可食, 環[21]島皆有之. 但不若此處之多産耳." 於是與父老爲別, 促鞭到別防城. 夜將二鼓. 旅帥列炬相迎. 城去州以七十六里. 旌義太守伜人相候, 可笑寂寥行色, 已被透漏消息也. 地氣常暖, 雪落便消, 而漢拏一山積縞千丈, 故洞府尋眞, 春以爲期. 乃作思仙謠.

夢騎黃鶴尋瀛洲, 中有仙人見我揖.

星冠霞珮繡雲衣, 贈我金丹如栗粒.

瓊樓他日約重遊, 碧桃花老千千秋.

二十三日, 陰. 朝發別防城, 旅帥以十騎護送. 余令卻之. 旅帥曰: "此地與倭國, 只隔一水, 固不可無備." 乃令騎先導而行. 前有浦口, 早潮纔落, 十里平沙, 浩浩如局. 使騎分左右翼, 馳騁縱橫, 御馬甚熟閑. 余與柳廷傑, 橫鞭立馬而觀. 忽有三箇飛騎, 自沙際揚鞭而來, 皆乘駁馬, 戴驄笠, 着紫皮裘, 橫鶩往來, 捷若猿猱. 初甚驚訝, 熟視則皆女子. 蓋牧官送官妓作戲也. 使人往水山防護所(乃大元牧場也. 元時送達[22]魯花赤, 牧橐駝驢馬於水山坪)[23], 具舟楫, 欲作牛島之遊. 報旌義李侯已相待云. 到所謂城山島者, 如一朵青蓮插出於海濤之際, 其上則石崖周遭如城郭, 中甚平, 草樹生焉. 其下則巖巒奇怪, 或如帆檣, 或如幕室, 或如幢蓋, 或如禽獸, 萬千之狀, 難以盡記. 李侯來會, 乃同舟向牛島. 令官奴吹笛. 官妓德今唱歌. 纔出島外, 風勢甚急, 舟中之人, 皆欲回棹. 篙工曰: "此處水程, 雖不甚遠, 而兩島(城山 牛島)之間, 波濤相擊, 雖風殘尙難利涉. 況此風起不可往." 余笑曰: "死生在天, 壯遊難負." 乃決意催櫓, 駕浪鞭風, 一瞬而渡. 近島則水色頓異, 恰似青琉璃. 所謂毒龍潛處, 水

---

21 環: 원 瓊을 부록본에 의거해 고쳤다.
22 送達: 원래 還으로 되어 있는데 겸재유고본에 의거해 고쳤다.
23 乃大元~水山坪: 이 원주는 겸재유고본에 의거해 보충하였다.

偏淸者耶. 厥島形如臥牛, 南崖有石門如虹, 張帆可入, 而其內窟宇天成, 可藏黃龍二十舳, 窟將窮, 又有一重石門, 狀如鑿開, 僅通一船. 乃搖棹而入, 有怪禽似鷺而小, 色微靑, 數百爲群, 紛紛飛出, 蓋窟向南無風而暖, 故海鳥來棲也. 比外窟差小, 而環詭過之. 水光幽幽, 疑有鬼神. 仰見白石團團如月, 而微有芒耀. 又如椀如杯, 如鵝卵如彈丸者, 錯落如星斗, 蓋渾窟靑蒼, 故白石得爲星月之狀也. 試吹笛, 則初成咽咽之音, 旋作轟轟之響, 若溟波震動, 山岳傾頹, 悄然肅然不可久留. 廻舡[24]出海門, 風色尤惡, 怒濤連空, 衣冠盡爲激浪所濕, 況坐下船, 乃海錯小艇, 半已朽破. 出沒甚危, 艱得來泊. 縣人張幕於城山北麓相候. 茶罷,[25] 主倅先往, 吾一行亦冒夜投縣. 主倅以紅燭淸尊, 待我於東閣. 司僕文應辰亦追來, 有前期也. 相與盡醉而罷. 林節制亨秀, 留詩板, 有 "日落林鴉定, 天寒海[26]戍空" 之句, 感而和之.

　吾憐林節制, 義氣滿天東.

　生世嗟相後, 淸尊恨未同.

　英魂落何處? 滄海杳連空.

　感激留佳句, 孤吟夜政中.

　二十四日, 晴. 爲主倅慇懃, 太晩發程. 有樹似杜冲, 而葉大蒼翠可愛, 處處緣[27]磯磦, 夾覆而生, 望若雲烟. 平郊極目, 莎草如織, 此牛馬之所以繁息肥大也. 行四十里, 下馬入孤店, 柴扉半關, 橘樹盈庭.

　此樹生南國, 曾看楚客辭.

---

24 舡: 원 船을 겸재유고본에 의거해 고쳤다.
25 茶罷: 겸재유고본에 의거해 보충하였다.
26 海: 遠을 겸재유고본에 의거해 고쳤다.
27 緣: 원래 綠으로 되어 있는데, 겸재유고본에 의거해 고쳤다.

芳枝採盈掬, 千里寄相思.

吟罷, 李侯已到, 促了風餐. 乘暮聯轡而行. 初更投西歸防護所留宿.

戌館孤燈晦, 寒宵細細長.

鄉關一片夢, 雲海極茫茫.

二十五日, 大風微霰. 蓐食而行, 取海邊小路往, 尋天池[28]潭. 乃舍馬攀崖而下. 潭周數百步, 深不可測, 雙瀑飛落, 長可百丈, 聲若雷霆. 潭左右冬[29]栢, 爛開如紅雲, 兩崖作玉屏, 到海五里而斷. 晴霞披[30]處, 曲曲清幽, 微風不動, 草樹長春. 蓋島中元暖, 而洞天又在漢拏之南, 而又凹陷, 故値得十分陽和也. 潭邊有石盤陀, 可坐五六人, 無名碧樹, 樛蔭其上. 與二客掃石而坐. 李侯亦到, 吹笛傳觴. 適有海鶴一雙, 西飛而去. 又有鐵[31]鶹止瀑布上, 移時不去, 可助豪興. 然而慷難久留, 覓路而還. 乃與李侯作別, 隨行只有文柳二客而已. 行十餘里, 入大靜縣境, 主倅已遣裨將相候矣. 從山前小徑, 歷訪高監司舊墟. 斷礎頹垣, 宛然如昨, 而今爲本縣果園. 橘柚成林, 無慮千株, 落而在地者, 如萬堆麗金. 梅成古楂, 屈曲若虯龍形者, 或臥或立, 無數夾路, 臘日尙遙, 而氷葩垂發. 余謔曰: "洞庭有橘而無梅, 西湖有梅而無橘, 今者洞庭西湖, 俱在眼中, 無奈[32]巨靈知余好奇, 移來一處耶." 淸泉漱玉, 流出石竇, 乃手掬而飮, 攀折梅花一枝, 悵然而返. 渡大小加內川, 川自漢拏奔流入海, 水石亦可賞. 到東海防護所, 縣人供茶啖. 少歇, 策馬入海畔細路, 往天帝潭. 俯見一水澄泓, 大如天池, 三面巖石簇立, 皆成人[33]面. 洞府幽邃, 到海可五六里, 想

---

28 池: 地를 겸재유고본에 의거해 고쳤다.
29 冬: 松을 겸재유고본에 의거해 고쳤다.
30 披: 飛를 겸재유고본에 의거해 고쳤다.
31 鐵: 겸재유고본에 의거해 보충하였다.
32 奈: 원래 乃로 되어 있는데 겸재유고본에 의거해 고쳤다.

有奇絶處, 而無暇窮搜, 若別佳人而去. 路逢一衲, 眉間頗有雲霞之氣. 余驚問曰: "禪子住在那裏?" 僧又手而應曰: "住在尊者庵." 余曰[34]: "吾過海有日, 欲往仙山, 而層氷積雪, 無路可躋, 空令余眼窄[35]夢勞耳. 師從何路出山?" 僧曰: "貧道乘雪馬, 艱難下山, 乞鹽而還耳." 余悲塵緣未盡, 揮手而別. 過屈山, 山有九十九洞. 又過甘山, 緣幽逕, 向山房山. 山乃湧出於巨浪舂撞之際, 渾山一石, 望如覆釜. 山腰有窟[36], 自成石室, 極其弘敞, 靈源一派, 點滴巖間, 緇徒依之結數椽而居焉. 因名曰窟寺. 山以山房名者, 亦以此耶. 縣倅林侯起文, 來待於窟寺. 驪江客朴祖許 — 所與同舟渡海者也 — 亦在坐, 把酒相勸[37]. 日已暮矣, 落照漏雲, 倒影重溟, 一笛響亮, 吹徹遙空, 豪氣飛越, 神遊汗漫. 彼回仙七百里[38]之湖, 無異於瀉一杯坳塘之上耳. 乘昏投靜縣, 與主倅及數客, 引滿而罷.

二十六日, 晴. 朝飧後, 携從我二客及驪客, 往遊松岳山. 山勢斗起平野, 南馳入海而斷. 其上平如掌樣. 北有奇巖對立, 儼一石門. 路從石門, 入短岫, 若假山縱橫列置, 眞造化翁[39]戲劇處也. 尤可怪者, 斷壁高可千仞, 而皆有波濤噬食之狀. 前有山一朵, 積沙爲峯, 而上有海水往來之痕. 以此觀之, 黃塵淸水之說, 豈孟浪耶. 主倅亦到, 因風亂小住而歸. 與主倅話別於西門外, 行三十里, 入州境. 過晚早里烟臺, 路左, 有東西石窟, 兩門相對. 西窟則僅五十餘步, 東窟則持炬而入百餘步, 窟漸低小, 不可入. 故其深淺不可測. 又向海

---

33 人: 八을 人으로 고쳤다.
34 余曰: 원래 빠졌는데 부록본에 의거해 보충하였다.
35 窄: 寒으로 되어 있는데 부록본에 의거해 고쳤다.
36 窟: 屈을 겸재유고본에 의거해 고쳤다.
37 勸: 看으로 되어 있는데, 勸으로 고쳤다.
38 里: 원래 빠졌는데 겸재유고본에 의거해 보충하였다.
39 翁: 之를 겸재유고본에 의거해 고쳤다.

三四里, 有窟大與東窟敵, 其深處枯骨雲積. 行人曰[40]: "偸兒輩盜人牛馬, 屠殺于此云云." 大槪三窟皆有石鐘乳, 其凝結者, 下垂若流蘇. 其流下者, 點滴如雨, 濕人衣冠, 出穴則便成沙石矣. 日曛, 來明月防護所.(三窟, 勝覽所謂財巖者也.)[41]

二十七日, 晴, 暮雨. 晚發明月, 秣馬于涯月所. 望海亭有老兵, 鬐長三尺, 亦異人也. 到都近川邊, 牙將文德壽·林世英挈酒來迎. 其地川流成潭, 漢拏當眼. 乃引滿大醉, 高歌相和. 暝色將雨而至, 縱轡馳驅. 時或徐行, 令馬前吹笛, 極其豪橫. 自西門入, 父親尙未寢, 侍話而退, 夜可二鼓.

島在國之正南, 而漢拏山峙其中, 張左右翼, 如一字橫鋪. 濟州一鎭, 在北而際海, 正[42]與頭無岳相對. 旌義縣在左翼之南, 大靜縣在右翼之南, 而三鎭爲鼎足之勢, 各據北東西三隅. 朝天館·別防·水山三所列東北隅, 涯月·明月·遮歸三所列西北隅, 而南面則只有西歸·東海二所. 蓋島間於中原倭島, 而倭寇之往中原也, 必由濟州楸子間, 則島之東西爲要衝, 而防護之緊, 不在南可知也. 一島周圍不過五百里, 海渚水淺處, 巖如劍戟, 環[43]島皆然. 故若非諳熟來往善於操舟者, 則必碎敗舟航焉. 遍島皆沙礫, 無一片饒土, 而廣壤之野, 三姓之穴也. 厥土赤壤無異陸地, 故設射場試武藝焉. 山有獸·野有畜, 千百其群, 伿伿而行. 故爲田畝者, 必繚以石垣焉. 人家亦皆築石爲高墉, 以作門巷. 雖高·夫·文三姓, 有牛馬千頭, 而寢室無堗. 雖殘疾男子而娶婦多至八九. 婦人無裙, 但用麻索縈腰, 以數尺布, 縫於索之前後, 掩其陰而已. 鑿全木爲

---

40 曰: 겸재유고본에 의거해 보충하였다.
41 三窟~者也: 겸재유고본에 의거해 보충하였다.
42 正: 겸재유고본에 의거해 보충하였다.
43 環: 원래 瓊으로 되어 있는데 겸재유고본에 의거해 고쳤다.

桶, 負而汲水. 閭巷之間, 負薪水者, 皆婦人也. 言語往往雜以文字, 若男子之尊稱曰官官. 若土字蒜字, 皆不用方言. 若不好字用漢音. 此類甚多. 謫人申長嶺乃譯官也. 嘗曰:"此島語音, 酷似中華. 如驅牛馬之聲, 尤不可分辨云云." 蓋風氣與華不隔而然歟? 曾爲元朝奪據置官於此, 故與華相雜而然歟? 海錯則[44]鰒魚·玉頭魚爲多. 獸無熊虎狐兔, 雉之別種有大而脚高者. 菜多薇蕨, 二月可菜, 而惟防風爲美. 果有橘柚, 多至九種, 而唯金橘, 色味俱絶. 家家斫綠梔, 以朝夕爲爨. 故村居二三里, 香風不斷. 漢拏以北, 恒多北風. 八方之風, 北爲最動, 故濟州一境, 樹木皆南指, 若禿帚. 每風起噴沫如雨, 近海十里之間, 草木皆着醎氣. 二縣之境, 亘古無北風, 山北雖掀天倒海, 而山南則細草不動, 故地暖一倍, 而瘴氣亦甚矣. 紀濟州風土一律.

鯨海茫茫接太虛, 一州民物寄浮苴.

漢拏峰頂雲霞古, 星主村邊草樹疎.(新羅賜耽羅王子號星主)[45]

園果最珍金色橘, 盤饌多用玉頭魚.

木桶汲泉如負子, 家家築石作門閭.

海濤之聲, 日夜雷吼, 魂夢亦不能安.

日夜一百刻, 常常波撼城.

居人聞自慣, 客子意偏驚.

隱几眠淸晝, 挑燈坐五更.

何如伏巖寺, 幽壑聽松聲.(伏巖寺, 在錦城山, 予讀書捿遲處也.)

州有烈婦, 父親擧判官趙仁後所報, 啓請旌表門閭. 悌作傳曰:

"濟州郭支里人私奴連斤之妻也. 其名千德, 少有才色. 結髮爲夫婦, 持井

曰, 且二十年. 夫以輸貢向陸, 舟沒於火脫之間. 千德崩城淚盡, 繼之以血, 慟悼三年, 不廢上食. 又於朔望俗節, 向火脫, 設位奠祭, 呼天擗踊, 遠近聞見者, 無不悲哀. 其後有罪人流寓者, 欲汚之, 誘說不從. 至於告官威脅之際, 被大杖八十下, 乃陽爲順辭, 退而謂其親屬曰: "此奴利吾財耳." 遂遣以衣一領·牛一頭·木綿三十端, 哀乞得免. 又有涯月所旅帥者, 恃其豪勢, 使人以甘言, 啗其父金淸. 其父約以許嫁, 而千德實不知也. 花燭之夕, 千德始知之. 乃放聲大哭, 手自焚毁其家舍. 翌朝自縊將死, 其子女蒼黃奔放, 絶而復蘇. 又自剪其頭髮, 着破陋之衣, 以死爲誓. 父亦感悟, 終不能強. 千德以行年三十九, 失其夫, 至今六十有餘歲矣. 前後見侵於強暴者, 難一二計, 而不更之義, 終始不渝. 雖古之烈女, 何以加此. 且性至孝, 父八十餘歲, 臥病在床, 千德不解衣裳, 日夜侍藥. 郭支里人, 皆感於孝誠云矣.

嘯癡曰: "千德南荒一下女耳. 鋤耘是事, 初無閨門之範, 紡績是業, 豈習女訓之規. 而其一心事人, 節操特立, 有非尋常之所可擬議. 此豈非天質純靜, 不待學而能, 而性善之說, 尤不可誣矣. 嗚呼! 世之所謂男子者, 一利害之間, 而至於兄弟而相鬩·朋友而相倍, 大則板蕩之時·危亂之際, 賣國者有焉, 忘君者有焉, 而其不爲千德之罪人者鮮矣. 可哀也哉!"

旅館無書籍, 但見以浣[46]花帖粧成寢屏. 乃隨意和之, 戊寅春正月也.

瓊[47]島風光堪白頭, 錦湖巖室憶淸幽.

瘴雲似雨還非雨, 遠客無愁亦自愁.

梅發小庭春料峭, 枕連滄海夢漂浮.

仙山有約從淹泊, 幾日東風理去舟.(告父親, 留待雪消, 遊賞漢挐, 故云云)

---

46 浣: 원래 院으로 나와 있는데 겸재유고본에 의거해 고쳤다.

47 瓊: 원집 및 겸재유고본에는 絶로 나와 있다.

轅門倏聽暮朝鐘, 雄劍時時吼作龍.

風卷海山蠻雨霽, 日沈官樹瘴烟濃.

讀書不用三冬足, 衣布無心萬戶封.

擬訪瀛洲學仙侶, 眼寒琪苑路千重.

海國趨庭舊歲殘, 客懷時復暮憑欄.

高樓畫角吟天迥, 深院青燈照夢寒.

仙島烟霞曾有契, 梅花消息忽無端.

男兒努力輸肝膽, 休道人間行路難.

揚眉孤嘯海天長, 三十之年鬢髮蒼.

躍馬鳴分非義勇, 月情雲態豈文章.

雄心夜聽三聲角, 靜思晴看一炷香.

欲把精忠酬聖主, 平生唯欠學皇王.

擬向雙峰築小堂, 幾時歸去手鋤荒.

一區⁴⁸山水雲霞老, 千尺塵埃日月忙.

鵬鷃自甘藏逸翮, 芝⁴⁹蘭不願播幽香.

莫須更訪唐生卜, 行止終當聽彼蒼.

清水桑田閱幾塵, 鰲頭仙境免沈淪.

---

48 區: 원래 丘로 되어 있는데 겸재유고본에 의거해 고쳤다.
49 芝: 芰를 겸재유고본에 의거해 고쳤다.

共傳孟浪毛與穴, 誰識英雄避世人.

耕鑿久添王國化, 城隍元與島夷隣.

玉京回首雲波隔, 焉得琴高借赤鱗.

不願高冠願葛巾, 平生寧復厭清貧.

鶴沖雲漢終難狎, 鷗戲烟波豈易馴.

食肉還慚萬里相, 扁舟時憶五湖人.

牛經看了閑情在, 未決歸田歲又新.

世外溪山天地寬, 人間隨處有狂瀾.

寂寥南國猶彈鋏, 怊悵東門未掛冠.

鄕夢豈能知路遠, 梅花元不怯春寒.

此生接訪瀛洲住, 翠栢明霞絶可餐.

[50]沙瓶盛水, 揷梅花一枝, 侍側之暇, 澹然相對. 時與申·柳二客看碁, 夜深
而罷.

華屋疎籬摠不關, 一年開落苦無端.

玉壺淸水偸春色, 獨向晴窓盡日看.

靑燈明暗郡齋寒, 出號重城畫角殘.

碁罷夜深賓客散, 新梅留向玉瓶看.

---

50 이 앞에 「讀杜陵詩史和諸將五首」란 제목으로 7언 율시 5수가 수록되어 있었다. 그 내
용이 제주에 있을 때 지은 것으로 여겨지지 않는다. 필사 과정에서 잘못 들어간 것으
로 보아 제외하였다.

碧落無雲星斗明, 重關不隔海濤聲.

三年肺病此身遠, 一局吳圖千古情.

正月二十六日, 乃季弟侘初度日也. 侘方在嚴親膝下, 相看愴懷而作.

婦人愛小子, 慈母偏憐爾.

汝年六歲時, 哀哀失所恃.

丘壠七秋霜, 兄科母不識.

正月二十六, 乃汝初度日.

却念母劬勞, 欲報恩罔極.

母今若生存, 行年纔五十.

汝能讀經史, 清晨對汝泣.

曉窓聞啼鳥

殘星牢落濕雲低, 南國烟花旅夢迷.

禽鳥亦知春意思, 隔窓淸曉盡情啼.

[51]雪滿漢拏, 未遂登臨之志. 二月初五夜夢[52], 登古原, 遙見靑巒依舊, 綠樹重重, 有一物皎皎如鶴. 余初以爲鶴, 傍有一人曰: "非鶴也, 殘雪耳." 乃諦視則雪也. 余戲曰: "白雪之白, 何以異於白鶴之白?" 覺來甚有奇趣, 乃成一絶.

碧樹千重山寂寥, 旅宵孤夢正迢迢.

---

51 이 앞에 「見朝報, 選將帥四十八人, 人材之盛前古無比」란 제목으로 5언 장시가 수록되었
   는데, 내용이 제주에 있을 때 지은 것으로 여겨지지 않아서 제외하였다.
52 夜夢: 원래 빠졌는데 보충한 것이다.

耽看一隻淸溪鶴, 認是幽巖雪未消.

日暮轅門, 胸次輪困, 與裨將輩話餘, 一絶遣懷.

襟懷歷落有誰知, 談笑同人坐似癡.

明月自然無意緖, 一軒淸夜照梅枝.

二月初十日, 陰. 長對仙山, 鬱鬱不樂. 忽山尺來報曰: "山南雪消幾盡, 人馬可以通行." 於是入告父親, 乃與謫客申長岭·琴伴柳廷傑, 各戴土着草冠, 從西門, 出行十餘里, 少憩于都近川上流. 甲士金禮英, 護行來到, 呈秋露一壺. 日有雨徵, 促鞭入山, 忽逢霧雨, 路黑難分, 行裝盡濕. 上翠微, 則氷雪未消, 處處深可一丈. 人馬陷沒, 捨馬徒步. 艱難尋到尊者庵, 日將夕矣. 衲子淸淳出迎, 曾與相逢於山陽之雪路者也. 入夜, 懸燈淸話, 漫題漢挐長律一韻.

長白山南若木東, 靑蓮高揷海波中.

九天仙鶴蹁躚下, 萬古神鰲氣力雄.

絶頂常時雲物黑, 上方殘夜日輪紅.

蔓香細竹藏幽逕, 微磬淸鍾閉梵宮.

須信地靈無與大, 始知奇産此爲豐.

七分魁斗流傳古(…遺址在濟州城內), 三設金湯節制通(謂三邑).

滿野驊騮盡天育, 千村橘柚足秋風.

秖增遠客遊觀富, 休怪貪夫侈欲窮.

幾度仙區作短夢, 一年海戍爲孤蓬.

我來政値淸明節, 山雨蕭蕭濕桂叢.

十一日, 風和日暖, 啼鳥相和. 向晚, 理荒屩, 使金禮英持大斧, 斫樹鑿氷, 開路先導. 或騎或步, 或藍輿, 往遊五百將軍洞. 洞一名靈谷. 層襒皎潔, 環作玉屛, 三道懸瀑, 倒寫一壑. 其間有古壇, 壇上有獨樹桃花. 乃於壇上, 籍叢竹而坐, 俯視南溟, 一碧萬里, 眞島中第一洞天也. 又有奇巖人立於水邊山上者無慮千百. 洞之得號, 想以此耶. 耽賞[53]移時, 乃還尊者庵. 看碁昏. 大靜倅遣裨將送糧物及兩色橘.

昔漢有天下, 田橫入海島.

相隨五百人, 勁氣摩蒼昊.

漢欲王侯橫, 橫死雒陽道.

客在海島中, 聞之當若爲?

雄心共激烈, 一死酬相知.

精靈恥漢土, 被髮翩然東.

仙洲化爲石, 屹立滄溟中.

萬古一片心, 碧海孤輪月.

客到起退思, 英風吹鬢髮.

一語慰幽寃, 韓彭亦鈇鉞.

靈谷歸來, 不勝仙興, 乃作步虛詞.

玉洞朝眞駕鶴歸, 晴雲低濕紫烟衣.

殘碁一局海天曉, 月照瑤壇星斗稀.

十二日, 雲深不得上絶頂, 留尊者庵.

自覺旅愁破, 茅庵懸翠微.

輕寒侵岬坐, 重霧濕荷衣.

省事宜耽睡, 無人可掩扉.

幽期政如此, 不願近塵機.

頃在城中, 遙望孥山, 半腹以上[54], 白雲恒冪. 今覺身在白雲外, 遂作優體,

---

53 賞: 원래 想으로 되어 있는데 겸재유고본에 의거해 고쳤다.
54 以上: 겸재유고본에 의거해 보충하였다.

以白雲名篇

白雲之白無與比, 白雲之高不可量.

下界惟見白雲高, 不知人在白雲上.

白雲上人豈自知, 矯首天門纔一丈.

胸中磊落不平事, 欲叩天門一滌蕩.

夜與僧話, 語及老人星. 僧言: "住此近二十年, 尚未得見. 但秋末冬初, 有星僅如啟明, 出極纔數丈而沒, 別無異星云."

世傳老人星, 乃在天南極.

登玆山可望, 大與月輪敵.

今聞長老言, 前後無所覿.

我欲掛之天中央, 坐令四海爲壽域.

僧言: "夏夜則鹿就澗飲水. 近有山尺, 持弓矢, 伏澗邊, 見群鹿驟來, 數可千百. 中有一鹿, 魁然而色白, 背上有白髮翁騎着. 山尺驚怪不能犯, 但射殪落後一鹿. 少頃騎鹿如有點檢群鹿之狀, 長嘯一聲, 因忽不見云云." 亦奇談也.

仙山高萬仞, 影浸重溟碧.

中有鶴髮翁, 餐霞騎白鹿.

長嘯兩三聲, 海月千峰夕.

十三日, 風霧大作. 留尊者庵. 通判送糧酒. 竟日雲暗, 心甚無憀. 二客挑燈對棊, 獨坐作撥雲歌, 以冀冥佑.

萬曆六年春二月, 下界愚氓有所抱.

清齋三日海上山, 心香一炷專精禱

上徹無上玉清尊, 下及雲師風伯山[55]靈摠知道.

氓之落落難合神, 明知壯遊奇觀心所好.

尺琴孤劍短布衣, 今古閑愁歌浩浩.

塵寰末路貴科第, 去年通籍金門, 政是秋風老.

宮花高插度重溟, 慰悅親庭謝洪造.

晨昏萬里, 盡故園梅, 來訪仙山恨不早.

鞭羸誰憚滿蓑雨, 三宿禪窓除熱惱.

惠風遲日將軍洞, 翠壁寒流許幽討.

擬登最高峯上, 一觀天海大, 如何雲黑風顚 客懷還草草.

蒲團縮坐百慮灰, 但覺頭邊吟鬢皓.

人欲天從古有語, 此語如何神不保.

我願風淸雲卷, 海碧天空, 莽莽大千界,

令我登臨縱觀, 胸中芥滯一時掃.

自度精神固非等閑流, 感激冥冥不無理,

明朝擬見日杲杲.

十四日, 留尊者庵. 大雨通宵徹明, 雲霧四塞, 房中畫昏[56]. 風將雨打, 窓紙
盡破, 以草席蔽窓, 只餘半尺許, 使通明. 令二客對棊, 竟日不出房外. 向夕淳
師自外開窓, 則雨勢似歇, 氷雪消已過半, 山[57]崩處巇有殘雪. 初五之夢, 於此
驗矣. 霧氣纔卷, 頗有霽色, 薄雲如綺, 平鋪海面, 島嶼分明, 可辨秋毫. 吟昨
夜撥雲之歌, 豪興橫飛, 豈料日欲昏, 雲沈雨復作. 昔韓吏部能開衡岳之雲霧,
吾悲不及古之人. 乃吟曰:

男兒同草木, 不得感神明.

---

55 山: 겸재유고본에는 山이 海로 되어 있다.
56 畫昏: 부록본에는 盡濕으로 되어 있다.
57 山: 원래는 없는데 보충한 것이다.

來日不開霽, 揮鞭歸海城.

十五日, 香烟直上. 淸旭照窓, 風暖鳥聲, 碎雪消·春水來. 同遊人皆樂曰:
"今日之遊, 天所借也."促飯戒行, 過靈谷洞口, 巖巒新洗, 玉簪參差. 乃取南
麓而上, 有松樹, 非栢非杉非檜, 童童成列, 皆如幢蓋之形. 僧以爲桂也. 山尺
斫而白之, 以志歸路. 余戲曰: "汝亦斫桂人[58]耶?"行到半嶺, 絶無草樹, 蔓香
被阪, 葉類瓜栢. 微風乍起, 異香滿衣. 回首則山房松岳(二山名)[59], 已在足下.
宿雨洗塊蘇之塵, 滄溟斂陰翳之氣, 行行仙趣, 步步奇觀. 徘徊之際, 淸淳采
芝草數莖, 贈我曰: "貧道昨夜之夢, 有人以靈芝授足下. 醒來心甚異之. 慇懃
相贈, 以符夢耳."余笑曰: "唐人詩, 有'自有仙才自不知, 十年長夢紫華芝'之
句, 政謂此也."

時有積雪未消處. 衆曰: "此乃絶壑, 深可十餘丈. 千峰之雪, 爲風所卷, 皆
入於此, 故五月尙未盡消也."余與二客, 悚然而度, 磵底長松, 出於雪上者,
寸碧而已. 自山根至尊者可三十餘里, 自尊者來此, 亦三十餘里, 而仰絶頂,
尙如平地之所謂高山者也. 峰勢壁立, 看若湧出. 乃捨馬, 扶杖而登. 十步一
息, 消渴難堪, 令小奚取氷於巖下, 嚼之如飮瓊漿. 到絶頂則坎陷爲池, 石峰
環遶, 周可七八里. 倚石磴俯視, 則水如玻瓈, 深不可測. 池畔有白沙香蔓, 無
一點塵埃之氣. 人間風月, 遠隔三千, 疑聽鸞簫, 怳見芝[60]車. 其穹窿之形·積
石之狀, 洽似無等山, 而高大則倍之. 世傳無等與此, 爲牝牡山, 必以此也. 山
上之石, 皆赤黑色, 而沈水則浮, 亦一異也. 若以眼界言之, 則日月之所偏照·
舟車之所不及, 皆可相接, 而眼力有限, 只在天水之間可恨. 衆曰: "遊人到此,

---

58 人: 겸재유고본에 의거해 보충하였다.
59 二山名: 겸재유고본에 의거해 보충하였다.
60 芝: 芆로 되어 있는 것을 겸재유고본에 의거해 芝로 고쳤다.

必逢驟雨, 未有若今日之開朗也."望見天際, 海上有物, 圓如車蓋, 或白或黑, 點點成列, 政如局上碁子, 皆以爲島也. 淸淳曰:"貧道年年登此非一再, 而南溟絶無島嶼, 此乃雲氣耳. 相難之餘, 其物漸近, 則乃雲也. 相顧一噱而下. 從上峯南轉, 向頭陀寺. 行逕多凹陷如臼, 而短竹黃茅, 覆於其上, 故行甚艱. 行十五里許, 路窮崖斷, 俯頭陀寺不甚遠, 而崖懸如削, 雪深沒腰. 雪下又有幽澗, 乃魚貫而下. 陷濕之苦, 不可言也. 崖下大溪橫流, 遂度溪入寺. 寺在兩溪之間, 故亦號雙溪庵. 洞壑幽邃, 亦佳境也. 人馬則迂路而行, 故初更來到矣. 旌義倅, 送酒二甁. 明月滿溪, 因勞困, 偃臥不起, 可歎.

偶隨仙侶采芝歸, 泉洞雲霞叩石扉.

鐘盡上方山寂寂, 一溪明月照蘿衣.

十六日, 晴. 昨因昏困, 未能周覽, 故未知其爲異境也. 朝日將行, 出坐前臺, 則兩派淸溪, 千尋翠壁, 十分奇絶. 出洞回首, 情似惘然, 詠杜陵, "疊壁排霜劍, 奔泉濺水珠"之句, 眞摸寫此中景也. 赤木交蔭, 不見天日. 行十餘里, 入一古寺遺墟, 石秀泉淸, 亦可盤旋秣馬. 到此趨庭, 返面日已夕矣.

丈室看碁罷, 前臺倚杖時.

洞深山色古, 巖老水聲奇.

一宿那無數, 重尋未有期.

京華他夜夢, 雲海寄相思.

白鹿在漢拏山中, 而人不得見. 前節制打圍時, 一隻見獲而死云.

漢拏乃仙府, 中有仙鹿群.

白毛若霜雪, 點點桃花文.

世人不可見, 回首空烟雲.

朝食巖上芝, 夕飮寒澗流.

仙駕紫河車, 一擧三千秋.

如何不自謀, 誤落虞人手.

海月愁寒峰, 哀鳴故林友.

金先生祠堂成, 趙侯屬余記之.

古之祠者, 有二焉. 功可以受報則祠, 德可以警世則祠. 其祠也, 蓋將以圖不朽·起敬慕, 而其英靈精爽, 足以廟食乎千秋者, 必也間世挺生, 而其生也其死也, 有關於氣數者矣. 先生以中廟朝淪謫于此州, 未久賜死. 先生死後五十九年, 乃今上卽位之十一年也. 斯文趙侯, 通判于玆, 革弊蘇殘, 大興聲教, 乃咨於故老, 知先生遺址在城內東南隅, 蒥罷之暇, 杖屨登臨, 愴然而悲曰:"先生學追鄒魯, 志回華勛, 而浮雲蔽日, 游子不返, 齎志蠻荒, 奄忽絶命, 而殊俗蚩蚩, 莫知追慕, 遮歸廣[61]壤, 徒尙淫祠. 此非但斯民之不幸, 乃吾道之不幸也. 況先生居仁由義, 德之至矣. 立懦廉貪, 功亦大矣. 功也德也, 此可祠乎." 乃謀於節制, 倩工鳩材, 立廟三間. 纔閱數月, 丹漆窈窕, 墻垣繚繞, 潮頭白馬, 髣髴乎其間. 侯, 乃復官奴一人, 爲廟直, 又置穀若干於州校, 歲歲取殖於民, 而爲奠采之資, 令春秋香火不絶. 侯之志, 可謂勤矣. 嗚呼! 己卯慘禍, 可[62]忍言哉. 豺狼厲吻, 魑魅鼓妖, 欺罔天聰, 血肉善類, 陵夷至於乙巳之變, 士林一空, 吾道之否塞極矣. 天運好還, 小往大來, 聖明御圖, 淸論不泯, 袞鉞之加, 罔間於幽明, 則此廟之立, 固不可緩. 而侯以植名敎於偏邦, 爲尤重也. 侯之事可謂盛矣. 嗚呼! 先生之身一死而道一否, 先生之廟一立而道一泰, 玆豈非生死有關於氣數者乎. 侯, 名仁後, 字裕甫, 箕都人也. 錦城林悌, 寧親于節制營, 獲覩盛事, 美侯之志, 而且有侯命, 故旣爲記. 又歌以侑祠. 時萬曆戊寅也. 歌曰:

---

61 廣: 원래 黃으로 되어 있는데 겸재유고본에 의거해 고쳤다.
62 可: 尙을 겸재유고본에 의거해 고쳤다.

綠醑兮黃柑, 海錯兮山蔬.

潔余服兮延佇, 窅烟波兮愁余.

君偃蹇兮揚靈, 駕蒼螭兮雲車.

粲一笑兮入廟, 淡香霧兮橫斜.

故園兮長辭, 絶國兮遺哀.

驅風霆兮萬里, 焱一舉兮去來.

鎮南溟兮安流, 使舟楫而無失.

鼓生平之和氣, 歲屢登而民樂.

靈在堂兮欣欣, 福吾人兮世世.

折瓊枝兮欲有贈, 悼重華之已逝.

思公子兮未敢言, 望極浦兮愁雲.

濟州男丁舟沒而不返者, 一年不下百餘人. 故其地女多男少, 村巷之女, 鮮有伉儷. 每歲三月, 援兵別赴防之入也, 女輩凝粧, 携酒來待於別刀浦上, 舟入浦, 則勸酒相狎, 迎至其家, 八月罷防而去也, 泣涕追送. 故乃作迎送曲, 亦變風之流也.

迎郞曲

三月三日桃花開, 雲帆片片過海來.

姸粧調笑別刀浦, 岸上斜陽連袂廻.

送郞曲

朝天舘裏泣愁紅, 黃帽催行理短蓬.

東風不道娘娘怨, 吹送飛舟度碧空.

二月, 桃花滿開, 比陸地者, 穠艷過之.

東風動海國, 遊子意如何[63].

絕島經年客, 穠桃一樹花.

閑階夕露重, 疎箔曉寒多.

寂寂淸明節, 新詩答歲華.

橘柚譜

柚

兩南沿海, 亦多有之. 葉厚而小, 其實秋黃而皮厚.

唐柚

樹如柚, 花白(下皆同), 其實狀如眞苽, 而差小皮腫. 如荔子, 按花菓[64]譜,
有荔子橘者, 疑則是.(花菓譜現百川學海)

柑[65]

其實皮薄而滑, 小於柚. 色黃, 味甘酸.

乳柑

酷似柑子, 但差小而皮厚, 其味甘勝而多液, 色靑黃, 冬深則盡靑.

大金橘

皮如柑子而色若黃金, 大如乳柑而劣, 味如乳柑而優.

小金橘[66]

色味一如金橘, 而顆甚小.

洞庭橘

---

63 如何: 원래 何如로 되어 있는데 겸재유고본에 의거해 고쳤다.

64 菓: 草를 겸재유고본에 의거해 고쳤다.

65 이 조목은 빠져 있었는데 보충하였다.

66 이 조목 역시 보충하였다.

似金橘而色味皆劣, 稍大於小金橘.

青橘

皮類唐柚而小如洞庭橘, 色青, 味大酸, 經冬入夏, 味甘多液.

山橘

一如青橘, 而色黃多核味酸.

芝圖 附錄

漢挐山上有之. 蔓生着地, 莖有細毛, 色若青苔, 其根隨節而生. 莖大如釵, 股根細如絲, 味甘, 香辛烈. 其狀雖非靈芝, 而疑亦芝類也.

將欲渡海, 舟楫已具, 待風有日. 草草出遊, 登于龍頭巖, 舟于翠屏潭, 訪于毛興穴, 固不可無一語.

龍頭巖(長鯨慴伏, 大海潮宗.)

海畔巑岏石, 龍頭謾設名.

洪濤日夜擊, 猶作風雷聲.

翠屏潭(岩留三字, 龍臥千秋.)

城南只數里, 有峽淸而奇.

石爲白玉屏, 潭作靑琉璃.

岸上幾叢竹, 蕭蕭海風吹.

扁舟倚桂掉, 吟玩歸遲遲.

毛興穴(往事荒詭, 樵牧閑談.)

昔有三異人, 湧出於玆島.

古穴餘鼎分, 埋沒生春草.

奇蹤問未能, 日暮牛羊道.

二月晦日, 東風吹海. 早朝急急束裝, 入辭父親. 來到別刀浦客舍. 幷州猶作故鄉, 絶島離親, 寧不憫然. 牙門裨將全數來送, 揮手相別. 催船擧帆, 風駛潮生, 舟行甚疾. 帆席小裂, 有一篙工擧帆索, 上十三丈檣頭以補之. 捷若飛猱, 信乎南人使舟如使馬也. 漁船掠過, 投以玉頭魚數尾, 聊充夕饌. 到楸子島日已午, 經黃魚浦日已落. 冒夜催櫓, 泊館頭, 可二更三四點.

雨打蓬窓, 明燭坐吟.

繫舟還寂寞, 入夜雨淒淒.

極浦雲空積, 仙洲路轉迷.

山花幾樹淚, 沙鳥數聲啼.

客意兼時物, 新詩剪燭題.[67]

濟州至此, 水程可五百餘里, 而楸子以北, 則往往有島嶼, 故雖漂風而勢可依泊, 楸子以南, 則絶無島嶼, 西漂則或可至中原, 東漂則或可至倭國, 而其外莽莽茫茫積水而已. 故舟行者, 以楸子以南爲戒矣.

朝日未晴, 褰蓬出坐, 見山上杜鵑花, 聊以遣懷.

浦口潮初上, 開蓬待晚晴.

遠山靑不厭, 芳草碧無情.

滄海孤舟客[68], 鄕園數日程.

---

67 이 시편이 원문에는 다음 단락의 "以楸子以南爲戒矣"의 뒤에 붙어 있는데 착간된 것으로 여겨진다. 위의 "明燭坐吟"에 바로 연계된 시임이 확실해 보이기 때문이다.

關心花一樹, 隨意雨中明.

有州人持書狀上京者, 輕舟向南, 乃修書而送. 聞[69]海南康津倅, 以點送援兵事, 具在于館中, 乃倅人于海南[70]借刷馬.[71]

踏青日到家, 兄弟皆聚, 共被五夜, 旋作北征, 留別諸弟.

桃花如笑柳如羞, 春晚江城遠客愁.

鴻鴈影分關樹隔, 夢歸楓浦上漁舟.

二僧結東社於錦城山普光寺, 引水種蓮, 頗有幽趣, 余之所嘗偃仰處也. 玆行未得歷訪, 故留詩以別.

歧路悠悠足離別, 海雲江月幾相思.

西池荷葉已出水, 早晚從師一問之.

觀海歸來獨掩門, 詩僧鳴錫下層雲.

江村寂寂梅花落, 惆悵閑忙此路分.

68 客: 夢으로 되어 있는데 겸재유고본에 의거해 고쳤다.
69 聞: 원문에 빠져 있는데 겸재유고본에 의거해 보충하였다.
70 倅: 원문에는 公으로 되어 있는데 전후 문맥으로 보아 바꾼 것이다.
71 이 단락이 "明燭坐吟"의 바로 뒤에 있었는데 내용을 감안해 지금 위치로 옮겼다.

부 록
附 錄

백호집 서白湖集序

『백호시집』을 장차 간행하기 위해, 백호의 아우 문화공文化公(林懽)은 책머리에 실을 글을 백사白沙 이항복李恒福 상국께 청하였다. 이상국은 즉석에서 허락하고 글을 진작에 짓고 그 초고를 서책 속에 끼어두었었다.

그런데 이내 문화공이 세상을 떠나서 그 간행의 역사 또한 마치지 못했다. 그리고 몇해가 지나 그의 종제인 참의공參議公[1]이 뒤를 이어 간행의 일을 다시 시작하면서 서문을 이상국에게 찾았던 것이다.

이상국은 마침 법망法網에 걸려서 교외로 물러나 있던 중이었는데 전에 지어두었던 글은 찾지 못하고 다시 엮으려고 하였다. 그러던 즈음 이상국은 국사에 대해 말을 하다가 멀리 북청北青 땅으로 귀양 가서 마침내 유명을 달리하고 말았다.

---

1 참의공(參議公): 임서(林㥠, 1570~1624)를 가리킨다. 자는 자신(子愼), 호는 석촌(石村)으로 벼슬은 황해감사에 이르렀는데, 함양군수로 부임했을 적에 이 『백호집』을 간행하였다. 그는 이 서문을 신흠에게 청할 당시 공조참의로 있었기 때문에 참의공으로 칭한 것이다. 그런데 공조참의로 부임한 해는 천계 원년(1621년) 곧 이 서문을 지은 그 해인데 함양군수로 부임하기는 그보다 4년 전이다. 이로 미루어 문집의 판각은 먼저 해두고 서문은 뒤에 받아 붙였을 것으로 추정된다.

참의공은 그가 이미 허락한 일이 끝을 맺지 못하는 것을 안타까워하였을 뿐만 아니라, 『백호집』에 백사의 논찬論撰이 들어가지 않는 것은 간행하지 않는 것과 마찬가지라 생각하고 그 사이에 지어두었다가 잃어버린 원고를 백사의 아들에게 찾아보도록 부탁했다. 과연 묵은 서책 속에서 발견했는데 글의 첫머리와 끝부분이 떨어져나간 상태였다.

참의공은 서글퍼하며 나에게 부탁을 하였다.

"이 글은 이미 지어졌다가 없어졌고 없어졌다가 다시 찾았는데 찾은 것이 또한 완전하지 못합니다. 이는 불행인지 행인지 모르겠습니다. 다행히 완전했더라도 백사의 것이고 불행히 완전하지 못하더라도 역시 백사의 글입니다. 그대는 백사를 잘 아는 처지인데 백사를 잘 안다면 백호 또한 안다 할 것입니다. 이 초고의 떨어져나간 부분을 보충하여 한편의 글로 완성시켜주지 않으렵니까?"

이에 대답하였다.

"진실하도다, 그대 말씀이여! 불행하게도 완전치 못하게 된 것 역시 백사의 글인데 떨어져나간 것이 무슨 해가 되리오. 철망鐵網으로 채취한 산호珊瑚[2]는 비록 부러졌더라도 그대로 보배요, 곤륜산崑崙山의 편옥片玉은 비록 흠집이 있더라도 역시 값진 것이라. 서역 상인이 보면 반드시 값을 따질 수 없는 보물로 여길 터이지요. 뿐만 아니라 떨어져나갔더라도 전체 내용을 미루어 알 것이라, 그 떨어져나간 것이 족히 상심할 일은 못 됩니다. 색채와 윤택이 그야말로 천기天機에서 나온 것인데 어떻게 달리 주워다 붙일 수 있단 말이오."

이에 참의공은 "참으로 그렇다면 그대는 지금 말을 글로 만들어주지

---

2 원문의 철망산호(鐵網珊瑚)는 철망으로 바다 밑의 산호를 채취한다는 뜻으로 인재나 기이한 보물을 찾는 것을 비유하는 데 쓰이는 말이다.

않겠소."라고 청하는 것이었다. 그래서 나는 위와 같이 글을 엮으면서 소감 한마디를 부언하는 바이다.

나는 백사공과 더불어 백호에 대해 자주 논했는데 백사는 매양 그더러 기남자奇男子라 일컫고 "시에 있어서는 삼사三舍[3]를 물러나서 양보할 수밖에 없다. 만약 고각鼓角을 세우고 단壇에 올라 맹주盟主를 정하기로 한다면 백호 그 사람이 될 것이다. 아깝게도 이운藺雲[4]의 발굽이 중도에 넘어졌다." 하였으니, 이 말 또한 아울러 기록하지 않을 수 없다.

천계天啓 원년(1621) 신유辛酉 중추 하순에 동양東陽 신흠申欽은 양포楊浦 교사僑舍에서 쓰다.

---

3 삼사(三舍): 1사는 30리. '삼사를 물러난다'는 것은 당해내지 못해서 삼사의 거리를 물러선다는 의미.

4 이운(藺雲): '이운(藺雲)'은 하늘에 뜬 자욱한 구름이라는 뜻으로 백호의 기상과 문학적 성취를 의미하는 것으로 생각된다.(元絳 "仙驥藺雲穿仗下, 佛花吹雨匝天流.")

백호집 서白湖集序

　　……오직 후하게 타고나서 박하게 펴낸 사람으로는 나의 벗 임군林君
자순子順이 있을 것이다.

　　군은 무를 업으로 하는 가계에서 태어나 인물이 얽매이지를 않고 출
중하였다. 젊어서는 재주를 드날리며 강개한 마음에 연대燕代의 기풍[1]
을 사모하여 때로 기방妓房·주사酒肆에서 자유분방하게 노니는가 하면
가끔 슬픈 노래로 강개한 기분에 잠기기도 하니 사람들은 영문조차 헤
아릴 수 없었다.

　　그 자신은 항시 이르기를 "공명 따위야 맨손으로 얻을 수 있다" 하면서
마냥 틀에 얽매이지 않고 스스로 놓여나서 해학을 일삼고, 군이 문묵文墨
을 잡아 입을 검게 만드는 짓을 달갑게 여기지 아니하였다. 세상은 이 때
문에 그를 의아해하기도 했고 또 이 때문에 그를 기이하게도 여기었다.

　　중년에 이르러는 문득 깨달아 차츰 유협遊俠에 대해 언급하기를 꺼려

---

1 연대(燕代)의 기풍: 연(燕)과 대(代)는 중국의 춘추 전국 시대 지명으로 지금 하북성(河
北省) 지역. 형가(荊軻)를 비롯한 의협들이 그 지방에서 많이 배출되었으므로, 대개 비
분강개한 기풍을 뜻하게 되었다.

했으며, 마침내 서사書史에 몰두하였다. 그리고 명산名山을 두루 유람하여 자신의 분방奔放 호일豪逸한 기운을 북돋아 시에다 토해냈다. 가끔 찬란한 무지개가 하늘에 출현하여 어떻게 흉내도 낼 수 없는 경관은 비록 천조天造라 이르겠지만 색채를 내 꾸며내는 데에 이르러는 두번천杜樊川(杜牧)에게 터득하여 이룩한 것이 많았다.

지금 공이 작고한 지 20여년이 되었다. 그의 아우 임환林懽군이 그의 시 약간 편을 얻어서 나에게 간행의 일을 부탁해왔다. 나는 일찍이 공과 더불어 경치를 만나 시를 수창한 적이 있다. 가만히 그 시 짓는 것을 보니, 우선 흉중으로부터 막힘이 없이 비유를 끌어오고 글을 엮어가는 솜씨가 실로 자유롭게 문자 밖으로 초탈해서 능히 근진根塵의 찌꺼기를 깨끗이 털어내되 충분히 함양하고 다듬는 것이었다. 그러므로 뜻이 가는 대로 말이 따라가 상상할 수도 없이 물이 샘솟듯 구름이 일어나듯 저절로 일가一家를 이루니, 마치 오색 신기루가 바다 위에 떠서 누각이 저절로 만들어져 자귀나 도끼를 댈 여지가 없는 것과 같았다. 이 어찌 한유韓愈의 이른바 "물이 크면 뜨는 물건은 크고 작고 가릴 것 없이 모두 뜬다"[2]는 그런 것이 아니겠는가.

앞으로 공의 당堂에 오르고자 하는 자 만약 계단을 통해서 오르지 않고 곧장 바람을 타고 날고자 한다면 오직 자신의 기를 잘 길러야만 어느 정도 가능하리라……

(위의 글은 백사白沙 이정승이 전에 지은 서문인데 그 첫머리와 끝부분이 떨어져나갔다.—원주)

---

2 물이 크면~: 원문은 "水大而物之浮者大小畢浮." 한유의 「답이익서(答李翊書)」에 나오는 말로, 글을 쓰는 데 있어서 작자의 내면의 기(氣)가 충실하고 왕성하면 어떤 내용이고 자유자재로 담아 훌륭한 문장을 이룰 수 있음을 물에 비유해서 한 것이다.(韓愈 「答李翊書」: "氣, 水也; 言, 浮物也. 水大而物之浮者大小畢浮.")

백호집 발문白湖集跋文

　우리 가문은 고려조로부터 명인이 이어나왔거니와 조부 부윤공府尹
公(휘 鵬)에 이르러는 더욱 충효忠孝와 문학으로 후손을 가르치고 힘쓰도
록 하였다. 부친 풍암선생楓巖先生(휘 復) 및 종형 백호공白湖公이 슬하에
서 태어나 전후로 세상을 울렸던 것이다. 이는 식곡式穀[1]의 효험이다.

　백호공은 일찍이 학업에 뜻을 두어 책을 지고 스승을 찾아 종산鐘山
아래로 가서 대곡大谷 성成 선생을 뵙고 『중용中庸』을 읽었다. 이내 속리
산俗離山으로 들어가 의리義理를 탐구하여 여러 해를 보내는 동안 선생
의 지취旨趣를 깊이 체득하였으며, 선생 역시 외면으로 대하지 않았다.
대곡선생이 백호에게 답한 1편의 시가 있다.

　젊은 나이로 배움에 탐을 내 들인 공이 깊은 터라
　일곱 글자로 지은 시 쇠소리가 울리누나.
　이별하고 그대를 생각하다가 시를 보고 그대 얼굴 대한 듯

---

1 식곡(式穀): 아들을 잘 가르쳐 훌륭하게 만든다는 의미.(『詩經·小雅·小宛』: "敎誨爾子,
　式穀似之." 식式은 용用, 곡穀은 선善이나 복록福祿의 뜻.)

좋은 밤에 맑은 달이 떠서 천심天心에 와 있도다.

이 한 편의 절구로도 백호공이 대곡선생에게 중하게 보인 것을 대개 알 수 있다.

공은 대곡선생이 작고한 이후로 세상에 지기知己가 없어서 벼슬길에 뜻을 버리고 스스로 산야山野를 방랑하는가 하면 시주詩酒에 빠졌던 것이다. 자연을 노래하며 성정性情을 표출해낸 것은 여가의 일에 불과하였지만 세상에서 귀중히 여기는 바가 되었다.

아! 하늘이 공을 낸 것은 당초에 우연이 아니었을 터이다. 그런데 살아서는 당세에 쓰일 기회를 얻지 못했거니와 돌아가시고 나서도 후세에 입언立言을 못하게 된다면 이 어찌 뒷사람의 잘못이 아니겠는가.

나는 공의 종제로서 나이가 가장 어린 축이다. 공이 돌아가실 적에 내 나이는 겨우 18세였다. 공이 언젠가 나에게 말하기를,

"고금을 통해 시집이 많기도 하지만 정하면서 간결한 것이 제일이다. 당나라의 맹호孟浩나 두목杜牧 같은 시인은 그 당시 일류로 꼽혔으나 전하는 작품이라고는 모두 한두 권에 불과하다. 후세에 만일 좋아하는 이가 있어, 내가 쓴 시구들을 취하여 시집을 만들 경우 수백수만 남기면 충분할 것이다."

하였다. 나는 마음속에 이 말을 간직하고 있다. 불행히도 여러 형들이 다 건강하더니 일찍 세상을 떠나고 말았다. 간행의 책임은 오로지 나에게 맡겨졌는데 뜻만 두고 이루지 못한 것이 벌써 여러해다. 지금 오성鰲城 상공相公이 편집해둔 원고에 의거해서 나의 소견으로 부족하고 빠진 곳을 보완하여 영구히 전해지는 방도를 도모했다. 과장科場의 글에 이르러는 아름답기는 하지만 많이 버리고 그 중에서 한두편만 뽑아 실었다.

이 곧 대개 간결을 취한 공의 유지遺志이기 때문이다.

아! 나는 공이 전에 했던 말을 특별히 유의하지 않았는데, 공이 돌아가신 지 30년이 지나간 지금 나는 마침 나라의 은혜를 입고 군수가 되어 평생의 소원을 이룰 수 있게 되었다. 모든 것이 다 임금님의 덕택이거니와 오늘에 와서 간행되는 것도 역시 운수가 그 사이에 있다 할 것인가. 삼가 경위를 기록해서 뒷날 글을 잘 만드는 자를 기다리는 바이다.

만력萬歷 정사丁巳(1617년) 팔월 상순에 통정대부通政大夫 행함양군수行咸陽郡守 진주진관병마晉州鎭管兵馬 동첨절제사同僉節制使 임서林㥠는 삼가 기록하다.

백호집 중간발白湖集重刊跋

백호공은 나의 고조부 석촌공石村公과 종형제가 되시는 분이다. 당초 석촌공이 함양군수로 계실 적에 이 문집을 간행했으니 그 말미에 기록이 있어 상고할 수 있다. 그 뒤 143년이 지나서 내가 마침 남창南昌(영광의 별칭) 고을의 군수로 부임하였다. 우리 선대의 고향 회진會津을 내왕하며 백호공의 육세손 광원匡遠의 집에 보관해둔 판목을 삼가 열람해보니 간간이 망실된 것도 있고 보존된 것 중에도 낡고 이지러져 판독하기 어려운 것이 있었다.

아! 백호공은 그 인품과 도량을 당세에는 펴보지 못했으되 명성이 후세에 전하고 있는 바 그 풍류와 기개를 상상할 수 있는 것은 오직 이 문집이 유전하고 있기 때문이다. 그런데 공은 평소 문사에 급급하지 않았던 까닭에 저술한 것이 그다지 많지 않은데다가 선택 또한 간결하고 정밀하여 겨우 수백편에 그치고 있다. 그럼에도 세상에 길이 행하지 못하고 이제 곧 없어질 우려가 있으니 뒷날 공의 이름을 사모하고 공을 찾는 자 어디에서 그 하나둘이나마 얻어볼 것이며, 우리 고조부께서 공을 불후不朽로 전하려고 도모하신 뜻 또한 후손에게 드러나지 못할 것이다.

이 어찌 거듭 유감이 있지 않으랴!

드디어 이지러진 10여 판을 새로 새겨 완전히 복원해서 전에 보관하던 곳으로 돌려보내고 끝에 몇마디 붙여 써서 나의 후예들에게 보이고자 한다.

금상今上 35년(1759년) 기묘己卯 맹춘孟春 석촌공 현손玄孫 상원象元은 영광靈光 군아郡衙에서 삼가 쓰다.

백호집 신간발白湖集新刊跋

선조이신 백호선생은 홀로 우뚝하여 세상에 맞지 않아 벼슬이 현달하지 못했고 수명 또한 길게 누리지 못했다. 그럼에도 문장과 기절이 백대에 걸출하여 나무꾼이나 농부들까지 칭송하고 우러러보지 않은 자 없다. 무엇 때문인가?

선생은 하늘이 낸 성품이 자유분방하여 어려서부터 호협하고 특히 병법兵法을 좋아했다. 그러다가 성대곡成大谷 선생을 만난 이후로 마음을 다잡아 독서에 힘썼는데, 「의마부義馬賦」를 지어서 뉘우치는 뜻을 표현하였다.

이름난 산하를 유람하여 자신의 호일豪逸한 기상을 살리면서 사물에 비유, 글을 지어내기도 하니 실로 문자의 밖으로 초연히 벗어나 능히 사람들을 감동시켜 충의의 마음이 일어나도록 한 것이다. 또한 우리의 자주적 기상을 진작하였으니, 한스러운 바 우리 임금, 우리 백성으로 하여금 이 나라를 자주국가로 만들지 못한 데 있었다. 슬프다! 4천년 이래 선생의 뜻을 품은 자 몇 사람이나 있었던가. 지금 우리 3천만 대중이 선생의 마음으로 마음을 삼는다면 도이島夷(왜놈)의 횡포를 당하지 않았을 것이요, 또한 필시 남북이 분단되는 일도 없었을 것이다. 이런 까닭에 무릇 혈기를 가진 자 그 글을 칭송하고 그 풍모를 우러르지 않은 사람이 없다. 그런즉 후세에 이어지는 사람들 어찌 간절한 마음으로 전할 방도를 생각하지 않을 것이랴!

오직 한스러운 바 해타咳唾를 수습한 것이 열의 하나에 불과한데다 전에 있었던 판목이 세월이 지나면서 결손을 입었고 뒤에 비록 보수를 했다지만 누차 전화를 겪어 마침내 오유烏有로 돌아가고 말았다. 아울러 간행된 책도 남아 있는 것이 극히 희소해서 찾아보기 어려운 지경이다. 애달픈 심경을 이길 수 있으랴!

나의 선군先君(林永圭)께서 강개하여 판각으로 간행하고자 했으나 일은 크고 힘이 미약하여 이루지 못한 끝에, 활자를 이용해서 겨우 10여질을 인출, 친지와 일가에 배포하시었다. 이제 또 큰 난리를 겪었으니 이 책이 전무하게 될 우려가 없다고 어찌 장담하랴! 불초는 이 점을 두려워하여 감히 선세先世의 뜻을 이어받아 종친들과 의논, 다시 인출하기로 하였다. 이에 아울러 「남명소승南溟小乘」「화사花史」 등의 글을 따로 1책으로 만들어 뒤에 붙인다. 후예들이 이를 계승하여 대대로 이 뜻을 잃지 말기를 기대한다. 때에 따라 힘이 미치는 대로 간행하고 간수할 것이며, 겨를이 없어 못했던 일까지 아울러 거행한다면 영구히 전하게 되기를 어찌 걱정할 것이랴! 우리 후인들은 힘쓸지어다.

단기 4291년(서기 1958년) 무술 초봄에 12대손 종필鍾弼은 삼가 쓰다.

---

* 이 『백호집』은 석인본 3책으로 1958년에 회진에서 위 발문을 쓴 임종필(林鍾弼, 1891~1972) 공에 의해 발간된 것이다. 위에 언급된 대로 이때 「남명소승」과 「화사」가

문집에 처음 수록이 되었다. 그에 앞서 임영규(林永圭, 1863~1945) 공이 신활자를 이용해서 『백호집』을 발간한 사실이 있는데 간행 연대는 확실치 않으나 일제시대로 추정된다. 이 신활자본은 2책으로 초·중간본과 전체 내용이 같고 끝에 「원생몽유록(元生夢遊錄)」이 부록으로 들어간 점만 다르다.

백호선생의 필적 뒤에 붙인 글白湖先生筆蹟後跋

어떤 물物이 근접해도 보이는 것이 없고 붙잡아도 잡히는 것이 없는 데 뒤섞이고 운동하여 천지의 사이를 메우니 오고가고 굽혀지고 펴지는 등 천변만화를 일으키는 것이 기奇와 정正으로 갈려 뒤섞이고 들쑥날쑥하다. 이 어떠한 물인가?

이름하여 기氣라고 하는 것이다. 이 물이 하늘에서는 해와 달과 무수한 별, 바람과 우레와 구름과 비도 되고, 땅에서는 산천과 옥석玉石, 초목과 꽃 열매도 되며, 사람에 있어서는 호연지기浩然之氣라고 하는 것이다.

무릇 '호연지기'라 일컫는 것은 순수하고 굳세며 더없이 커서 그 인간의 사지백체四支百體에 충만하면 육합六合과도 겨룰 수 있다. 대범 인간의 근육·골격·피부·모발과 성색聲色·해타咳唾가 모두 이 기의 작용인 바 오직 성인은 온전히 그것을 기른 까닭으로 그 체질이 호연하고 그 효용이 또한 지극히 넓다.

성인에 미치지 못하는 자들도 역시 저마다 각기 한 체體를 얻게 된다. 그러므로 직사直士가 그것을 쓰면 직기直氣가 되고, 협사俠士가 그것을 쓰면 협기가 되며, 산림에 은거한 자는 산야의 기가 되고, 강호에 나가 있는 자는 호해湖海의 기가 될 터이다. 그런 중에 간혹 괴걸·질탕한 인사로 진동보陳同父·육무관陸務觀[1] 같은 부류로서 스스로 호기豪氣가 호연하기로 이름난 자들의 경우는 '정'에 해당하겠거니와 그 나머지는 모두 '기奇'에 속하는 것이다.

그러하나 '기'로 여겨지는 경우라도 본래부터 그런 것이 아니다. 전체 대용大用의 성대히 유행流行하는 것은 다 '정'에서 나오는 바 이에 변하게 되면 비로소 '기'로 지목이 되기에 이른다. 기기奇氣는 대체로 울울한 데서 생겨나고 감개感慨한 데서 쏟아져 나오는 법이다. 사물을 들어 말하면, 바람·번개가 내달아 치고 강과 바다에 물이 일렁이고 감도는 것은 모두 쌓여서 촉발이 되는 것 아닌가. 정영 화란精英華爛의 기氣가 쌓였다가 격변이 일어났다 하면 혹 산에서 쏟아놓고 혹은 물에서 쏟아놓는다. 산에서는 공청空靑 단사丹砂도 되고 물에서는 산호 주패珠貝도 되나니, 기이한 것을 좋아하는 사람들은 이들을 채취하여 귀한 보물로 삼는다. 각기 쏟아놓은 것은 같지 않지만 쌓여서 격변하는 과정은 모두 유사하다.

인간에 있어서 기기라 이르는 것 또한 마찬가지다. 자기 내면에 축적되었다가 밖에서 막히게 된 연후에 기기가 발동하는 것이다. 그렇기에 자고로 현인賢人 군자가 기기로 세상에 일컬어지는 경우는 대체로 뜻을 얻고 도를 누린 이들이 아니었다. 애닮다! 이치가 그런 것인가.

우리 족조族祖 백호선생은 젊어서부터 자유분방하고 기절氣節이 있었다. 일찍이 대곡선생大谷先生을 스승으로 섬기고 중용中庸 성명性命의 설을 들어 자못 열중해서 학문에 힘을 썼다. 그러다가 대곡이 돌아가시고

---

1 진동보(陳同父)·육무관(陸務觀): 북송에서 남송으로 교체되던 시기의 유명한 시인. 진동보는 진량(陳亮, 1143~1194), 육무관은 육유(陸游, 1125~1210). 모두 지절(志節)이 높아 특히 잃어버린 국토를 회복하려는 뜻을 지니고 있었다.

세상에 이해해줄 자 없으매 더욱 자기 몸을 스스로 해방시켜 변새의 바깥에서 방황하며 떠돌다가 생애를 마쳤다. 무릇 고금의 세상에 부침浮沈과 유행감지流行坎止[2], 슬픔과 기쁨, 고통과 일락에 노래하고 통곡하고 찡그리고 웃는 감정, 도사屠肆·주루酒樓·승방僧房·도관道觀의 풍류며, 만나고 헤어지는 정회, 고적古蹟이나 신이한 형상 등등 경境을 만나 기氣에서 발동하는 것들을 한결같이 붓으로 그려냈다. 그의 시가는 실로 이미 융경隆慶·만력萬曆의 사이에 울려서 왕왕 악부樂府로 전파되어 오늘에 이르도록 사람들이 두목지杜牧之에 비견하고 있다. 그런데 그의 필적만은 전하는 것이 드물다.

지난해 나는 선생의 외손인 금성錦城 오시탁吳時鐸[3] 군에게서 선생이 손수 쓴 시문 초고 백여 장을 얻었다. 그걸 눈앞에 대해 보니 특이하기 그지없다. 모두 생동하여 기기가 모인 바 아닌가!

고인이 글씨를 가리켜 심획心劃이라 하고부터는 세상에 글씨를 평하는 자들은 모두 마음만을 논하고 기는 논할 줄 모른다. 마음은 확실히 관련이 깊지만 기氣 또한 고려하지 않아서는 안 된다. 지금 시문이란 물론 심성心性의 발하는 바로되 또한 반드시 기에 힘입은 것이다. 글씨는 붓을 빌려서 손에서 이루어지는 것이 아닌가. 이런 까닭으로 그 근육과 골격은 온통 기에 의해 응결되는 것이다. 시를 검토하고 글씨를 논평하는 법에 있어 심성만을 논하고 기를 논하지 않으면 요컨대 두루 구비했다 할 수 없거니와, 글씨가 기에 힘입는 것이 또한 시에 견주어 더욱 큰

---

2 유행감지(流行坎止): 물이 흐르는 대로 따라가고 파인 곳을 만나면 멈춘다는 뜻으로 진퇴를 억지로 하지 않고 순리와 경우에 맞게 해나감을 비유하는 말.
3 오시탁(吳時鐸): 백호의 둘째 아들인 준(埈)의 사위로 오이구(吳以久)가 있는데 그의 자손으로 추정된다.

편이라 하겠다.

선생의 붓놀림 또한 그 시와 방불하다. 상상해보건대, 종이를 앞에 놓고 붓을 휘두를 적이면 일찍이 법도와 규율이 있는 줄 알지를 못하는 듯 마음에 깃든 데 따라 기가 이루는 바 자연히 기울고 치우치는 병통인들 없을 수 없겠다. 때문에 그 행서나 해서·초서는 한 서체로 전일하지 않을 뿐 아니요, 자형이 길고 짧고 모나고 둥글어 한 법을 본받지 않고 모두 자기 마음을 좇아서 한 것이었다. 획의 힘은 여윈 듯 굳세고 살아 움직여서 마치 고균枯筠 왜송矮松이 의지하는 바 없이 버티는 듯하고 또 꿈틀거리는 뱀이나 용을 얽어맬 수 없는 것도 같았다. 비록 감히 곧 포백布帛·숙속菽粟처럼 모든 사람이 기호를 함께 할 수 있는 그런 것이라고 말할 수 없으며, 좋아한다더라도 또한 꼭 폐단이 없을 수 없겠으되, 옛날을 숭상하고 기이를 좋아하는 군자가 얻어서 완상하면 천하의 기이한 보물과 견주어 응당 산호 주패에 못지않으리라. 때문에 그 쌓인 바 상념을 쏟아놓은 것을 생각해보면 역시 선생의 그 뜻을 얻지 못하고 도를 행하지 못했던 사실을 알 것이다.

초고는 본래 3책이었는데 내가 분책을 해서 첩帖 넷을 만들어 그중 둘은 오군에게 돌려보내고 둘은 남겨두어 존경하고 좋아하는 나의 마음을 붙이고자 한다.

경인년(1710) 여름에 족손 봉정대부奉正大夫 행이조좌랑行吏曹佐郎 겸세자시강원 사서兼世子侍講院司書 교서관 교리校書館校理 상덕象德[4] 은 삼가 쓰다.

---

4 임상덕(林象德, 1683~1719): 자는 윤보(潤甫)·이호(彛好), 호는 노촌(老村). 백호와 사촌간으로 『백호집』을 처음 간행했던 서(㥠)의 현손. 『노촌집』 및 『동사회강(東史會綱)』을 저술한 학자.

백호공필적 서白湖公筆蹟序

하늘로부터 얻은 기예技藝는 성性이니, 조금의 노력 없이도 마음이 환하고 정신이 융화되어, 저절로 그 절정에 이르는 것이 마치 높은 산을 밟고 하늘을 걷는 것과 같다. 저 배워서 잘하는 이들은 공교로움은 있을지 모르지만, 어찌 천연으로 이루어지는 것이겠는가? 조련하지 않아도 천리를 갈 수 있는 말이 있고, 다듬지 않아도 연성連城의 보배가 되는 옥이 있다. 화장해서 꾸민 아름다움과 금비金鎞로 얻은 시력視力은 다만 서시西施를 더럽히고 이루離婁를 부끄럽게 하기에나 족할 뿐이다. 이태백李太白은 시의 선仙이고, 장욱張旭은 초서草書의 성聖이니, 모두 하늘로부터 얻은 이들이다. 이 두 분이 어찌 일찍이 계획을 세우고 생각을 짜내어 귀신을 울리고 용과 뱀을 부릴 수 있었겠는가! 다만 하늘로 받은 성性일 뿐이었다. 비록 그러하나, 이백은 초서를 잘 쓰지 못했고, 장욱은 시를 잘 짓지 못했으니, 하나도 어려운데, 어찌 아울러 능할 수 있겠는가.

나의 선조 백호공께서는 명종과 선조 즈음에 시로 일세의 종장宗匠이셨으니, 이 분의 오언절구와 칠언절구는 『기아箕雅』에 실린 작가들 중에서 가장 많이 수록되었다. 성당盛唐에 핍진하게 다가서, 초기에도 졸

拙하지 않고, 만년에도 더 정밀해지지 않았으니, 하늘로부터 받지 않았다면, 이와 같을 수 있었겠는가? 내가 어린 시절부터 장로들을 따라다니다가 때때로 공이 격문檄文의 초고를 잡을 때의 기건奇健함을 들었는데, 공께서 세상을 떠난 해로 지금까지 이백여년 동안 병란을 거치면서 종이 한조각도 남아 있는 것이 없어, 일찍부터 이 때문에 아쉬운 마음이 있었다. 그 뒤에 그 외손인 오씨吳氏 집안으로 전해진 중에서 노촌老村이 서문을 쓴 공의 필첩을 얻어서, 손을 씻고 경건히 읽어보았다. 아! 이는 공이 친필로 자신의 시작품들을 적어놓으신 것이다.

내가 보기에 공이 평소에 뜻을 둔 것이 시에 있지 글씨에 있지 않았다. 종요鍾繇, 위부인衛夫人, 안진경顔眞卿 조맹부趙孟頫의 독특한 필법과 같지 않다. 오직 이름을 구하는 사람들이 영구히 보존하기를 도모하여 좀벌레나 화마火魔의 피해를 입지 않고, 후세 사람들이 아끼는 것으로 남기기까지 하였으나, 공의 생각은 분명히 처음부터 여기 미치지 않았을 것이다. 비록 미쳤다 하더라도, 달갑게는 여기지는 아니하셨을 것이다. 그러므로 그 필세筆勢는 빠르면서 예리하고, 손 가는 대로 붓을 휘둘러, 도무지 비축하고 삼가는 획이 없었지만, 구르는 돌멩이와 마른 등나무도 각각 정신精神을 드러내고, 바람에 날리는 가랑비가 함께 조화造化로 돌아가 생기가 넘쳐 살아 움직이는 것 같아 한줄기 천기天機 속에 있는 듯하여, 왕희지王羲之가 난정蘭亭의 모임에서 술 마신 뒤에 쓴 글이 스스로 천고의 절필絶筆임을 알지 못하셨던 것과 비슷하다. 비로소 공이 하늘로부터 얻으신 것이 다만 시뿐만이 아님을 알게 되었다. "시의 선仙이 아울러 초서의 성聖을 겸하였다."고 한다면 거의 가까울 것이다.

족질族侄 일상一相이 근자에 해묵은 상자 속에서 공의 필적 약간을 얻어서, 첩帖으로 새롭게 꾸몄다. 그리고 나에게 서序를 청하였다. 밝은 창가 깨끗한 책상 위에 펼쳐놓고 살펴보니, 우뚝하면서도 굳세고 거리낌 없으면서도 굳건하여, 원래 오씨가에 소장되었던 가운데 하나였다. 천지 사이에 일종의 기이한 기운이 눈앞에 환하게 비추니, 노촌老村이 어찌 허튼 말씀을 하셨겠는가! 내가 감히 다시 품평하지 못하고, 삼가 이전에 일컫던 바를 그 끝에 적어놓는다.

팔대손 진사 기수基洙

삼가 쓰다.

---

* 임기수(林基洙, 1766~1832)는 자가 노직(魯直), 호 범허재(泛虛齋)로 백호의 직계후손이다. 정조 연간인 1798년에 진사가 되었으며, 『범허재유고(泛虛齋遺稿)』1책을 남겼다.

임정랑 묘갈문 林正郎墓碣文

공은 휘 제悌, 자는 자순子順, 성은 임林씨로 나주 사람이다. 선대는 고려조에서 드러나 본조에 이르러 휘 평枰이 강정康靖(성종의 시호) 때 무과로 뽑혀 근위近衛의 임무를 수행하고 호남 병마우후兵馬虞侯가 됨에 탄식을 하여 이르기를,

"나는 일찍 부모를 여의고 외롭게 성장하여 문호를 세우고 3품 벼슬에까지 이르렀으니 이만하면 족하다."

하고 드디어 벼슬을 버리고 고향으로 돌아갔는데 효성이 극진하여 제사를 삼가 받들고 종족과 화목하도록 집안을 가르쳤다. 그후로 휘 붕鵬이 기묘사화 때 태학太學의 학생들을 거느리고 대궐 앞에서 지키고 다투었던 바 기묘당적己卯黨籍에 실린 사실이며, 후에 등과하여 동도윤東都尹(경주부윤)에 이르렀으며 휘 진晉을 낳았다. 무인으로 명망이 있어 영남과 호서·호남, 서북西北 변경의 5도 절도사를 역임했는데 장수로서 근무하기 수십년 동안에 재리財利를 전혀 챙기지 않아 집에 그럴듯한 방석 하나 없었고 영변부와 탐라부에는 정청비政淸碑가 서 있으니 공에게 부친이 된다. 모친은 남원 윤씨로 좌참찬 휘 효손孝孫의 4세손인데 명나

라 세종 가정 28년(1549) 11월 20일에 공을 낳았다.

공은 타고난 재질이 절등하여 하루에 수천 언言을 외울 수 있고 문장이 호탕한바 시에 특장이 있었다. 신종 만력 4년 우리 소경昭敬(선조) 9년(1576) 감시監試에 「탕음부蕩陰賦」와 「유독시留犢詩」를 바쳐 진사 제3인으로 뽑히고 그 이듬해 대과에 제2명第二名으로 올랐다. 문사文詞로서 세상에 이름이 날로 높아갔는데 그 당시 동서 붕당의 의론이 일어나 선비들은 명예로 다투며 서로 추켜세우고 이끌어주고 하였다. 공은 자유분방하여 무리에서 초탈한데다 굽혀서 남을 섬기기를 좋아하지 않은 까닭으로 벼슬이 현달하지 못했다. 당시 당로의 어떤 사람이 의론을 견지하길 좋아하고 남을 잘되게 하거나 못되게 만드는 일이 많았다. 공은 그의 대문 앞을 지나면서도 들르지를 않고 말하기를,

"저이는 사람 얼굴을 하고서 도깨비 행동을 하는 자다. 화가 곧 미칠 것이다."

하였는데 그로부터 몇년 못가서 그는 과연 패망하였다.

공은 성품이 산천을 유람하길 즐겨하여, 일찍이 속리산에 들어가 대곡선생大谷先生을 스승으로 섬겼다. 당시 인사들이 허다히 공을 법도 밖에서 노는 것으로 여기고 취할 바는 문사뿐이라고 하였으나 이찬성 이李珥, 허학사 봉許篈, 양사군 사언楊士彦 같은 분들은 그 기기奇氣를 허여하였다. 일찍이 고산도 찰방高山道察訪이 되어 북관으로 나갔는데 양사군·허학사·차태상 천로車太常 天輅와 더불어 가학루駕鶴樓에 올라 시를 주고받아서 1권을 엮었다. 또 서북도 병마평사兵馬評事, 관서 도사關西都事를 역임했는데 모두 소경昭敬 연간이었다. 오늘에 이르도록 관새關塞 사이에 시편들이 왕왕 전하고 있다. 벼슬은 예조정랑 겸 사국 지제교史局知製敎에 이르고 만력 15년(1587) 8월 11일 돌아가시니 나이 39세였다.

풍강楓江·백호·벽산碧山·소치嘯癡는 모두 별호이며, 만년에 바꾸어 겸재謙齋로 하였다. 풍강은 금성錦城(나주의 옛 이름)의 서편에 있는데 오늘에 이르도록 임씨의 구업舊業이고 백호는 옥과현玉果縣에 있는데 무진장無盡藏이라 이르는 곳이다.

공인恭人은 경주 김씨로서 조부는 휘 천령千齡이니 강정康靖 때 이름있는 분으로 직제학을 지냈으며, 부친은 휘 만균萬鈞으로 공희恭僖(중종의 시호)·공헌恭憲(명종의 시호) 연간에 벼슬하여 대사헌을 지냈으며, 모친은 순흥 안씨다. 가정 27년 7월 3일에 태어났으니 공보다 1년 앞이며 공이 돌아가신 4년 후 12월 6일 돌아가시어 합장을 하였다. 묘소는 나주의 회진 옆에 있다. 아들은 지地·준埈·탄坦·기坮인데 모두 호걸스러워 명족으로 일컬음을 받았다. 준은 중흥中興(인조반정을 가리킴) 초에 행의行誼로 헌릉 참봉獻陵參奉에 제수되었으나 나가지 않았다. 기는 숙부 문화현령文化縣令 환懽의 뒤를 잇고 추천하는 이가 있어 장차 크게 쓰일 것이었는데 호조 좌랑으로 마쳤다. 사위는 셋으로 병조좌랑 김극녕金克寧, 영의정 허공 교許喬, 후릉 참봉厚陵參奉 양여백楊汝栢이다. 지금 자손으로 문호를 이은 사람이 3세에 몇이 있으니, 탄은 강綱을 낳아 어려서 재주로 이름이 있어 상사上舍(진사를 가리키는 말)에 올랐는데 불행히 요절하였으며, 강은 정楨과 기楮를 낳았다.

외손 허목許穆은 삼가 짓다.

유사遺事

여기 백호공 유사는 『회진임씨세고會津林氏世稿』라는 가승家乘의 기록에 다른 문헌에서 뽑은 자료를 보충한 것이다. 내용을 살펴보면 자손들 사이에서 전하던 말을 정리한 것도 있고 시화나 야승류野乘類에서 옮겨온 것도 있다. 가승의 기록은 모두 14조인데 긴요치 않은 2조는 수록하지 않았다. 『제호시화霽湖詩話』에서 원용한 부분은 『시화총림詩話叢林』에 실린 기록이 좀더 자상하기로 『시화총림』의 것으로 대체하였다. 다른 문헌에서 뽑은 자료는 5조인데 허균許筠의 『학산초담鶴山樵談』에서 인용한 것이 2조, 이익李瀷의 『성호사설星湖僿說』과 박지원朴趾源의 『연암집燕巖集』과 김수장金壽長의 『해동가요海東歌謠』에서 인용한 것이 각 1조이다.

1

공은 인물이 특출한데다 기절氣絶이 있어, 어려서부터 호협하고 병법을 아주 좋아했다. 일찍이 성대곡成大谷을 한번 만나보고 드디어 흔연히 스승으로 섬겼다. 이로부터 태도를 바꾸어 독서에 힘썼는데 「의마부意馬賦」를 지어 뉘우치는 뜻을 표현했다. 타고난 자품이 벌써 높은 깨달음을 지닌 터라 도학에도 대지를 이해하긴 하였으되 참으로 공력을 들여 이루려고 하지는 않았던 것이다. 그의 시는 대체로 천기天機에서 나와 성운聲韻·색택色澤이 저절로 호매豪邁·유려流麗하였다. 백사 이상국李相國(이항복)은 항상 일컫기를 자순子順의 시는 두목지杜牧之와 흡사하다고 하였다.

2

공은 병법을 좋아하여 보검을 차고 준마를 타고 하루 수백리를 달리곤 하였다. 북평사北評事로 옮길 적에 고의로 어사의 전도前導를 범해서 탄핵을 받았다.

3

공이 급제하고서 제주 관아로 부친을 뵈러 갈 적에 바람이 크게 일어 사나웠다. 제주도에는 배가 닿는 곳이 9개소 있었다. 목사공牧使公(백호의 부친을 가리킴)은 각처의 진리津吏에게 분부하기를 "육지에서 필시 바람에 표류한 배가 올 것이다. 모름지기 예비하여 구제토록 하라." 군관들이 모두 "이런 날씨에 어찌 발선할 이치가 있겠습니까?"라고 아뢰었다. 목사공은 "지자知子는 막여부莫如父라. 모름지기 분부대로 거행하라."고 말했다. 이윽고 백호공이 당도해서 인사를 올리는 것이었다. 목사공이 "이런 날 어떻게 발선發船을 하였느냐?"고 물으니 백호공이 대답하기를 "사공들 역시 떠나려고 하지 않았으나 소자가 바다에서 일어나는 장관을 한번 보고 싶어 재촉해서 발선을 했습니다."고 하였다. 과연 목사공이 짐작한 바와 같았던 것이다.

4

『육선생유고六先生遺稿』[1]에 부록된 박선생사실朴先生事實 조에는 이렇게 나와 있다.

"선조 때 선비 3인이 짚신을 신고 호남과 호서에서 찾아와 사당문 밖에서 참배를 드리고 떠났다. 용모가 아주 예스러워 보였는데 이름도 밝히지를 않았다. 그중의 한 분은 충청도의 조헌趙憲 호 중봉重峰이며, 또 한 분은 전라도의 임제 호 겸재謙齋이다."

5

『국조계록國朝系錄』의 단종실기端宗實記에는 이렇게 나와 있다.

"문인 임제는 일찍이 「수성지愁城志」를 지었는데 글자 하나하나 눈물이 얼룩진 것이다. 그 내용 중 무고문無辜門에는 '슬프고 슬프고 외롭고 외로워 차마 말 못할 일은 제왕齊王이 송백松栢의 숲에서 객이 되고 초왕楚王이 강가에서 죽임을 당한 사적이다.'라고 적고 있다."

6

일찍이 속리산俗離山에 들어가서 정상의 조그만 암자에서 3년 동안 『중용中庸』을 읽었다. 산에서 나올 때는 나뭇잎이 온통 『중용』의 글자를 이루었다 한다. 한 구절을 읊으니 이러하다.

도가 사람을 멀리한 것이 아니라 사람이 도를 멀리한 것이요
산이 세속을 떠난 것이 아니라 세속이 산을 떠난 것이로다.

---

1 『육선생유고(六先生遺稿)』: 사육신이 남긴 글과 사적을 수록한 책. 모두 3책으로 엮어져 있다.

道不遠人人遠道, 山非離俗俗離山.[2]

지금도 그곳의 중들이 임모의 독서암으로 일컫고 있다.

7

공이 친구와 영남 지방을 여행하다가 어느 마을 앞을 지나는데 한 대
갓집에서 바야흐로 큰 잔치를 벌이고 있었다. 공은 동반한 친구를 남겨
두고 먼저 그 집으로 들어가면서 "내 자네를 부를 터이니 자네는 기다
리고 있게"라 일렀다. 그리고 곧장 들어가니 때마침 한 사람이 좌석에
서 일어서 나가는지라 공은 통성명도 않은 채 바로 그 빈자리에 가 앉았
다. 좌중의 사람들이 모두 서로 돌아보며 비웃는데 공은 "문 밖에 지금
나보다 더 우스운 사람이 기다리고 있다오"라고 말했다. 좌중이 이에
그 친구도 맞아오게 하였다. 성명을 물어보아 임백호인 줄을 알고 드디
어 매우 즐겁게 놀다가 파했다.

8

공이 속리산에서 독서를 하고 있을 때 방백方伯의 아들이 유산을 나
온다는 소식이 들렸다. 공은 중들과 이리이리 하기로 약조를 하니 그 사
람을 곯리려는 생각이었다. 방백의 자제가 이르러 중에게 이 산중에 예
로부터 신선이 놀던 곳이 있다는데 과연 그런지 묻는 것이었다. 중은 과
연 그렇다고 대답했다. 산을 올라가보기로 하였는데 상좌들이 모시고
갔다. 시냇가 그윽한 곳에 새 사립이 서 있었으며, 새 지팡이가 놓여 있

---

2 도불원인(道不遠人): 『중용』에 나오는 말. 도는 인간과 분리해서 존재하는 것이 아니
라는 의미.(『中庸』: "子曰: 道不遠人, 人之爲道而遠人, 不可以爲道.")

기도 하였다. 홀연 어디선지 옥퉁소 소리가 들려 그 소리를 따라 올라가 보니 멀리 산마루에 두 노인이 바둑을 두고 청의동자가 시립해 있는 정경이 바라다보였다. 객이 이르는 것을 보고도 못 본 척하였다. 객은 절을 하고 앞으로 나아가니 서서히 입을 열어 "속객이 이르렀구먼" 하고 동자를 명하여 술을 따라 대접하도록 하는 것이었다. 맛이 말 오줌 같아서 고약함을 견디기 어려웠으나 참고 마셨다. 인하여 절구 한 수를 읊어서 객에게 주는 것이었다.

  자지대紫芝帶의 미소년
  진세간塵世間의 기남자로다.

  한잔 술로 작별을 고하니
  속리산엔 구름도 첩첩이 쌓였구나.

  紫芝帶美少年, 塵世間奇男子.
  一盃酒相送罷, 俗離山雲萬里.

그러고 나서 "선계의 반나절은 세간에선 허다한 세월이니 얼른 돌아가라"고 일렀다. 하직하고 돌아가는데 길이 바뀌어 다른 길처럼 되었으며 길 옆의 사립은 퇴락하고 지팡이는 낡아 있었다. 중에게 물으니 중은 말하기를 "갈 때 보던 것이 이제 이미 이렇게 되었다."고 하는 것이었다. 그는 황망히 걸음을 옮겼다.

9

공이 영남 지방으로 여행할 적인데 길가 산기슭에서 사람들이 화전 놀이를 하고 있었다. 공은 타고 가던 말을 숲속에 숨겨두고 행색을 숨겨 걸인 모양으로 꾸몄다. 그리고 놀이하는 자리로 가서 예를 표한 다음 요기를 시켜주기를 간청했다. 좌중의 표정이 매우 냉담해서 일제히 "우리들이 지금 화전하며 봄을 즐기는데 시를 짓지 못하면 종일 있어도 전병을 얻어먹을 수 없소. 손님이 시를 지을 수 있으면 그만이지만 만약 짓지를 못한다면 우리의 약속을 깰 수 있겠소"라고 말들을 하는 것이었다. 공은 사례하며 "길손이 본래 문자를 알지 못하는데 혹시 육담(肉談)으로 대신하여 용서를 받을 수 없겠소"라고 묻는 것이었다. 좌중 사람들이 웃으며 "무방하다"고들 하였다. 공은 즉시 눈앞에 보이는 정경으로 말을 붙여서

시냇가에서 솥뚜껑을 거꾸로 걸고
하얀 가루 맑은 기름으로 두견화를 부쳐,

젓가락으로 집어오니 향긋한 기운 입 안에 가득하여
일년 봄빛이 뱃속으로 전해지누나.

라고 불렀다. 그대로 글자를 맞춰 구절을 모아놓으니 바로 이와 같이 되었다.

鼎蓋撑石小溪邊, 白粉淸油煮杜鵑.
雙箸引來香滿口, 一年春色眼中傳.

좌중이 모두 실색하여 붓을 던지고 말았다. 속임을 당한 줄 알고서 캐어물으니 다름아닌 백호였다. 드디어 상석에 모시고 종일토록 즐겁게 놀았다.

10

양경우梁慶遇의 『제호시화霽湖詩話』에는 이렇게 나와 있다.

"임정랑은 시를 함에 번천樊川(杜牧)을 배워 이름이 일세에 무거웠다. 손곡蓀谷(李達)이 일찍이 사람들의 시품詩品을 논하다가 백호에 미쳐서는 능수로 지목하였다. 듣는 이들은 누구나 잘 터득한 말로 생각하였다. 백호는 젊은 시절 호서에서 서울로 향해 가는데 마침 한겨울이었다. 바람과 눈이 하늘에 가득하여 길에서 율시 한 수를 얻었다.

대풍 대설 고당高唐의 길에
칼 한 자루 가야금 하나로 천리길 가는 사람.

새들 교목에서 지저귀어 저문 구름 차갑고
개는 고촌孤村에서 짖으니 민호民戶가 가난하다.

동복은 춥고 말도 병들어 떠도는 신세 같지만
뜻을 읊고 회포를 노래하니 신이 붙는 듯.

유유히 고원의 생각 문득 일어나니
금수錦水의 매화가지 남국의 봄.

大風大雪高唐路, 一劍一琴千里人.
鳥啼喬木暮烟冷, 犬吠孤村民戶貧.
僮寒馬病若無賴, 嘯志歌懷如有神.
悠悠忽起故園思, 錦水梅花南國春.

고당高唐은 지나가던 곳의 지명이다. 성대곡 선생이 이 시를 보고 한 번 만나보기를 원하여 백호가 드디어 찾아가 뵈니 무척 반가워했다.

후일 성우계成牛溪 선생이 이조참판으로 있을 적에 백호가 재주를 품고 침체해 있는 것을 안타깝게 여겨 장차 천거하려고 초청하여 이야기를 해보고는 세속을 초탈한 기상이 있음을 칭찬하며 그를 청반淸班에 의망擬望하려 했다. 그런데 얼마 안 있어 병으로 세상을 뜨고 말았다. 그의 시는 궁태라곤 전혀 없거늘 끝내 떨치지 못했으니 무슨 까닭일까?"

11
유몽인柳夢寅의 『어우야담於于野譚』에는 이렇게 나와 있다.

"송도松都의 명기 진이眞伊는 여협女俠이다. 화담 문하에서 놀았는데 만년에는 남자의 의복을 입고 금강산을 두루 유람하였다. 임종에 다다라 집안사람에게 당부하기를 '내 성질이 번화한 것을 좋아하니 죽으면 대로변에다 나를 묻어 달라.'고 하였다. 지금 송도에 진이묘가 있는데 백호가 평안도 도사都事로 나갈 적에 글을 지어 그 묘에 제를 지냈다. 마침내 조정의 비판을 받았다."

靑草 우거진 골에 즈는다 누엇든다

紅顔은 어듸 두고 白骨만 무첫느니

盞홍 자바 勸온ᄒ 리 업스니 그를 슬허 ᄒ노라.(『靑丘永言』)

12

공은 향년이 39세였다. 말년에 더욱 완세도회玩世韜晦(세상을 살아가는 데
예법을 경시하고 은둔의 자세를 취하는 것)하여 벼슬살이에 마음을 끊고서 술
을 마신 다음 문득 마구 읊조리고 높이 노래 불렀으며, 노래한 다음 옥
소玉簫를 불고 가야금을 타곤 하였다.(옥소는 전란 중에 잃어버렸고 가야금은
지금 전하고 있다. ─원주)

13

허균許筠의 『학산초담鶴山樵談』에는 이렇게 나와 있다.

임제는 자 자순子順으로 나주 사람이다. 만력 정축년(1557)에 진사가
되었는데 성격이 호방하고 얽매이길 싫어하여 세상과 불화하였다. 이
때문에 불우하여 젊은 나이에 생을 마쳤으니 벼슬은 예조정랑에 그쳤
다. 사후에 어떤 사람이 역괴逆魁(정여립을 가리킴)와 더불어 "항우項羽는
천하의 영웅이다. 성공하지 못한 것이 애석하다."고 말하며 서로 마주
보고 눈물을 흘렸다고 무고를 하였다. 이 말이 삼성三省에 전해져서 그
의 아들 임지林地가 국문을 당하게 되었다. 임지는 부친이 지은 「오강조
항우부烏江弔項羽賦」를 제출해서 그것으로 해명이 되어 변방으로 유배를
갔다. 다음에 평사評事 이형李瑩을 송별하는 시를 들어본다.

북방이라 눈 쌓인 용황龍荒의 길

바람 스산한 발해의 해변

군막의 서기를 맡은 이 사람
일대에 날리는 미남아로세.

칼집 속에 별을 찌를 칼이 들었고
주머니엔 귀신 울릴 시가 담겼다네.

변방의 황사는 갑옷을 내리덮고
관산의 달 붉은 깃발을 비추누나.

변새로 응당 다닐 터이니
운대雲臺에 화상 걸릴 날 멀지 않으리.

머리칼 치솟은 씩씩한 그 모습
멀리 떠나는 슬픔을 짓지 않누나.

朔雪龍荒道, 陰氣渤澥涯.
元戎掌書記, 一代美勇兒,
匣有干星劍. 囊留泣鬼詩.
邊沙暗金甲, 閨月照紅旗.
玉塞行應遍, 雲臺畫未遲.
相看堅壯髮. 不作遠遊悲,

양영천楊盈川[3]의 시풍과 아주 흡사하다.

14

허균의 『학산초담』에는 또 이렇게 나와 있다.

임자순은 자호를 소치笑痴라고 하였다. 나의 중씨仲氏(許筠)가 일찍이 북리北里의 연화煙花[4]를 취택해서 한편의 지지誌를 지었는데 화응和凝[5]의 고사에 의거하여 무릇 24종이 되었다. 임자순에게 부탁해서 거기에 칠언시를 붙이도록 했다.

이름난 꽃 24개종을 가려 뽑은데
소치의 물건은 하나도 없구나.

인간만사 모두 다 허위라 해도
가는 곳마다 풍류 소치를 이야기하네.

揀得名花二十四, 笑癡之物一無之.
人間萬事皆虛僞, 處處風流說笑癡.

그의 산문은 많이 보지 못했으나 「수성지愁城志」란 작품은 문자가 창제된 이래 특별한 글이다. 천지 사이에 이 작품이 없었다면 스스로 한 결함이 될 것이다.

───────────────

3 양영천(楊盈川): 초당(初唐)의 시인으로 유명한 양형(楊炯)을 가리킨다.
4 북리(北里)의 연화(煙花): 북리는 서울 도성의 북악산 아래 북촌을 가리키는 것으로 보인다. 이곳에는 경화사족(京華士族)들이 세거했다. 연화는 꽃 피고 안개 끼어 아름다운 자연경을 이르는 말이다.
5 화응(和凝): 중국 오대시대 인물. 문장을 자부하여 문집 1백여권을 남겼으며, 향렴집(香奩集)을 지은바 있다. 그와 관련해서 어떤 고사가 있는지 미상.

15

이익李瀷의 『성호사설星湖僿說』에 이렇게 나와 있다.

"임백호는 기상이 호방하여 검속당하기를 싫어했다. 병으로 죽음에
당해서 여러 아들들이 슬피 부르짖자 그는 '사해의 여러 나라가 칭제稱
帝를 하지 않은 자가 없거늘 유독 우리나라는 자고로 해보지 못했다. 이
런 누방陋邦에서 살다 가는데 그 죽음을 어찌 애석해 할 것이 있겠느냐'
라 말하고 곡을 하지 말도록 명했다. 또한 평소에 우스갯소리로 '만약
내가 오대五代나 육조六朝의 시대에 태어났다면 아마도 돌림천자[輪遞天
子]쯤은 충분히 되었을 것이다'고 말했다 한다."

16

박지원의 『연암집』 「낭환집서」에 다음과 같은 일화가 나온다.

"임백호林白湖가 말을 타려고 하자 하인이 나서서

'어르신, 취하셨군요. 한쪽 발에 가죽신을 신고 다른 쪽 발에 짚신을
신다니요?'

라고 말하자, 백호가 꾸짖었다.

'길 오른쪽이 있는 사람은 나를 보고 가죽신을 신었다 할 것이요, 길
왼쪽에 있는 사람은 나를 보고 짚신을 신었다 할 것이다. 내가 뭘 걱정
하겠느냐!'

이를 통해 논하건대 천하에서 가장 보기 쉬운 것으로 발 같은 것이 없
지만 보는 위치가 다르면 가죽신을 신었는지 짚신을 신었는지 분간하기
어렵다. 그러므로 참되고 바른 식견은 실로 시비의 중간에 있는 것이다."

17

『해동가요海東歌謠』에 백호작으로 단가가 실려 있다. 세상에서 「한우가」로 일컫는 것이다.

북천이 묽다커늘 우장없이 길을 나니
산에는 눈이 오고 들에는 츤비로다.
오늘은 츤비 마잣시니 얼어잘까 ᄒ노라.

그리고 한우寒雨란 이름의 기생의 작이 나온다.

어이 얼어잘이〔鴛鴦枕 翡翠衾〕을 어듸두고 얼어자리.
오늘은 츤비 맛자신이 녹아잘까 하노라.

한우의 단가에 "이는 임제의 「한우가」의 답가〔右林悌寒雨歌答歌〕"라는 주註가 달려 있다.

白湖集序

　　白湖詩集之將行也, 白湖之弟文化公, 要弁卷之辭於白沙李相國. 相國卽許之. 文旣就, 置之簡策間. 俄而文化公捐館舍, 詩集亦不克竟剞劂. 歷幾年, 其從弟參議公, 踵以擧之, 復求序於相國. 相國時罹文罔郊居矣. 亡其故所爲文, 欲繹成之, 無何相國以言事竄北荒卒. 參議公悼其已諾而未究, 且謂行白湖集而無白沙論撰也者, 猶不行也, 間求其所爲而亡之者於相國之子, 果得於舊簡中, 而缺其始若終. 參議公慨然屬欽曰: "之文也, 旣就而亡, 亡而得, 得而又不完, 其不幸歟? 幸歟? 其幸而完, 白沙也; 其不幸而不完, 亦白沙也. 顧子知白沙, 知白沙, 斯知白湖矣. 盍綴其缺而成一家言耶?" 欽復曰: "諒哉言也! 其不幸而不完, 亦白沙也. 惡害於其缺? 鐵網之珊瑚, 雖折猶寶, 崑山之片玉, 雖斷亦珍. 使西賈見之, 未必不曰無價. 觀其缺而推其完, 其缺不足傷也. 色澤之出天者, 何可以假爲耶?" 參議公曰: "苟然則子其以此言文之哉." 欽次其語, 竊有所感也. 欽與白沙公, 論白湖數矣. 每稱其奇男子, 如詩則未嘗不退三舍而讓之. 若建鼓登壇, 狎主夏盟, 則白湖其人, 而惜蘅雲之跡, 中途而蹶云. 玆又不可不識.

　　天啓元年, 歲舍辛酉中秋下浣, 東陽申欽, 書于楊浦僑舍.

白湖集序

云云矣. 惟厚賦而薄發者, 吾友林君子順是已. 君家世弓刀, 斥弛不群, 少
嘗軒輊其才, 慨然慕燕代之風. 時於香奩酒肆, 漫浪以自適, 或悲歌慷慨, 人
莫測其端, 而常自謂功名可徒手取, 樂弛置自放, 縱謔不羈, 不屑屑操觚以黔
其口吻. 世以是疑之, 而亦以是奇之. 中忽自悟, 稍諱言俠, 遂屈首書史, 因遍
遊名山, 以佐其奔放豪逸, 而洩之以詩, 往往若晴虹之舒卷于空明而不可得
以摹也者, 雖由天造, 而至於丹青綵繢, 得之樊川而弁髦之者多矣. 今去公歿
二十有餘年, 其弟懽, 得君詩若干篇, 屬余剞劂之. 余嘗與公, 遇景酬唱, 竊覬
其所爲, 先自胸中無滯礙, 比物屬辭, 固已脫然超乎文字之外, 而能剔去根塵,
涵而揉之. 故意行言從, 渙若不思, 而水湧雲騰, 自爲一家, 若彩蜃浮海, 結成
空樓, 而忘乎斤斧矣. 是豈非韓子所謂"水大而物之浮者大小畢浮"者乎. 後之
欲昇公堂者, 如不欲歷階 而直將御風也, 則惟善養其氣幾矣. 云云⋯⋯

(右白沙李相國舊撰序文, 亡其首尾.)

白湖集跋

惟我家世, 顯自麗朝, 名人相繼, 至于先祖府尹公(諱鵬), 尤以忠孝文學,
篤勉後裔. 我先君楓巖先生(諱復), 曁堂兄白湖公, 生於膝下, 先後鳴世, 實

是式穀之效也. 白湖早歲有志于學, 負笈從師, 尋大谷成先生于鍾山之下, 受中庸. 仍入俗離山, 探究義理, 累經寒暑, 深得先生旨趣. 而先生亦不待之以外, 有答白湖詩曰: "妙年耽學着功深, 七字題詩擲地金. 別後思君如見面, 良宵皓月到天心." 觀此一絶, 白湖之取重於先生, 槪可知矣. 自先生歿後, 世絶知己, 無意宦路, 或自放於山野, 或沈冥於酒肆, 吟詠月露, 陶寫性情者, 特其餘事, 而爲世所重. 噫! 天之生是公, 初不偶然, 而生不得施設於當時, 歿不得立言於後世, 則豈非後人之責乎? 愭, 公之堂弟而年最下焉. 公之歿, 余年纔十八矣. 公嘗語愭曰: "古今詩集多矣, 莫如精而簡也. 唐之詩人, 孟浩 · 杜牧爲第一流, 而其所傳只一二卷. 後世如有好事者取余詩句裒而爲集者, 不過數百首而已." 余嘗心藏其語矣. 不幸諸兄皆康强早世, 刊出之責, 專在鄙劣. 有志未就者, 亦已久矣. 今因鰲城相公, 撰次一秩, 參以愚見, 補其闕遺, 以圖不朽. 而至於科場之文, 雖麗而盡去之, 幸存其一二, 此蓋公取簡之遺意也. 嗚呼! 公之一言, 初若漫浪, 而公歿三十年之餘, 余適蒙恩拜郡, 以遂平生之願. 秋毫都是聖澤, 而刊行於今日, 豈亦有數存乎其間耶? 謹書首末, 以待後之能言者.

　萬曆丁巳八月上澣, 通政大夫行 咸陽郡守 晉州鎭管兵馬同僉節制使 林愭謹識

白湖集重刊跋

白湖公, 與我高祖石村公爲堂兄弟. 始石村公宰咸陽時, 實刊是集, 而題其後有識可考. 後百四十三年, 而余守南昌, 因往來會江桑梓, 得藏板於白湖公六代孫匡遠家. 敬閱之, 間有亡佚, 存亦缺剝不可讀. 嗟乎以白湖公材器, 不克少展于時, 而盛名尙在. 後世其風流氣槪之可以彷像者, 賴此集存耳. 然公平生不屑屑於文辭, 所著述不甚富, 而取之又簡且精如此, 董數百篇而止, 而猶不能久行於世. 今且廢焉, 則後之慕公名而求公者, 何所見其一二? 而我先祖爲公圖不朽之意, 亦無以顯于來裔, 豈不重有感於斯耶! 遂爲之新其十板而完之, 歸于故藏, 附書其末, 用示我後人.

上之三十五年, 己卯孟春, 石村公玄孫, 象元敬題于靈光縣衙

白湖集新刊跋

先祖白湖先生, 落落不適於世, 官不顯達, 壽又未享, 而文章氣節聳動百世, 環東土雖山夫野岷, 莫不頌慕, 其故何哉? 先生以天縱之姿, 卓犖不覊, 少好俠, 尤喜兵法. 自見成大谷先生後, 折節讀書, 作意馬賦以志悔. 因遊名山澤, 以佐其豪逸之氣, 比物屬辭, 固已超然脫出乎文字之外, 能感動人忠義之心. 又振作我自主之氣, 所恨恒在於使吾君吾民不能自主吾國. 噫四千年來

有先生之志者幾人? 今吾三千萬大衆, 以先生之心爲心, 則必不見島夷之橫
暴, 又必無南北之分裂. 是以凡有血氣者, 莫不欲頌其書而仰其風. 然則爲後
承者, 豈不惕然思所以傳之之道乎. 惟恨收拾謦咳, 僅存十一, 舊有板本歲久
殘缺, 後雖補葺, 屢經兵焚, 竟歸烏有, 幷其所刊而絶無而僅有, 可勝痛惜. 先
君慨然乎斯, 板刻則事巨力綿, 有志未就, 乃用活字印十數表, 以共知友族戚.
今又大亂斯歷, 安保其書全無虞也. 不肖爲是之懼, 敢承先志, 謀諸宗族, 共
復印出. 幷附其南溟小乘·花史等書, 別爲一冊, 以竢來裔繼此而世不失此志,
隨時隨力, 且刊且藏, 幷擧所未遑, 則何憂乎其傳之不久也. 嗟我後人勉之哉.

　　檀紀四二九一年 戊戌小春 十二代孫鐘弼 謹識

白湖先生筆蹟後跋

　　有物觸之而無所見, 執之而無所獲. 然而紛綸轇輵, 塞乎天地之兩間, 往來
屈伸, 千殊萬化, 有奇有正, 錯綜參差者, 曰何物也? 其名謂之氣. 是物也, 在
天爲日月星宿·風霆雲霄, 在地爲山川玉石·草木華實, 其在人也曰浩然之氣.
　　夫所謂浩然之氣者, 純剛至大, 充乎其四支百體, 而準之于六合. 凡人之筋
骸髮膚·聲色咳唾, 皆是氣之爲者, 而惟聖人, 全而養之. 故其體浩然, 而其用
至博. 下乎聖人者, 各得其一體. 故直士用之, 而爲直氣; 俠士用之, 而爲俠氣;
潛於山林者, 爲山野之氣; 放於江湖者, 爲湖海之氣. 其或瑰偉跌宕之士如陳
同父·陸務觀之流, 又自號爲豪氣浩然者, 其正也; 其餘皆其奇者耳. 然其所

以爲奇, 非其本之然也, 全體大用盛大流行者爲正, 而變乎是, 則始以奇目焉. 奇之氣也, 大率生於鬱而洩於感. 以物言之, 如風霆之奮迅, 江海之蕩潏, 皆非鬱而有所感者耶! 精英華爛之氣, 鬱而蒸感, 或洩於山, 或洩於水, 則山而爲空靑丹砂, 水而爲珊瑚珠貝, 而好奇者, 採之以爲奇寶焉. 雖所洩不同, 而其鬱而有感, 皆類也. 人之所謂奇氣者亦然. 其中有蘊, 其外有抑塞而後, 奇氣發焉. 故自古賢人君子, 以奇氣稱于世者, 類非志得道亨之士. 嗟乎! 亦其理然也.

吾族大父白湖先生, 自少個儻有氣節, 嘗師事成大谷, 得聞中庸性命之說, 頗折節爲學. 自大谷歿, 世無知者, 盆自放形骸, 棲遑落託於關塞之外以終. 凡古今時世, 升沈流坎; 悲歡苦佚, 歌哭響笑; 屠肆酒樓·僧房道觀, 風流逢別·古蹟神怪, 觸於境而動於氣者, 一發之翰墨. 其歌詩固已鳴於隆慶·萬曆之間, 往往播之樂府, 至今人擬之杜牧之. 獨其筆蹟無所傳.

去年余從先生之彌甥錦城吳君時鐸, 得先生手寫詩文藁百餘紙. 而目之異哉, 淋漓乎皆奇氣之所鍾也. 古人以書爲心畫. 自是世之評書者, 皆知論心, 不復知論氣. 心固至焉, 氣亦不可不知也. 今夫詩文, 固心性所發, 而亦必資乎氣. 至於書, 則假之筆, 而成之手. 故其筋骨都是氣之所結. 觀詩評書之法, 論心性而不論氣, 則要皆爲不備. 而書之資於氣者, 視詩又較多耳. 先生之於筆, 亦彷彿其詩. 想其臨紙揮翰, 未嘗知有法度繩尺, 而心之所寓, 氣之所形, 自然無傾巧偏側之病. 故其眞行楷草, 不專一體; 長短方圓, 不師一法. 皆隨意爲之. 而畫力瘦勁活動, 如枯筠矮松, 無所倚附, 生蛇驚虯, 不可羈絆. 雖不敢輒謂布帛菽粟, 可以人人同其嗜好, 好之, 而又必無弊. 然尙古嗜奇之君子, 得而玩之, 其視爲天下之奇寶, 當不博於珊瑚珠貝, 而因其洩想其蘊, 亦有以知先生之志不得而道不亨也.

藁本三珊, 余分而粧之, 爲四帖. 其二還吳君, 其二留之, 以寓景慕愛玩之私.

歲庚寅夏, 族孫, 奉正大夫 行吏曹佐郎兼世子侍講院司書 校書館校理 象
德謹跋.

白湖公筆蹟序

技藝之得於天者, 性也. 無寸累銖積之勞, 而心唔神融, 自然造其極處, 若
梯絶頂而躡青冥. 彼學焉而能之者, 工則有之, 惡乎其天也? 不以調馴而馬也
能千里, 不以雕琢而璧也能連城. 脂粉之美, 金鎪之明, 適足以污施威而羞離
婁矣. 太白仙於詩, 張旭聖於草, 皆得於天者也. 是二人者, 曷嘗有經營思慮
之工, 而能泣鬼神驅龍蛇哉! 直性於天而已矣. 雖然, 白也不能於草, 旭也不
能於詩, 一之難, 烏得以兼之也.

余之先祖白湖公, 際明宣之間, 以詞律宗匠一世, 其五七絶之著 『箕雅』 者
最多. 駸駸然逼盛唐, 少不爲拙, 晚不加精, 不天而能如是乎? 余自齠齓, 從長
老, 間及聞公草楷之奇健, 而今之距公歿二百年間, 經兵燹, 寸紙斷簡, 略無
存者, 竊嘗以是有慼慼者存. 其後于外裔吳氏家藏中, 得見公筆帖之序以老村
文者, 盥手而敬閱焉. 嗚呼! 此特公之筆而草公之詩者也.

竊覸夫公之平日志氣, 在詩而不在筆, 非如鍾衛顔趙之特筆焉. 而求其名
者, 若乃永久圖存, 不爲虫蠹塵煤之所靡爛, 留作後人之珍惜者, 則公之心,
固未始念及此也. 雖及之, 亦不屑爲也. 故其筆勢迅銳, 信手揮灑, 了無停蓄

愼密之劃樣, 而能墜石枯藤, 各呈精神, 細雨斜風, 同歸造化, 淋漓活動, 滾將出一團天機中, 殆類蘭亭酒後, 不自知爲千古絶筆也. 始信公之得於天者, 不特詞律而已矣. 若曰"詩之仙幷草之聖也"則庶乎其近之矣.

族姪一相近於塵篋中, 得公之筆蹟若干, 秩帖而新之, 請余以序. 明牕淨几, 試一披覽, 峭而勁, 肆而健, 與向之見於吳氏家所藏, 二而一也. 天地間一種奇氣, 瞭然在心目間, 老村豈虛語哉! 余不敢更加評品, 謹以前所稱者, 識其末云.

林正郎墓碣文

公, 諱悌字子順, 姓林氏. 羅州人. 先代顯於高麗, 至本朝, 有諱枰, 我康靖時, 以武選, 侍陛楯, 爲湖南兵馬虞侯. 喟然歎之曰: "早失父母, 孤苦成立起家, 至三品官, 亦足矣." 遂去歸. 性至孝,[1] 謹祀事, 睦宗族, 以敎家. 其後有諱鵬, 當己卯士禍, 率太學諸生, 守闕爭之. 事在己卯黨籍. 後登第, 爲東都尹. 生諱晋, 以威名爲嶺南·湖西·西北邊五道節度使. 爲將數十年, 不私貨利, 家無厚茵, 寧邊·耽羅府, 皆有政淸碑, 於公爲皇考. 妣南原尹氏左參贊諱孝孫之四世孫也. 明世宗嘉靖二十八年十一月二十日公生. 天才絶人, 日誦累千言, 文章豪宕, 長於詩. 神宗萬曆四年, 我昭敬九年監試, 獻蕩陰賦·留犢詩,

---

1 遂去歸 性至孝: 이 6자가 『기언(記言)』에는 누락되어 있는데 『회진임씨세고(會津林氏世稿)』에 실린 것에 의거하여 보충하였다.

擢進士第三人. 其明年, 登大科第二名. 文詞旣日有名於世. 而於是東西朋黨
之議起, 士爭以名譽, 相吹噓引援, 而公踽弛不群. 又不喜卑事人, 以故官不
顯. 時有當路人好持論, 成敗人多矣. 公嘗過其門而不見曰: "彼特人面而鬼跳
耳. 禍且及矣." 後數年果敗. 樂遊名山澤, 嘗入俗離山, 師事大谷先生. 當時
之士, 皆視公於法度之外, 其所取者, 文詞而已. 李贊成珥·許學士筍·楊使君
士彦數人, 許其奇氣云. 嘗以高山道察訪, 出北關, 與楊使君·許學士·車太常
天輅, 同登駕鶴樓, 有酬唱, 作一卷. 又爲西北道兵馬評事, 關西都事, 皆在昭
敬中. 至今關塞間, 往往詩什多傳之. 官止禮曹正郎兼史局知製敎. 萬曆十五
年八月十一日歿, 年三十九. 楓江·白湖·碧山·嘯癡皆別號, 而晚年改之曰謙
齋. 楓江 在錦城西, 今有林氏舊業, 白湖在玉果縣, 謂之無盡藏云. 恭人慶州
金氏, 大父諱千齡有名, 康靖時爲直提學, 父諱萬鈞, 仕恭僖·恭憲間, 爲大司
憲, 母順興安氏, 嘉靖二十七年七月三日生, 長於公一年, 公歿之四年十二月
六日歿, 合葬之, 墓在羅州會津上. 男地·埈·坦·垍, 皆豪擧稱名族. 埈中興
初, 以行誼除獻陵參奉, 不就. 垍爲叔父文化縣令懽之後, 有薦之者, 將大用,
終戶曹佐郎. 女婿三人, 兵曹佐郎金克寧·贈領議政許公喬·厚陵參奉楊汝栢,
今子孫繼姓者三世數人. 坦生綱, 少有才名, 陞上舍, 不幸早折, 綱生楨·楷.

外孫許穆謹撰.

遺事

1. 公, 卓犖有氣節, 少好俠, 尤喜兵法. 嘗一見成大谷, 邃欣然師之. 自是折節讀書, 作意馬賦以志悔. 天姿高悟, 於道學亦領其大旨, 然亦不肯眞積力致. 其詩大率出於天機, 而聲韻色澤, 自然豪邁流麗. 白沙李相國, 常稱子順之詩似杜牧之云.

2. 公好兵法, 有寶劍駿馬, 日行數百里, 自北評換西評, 故犯御史前導見劾.

3. 公之榮省濟衙也, 其日大風甚惡. 濟島泊船處, 有九而牧使公分付各處津吏曰: "陸地必有漂風之船, 須預備投濟云." 則軍官輩皆曰: "如此之日, 豈有發船之理?" 牧使公曰: "知子莫如父. 須依分付施行." 俄而白湖公入謁. 牧使公曰: "如此之日, 何以發船?" 白湖公曰: "沙工亦不肯, 而子欲壯觀也, 催促發船云." 果如牧使公所料.

4. 六先生遺稿附朴先生事實條曰: "宣廟朝士人三人, 以芒鞋來自湖南湖西, 謁祠堂門外去. 容貌古朴, 不言其名, 其一忠淸道趙憲號重峰, 其一全羅道林悌號謙齋."

5. 國朝系錄端宗大王實記曰: "韻人林悌, 嘗著愁城誌, 而一字一涕. 其曰無辜門, 哀哀孤孤不忍言者, 齊王客於松栢, 楚帝死於江中云云."

6. 嘗上俗離山絶頂小菴, 三年讀中庸. 出山時, 滿山樹葉皆成中庸字, 吟一句. "道不遠人人遠道, 山非離俗俗離山." 至今居僧, 以爲林某讀書菴云.

7. 公與士友嘗遊嶺南, 過一村前. 有一大家, 方開盛宴. 公留同伴, 先入曰: "吾當召君. 君可待之." 卽入去, 時見一人適於賓次起出, 公不通姓名, 直坐其處. 座中相顧而笑. 公曰: "門外又有益可笑者." 坐中因使延之, 試問姓名, 乃白湖也. 邃極懽而罷.

8. 棲俗離讀書時, 方伯之子, 將遊山云. 公約居僧如此如此, 試謾衙童. 及至問居僧此山古有仙遊處云, 然否? 僧答以果然. 試登山, 使沙彌輩陪行. 溪邊幽邃處, 或設新扉, 或置新筇. 忽聞玉簫聲, 尋聲攀登, 進見上頭, 二老對碁, 青衣童挾侍. 見客至而若不見, 客 且拜且前, 徐曰: "俗客至矣." 命童子酌醴饋之. 味如馬溺. 飮之, 不堪其惡而忍之. 仍吟贈一絶: "紫芝帶美少年, 塵世間奇男子, 一盃酒相送罷, 俗離山雲萬里." 仍曰: "仙間半日, 世間許多歲月, 須速歸去. 辭退歸之, 路改以他路. 路傍有朽扉與朽筇, 持問僧. 僧答曰: 去時所見, 今已至此云. 忙忙而歸云云.

9. 嘗遊嶺南時, 見路上山腰, 有人煮花作會. 公捨馬林下, 藏蹤爲乞人樣, 經入座中, 施禮. 因乞療飢, 席上氣色甚冷澹, 齊言: "吾儕煮花嘗春, 若不賦詩, 終日不得喫乎餠物. 客能詩則已, 如不能, 則不可毀約." 公謝曰: "客本不解文字, 或可以肉談代而贖之耶?" 座中笑曰: "無妨." 公卽以目所見, 言曰: "鼎蓋撑石於小溪之邊, 白粉淸油煮杜鵑之花. 雙箸引而食之, 香氣滿於口中, 一年春色傳於腹中云云." 逐物尋字, 集以成句, 卽是 "鼎蓋撑石小溪邊, 白粉淸油煮杜鵑. 雙箸引來香滿口, 一年春色腹中傳." 一座皆失色閣筆, 知爲見欺. 因詰之, 知是白湖. 遂虛座, 終日極歡.

10. 梁霽湖詩話曰: 林正郎爲詩學樊川, 名重一世. 蓀谷嘗論人詩品, 及於白湖, 目之能手. 聞者皆以爲善喩. 白湖年少時, 自湖西向洛, 政當窮冬, 風雪滿天, 道上成一律曰: "大風大雪高唐路, 一劍一琴千里人. 鳥啼喬木暮烟冷, 犬吠孤村民戶貧. 僮寒馬病若無賴, 嘯志歌懷如有神. 悠悠忽起故園思, 錦水梅花南國春." 高唐所過地名也. 成大谷先生, 見此詩, 願見其面. 白湖遂造拜之, 甚驩. 其後成先生牛溪爲銓曹亞判, 憐其抱才沈滯, 將欲吹噓, 邀而與之語, 謂其有拔俗氣像, 擬置諸淸班, 未幾病逝. 其所爲詩, 絶無窮態, 竟不振何哉?

11. 柳於于野談曰: 松都名妓眞伊者, 女俠也. 遊花潭之門, 晚年着男子服, 遍遊金剛. 臨死謂家人曰: "吾性好紛華, 死後願葬大路邊." 今松都有眞伊墓. 白湖爲平安都事時, 爲文而祭其墓, 卒被朝評云.

12. 公享年三十九, 末年玩世韜晦, 絶意仕宦. 酒後輒浪吟高歌, 歌後吹玉簫彈伽倻琴.(玉簫亂後見失, 琴則至今有之.)

13. 許筠鶴山樵談曰: 林悌, 字子順, 羅州人, 萬曆丁丑進士. 性偶儻不羈, 與世齟齬, 因此不遇. 早歲卒, 官止儀制랑中. 歿後, 人誣與逆魁論項羽天下英雄, 惜不成功, 因相對涕下. 語傳三省, 鞫其子地, 地以所作烏江弔項羽賦投進, 因得原, 徙邊. 其送李評事瑩詩曰: "朔雪龍荒道, 陰氣渤解涯. 元戎掌書記, 一代美勇兒. 匣有干星劍. 囊留泣鬼詩. 邊沙暗金甲, 閏月照紅旗. 玉塞行應遍, 雲臺畫未遲. 相看竪壯髮. 不作遠遊悲," 絶似楊盈川.

14. 許筠鶴山樵談又曰: 林子順自號笑癡, 仲氏嘗聚北里烟花作誌, 依和凝故事, 凡二十四. 令子順題七言詩曰: "揀得名花二十四, 笑癡之物一無之. 人間萬事皆虛僞, 處處風流說笑癡." 其文不多見, 所謂愁城志者, 結繩以來別一文字, 天地間自欠此文字不得.

15. 李星湖僿說曰: 林白湖氣豪不拘檢. 病將死, 諸子悲號. 林曰: "四海諸國, 未有不稱帝者. 獨我邦終古不能. 生於若此陋邦, 其死何足惜!" 命勿哭. 又常戲言: "若使吾, 値五代六朝, 亦當爲輪遞天子."

16. 朴趾源狼丸集序云: "林白湖將乘馬, 僕夫進曰: 夫子醉矣隻履鞾鞋. 白湖叱曰: 由道而右者, 謂我履鞾; 由道而左者, 謂我履鞋. 我何病哉! 由是論之, 天下之易見者莫如足, 而所見者不同, 則鞾鞋難辨矣. 故眞正之見, 固在於是非之中."

백호선생白湖先生 연보

공은 휘諱 제悌, 자字는 자순子順, 나주羅州 회진인會津人이다. 풍강楓江·
백호白湖·벽산碧山·소치嘯癡·겸재謙齋 등의 별호를 썼는데 백호白湖로 널
리 알려졌다.(풍강楓江은 임씨林氏의 구업舊業인 회진會津 마을 앞으로 흐르는 영산
강을 이름이요, 백호白湖는 옥과현玉果縣의 무진장無盡藏이란 곳에 흐르는 섬진강 지류
를 가리키는데 외가外家가 있었다. 지금 곡성군谷城郡 옥과면玉果面 내동리內洞里) 묘
는 나주시羅州市 다시면多侍面 가운리佳雲里 신걸산信傑山 기슭에 있다.

조祖는 휘 붕鵬, 벼슬이 경주부윤慶州府尹에 이르고 호를 귀래정歸來亭이
라 하였으며, 부父는 휘 진晉(자 희선希善, 1523~1587) 오도병마절도사五道兵
馬節度使를 역임하였다. 모母는 남원 윤씨南原尹氏이다. 선생은 5남 3녀의 만
이로, 아우는 선愃(자 자관子寬, 호 백화정주인百花亭主人)·순恂(자 자침子忱, 관지
절도官至節度)·환懽(자 자중子中, 호 습정習靜, 임란시 의병장)·탁侂(자 자정子定, 호
창랑주인滄浪主人)이다.

배配는 공인恭人 경주 김씨慶州金氏 대사헌大司憲 만균萬鈞의 따님이다.
4남 3녀를 두었으니, 남男은 지地(호 청하聽荷)·준埈(호 송리松里)·탄坦(호 한한
정閒閒亭)·기圾(호 월창月窓)이니 모두 시명詩名이 있었다. 서배婿는 병조좌랑兵

曹佐郎 김극녕金克寧, 증영의정贈領議政 허교許喬(허목許穆의 부친), 후릉참봉厚
陵參奉 양여백楊汝栢이다.

1549년(1세, 명종 4 己酉) 12월 20일 회진會津 향제鄕第에서 태어나다.
　　"회진會津은 나주羅州 서쪽 15리에 위치해 있는데 본래 백제百濟의
　　두힐현豆肹縣이며 신라新羅 때 회진현會津縣으로 바뀌었고, 여조麗朝
　　에서 나주羅州에 속해졌다."(『新增東國輿地勝覽』 羅州牧 古跡條) 이곳은
　　임씨林氏의 본향지本鄕地로 지금 행정 구역으로는 나주시羅州市 다
　　시면多侍面 회진리會津里이다.
　　"타고난 재질이 절등하여 하루에 수천 언들을 외울 수 있었고 문장
　　이 호탕한데 시에 특징이 있었다."(許穆 撰「林正郎墓碣文」, 이하 墓文으
　　로 약칭.)
1563년(15세, 명종 18 癸亥) 경주 김씨慶州金氏 만균萬鈞의 따님과 결혼
　　하다.
　　"공인恭人 경주 김씨慶州金氏는 조부 휘諱 천령千齡으로 강정康靖(成
　　宗) 때 이름 있는 분으로 직제학直提學을 지냈으며, 부父 만균萬鈞은
　　공희恭僖(中宗)·공헌恭憲(明宗) 사이에 벼슬하여 대사헌大司憲이 되
　　었고, 모母는 순흥 안씨順興安氏다. 가정嘉靖 27년(1548) 7월 3일생으
　　로, 16세에 공의 배配가 되었고 공이 몰歿한 4년 12월 6일에 몰하여
　　합장合葬하다."(墓文)
1568년(20세, 선조 1, 戊辰) 비로소 학문에 뜻을 두다.
　　"어린 나이에 실학失學을 하고 자못 협유俠遊를 일삼아 창루娼樓·주
　　사酒肆에 분방하게 자취가 미쳤는데 나이 20에 들어서 비로소 학學
　　에 뜻을 갖게 되었다."(「意馬賦」序)

766

1570년(22세, 선조 3, 庚午) 이해 가을 대곡선생大谷先生 성운成運의 문하
　　를 찾아가다.

　　"그 학습한 바 또한 조장회구雕章繪句에 지나지 못하고 과문科文에
　　힘을 써서 유사有司의 눈을 현혹시키고 당시에 이름을 노리는 그런
　　것이었다. 그후 과장科場에서 누차 실패하고 세속의 취향에 맞지 않
　　아 홀연히 원유遠遊의 뜻이 일어났다. 경오년 가을에 천리어千里魚
　　가 되어 책상 아래서 한번 뵈올 기회를 얻고 조용히 모시고 앉았더
　　니 문득 떠나가고 싶지 않은 마음이 있었으나 사세가 또한 오래 머
　　물기 어려워 서글픈 마음으로 하직을 하였다."(「意馬賦」序)

1571년(23세, 선조 4, 辛未) 모친상을 당해서 고향으로 돌아오다.

　　남원 윤씨南原尹氏는 좌찬성左贊成을 지낸 윤효손尹孝孫 의 4대손四代孫
　　이다.

1573년(25세, 선조 6, 癸酉) 이 해 겨울에 다시 속리산俗離山으로 들어가다.

　　"계유 겨울에 다시 선생을 찾아뵈었으니 비록 인사에 구애되는 바
　　있어 풍진 사이에 분주하였으되 향모向慕의 마음은 어찌 일찍이 하
　　루라도 책상 아래에서 떠날 때가 있겠는가. 지금 법주사法住寺는 종
　　곡鐘谷으로부터 자못 산이 몇겹 격해 있어 비록 조석으로 제자의
　　예를 거행하지 못하지만 자주 승안을 하여 미욱한 기질이 거의 바
　　뀌어갔다."(「意馬賦」序)

　　(종곡鐘谷은 대곡선생大谷先生이 우거한 곳이며, 공公은 법주사法住寺의 주운
　　암住雲庵에 거처하였다.-「到住雲庵」詩)

　　"임제林悌는 속리산俗離山에 들어가 『중용中庸』 팔백독八百讀을 하
　　고, 얻은 글귀가 '道不遠人人遠道, 山非離俗俗離山.'이다. 이는
　　『중용中庸』의 말을 쓴 것이다."(『芝峰類說』)

이 무렵 「의마부意馬賦」를 지었다.

1574년(26세, 선조 7, 甲戌)　양대박梁大樸(1543~1592, 호 청계淸溪), 정지승
鄭之升(1550~1589, 호 총계당叢桂堂)과 함께 삼각산三角山 일대를 유람
하며 시를 짓고, 이를 『정악창수鼎岳唱酬』로 엮다.

1575년(27세, 선조 8, 乙亥)　박관원朴灌園을 처음 만나다.

"지난 을해년에 왜구의 소요가 있었는데, 공은 이 때 호남湖南을 진
무鎭撫하였던바, 나는 포의布衣로 막부幕府에 출입하였다."(「呈灌園」
詩 自註)

관원灌園은 박계현朴啓賢(1524~1580, 자 군옥君沃, 호 관원灌園, 밀양인密
陽人)이니 전라감사全羅監司로서 왜구의 침입에 대비하여 나주에 주
둔해 있었다. 관원灌園과는 이후로 서로 사귐이 깊어 수창한 시를
많이 남겼다.

(「悼灌園先生」: 痛哭灌園老, 相逢乙亥年. 征南開幕府, 賤子仗金鞭.)

1576년(28세, 선조 9, 丙子)　4월에 중부仲父 풍암공楓巖公의 상을 당하다.

"공의 휘諱는 복復이니 일찍이 승문원承文院 정자正字로 무신사화戊
申士禍에 연좌되어 강호江湖에 떨어져 시주詩酒로 자오自娛하시었다.
수壽 또한 길지 못하니 오호 통재라."(「仲父楓巖先生輓」의 自註)

「원생몽유록元生夢遊錄」「수성지愁城誌」를 이 무렵에 짓다.

이 해 7월에 박계현朴啓賢이 경연經筵 석상에서 왕에게 성삼문成三問
의 충절을 말하고 남효온南孝溫의 「육신전六臣傳」을 읽어보도록 권
했다가 왕의 진노를 샀던 사건이 있었다.(『實錄』 宣祖 九年 丙子 七月條,
李珥의 『經筵日記』 卷2, 灌園公行狀 참조)

「원생몽유록元生夢遊錄」은 이런 사실과 관련해서 지었던 것으로 생
각된다.

「수성지愁城誌」 또한 창작 연대를 알 수 없다. 「수성지」는 「원생몽
유록」과 주제의식이 통하기 때문에 여기에 붙여둔다.

"그의 산문散文은 많이 읽어보지 못하였으나 이른바 「수성지」란 것
은 문자가 생긴 이래 하나의 별문자別文字이니 천지 사이에 이 글이
없다면 자연히 한 결함이 될 것이다."(許筠『鶴山樵談』)

이 해에 진사進士로 등제登第하다.

"감시監試에 탕음부蕩陰賦 유독시留犢詩를 바쳐 진사進士 제삼인第三
人으로 뽑히다."(墓文)

송순宋純(1493~1582)을 위해 「면앙정부俛仰亭賦」를 짓다.("吾亭賦詩,
雖不爲不多, 每以無長句敍景物爲登臨欠事. 今忽得之, 朝暮吟詠之間, 暢此深懷
者, 何啻萬金之錫乎. ……丙子 六月 旣望 俛仰老人."-『俛仰先生集』卷3, 答林上
舍子順)

1577년(29세, 선조 10, 丁丑) 정월正月에 속리산俗離山에서 나오다.

"정축 신정新正 초이튿날 산에서 나와 초나흗날 선생께 하직을 여
쭙고 장암동藏巖洞 김원기金遠期 집에서 묵다."(문집文集 권3의 시제詩
題) 이때 "行裝琴劍嘯癡者, 拜辭大谷歸江南."이라고 읊다.

전년 5월부터 이해 초까지의 시들을 모아 『관성여사管城旅史』를 엮다.

9월에 문과文科에 급제하여 승문원承文院 정자正字에 배수되다.

알성방謁聖榜 15인을 뽑은 중에 이명二名으로 들다. (『會津林氏世稿』)

11월에 제주濟州로 근친覲親을 떠나다.

"정축년에 대부大府가 제주목사濟州牧使로 계시었다. 공은 등제한
다음 신은新恩으로 바다를 건너 근친을 갔다."(「入耽羅詠橘」詩 附註)

"동자를 시켜 행장을 꾸리는데 다만 어사화 한송이에 현금玄琴 1장
張, 보검寶劍 한자루뿐이었으며, 부친이 집에 두고 키우시는 호총마

胡驄馬를 타고 떠났다. ……지월至月 초6일에 두 아우와 함께 남당포南塘浦에서 배를 탔다."(「南溟小乘」)

이 여행의 기록으로「남명소승南溟小乘」을 남겼으며,「만제한라산漫題漢挐山」등 수많은 시편 및「귤유보橘柚譜」등을 지었다.

1578년(30세, 선조 11, 戊寅) 2월에 부친을 하직하고 제주도를 떠나다.

"2월 그믐날 급급히 행장을 꾸리고 들어가 부친께 하직을 여쭙다. 3월 5일에 본가에 당도해서 형제들이 모두 모여 닷새를 함께 지내고 곧 서울로 올라갔다."(「南溟小乘」)

3월 상경하는 길에 남원南原을 들러 광한루廣寒樓에서 시회詩會를 가지다.「용성창수집龍城唱酬集」으로 묶여지다.

"백호白湖가 바다를 건너 영친榮親을 하고 돌아오는 길에 해변을 거쳐 남원南原에 도착했다. 그때 부사府使 손여성孫汝誠이 문인文人들을 초치하여 광한루상廣寒樓上에서 시를 지어 전별을 하는데 옥봉玉峯(백광훈白光勳)·손곡蓀谷(이달李達)·백호白湖 및 선군先君(양대업梁大樸)이 참석하여 일시의 성회를 이루었다. 그때 창수한 시를 모아 일부를 꾸며 서울에 유포되니 드디어 지가紙價를 높였다."(「霽湖詩話」)

이 무렵 동서 붕당東西朋黨이 심해지다.

"문사文詞로 이미 세상에 이름이 날로 높아갔는데, 이때 동서 붕당東西朋黨의 물의가 얼어나 선비들은 명예名譽로 다투며 서로 추켜세우고 끌어들이고 하였다. 공은 자유분방하여 무리에서 초탈한데다, 굽혀서 남을 섬기기를 좋아하지 않은 때문에 벼슬이 현달하지 못했다."(墓文)

이런 현실과 관련하여「화사花史」를 지었을 것으로 추정된다.

1579년(31세, 선조 12, 己卯) 이 무렵 고산도 찰방高山道察訪으로 부임하다.

770

"일찍이 고산도 찰방高山道察訪으로 북관北關에 나가, 양사군楊使君
(양사언楊士彦)·허학사許學士(허봉許篈)·차태상車太常(차천로車天輅)과
함께 가학루駕鶴樓에 올라 창수를 하여 1권一卷이 만들어졌다."(墓文)
(고산高山은 함경남도咸鏡南道 안변安邊에 있으며, 가학루駕鶴樓도 그곳에 있다.)
고산찰방高山察訪으로 있을 때 전운관轉運官으로 그 지역을 왕래하
며 기행시紀行詩 및 「황초령黃草嶺」「장가행長歌行」 등 많은 시편을
남기다.(「長歌行」: 去年十月黃草嶺, 今年十月黃草嶺, 一爲轉米差使員, 一爲衲
衣差使員.)

1580년(32세, 선조 13, 庚辰)　이 해 봄에 서도병마평사西道兵馬評事로 부임
하다.

"지난 경진년 봄에 나는 이 도의 병마서기兵馬書記로 다시 북새北塞
로 나가는데 길이 성천부成川府를 경유하였다. 갖옷으로 백옥소관
白玉小管을 바꾸어 초천원草川院에서 일숙을 하는데 마침 달이 밝고
인적이 고요하여 한 곡조를 불다."(문집 권2의 시제詩題)

이 기록은 서도평사에서 북도평사로 나간 것으로 해석할 수 있는
데 바로 전해에 고산도 찰방으로 있었던 사실이나 『택당집』의 기록
과 모순이 된다. 후고後考를 요한다.

"묘향산妙香山 성불암成佛庵에서 휴정休靜을 만나 이야기를 나누
다."(문집 권1의 시제) (「成佛庵邀靜老話」: 一鳥不鳴處, 二人相對閑. 塵冠與法
服, 莫作兩般看.)

또한 휴정休靜의 제자 유정惟政에 대해서는 공문우空門友로 호칭을
한 말이 보인다.

"공은 병법兵法을 좋아하여 보검寶劍을 차고 준마를 타고 하루 수백
리를 달리곤 하였다. 북평사北評事로부터 서평사西評事로 옮길 때 일

부러 어사御史의 전도前導를 범해서 탄핵을 받았다."(『澤堂集』續 卷1)

1582년(34세, 선조 15, 壬吾) 해남현감海南縣監이 되다.

이 해 해남 출신의 시안 옥봉玉峯 백광훈白光勳이 졸卒하여 그 만사輓
詞를 지은바 해남현감海南縣監으로 관직이 씌어 있다.(『玉峯集』附錄)

1583년(35세, 선조 16, 癸未) 평안도 도사平安道都事로 부임하다.

"계미년에 당막業幕에 들어가 이듬해 봄에 왕사王事가 내게 닥쳐서
재차 그곳[成川府]을 지나게 되었는데 계산溪山의 풍경은 완연히 전
일과 같았으나 정해진 일정이 촉박하여 그때의 풍류風流 감회感懷
가 다시 있을 수 없었다."(문집 권2의 시제)

"지금 송도松都 큰길 가에 진이眞伊의 무덤이 있다. 임제林悌가 평
안도사平安都事가 되어 송도松都를 지날 때 그 무덤에 글을 지어 제
를 지내니 마침내 조정의 비평을 받았다."(『於子野談』) 이 때 "청초青
草 우거진 골에 자는다 누웠는다. 홍안紅顔은 어디 두고 백골白骨만
묻혔나니 잔 잡아 권할 이 없으니 그를 슬허 하노라."(『(珍本) 青丘永
言』)의 시조를 지었던 것으로 추정된다.

「패강가浿江歌」 10수首 등을 남겼던바 신광수申光洙는 『관서악부關
西樂府』에서 "문장성대文章盛代는 다시 돌아오기 어려워라. 임제林悌
는 일찍이 피리를 불며 왔도다."고 노래하였다.

인산진麟山鎭에 유배된 부친 절도공의 적소謫所로 아우들을 데리고
찾아뵙다.

"「백상루百祥樓에 올라」: 길손은 유흥에 마음 겨를 못 갖고, 서북
으로 외로운 구름 서성이며 바라보네.(客來未暇登臨興, 西北孤雲倚柱
看.) 원주: '이때 대부大府께서 인산麟山으로 유배 가 계시기 때문이
다.(時大府謫麟山故云.)'"

선조 17년 갑신甲申(1584) 36세, 이 해 겨울 평안도 도사平安道都事의 임기를 마치다.

이 때 평양平壤의 부벽루浮碧樓에서 몇 문인文人들과 수창酬唱하여 「부벽루상영록浮碧樓觴詠錄」을 남겼다. "제悌는 서경막객西京幕客으로 과만瓜滿이 되어 돌아올 즈음 병을 안고 무료히 홀로 앉아서 공중에다 글자를 그리고 있었다. 우연히 김이옥金爾玉(새로璽, 경호畊湖)· 황응시黃應時(징澄, 국헌菊軒)·이응청李應淸(인상仁祥, 송오松塢)·김운거金雲擧(명한溟翰, 호서湖西)·노경달盧景達(경달景達, 남파南坡) 등과 호사湖寺의 약조를 하여, 동짓달 초승 병이 뜨음한 때 나가 놀기로 했다. 마침 속사俗事에 응할 일이 있어 어둠을 타고 곧장 부벽루浮碧樓에 이르렀다. 산은 높고 달은 조그만데 수위는 떨어져 돌이 드러나니 정히 소자첨蘇子瞻의 「후적벽부後赤壁賦」의 놀이의 물색이 짙었다. 이에 함벽涵碧에서 술을 마시고 영명사永明寺에서 잠잤다. 때는 만력萬曆 12년 갑신이다."(「浮碧樓觴詠錄序」)

평안도 도사平安道都事를 거친 다음 흥양興陽(지금 전라남도 고흥의 옛 이름) 현감으로 부임한 사실이 있는데 그 연조가 확인되지 않는다. "변방 삼도三道 말 안장에 허벅지 살 쭉 빠졌는데, 이제는 고을살이 남쪽 땅으로 나간다."(이 시제는 「향고흥向高興」인데 "爲興陽倅時作"이라는 자주自註가 있다.-문집 권3)

1587년(39세, 선조 20, 丁亥) 6월에 부친 절도공節度公의 상을 당하다.

"절도공節度公은 용력勇力이 좋아, 18세에 무과武科에 뽑혀, 변방 고을을 지키며 군사를 거느린 지 여러 십년에 관서절도사關西節度使까지 오르고 돌아가셨다. 바야흐로 나라가 평온하고 변경에 일이 없어, 공은 사졸들을 어루만져 방수防守를 조심하게 하며 외이外夷와

의 사이에 일이 발생치 않도록 주의시켰다. 탐라耽羅와 관서關西에 정청비政淸碑가 섰다."(「墓碣陰記」-許穆 撰)

절도공(節度公)의 작作으로 "활 지어 팔에 걸고"라는 시조 1수가 전한다.

8월 11일에 39세로 몰歿하다.

마지막 관직은 예조정랑겸사국지제교禮曹正郞兼史局知製敎로 되어 있는데, 그 연조는 알 수 없다. 「자만自輓」을 지었으니 이러하다.

"강호상에 풍류 40년 세월에 맑은 이름 얻고도 남아 사람들 놀래었네. 이제 학을 타고 티끌세상 벗어나니 천도복숭아 또 새로 익으랴."(江漢風流四十春, 淸名贏得動時人. 如今鶴駕超塵網, 海上蟠桃子又新.)

"당시 인사들이 모두 공을 법도法度에서 벗어난 사람으로 보고 그들이 취한 바는 문사文詞뿐이라고 했는데 이찬성李贊成 이珥, 허 학사許學士 봉篈, 양사군楊使君 사언士彦 같은 분들은 그 기기奇氣를 허여許與하였다.(墓文)

"그의 시는 대체로 천기天機에서 나와 성운 색택聲韻色澤이 호매유려豪邁流麗하니 백사白沙 이상국李相國은 늘 일컫기를 자순子順의 시는 두목지杜牧之와 같다고 하였다."(家乘)

"나는 일찍이 공과 더불어 경치를 만나 시를 수창해보았다. 가만히 그 시 짓는 것을 보니, 우선 흉중에서부터 막힘이 없이 비유를 끌어오고 글을 엮어가는 데 실로 자유롭게 문자의 밖으로 초탈해서 능히 근진根塵의 찌꺼기를 깨끗이 털어내되 충분히 함양하고 다듬는 것이었다. 그런 고로 뜻이 가는 대로 말이 따라가 상상할 수도 없이 물이 샘솟듯 구름이 일어나듯 저절로 일가一家를 이루니, 마치 오색 신기루가 바다 위에 떠서 누각이 저절로 만들어져 자귀나, 도끼를

774

댈 여지가 없는 것과 같았다. 이 어찌 한유韓愈의 이른바 '물이 크면 그 위에 뜨는 물건이 크고 작고 가릴 것 없이 모두 뜬다'는 것이 아니겠는가."(李恒福「白湖集序」)

백호白湖의 풍모를 오봉五峰 이호민李好閔은 "검은 얼굴에 규염虯髥, 의기도 대단하구나.(鐵面虯髥多意氣)"(「輓林白湖」)라고 그렸다. 관원灌園 박계현朴啓賢은 또한 "금석 같은 소리에 현하의 구변(聲如金石口懸河)"(「再次林評事」五首)이라고 그 언변의 특징을 나타낸 바 있다.

"임백호林白湖 제悌는 기상이 호방하여 검속당하기를 싫어했다. 병으로 장차 죽음에 임해서 여러 아들들이 슬피 통곡을 하자 그가 말하기를 '사해의 여러 나라에서 칭제稱帝를 하지 않은 자가 없거늘 유독 우리나라는 종고終古로 해보지 못했다. 이런 누방陋邦에 살다가 가는데 그 죽음을 애석해할 것이 없다.' 하고 곡을 못하도록 명하였다."(『星湖僿說』)

1589년(몰후歿後 2년, 선조 22, 己丑)　기축옥己丑獄에 무고를 입어 장자長子 지地가 국문을 당하다.

"공이 돌아가신 후 어떤 자가, 임모가 역괴逆魁(정여립鄭汝立을 지칭함)와 더불어 항우項羽를 논하여 '그는 천하 영웅인데 성공을 못한 것이 애석하다 하며 언하여 서로 마주 보고 눈물을 흘렸다.'고 무함을 하였다. 이 말이 전해져 삼성三省에서 그 아들 지地를 국문하니, 지地는 공이 지은 「오강조항우부烏江弔項羽賦」를 제출하였다. 그리하여 용서를 받고 변방으로 귀양을 갔다."(『鶴山樵談』)

기축옥己丑獄이 나기 1년 전인 3월에 정여립鄭汝立이 진안鎭安에 들러 그곳 현감縣監 민인백閔仁伯과 자리를 함께 한 일이 있었던바, 그 석상席上에서 민閔이 "임제林悌가 평소에 함부로 말하기를 '자고로 나라를 세운 자치고 모두 천자天子를 일컫지 못한 자 없었거늘 유독 우리나라만 그렇지 못했다. 후일에 한번 필히 천자天子로 칭해야 할 것이다.'고 말했다는데, 비록 희언戱言이지만 매우 해괴한 소리다."고 하니 정여립이 말하기를 "주인主人의 말씀이 틀렸다. 임제林悌의 말은 실로 확론이다. 왕후장상王侯將相이 따로 종자가 있단 말인가. 인생 천지 사이에 누군들 천자가 될 수 없겠나."라 하였다 한다.(閔仁伯『討逆日記』) 이 사실은 민인백 자신의 어전명초御前命招에서 나온 말이다. 선생의 발언이 정여립에게 공명을 얻어 당시에 어전御前에서까지 문제가 일어났던 것을 알 수 있다.

1617년(몰후 31년, 광해군 9 丁巳) 『백호집白湖集』을 간행하다.

공의 종제인 석촌공石村公 서첩가 함양군수咸陽郡守로 있을 때 목판木板 4권卷 2책冊으로 인출印出한 것이다.

"지금 오성상공鰲城相公이 한 질을 편찬해둔 바에 근거해서 나의 소견으로 그 빠진 것을 보충하여 불후不朽를 도모한다."(「白湖集跋」)

그후 영조 35년(1759)에 석촌공石村公의 현손玄孫인 상원象元이 영광군수靈光郡守로 있을 때 옛 장판藏板의 결각缺刻을 보충해 다시 인출印出하였다.

근래 후손들에 의해 『백호집白湖集』이 두차례에 걸쳐 간행되었다.

앞서 활자본活字本 2책으로 출판된 바, 그 연도는 알 수 없는데, 이때 비로소 「원생몽유록元生夢遊錄」이 부록附錄으로 들어갔다. 뒤에는 석인본石印本으로 1958년에 출판된바 이때 비로소 「남명소승南溟小乘」과 「화사花史」가 별책으로 들어가서 모두 3책이 되었다.

1997년 『역주 백호전집譯註 白湖全集』 상하 2책이 신호열·임형택 공역으로 창작과비평사에서 발간되다.

2011년 백호문학기념관이 공의 향리인 나주시 다시면 회진리에 건립되다. 『백호시선白湖詩選』이 창비에서 발간되다.

2014년 『신편 백호전집新編 白湖全集』이 창비에서 발간되다.

2014년 10월 임형택林熒澤 근찬謹撰.

---

* 이 연보는 백호(白湖) 400주기(周忌)인 1987년 10월 작성되었고, 1991년 6월과 1996년 9월 두 차례에 걸쳐 수정·보충되었으며, 이번에 『신편 백호전집』을 간행하면서 또 수정이 가해졌다.

『역주 백호전집』 후기

하늘 아래 땅 위로 얼마나 많은 사람들이 살다가 갔을까. 한반도라는 시공간에서 글을 깨치고 간 인물만 치더라도 이루 헤아릴 수 없는 정도다. 백호白湖 임제林悌라는 존재는 39세의 길지 않은 생애에, 남긴 글 또한 그리 많지 못했다. 하지만 그가 세상을 떠난 지 4백여 년이 흐른 오늘에 이르도록 잊혀지지 않고 오히려 지금에 더욱 그 인간이 추억되고 그 문학이 아름답게 새겨지고 있다. 어떤 연유일까? 무엇보다 그 인간의 호탕한 기질과 자유분방한 성격, 이 남다른 기상과 개성에서 우러나온 특출한 언어 형상이 두고두고 사람들의 마음을 잡아끄는 때문일 터이다.

지금 우리 인류는 물신에 사로잡혀서 인간 소외를 스스로 감수하고 있다. 더구나 금세기에 시험했던 사회주의적 처방이 실패로 판명된 이후 제어 방도를 찾아보려고도 않고 마냥 거기에 빠져드는 추세다. 급기야는 인간이 사는 환경의 파괴로 위기를 느끼는 지경에 이르렀는데, 인간성 자체에 대해서도 함께 우려해야 할 상황으로 여겨진다. 이 모든 재앙의 근원인 인간, 그네들의 약빠르고 속화된 행태가 경쟁적으로 펼쳐지는 판이 아닌가.

---

* 이 글은 『역주 백호전집』(창작과비평사 1997)에 실린 편역사 후기이다.

백호는 중세의 어둠 속에서 방황하던 인물이다. 인류 역사의 모순을 들여다보고 사회의 질곡을 통감한 나머지 표출된 그의 행동과 문학은 근대성에 맞닿아 있는 것은 아니다. 그렇지만 혼신의 고뇌 속에 각인된 자유와 해방의 인간정신은 '근대'와 아울러 '탈근대'의 진수를 함유하고 있는 것으로 여겨진다.

오늘날에 와서 근대가 또 다시 상실한 인간성의 회복, 그것을 위한 문학의 회복을 진정 요망하는 시점에 우리는 서 있다. 백호문학의 낭만성-현실성을 바닥에 깔고 분출된 저항과 자유의 언어는 오늘의 우리에게 무한한 아쉬움이지만, 그런 만큼 오히려 새롭게 읽혀질 소지가 넓어진 것도 같다.

이 『역주 백호전집』이 이루어진 경위를 대략 밝혀두어야겠다. 당초 『백호집』의 번역 작업은―우전雨田 신호열辛鎬烈 선생께서 백호공기념사업회白湖公紀念事業會의 청촉을 받아―착수된 것이 지난 1977년이었다. 그로부터 20년을 지나서 이제야 불민한 나의 손에서 마무리를 짓게 된다. 무척이나 길고 어려운 산고를 겪고 태어난 셈이다. 당시 번역 초고가 일단 작성된 상태에서 사정이 생겨 일이 추진되지 못한 채 세월을 천연하게 되었다. 어느덧 10여년이 흘러가고 나서 우전 선생님은 다시 구고를 찾아 옆에 두고 틈틈이 고치고 다듬는 작업을 하시었다. 그러다가 1993년 4월 갑자기 발병을 하시어 5월에 우리들 곁을 영영 떠나신 것이다. 번역작업 역시 다시 중도반단의 불운을 맞기에 이르렀다. 나는 당초 우전 선생님이 『백호집』의 번역으로 골몰하시던 모습을 뵈었거니와, 일이 천연세월을 하고 있을 때 옆에서 서두르며, 우전 선생님께 아무쪼록 마무리를 지어주십사고 간곡히 말씀드리곤 하였다. 일이 여기에 이르고 보니 나로서는 방관할 수 없는 노릇이 되고 말았다. 마침내 뒷일을 일체 떠맡은 것이다.

나는 그해 겨울 갈색으로 빛이 바랜 원고 뭉치를 백호공기념사업회의 상무를 맡아보시는 임인채林忍采 의원에게서 받아들었다. 우전 선생님이 초고에다 수정 윤문하신 글씨 자국은 『백호집』 권2의 중간 어름에서 끝나 있었다. 거기에 이어 나도 같은 방식으로 수정 윤문을 하고 주註도 아울러 검토·보충을 해나갔다. 그러다가 보니 앞서 우전 선생님께서 해놓으신 부분과 다소 차이가 남이 느껴졌다. 무엇보다 세대차에서 발생하는 의식과 감각의 다름에 기인한 것이었다. 하나의 책자로 되기 위해서는 앞뒤의 호흡을 맞추지 않을 수 없었다. 초고 위에다 고치고 써넣고 하면서도 항상 조심스런 마음을 가졌음은 물론이지만 일 자체가 전적으로 당대의 사람들에게 봉사하는 것인 만큼 감히 후생의 감각을 우선시할 필요가 있다고 생각하였다.

『백호속집』은 원집 이외의 자료들을 일괄해서 이번에 신편한 것이니 나의 소견대로 하였다. 「남명소승南溟小乘」과 「화사花史」의 경우 역시 초역은 되어 있었다. 그런데 대본으로 삼은 자료가 「남명소승」은 좀벌레의 손상과 착간·누락으로 불완전하기 이를 데 없는 것이었으며, 「화사」는 필사로 전해지는 과정에서 오서·낙자와 함께 더러 착란이 일어난 상태였다. 요행으로 「남명소승」은 비교적 신본을 구득해서 대치할 수 있었으며, 「화사」는 원문의 복잡한 교감 작업을 거쳤다. 그리고 백호의 유고로 이번에 새로 발굴되어 함께 수록된 글이 적지 않다. 친필 초고에서 추려낸 시편, 『청등론사靑燈論史』라는 역사를 제재로 삼아서 쓴 흥미로운 작품, 우언적 형태의 「유여매쟁춘柳與梅爭春」과 「전동군서錢東君序」 등은 더욱 눈여겨볼 만한 것들이다. 4백여 년이 지난 지금 신자료의 발굴로 백호의 문학 세계가 좀더 풍부하게 인식될 수 있게 되었다. 중세사회의 문집을 편찬하던 안목에 의해 제외되었던 작품들까지 이렇게 한데 모아놓고 보니 백호문학의 걸출하고 특이한 형상이 이제야말로 역력히 드러나는 것 같다.

여기 덧붙여 「서옥설鼠獄說」에 대해 언급해두겠다. 이 우언적 소설은 북한에서 나온 문학사에 대서특필하고 있으며 『조선고전문학선집』에도 백호의 작품집에 함께 수록되어 있다. 중국 측에서 조선문학을 서술한 가운데 북한 측의 견해가 그대로 받아들여졌으며, 남한 학계에도 이 소식이 들려왔다. 이번 전집을 편찬함에 있어서는 가전家傳의 문적을 기초로 삼았으며, 다만 몇 편을 다른 문헌에서 원용하였으나 근거가 확실한 것만을 취택했다. 가전의 문적이나 전해들은 말에 백호공께서 「서옥설」을 지으셨다는 사실이 전혀 나오지 않는다. 「서옥설」의 내용 형식을 살펴보더라도 그것이 「유여매쟁춘」 같은 우언적 산문의 영향을 받았을 개연성은 있지만 백호 작으로 확정 짓기는 어렵다. 그래서 이 전집 속에 포함시키지 않았다.

일이 마쳐짐에 당해서 나 스스로 감회가 적이 깊다. 대학 3학년 시절이었던 것 같다. 그 무렵 나는 한문학을 공부해 보기로 마음을 굳히고 있었다. 겨울 방학 때 고향집에 마침 『백호집』이 있어서 「수성지愁城誌」를 읽겠다고 펼쳐들었다. 나의 독해 능력으로는 어림도 없는 것임을 물론 금방 깨달았다. 그러자 도리어 오기가 생겨 번역하겠다고 덤벼들었다. 선인先人께서 하나하나 풀이해주심에 의지하여 번역을 하고 주까지 달았다. 이 적바림은 아직까지 간수하고 있다. 그 당시 나의 뇌리에 「수성지」는 형이상학적 영역을 소설적 허구로 그려낸 매우 특이한 내용 형식으로 떠올라, 그에 관한 글을 한 편 써보겠노라고 벼르기도 하였다. 나는 백호공의 방계로서 13대손이 된다. 그런 처지에서 논평을 가하는 것이 우리의 양식에 맞지 않는 듯도 싶고 객기도 줄어들어서 그 구상은 영영 실현하지 못하고 말았다. 『역주 백호전집』은 사적으로 말하면 나의 학문의 출발선에서 관심을 가졌던 일의 한 결산인 셈이다.

이 작업을 수행하는 과정에서 나는 새삼 글 읽기의 어려움과 번역의 어려움을 절감하곤 했다. 번역의 어려움은 원천적으로 (원작자의 측면이건 번역자의 측면이건) 내장된 문화적 지식 및 사고·정서, 표출되는 언어가 서로 단순치 않음에 기인할 터인데, 그 자체가 인간의 결함이면서 인간다운 창조성으로 생각되기도 한다. 번역자는 원작의 의도를 속속들이 간파해서 해석하여 자기 시대 사람들이 이해할 수 있는 표현으로, 마치 옛 악보를 연주하듯 재현해야 하는 것이다. 그러나 나의 학력으로 미치지 못함을 느낀 때가 한두 번이 아니었다. 상·하 2책의 『역주 백호전집』은 우전 선생님께서 해놓으신 데서 이루어졌지만 이제 전체의 모든 책임은 나에게 돌려져 있다. 독자 제현의 너그러운 가르침을 바라마지 않는다.

이 일에 있어 선배 동학들의 도움이 적지 않았다. 벽사碧史 이우성李佑成 선생께는 편차 및 난해처難解處에 대해 수차 문의를 드렸다. 대학원의 강의를 3학기에 걸쳐 이 작업과 연관해서 진행한 바 있다. 이성호군과 정환국군은 원고 정리로 특히 수고를 하였다. 그리고 임인채 의원은 초손肖孫으로서 이 일을 위해 처음부터 오늘에 이르도록 주선하고 노력하였음을 여기에 밝혀둔다.

끝으로 이 책의 출간을 흔쾌히 맡아주신 창작과비평사와 편집 교정의 일을 성실하게 살펴주신 정해렴丁海濂 선생의 노고에 깊은 감사를 드린다.

1996년 12월 임형택

| 찾아보기-수록작 제목 |

784

788

790

798

806

810

812

816

820

822

828

836

838

840

844